SUR LES AILES
DE LA CHANCE

Titre original : *We Were the Lucky Ones*

Publié pour la première fois aux États-Unis par Viking Penguin, une marque de Penguin Random House LLC en 2017. Publié par Penguin Books en 2018.

Traduit de l'anglais par Typhaine Ducellier.

29 boulevard Raspail
75007 Paris – France
www.editionscharleston.fr

ISBN : 978-2-36812-344-7
Maquette : Patrick Leleux PAO

Georgia Hunter

SUR LES AILES DE LA CHANCE

Roman

Traduit de l'anglais par Typhaine Ducellier

CHARLESTON

À mon grand-père, Addy, avec amour et admiration.

Et à mon mari, Robert, de tout mon cœur.

LA FAMILLE KURC

MARS 1939

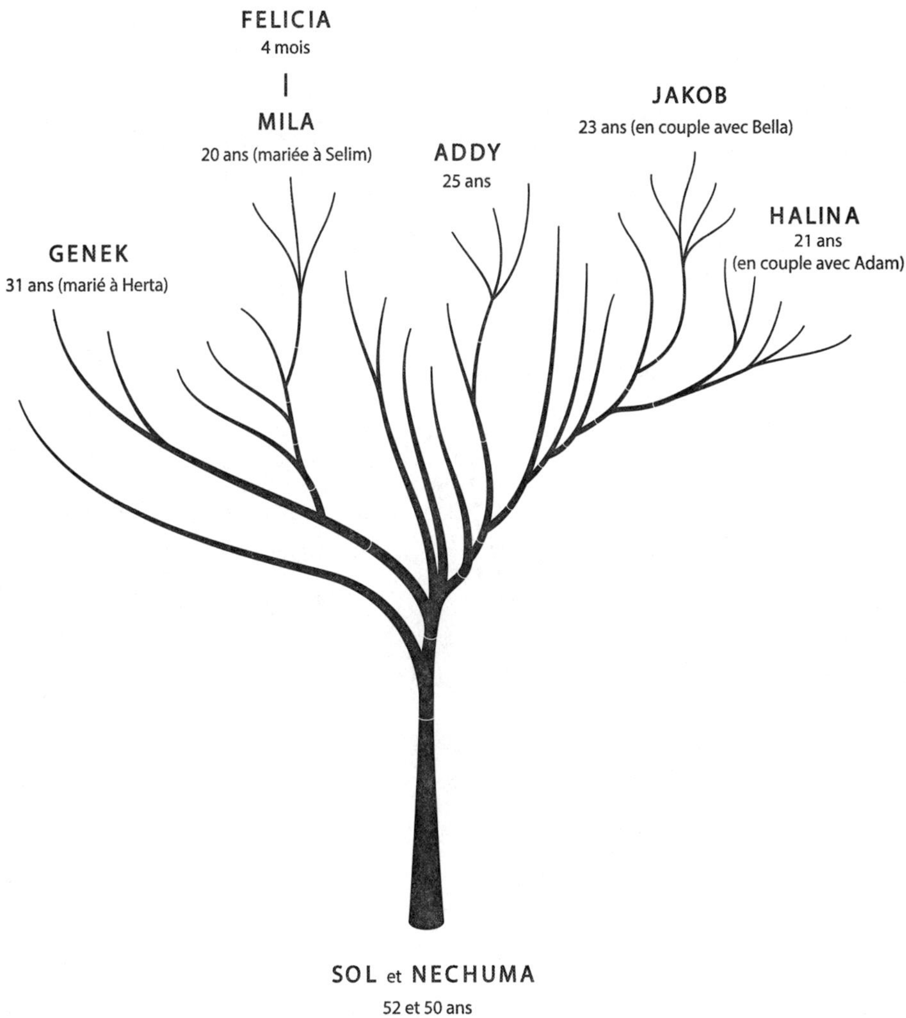

Ce livre s'inspire de faits réels.

À la fin de l'Holocauste, quatre-vingt-dix pour cent des trois millions de juifs que comptait la Pologne avaient été exterminés ; parmi les trente mille et quelques juifs qui vivaient à Radom, moins de trois cents ont survécu.

PREMIÈRE PARTIE

1

Addy

Paris, France – Début mars 1939

Il n'avait pas prévu de faire une nuit blanche. Mais de quitter le Grand Duc aux alentours de minuit, puis de dormir quelques heures à la gare d'Austerlitz avant de reprendre le train pour Toulouse. Sauf qu'un coup d'œil à sa montre lui indique qu'il est presque 6 heures du matin.

C'est Montmartre qui lui fait cet effet. Les clubs de jazz et les cabarets, les nuées de Parisiens, jeunes et rebelles, qui refusent de laisser quoi que ce soit les démoraliser, pas même la menace de la guerre… c'est enivrant. Il termine son cognac et se lève, luttant contre la tentation d'écouter un dernier morceau. Il pourrait sûrement prendre un autre train plus tard. Mais il songe à la lettre dans la poche de son manteau et sa respiration s'accélère. Mieux vaut y aller. Il rassemble son pardessus, son écharpe et son chapeau, lance un *adieu** à ses compagnons et zigzague entre la dizaine de tables du club encore à moitié plein de ses habitués fumant des Gitanes et se balançant au rythme de *Time On My Hands,* de Billie Holiday.

Alors que la porte se referme derrière lui, Addy inspire profondément, savourant la sensation de l'air frais dans ses poumons. Le givre de la rue Pigalle a commencé à fondre et les pavés brillent en un kaléidoscope de gris sous le ciel de la fin d'hiver. Il a intérêt à presser le pas s'il veut avoir son train. Avant de s'éloigner, il inspecte son reflet dans la fenêtre du club, soulagé que le jeune homme qui le dévisage soit présentable, en dépit de l'absence de sommeil. Il se tient droit, son pantalon aux plis encore impeccables lui ceint bien la taille, ses cheveux sombres sont correctement peignés, ramenés en arrière comme il aime, sans raie. Il passe son écharpe autour de son cou et se met en route pour la gare.

Partout ailleurs dans la ville, pense Addy, les rues doivent être silencieuses, désertées. La plupart des rideaux de fer ne se lèveront pas avant midi. Certaines boutiques, dont les propriétaires ont fui pour la campagne, n'ouvriront même pas du tout. FERMÉ INDÉFINIMENT* : voilà ce que disent les panneaux suspendus aux fenêtres. Mais ici, à Montmartre, le samedi a tout naturellement glissé vers le dimanche et les rues sont vivantes, pleines d'artistes, de danseurs, de musiciens et d'étudiants. Ils sortent en trébuchant des boîtes de nuit et cabarets, rieurs, comme s'ils vivaient sans la moindre inquiétude. Addy rentre le menton dans le col de son manteau tout en marchant. Il relève les yeux juste à temps pour faire un pas de côté et éviter une jeune femme vêtue d'une robe lamée argentée qui arrive dans le sens inverse.

— *Excusez-moi, monsieur**, dit-elle avec un sourire.

---

* Les mots suivis d'un astérisque sont en français dans le texte original (N.d.T.).

Elle rougit sous son chapeau jaune orné de plumes. Une chanteuse, suppose Addy. Une semaine plus tôt, il aurait peut-être engagé la conversation avec elle.

— *Bonjour, mademoiselle**, répond-il avec un hochement de tête tout en poursuivant sa route.

Une odeur de poulet rôti fait gargouiller son estomac tandis qu'il tourne dans la rue Victor-Massé, où une file d'attente s'est déjà formée devant le Mitchell, qui sert en continu. À travers la porte en verre du restaurant, il voit les clients deviser par-dessus des tasses de café fumant, leurs assiettes débordant de petits déjeuners à l'américaine. Une autre fois, se dit-il en hâtant le pas.

À peine le train se met-il en route qu'Addy sort la lettre de la poche de son manteau. Depuis qu'il l'a reçue, la veille, il l'a lue et relue et n'a pensé qu'à ça, ou presque. Il passe les doigts sur l'adresse de l'expéditeur. 14 rue Warszawska, Radom, Pologne.

Il imagine sa mère, son stylo à la main, écrivant penchée au-dessus de son secrétaire, le soleil caressant doucement sa joue. Elle lui manque davantage qu'il ne l'aurait cru lorsqu'il a quitté la Pologne pour la France, six ans plus tôt.

Il avait dix-neuf ans, à l'époque. Il songeait sérieusement à rester à Radom : là, il serait près de sa famille et pourrait faire carrière dans la musique. Il composait depuis l'adolescence et, à ses yeux, rien n'était plus gratifiant que passer ses journées devant son clavier à écrire des chansons. C'est sa mère qui l'avait incité à faire une demande d'inscription auprès du prestigieux Institut polytechnique de Grenoble. Et c'est encore elle qui avait insisté pour qu'il s'y rende après y avoir été accepté.

— Addy, tu es un ingénieur-né, lui avait-elle dit tout en lui rappelant qu'à l'âge de sept ans il avait démonté le poste de radio familial en panne, pour en étaler les pièces sur la table et les réassembler.

Le poste avait fonctionné à nouveau.

— Il n'est pas si facile de vivre de la musique, avait-elle renchéri. Je sais que c'est ta passion. Tu as un don et tu devrais continuer dans cette voie. Mais passe d'abord ta licence.

Addy savait que sa mère avait raison. Il était donc parti, promettant qu'il reviendrait à la maison diplômé. Mais, dès qu'il avait laissé derrière lui la province de Radom, une nouvelle vie s'était offerte à lui. Quatre ans plus tard, son diplôme en poche, il s'était vu offrir un poste à Toulouse, avec un bon salaire. Il avait des amis venus du monde entier (Paris, Budapest, Londres, La Nouvelle-Orléans). Il avait pris goût à l'art et à la culture, au *pâté de foie gras** et à la perfection beurrée d'un croissant tout juste sorti du four. Il avait un appartement pour lui seul, petit certes, en plein cœur de Toulouse, et pouvait se payer le luxe de rentrer en Pologne dès qu'il le désirait, à savoir au moins deux fois par an, pour Roch Hachana[1] et Pessa'h[2]. Et dès qu'il le pouvait il se rendait à Montmartre, un quartier si débordant de talent musical qu'il n'était pas rare d'y boire un verre au Hot Club en compagnie de Cole Porter, d'assister à une performance improvisée de Django Reinhardt au Bricktop ou, comme l'avait fait Addy, d'admirer sur la scène du Zelli le fox-trot de Joséphine Baker avec, dans son sillage, son guépard au collier de diamants. De mémoire, jamais dans sa vie il n'avait été aussi inspiré pour coucher des notes sur le papier. À tel point qu'il s'était demandé s'il ne devrait pas déménager aux États-Unis, le berceau des plus grands, le lieu de naissance du jazz. En Amérique, se prenait-il alors à rêver, il pourrait peut-être tenter sa chance et ajouter ses propres compositions aux morceaux à la mode. C'était tentant, mais cela impliquait de mettre encore plus de distance entre sa famille et lui.

---

1. Fête marquant le début de la nouvelle année hébraïque (N.d.T.).

2. Fête commémorant la sortie du peuple hébreu d'Égypte et l'avènement du peuple juif après le don de la Torah à Moïse sur le mont Sinaï (N.d.T.).

Tandis qu'il sort de son enveloppe la lettre de sa mère, une petite décharge électrique parcourt sa colonne vertébrale.

Mon très cher Addy,
Merci pour ta lettre. Ton père et moi avons adoré ta description de l'opéra au Palais-Garnier. Ici, tout le monde se porte bien, même si Genek est encore furieux d'avoir été rétrogradé, ce que je comprends. Halina est fidèle à elle-même, si impulsive que je me demande souvent si elle ne finira pas par imploser. Nous attendons que Jakob nous annonce que Bella et lui sont fiancés, mais tu connais ton frère, il n'aime pas précipiter les choses ! Je chéris mes après-midi passés en compagnie de la petite Felicia. J'ai hâte que tu la rencontres, Addy. Ses cheveux ont commencé à pousser, ils sont couleur cannelle ! Vivement qu'elle fasse ses nuits. La pauvre Mila est épuisée. Je lui rappelle sans cesse que ce ne sera pas toujours ainsi.

Addy retourne la lettre et change de position sur son siège. C'est là que le ton de sa mère s'assombrit.

Je dois t'avertir, mon chéri : les choses ont changé ici au cours du dernier mois. Rotsztajn a fermé les portes de sa ferronnerie. Cela paraît incroyable, après bientôt cinquante ans d'activité. Kosman, lui aussi, a emmené sa famille et son activité d'horloger en Palestine, après avoir trouvé son magasin vandalisé pour la énième fois. Je ne te raconte pas tout cela pour t'inquiéter, Addy. Simplement je ne veux pas te mentir. Ce qui m'amène au véritable motif de cette lettre : ton père et moi avons le sentiment qu'il vaudrait mieux que tu restes en France pour Pessa'h et que tu attendes l'été pour nous rendre visite. Tu vas terriblement nous manquer, mais actuellement il est dangereux de voyager, surtout au niveau des frontières allemandes. S'il te plaît, Addy, réfléchis bien. La maison reste la maison et nous serons toujours là. En attendant, envoie-nous des nouvelles quand tu le pourras. Où en est ta nouvelle composition ?

Avec tout mon amour,
Maman

Addy soupire tandis qu'il tente, une fois de plus, de trouver un sens à tout cela. Il a entendu parler des boutiques qui ferment, des familles juives qui partent pour la Palestine. Les nouvelles de sa mère ne le surprennent pas. C'est son inquiétude qui le perturbe. Elle a déjà mentionné les changements qui se mettent en place (elle était furieuse lorsque Genek s'est vu retirer sa licence de droit), mais le plus souvent les lettres de Nechuma sont joyeuses, optimistes. Pas plus tard que le mois dernier, elle lui demandait s'il se joindrait à elle pour une représentation de Monisuko au Grand Théâtre de Varsovie, et lui parlait de son délicieux dîner d'anniversaire de mariage avec Sol chez Wierzbicki. Wierzbicki les avait accueillis lui-même et leur avait offert de leur préparer un plat spécial hors menu.

Cette lettre est différente. Sa mère a peur.

Il secoue la tête. En vingt-cinq ans, il n'a jamais vu Nechuma exprimer quelque crainte que ce soit. Et, en vingt-cinq ans, lui et ses frères et sœurs ont toujours été ensemble à Radom pour fêter Pessa'h. Aux yeux de sa mère, rien n'est plus important que sa famille. Et voilà qu'elle lui demande de rester à Toulouse pour la fête ? Si Addy s'est d'abord persuadé qu'elle s'inquiétait trop, est-ce vraiment le cas ?

Par la fenêtre, il observe la campagne française, désormais familière. Le soleil pointe derrière les nuages et quelques teintes printanières colorent les champs. Le monde semble inoffensif, comme il l'a toujours été. Et, pourtant, les mots d'avertissement de sa mère font basculer son équilibre et le déroutent.

Addy repense à son dernier séjour chez ses parents, en septembre, fermant les yeux à la recherche d'un indice ou de quelque chose qui lui aurait échappé. Son père s'était rendu à sa partie de cartes hebdomadaire avec un groupe d'amis marchands (juifs et polonais) sous la fresque blanche en forme d'aigle du plafond de la pharmacie de Podworski ; le père Król, un prêtre de l'église de Saint-Bernardine et admirateur du talent virtuose de Mila au piano, était passé pour un récital. Pour Roch Hachana, la cuisinière avait préparé des 'hallahs[3] glacées au miel et Addy avait veillé tard pour écouter du Benny Goodman, buvant du côte de Nuits et riant avec ses frères jusque tard dans la nuit. Même Jakob, habituellement réservé, avait posé son appareil photo pour se joindre à leur petit groupe. Tout lui avait paru relativement normal.

Addy sent pourtant sa gorge s'assécher : et si les signes avaient été là, mais qu'il n'y avait pas prêté attention ? Pire : et s'il était passé à côté de ces signes simplement parce qu'il ne voulait pas les voir ?

Lui revient soudain à l'esprit l'image de la croix gammée fraîchement peinte sur le mur du jardin Goudouli à Toulouse. Et le souvenir du jour où ses patrons faisaient des messes basses, se demandant s'il représentait un risque pour leur entreprise (ils le croyaient hors de portée de voix). Il se remémore les magasins fermés à Paris. Les photographies dans les journaux français au lendemain de la nuit de Cristal, en novembre : des vitrines défoncées, des synagogues réduites en cendres, des milliers de juifs fuyant l'Allemagne et emportant avec eux, dans des brouettes, lampes de chevet, pommes de terre et personnes âgées.

Les signes étaient là, à l'évidence. Mais Addy les avait minimisés. Il ne les avait pas pris au sérieux, se disant qu'un petit graffiti n'était pas bien méchant ; que s'il devait perdre son emploi il en trouverait un autre ; que les événements en Allemagne, quoique perturbants, se déroulaient de l'autre côté de la frontière et y resteraient circonscrits. À présent, néanmoins, la lettre de sa mère à la main, il voit avec une clarté angoissante les signaux d'alarme qu'il avait décidé d'ignorer.

Addy ouvre les yeux, hanté par une idée fixe qui lui donne la nausée : Tu aurais dû rentrer à la maison depuis des mois.

---

3. Pain traditionnel juif proche de la brioche, mais ne contenant pas de beurre (N.d.T.).

Il replie la lettre et la range dans son enveloppe, qu'il glisse à nouveau dans la poche de son manteau. Il va écrire à sa mère, songe-t-il avec détermination. Dès qu'il arrivera chez lui à Toulouse. Il lui dira de ne pas s'inquiéter, qu'il rentrera à Radom comme prévu, qu'il veut plus que jamais être avec sa famille. Il lui expliquera que sa nouvelle composition avance bien, et qu'il a hâte de la lui jouer. Cette pensée lui apporte un semblant de réconfort, et il s'imagine au clavier du Steinway de ses parents, sa famille rassemblée autour de lui.

Addy laisse de nouveau flâner son regard sur la campagne placide. Demain, décide-t-il, il achètera un billet de train, rassemblera ses papiers, emballera ses affaires. Il n'attendra pas Pessa'h. Son patron lui en voudra de partir plus tôt que prévu, mais Addy n'en a que faire. Tout ce qui importe, c'est que dans quelques jours il soit en route pour la maison.

15 MARS 1939 : *Un an après l'annexion de l'Autriche, l'Allemagne envahit la Tchécoslovaquie. Face au peu de résistance qu'il rencontre, Hitler établit dès le lendemain depuis Prague le protectorat de Bohême-Moravie. Avec cette occupation, le Reich ne gagne pas seulement des territoires, mais aussi de la main-d'œuvre qualifiée et une énorme force de frappe grâce aux armes fabriquées dans ces régions (en quantité suffisante pour armer à l'époque près de la moitié des effectifs de la Wehrmacht).*

2

Genek

Radom, Pologne – 18 mars 1939

GENEK LÈVE LE MENTON et exhale un fin panache de fumée en direction du plafond carrelé gris du bar.

— Dernière main, déclare-t-il.

Assis de l'autre côté de la table, Rafal croise son regard.

— Déjà ? s'étonne-t-il en tirant une bouffée sur sa propre cigarette. Ta femme t'a promis quelque chose de spécial si tu rentrais à la maison à une heure décente ?

Rafal fait un clin d'œil et recrache la fumée. Herta s'est jointe à leur petit groupe pour le dîner, mais s'est retirée de bonne heure.

Genek rit. Rafal et lui sont amis depuis le lycée, où ils passaient la plupart de leur temps à discuter par-dessus leur plateau-repas de qui ils inviteraient au bal de fin d'année ou préféreraient voir nue entre Evelyn Brent et Renée Adorée. Rafal sait qu'Herta n'est pas comme les filles que

Genek fréquentait, mais il aime le taquiner lorsqu'elle n'est pas là. Et Genek ne peut pas vraiment l'en blâmer. Jusqu'à ce qu'il rencontre Herta, il avait un faible pour les femmes (pour les cartes et les cigarettes aussi, à vrai dire). Avec ses yeux bleus, ses fossettes et son charme hollywoodien irrésistible, il avait passé sa vingtaine à se délecter de son célibat des plus convoités à Radom. À l'époque, toutes ces attentions ne le dérangeaient pas. Mais lorsque Herta était arrivée tout avait changé. À présent c'est différent. *Elle* est différente.

Quelque chose frôle le mollet de Genek sous la table.

— Dommage, s'exclame la jeune femme assise à côté de lui. J'aurais aimé que vous restiez, insiste-t-elle en plantant son regard dans le sien.

Genek vient juste de la rencontrer. Klara. Non, Kara. Il ne sait plus. C'est une amie de la femme de Rafal, venue lui rendre visite depuis Lublin. Elle lui adresse un sourire faussement effarouché, le bout de sa chaussure toujours en contact avec sa jambe.

Le Genek d'avant serait peut-être resté. Mais flirter ne l'intéresse plus. Il sourit à la fille et ressent un peu de peine pour elle.

— À vrai dire, je vais me coucher, dit-il en posant ses cartes sur la table.

Il écrase sa Murad et laisse dépasser le mégot telle une dent en travers dans le cendrier débordant.

— Messieurs, mesdames, ce fut un plaisir, comme toujours. À bientôt, Ivona, ajoute-t-il à l'adresse de la femme de Rafal.

Il désigne ensuite son ami d'un hochement de tête.

— Et assure-toi qu'il ne fait pas de bêtises.

Ivona rit. Rafal lui fait à nouveau un clin d'œil. Genek lève deux doigts en guise de salut et se dirige vers la porte.

Il règne un froid inhabituel pour une soirée de mars. Genek enfouit ses mains dans les poches de son manteau et prend la direction de la rue Zielona à vive allure, savourant la perspective de rentrer chez lui pour retrouver la femme qu'il aime.

À la seconde où il a posé les yeux sur elle deux ans plus tôt, il a su qu'Herta serait sienne. Ils étaient partis skier à Zakopane, une station nichée entre les pics montagneux polonais des Tatras. Il avait vingt-neuf ans, Herta vingt-cinq. Ils s'étaient retrouvés sur le même télésiège, et Genek était tombé amoureux en dix minutes d'ascension. Il s'était d'abord épris de ses lèvres charnues en forme de cœur, puis de tout ce qu'il avait pu apercevoir derrière la laine écrue de son bonnet et son écharpe. Mais il y avait aussi son accent allemand, qui l'obligeait à écouter Herta d'une façon inhabituelle, et son sourire, si désinhibé, et la façon dont, à mi-chemin, elle avait basculé la tête en arrière, fermant les yeux et s'écriant :

— J'adore l'odeur des pins en hiver, pas vous ?

Il avait ri et cru, l'espace d'un instant, qu'elle plaisantait, avant de se rendre compte que non. Sa sincérité était un trait de sa personnalité qu'il admirerait toujours plus avec le temps, de même que son amour pour les grands espaces et sa capacité à déceler de la beauté dans les choses les plus simples. Il avait descendu la piste dans ses traces, essayant de ne pas songer au fait qu'elle skiait mieux qu'il ne skierait jamais, puis s'était glissé auprès d'elle dans la file du télésiège et l'avait invitée à dîner. La voyant hésiter, il avait souri et lui avait dit qu'il avait déjà réservé un traîneau tiré par des chevaux. Elle avait ri et, pour le plus grand plaisir de Genek, accepté son invitation. Six mois plus tard, il la demandait en mariage.

Dans l'appartement, Genek se réjouit de voir la lueur qui filtre sous la porte de la chambre. Il trouve Herta au lit, son recueil préféré de poèmes de Rilke sur les genoux. Herta est originaire de Bielsko, une ville de l'ouest de la Pologne largement germanophone. À l'oral, elle n'utilise plus que rarement la langue de son enfance, mais elle aime lire dans sa langue maternelle, en particulier lorsqu'il s'agit de poésie. Elle semble ne pas remarquer l'arrivée de Genek.

— Ça doit être une strophe passionnante, la taquine-t-il.

— Oh ! s'exclame Herta en levant les yeux. Je ne t'ai pas entendu rentrer.

— J'avais peur que tu dormes déjà.

Genek retire son manteau et le lance nonchalamment sur le dossier d'une chaise, avant de souffler dans ses mains pour les réchauffer puis de continuer à se déshabiller.

Herta sourit et pose son livre, tout en gardant un doigt sur la strophe qu'elle était en train de lire.

— Tu rentres bien tôt. Tu es ruiné ? Ils t'ont mis à la porte ?

— J'avais la main, en réalité. C'était une bonne soirée. Mais c'était ennuyeux sans toi.

Sur les draps blancs, dans sa chemise de nuit jaune pâle, avec ses yeux insondables, ses lèvres parfaites et ses cheveux châtains qui tombent en cascade sur ses épaules, Herta semble droit sortie d'un rêve. Une fois de plus, Genek mesure sa chance de l'avoir rencontrée. En sous-vêtements, il se glisse près d'elle dans le lit.

— Tu m'as manqué, lui dit-il en se redressant sur un coude pour l'embrasser.

Herta passe sa langue sur ses lèvres.

— Laisse-moi deviner ce que tu as bu… Du Bichat.

Genek acquiesce en riant. Il l'embrasse encore et sa langue trouve la sienne.

— Mon amour, il faut faire attention, chuchote Herta en reculant.

— On fait toujours attention, non ?

— C'est juste que… c'est bientôt la période.

— Oh, s'exclame Genek tout en savourant la douce odeur fleurie que le shampoing a laissée dans les cheveux de sa femme.

— Ce serait bête que ça arrive maintenant, ajoute Herta. Tu ne crois pas ?

Quelques heures auparavant, pendant le dîner, ils ont parlé avec leurs amis de la menace de guerre. De la facilité avec laquelle l'Autriche et la Tchécoslovaquie pourraient tomber entre les mains du Reich, et de combien les choses avaient déjà changé à Radom. Genek s'est lancé dans une diatribe à propos de sa rétrogradation au poste d'assistant dans son cabinet d'avocats et a menacé de déménager en France.

— Au moins, là-bas, je pourrais utiliser ma licence, fulminait-il.

— Je ne suis pas sûre que tu serais plus heureux en France, lui a répondu Ivona. Le Führer ne cible plus seulement les territoires germanophones. Et si ce n'était que le début ? Et si la Pologne était le prochain pays sur la liste ?

Un silence s'est abattu autour de la table jusqu'à ce que Rafal reprenne la parole.

— Impossible, a-t-il assené en secouant la tête avec mépris. Il essaiera peut-être, mais il ne passera pas.

Genek a abondé dans son sens.

— L'armée polonaise ne laissera jamais une chose pareille se produire.

Genek se rappelle à présent que pendant cette conversation Herta s'est levée pour prendre congé.

Sa femme a raison, bien sûr. Il faut faire attention. Il serait imprudent et irresponsable de faire naître un enfant dans un monde qui paraît chaque jour un peu plus sur le point de s'effondrer. Mais, allongé si près d'elle, Genek n'arrive plus à penser à rien d'autre que sa peau et la courbe de sa cuisse contre la sienne. Telles les petites bulles de sa dernière flûte de champagne, les mots quittent la bouche de Herta pour flotter, puis éclater quelque part dans sa gorge à lui.

Genek l'embrasse une troisième fois et Herta ferme les yeux. Elle ne le pense qu'à moitié, songe-t-il. Il tend le bras vers la lampe de chevet et sent sa femme se détendre sous lui. La pièce plongée dans l'obscurité, il glisse une main sous sa chemise de nuit.

— C'est froid ! crie Herta.

— Je suis désolé, murmure-t-il.

— Menteur. Genek…

Il embrasse sa joue, le lobe de son oreille.

— La guerre, la guerre, la guerre. Elle m'épuise déjà alors qu'elle n'a même pas encore commencé.

Il fait courir ses doigts le long des côtes d'Herta, jusqu'à sa taille. Elle soupire, puis rit doucement.

— D'ailleurs…

Genek écarquille les yeux, comme s'il venait d'avoir une révélation.

— Imagine qu'il n'y ait *pas* de guerre ?

Il secoue la tête, incrédule.

— Ça voudrait dire qu'on se prive pour *rien*. Et, dans ce cas, c'est ce petit con d'Hitler qui gagne.

Il lui adresse un grand sourire et Herta lui caresse la joue.

— Ces fossettes finiront par avoir ma peau, dit-elle en secouant la tête.

Genek sent son sourire s'élargir davantage et Herta hoche la tête.

— Tu as raison. Ce serait tragique.

Son livre tombe par terre dans un bruit sourd tandis qu'elle roule sur le côté pour lui faire face.

— *Bumsen der Krieg.*

Genek ne peut pas s'empêcher de rire.

— Je suis d'accord. Que la guerre aille se faire foutre, dit-il en ramenant la couverture par-dessus leurs têtes.

3

Nechuma

Radom, Pologne – 4 avril 1939 – Pessa'h

NECHUMA A DRESSÉ LA TABLE avec sa porcelaine la plus fine et ses plus beaux couverts. Tout est disposé à la perfection, sur une nappe en dentelle blanche. Sol préside en bout de table, sa hagada[4] à la couverture de cuir usée dans une main, une coupe de kiddouch en argent poli dans l'autre. Il s'éclaircit la gorge.

— Aujourd'hui..., commence-t-il en regardant les visages familiers réunis autour de la table, nous honorons ce qui importe le plus : notre famille et nos traditions.

Ses yeux, rieurs d'habitude, sont sérieux, comme sa voix grave de baryton.

— Aujourd'hui, continue-t-il, nous célébrons la fête des Matsoth, le moment de notre libération.

4. Texte en hébreu ancien utilisé lors de Pessa'h (N.d.T).

Il baisse les yeux sur le texte.

— Amen.

— Amen, lui répondent en écho les autres tout en buvant une gorgée de vin.

Une bouteille circule et on remplit les verres.

Le silence règne dans la pièce tandis que Nechuma se lève pour allumer les bougies. Elle s'approche du centre de la table, frotte une allumette et met sa main en coupe pour protéger la flamme. Elle la porte ensuite rapidement à chaque mèche, espérant que les autres ne remarqueront pas le tremblement de l'allumette entre ses doigts. Une fois les bougies allumées, elle décrit autour d'elles trois cercles de la main, puis se couvre les yeux et récite la bénédiction initiale. Elle reprend sa place en bout de table, à l'opposé de son mari, croise les mains sur ses genoux et ses yeux rencontrent ceux de Sol. Elle hoche la tête, signe qu'il peut commencer.

Tandis que la voix de Sol s'élève à nouveau dans la pièce, le regard de Nechuma glisse vers la chaise qu'elle a laissée vide pour Addy et elle sent une douleur familière peser sur sa poitrine. Son absence la ronge.

La lettre d'Addy est arrivée il y a une semaine. Dedans, il remerciait Nechuma pour sa franchise et lui demandait de ne pas s'inquiéter. Il rentrerait à la maison dès qu'il obtiendrait ses papiers, écrivait-il. Cette annonce avait soulagé Nechuma autant qu'elle l'avait inquiétée. Son vœu le plus cher était d'avoir son fils à la maison pour Pessa'h. À l'exception, bien sûr, de son souhait de le savoir en sécurité en France. Elle avait tenté d'être honnête, espéré qu'il comprendrait que Radom était devenue un bien triste endroit ces derniers temps, que voyager à travers les régions occupées par les Allemands était beaucoup trop risqué, mais peut-être n'en avait-elle pas dit assez. Il n'y avait pas que les Kosman qui s'étaient enfuis. C'était aussi le cas d'une demi-douzaine d'autres familles. Elle ne lui avait pas parlé des clients polonais qui ne venaient plus au magasin, ni de la bagarre sanglante qui avait éclaté la semaine précédente entre deux équipes de football de

Radom, l'une polonaise et l'autre juive. Certains joueurs des deux équipes avaient encore un œil au beurre noir ou une lèvre fendue et se fusillaient du regard lorsqu'ils se croisaient. Elle avait tu tout cela pour lui épargner tristesse et inquiétude, mais, ce faisant, ne l'avait-elle pas exposé à un danger encore plus grand ?

Nechuma avait répondu à la lettre d'Addy en le suppliant d'être prudent pendant son voyage, puis l'avait supposé en route.

Depuis, chaque jour, elle sursaute dès qu'un bruit de pas retentit dans l'entrée, son cœur tambourinant dans sa poitrine à l'idée de trouver Addy sur le pas de la porte, un sourire illuminant son beau visage, sa valise à la main. Mais les pas ne sont jamais ceux d'Addy. Addy n'est pas venu.

— Peut-être qu'il a eu des choses à terminer au bureau, avait suggéré Jakob plus tôt dans la semaine, sentant l'inquiétude grandissante de Nechuma. Ça m'étonnerait que son patron le laisse partir sans préavis.

Mais tout ce à quoi Nechuma pense est : Et s'il a été détenu à la frontière ? Ou pire encore ? Pour arriver jusqu'à Radom, Addy doit voyager vers le nord à travers l'Allemagne, ou vers le sud à travers l'Autriche et la Tchécoslovaquie, qui sont toutes deux sous domination nazie. La possibilité que son fils puisse être tombé aux mains des Allemands (un sort qui aurait pu lui être épargné si elle avait été plus directe avec lui, si elle avait insisté davantage pour qu'il reste en France) l'empêche de dormir la nuit.

Alors que des larmes lui montent aux yeux, ses pensées la font voyager dans le temps pour la ramener dans le passé, à un autre jour d'avril, pendant la Grande Guerre, un quart de siècle plus tôt, quand Sol et elle avaient été forcés de passer Pessa'h cachés dans le sous-sol du bâtiment. Ils avaient été expulsés de leur appartement et, comme nombre de leurs amis à l'époque, ils n'avaient nulle part où aller. Elle se souvient de l'odeur nauséabonde des excréments, de l'air rempli des plaintes incessantes de leurs estomacs vides, du grondement lointain des canons, du frottement régulier de la lame de Sol contre le bois tandis qu'il sculptait une vieille bûche avec un couteau d'office, pour faire des figurines afin que les enfants puissent jouer, au prix d'innombrables échardes. Personne n'avait célébré Pessa'h, sans parler du traditionnel séder[5]. Ils avaient vécu trois ans dans ce sous-sol, les enfants survivant grâce au lait maternel de Nechuma pendant que les officiers hongrois bivouaquaient dans leur appartement, quelques étages plus haut.

Nechuma regarde Sol à l'autre bout de la table. Ces trois années ont bien failli la briser et, pourtant, elles sont désormais aussi loin d'elle que possible, comme si tout cela était arrivé à une autre. Son mari n'évoque jamais cette période ; ses enfants, par chance, n'ont pas de souvenirs concrets de l'expérience. Il y a eu des génocides depuis (il y aura toujours des génocides), mais Nechuma refuse d'envisager une vie où elle devrait de nouveau se cacher, une vie sans soleil, sans pluie, sans musique ni arts ni débats philosophiques, les plaisirs simples et enrichissants qu'elle a appris à aimer. Non, elle ne retournera pas sous terre tel un animal sauvage ; elle ne revivra plus jamais de cette façon.

Ça ne pourrait pas aller jusque-là.

Une fois de plus, elle repense à son enfance, au son de la voix de sa mère qui lui expliquait à quel point il était commun, lorsqu'elle-même était enfant à Radom et allait au parc, que les petits garçons polonais lui jettent des pierres en visant sa tête couverte d'un foulard. Des émeutes avaient éclaté partout en ville lors de la construction de la première synagogue. La mère de Nechuma n'y avait pas prêté attention.

— On a simplement appris à faire profil bas et à toujours avoir un œil sur les enfants, disait-elle.

5. Repas cérémonial hautement symbolique servi le premier soir de Pessa'h (N.d.T.).

Et, effectivement, les agressions, les génocides, tout avait fini par passer. La vie avait continué, comme avant. Comme toujours.

Nechuma sait que la menace allemande, ainsi que toutes les menaces qui l'ont précédée, passera également. De plus, leur situation actuelle n'a rien à voir avec ce qu'elle était durant la Grande Guerre. Sol et elle ont travaillé d'arrache-pied pour gagner leur vie, se faire une place parmi les plus grands noms de la ville. Ils parlent polonais, et ce même à la maison, alors que la majorité des juifs de la ville conversent uniquement en yiddish. De même, au lieu de vivre dans la vieille ville comme la plupart des juifs moins prospères de Radom, ils sont propriétaires d'un grand appartement dans le centre, avec à leur service une cuisinière et une bonne, et le luxe d'une salle de bains avec une baignoire qu'ils ont importée de Berlin, un réfrigérateur et (leur bien le plus cher) un piano demi-queue Steinway. Les affaires au magasin de tissus sont florissantes : lors de ses voyages, Nechuma prend grand soin d'acheter les textiles de la plus haute qualité, et leurs clients, aussi bien polonais que juifs, viennent d'aussi loin que Cracovie pour acheter leurs toilettes et leur soie. Quand les enfants allaient encore à l'école, Sol et Nechuma les envoyaient dans des établissements privés réservés à l'élite. Là-bas, grâce à leurs uniformes sur mesure et à leur maîtrise parfaite du polonais, ils étaient tout à fait intégrés au reste des élèves majoritairement catholiques. En plus de leur offrir la meilleure éducation, Sol et Nechuma espéraient donner à leurs enfants une chance d'éviter les inflexions antisémites qui, de mémoire, avaient régenté la vie des juifs à Radom. Si la famille est fière de ses racines et de son héritage juifs et joue un rôle actif dans la communauté juive locale, Nechuma a choisi pour ses enfants un chemin susceptible de les mener vers de nouvelles opportunités, loin de la persécution. C'est une décision qu'elle revendique même si, parfois, à la synagogue ou en faisant ses courses dans les épiceries juives de la vieille ville, elle sent sur elle les regards désapprobateurs de certains des juifs les plus orthodoxes de Radom, comme si son choix de se mêler aux Polonais avait amoindri sa foi en tant que juive. Elle refuse de laisser ces rencontres la contrarier. Elle connaît ses convictions et, de plus, la religion est à ses yeux une affaire privée.

Elle se redresse et sent s'alléger le poids sur sa poitrine. Cela ne lui ressemble pas de se laisser submerger de la sorte par l'inquiétude, d'être si distraite. *Reprends-toi*, se réprimande-t-elle. *La famille ne craint rien*, se souvient-elle. *Ils ont tous des économies. Des connexions. Addy finira bien par arriver. Le courrier n'est pas fiable, ces temps-ci ; une lettre expliquant son absence est très probablement en chemin. Tout va bien se passer.*

Tandis que Sol récite la bénédiction du Karpass[6], Nechuma trempe une branche de persil dans un bol d'eau salée et sa main effleure celle de Jakob. Elle soupire et sent la tension abandonner peu à peu sa mâchoire. Il croise son regard et lui sourit, et le cœur de Nechuma s'emplit de gratitude à l'idée qu'il vit encore sous son toit. Elle adore sa compagnie, son calme. Il est différent des autres. Contrairement à ses frères et sœurs, qui sont arrivés dans ce monde rouges et hurlants, Jakob est né aussi blanc que les draps de son lit d'hôpital, et silencieux, comme s'il imitait les énormes flocons de neige qu'elle voyait tomber paisiblement par la fenêtre de ce matin de février, vingt-trois ans plus tôt. Nechuma n'oublierait jamais l'angoisse qui avait précédé le moment où il avait enfin pleuré (à l'époque, elle était convaincue qu'il ne survivrait pas à sa première journée), ou de quelle manière, quand elle le tenait dans ses bras et plongeait ses yeux dans les siens, il la dévisageait, un petit pli froissant la peau de son front comme s'il était perdu dans ses pensées. C'est là qu'elle avait compris qui il était. Silencieux, certes, mais ingénieux. Tout comme ses frères et sœur nés avant et après lui, il était une version miniature de la personne qu'il deviendrait en grandissant.

---

6. Un des rituels traditionnels de Pessa'h (N.d.T.).

Elle l'observe tandis qu'il murmure quelque chose à l'oreille de Bella, qui porte sa serviette à sa bouche pour dissimuler un sourire. Sur son col, une broche capture la lumière des bougies : une rose avec en son centre une perle en ivoire, un cadeau de Jakob.

Il la lui avait offerte quelques mois après leur rencontre au lycée. Il avait quinze ans à ce moment-là, et elle quatorze. Tout ce que Nechuma savait à l'époque de Bella était qu'elle prenait ses études très au sérieux, qu'elle venait d'une famille modeste (d'après Jakob, son père, dentiste, était encore en train de rembourser les prêts qu'il avait contractés pour financer les études de ses filles) et qu'elle cousait bon nombre de ses vêtements, une révélation qui avait impressionné Nechuma et l'avait conduite à se demander, parmi les plus beaux chemisiers de Bella, quels étaient ceux qu'elle avait faits elle-même et quels étaient ceux qu'elle avait achetés en magasin. Peu après lui avoir offert la broche, Jakob avait déclaré que Bella était son âme sœur.

— Jakob, chéri, tu as *quinze* ans… et vous venez à peine de vous rencontrer ! s'était exclamée Nechuma.

Mais Jakob n'était pas du genre à exagérer. Huit ans plus tard, les voici, inséparables. Leur mariage n'est qu'une question de temps, suppose Nechuma. Peut-être Jakob fera-t-il sa demande lorsque les discussions sur la guerre se seront tassées. Ou peut-être attend-il d'avoir économisé assez pour se permettre de quitter le foyer familial. Bella vit encore chez ses parents elle aussi, à quelques pâtés de maisons à l'ouest du boulevard Witolda. Quoi qu'il en soit, Nechuma est persuadée que Jakob a un plan.

En tête de table, Sol casse délicatement en deux une matsa[7]. Il pose une moitié sur une assiette et enveloppe l'autre dans une serviette. Lorsque les enfants étaient plus jeunes, Sol passait des semaines à comploter afin de trouver la meilleure cachette pour la matsa. Quand venait

7. Pain traditionnel non levé consommé pendant Pessa'h (N.d.T.).

ensuite le moment, pendant la cérémonie, de trouver l'afikomane[8], les enfants gambadaient comme des petites souris à travers l'appartement pour mettre la main dessus. Celui ou celle qui avait la chance de le trouver marchandait impitoyablement avant de s'éloigner avec un sourire triomphant et assez de złote en poche pour acheter un sachet de caramels mous au magasin de bonbons de Pomianowski. Sol était un homme d'affaires impitoyable (les gens l'appelaient le Roi négociateur), mais ses enfants savaient que, dans le fond, il était aussi doux qu'une motte de beurre fraîchement baratté et qu'avec assez de patience et de charme ils pouvaient lui soustraire jusqu'au dernier złoty qu'il avait en poche.

Voilà des années qu'il ne cache plus la matsa, bien sûr ; ses enfants, parvenus à l'adolescence, ont fini par boycotter le rituel (« On est un peu vieux pour ça, vous ne croyez pas, Papa ? » disaient-ils), mais Nechuma sait que, dès que leur petite-fille Felicia saura marcher, il renouera avec la tradition.

C'est au tour d'Adam de lire à voix haute. Il soulève sa hagada et la regarde à travers ses lunettes à grosse monture. Avec son nez fin, ses pommettes hautes et ciselées et sa peau à la perfection accentuée par la lumière des bougies, il a presque des allures royales.

Adam Eichenwald a intégré le foyer des Kurc il y a quelques mois, lorsque Nechuma avait collé sur la fenêtre du magasin de tissus une pancarte indiquant CHAMBRE À LOUER. Son oncle venant de décéder, la famille s'était retrouvée avec une chambre vide. Même avec ses deux plus jeunes qui vivaient encore à la maison, l'appartement avait commencé à lui sembler vide. Nechuma adorait les grandes tablées. Quand Adam était entré dans la boutique pour demander des renseignements, elle avait été enchantée et lui avait immédiatement offert la pièce.

8. Part de matsa coupée et mise de côté pour être mangée en dessert à la fin du repas du Séder de Pessa'h (N.d.T.).

— Quel beau jeune homme ! s'était exclamée après son départ Terza, la sœur de Sol. Il a trente-deux ans ? Il en fait dix de moins.

— Il est juif *et* il est intelligent, avait ajouté Nechuma.

Les femmes s'étaient demandé si l'architecte diplômé de l'université nationale polytechnique de Lviv repartirait célibataire du 14, rue Warszawska. Et, comme on pouvait s'y attendre, quelques semaines plus tard, Adam et Halina étaient en couple.

Halina. Nechuma soupire. Née avec une masse inexplicable de cheveux blonds et des yeux d'un vert incandescent, Halina est la plus jeune et la plus petite de tous. En revanche, sa personnalité compense sa petite taille au centuple. Nechuma n'a jamais rencontré une enfant si obstinée, avec une telle capacité de persuasion pour convaincre les gens de la laisser faire (ou lui éviter d'avoir à faire) presque tout et n'importe quoi. Elle se rappelle la fois où, âgée de quinze ans, Halina avait convaincu son professeur de mathématiques de ne pas lui donner un blâme lorsqu'il avait découvert qu'elle avait manqué les cours pour aller à la première de *Haute pègre* en séance de matinée. Ou la fois où, à seize ans, elle avait convaincu Addy de prendre le train de nuit à la dernière minute pour rallier Prague et se réveiller dans la ville aux mille tours et mille clochers pour leur anniversaire (ils étaient nés le même jour). Le pauvre Adam est complètement sous le charme. Heureusement, il a toujours fait preuve du plus grand respect en présence de Sol et Nechuma.

Quand Adam a fini de lire, Sol offre une prière pardessus le reste de matsa, en coupe un morceau et fait passer l'assiette. Nechuma écoute le doux craquement du pain sans levain qui passe autour de la table de convive en convive.

— *Baruch a-tah A-do-nai*[9], chante Sol, mais un cri aigu l'interrompt.

9. « Béni es-Tu Seigneur » (N.d.T.).

Felicia. Mila s'excuse en rougissant et se lève pour aller chercher le bébé dans son couffin, installé dans un coin de la pièce. Elle chuchote à l'oreille de sa fille tout en se balançant d'un pied sur l'autre pour l'apaiser. Alors que Sol reprend, Felicia se tortille entre les plis de ses langes, le visage rouge et déformé. Lorsqu'elle crie à nouveau, Mila s'excuse encore et traverse rapidement le couloir en direction de la chambre d'Halina. Nechuma la suit.

— Qu'est-ce qui ne va pas, ma chérie ? murmure Mila en passant un doigt sur les gencives de Felicia pour tenter de la calmer comme elle a vu Nechuma le faire.

Felicia détourne la tête, arque le dos et pleure plus fort.

— Tu penses qu'elle a faim ? demande Nechuma.

— Je l'ai nourrie il n'y a pas très longtemps. Je crois qu'elle est juste fatiguée.

— Viens ici, dit Nechuma en prenant sa petite-fille des bras de Mila.

Felicia ferme les yeux de toutes ses forces et serre les poings. Ses cris sont comme des explosions brèves et stridentes.

Mila s'assoit lourdement au pied du lit d'Halina.

— Je suis désolée pour le dérangement, Maman, dit-elle en se retenant de ne pas crier pour se faire entendre malgré les pleurs de Felicia. Je déteste ça.

Elle se frotte les yeux de ses paumes.

— C'est à peine si je peux m'entendre *penser*.

— Ça ne dérange personne, répond Nechuma en serrant Felicia contre son cœur et en la berçant doucement.

Après quelques minutes, les cris faiblissent pour se transformer en gémissements et, bientôt, l'enfant ne pleure plus. Une expression paisible flotte sur son petit visage. C'est fascinant, la joie d'avoir un bébé dans les bras, pense Nechuma en respirant l'odeur d'amande douce de Felicia.

— Quelle idiote je suis d'avoir cru que ce serait facile, dit Mila.

Quand elle relève la tête, ses yeux sont injectés de sang et ses cernes sont d'un violet translucide, comme si le manque de sommeil lui laissait des hématomes. Elle fait de son mieux, Nechuma le voit bien. Mais être une jeune maman est difficile. La transition l'a bouleversée.

Nechuma secoue la tête.

— Ne sois pas si dure avec toi-même, Mila. Ce n'est pas ce que tu imaginais, mais c'est normal. Avec les enfants, ce n'est jamais comme on l'imagine.

Mila fixe ses mains et Nechuma se rappelle à quel point, lorsqu'elle était plus jeune, sa fille aînée rêvait d'être mère. Elle se rappelle de quelle manière elle s'occupait de ses poupées. Elle les berçait dans le creux de ses bras, leur chantait des berceuses, s'amusant même à les changer. Elle était très fière de s'occuper de ses petits frères et sœur, offrant de lacer leurs chaussures, de bander leurs genoux ensanglantés quand ils tombaient, de leur lire une histoire avant qu'ils aillent au lit. Mais maintenant qu'elle a un enfant à elle, Mila semble dépassée, comme si c'était la première fois qu'elle tenait un bébé dans ses bras.

— Si seulement je savais ce que je fais mal, se désole-t-elle.

Nechuma s'assoit auprès d'elle, au pied du lit.

— Tu t'en sors très bien, Mila. Je te l'ai dit, c'est difficile de s'occuper d'un bébé. Surtout le premier. J'ai failli devenir folle avec Genek, parce que je ne comprenais pas ce qui se passait. Ça prend du temps, c'est tout.

— Elle a cinq mois.

— Attends quelques mois de plus.

Mila garde le silence quelques instants.

— Merci, murmure-t-elle enfin.

Ses yeux se posent sur Felicia, qui dort tranquillement dans les bras de Nechuma.

— J'ai l'impression d'être une pitoyable ratée.

— Pas du tout. Tu es juste fatiguée. Pourquoi ne demandes-tu pas à Estia de t'aider ? Elle a terminé à la cuisine, elle peut s'occuper de Felicia pendant que nous finissons de manger.

— C'est une bonne idée.

Mila soupire, soulagée, et laisse Felicia avec Nechuma pour aller chercher la bonne. Lorsqu'elle et Nechuma reprennent leur place à table, Mila lance un regard à Selim.

— Ça va ? articule-t-il en silence, et elle hoche la tête.

Sol verse une généreuse cuillerée de sauce au raifort sur un morceau de matsa, et les autres l'imitent. Il ne tarde pas à recommencer à chanter. À la fin de la bénédiction du korekh[10], c'est enfin l'heure de manger. Les plats circulent autour de la table et la pièce s'emplit des murmures de conversation et des cuillères en argent qui tintent contre la porcelaine, tandis que le hareng salé, le poulet rôti, le kugel de pommes de terre et le harosset aux pommes s'empilent dans les assiettes. La famille boit du vin et parle doucement, évitant soigneusement le sujet de la guerre et se demandant à voix haute où peut bien être Addy.

Au nom d'Addy, la douleur dans la poitrine de Nechuma se réveille, apportant comme toujours sa symphonie d'inquiétudes. Il a été arrêté. Incarcéré. Déporté. Il est blessé. Il a peur. Il n'a aucun moyen de la contacter. Une fois de plus, elle regarde la chaise vide de son fils. *Où es-tu, Addy ?* Elle se mord la lèvre. *Arrête,* se sermonne-t-elle, mais il est trop tard. Elle a bu son vin trop vite et le contrôle de ses émotions lui échappe. Sa gorge se serre et la table se brouille devant ses yeux, pour ne plus être qu'une tache blanche et floue. Ses larmes sont sur le point de couler quand elle sent une main s'emparer de la sienne sous la table. Jakob.

— C'est la racine de raifort, murmure-t-elle.

Elle agite sa main libre devant son visage et cligne des yeux.

— Ça ne rate jamais.

Elle tamponne discrètement ses paupières avec sa serviette. Jakob acquiesce d'un air entendu et serre ses doigts dans les siens.

10. Sandwich composé de matsa et d'herbes amères (N.d.T.).

Quelques mois plus tard, dans un monde différent, Nechuma repensera à cette soirée, au dernier Pessa'h passé presque tous ensemble, et ne souhaitera qu'une chose : le revivre. Elle se souviendra de l'odeur familière de la carpe farcie, du tintement de l'argenterie contre la porcelaine, du goût du persil salé et amer sur sa langue. Le contact de la douce peau de bébé de Felicia lui manquera, comme le poids de la main de Jakob sur la sienne sous la table, la chaleur générée par le vin au creux de son ventre, son instinct qui la suppliait de croire que tout finirait bien. Elle se rappellera à quel point Halina semblait heureuse au piano après le repas, comment ils avaient dansé tous ensemble, leurs discussions sur l'absence d'Addy et la façon dont ils se rassuraient les uns les autres en se disant qu'il rentrerait bientôt. Elle se repassera toute cette soirée, encore et encore, chaque beau moment, et les savourera comme les dernières poires Clapp's Favorite de la saison.

23 AOÛT 1939 : *L'Allemagne nazie et l'Union soviétique signent le pacte de non-agression Molotov-Ribbentrop, un accord secret qui délimite les frontières spécifiques de la future division de la majorité de l'Europe du Nord et de l'Est entre les autorités allemandes et soviétiques.*

1er SEPTEMBRE 1939 : *L'Allemagne envahit la Pologne. Deux jours plus tard, en réponse, la Grande-Bretagne, la France, l'Australie et la Nouvelle-Zélande déclarent la guerre à l'Allemagne. La Seconde Guerre mondiale débute en Europe.*

4

Bella

Radom, Pologne – 7 septembre 1939

BELLA SE REDRESSE, les genoux ramenés contre sa poitrine, un mouchoir serré dans son poing. Elle distingue à peine la silhouette carrée de la valise en cuir près de la porte de sa chambre. Jakob est assis sur le bord du lit ; à ses pieds, le tweed de son pardessus encore imprégné de l'air froid de la nuit. Bella se demande si ses parents l'ont entendu monter les marches jusqu'à leur appartement au premier étage, et traverser sur la pointe des pieds le couloir qui mène à sa chambre. Elle lui avait donné une clé voilà des années, pour qu'il puisse venir quand bon lui semblait, mais il n'avait jamais eu l'audace de se présenter à une heure pareille. Elle enfonce ses orteils entre le matelas et la cuisse de Jakob.

— Ils nous envoient combattre à Lviv, dit-il, essoufflé. S'il arrive quoi que ce soit, on se retrouve là-bas.

Bella scrute dans l'ombre le visage du jeune homme, mais ne distingue que l'ovale de sa mâchoire et le blanc de ses yeux.

— Lviv, murmure-t-elle en hochant la tête.

La petite sœur de Bella, Anna, et son mari, Daniel, vivent dans cette ville située à trois cent cinquante kilomètres au sud-est de Radom. Depuis peu, Anna supplie Bella d'envisager de venir s'installer plus près d'elle, mais Bella ne peut pas quitter Jakob. Ils se connaissent depuis huit ans et n'ont jamais vécu à plus de quatre cents mètres l'un de l'autre.

Jakob saisit les mains de Bella et entrelace ses doigts aux siens, les porte à sa bouche et les embrasse. Son geste rappelle à la jeune femme le jour où il lui a dit qu'il l'aimait pour la première fois. Ils se tenaient la main, les doigts entremêlés, assis face à face sur une couverture étalée dans l'herbe, au parc Kościuszki. Elle avait seize ans.

— Tu es celle que j'attendais, ma belle, lui avait-il dit doucement.

Ses mots étaient si purs et l'expression de ses yeux noisette si candide qu'elle avait eu envie de pleurer, même si, à l'époque, elle s'était demandé ce qu'un garçon aussi jeune pouvait bien savoir de l'amour. Aujourd'hui, à vingt-deux ans, elle n'a jamais été aussi sûre de quoi que ce soit. Jakob est l'homme avec lequel elle passera sa vie. Et, à présent, il quitte Radom, sans elle.

Dans un coin de la chambre, l'horloge sonne une fois et Jakob tressaille, comme si des guêpes venaient de le piquer.

— Comment… comment t'y rends-tu ?

Elle parle tout bas. Si elle élève la voix, elle a peur de craquer et de laisser échapper le sanglot logé au fond de sa gorge.

— On nous a dit d'être à la gare pour 1 h 15, répond Jakob en regardant en direction de la porte.

Il lâche ses doigts et pose ses mains sur les genoux de Bella. Ses paumes sont froides à travers le coton de la chemise de nuit.

— Je dois y aller.

Il la serre dans ses bras et pose son front contre le sien.

— Je t'aime, souffle-t-il alors que leurs nez se touchent. Plus que tout.

Elle ferme les yeux tandis qu'il l'embrasse. Le baiser se termine trop vite. Lorsqu'elle rouvre les paupières, Jakob n'est plus là, et des larmes roulent sur ses joues.

Bella sort de son lit et va à la fenêtre. Les lattes du plancher sont froides et douces sous ses pieds nus. Elle écarte le rideau et observe attentivement le boulevard Witolda en contrebas, à la recherche d'un signe de vie, la lueur vacillante d'une lampe de poche ou n'importe quoi, mais la ville est plongée dans le noir total depuis des semaines. Même les lampadaires sont éteints. Elle ne voit rien. C'est comme si elle scrutait un abysse. Ouvrant la fenêtre, elle guette un bruit de pas ou le sifflement lointain d'un bombardier allemand. Mais la rue, à l'instar du ciel, est vide, et le silence pesant.

Il s'est passé tant de choses en une semaine. Il y a seulement six jours, le 1er septembre, que les Allemands ont envahi la Pologne. Dès le lendemain, des bombes ont commencé à tomber sur la banlieue de Radom. La piste d'atterrissage de fortune a été détruite, de même que des dizaines de tanneries et de fabriques de chaussures. Son père a barricadé les fenêtres et ils se sont réfugiés au sous-sol. Entre les explosions, les Radomiens creusaient des tranchées, Polonais et juifs côte à côte, dans une tentative de dernière minute pour défendre la ville. Mais les tranchées n'ont servi à rien. Bella et ses parents ont dû retourner se cacher quand les bombes ont recommencé à pleuvoir, cette fois en plein jour, lâchées par des Stukas et des Heinkels qui volaient en rase-mottes au-dessus de la vieille ville, à environ cinquante mètres de l'appartement de Bella. Les attaques aériennes se sont prolongées pendant des jours, jusqu'à ce que la ville de Kielce, à soixante-cinq kilomètres au sud-ouest, soit prise. C'est là qu'ont commencé à se répandre des rumeurs selon lesquelles la Wehrmacht, une des forces armées du Troisième Reich, arriverait bientôt.

C'est là aussi que les radios ont commencé à hurler à tous les coins de rue pour intimer aux jeunes l'ordre de s'enrôler. Les hommes ont quitté Radom par milliers, se précipitant vers l'est pour rejoindre l'armée polonaise, le cœur débordant de patriotisme et d'incertitudes.

Bella imagine Jakob, Genek, Selim et Adam traversant la ville avec quelques maigres affaires dans leur valise, passant devant les magasins de vêtements et les fonderies, marchant en silence jusqu'à la gare, épargnée des bombardements par miracle. Jakob avait dit qu'une division de l'infanterie polonaise attendait à Lviv. Mais était-ce vraiment le cas ? Pourquoi la Pologne avait-elle mis tant de temps à mobiliser ses hommes ? L'invasion ne date que d'une semaine et les rapports sont déjà démoralisants. L'armée d'Hitler est trop grande, elle avance trop vite, et les Polonais sont moins nombreux : il y a plus de deux soldats allemands pour un soldat polonais. La Grande-Bretagne et la France ont promis leur aide, mais jusqu'à présent la Pologne n'a vu aucun signe de soutien militaire.

Bella sent son estomac se tordre. Tout cela n'aurait jamais dû arriver. Ils auraient dû être en France. C'était leur projet : déménager dès que Jakob aurait fini ses études de droit. Il aurait trouvé un emploi dans un cabinet à Paris ou Toulouse, près d'Addy ; à côté, il aurait travaillé comme photographe, de même que son frère, qui composait de la musique sur son temps libre. Jakob et elle étaient tombés sous le charme des histoires qu'Addy leur contait sur la France et ses libertés. Là-bas, ils se seraient mariés et auraient fondé une famille.

Si seulement ils avaient eu la clairvoyance de partir avant que voyager ne devienne si dangereux, avant que l'idée de laisser leurs familles derrière eux ne devienne trop effrayante. Bella tente de se représenter Jakob les doigts enroulés autour de la crosse en bois d'un fusil d'assaut. Est-il capable de tirer sur un homme ? Non. Impossible. C'est *Jakob*. Il n'est pas fait pour la guerre. Il n'y a pas une once d'hostilité en lui. La seule arme avec laquelle il était censé mitrailler, c'était son appareil photo.

Elle referme doucement la fenêtre. *Pourvu que les garçons arrivent sains et saufs à Lviv,* prie-t-elle en son for intérieur tout en scrutant la noirceur de velours en contrebas.

Trois semaines plus tard, Bella est étendue sur un étroit banc de bois dans une voiture tirée par des chevaux, épuisée mais incapable de trouver le sommeil. *Quelle heure est-il ?* C'est sûrement le début de l'après-midi. La toile épaisse qui recouvre la voiture ne laisse pas entrer assez de lumière pour qu'elle distingue les aiguilles de sa montre. Même en regardant dehors, c'est presque impossible à dire. Lorsque la pluie cesse de tomber, le ciel peuplé de nuages denses reste d'un gris sombre. Comment son cocher peut-il tenir de la sorte, assis à l'avant et exposé aux éléments des heures durant ? Bella n'en a pas la moindre idée. Hier, il a plu si fort et pendant si longtemps que la route n'était plus qu'une rivière de boue. Les chevaux avaient toutes les peines du monde à garder l'équilibre. La voiture a failli verser à deux reprises.

Bella parvient à ne pas perdre le fil des jours en comptant les œufs qui restent dans le panier à provisions. Ils sont partis de Radom avec une douzaine et, ce matin, il n'en reste qu'un, ce qui veut dire qu'on est le 29 septembre. En temps normal, le voyage en voiture à cheval jusqu'à Lviv prendrait une semaine tout au plus. Mais, avec la pluie incessante, le trajet est laborieux. L'intérieur de l'habitacle est humide et il y règne une odeur de moisi. Bella s'est habituée à la sensation de ses vêtements perpétuellement humides et qui collent à la peau.

La voiture craque à ses pieds. Elle ferme les yeux et pense à Jakob, la nuit où il est venu lui dire au revoir, ses mains froides sur ses genoux, son souffle chaud sur ses doigts quand il les a embrassés.

La Wehrmacht est arrivée à Radom le 8 septembre, un jour après le départ de Jakob pour Lviv. Les Allemands ont d'abord envoyé un seul avion, que Bella et son père ont suivi des yeux tandis qu'il survolait la ville, décrivant des cercles avant de lâcher une flamme orange.

— Qu'est-ce que ça veut dire ? a demandé Bella alors que l'avion s'éloignait pour disparaître dans une étendue grise de nuages bas.

Son père n'a rien dit.

— Papa, je suis une adulte. Répondez-moi, a-t-elle insisté.

Henry a détourné le regard.

— Ça veut dire qu'ils arrivent.

Dans l'expression de son père, ses lèvres serrées, les rides entre ses yeux, elle a vu quelque chose qu'elle n'avait jamais vu auparavant : il avait peur. Une heure plus tard, quand la pluie a commencé à tomber, Bella était à la fenêtre de l'appartement familial, d'où elle pouvait observer des rangées interminables de troupes marchant sur Radom sans rencontrer la moindre résistance. Elle les a entendus avant de les voir, avec leurs tanks, leurs chevaux et leurs motos qui grondaient dans la boue en provenance de l'ouest. Elle a retenu son souffle en les voyant entrer dans sa ligne de mire, aussi effrayée de regarder que de détourner le regard, les yeux rivés sur eux tandis qu'ils descendaient le boulevard Witolda dans leurs uniformes vert bouteille et leurs casques mouchetés par la pluie, si puissants et si *nombreux*. Ils ont déferlé dans les rues de la ville et, à la tombée de la nuit, ils occupaient déjà les bâtiments du gouvernement, s'appropriant la cité à coups de *Heil Hitler* virulents cependant qu'ils hissaient leurs drapeaux nazis. C'est une vision que Bella n'oubliera jamais.

Une fois la ville officiellement occupée, tout le monde se tenait sur ses gardes, aussi bien les juifs que les Polonais, mais il était évident depuis le début que les juifs étaient les cibles privilégiées des nazis. Ceux qui s'aventuraient dehors prenaient le risque d'être harcelés, humiliés, roués de coups. Les Radomiens ont rapidement appris à n'abandonner la sécurité de leurs foyers que pour les commissions les plus urgentes. Bella n'est sortie qu'une fois, pour aller chercher du pain et du lait à l'épicerie polonaise la plus proche. Elle s'est alors aperçue que le marché juif où elle avait l'habitude de se rendre dans la vieille ville avait été mis à sac et fermé. Elle n'a emprunté que de petites rues, marchant d'un pas rapide et décidé, mais sur le chemin du retour elle a assisté à une scène qui allait la hanter pendant des semaines. Un rabbin, les bras attachés dans le dos, entouré de soldats de la Wehrmacht qui riaient tandis que le vieil homme tentait en vain de se libérer, secouant violemment la tête d'un côté et de l'autre. Ce n'est qu'en passant près de lui que Bella s'est rendu compte, dans un sursaut horrifié, que la barbe du rabbin était en feu.

Quelques jours après l'invasion de Radom par les Allemands, elle a reçu une lettre de Jakob.

> *Mon amour,* avait-il écrit visiblement à la hâte, *viens à Lviv dès que tu peux. Ils nous ont installés dans des appartements. Le mien est juste assez grand pour deux. Je déteste te savoir si loin. J'ai besoin de t'avoir ici, avec moi. S'il te plaît, rejoins-moi.*

Jakob avait inclus une adresse. À la grande surprise de Bella, ses parents ont accepté de la laisser partir. Ils savaient combien Jakob lui manquait. Et, au moins, à Lviv, se raisonnaient Henry et Gustava, Bella et sa sœur Anna pourraient veiller l'une sur l'autre. Bella a pressé la main de son père contre sa joue en signe de gratitude, infiniment soulagée. Le lendemain, elle a apporté sa lettre au père de Jakob, Sol, ses parents à elle n'ayant pas assez d'argent pour engager un cocher. Les Kurc, en revanche, ont les moyens et les contacts nécessaires, et elle était certaine qu'ils voudraient bien l'aider.

Au début, Sol s'est opposé à cette idée.

— Hors de question. Il est bien trop dangereux de voyager seule, a-t-il dit. Je ne peux pas le permettre. S'il t'arrivait quoi que ce soit, Jakob ne me le pardonnerait jamais.

Lviv n'était pas encore tombée, mais les spéculations racontaient que la ville était encerclée par les Allemands.

— Je vous en prie, a supplié Bella. Ça ne peut pas être pire qu'ici. Jakob ne m'aurait pas demandé de le rejoindre s'il ne s'y sentait pas en sécurité. J'ai besoin d'être avec lui. Mes parents sont d'accord… S'il vous plaît, *Pan* Kurc. *Prosze.*

Elle a plaidé sa cause auprès de Sol pendant trois jours, et pendant trois jours il a refusé. Finalement, le quatrième, il a fini par accepter.

— Je louerai la voiture, lui a-t-il dit en secouant la tête, comme s'il était déçu par sa propre décision. J'espère que je ne le regretterai pas.

Moins d'une semaine plus tard, toutes les dispositions étaient prises. Sol avait trouvé deux chevaux, une voiture et un cocher, un vieux monsieur agile nommé Tomek, avec les jambes arquées et une barbe grisonnante, qui avait travaillé pour lui pendant l'été et connaissait bien la route. Tomek était digne de confiance, d'après Sol, et doué avec les chevaux. Sol lui avait promis que s'il conduisait Bella jusqu'à Lviv sans encombre il pourrait garder les chevaux et la voiture. Tomek n'avait pas de travail et il avait accepté cette offre avec empressement.

— Porte sur toi les choses que tu souhaites emporter, a conseillé Sol. Tu attireras moins l'attention.

Les civils avaient encore le droit de se déplacer au sein de ce qui avait été la Pologne, mais les nazis émettaient de nouvelles restrictions chaque jour.

Bella a immédiatement écrit à Jakob pour lui faire part de ses projets et est partie le lendemain, vêtue de deux paires de bas de soie, d'une jupe bleu marine évasée descendant jusqu'aux genoux (la préférée de Jakob), de quatre chemisiers en coton, d'un chandail en laine, de son foulard en soie jaune (un cadeau d'anniversaire d'Anna), d'un manteau en flanelle et de sa broche en or, accrochée à une chaîne autour de son cou et glissée sous son chemisier pour que les Allemands ne la voient pas. Dans la poche de son manteau, elle avait glissé un petit nécessaire de couture, un peigne et une photo de famille en plus des quarante złote que Sol avait absolument tenu à lui donner. Au lieu d'une valise, elle transportait le manteau d'hiver de Jakob et une miche creuse de pain de campagne dans laquelle était dissimulé son appareil photo Rolleiflex.

Ils ont passé quatre postes de contrôle allemands depuis leur départ de Radom. Chaque fois, Bella a caché le pain sous son manteau et feint d'être enceinte. Chaque fois, elle a supplié, une main sur le ventre et l'autre sur le creux des reins.

— S'il vous plaît. Je dois retrouver mon mari à Lviv avant la naissance du bébé.

Jusqu'alors, la Wehrmacht a eu pitié d'elle et fait signe à la voiture de poursuivre sa route.

La tête de Bella se balance doucement sur le banc tandis qu'ils progressent difficilement vers l'est. *Onze jours.* Ils n'ont pas de radio et par conséquent aucun accès aux informations, mais ils se sont habitués au grondement menaçant des avions de la Luftwaffe, au claquement lointain des explosifs qui détonent au-dessus de ce qu'ils supposent être Lviv. Il y a quelques jours, les bruits donnaient l'impression que la ville était assiégée. Mais ce qui les a encore plus déconcertés, c'est le silence qui s'en est suivi. La ville était-elle tombée ? Ou les Polonais parvenaient-ils à maintenir les Allemands à distance ?

Bella se demande sans cesse si Jakob est en sécurité. On a dû faire appel à lui pour défendre la ville, c'est certain. À deux reprises, Tomek a demandé à Bella si elle souhaitait rebrousser chemin et entreprendre le voyage à une date ultérieure. Mais Bella a insisté pour qu'ils continuent. Dans sa lettre, elle avait dit à Jakob qu'elle arrivait. Elle doit tenir sa promesse. En dépit de l'incertitude de ce qui l'attend, elle aurait le sentiment d'être lâche si elle abandonnait maintenant.

— Holà ! s'exclame Tomek depuis son siège.

En un instant, sa voix est couverte par d'autres cris.

— Halte ! Halte *sofort!*

Bella se redresse et pose les pieds par terre avant de glisser la miche de pain sous son manteau et d'écarter la portière en toile de la voiture. Dehors, une prairie marécageuse grouille d'hommes en tuniques vertes ceinturées. La Wehrmacht. Il y a des soldats partout. Il ne s'agit pas d'un point de contrôle. C'est le front allemand. Un frisson glacé remonte dans sa nuque tandis que trois militaires à la mâchoire carrée portant des képis gris et des carabines aux crosses de bois s'approchent. Tout chez eux est impitoyable, de leur expression tendue à leur démarche raide en passant par leur uniforme aux plis impeccables.

Bella sort de la voiture et attend, s'intimant l'ordre de rester calme.

Le premier soldat agrippe son fusil d'une main, lève l'autre et la tend dans sa direction.

— *Ausweis!* ordonne-t-il.

Il tourne sa paume vers le ciel.

— *Papiere!*

Bella se fige. Elle ne connaît que quelques mots d'allemand.

— Vos papiers, Bella, murmure Tomek.

Un second soldat s'approche du siège du cocher et Tomek lui tend ses papiers tout en regardant Bella pardessus son épaule. Elle hésite à donner les siens, car ils indiquent clairement qu'elle est juive, une vérité qui risque de lui causer du tort, mais elle n'a pas le choix. Elle tend sa carte d'identité et attend, retenant son souffle pendant que le soldat scrute le document. Elle ne sait où fixer son regard. Ses yeux passent de l'insigne sur le col aux six boutons noirs alignés le long de la tunique de l'homme. Les mots Gott Mit Uns sont inscrits sur la boucle de sa ceinture. Ces mots, Bella sait ce qu'ils veulent dire : Dieu Avec Nous.

Finalement, le soldat relève la tête, les yeux aussi gris et impitoyables que les nuages au-dessus de leurs têtes, et fait la moue.

— *Keine Zivilisten von diesem Punkt!* aboie-t-il en lui rendant sa carte.

Quelque chose à propos des civils. Tomek glisse ses propres papiers dans sa poche et reprend les rênes.

— Attendez ! souffle Bella, une main sur le ventre, mais le soldat arme son fusil et hoche le menton vers l'ouest, d'où ils viennent.

— *Keine Zivilisten! Nach Hause gehen!*

Alors que Bella ouvre la bouche pour protester, Tomek secoue la tête en un mouvement aussi rapide que subtil. *Non.* Il a raison. Qu'ils la croient enceinte ou pas, ces soldats ne feront pas d'exception pour elle. Bella remonte dans la voiture, abattue.

Tomek fait faire demi-tour aux chevaux et ils commencent à revenir sur leurs pas, vers l'ouest, loin de Lviv, loin de Jakob. Bella réfléchit à mille à l'heure. Elle gigote, trop contrariée pour rester immobile. Elle sort le pain de sous son manteau, le pose sur le banc et rampe jusqu'au hayon arrière, qu'elle entrouvre juste assez pour pouvoir regarder dehors. Les hommes sont tout petits, comme des soldats de plomb, rendus encore plus minuscules par les nuages colossaux qui planent au-dessus d'eux. Elle laisse retomber la toile lourde et, de nouveau, l'ombre l'enveloppe.

Ils viennent de si loin. Ils sont si près ! Bella presse le bout de ses doigts contre la peau douce de ses tempes, en quête d'une solution. Ils pourraient revenir le lendemain en espérant avoir plus de chance et tomber sur un groupe d'Allemands plus indulgents. *Non.* Elle secoue la tête. Ils sont au niveau du *front.* Quelles sont les probabilités qu'ils les laissent passer, en toute objectivité ? Soudain prise de claustrophobie sous toutes ses couches de vêtements, elle ôte son manteau de flanelle et retourne s'asseoir sur le banc à l'avant, où un autre pan de toile la sépare de Tomek. Elle le soulève et lève les yeux vers son siège. La bruine a recommencé à tomber.

— Pouvons-nous réessayer demain ? crie Bella par-dessus le bruit des sabots sur la route détrempée.

Tomek secoue la tête.

— Ça ne marchera pas, dit-il.

Bella sent une vague de chaleur monter en elle, envahir son cou, grimper jusqu'à ses oreilles.

— Mais nous ne pouvons pas faire demi-tour !

Elle regarde le panier à provisions à ses pieds.

— Nous n'avons pas assez de nourriture pour passer à nouveau onze jours sur la route !

Elle regarde les épaules de Tomek qui oscillent d'avant en arrière, au rythme de la voiture, sa tête dodelinant comme s'il était soûl. Il ne répond pas.

Bella laisse retomber le pan de toile et s'avachit sur le banc. Tomek et elle n'ont pas beaucoup discuté depuis qu'ils sont partis de Radom ; Bella a bien essayé de bavarder au début du voyage, mais converser avec quelqu'un qu'elle connaissait à peine était étrange et, de plus, il n'y avait pas grand-chose à dire. Tomek avait sans doute autant envie qu'elle d'arriver à Lviv. Il ne lui reste que quelques kilomètres à franchir pour honorer son contrat avec Sol. Elle décide de le lui rappeler mais, alors qu'elle s'approche à nouveau du volet, les chevaux sortent soudain de la route. Elle agrippe le banc et s'accroche tandis que la voiture tangue et cahote. Qu'est-ce qui se passe ? Où vont-ils ? Des branches se brisent sous les roues en un bruit de pétard tandis que d'autres se prennent dans la toile recouvrant la voiture. Ils doivent être dans les bois. Des pensées sombres envahissent son esprit : Tomek ne la laisserait pas ici, seule dans les bois ? Il lui suffirait d'un mensonge pour que Sol la croie arrivée à Lviv saine et sauve. Le cœur de Bella se met à battre la chamade. Non, décrète-t-elle. Tomek n'oserait pas. Mais, tandis que la voiture fait une embardée, elle ne peut s'empêcher de se demander : et s'il osait ?

Finalement, les chevaux ralentissent jusqu'à s'arrêter et Bella sort en hâte. Le ciel s'est obscurci. Encore un peu et il sera de la même couleur que la robe noire des chevaux. Tomek descend de son siège. Avec son chapeau noir et son imperméable sombre, on le distingue à peine dans l'ombre. Bella le dévisage, le cœur battant toujours à mille à l'heure, pendant qu'il entreprend de déharnacher les chevaux.

— Désolé pour le silence, dit-il en leur ôtant le mors. On ne sait jamais qui peut nous écouter.

Bella acquiesce et attend qu'il continue.

— On est à trois kilomètres d'une route secondaire qui mène à Lviv. Il y a une clairière plus loin. Une prairie. J'imagine qu'elle n'est pas gardée, mais mieux vaudra ramper afin de ne pas prendre de risque. Les herbes sont sans doute assez hautes pour vous permettre de ne pas être vue.

Bella plisse les yeux en direction de la clairière, mais il fait trop sombre pour voir quoi que ce soit. Tomek hoche la tête, comme pour se conforter lui-même dans l'idée que son plan fonctionnera.

— Une fois que vous aurez traversé la prairie, vous devrez marcher dans la forêt en direction du sud-est pendant environ une heure, puis vous rejoindrez la route. À ce stade, je pense que vous aurez contourné le front...

Il marque une pause.

— Sauf si les Allemands encerclent la ville... auquel cas il vous faudra attendre qu'ils avancent, ou franchir le front seule. Quoi qu'il en soit, ajoute-t-il en la regardant enfin dans les yeux, je pense qu'il est préférable pour vous que nous nous séparions.

Bella scrute le visage de Tomek tout en assimilant ce que son plan implique. Voyager seule, et à pied... cela semble totalement irresponsable. L'envisager seulement serait une folie. Elle s'imagine faire part de cette idée à Jakob, à son père. Ils lui offriraient la même réponse : « Ne fais pas ça. »

— Autrement, on fait demi-tour pour rentrer aussi vite que possible, et on cherche de la nourriture en chemin, dit Tomek à voix basse.

Rentrer, voilà qui serait plus sûr. Mais Bella sait qu'elle ne le peut pas. Son cerveau est en ébullition. Elle tente d'avaler sa salive, mais sa gorge est aussi sèche que du papier de verre et elle tousse au lieu de déglutir. Tomek a raison. Sans la voiture, elle éveillera moins les soupçons. Et *si* elle croise des Allemands, ils seront plus susceptibles de laisser passer une jeune femme seule qu'un vieil homme, une jeune femme et une voiture à deux chevaux. Elle se mord le coin de la lèvre inférieure, silencieuse une minute.

— *Tak*, répond-elle enfin en regardant dans la direction de la prairie.

Oui, se résout-elle. Quel autre choix a-t-elle ? Elle n'est qu'à quelques heures de Lviv. De Jakob. De son *ukochany*, son bien-aimé. Elle ne peut pas faire demi-tour maintenant. D'une main, elle s'appuie contre la voiture. D'un coup, tous ses membres lui pèsent, comme alourdis par le poids de sa décision. Si des soldats patrouillent dans la prairie, elle doute qu'elle puisse la traverser sans se faire remarquer. Et *quand bien même* elle parviendrait de l'autre côté… qui sait ce qui peut se cacher sous la voûte de la forêt ? Ça suffit, se sermonne-t-elle en silence. Tu as réussi à arriver jusqu'ici. Tu peux le faire.

Elle inspire profondément et hoche la tête.

— *Tak.* Oui, ça va fonctionner. Ça doit fonctionner.

— D'accord, répond Tomek tout bas.

— D'accord.

Bella passe une main dans ses cheveux châtains, épais comme de la laine après tant de jours sans les laver. Elle a abandonné toute tentative de les peigner. Elle s'éclaircit la gorge.

— Je vais me mettre en route tout de suite.

— Vous feriez mieux d'attendre demain matin qu'il fasse moins sombre, lui conseille Tomek. Je resterai avec vous jusqu'à l'aube.

Bien sûr. Elle aura besoin de lumière pour trouver son chemin.

— Merci, murmure-t-elle.

Elle prend conscience que, pour Tomek aussi, le chemin sera semé d'embûches. Elle remonte dans la voiture et fouille dans le panier à provisions, à la recherche de leur dernier œuf dur.

— Tenez, dit-elle en le cassant en deux.

Tomek hésite, puis il prend la moitié qu'elle lui tend.

— Dites à M. Kurc que vous avez fait tout ce qui était en votre pouvoir pour m'amener à Lviv. Si…

Elle se redresse avant de se reprendre :

— Lorsque j'arriverai, je lui écrirai pour le prévenir que je suis en sécurité.

— Très bien.

Bella hoche la tête et le silence s'installe entre eux tandis qu'elle songe à ce à quoi elle vient de consentir. Tomek va-t-il se réveiller, reprendre ses esprits et se rendre compte que c'est trop risqué ? Va-t-il tenter de la faire changer d'avis demain matin ?

— Vous devriez vous reposer, suggère Tomek avant de retourner s'occuper des chevaux.

Bella s'efforce de sourire.

— Je vais essayer.

Alors qu'elle est sur le point de remonter dans la voiture, elle marque une pause.

— Tomek ? l'interpelle-t-elle.

Elle se sent coupable d'avoir douté de ses intentions. Tomek tourne la tête vers elle.

— Merci… de nous avoir amenés si loin.

Tomek hoche la tête.

— Bonne nuit, dit Bella.

À l'intérieur de la voiture, elle étend à terre le manteau de Jakob et s'allonge dessus, une main sur le cœur et l'autre sur l'abdomen, puis elle inspire et expire lentement pour tenter de se détendre. C'est la bonne décision, se répète-t-elle en clignant des yeux dans l'obscurité.

Le lendemain matin, elle se réveille au point du jour après une nuit agitée, se frotte les yeux et tâtonne à la recherche de la porte latérale de la voiture. Dehors, quelques épais rayons de soleil ont commencé à percer à travers les nuages, juste assez pour distinguer les espaces entre les arbres au-dessus de sa tête. Tomek a déjà replié sa tente et son matelas et harnaché les chevaux. Il fait un signe de tête à son attention, puis retourne à ses corvées. Apparemment, il n'a pas changé d'avis. Bella glisse une pomme de terre bouillie dans sa poche et en laisse trois pour Tomek. Après avoir boutonné son manteau, puis celui de Jakob, elle s'empare de la miche de pain et sort de la voiture. Même si ce qui l'attend risque d'être pénible, l'espace exigu à l'odeur de moisi qui lui a servi de toit pendant près de deux semaines ne lui manquera pas.

Tomek bricole la bride d'un des chevaux. Alors que Bella s'approche de lui, elle se surprend à regretter de ne pas le connaître mieux, du moins au point de se séparer sur une étreinte, une marque d'affection quelconque qui lui donnerait de la force, l'emplirait du courage dont elle a besoin pour mettre son plan à exécution. Mais ce n'est pas le cas. Elle le connaît à peine.

— Je tiens à vous dire combien j'apprécie tout ce que vous avez fait pour moi, déclare-t-elle en lui tendant la main.

Tout à coup, c'est important pour elle de se montrer reconnaissante pour le rôle à la fois petit et incommensurablement important qu'a joué Tomek dans sa vie. Il lui prend la main. Sa poigne est étonnamment forte. Derrière eux, les chevaux ne tiennent pas en place. L'un d'eux secoue la tête et son mors tinte. L'autre éternue et gratte le sol. Eux aussi ont hâte d'arriver à la fin du voyage.

— Oh, Tomek, j'allais oublier, ajoute Bella en sortant un billet de dix złote de sa poche. Vous aurez besoin de nourriture. Deux pommes de terre ne suffiront pas.

Elle lui tend le billet.

— Prenez-le. S'il vous plaît.

Tomek regarde ses pieds, avant de relever les yeux sur Bella et de prendre de l'argent.

— Bonne chance, lui dit Bella.

— À vous également. Que Dieu vous bénisse.

Bella hoche la tête, tourne les talons et commence à avancer sous les arbres en direction de la prairie.

Après quelques minutes, elle atteint le bord de la clairière. Là, elle marque une pause et observe les lieux, à la recherche d'un signe de vie. Aussi loin que se porte son regard, la prairie semble vide. Elle jette un coup d'œil en arrière pour voir si Tomek l'observe, mais les chênes n'abritent que des ombres vides. Est-il déjà parti ? Elle frissonne lorsqu'elle réalise à quel point elle est seule. Tu étais d'accord, se rappelle-t-elle. Il vaut mieux que tu continues seule.

Elle retrousse sa jupe, la noue grossièrement au niveau de sa cuisse, puis glisse le pain sous le manteau de Jakob et l'ajuste afin que la miche soit calée dans son dos. Voilà. Désormais, elle peut bouger plus facilement. Elle s'accroupit, puis se met à quatre pattes en silence.

La terre fait un bruit de succion tandis qu'elle rampe, la boue froide se glisse entre ses doigts et noircit ses ongles d'un noir de goudron. Les herbes sont hautes, coupantes et humides de rosée. Elles lui lacèrent sans relâche le visage et le cou. Au bout de quelques minutes, une de ses joues saigne et elle est déjà trempée jusqu'aux os. Ignorant la boue, l'humidité et la brûlure sur sa joue, elle s'agenouille un moment pour examiner la limite des arbres une centaine de mètres plus loin, puis regarde à nouveau derrière elle. Toujours pas d'Allemands en vue. Bien. Elle se remet à quatre pattes, regrettant de ne pas porter un pantalon. Quelle vanité d'avoir voulu se faire belle pour Jakob !

Alors qu'elle traverse la prairie en pataugeant dans la boue, elle pense à ses parents et au repas qu'ils ont partagé le soir qui a précédé son départ. Sa mère avait préparé des pierogi[11] bouillis fourrés aux champignons et au chou, le plat préféré de Bella, qu'elle et son père ont dévorés. Gustava, en revanche, a à peine touché à son assiette. Bella sent son cœur se serrer dans sa poitrine en imaginant sa mère devant un pieróg intact. Elle a toujours été mince, mais depuis l'arrivée des Allemands elle est décharnée. Bella a mis cela sur le compte du stress de la guerre, et cela lui a fait de la peine de partir alors que sa mère était si fragile. Elle se rappelle à présent le lendemain, au moment de grimper dans la voiture de Tomek : elle a levé la tête vers l'appartement et vu ses parents debout à la fenêtre, son père, un bras enroulé autour des frêles épaules de sa mère, et sa mère, les paumes appuyées contre la vitre. Bella ne distinguait que leurs silhouettes mais, aux tremblements qui agitaient sa mère, elle a su qu'elle était en train de pleurer. Elle a eu terriblement envie d'agiter la main, de quitter ses parents avec un sourire promettant que tout

11. Spécialité polonaise ressemblant à des ravioles (N.d.T.).

irait bien, qu'elle reviendrait, de ne pas s'inquiéter. Mais le boulevard Witolda était envahi par la Wehrmacht. Elle ne pouvait pas prendre le risque de révéler son départ avec un geste de la main. À la place, elle a tourné la tête, ouvert la portière et est montée en voiture.

Bella grimace quand son genou heurte brutalement quelque chose. Une pierre. Elle inspire fort pour faire passer la douleur. Tandis qu'elle continue à ramper, elle prend conscience de la rapidité à laquelle les événements se sont enchaînés au cours des deux dernières semaines. Le départ de Jakob, l'invasion des Allemands, la lettre, l'arrangement avec Tomek. Elle était dans tous ses états lorsqu'elle a quitté Radom, obsédée à l'idée d'arriver à Lviv pour être avec Jakob. Mais… et ses parents ? Est-ce tout se passera bien pour eux ? Et s'il leur arrive quelque chose pendant son absence ? Comment pourra-t-elle les aider ? Et s'il lui arrive quelque chose à *elle* ? Si elle ne parvient pas à atteindre Lviv ? Arrête, se réprimande-t-elle. Tout ira bien pour toi. Tout ira bien pour eux. Elle se le répète encore et encore, jusqu'à écarter de sa conscience la possibilité d'un autre scénario.

Tout en rampant, Bella guette le moindre bruit annonçant un danger, mais son pouls résonne dans ses oreilles avec la violence du tonnerre. Jamais elle n'aurait cru que marcher à quatre pattes demande un tel effort. Tout lui pèse : ses bras, ses jambes, sa tête. Comme si elle était ancrée à la terre, alourdie par ses membres, par ses innombrables couches de vêtements, par l'appareil photo de Jakob, par les muscles accrochés à ses os et la sueur qui recouvre sa peau en dépit du froid matinal. Toutes ses articulations lui font mal, ses hanches, ses coudes, ses genoux, ses jointures ; ils deviennent plus raides à chaque minute. Satanée boue. Elle marque une pause, s'essuie le front du revers de la main et regarde au-dessus de l'herbe : elle est à mi-chemin. Plus que cinquante mètres pour atteindre la ligne des arbres. Tu y es presque, se dit-elle pour résister à l'envie de s'allonger et de se reposer quelques minutes. Tu ne peux pas t'arrêter maintenant. Tu te reposeras quand tu seras dans la forêt.

Concentrée sur la cadence de sa respiration (inspirer deux temps par le nez, expirer trois temps par la bouche), Bella est totalement emportée par le rythme frénétique. Soudain, un immense craquement résonne dans le ciel, déchirant le silence. Elle s'allonge sur le ventre et s'aplatit contre le sol, protégeant sa tête de ses mains. La nature du bruit ne fait aucun doute. Un coup de feu. Va-t-il y en avoir un autre ? D'où venait-il ? Elle attend, les muscles contractés, et réfléchit à la meilleure initiative. Courir ? Ou rester cachée ? Son instinct lui dicte de faire la morte. Alors elle reste allongée, le nez à un centimètre du sol, inspirant l'odeur de la peur et de la terre mouillée, comptant les secondes. Une minute s'écoule, puis deux, tandis qu'elle écoute, tendue, la prairie qui lui joue des tours. Est-ce le vent qui bruit dans l'herbe ? Ou sont-ce des bruits de pas ?

Finalement, n'en pouvant plus, Bella appuie ses paumes dans la boue et se redresse lentement. À travers les herbes, elle inspecte l'horizon. D'après ce qu'elle perçoit, la voie est libre. Peut-être le coup de feu était-il plus éloigné que le bruit ne l'a laissé croire. Ignorant la probabilité qu'il puisse venir de là où elle va, elle recommence à ramper, plus vite à présent, les muscles non plus alourdis par la fatigue, mais alimentés par un sentiment terrifiant d'urgence.

Tu peux le faire. Tu n'es plus très loin. Sois là quand j'arriverai, Jakob. À l'adresse que tu m'as envoyée. À chaque respiration, elle se répète ces mots. S'il te plaît, Jakob. Attends-moi.

12 SEPTEMBRE 1939 – BATAILLE DE LVIV : *La bataille pour le contrôle de la ville commence par des heurts entre Polonais et forces allemandes, qui surpassent de très loin les Polonais, aussi bien en termes d'infanterie que d'armement. Les Polonais résistent durant près de deux semaines de combats terrestres, de tirs d'obus et de bombardements par la Luftwaffe.*

17 SEPTEMBRE 1939 : *L'Union soviétique annule tous les pactes qui la lient à la Pologne et envahit le pays par l'est. L'armée rouge avance à grande vitesse vers Lviv. Les Polonais la repoussent, mais le 19 septembre les Soviétiques et les Allemands encerclent la ville.*

5

Mila

Radom, Pologne – 20 septembre 1939

Au moment même où Mila ouvre les yeux, elle le sent : quelque chose ne va pas. L'appartement est trop tranquille, trop silencieux. Elle inspire profondément et s'assoit, le dos bien droit. *Felicia.* Elle sort du lit et se hâte de traverser, pieds nus, le couloir menant à la chambre d'enfant.

Mila ouvre la porte sans bruit et cligne des yeux dans l'obscurité. Elle a oublié de regarder l'heure et avance à pas feutrés jusqu'à la fenêtre. Lorsqu'elle écarte le rideau de damas épais, une lumière douce et poudreuse envahit la pièce. Ce doit être l'aube. À travers les barreaux en bois du berceau de Felicia, elle distingue vaguement une forme. Elle s'approche du berceau sur la pointe des pieds.

Felicia est allongée sur le côté, immobile, le visage en partie dissimulé par la *koc* rose, qui recouvre son oreille.

Mila tend le bras, soulève la petite couverture en coton et pose doucement sa main sur l'arrière de la tête de Felicia, guettant une respiration, un bruissement, n'importe quoi. Pourquoi, se demande Mila, redoute-t-elle toujours qu'il soit arrivé quelque chose d'horrible à sa fille, même lorsqu'elle est endormie ? Enfin, Felicia tressaille, soupire et roule de l'autre côté. Quelques secondes plus tard, elle est à nouveau immobile. Mila expire et se glisse hors de la chambre, laissant la porte entrouverte.

Elle frôle le mur du bout des doigts tandis qu'elle se dirige en silence vers la cuisine. L'horloge au bout du couloir lui indique qu'il est presque 6 heures du matin.

— Dorota ? appelle doucement Mila.

Presque tous les matins, elle est réveillée par le sifflement de la bouilloire lorsque Dorota lui prépare son thé. Mais il est encore tôt. Normalement, Dorota, qui réside dans la petite chambre de bonne à côté de la cuisine pendant la semaine, ne commence pas sa journée avant 6 h 30. Elle doit dormir encore.

— Dorota ? tente à nouveau Mila.

Elle ne devrait pas la déranger, mais elle n'arrive pas à se défaire du sentiment que quelque chose ne va pas. Peut-être, se raisonne Mila, ne suis-je pas encore habituée à me réveiller sans Selim. Il y a presque deux semaines que son mari a été envoyé à Lviv pour rejoindre l'armée polonaise, de même que Genek, Jakob et Adam. Selim a promis qu'il lui écrirait dès son arrivée, mais elle n'a reçu aucune lettre pour l'instant.

Mila suit les nouvelles de Lviv de manière obsessionnelle. La ville est assiégée, d'après ce que rapportent les journaux. Et, comme si les Allemands n'étaient pas une menace suffisante, voilà deux jours les radios ont annoncé que l'Union soviétique s'alliait à l'Allemagne nazie. Que les pactes de paix signés par les deux pays avec la Pologne avaient été brisés et que, désormais, l'armée rouge de Staline approchait de Lviv par l'est. Les Polonais n'auraient bientôt plus d'autre choix que de se rendre. Secrètement, elle espère qu'il en ira ainsi ; alors, peut-être, son mari rentrera-t-il à la maison.

Au début, quand Selim avait quitté Radom, Mila luttait contre le sommeil, car quand elle y succombait elle se réveillait en proie à des sueurs froides, tremblante de peur, convaincue que ses cauchemars sanglants étaient réels. Une nuit c'était Selim, le lendemain c'était l'un de ses frères, leurs corps mutilés, leurs uniformes trempés de sang. Mila était sur le point de s'effondrer quand Dorota, dont le fils avait également été appelé, l'a sortie de sa spirale infernale. Elle l'a réprimandée un matin, alors que Mila touchait à peine à son petit déjeuner après une autre nuit agitée

— Vous ne devez pas penser à ces choses-là. Votre mari est docteur : ils ne l'enverront pas au front. Et vos frères sont intelligents. Ils prendront soin les uns des autres. Soyez positive. Pour votre bien, et pour le sien, lui a-t-elle dit en hochant la tête en direction de la chambre d'enfant.

— Dorota ? appelle Mila une troisième fois.

Elle éclaire la cuisine et remarque que la bouilloire est froide sur la cuisinière. Elle frappe doucement à la porte de Dorota, mais seul le silence répond au tapotement de ses doigts contre le bois. Elle fait tourner la poignée et ouvre la porte pour regarder à l'intérieur.

La chambre est vide. Les draps et la couverture de Dorota sont pliés et soigneusement empilés au pied de son lit. Un clou solitaire dépasse du mur du fond, là où un crucifix était auparavant accroché, et les petites étagères que Selim avait installées sont vides, à l'exception de l'une d'entre elles, où se trouve un bout de papier plié en deux, posé là comme une toile de tente. Mila se retient à l'embrasure de la porte, les jambes chancelantes. Au bout d'une minute, elle se force à attraper le papier. Dorota l'a laissée sur deux mots : *Przykro mi.* Je suis désolée.

Mila plaque une main sur sa bouche.

— Qu'as-tu fait ? murmure-t-elle comme si Dorota se tenait à côté d'elle, vêtue de son tablier taché de nourriture, ses cheveux parsemés de mèches argentées retenus dans un chignon serré.

Si, depuis quelque temps, des rumeurs disaient que des employées de maison partaient (certaines quittaient le pays avant qu'il ne tombe aux mains des Allemands, d'autres simplement parce qu'elles étaient employées par des familles juives), jamais Mila n'avait envisagé que Dorota puisse l'abandonner. Selim la payait bien et elle semblait sincèrement heureuse dans son travail. Il n'y avait jamais eu un mot plus haut que l'autre entre elles. Et Dorota adorait Felicia. Mais, ce qui comptait encore plus, c'est qu'au cours des dix derniers mois, alors que Mila se débattait avec son nouveau statut de mère, Dorota était devenue davantage qu'une simple domestique pour elle : elle était devenue une confidente, une amie.

Mila s'assoit, faisant grincer les ressorts du matelas de Dorota. Mais que vais-je faire sans toi ? se demande-t-elle tandis que ses yeux s'emplissent de larmes. Radom est sens dessus dessous ; Mila a plus que jamais besoin d'une alliée. Elle pose les mains sur ses genoux et laisse basculer sa tête en avant. D'abord Selim, puis ses frères, puis Adam, et maintenant Dorota. Partis. Une vague de panique déferle dans ses tripes et son pouls s'accélère. Comment va-t-elle s'en sortir maintenant qu'elle doit se débrouiller seule ? Les hommes de la Wehrmacht sont des brutes et aucun signe ne porte à croire qu'ils partiront bientôt. Ils ont profané la belle synagogue en brique de la rue Podwalna, l'ont dépouillée et transformée en étable ; ils ont fermé toutes les écoles juives, gelé les comptes en banque juifs et interdit aux Polonais de faire affaire avec les juifs. Un nouveau magasin est boycotté chaque jour (après la boulangerie de Friedman, ç'a été le magasin de jouets de Bergman, puis la cordonnerie de Fogelman). Partout où elle regarde, ses yeux se posent sur d'immenses oriflammes ornées de croix gammées ; des panneaux d'affichage proclament que LE JUDAÏSME EST UN CRIME et représentent des caricatures hideuses de juifs au nez crochu ; le même mot de quatre lettres est peint sur de nombreuses fenêtres, comme si *juif* était une malédiction et non en partie l'identité de quelqu'un. En partie *son* identité. Avant, elle se serait qualifiée de mère, d'épouse, de pianiste émérite. Mais désormais elle n'est rien de plus que *juive.* Elle ne peut plus sortir sans voir quelqu'un se faire harceler dans la rue ou se faire expulser et voler et battre, sans raison apparente. Il est à présent dangereux de faire la moindre chose, comme se rendre au parc à pied avec Felicia (ou même seulement quitter l'appartement). Ces derniers temps, c'est Dorota qui sortait faire les courses, Dorota qui récupérait le courrier à la poste, Dorota qui portait rue Warszawska les missives qu'elle échange avec ses parents.

Les yeux rivés sur le sol, Mila écoute le tic-tac assourdi de l'horloge dans le couloir, le son des secondes qui passent. Dans trois jours, c'est la fête de Yom Kippour[12]. Non pas que cela ait de l'importance : les Allemands ont distribué dans toute la ville des prospectus interdisant aux juifs d'organiser des cérémonies. Ils avaient fait de même lors de Roch Hachana, mais Mila avait fait fi de l'interdiction et attendu la nuit pour se faufiler jusque chez ses parents. Elle l'avait regretté lorsqu'elle avait entendu dire que d'autres personnes en avaient fait autant et avaient été découvertes. Un homme de l'âge de son père avait été forcé à courir à travers le centre-ville en portant une lourde pierre au-dessus de sa tête ; d'autres avaient dû transporter des cadres de lit en métal d'un bout à l'autre de la ville pendant qu'ils recevaient les coups de longues matraques ; un jeune homme avait été piétiné à mort. Alors, pour Yom Kippour, Mila a décidé de se racheter de son imprudence en restant seule chez elle avec Felicia.

Et maintenant ? Des larmes roulent sur ses joues. Elle sanglote en silence, trop paralysée pour sécher ses yeux ou se moucher. Elle balaie du regard la pièce vide. Elle devrait être furieuse : Dorota l'a *abandonnée.* Mais elle n'est pas en colère : elle est terrifiée. Elle a perdu la seule personne

12. Fête considérée comme la plus sainte de l'année juive, également connue sous le nom du « Jour du Grand Pardon » (N.d.T.).

sous son toit en qui elle pouvait avoir confiance, la seule personne à qui parler, la seule personne sur laquelle elle pouvait compter. Une personne qui semblait comprendre bien mieux qu'elle comment s'occuper de son enfant. Mila aimerait tant pouvoir demander conseil à Selim. Après tout, c'est lui qui avait insisté pour qu'ils engagent Dorota lorsque Felicia était née et que Mila s'était sentie dépassée. Mila avait d'abord résisté, trop fière pour accepter qu'une étrangère l'aide à élever sa fille, mais au final Selim avait eu raison : Dorota l'avait sauvée. Et, à présent, Mila est à nouveau en pleine crise, mais sans son mari pour la guider avec assurance et fermeté. La gravité de sa situation la submerge peu à peu et Mila frissonne : sa sécurité, ainsi que celle de Felicia, repose entièrement entre ses mains désormais.

De la bile remonte le long de sa gorge et un goût âcre envahit sa bouche. Son estomac se serre alors que deux images se matérialisent dans son esprit : la première, une photo qu'elle a vue dans *La Tribune*, prise peu après la chute de la Tchécoslovaquie, d'une femme morave pleurant, un bras consciencieusement levé pour faire le salut nazi ; la seconde, une scène sortie d'un de ses cauchemars, d'un soldat en uniforme vert qui lui arrache Felicia des bras. Mon Dieu, je vous en supplie, ne les laissez pas me la prendre ! Mila a un haut-le-cœur. En un bruit mouillé, sa bile s'étale entre ses pieds sur le linoléum. Elle ferme les yeux, tousse et se bat contre une autre vague de nausée, accompagnée cette fois d'un pincement de regret. *Qu'est-ce qui t'a pris de te précipiter de la sorte pour fonder une famille ?* Selim et elle n'étaient mariés que depuis trois mois lorsqu'ils avaient découvert qu'elle était enceinte. Elle était si confiante à l'époque. Son vœu le plus cher était d'élever un enfant. Une multitude d'enfants. Un *orchestre* d'enfants, comme elle se plaisait à le dire en plaisantant. Mais Felicia s'était révélée être un bébé difficile, et la maternité avait épuisé Mila bien plus qu'elle n'aurait pu l'imaginer. Et, maintenant, il y a la guerre. Si elle avait su qu'avant le premier anniversaire de Felicia la Pologne risquait de *ne même plus exister*... Elle a un nouveau haut-le-cœur, et, à cet instant terrible et funeste, elle sait exactement ce qu'elle a à faire.

Ses parents lui avaient demandé de revenir vivre rue Warszawska lorsque Selim était parti pour Lviv. Mais Mila avait préféré rester chez elle. Cet appartement était sa maison, à présent. Et, accessoirement, elle ne voulait pas être un fardeau. La guerre serait bientôt terminée, avait-elle répondu. Selim reviendrait, et ils reprendraient les choses là où ils les avaient laissées. Felicia et elle pouvaient se débrouiller seules, avait-elle argué, et puis elle avait Dorota. Mais désormais...

Les pleurs de Felicia percent le silence et Mila sursaute. Elle s'essuie la bouche avec la manche de sa robe de chambre, glisse le mot de Dorota dans sa poche et se lève. Lorsque la pièce se met à tourner, elle tend le bras pour s'appuyer contre le mur et ne pas perdre l'équilibre. *Respire, Mila.* Elle nettoiera plus tard, décide-t-elle en enjambant soigneusement la flaque à terre. Elle se rend dans la cuisine pour se rincer la bouche et s'asperger le visage d'eau froide.

— J'arrive, ma chérie ! crie-t-elle quand Felicia recommence à geindre.

Felicia est debout, ses deux mains fermement agrippées à la barrière de son lit d'enfant, sa *koc* sur le sol. En voyant sa mère, un grand sourire illumine son visage, découvrant quatre adorables petites dents (deux en haut et deux en bas).

Les épaules de Mila se détendent.

— Bonjour, ma jolie, murmure Mila en tendant sa couverture à sa fille avant de la soulever hors de son berceau.

Deux mois plus tôt, lorsque Mila l'a sevrée, Felicia a commencé à faire ses nuits. Grâce à ce repos supplémentaire, la mère et la fille ont toutes deux franchi une étape ; Felicia est devenue un bébé plus heureux et Mila n'a plus eu le sentiment d'être sans cesse au bord de la crise de nerfs. Felicia enroule ses bras autour du cou de sa mère et Mila savoure la sensation du poids de sa fille, de sa joue chaude contre sa poitrine. Voilà ce qui m'a pris, se rappelle-t-elle. C'est ça qui m'a pris.

— Je te tiens, chuchote-t-elle, une main dans le dos de Felicia.

Celle-ci relève la tête, se tourne vers la fenêtre et tend son petit index.

— Eh ? gazouille-t-elle.

C'est le bruit qu'elle fait quand quelque chose éveille sa curiosité.

Mila suit son regard.

— *Tam,* dit-elle. Dehors ?

— *Ta,* tente de l'imiter Felicia.

Mila avance jusqu'à la fenêtre pour se livrer au jeu rituel de montrer du doigt toutes les choses qu'elle peut voir : quatre pigeons tachetés, perchés sur une cheminée ; le globe blanc opaque d'un lampadaire ; de l'autre côté de la rue, trois porches voûtés en pierre et, au-dessus, trois grands balcons en fer forgé ; deux chevaux tirant une calèche. Mila ignore le drapeau orné d'une croix gammée qui flotte à une fenêtre ouverte, les devantures de magasins recouvertes de graffitis, la plaque de la rue fraîchement repeinte (elle ne vit plus sur Zermskiego, mais sur Reichstrasse). Alors que Felicia regarde les chevaux avancer d'un pas lourd en contrebas, Mila dépose un baiser sur le sommet de sa tête, laissant la pointe des cheveux cannelle (encore rares) de sa fille lui chatouiller le nez.

— Tu dois tellement manquer à ton papa, dit-elle tout bas.

Elle songe à la façon dont Selim ferait rire Felicia en frottant son nez contre son ventre et en faisant semblant d'éternuer.

— Il rentrera bientôt à la maison avec nous. En attendant, c'est juste toi et moi, ajoute-t-elle en tentant d'ignorer la bile encore amère dans sa gorge tandis qu'elle assimile l'énormité de ses mots.

Felicia lève la tête vers elle, les yeux écarquillés, comme si elle comprenait, puis amène sa *koc* à son oreille et appuie de nouveau sa joue contre la poitrine de Mila.

Plus tard dans la journée, décide Mila, elle rassemblera quelques vêtements et sa brosse à dents, la *koc* de Felicia ainsi qu'une pile de couches, et elle traversera à pied les six pâtés de maisons qui la séparent de chez ses parents, au 14 rue Warszawska. Il est temps.

6

Addy

Toulouse, France – 21 septembre 1939

ADDY EST INSTALLÉ DANS UN CAFÉ donnant sur l'immense carré qu'est la place du Capitole, un cahier de musique à spirale ouvert devant lui. Il pose son stylo et masse le muscle entre son pouce et son index, en proie à une crampe.

Passer ses week-ends à composer à une table de bistrot est devenu sa routine. Il ne se rend plus à Paris. Se perdre dans les festivités de la vie nocturne de Montmartre alors que sa patrie est en guerre lui semble trop frivole. À la place, il se consacre à sa musique et à ses visites hebdomadaires au consulat polonais de Toulouse. Voilà des mois qu'il essaie d'y obtenir un visa, obligatoire pour retourner en Pologne. Jusqu'à présent, ses efforts ont été si infructueux que c'en est exaspérant.

Lors de sa première visite, en mars, trois semaines avant Pessa'h, l'employé a jeté un coup d'œil au passeport d'Addy et secoué la tête avant de pousser une carte sur son bureau et de montrer les pays séparant Addy de la Pologne : l'Allemagne, l'Autriche, la Tchécoslovaquie.

— Vous ne passerez pas les postes de contrôle, a-t-il dit en tapotant du doigt sur le passeport d'Addy, à l'endroit où était mentionné *Religia: zyd.*

Zyd. est le raccourci pour *zydowski.* Juif. Il s'est alors rendu compte que sa mère avait eu raison et s'est détesté de ne pas l'avoir écoutée. Non seulement il était dangereux pour lui de traverser les frontières allemandes, mais apparemment c'était aussi illégal. Malgré tout, Addy est retourné au consulat, dans l'espoir de convaincre l'employé de le faire bénéficier d'une exemption quelconque, ou de l'avoir à l'usure à force d'insistance. Mais, à chaque visite, on lui a dit la même chose. Impossible. Et, donc, pour la première fois en vingt-cinq ans, il a raté Pessa'h à Radom. Roch Hachana est passé de la même façon.

Quand il n'est pas au travail ou chez lui en train d'écrire ou de composer sa musique ou de harceler les secrétaires au consulat, Addy lit attentivement les gros titres de *La Dépêche de Toulouse.* Chaque jour, alors que la guerre s'intensifie, son anxiété augmente. Ce matin, il a lu que l'armée rouge soviétique traversait la Pologne par l'est et avait tenté de s'emparer de Lviv. Ses frères sont à Lviv ; d'après sa mère, ils ont été appelés sous les drapeaux avec le reste des jeunes hommes de Radom. La ville semble sur le point de tomber. La Pologne aussi. Qu'adviendra-t-il de Genek et Jakob ? Ou d'Adam et Selim ? Qu'adviendra-t-il de la Pologne ?

Addy est coincé. Sa vie, ses décisions, son avenir, il n'est maître de rien. C'est un sentiment auquel il n'est pas habitué, et il déteste ça. Il déteste n'avoir aucun moyen de rentrer chez lui, aucun moyen de contacter ses frères. Heureusement, il est en contact avec sa mère, au moins. Ils s'écrivent souvent. Dans sa dernière lettre, envoyée quelques jours après Pessa'h, elle lui a raconté le déchirement des adieux avec Genek et Jakob le soir où ils sont partis pour Lviv, la douleur de voir Halina et Mila vivre la même chose avec Adam et Selim, et comment c'était de voir les Allemands marcher sur Radom. *La ville a été occupée en l'espace de quelques heures,* disait-elle. *Il y a des soldats de la Wehrmacht partout.*

Addy parcourt les pages de son cahier, passe en revue son travail, reconnaissant de la distraction que lui apporte sa musique. Ça, au moins, ça lui appartient. Personne ne peut le lui prendre. Depuis que la Pologne est en guerre, il compose avec acharnement. Il a presque terminé une nouvelle composition pour piano, clarinette et contrebasse. Il ferme les yeux et plaque un accord sur un clavier imaginaire posé sur ses genoux, se demandant s'il a du potentiel. Il a déjà connu un succès commercial (un morceau enregistré par Vera Gran, une chanteuse de grand talent, et qui raconte l'histoire d'un jeune homme qui écrit à un membre de sa famille resté dans sa ville natale). *List,* la lettre. Addy avait composé *List* juste avant de quitter la Pologne pour Polytechnique et il n'oubliera jamais ce qu'il a ressenti la première fois qu'il l'a entendue à la radio, fermant les yeux et écoutant la mélodie qu'il avait créée se déverser du poste, la fierté gonflant sa poitrine lorsqu'on l'a cité ensuite pour nommer le compositeur. À l'époque il s'était surpris à fantasmer : peut-être *List* serait-il le morceau qui le mènerait à une carrière dans la musique ?

List était un succès en Pologne, à tel point qu'Addy était en quelque sorte devenu une célébrité à Radom, ce qui, bien sûr, provoquait des moqueries incessantes de ses frères et sœurs.

— Frérot, un autographe, s'il te plaît ! lançait Genek dans son dos quand Addy était de passage à la maison.

À l'époque, être au centre de l'attention ne dérangeait pas Addy, pas plus que la pointe d'envie qu'il discernait dans les taquineries de son frère aîné. Ses frères et sœurs étaient heureux pour lui, cela ne faisait aucun doute. Ils étaient fiers de lui, aussi ; ils le voyaient composer depuis que ses orteils touchaient les pédales du demi-queue de leurs parents. Ils comprenaient ce que ce premier succès représentait pour lui. En réalité, c'est la vie que menait Addy dans cette grande ville que convoitait secrètement son frère, il le savait. Genek avait visité Toulouse, et retrouvé une fois Addy à Paris ; les deux fois, il était reparti en marmonnant que la vie d'Addy en France semblait bien plus chic que la sienne.

Désormais, bien sûr, les choses ont changé. Désormais, il n'y a rien de chic dans le fait de vivre dans un pays dont Addy est virtuellement prisonnier. Même sachant que sa ville est envahie par les Allemands, Addy ferait n'importe quoi pour y retourner.

Sur la place, les dernières lueurs du jour teintent d'une nuance rose les colonnes en marbre de la façade du Capitole. Addy regarde s'envoler une nuée de pigeons tandis qu'une vieille femme se dirige à l'ouest vers une série d'arcades couvertes, et il se souvient d'un soir, l'été dernier, où lui et ses amis s'étaient assis dans un café au coucher du soleil sur une place à Montmartre, pour déguster du Sémillon. Ce soir-là, lorsque le sujet de la guerre avait été abordé, ses amis avaient levé les yeux au ciel.

— Hitler est *un clown**, avaient-ils dit.

— Toutes ces discussions sur la guerre, c'est seulement du tapage. Il n'en ressortira rien. *Le dictateur déteste le jazz !**, avait professé un de ses amis. Il déteste le jazz encore plus qu'il déteste les juifs ! Vous l'imaginez se baladant place de Clichy les mains sur les oreilles ?

Toute la tablée avait éclaté de rire. Addy avait ri avec eux.

Il s'empare de son stylo et retourne à son cahier. Il couche sur le papier une phrase mélodique, puis une autre, rapidement, en espérant que son stylo parvienne à suivre le rythme de la musique dans sa tête. Deux heures passent. Autour de lui, les tables commencent à se remplir d'hommes et de femmes qui s'installent pour le repas du soir, mais Addy les remarque à peine. Lorsqu'il relève enfin la tête, le ciel s'est obscurci pour se parer d'un profond bleu pervenche. Il se fait tard. Il paie l'addition, cale son cahier sous son bras et traverse la place pour rejoindre son appartement, rue Rémusat.

Il entre dans la cour de son immeuble, ouvre sa boîte aux lettres et examine rapidement une petite liasse de courrier. Rien qui vienne de la maison. Déçu, il grimpe les quatre volées de marches qui mènent jusque chez lui, accroche son chapeau et retire ses chaussures, qu'il range soigneusement sur le paillasson près de la porte. Il pose sa correspondance sur la table, allume la radio et remplit la bouilloire d'eau avant de la mettre sur la cuisinière.

Son appartement est petit et bien rangé. Il ne comporte que deux pièces (une petite chambre et une cuisine juste assez grande pour accueillir une table de bistro), mais cela lui convient : il est le seul des quatre frères et sœurs à être encore célibataire, en dépit de l'insistance de sa mère. Il ouvre son garde-manger et en inspecte le contenu : un petit peu de camembert crémeux, un demi-litre de lait de chèvre, deux œufs mouchetés, une pomme rouge comme celles que sa mère utilisait pour le goûter quand il était petit, coupée en lamelles avec un filet de miel (Addy aime en avoir toujours une à disposition), une fine tranche de langue de bœuf à la vapeur enveloppée dans du papier kraft, une demi-barre de chocolat noir suisse. Il retire l'emballage aluminium du chocolat en prenant bien soin de ne pas le déchirer et casse un carré doux-amer qu'il laisse fondre dans sa bouche.

— *Merci, la Suisse**, murmure-t-il en prenant place à table.

Sur le dessus de sa pile de courrier se trouve le dernier numéro de la revue *Jazz Hot*. Addy parcourt rapidement les gros titres. « Strayhorn et Ellington s'associent pour composer », dit l'un d'entre eux. Deux de ses compositeurs de jazz préférés. Il note dans un coin de sa tête d'ouvrir l'œil. Sous *Jazz Hot*, une enveloppe bleu pâle qu'il n'avait pas vue. En l'apercevant, son cœur s'arrête et les restes de chocolat ont soudain un goût âcre dans sa bouche. Il s'en empare, la retourne. Trois mots tapés à la machine se détachent sur le dessus : *Avis de conscription.* C'est un appel sous les drapeaux.

Addy lit la lettre deux fois. On lui ordonne de rejoindre une colonne polonaise de l'armée française. Il doit se présenter immédiatement à l'hôpital de La Grave pour passer une visite médicale et remplir les papiers ; son service débutera à Parthenay, en France, le 6 novembre. Addy pose la lettre sur la table et la fixe un long moment. *L'armée.* Et dire que ce matin il plaignait ses frères, assailli par des images d'eux en uniforme, terrifiés par ce qui les attendait. À présent, il est dans la même situation.

Ses oreilles commencent à siffler et il met un moment à se rendre compte que l'eau a commencé à bouillir. Il se lève pour éteindre le brûleur et passe une main dans ses cheveux. Tandis que le sifflement de la bouilloire diminue, Addy est frappé par la vitesse à laquelle les choses peuvent changer dans ce nouveau royaume qui est le sien. Comment, en un instant, on peut décider de son avenir à sa place. Il s'empare à nouveau de son avis de conscription et s'approche de la fenêtre de la cuisine, qui donne sur un coin de la place du Capitole. Il presse son front contre la vitre. La clarinette de Sidney Bechet chante doucement dans le haut-parleur de son poste de radio, mais il n'y prête pas attention. *L'armée.* Plusieurs de ses amis ont été appelés, mais ils sont tous français. Il espérait qu'en tant qu'étranger il serait dispensé. Peut-être existe-t-il un moyen d'y échapper, pense-t-il. Mais le texte en petits caractères au bas de la lettre semble prouver le contraire. *Tout refus de répondre à cette convocation vaudra arrestation et incarcération. Merde**. Il est en bonne santé. En âge de combattre. Non, il n'y a pas de porte de sortie. *Merde. Merde. Merde**.

Quatre étages plus bas, la croix occitane de Moretti, incrustée dans les pavés, brille sous les lampadaires comme un gigantesque tatouage de granit. Dans le ciel, une demilune est en train de se lever. Comment est-il possible, se demande Addy, que pareille sérénité puisse cacher une guerre de l'autre côté de la frontière ? Il regarde le ciel, imaginant ses frères épaule contre épaule dans une tranchée, oublieux de la lune qui se lève, ne pensant qu'aux mortiers qui volent au-dessus de leurs têtes.

Les yeux d'Addy se remplissent de larmes. Il glisse une main dans la poche de son pantalon pour attraper son mouchoir, un cadeau de sa mère, un an auparavant, la dernière fois qu'il est rentré pour Roch Hachana. Elle avait trouvé le tissu à Milan, lors d'un de ses voyages. Un lin blanc et doux sur lequel elle avait cousu à la main une petite bordure et brodé ses initiales. *AAIK. Addy Abraham Israel Kurc.*

— C'est magnifique, avait déclaré Addy lorsque sa mère lui avait tendu le mouchoir.

Addy savait avec quel soin elle l'avait fabriqué, et la fierté qu'elle tirait de ses travaux. Il caresse la broderie de son pouce, imaginant sa mère cousant dans l'arrière-boutique du magasin, un rouleau de tissu étalé devant elle, son mètre, ses ciseaux et sa pelote à épingles en soie rouge à proximité. Il la voit mesurer son fil, en entortiller le bout entre ses doigts et le porter à sa bouche pour l'humecter avant de le glisser dans le chas incroyablement étroit d'une aiguille.

Addy respire profondément. Tout va bien se passer, se dit-il. Hitler sera stoppé. La France n'a pas encore été le théâtre d'un seul affrontement ; pour autant qu'on sache, la guerre sera finie avant même que cela se produise. Peut-être que ses amis à Toulouse qui parlent depuis peu de *drôle de guerre** ont raison, ce n'est qu'une question de temps avant qu'il puisse retourner en Pologne, près de sa famille, et retrouver la vie qu'il a laissée pour venir en France. Addy songe que, il y a un an, si quelqu'un lui avait offert un emploi à New York, il aurait sauté sur l'occasion. Maintenant, naturellement, il ferait n'importe quoi – n'importe quoi – pour être à la maison, assis à la table de sa mère, entouré de ses parents et de ses frères et sœurs. Il plie son mouchoir et le remet dans sa poche. La maison. La famille. Il n'y a rien de plus important. Il le sait désormais.

22 SEPTEMBRE 1939 : *La ville de Lviv capitule face à l'armée rouge soviétique.*

27 SEPTEMBRE 1939 : *La Pologne chute. Hitler et Staline divisent immédiatement le pays : l'Allemagne occupe la partie ouest (qui comprend Radom, Varsovie, Cracovie et Lublin), et l'Union soviétique occupe la partie est (qui comprend Lviv, Pinsk et Vilnius).*

7

Jakob et Bella

Lviv, Pologne sous occupation soviétique – 30 septembre 1939

BELLA VÉRIFIE LE NUMÉRO EN LAITON accroché à la porte rouge.

— Trente-deux, murmure-t-elle.

Elle le compare deux fois à l'adresse qu'a griffonnée Jakob sur la lettre qui a voyagé avec elle depuis Radom : *19 rue Kalinina. Appartement 32.*

L'appareil photo de Jakob est accroché autour de son cou et son manteau pend à son avant-bras, plié afin de dissimuler toutes les couches de boue qu'il a amassées en cours de route. Elle a retiré une paire de bas troués en maudissant sa perte, et fait de son mieux pour ôter la boue de la semelle de ses chaussures et se débarbouiller le visage en léchant son pouce pour le passer sur ses joues, mais sans miroir ses efforts ont été vains. Ses cheveux sont aussi indisciplinés que du fil barbelé et ses vêtements sont mouillés. Quand elle lève les bras, l'odeur est épouvantable. Que ne donnerait-elle pas pour une douche ! Elle doit être affreuse. Aucune importance. Tu y es. Tu as réussi. Frappe à la porte.

Son poing est suspendu à quelques centimètres du battant. Elle inspire lentement et profondément, s'humecte les lèvres et frappe doucement, penchant la tête en avant à l'affût d'un bruit. Rien. Elle frappe à nouveau, plus fort cette fois. Elle est sur le point de frapper une troisième fois lorsqu'elle entend un léger bruit de pas. Son cœur cogne au rythme des pas de plus en plus sonores et, l'espace d'un instant, elle panique. Et si, après avoir fait tout ce chemin, elle était accueillie non pas par son Jakob, mais par un étranger ?

— Qui est là ?

Une bouffée d'air s'échappe de ses lèvres (un rire, le premier depuis des semaines) et elle se rend compte qu'elle retenait son souffle. *C'est lui.*

— Jakob ! Jakob, c'est moi ! dit-elle contre la porte.

Elle se hisse sur la pointe des pieds avec l'impression soudaine d'être aussi légère qu'une plume. Avant qu'elle ait le temps d'ajouter « C'est Bella », un rapide déclic métallique se fait entendre, un verrou qu'on fait glisser, et la porte s'ouvre, énergiquement, créant un appel d'air. Et soudain il est là, son amour, son *ukochany*, qui la regarde, qui semble voir *en* elle, et sous les couches de saleté et de sueur et de puanteur, curieusement, elle se sent belle.

— C'est toi ! chuchote Jakob. Comment as-tu...? Entre, dépêche-toi.

Il l'attire à l'intérieur et verrouille la porte derrière eux. Elle pose son manteau et son appareil photo à terre et lorsqu'elle se redresse, Jakob pose ses mains sur ses épaules. Il la tient avec douceur et son regard la parcourt, l'étudie. Dans ses yeux, Bella lit l'inquiétude, l'épuisement, l'incrédulité. Quoi qu'il ait pu lui arriver ici à Lviv, cela a laissé des traces en lui. Il semble ne pas avoir dormi depuis des jours.

— Kuba, commence-t-elle, l'appelant par son nom hébreu comme elle le fait parfois.

Elle ne veut rien d'autre que l'assurer qu'elle va bien, qu'elle est là maintenant, qu'il ne doit pas s'inquiéter. Mais il n'est pas encore prêt à parler. Il l'attire à lui et l'enveloppe tout entière, si bien qu'elle peut à peine respirer, et à cet instant elle sait qu'elle a fait le bon choix.

Elle enfouit son visage dans le creux familier de son cou et frotte son dos de ses mains. Il a la même odeur que d'habitude, un mélange de copeaux de bois, de cuir et de savon. Elle sent son cœur battre contre le sien, le lourd poids de sa joue sur sa tête. Sous sa chemise, ses omoplates saillent comme des boomerangs, plus pointues que dans son souvenir. Ils restent ainsi une longue minute, puis Jakob recule et la soulève encore et encore jusqu'à ce que ses pieds décollent du sol. Il rit, tourne, et bientôt la pièce est floue autour d'elle et elle rit également. Lorsque les orteils de Bella touchent à nouveau le sol, Jakob se penche en avant. Elle laisse le poids de sa poitrine se dissoudre entre ses bras. Tandis qu'il la fait basculer, elle penche la tête en arrière et sent le sang affluer à ses tempes. Il la berce ainsi un moment, pendante dans ses bras, comme s'ils effectuaient le dernier mouvement triomphant d'une danse de salon, avant de la redresser sur ses pieds.

Jakob la dévisage à nouveau, tenant ses mains dans les siennes, avec une expression soudain sérieuse.

— Tu as réussi, dit-il en secouant la tête. J'ai reçu ta lettre juste après le début des affrontements. Ensuite, nous avons été mobilisés et lorsque je suis rentré tu n'étais toujours pas là. Si j'avais su que ce serait si dur, Bella, je te promets que je ne t'aurais jamais demandé de me rejoindre. J'étais si inquiet.

— Je sais, mon amour. Je sais.

— Je n'arrive pas à croire que tu sois là.

— Nous avons failli faire demi-tour à plusieurs reprises.

— Il faut que tu me racontes tout.

— Je vais le faire, mais d'abord un bain, je t'en supplie, dit Bella avec un sourire.

Jakob soupire et l'expression de ses yeux s'adoucit.

— Je ne sais pas ce que j'aurais fait si…

— Chut, *kochanie.* Tout va bien, chéri. Je suis là.

Jakob baisse le menton pour appuyer doucement son front contre celui de Bella.

— Merci d'être venue, murmure-t-il en fermant les yeux.

Ils sont assis à une petite table carrée dans la cuisine, les mains autour de tasses de thé noir brûlant. Les cheveux de Bella sont encore mouillés après le bain qu'elle vient de prendre et la peau de son cou et de son visage est rose vif (elle s'est frottée et baignée trois bonnes minutes avant que Jakob ne frappe doucement à la porte, dévêtu, et ne grimpe dans la baignoire avec elle).

— Je ne pensais vraiment pas que ça marcherait, dit Bella.

Elle vient de finir d'expliquer le plan de Tomek, et à quel point elle était pétrifiée à l'idée d'être découverte, forcée à rebrousser chemin ou capturée. Tomek avait raison quant au front allemand : elle a réussi à le contourner en traversant la prairie lorsqu'il l'a quittée. Mais lorsqu'elle a atteint la forêt de l'autre côté, elle avait perdu le sens de l'orientation et a dévié vers le nord. Elle a marché des heures jusqu'à parvenir à des rails, qu'elle a suivis jusqu'à une petite gare en périphérie de la ville. Là, en dépit de la boue qui la recouvrait et lui donnait un aspect pathétique, elle a réussi à persuader les soldats du dernier poste de contrôle de la laisser passer. Elle a acheté un aller simple avec son dernier złoty et parcouru en train les derniers kilomètres qui la séparaient de Lviv.

— J'étais étonnée en arrivant, explique Bella. Je n'ai pas vu la Wehrmacht dans les rues. Je pensais que la ville grouillerait de soldats.

Jakob secoue la tête.

— Les Allemands sont partis, dit-il à voix basse. Lviv est occupée par les Soviétiques à présent. Hitler a retiré ses troupes quelques jours avant la chute de la Pologne.

— Attends… Quoi ?

— Lviv est tombée trois jours avant que Varsovie…

— La Pologne est… *tombée* ?

Bella sent son visage pâlir. Jakob lui prend la main.

— Tu n'es pas au courant ?

— Non.

Jakob déglutit. Il semble ne pas savoir par où commencer. Il s'éclaircit la gorge et explique aussi succinctement que possible tout ce que Bella a raté. Il lui explique comment, dans Lviv, les Polonais ont attendu des jours durant de l'aide de l'armée rouge, qui était en faction à l'est de la ville. Ils pensaient que les Soviétiques avaient été envoyés pour les protéger, mais au bout d'un moment il est apparu clairement que ce n'était pas le cas. Il lui raconte leur infériorité numérique ; comment, lorsque la ville a finalement capitulé, le général Sikorski, le chef des forces armées polonaises, a négocié un pacte permettant aux officiers polonais de quitter la ville. « Déclarez-vous auprès des autorités soviétiques et rentrez chez vous », a dit le général. Jakob marque une pause.

— Mais, juste après le départ des Allemands, des dizaines d'officiers polonais ont été arrêtés par la police soviétique sans la moindre explication. C'est là que j'ai jeté mon uniforme, ajoute Jakob. Et que j'ai décidé que je ferais mieux de me cacher ici pour t'attendre.

Bella regarde monter et descendre la pomme d'Adam de Jakob. Elle est sous le choc.

— Quelques jours plus tard, continue Jakob, après la chute de Varsovie, Hitler et Staline ont divisé la Pologne en deux. En plein milieu. Les nazis ont pris le contrôle de la partie ouest du pays, et l'armée rouge a pris le contrôle de l'est. Ici, à Lviv, nous sommes du côté soviétique… c'est pour ça que tu n'as vu aucun Allemand.

Bella arrive à peine à parler. *Les Soviétiques sont du côté des Allemands. La Pologne est tombée.*

— Est-ce que tu as… est-ce que tu as dû…

Mais elle ne termine pas sa phrase. Les mots restent coincés dans sa gorge.

— Il y a eu des combats, dit Jakob. Et des bombardements. Les Allemands ont lâché beaucoup de bombes. J'ai vu des personnes mourir, j'ai vu des choses horribles… mais non.

Il soupire en regardant ses mains.

— Je n'ai pas eu à… Je n'ai pas réussi à blesser qui que ce soit.

— Et ton frère Genek ? Et Selim ? Et Adam ?

— Genek et Adam sont ici, à Lviv. Mais Selim… Nous n'avons pas eu de ses nouvelles depuis que les Allemands se sont repliés.

Bella sent son cœur se serrer douloureusement dans sa poitrine.

— Et les officiers qu'ils ont arrêtés ?

— Personne ne les a vus depuis.

— Mon Dieu, chuchote-t-elle.

Il fait sombre dans la chambre, mais à en juger par la respiration de Jakob à côté d'elle, Bella sait qu'il ne dort pas non plus. Elle avait presque oublié à quel point il était agréable de s'allonger sur un matelas pour dormir : c'est le paradis comparé au plancher de la voiture de Tomek. Elle roule sur le côté pour faire face à Jakob et appuie sa cuisse dénudée sur son genou.

— Qu'est-ce qu'on devrait faire, à ton avis ? demande-t-elle.

Jakob coince sa jambe entre les siennes. Elle sent qu'il la regarde. Il trouve sa main, l'embrasse et porte sa paume à sa poitrine.

— On devrait se marier.

Bella rit.

— Ton rire m'a manqué, dit Jakob, et Bella peut entendre au son de sa voix qu'il sourit.

Bien sûr, sa question portait sur ce qu'ils devaient faire ensuite. Autrement dit, feraient-ils mieux de rester à Lviv ou de retourner à Radom ? Ils n'ont pas encore discuté de l'option la plus sûre. Elle presse son nez contre le sien, puis ses lèvres contre les siennes et l'embrasse avant de s'écarter.

— Est-ce que tu parles sérieusement ? Non, tu plaisantes.

Jakob. Elle ne s'attendait pas que le mariage vienne sur le tapis. Pas lors de leur première nuit à nouveau ensemble, en tout cas. Apparemment, la guerre l'a enhardi.

— Bien sûr que je parle sérieusement.

Bella ferme les yeux et sent son corps s'enfoncer lourdement dans le matelas. Elle décide qu'ils peuvent parler du reste demain.

— Est-ce que c'était une demande en mariage ? s'enquiert-elle.

Jakob embrasse son menton, ses joues, son front.

— Je suppose que ça dépend de ta réponse, finit-il par dire.

Bella sourit.

— Tu connais ma réponse, mon amour.

Elle roule sur le côté et il colle ses genoux derrière les siens, enroule ses bras autour d'elle et la berce dans sa chaleur. Ils vont parfaitement ensemble.

— Marché conclu, alors, dit Jakob.

Bella sourit.

— Marché conclu.

— J'avais si peur que tu n'arrives pas jusqu'ici.

— J'avais si peur de ne pas te trouver.

— Ne refaisons jamais ça.

— Quoi ?

— Je veux dire… je ne veux plus qu'on soit séparés. Plus jamais. C'était…

La voix de Jakob se transforme en un murmure.

— C'était horrible.

— Horrible, confirme Bella.

— À partir de maintenant, on reste ensemble, d'accord ? Quoi qu'il arrive.

— Oui. Quoi qu'il arrive.

8

Halina

Radom, Pologne sous occupation allemande – 10 octobre 1939

UN COUTEAU FERMEMENT AGRIPPÉ dans sa main, Halina souffle pour écarter de ses yeux une mèche de cheveux blonds et se penche en avant. Elle presse un bouquet de racines de betteraves contre le sol, contracte la mâchoire, lève le couteau et abaisse la lame de toute sa force. *Clac.* Plus tôt dans la journée, elle a appris que si elle y allait assez fort, elle pouvait couper toutes les racines en une seule fois au lieu de deux. Mais c'était il y a plusieurs heures. À présent elle est épuisée. Ses bras lui donnent l'impression d'être taillés dans du chêne, comme s'ils étaient sur le point de se détacher de ses épaules. Maintenant, elle doit s'y reprendre à deux fois, parfois trois. *Clac.*

Ses frères lui ont récemment écrit de Lviv. Ils lui ont raconté que les Soviétiques leur avaient assigné des emplois de bureau. *Des emplois de bureau !* La nouvelle commence à l'agacer. Pourquoi a-t-il fallu qu'*elle* se retrouve dans les champs ? Avant la guerre, Halina travaillait comme assistante pour son beau-frère Selim, dans son laboratoire médical. Elle portait une blouse blanche et des gants en latex. Ses mains n'étaient jamais sales, c'était un fait. Le premier jour au laboratoire, elle était sûre de trouver le travail ennuyeux. Et, au bout d'une semaine, elle découvrait que la recherche (la minutie que cela exigeait, le potentiel de nouvelles découvertes quotidiennes) était étonnamment gratifiante. Elle ferait n'importe quoi pour exercer à nouveau son ancien emploi. Mais le laboratoire, tout comme la boutique de ses parents, a été confisqué, et si vous êtes un juif sans emploi, les Allemands ne tardent pas à vous en octroyer un nouveau. Ses parents ont été envoyés dans une cantine allemande, sa sœur Mila dans une fabrique de vêtements pour raccommoder des uniformes en provenance du front allemand. Halina n'a pas la moindre idée de la raison pour laquelle on lui a confié cette tâche en particulier. Elle a d'abord cru qu'il s'agissait d'une blague, et même ri, lorsqu'à l'agence pour l'emploi de fortune de la ville l'employé lui a glissé une enveloppe portant l'inscription *Ferme à betteraves.* Elle n'a pas la moindre expérience en matière de récolte de légumes. Mais, de toute évidence, cela n'a aucune importance. Les Allemands ont faim, et les plantes sont près de sortir de terre.

En regardant ses mains, Halina fronce les sourcils, dégoûtée. Elle les reconnaît à peine : les betteraves les ont tachées d'une couleur fuchsia sombre, et la saleté s'incruste partout : sous ses ongles, dans les petits plis de sa peau autour de ses jointures, dans les cloques ouvertes qui laissent des marques sur ses paumes. Mais, ce qui est pire encore, ce sont ses vêtements. Ils sont en lambeaux, ni plus ni moins. Pour le pantalon, cela ne la perturbe pas outre mesure (heureusement qu'elle a décidé de ne pas porter une jupe), mais elle aimait particulièrement sa chemise en mousseline de soie. Quant à ses chaussures, elle préfère ne pas en parler. C'était sa paire la plus récente, des richelieus à lacets à l'extrémité légèrement carrée avec un petit talon plat. Elle les avait achetées pendant l'été chez Fogelman et les avait mises aujourd'hui en supposant qu'on lui aurait attribué un travail dans le bureau de la ferme, et qu'être bien habillée afin d'impressionner ses nouveaux patrons ne pourrait pas lui nuire. Initialement rouge foncé et d'un beau cuir brillant, les pointes sont désormais usées et décolorées, et elle peut à peine distinguer les perforations délicates qui en ornaient les côtés. C'est tragique. Il lui faudra des heures pour les nettoyer avec une aiguille à coudre. Demain, a-t-elle décidé, elle portera ses vêtements les plus miteux. Elle peut peut-être emprunter des habits que Jakob n'a pas emportés.

Elle s'assoit sur ses talons, essuie la sueur sur son front d'un revers de la main, et fait ressortir sa lèvre inférieure tandis qu'elle souffle à nouveau pour dégager la mèche de cheveux qui s'entête à lui chatouiller le visage. Quand, se demande-t-elle, sera-t-elle en mesure d'aller chez le coiffeur ? Radom est occupée depuis trente-trois jours. Son salon est désormais interdit aux juifs, ce qui est problématique car elle a désespérément besoin d'une coupe. Halina soupire. C'est son premier jour à la ferme, et elle en déjà marre. *Clac.*

Elle a l'impression que sa journée a commencé depuis une éternité. Un officier de la Wehrmacht est venu la chercher ce matin, vêtu d'un uniforme vert bien repassé et un bandeau orné d'une croix gammée sur le bras. Sa moustache était si fine qu'elle semblait avoir été dessinée au fusain au-dessus de sa lèvre. Il l'a accueillie avec un regard par-dessous la visière de son képi et un seul mot : « *Papiere!* » (apparemment, bonjour est trop d'honneur pour les juifs), puis il a fait un signe du pouce par-dessus son épaule.

— Montez.

Halina a grimpé précipitamment à l'arrière du camion et trouvé une place parmi huit autres travailleurs. Elle les connaissait tous, à part un. Alors qu'ils avançaient sous les marronniers qui bordent la rue Warszawka (elle se refuse à l'appeler par son nouveau nom allemand, *Poststrasse*), elle a gardé la tête baissée par peur d'être reconnue ; il serait vraiment embarrassant qu'une personne de son ancienne vie la voie se faire charrier de la sorte, se disait-elle.

Mais, lorsque le camion s'est arrêté au coin de la rue Kościelna, elle a levé les yeux et, comble de l'horreur, croisé le regard d'une ancienne camarade de classe qui se tenait à l'entrée du magasin de bonbons des Pomianowski. Au lycée, Sylvia voulait désespérément devenir l'amie d'Halina. Elle l'avait suivie partout pendant près d'un an avant qu'elles ne finissent par se rapprocher. Elles faisaient leurs devoirs ensemble et se rendaient visite le week-end. Une année, Sylvia avait invité Halina chez elle pour Noël ; face à l'insistance de Nechuma, Halina avait apporté une boîte des biscuits aux amandes en forme d'étoile de sa mère. Elles s'étaient perdues de vue depuis qu'elles avaient obtenu leur diplôme. Aux dernières nouvelles, Halina savait que Sylvia travaillait comme aide-soignante dans un hôpital de la ville. Tout cela lui est revenu à l'esprit tandis que le camion était arrêté et qu'elles se dévisageaient, chacune d'un côté de la rue pavée. L'espace d'un instant, Halina a songé à lui faire signe (comme s'il était parfaitement normal pour elle d'être agglutinée là, à l'arrière d'un camion, en compagnie de huit autres juifs, en route pour le travail), mais avant qu'elle ait eu le temps de lever la main, Sylvia a plissé les yeux et détourné le regard. Elle a fait comme si elle ne la *connaissait* pas ! L'humiliation et la fureur ont fait bouillir le sang d'Halina et, quand le camion s'est enfin remis en route, elle a passé la demi-heure suivante à penser à toutes les choses qu'elle aimerait dire à Sylvia la prochaine fois qu'elle la croiserait.

Ils ont roulé une éternité et le paysage urbain a rapidement disparu, les rues à deux voies et les façades en briques du XVIIe siècle laissant place à un patchwork de vergers et de pâturages et à d'étroits chemins de terre bordés de pins et d'aulnes. Lorsqu'ils sont arrivés à la ferme, Halina a recouvré son calme, mais son postérieur était endolori d'avoir été si bousculé, ce qui lui a fait détester encore plus cette journée.

Lorsqu'ils se sont garés, il n'y avait aucun bâtiment en vue, juste de la terre et des rangées de tiges feuillues à perte de vue. C'est à ce moment-là, en voyant les hectares de terre cultivée, qu'Halina a compris qu'il n'y avait pas de travail de bureau. L'officier les a alignés à côté du camion et a jeté des paniers et des sacs en toile de jute à leurs pieds.

— *Stämme*, a-t-il dit en montrant les sacs du doigt. *Rote Rüben*, a-t-il ajouté en donnant un coup de pied dans un des paniers.

Même si elle parlait suffisamment allemand pour se débrouiller, « tiges » et « betteraves rouges » ne faisaient pas encore partie de son vocabulaire, mais les consignes étaient plutôt simples à déchiffrer. Tiges dans le sac, betteraves dans le panier. Au bout d'un moment, l'officier a tendu à chaque juif un couteau avec une longue lame émoussée. Il a lancé un regard noir à Halina lorsqu'elle s'est emparée du sien.

— *Für die Stämme*, a-t-il déclaré en posant sa main sur la crosse en bois usée du pistolet accroché à sa ceinture.

Sa moustache suivait les mouvements de la courbe de ses lèvres et formait comme une griffe. Il n'a pas peur de nous donner des couteaux aussi grands que ça, a songé Halina.

Et c'était ainsi que ça a commencé. Couper, arracher, secouer, mettre dans le sac. Couper, arracher, secouer, mettre dans le sac.

Peut-être qu'elle devrait empocher quelques betteraves pour les rapporter à sa mère. Avant que la nourriture ne soit rationnée, Nechuma râpait des betteraves grillées et les mélangeait avec du raifort et du citron pour faire du *ćwikła*, qu'elle servait avec du hareng fumé et des pommes de terre vapeur. Halina en a l'eau à la bouche ; voilà des semaines qu'elle n'a pas fait un repas digne de ce nom. Mais son intuition lui dit qu'une betterave en plus au dîner ne vaudrait pas la punition encourue si elle se faisait surprendre à voler.

Un coup de sifflet lui fait relever la tête. Elle distingue un camion à une centaine de mètres avec, à côté, un officier allemand, vraisemblablement celui qui les a amenés ici, qui agite son képi par-dessus sa tête. Depuis son lopin, elle voit deux de ses collègues qui avancent déjà dans sa direction. Lorsqu'elle se lève, ses muscles protestent douloureusement. Elle a passé bien trop d'heures penchée en avant. Elle laisse tomber le couteau au-dessus de son panier et place l'anse en osier dans le creux de son coude. En grimaçant, elle attrape le sac rempli de tiges, en passe la sangle tressée sur son autre épaule et commence à claudiquer en direction du camion.

Le soleil a disparu derrière la cime des arbres, donnant au ciel une teinte rosée, comme s'il était taché par le jus des plantes qu'elle a passé la journée à récolter. Bientôt, il lui faudra un manteau plus chaud, songe-t-elle. L'officier siffle à nouveau et lui fait signe de presser le pas. Elle l'insulte à voix basse. Son panier est lourd : il doit bien peser quinze kilos. Elle marche aussi vite que le lui permettent ses articulations, se demandant si l'une des betteraves qu'elle a sorties de terre finira dans la cantine où travaillent ses parents. Ils y sont depuis une semaine.

— Ce n'est pas si terrible, a dit sa mère après leur premier jour. Si ce n'est qu'on doit préparer tous ces bons plats sans jamais les goûter.

Près du camion, l'officier à la moustache au fusain attend, la paume tendue.

— *Das Messer,* dit-il.

Halina lui tend le couteau, puis pose son sac et son panier dans le camion avant d'y monter. Les autres sont déjà assis, tout aussi débraillés qu'elle. Ils attendent un dernier travailleur puis s'installent pour la route du retour, le fruit de leur journée de labeur à leurs pieds, trop fatigués pour parler.

— Même heure demain, aboie l'Allemand tandis que le camion s'arrête devant le n° 14 de la rue Warszawska.

Il fait presque nuit. Par la fenêtre de la cabine du camion, il tend à Halina ses papiers, avec un petit morceau de pain rassis, son dédommagement pour la journée.

— *Danke,* dit Halina en s'emparant du pain.

Elle tente de dissimuler sous un sourire le sarcasme de sa voix, mais c'est inutile car l'officier ne la regarde pas et accélère avant même que le mot ait franchi ses lèvres.

— *Szkop*, murmure-t-elle.

Elle tourne les talons et clopine jusqu'à la maison, cherchant la clé dans la poche de son manteau.

À l'intérieur, Halina trouve dans l'entrée Mila en train d'accrocher son manteau ; elle vient juste de rentrer de l'atelier d'uniformes. Felicia est assise sur un tapis persan et agite un hochet en argent tout en souriant au tintement qu'il produit.

— Mon Dieu, s'exclame Mila, surprise par l'apparence d'Halina. Mais qu'est-ce qu'ils t'ont fait faire, enfin ?

— J'étais dans les champs, dit Halina. Accroupie toute la journée pour récolter des légumes. Tu peux croire ça ?

— Toi… dans les champs, répète Mila avec malice en retenant un rire. Quelle grande idée !

— À qui le dis-tu. C'était horrible.

Halina est près de la porte, en équilibre sur un pied tandis qu'elle retire une chaussure. Une de ses cloques se rouvre et elle grimace.

— Tout ce à quoi je pensais, c'était à la tête d'Adam s'il me voyait ramper dans la terre, comme un animal ! Qu'est-ce qu'il aurait ri. Regarde mes chaussures ! se désole-t-elle. Mon Dieu, quel désastre.

Elle examine ses chaussettes. Elle n'en revient pas de la quantité de terre qu'elles ont amassée elles aussi. Elle les retire en prenant bien soin de ne pas salir le sol.

— Qu'est-ce que c'est que ça ? demande-t-elle en montrant du doigt un morceau de tissu enroulé lâchement autour du cou de Mila.

— Oh, dit Mila en regardant sa poitrine. J'ai oublié que je le portais. C'est moi qui l'ai fait. Je ne sais pas comment on appelle ça. Un harnais, je suppose ?

Elle se tourne pour montrer l'endroit où le tissu se croise entre ses omoplates.

— Je glisse Felicia dedans pour la porter.

Elle se retourne et tapote la boucle qui pend sur son torse.

— Ça permet de la cacher sur la route de l'atelier.

Mila emmène Felicia avec elle au travail tous les jours même si, techniquement, les enfants sont interdits. *La présence de toute personne âgée de moins de douze ans est interdite sur le lieu de travail.* C'est l'un des nombreux décrets mis en place par les Allemands, et toute désobéissance est passible de la peine de mort. Mais Mila ne peut pas *ne pas* travailler (tout le monde doit travailler) et ce n'est pas comme si elle pouvait laisser Felicia, qui n'a même pas un an, seule toute la journée dans l'appartement pendant son absence.

Halina admire l'ingéniosité de sa sœur, et son courage. Elle se demande ce qu'elle ferait si elle était à sa place : aurait-elle l'audace d'aller à l'atelier avec un enfant illégalement attaché à sa poitrine ? Mila a changé depuis le départ de Selim. Halina se rappelle souvent à quel point la maternité était compliquée pour elle à l'époque où tout était facile. Et maintenant que tout est difficile c'est un rôle qui semble lui convenir beaucoup mieux. Comme si elle avait acquis une sorte de sixième sens. Halina n'a plus peur que Mila craque après une nuit blanche de trop.

— Est-ce que Felicia aime être dans son… harnais ? s'enquiert-elle.

— Ça n'a pas l'air de la déranger.

Halina entre dans la cuisine sur la pointe des pieds tandis que Mila commence à mettre la table pour le dîner. Même si les repas ne sont plus ce qu'ils étaient, Nechuma insiste pour qu'ils continuent à utiliser l'argenterie et la porcelaine.

— Que fait Felicia pendant que tu couds toute la journée ? lance Halina depuis la cuisine.

— La plupart du temps elle joue sous mon plan de travail. Et sinon elle fait la sieste dans un panier rempli de chutes de tissu. Elle est incroyablement patiente.

Penchée par-dessus l'évier, Halina se passe les mains et les bras sous l'eau tout en imaginant sa nièce de onze mois jouant sous une table des heures durant. Elle aimerait tant pouvoir faire quelque chose pour aider sa sœur.

— Des nouvelles de Selim aujourd'hui ? demande-t-elle.

— Non.

L'eau éclabousse la cuvette en métal de l'évier et Halina reste silencieuse un moment. Genek, Jakob et Adam ont tous écrit pour leur donner leur nouvelle adresse à Lviv et prendre des nouvelles. Dans leurs lettres, ils disent qu'ils n'ont pas vu Selim depuis que les Soviétiques ont pris le contrôle de la ville. Halina sent son cœur se serrer pour sa sœur. Il doit être affreux de ne pas savoir où est son mari, de ne pas même savoir s'il est *vivant*. Elle a essayé à plusieurs reprises de consoler Mila en lui donnant son point de vue (à savoir que pas de nouvelles valait mieux que de mauvaises nouvelles), mais, dans le fond, elle sait très bien que la disparition de Selim ne peut pas être de bon augure.

Dans sa dernière lettre, Adam a confirmé qu'ils avaient lu dans *La Tribune* et dans le *Radomer Leben* (les journaux étaient leur unique source d'information à présent, puisque leurs postes de radio avaient été confisqués) que l'armée polonaise de Lviv avait été dissoute et que les Allemands s'étaient retirés, laissant la ville aux mains de l'armée rouge. Il y a un tas de postes à pourvoir, disait-il. De fait, il avait trouvé un travail. Le salaire était pitoyable, mais c'était toujours ça. Il pourrait aussi en trouver un à Halina. Et il avait une grande nouvelle à lui annoncer, quelque chose dont il souhaitait lui faire part en personne. Il avait signé sa lettre en disant « *Avec tout mon amour* », et ajouté un post-scriptum : « *Je pense que tu devrais venir à Lviv.* »

En dépit de l'appréhension de vivre sous le régime soviétique, l'idée de déménager à Lviv enchante Halina. Adam lui manque profondément : sa personnalité calme et rassurante, son contact doux et confiant, ce contact qui lui a fait comprendre que les garçons qu'elle avait fréquentés avant lui étaient complètement ineptes. Elle ferait n'importe quoi pour être à nouveau avec lui et se demande si sa *grande nouvelle* pourrait être une demande en mariage. Elle a vingt-deux ans, il en a trente-deux. Ils sont ensemble depuis assez longtemps : le mariage lui semble une prochaine étape logique. Elle y pense souvent et son cœur s'emballe à l'idée qu'il lui demande sa main, avant de se serrer lorsqu'elle pense qu'être avec Adam impliquerait de quitter Radom. Elle a beau tourner la situation dans tous les sens, l'idée d'abandonner ses parents la gêne. Avec Jakob et Genek à Lviv, qui d'autre prendrait soin d'eux ? Mila doit déjà s'occuper de Felicia, et Addy est toujours coincé en France. Dans sa dernière lettre, il disait avoir reçu l'ordre de s'engager. En novembre, il devait rejoindre l'armée. Ce qui veut dire qu'il ne reste plus qu'elle. Et, dans tous les cas, même si elle *pouvait* justifier le fait de partir un temps à Lviv avec l'intention de revenir, le voyage lui-même serait impossible, les derniers décrets nazis la privant du droit de quitter son domicile ou de prendre un train sans permis spécifique. Pour le moment, elle n'a pas le choix. Elle ne peut pas bouger.

Le cliquetis d'un verrou se fait entendre et l'instant d'après la voix de Sol retentit dans l'appartement lorsqu'il appelle sa petite-fille.

— Où est mon petit ange ?

Felicia sourit, se lève en chancelant et titube le long du couloir qui relie l'entrée à la salle à manger, les bras tendus comme de petits aimants l'attirant vers ceux de son *dziadek.* Halina et Mila lui emboîtent le pas. Felicia rit tandis que Sol la soulève et grogne, faisant mine de manger son épaule jusqu'à ce que les rires se transforment en cris. Nechuma apparaît derrière lui et Halina et Mila embrassent leurs parents pour les accueillir.

— Mon Dieu, dit Nechuma dans un souffle en examinant les vêtements d'Halina. Qu'est-ce qui s'est passé ?

— J'ai *récolté*. Est-ce que tu m'as déjà vue dans un état aussi horrible ?

Nechuma étudie la cadette de ses enfants et secoue la tête.

— Jamais.

— Et vous ? La cantine ? s'enquiert Halina en accrochant le manteau de sa mère.

Nechuma montre son pouce, enveloppé d'un bandage ensanglanté.

— À part ça, c'était d'un ennui mortel.

— Maman !

Halina attrape la main de Nechuma pour l'examiner de plus près.

— Je vais bien. Si les Allemands nous donnaient des couteaux dignes de ce nom, je ne me couperais pas si souvent. Mais vous savez quoi ? Un peu de sang dans leur *kartoflanka*[13] ne tuera personne.

— Vous devriez faire plus attention, la réprimande Halina.

Nechuma retire sa main et ignore son commentaire.

— J'ai quelque chose pour nous.

Elle sort de sous son chemisier un mouchoir rempli de pelures de pommes de terre.

— Ce n'est pas grand-chose, dit-elle en voyant Halina hausser les sourcils. J'ai fait les pelures aussi épaisses que possible. Regarde, il y a presque une demi-pomme de terre là-dedans.

Halina la dévisage.

— Vous les avez *volées* ? À la cantine ?

— Personne ne m'a vue.

— Mais… et s'ils vous avaient vue ?

Le ton d'Halina est dur, trop dur sans doute. Parler à sa mère de cette façon ne lui ressemble pas et elle sait qu'elle devrait s'excuser, mais ne le fait pas. Que Mila introduise son bébé dans l'atelier est une chose (elle n'a

13. Soupe de pommes de terre polonaise (N.d.T.).

pas d'alternative), mais que sa mère vole les Allemands avec une telle inconscience en est une autre.

Le silence plane dans la pièce. Halina, Mila et leurs parents se scrutent les uns les autres, leurs regards formant un carré.

— Ce n'est rien, Halina, intervient finalement Mila. On en a besoin. Felicia est squelettique, regarde-la. Merci, Maman. Venez, allons préparer de la soupe.

9

Jakob et Bella

Lviv, Pologne sous occupation soviétique – 24 octobre 1939

BELLA MARCHE PRUDEMMENT afin de ne pas abîmer l'arrière des talons d'Anna. Les sœurs avancent lentement et parlent en chuchotant. Il est 21 heures et les rues sont vides. Contrairement à Radom, il n'y a pas de couvre-feu à Lviv, mais le black-out est toujours en vigueur, et avec les lampadaires éteints il est presque impossible de voir quoi que ce soit.

— Je ne peux pas croire que nous n'ayons pas pensé à prendre une lampe de poche, murmure Bella.

— J'ai fait le trajet plus tôt dans la journée, répond Anna. Reste près de moi, je sais où je vais.

Bella sourit. Se faufiler dans les petites rues sous la pâle lumière bleutée de la lune lui rappelle les nuits où elle et Jakob quittaient leurs appartements respectifs sur la pointe des pieds à 2 heures du matin pour aller faire l'amour dans le parc sous les marronniers.

— C'est juste ici, annonce Anna à voix basse.

Elles grimpent le petit escalier et entrent dans la maison par une porte latérale. Il fait encore plus sombre à l'intérieur que dans la rue.

— Ne bouge pas, je gratte une allumette, ordonne Anna tout en fouillant dans son sac à main.

— Oui, madame, dit Bella en riant.

Toute sa vie, c'est *elle* qui a donné des ordres à Anna, et non le contraire. Anna est le bébé, le petit ange de la famille. Mais Bella sait que derrière ce joli visage calme se cache un esprit vif et que sa sœur est capable d'atteindre n'importe quel objectif quand elle le décide.

Bien qu'elle ait deux ans de moins, Anna a été la première à se marier. Avec son mari, Daniel, ils vivent au bout de la rue de Bella et Jakob à Lviv (un détail qui a apaisé la douleur de Bella au moment de laisser ses parents). Les sœurs se voient souvent et parlent régulièrement de la meilleure manière de convaincre leurs parents de déménager à Lviv. Mais, dans ses lettres, Gustava insiste sur le fait qu'elle et Henry se débrouillent très bien seuls à Radom. *Le cabinet dentaire de votre père nous rapporte encore un peu d'argent*, a-t-elle écrit dans sa dernière missive. *Il soigne les Allemands. Ça n'aurait pas de sens pour nous de déménager, du moins pas encore. Promettez-nous juste de nous rendre visite quand vous le pourrez, et de nous écrire souvent.*

— Comment diable as-tu déniché cet endroit ? demande Bella.

Sa sœur ne lui a pas donné d'adresse, elle lui a simplement dit de la suivre. Elles ont emprunté tellement de petites allées sur le trajet que Bella a perdu le sens de l'orientation.

— C'est Adam qui l'a trouvé, explique Anna en frottant l'allumette encore et encore sans obtenir la moindre étincelle. Grâce à la résistance, ajoute-t-elle. Apparemment, ils s'en sont déjà servis comme d'une sorte d'abri, alors on ne devrait pas avoir de visiteurs surprise.

Enfin, une allumette fonctionne, produisant un petit nuage de soufre à l'odeur prononcée et un halo de lumière ambrée.

— Adam a dit qu'il avait laissé la bougie près du robinet, marmonne-t-elle.

Elle se dirige vers le robinet, une main en coupe autour de la flamme. Adam a également trouvé le rabbin, ce qui n'est pas chose aisée, Bella en est bien consciente. Lorsque Lviv est tombée, les Soviétiques ont dépouillé les rabbins de leurs titres et leur ont interdit d'exercer ; ceux qui n'ont pas été en mesure de trouver un nouvel emploi ont décidé de se cacher. Yoffe est le seul rabbin qu'Adam a pu trouver qui n'ait pas peur de célébrer une cérémonie de mariage, à condition que la noce se déroule en secret.

À la faible lueur de la bougie, la pièce commence à prendre forme. Bella regarde autour d'elle : l'ombre d'une bouilloire posée sur une cuisinière, la silhouette d'un bol et de cuillères en bois sur le plan de travail, un rideau opaque accroché à la fenêtre au-dessus de l'évier. Visiblement, la personne qui vivait ici est partie précipitamment.

— C'est incroyablement gentil de la part d'Adam de faire ça pour nous, dit Bella plus pour elle-même que pour sa sœur.

Elle a rencontré Adam un an plus tôt, lorsqu'il a loué la chambre dans l'appartement des Kurc. Elle le connaissait surtout comme le petit ami d'Halina, calme et détendu, plutôt discret (bien souvent, sa voix s'entendait à peine autour de la table à manger). Mais, depuis son arrivée à Lviv, Adam a surpris Bella par sa capacité à organiser l'impossible : fabriquer de faux papiers d'identité pour la famille. Pour les Russes, Adam travaille dans un verger à l'extérieur de la ville, où il récolte des pommes. Mais, pour la résistance, il est devenu un faussaire précieux. Des centaines de juifs lui ont déjà acheté des papiers, qu'il fabrique avec une telle méticulosité que Bella pourrait jurer qu'ils sont authentiques.

Un jour, elle lui a demandé comment il réussissait à leur donner l'air aussi vrai.

— Ils *sont* vrais. Les timbres, du moins, a-t-il répondu.

Il lui a expliqué comment il avait découvert qu'on pouvait retirer les timbres officiels du gouvernement de papiers d'identité existants grâce à un œuf dur épluché.

— Je soulève l'original quand l'œuf est encore chaud, puis je passe l'œuf sur les nouveaux papiers. Ne me demande pas pourquoi, mais ça fonctionne.

— Je l'ai trouvée !

L'obscurité les enveloppe à nouveau tandis qu'Anna fouille à la recherche d'une autre allumette. Un instant plus tard, la bougie est allumée.

Bella ôte son manteau et le pose sur le dossier d'une chaise.

— Il fait froid ici, murmure Anna. Désolée.

La bougie à la main, elle se dirige vers l'évier pour se tenir près de Bella.

— Ça ne fait rien, assure cette dernière en réprimant un frisson. Est-ce que Jakob est déjà là ? Et Genek ? Et Herta ? C'est tellement silencieux.

— Tout le monde est là. Ils ont pris place dans l'entrée, j'imagine.

— Alors je ne me marie pas dans la cuisine ? s'amuse Bella.

Puis elle soupire, prenant conscience qu'en dépit de toutes les fois où elle s'est dit qu'elle épouserait Jakob n'importe où, l'idée de l'épouser ici, dans la maison fantomatique pleine d'ombres d'une famille qu'elle ne connaîtra jamais, commence à la mettre mal à l'aise.

— Je t'en prie. Tu as beaucoup trop de classe pour un mariage dans une cuisine.

Bella sourit.

— Je ne pensais pas que je serais nerveuse.

— C'est le jour de ton *mariage*. Bien sûr que tu es nerveuse !

Les mots résonnent en elle et Bella se fige.

— Si seulement Papa et Maman pouvaient être là, dit-elle enfin.

S'entendant prononcer ces mots, les larmes lui montent aux yeux. Elle et Jakob ont discuté de la possibilité d'attendre la fin de la guerre pour se marier, afin d'avoir une cérémonie plus traditionnelle à Radom avec leurs familles. Mais personne ne savait quand elle se terminerait. Ils avaient suffisamment attendu, ont-ils décidé. Les Tatar et les Kurc avaient envoyé leur bénédiction depuis Radom. Ils avaient presque supplié Jakob et Bella de se marier.

Et, pourtant, Bella déteste le fait que ses parents ne puissent pas être avec elle. Elle déteste qu'en dépit du bonheur qu'elle éprouve d'être avec Jakob elle s'en sente également coupable. Est-il raisonnable, se demande-t-elle, de célébrer leur union alors que son pays est en guerre ? Pendant que ses parents sont seuls à Radom ? Ses parents qui, toute sa vie, lui ont tant donné alors qu'ils avaient si peu de chose ?

La mémoire de Bella la ramène au jour où elle et Anna étaient rentrées de l'école pour trouver leur père dans le salon avec un chien miteux à ses pieds. Le chiot était un cadeau, leur avait dit leur père, d'un de ses patients qui traversait une période difficile et était incapable de payer pour se faire arracher une dent. Bella et Anna, qui avaient supplié leurs parents d'avoir un chien depuis qu'elles étaient toutes petites, avaient poussé des cris de joie et s'étaient précipitées sur leur père pour l'enlacer. Il avait passé ses bras autour d'elles, riant tandis que le chien mordillait leurs chevilles pour jouer.

Anna lui serre la main.

— Je sais, dit-elle. Moi aussi j'aimerais qu'ils soient là. Mais ils tiennent tellement à ce que tu te maries. Tu ne dois pas t'inquiéter pour eux. Pas ce soir.

Bella hoche la tête.

— C'est tellement différent de ce que j'avais imaginé, murmure-t-elle.

— Je sais, répète Anna d'une voix douce.

Lorsqu'elles étaient adolescentes, Bella et Anna passaient des heures étendues sur leur lit à discuter et imaginer le jour de leur mariage. À l'époque, Bella visualisait parfaitement la scène : le bouquet de roses blanches à l'odeur délicate que sa mère aurait composé pour elle ; le sourire sur le visage de son père tandis qu'il soulèverait son voile pour l'embrasser sur le front sous la *houppa*[14] ; l'excitation de Jakob lorsqu'il glisserait à son index un anneau, symbole de leur amour qu'elle garderait avec elle pour le restant de ses jours. S'il s'était déroulé à Radom, son mariage n'aurait rien eu d'extravagant, elle le sait. Mais il aurait été simple. Beau. Ce qui est sûr, c'est que cela n'aurait *pas* été une cérémonie secrète dans une vieille baraque sans électricité à cinq cents kilomètres de ses parents. Mais, Bella se le répète, après tout elle a choisi de venir à Lviv. Jakob et elle ont décidé de se marier ici. Sa sœur a raison : voilà des années que ses parents souhaitaient cela pour elle. Elle devrait se centrer sur ce qu'elle a, et non sur ce qu'elle n'a pas, particulièrement ce soir.

— Personne n'aurait pu imaginer ça, ajoute Anna. Mais dis-toi, continue-t-elle d'une voix plus joyeuse, que la prochaine fois que tu verras *Mama i Tata* tu seras une femme mariée ! C'est incroyable, tu ne trouves pas ?

Bella sourit et ravale ses larmes.

— En quelque sorte, oui, murmure-t-elle.

Elle repense à la lettre de son père, arrivée deux jours plus tôt. Henry y explique à quel point Gustava et lui étaient fous de joie quand ils ont appris son projet de mariage. *Nous t'aimons tant, Bella chérie. Ton Jakob a une belle âme, et une bonne famille. Nous fêterons cela, tous ensemble, lorsque nous serons à nouveau réunis.* Au lieu de la montrer tout de suite à Jakob, Bella a glissé la lettre sous son oreiller et décidé qu'elle la lui ferait lire ce soir, une fois qu'ils rentreraient chez eux en tant que couple marié.

Bella rentre le ventre et passe ses mains le long du corsage en dentelle de sa robe.

— Je suis tellement contente qu'elle m'aille, dit-elle en soupirant. Elle est aussi belle que dans mes souvenirs.

---

14. Dais nuptial (N.d.T.).

Lorsque Anna s'était fiancée à Daniel, sachant qu'ils ne pourraient pas lui offrir chez une couturière le genre de robe qu'Anna aurait voulu, leur mère avait décidé d'en faire une elle-même. Avec Bella et Anna, elles avaient écumé les pages de *McCall* et *Harper's Bazar* pour trouver les modèles qu'elles aimaient le mieux. Quand Anna avait enfin choisi son modèle préféré (inspiré d'images de films de Barbara Stanwyck), les femmes Tatar avaient passé tout un après-midi au magasin de tissus de Nechuma, examinant les rouleaux de satin, de soie et de dentelle, s'émerveillant du toucher somptueux de chacun tandis qu'elles les faisaient glisser entre leurs doigts. Nechuma leur avait vendu à prix coûtant les matériaux dont elles avaient besoin et il avait fallu près d'un mois à Gustava pour terminer la robe : avec un col V, un corsage orné de dentelle blanche, de longues manches gigot froncées, des boutons de haut en bas du dos, une jupe cloche qui descendait jusqu'au sol et une ceinture en satin d'un blanc poudré attachée au niveau des hanches. Ravie, Anna l'avait qualifiée de chef-d'œuvre. Bella avait secrètement espéré qu'elle la porterait un jour.

— Je suis contente de l'avoir apportée, répond Anna. J'ai failli la laisser chez Maman, mais je ne supportais pas l'idée de m'en séparer. Oh, Bella…

Anna recule d'un pas pour l'admirer.

— Tu es tellement belle. Viens, dit-elle en ajustant la broche en or accrochée au cou de Bella afin qu'elle soit parfaitement centrée entre ses clavicules. Viens avant que je me mette à pleurer. Tu es prête ?

— Presque.

Bella sort de la poche de son manteau un tube en métal et applique soigneusement sur sa bouche quelques touches de rouge à lèvres rouge, regrettant de ne pas avoir de miroir.

— Je suis contente que tu aies apporté ça aussi, dit-elle en frottant ses lèvres l'une contre l'autre avant de remettre le tube dans sa poche. Et que tu veuilles bien me prêter tout cela, ajoute-t-elle.

Quand le rouge à lèvres a été retiré des étalages (l'armée préférant utiliser le pétrole et l'huile de ricin à d'autres fins), la plupart des femmes qu'elles connaissaient se sont furieusement accrochées à leurs réserves.

— C'est normal, répond Anna. Alors… *gotowa?*

— Prête.

La bougie dans une main, Anna guide lentement Bella vers la porte.

Le couloir est faiblement illuminé par deux petits cierges posés sur les balustres de l'escalier. Jakob se tient au bas des marches. Au début, tout ce que Bella parvient à distinguer, c'est sa silhouette. Son torse fin, la courbe douce de ses épaules.

— Gardons celle-ci pour plus tard, dit Anna en éteignant sa bougie.

Elle embrasse Bella sur la joue.

— Je t'aime, dit-elle, rayonnante, avant de rejoindre les autres pour les saluer.

Bella ne les voit pas, mais elle entend leurs murmures : *Och, jaka piękna!* Qu'elle est belle !

Une seconde silhouette se tient près de celle de son futur mari, immobile. La lueur de la bougie éclaire un instant les frisottis d'une longue barbe argentée. Ce doit être le rabbin. Bella avance dans la lumière vacillante des cierges. Lorsqu'elle enroule son bras autour de celui de Jakob, elle sent disparaître la tension entre ses côtes. Elle n'est plus nerveuse et elle n'a plus froid. Elle flotte.

Les yeux de Jakob sont humides lorsqu'ils rencontrent les siens. Dans les chaussures à talons ivoire de sa sœur, elle est presque aussi grande que lui. Il plante un baiser sur sa joue.

— Bonjour, mon soleil, dit-il en souriant.

— Bonjour, répond Bella en souriant encore plus.

Un des membres de l'assemblée glousse.

Le rabbin tend une main. Son visage est un labyrinthe de rides. Il doit avoir dans les quatre-vingts ans.

— Je suis le rabbin Yoffe, dit-il.

Sa voix, à l'instar de sa barbe, semble mal dégrossie.

— Ravie de vous rencontrer, répond Bella en prenant sa main et en baissant la tête.

Les doigts du rabbin paraissent noueux et fragiles entre les siens, comme un tas de brindilles.

— Merci de faire ça pour nous, dit-elle, consciente des risques qu'il a pris en venant ici.

Yoffe s'éclaircit la gorge.

— Je vous en prie. Et si nous commencions ?

Jakob et Bella hochent la tête.

— *Yacub*, commence Yoffe, répétez après moi.

Jakob fait de son mieux pour ne pas s'embrouiller en répétant les mots du rabbin Yoffe, mais c'est difficile, en partie parce que son hébreu est rudimentaire, mais surtout parce qu'il est trop distrait par sa fiancée pour rester concentré plus de quelques secondes. Elle est spectaculaire dans sa robe. Mais ce n'est pas la robe qui l'impressionne le plus. Sa peau n'a jamais été aussi parfaite, ses yeux aussi brillants, son sourire, même dans l'ombre, un arc de Cupidon aussi rayonnant. Contre l'ébène de la maison abandonnée, éclairée par la faible lueur dorée des bougies, on dirait presque un ange. Il n'arrive pas à la quitter des yeux. Alors il bafouille pendant ses prières, sans réfléchir à ce qu'il dit, obnubilé par l'image de sa future femme. Il mémorise la moindre de ses courbes, regrettant de ne pas pouvoir la prendre en photo afin de lui montrer plus tard à quel point elle est belle.

Yoffe sort un mouchoir de sa poche de poitrine et le place sur la tête de Bella.

— Tournez sept fois autour de *Yacub*, ordonne-t-il en dessinant un cercle imaginaire sur le sol avec son index.

Bella lâche le bras de Jakob et obéit. Ses talons résonnent doucement sur le plancher tandis qu'elle décrit un cercle, puis un autre. Chaque fois qu'elle passe devant lui, Jakob murmure :

— Tu es magnifique.

Et, chaque fois, Bella rougit. Lorsqu'elle reprend sa place à côté de Jakob, Yoffe offre une courte prière, puis met à nouveau la main dans sa poche pour en extirper cette fois une serviette en tissu pliée en deux. Il l'ouvre, dévoilant une petite ampoule dont le filament est cassé. Une ampoule en état de marche est trop précieuse actuellement pour la briser.

— Ne vous en faites pas, elle ne fonctionne plus, dit-il en enveloppant l'ampoule et en se penchant lentement en avant pour la placer à leurs pieds.

Quelque chose craque et Jakob se demande si c'est le plancher ou les articulations du rabbin.

— En cette heureuse occasion, dit Yoffe en se redressant, nous ne devons pas oublier à quel point la vie est fragile. Le bris du verre, un symbole de la destruction du temple de Jérusalem, une courte vie de l'homme sur Terre.

Il désigne Jakob, puis le sol. Jakob pose doucement le pied sur la serviette pour casser l'ampoule, résistant à l'envie de la piétiner par peur que quelqu'un puisse l'entendre.

— *Mazel tov!* s'exclament doucement les autres dans l'ombre, dans un effort pour contenir leur enthousiasme.

Jakob prend la main de Bella et entrelace leurs doigts.

— Avant de conclure, dit Yoffe en faisant une pause pour regarder Jakob et Bella, j'aimerais ajouter que, même dans l'obscurité, je vois votre amour. Vous en êtes remplis, et il brille à travers vos yeux.

Jakob resserre son emprise autour de la main de Bella. Le rabbin sourit, révélant deux dents manquantes, puis entame une chanson en guise de bénédiction finale :

Tu es béni, Seigneur notre Dieu, souverain du monde,
Qui as créé la liesse et l'allégresse, le fiancé et la fiancée,
L'éclat de la joie, l'amour et la fraternité,
La paix et l'amitié…

Les autres chantent avec lui, applaudissant doucement tandis que Jakob et Bella scellent leur union par un baiser.

— Ma *femme*, dit Jakob, le regard dansant sur le visage de Bella.

Les mots ont un goût à la fois nouveau et merveilleux sur ses lèvres. Il lui dérobe un autre baiser.

— Mon *mari.*

Main dans la main, ils se retournent pour saluer leurs invités, qui émergent de l'ombre pour embrasser les jeunes mariés.

Quelques minutes plus tard, le groupe est rassemblé dans la salle à manger pour un dîner de fortune, un repas qu'ils ont caché sous leur manteau pour l'apporter. Rien de sophistiqué, mais c'est tout de même un régal : des steaks hachés de cheval, des pommes de terre vapeur et de la bière artisanale.

Genek fait tinter délicatement sa fourchette contre un verre et s'éclaircit la gorge.

— À *Pan i Pani* Kurc, dit-il en levant son verre. *Mazel tov!*

Jakob sent à quel point il est difficile pour Genek de ne pas parler plus fort.

— *Mazel tov,* répondent en écho les autres.

— Et ça n'aura pris que neuf ans ! ajoute Genek en souriant.

À côté de lui, Herta rit.

— Plus sérieusement, reprend-il. À mon petit frère et à sa ravissante épouse, que nous adorons tous depuis la première fois que nous l'avons rencontrée : puisse votre amour durer toujours. *L'Chaim!*

— *L'Chaim,* répètent les autres à l'unisson.

Jakob lève son verre, sourit à Genek et regrette comme souvent de ne pas avoir fait sa demande avant. S'il avait demandé la main de Bella un an plus tôt, ils auraient pu célébrer leur union au cours d'un vrai mariage, avec leurs parents, leurs frères et sœurs et leurs oncles et tantes à leurs côtés. Ils auraient dansé sur du Popławski, dégusté du champagne dans des flûtes, et se seraient gavés de pain d'épices. La soirée aurait, sans aucun doute, fini avec Addy, Halina et Mila jouant du piano chacun à leur tour, donnant aux invités une sérénade avec un morceau de jazz ou un *Nocturne* de Chopin.

Il regarde Bella. Ils avaient convenu que se marier ici, à Lviv, était la meilleure chose à faire, et même si elle ne l'a jamais dit, il sait qu'elle doit ressentir la même chose. La même nostalgie du mariage qu'ils pensaient avoir. Le mariage qu'elle méritait. Laisse tomber, se dit Jakob en tentant d'occulter la pointe familière de regret qu'il éprouve.

Autour de la table, les verres s'entrechoquent. Leurs pieds ronds accrochent la lumière de la bougie tandis que les jeunes mariés et les invités boivent leur bière. Bella tousse et se couvre la bouche, les sourcils froncés, et Jakob rit. Ils n'ont pas bu d'alcool depuis des mois et la bière est forte.

— Ça pique, s'amuse Genek, ses fossettes créant des ombres sur ses joues. On va tous finir soûls en moins de temps qu'il n'en faut pour le dire.

— Je crois que je suis déjà soûle, intervient Anna à l'autre bout de la table.

Alors que les autres rient, Jakob se tourne vers Bella et pose sa main sur son genou, sous la table.

— Ta bague de fiançailles t'attend à Radom, chuchote-t-il. Je suis désolé de ne pas te l'avoir donnée plus tôt. J'attendais le moment parfait.

Bella secoue la tête.

— S'il te plaît, arrête. Je n'ai pas besoin d'une bague.

— Je sais que ce n'est pas…

— Chut, Jakob, murmure Bella. Je sais ce que tu vas dire.

— Je me rattraperai, mon amour, je te le promets.

— Arrête, insiste Bella en souriant. Sincèrement, c'est parfait.

Jakob sent son cœur gonfler dans sa poitrine. Il se penche sur elle et effleure son oreille de ses lèvres.

— Ce n'est pas comme ça que j'imaginais les choses, mais je veux que tu saches une chose : je n'ai jamais été plus heureux qu'à cet instant, dit-il tout bas.

Bella rougit à nouveau.

— Moi non plus.

10

Nechuma

Radom, Pologne sous occupation allemande – 27 octobre 1939

NECHUMA A RASSEMBLÉ TOUS LES OBJETS de valeur de la famille et les a étalés en rangs bien ordonnés sur la table. Mila l'aide à en faire l'inventaire.

— On devrait emporter autant de choses que possible, dit Mila.

— Oui, convient Nechuma. Je laisserai aussi quelques affaires chez Liliana.

Les garçons de Nechuma ont grandi en jouant de la musique dans la cour du bâtiment avec les enfants de Liliana. Les Kurc et les Sobczak sont très liés.

— Je n'arrive pas à croire que nous partons, murmure Mila.

Nechuma agrippe le dossier sculpté d'une chaise en acajou. Personne n'a encore prononcé ces mots, du moins pas à voix haute.

— Moi non plus.

Quelques soldats de la Wehrmacht ont frappé à leur porte plus tôt dans la matinée pour leur faire une annonce.

— Vous avez jusqu'à la fin de la journée pour rassembler vos effets personnels et quitter les lieux, a dit l'un d'eux en tendant à Sol un bout de papier en haut duquel leur nouvelle adresse était inscrite. Vous reprendrez le travail demain.

Debout à côté de son mari, Nechuma a lancé un regard noir à l'homme, qui le lui a rendu avec un visage pincé, comme s'il venait de manger quelque chose d'avarié.

— Les meubles restent ici, a-t-il ajouté avant de tourner les talons pour partir.

Nechuma a levé le poing en l'air et chuchoté une bordée de jurons une fois la porte refermée, avant de se précipiter dans le couloir menant à la cuisine pour se mettre un linge froid autour du cou.

La visite des soldats n'était pas une surprise, bien sûr. Nechuma avait senti que ce n'était qu'une question de temps avant que les nazis ne se présentent à leur domicile. Il y avait eu un afflux massif d'Allemands à Radom ; ils avaient besoin de logements, l'appartement des Kurc était spacieux avec ses cinq chambres et leur rue était une des plus courues de la ville. Quand deux familles juives du bâtiment avaient été expulsées la semaine précédente, Sol et elle avaient entamé les préparatifs. Ils avaient compté et poli l'argenterie, dissimulé quelques rouleaux de tissu derrière une fausse paroi dans le salon, et même contacté le comité qui allouait les nouvelles adresses aux juifs expulsés afin de demander un logement propre et suffisamment grand pour les accueillir tous, Halina, Mila et Felicia incluses. Et, pourtant, rien n'aurait pu préparer vraiment Nechuma au sentiment de devoir laisser le domicile qu'elle occupe depuis plus de treize ans au 14 rue Warszawska.

— Faisons vite nos sacs, qu'on en finisse, a-t-elle déclaré après avoir recouvré son calme.

Pendant que Nechuma et Mila faisaient des piles de leurs biens les plus précieux, Sol et Halina effectuaient les allers-retours entre ici et l'appartement de deux chambres qui leur avait été attribué rue Lubelska, dans la vieille ville, transportant des pots en cuivre et des lampes de chevet, un tapis persan, leur huile sur toile préférée achetée des années auparavant à Paris, un sac rempli de linge de maison, un nécessaire à couture, un petit pot d'épices. Sans savoir quand ils seraient en mesure de rentrer chez eux, ils ont rempli leurs valises de vêtements adaptés à toutes les saisons.

Vers midi, Sol a déclaré que l'appartement était presque plein.

— Une fois que nous aurons amené les objets de valeur, nous n'aurons plus de place pour grand-chose d'autre, a-t-il dit.

Cela n'avait rien de surprenant et, pourtant, Nechuma a senti son cœur se serrer. Elle savait que la baignoire, sa table à écrire et le piano devraient rester ici, de même que le siège pour coiffeuse ancien qu'elle avait tapissé de brocart en soie française ; la tête de lit en laiton avec ses superbes moulures festonnées et ses barreaux arrondis, un cadeau surprise de Sol pour leur dixième anniversaire de mariage ; le vaisselier à miroirs qui avait appartenu à sa grand-mère ; la jardinière en fer forgé sur le balcon dans laquelle elle plantait des géraniums et des crocus chaque printemps. Les fleurs aussi allaient lui manquer. Mais comment auraient-ils pu laisser derrière eux le portrait du père de Sol, Gerszon, qui était accroché dans le salon ? Les nappes indigo et les statuettes en ivoire qu'elle avait collectionnées au cours de ses voyages au fil des années ? Le saladier en cristal rempli de raisins en verre soufflé qu'elle avait placé sur le rebord de la fenêtre du petit salon afin qu'il capture la lumière du matin ?

L'après-midi a filé tandis que Nechuma errait dans l'appartement, effleurant du bout des doigts les tranches de ses livres préférés et examinant le contenu de boîtes à archives pleines des dessins et devoirs d'école des enfants qu'elle avait conservés. Si elles ne leur serviraient à rien dans le nouvel appartement, ces choses-là étaient importantes, Nechuma en prenait conscience en les touchant. Ces choses-là les définissaient. Au final, elle s'est autorisé une valise de souvenirs dont elle ne pouvait tout simplement pas se séparer : une collection de valses de Chopin pour piano, une pile de photos de famille, un livre de poèmes de Peretz. Il y avait aussi la partition d'un morceau qu'Addy avait appris lorsqu'il avait cinq ans, une berceuse de Brahms, avec dans la marge un commentaire de son professeur de piano : *Très bien, Addy, continue à t'appliquer comme tu le fais.* Un cadre doré gravé de l'année 1911 et, dedans, une photo de Mila, chauve et avec de grands yeux, pas plus âgée que ne l'est Felicia actuellement. Les petites chaussures en cuir rouge qui avaient d'abord été aux pieds de Genek, puis d'Addy, et ensuite de Jakob, lorsqu'ils avaient fait leurs premiers pas. La pince à cheveux d'un rose passé qu'Halina s'était entêtée à porter tous les jours pendant des années. Elle a ensuite emballé soigneusement le reste des affaires de ses enfants dans des boîtes, qu'elle a rangées tout au fond de son plus grand placard en priant pour les retrouver bientôt.

À présent, devant la table à manger, Nechuma met de côté un saladier et une louche en argent pour les Sobczak. Le reste, décide-t-elle, part avec eux.

— Commençons par la porcelaine, dit-elle.

Elle soulève une tasse à thé ornée d'une bordure dorée, avec de délicates pivoines roses sous le rebord. Elles emballent les tasses et les sous-tasses individuellement dans des serviettes de table en lin, les rangent dans un carton, puis passent à l'argenterie. Il y a deux services, l'un qui leur vient de la mère de Sol, et l'autre de celle de Nechuma.

— Je pensais les recouvrir de tissu et les coudre à une chemise afin de les faire passer pour des boutons, explique Nechuma en désignant deux pièces d'or qu'elle a placées en haut d'une pile conséquente de billets, la fraction de leurs économies qu'ils ont réussi à récupérer avant que leurs comptes en banque ne soient gelés.

— Bonne idée, dit Mila.

Elle s'empare d'un miroir de poche en argent fin et examine son reflet un moment, plissant le nez à la vue des cernes sombres sous les yeux.

— C'était à votre mère, n'est-ce pas ? demande-t-elle.

— Oui.

Mila pose délicatement le miroir dans le carton puis plie quelques mètres de soie italienne couleur ivoire et de dentelle française blanche, qu'elle place par-dessus.

Nechuma tasse les billets et les enroule, ainsi que les pièces d'or, dans une serviette de table qu'elle glisse dans son sac à main.

Il n'y a désormais plus rien sur la table, à l'exception d'une petite pochette en velours noir. Mila s'en empare.

— Qu'est-ce que c'est ? C'est lourd.

Nechuma sourit.

— Donne. Je vais te montrer.

Mila lui tend la pochette et Nechuma desserre le cordon qui la maintient fermée.

— Ouvre la main, dit-elle avant de verser le contenu dans la paume de Mila.

— Oh, souffle Mila. Mon Dieu.

Nechuma regarde le collier qui brille dans la main de sa fille.

— C'est une améthyste, murmure-t-elle. Je l'ai trouvé il y a quelques années, à Vienne. Il avait quelque chose de spécial… je n'ai pas pu résister.

Mila incline la pierre violette et écarquille les yeux en la voyant briller sous le lustre au-dessus de leur tête.

— C'est magnifique, dit-elle.

— N'est-ce pas ?

— Pourquoi ne le portez-vous jamais ? demande Mila en le plaçant au niveau de son cou.

Elle sent le poids de la pierre et de la chaîne en or sur sa clavicule.

— Je ne sais pas. Cela semble un peu prétentieux. Je me suis toujours sentie gênée de le porter.

Nechuma se souvient du jour où elle a vu le collier pour la première fois. À l'idée de posséder quelque chose d'aussi extravagant, elle s'était sentie toute chose. C'était en 1935 ; elle était allée à Vienne pour acheter du tissu et l'avait repéré dans la vitrine d'un bijoutier, alors qu'elle était en route pour la gare. Elle l'avait essayé et avait décidé qu'elle le voulait, sous le coup d'une impulsion qui lui était peu commune. À la seconde où elle était ressortie du magasin, elle s'était demandé si elle ne regretterait pas sa décision. C'était un investissement, s'était-elle dit. Et puis elle l'avait bien mérité. Le magasin tournait correctement depuis plusieurs années à l'époque, et la plupart de ses enfants étaient indépendants : ils finissaient leurs études et gagnaient leur vie. Certes, le prix du collier était exorbitant, mais elle se rappelle avoir pensé que c'était aussi la première fois de sa vie qu'elle pouvait justifier de faire une folie.

Nechuma sursaute en entendant frapper à la porte. Elle a perdu la notion du temps. Sûrement les soldats de la Wehrmacht revenus pour les escorter. Mila remet rapidement le collier dans sa pochette et Nechuma la glisse sous son chemisier, dans son décolleté.

— Est-ce que ça se voit ? demande-t-elle.

Mila secoue la tête.

— Reste ici, chuchote Nechuma. Et ne quitte pas ça des yeux, ajoute-t-elle en posant son sac à main au-dessus du carton posé à leurs pieds et qui renferme leurs objets de valeur.

Mila hoche la tête.

Nechuma tourne les talons, se redresse et inspire profondément pour s'armer de sang-froid. Arrivée à la porte, elle relève le menton imperceptiblement tandis qu'elle explique aux soldats de la Wehrmacht dans un allemand rudimentaire que son mari et sa fille seront bientôt de retour pour les aider à transporter le reste de leurs affaires.

— Il nous faut encore quinze minutes, dit-elle calmement.

— *Fünf Minuten*, rétorque un des soldats. *Schnell.*

Nechuma ne répond rien. Elle tourne le dos à la porte, résistant à une envie irrépressible de cracher sur les bottes cavalières en cuir ciré de l'officier. Les doigts serrés autour de la clé (elle n'est pas encore prête à la leur donner), elle parcourt une dernière fois son appartement, entrant rapidement dans chaque pièce, regardant si elle n'a pas oublié d'emballer quelque chose, s'efforçant de ne pas s'attarder sur les objets qu'elle s'est résignée à ne pas emporter. Si elle regarde trop longtemps, elle aura des regrets, et laisser ces affaires derrière eux sera une véritable torture. Dans sa chambre, elle décale le pied d'une lampe afin qu'il soit aligné avec le devant de la commode, et lisse un pli sur le drap de lit. Elle plie et replie une serviette en lin dans les toilettes. Elle tire sur un des rideaux dans la chambre de Jakob afin qu'il soit identique à l'autre. Elle range comme si elle attendait de la visite.

Dans le salon, qu'elle a gardé pour la fin, Nechuma s'attarde quelques instants. Elle inspecte la pièce où pendant des heures ses enfants se sont exercés au piano, où ils se sont rassemblés pendant tant d'années après les repas, avec quelqu'un au clavier. Elle se dirige vers l'instrument, passe la main sur son couvercle ciré. Doucement, sans bruit, elle referme le cylindre au-dessus des touches. Elle observe ensuite les murs couverts de panneaux en chêne, le bureau près de la fenêtre qui donne sur la cour et où elle adore par-dessus tout s'asseoir et écrire, le canapé en velours bleu avec ses fauteuils club assortis, le manteau en marbre de la cheminée, les étagères recouvertes de musique du sol au plafond (Chopin, Mozart, Bach, Beethoven, Tchaïkovski, Mahler, Brahms, Schumann, Schubert) et des œuvres de leurs auteurs polonais préférés (Sienkiewicz, Żeromski, Rabinovitsh, Peretz). Elle avance sans bruit jusqu'à sa table à écrire et essuie un peu de poussière sur sa surface en bois de satin, heureuse de s'être souvenue d'empaqueter son papier à lettres et son stylo plume préféré. Demain, elle écrira à Addy, qui est à Toulouse, pour l'informer de leur changement de situation et lui donner leur nouvelle adresse.

Addy. Le fait qu'il quitte bientôt Toulouse pour rejoindre l'armée perturbe profondément Nechuma. Elle doit déjà gérer le stress d'avoir deux fils dans les rangs. Au moins, le service de Genek et Jakob n'a pas duré longtemps : la Pologne étant tombée rapidement. La France, en revanche, n'est pas encore entrée en guerre. Si les Français s'en mêlent, et ce n'est vraisemblablement qu'une question de semaines, impossible de savoir combien de temps durera le combat. Addy pourrait avoir à porter l'uniforme pendant des mois. Des années. Nechuma frissonne et prie pour que sa lettre lui parvienne avant son départ pour Parthenay. Elle doit aussi écrire à Genek et Jakob à Lviv. Ses fils seront furieux d'apprendre que la famille a été expulsée.

Nechuma regarde le plafond tandis que ses yeux se remplissent de larmes. *C'est juste temporaire*, se dit-elle. En soupirant, elle examine le portrait de son beau-père. Il la fixe d'un regard austère et pénétrant. Elle déglutit, puis le salue d'un hochement de tête respectueux.

— Veillez sur notre maison pour nous, voulez-vous ? murmure-t-elle.

Elle presse le bout de ses doigts contre ses lèvres, puis contre le mur, avant de se diriger lentement vers la porte.

11

Addy

Aux abords de Poitiers, France – 15 avril 1940

Sous les cimes vert profond d'une rangée interminable de cyprès, une demi-douzaine de paires de semelles en cuir avancent en écrasant la terre. Les hommes marchent depuis le lever du soleil ; bientôt, ce sera le crépuscule.

Addy a passé les dernières heures à écouter le rythme synchronisé des bruits de pas derrière lui en ignorant ses ampoules aux pieds, et à penser à Radom. Six mois ont passé depuis la dernière fois qu'il a eu des nouvelles de sa mère.

Il a reçu sa dernière lettre à la fin du mois d'octobre, juste avant son départ de Toulouse. Elle lui écrivait pour lui dire que toute la famille était en sécurité, à l'exception de Selim, qui avait disparu ; que ses frères étaient encore à Lviv ; que Jakob et Bella allaient bientôt se marier.

Le magasin est fermé. On nous a mis au travail forcé, disait Nechuma, en expliquant en détail en quoi consistait leur nouvel emploi. Il y avait des couvre-feux, des rationnements, et les Allemands étaient abjects, mais tout ce qui comptait, insistait Nechuma, c'est qu'ils étaient en bonne santé et qu'aucun d'eux ou presque ne manquait à l'appel. Avant de signer, elle disait que deux familles juives dans leur immeuble avaient été expulsées et forcées à déménager dans de petits appartements de la vieille ville. *Je redoute,* avait-elle écrit, *que nous soyons les prochains.*

Dans sa réponse, Addy avait supplié sa mère de le prévenir si jamais elle devait déménager, et de lui envoyer les adresses de Jakob et Genek, mais il n'avait pas reçu de réponse avant de quitter Toulouse. Maintenant, il se déplace sans cesse et il est impossible de le contacter. Un nœud s'est formé dans sa poitrine, qui se serre davantage à mesure que les jours et les semaines passent. Un profond malaise l'étreint à l'idée d'être si loin, si désespérément isolé de sa famille en Pologne.

Addy allume sa lampe frontale et s'encourage à rester positif. Il est devenu facile d'envisager le pire. Il ne doit pas tomber dans ce piège. Alors, plutôt que d'imaginer ses parents et ses sœurs expulsés de chez eux, travaillant comme des esclaves dans une cuisine ou une usine quelconque sous la surveillance de la Wehrmacht, il pense à Radom. L'ancien Radom, le Radom dont il se souvient. Il se rappelle que le printemps dans sa ville natale a toujours été sa période préférée de l'année, parce que c'est la saison des dîners de Séder et des anniversaires (celui d'Halina et le sien). Au printemps, les rivières Radomka et Mleczna qui flanquent la ville voient leur niveau monter, alimentant ainsi les champs de seigle et les vergers, et les cimes des marronniers qui bordent la rue Warszawska commencent à se couvrir de feuilles, offrant de l'ombre aux clients qui se promènent au pied des immeubles dans les boutiques à la recherche de cuir, de savon, d'une montre... Au printemps, les jardinières qui décorent les balcons sur la rue Malczewskiego débordent de coquelicots carmins, une grâce bienvenue après les longs hivers gris ; le parc Kościuszki fourmille de vendeurs qui proposent des concombres marinés, des betteraves râpées, du fromage fumé et des moûts de seigle et de froment au marché du jeudi ; Anton, le voisin des Kurc, invite les enfants de l'immeuble à venir voir ses oisillons, qui ressemblent à peine à des oiseaux, minuscules, couverts d'un duvet couleur crème, même pas capables de garder la tête droite. Lorsqu'il était petit, Addy adorait regarder la nuée de colombes d'Anton s'envolant depuis sa fenêtre pour gagner les corniches du toit en forme de clocher où elles roucoulaient doucement, régnant sur la cour quelques minutes avant de rentrer par la fenêtre pour regagner l'abri en bois que leur gardien avait fabriqué pour elles.

Addy sourit à ces souvenirs, mais il est brutalement ramené dans le présent et les images s'évanouissent tandis qu'un son s'infiltre dans son esprit. Un bruissement. Il se raidit, s'arrête, lève le coude, paume en avant, doigts tendus vers le ciel. En un instant, les soldats derrière lui se figent. Addy penche la tête, à l'affût. Il l'entend à nouveau. Le bruissement vient d'un bosquet de hauts buissons au pied d'un cyprès, à quelques mètres de là. Il retire le cran de sûreté de son fusil.

— Prêt, murmure-t-il en polonais.

Son index repose sur la courbe métallique de la gâchette et il pointe le canon en direction du massif. Le bruissement continue. Addy songe à tirer, mais décide d'attendre. Et si ce n'était qu'un renard… ou un enfant ?

Un an plus tôt, il aurait pu compter sur les doigts d'une main le nombre de fois où il avait porté une arme. Quand il était plus jeune, son oncle les invitait parfois, ses frères et lui, à aller à la chasse au faisan. Genek semblait apprécier cette activité, mais Addy et Jakob préféraient rester à l'écart, bien au chaud près du feu, rebutés par le processus consistant à déplumer entièrement un oiseau. Désormais, il a la tête qui tourne lorsqu'il songe à la responsabilité qu'il endosse chaque fois qu'il pointe son fusil.

Avec ses hommes, ils orientent leur canon vers les arbustes et attendent. Au bout d'une minute, quelque chose apparaît au pied d'un des buissons. Petit, triangulaire, noir et brillant. Un moment plus tard, des branches basses s'écartent et un chien de chasse en émerge. Il renifle en direction du ciel qui s'obscurcit, puis regarde nonchalamment les hommes qui l'observent et les treize armes braquées sur lui. Addy soupire, heureux de ne pas avoir tiré. Il baisse son fusil.

— Tu nous as fait peur, *kapitan*, dit-il.

Mais le chien, totalement désintéressé, fait demi-tour et se met à trotter le long de la route, en direction de l'est.

— Nous avons un nouveau guide, plaisante Cyrus à l'arrière. Capitaine Pattes.

Des rires étouffés accueillent sa plaisanterie.

— Allons-y, ordonne Addy.

Les crans de sûreté sont remis en place et les hommes reprennent la route. L'air est à nouveau chargé du bruit régulier des bottes qui rencontrent la terre en cadence.

Au-dessus d'eux flotte une épaisse couche de nuages. L'air est frais et empreint de l'odeur de la pluie. Encore un kilomètre ou deux, décide Addy, puis ils établiront leur camp, avant qu'il n'y ait plus de lumière, avant que la pluie se mette à tomber. En attendant, il laisse son esprit vagabonder vers Toulouse et pense à quel point sa vie actuelle est différente de celle qu'il menait voilà six mois.

Addy a quitté à contrecœur son appartement de la rue Rémusat le 5 novembre et pris son service à Parthenay avec la 2e division de fusiliers polonais de l'armée française le 6, comme il en avait reçu l'ordre. Après huit semaines de formation de base, on lui a remis un uniforme de l'armée française et assigné, grâce à son diplôme d'ingénieur et à sa maîtrise du français et du polonais, le grade de *sergent de carrière**, ce qui signifiait qu'il était responsable de douze *sous-officiers**. Addy appréciait la compagnie des autres dans la division : être entouré d'un groupe de jeunes Polonais remplissait un peu le vide qui le consumait depuis qu'il s'était vu refuser le droit de rentrer chez lui, mais c'était bien la seule chose qu'il trouvait réconfortante dans l'armée. Même s'il faisait de son mieux pour le cacher, il n'aimait pas avoir un fusil entre les mains, et quand son capitaine aboyait des ordres à son intention, son premier réflexe était de rire. Pendant les manœuvres, il se surprenait à composer de la musique dans sa tête pour se distraire de la monotonie des courses de durée et des exercices de tir. Néanmoins, en dépit du dégoût que l'armée lui inspirait, il trouvait les journées plus agréables s'il s'astreignait à sa routine. Au bout d'un temps, il a fini par porter ses doubles chevrons avec une certaine fierté et se rendre compte qu'il était en réalité plutôt doué pour diriger sa petite escouade. Du moins, il était doué pour toute la partie logistique : emmener ses hommes d'un point *a* à un point *b* tout en découvrant dans le même temps les forces de chacun et en déléguant certaines tâches. Lorsqu'ils étaient en déplacement, par exemple, c'est Bartek qui allumait les feux chaque nuit au camp. Padlo cuisinait. Novitski grimpait dans l'arbre le plus haut des alentours pour confirmer que les environs étaient sûrs. Sloboda apprenait à ses hommes comment dégoupiller en toute sécurité les grenades wz.33 qu'ils transportaient attachées à leur ceinture, et que faire dans le cas où une balle restait coincée dans le barillet de leur Berthier à cause d'une anomalie lors du chargement. Et Cyrus, le meilleur du groupe si Addy avait dû en désigner un, lançait des chansons de marche pour passer le temps. Jusqu'à présent, les plus populaires étaient *Marsz Pierwszej Brygady* et, bien sûr, l'hymne polonais le plus patriotique, *Boże, coś Polskę*.

Il y a quelques jours, parmi tous les pelotons de la division, celui d'Addy a reçu l'ordre de marcher cinquante kilomètres vers l'est, en direction de Poitiers. Addy estime qu'ils ont encore une vingtaine de kilomètres à faire. Depuis Poitiers, ils parcourront environ sept cents kilomètres, par convoi militaire jusqu'à Belfort, non loin de la frontière suisse, et, depuis Belfort, ils doivent rejoindre la VIIIe armée française à Colombey-les-Belles, une ville proche de la frontière allemande et qui se trouve sur la ligne Maginot, ligne de défense française. Addy n'est jamais allé à Poitiers, ni à Belfort, ni à Colombey-les-Belles, mais il les a étudiées sur la carte. Elles ne sont pas tout près.

— Cyrus ! crie Addy par-dessus son épaule en quête de distraction. Une chanson, s'il te plaît.

À l'arrière de la ligne, un « Oui, monsieur ! » retentit et après une pause, un sifflement. Au son des premières notes, les oreilles d'Addy se redressent. Le morceau s'appelle *List.* C'est *son* morceau. Les autres le reconnaissent aussi et se joignent à Cyrus, et le sifflement devient plus fort.

Addy sourit. Il n'a parlé à personne de son rêve de devenir compositeur, ou du morceau qu'il a écrit avant la guerre, un succès apparemment assez important pour que son peloton la connaisse. C'est peut-être un signe, pense Addy. Peut-être que l'entendre maintenant est le signe que ce n'est qu'une question de temps avant qu'il ne reprenne contact avec sa famille. C'est une chanson qui parle d'une lettre, après tout. Le nœud dans la poitrine d'Addy se desserre. Il fredonne avec ses hommes et imagine ce qu'il va écrire dans sa prochaine lettre à sa famille tandis qu'il marche : *Maman, vous ne devinerez jamais ce que j'ai entendu sur le terrain aujourd'hui…*

10 MAI 1940 : *Les nazis envahissent les Pays-Bas, la Belgique et la France. En dépit des défenses alliées, les Pays-Bas et la Belgique capitulent dans le mois.*

3 JUIN 1940 : *Les nazis bombardent Paris.*

22 JUIN 1940 : *Les gouvernements français et allemand signent un armistice qui divise la France, avec une « zone libre » dans le sud sous le régime fantoche du maréchal Pétain, basé à Vichy, et une « zone occupée » contrôlée par les Allemands dans le nord et le long de la côte atlantique française.*

12

Genek et Herta

Lviv, Pologne sous occupation soviétique – 28 juin 1940

LE COUP RETENTIT AU BEAU MILIEU DE LA NUIT. Genek ouvre les yeux d'un coup. Herta et lui s'assoient dans le lit et clignent des yeux dans l'obscurité. Un autre coup résonne, puis un ordre.

— *Otkroitie dveri!*

Genek s'extirpe des draps et tâtonne dans le noir à la recherche de la chaîne de sa lampe de chevet, plissant les yeux tandis qu'il s'habitue à l'obscurité. Il fait chaud dans la petite chambre et l'air est stagnant ; avec le black-out encore en vigueur à Lviv, leurs rideaux sont tirés en permanence. Il n'est plus possible de dormir avec les fenêtres ouvertes. Il passe sa main sur son front pour essuyer la pellicule de sueur qui le recouvre.

— Tu ne crois pas..., commence à murmurer Herta, mais de nouveaux cris l'interrompent.

— *Narodnyy Komissariat Vnutrennikh Del!*

La voix à l'extérieur est assez forte pour réveiller les voisins.

Genek jure. Herta a les yeux écarquillés. Ce sont eux. La police secrète. Ils sortent du lit.

Au cours des neuf mois qui ont suivi leur arrivée à Lviv, Genek et Herta ont entendu parler de ces raids au milieu de la nuit, des hommes, des femmes, des enfants arrachés à leurs maisons pour des histoires de dettes montées de toutes pièces, parce qu'ils étaient prétendument résistants, ou simplement parce qu'ils étaient polonais. Les voisins des accusés disaient avoir entendu des coups frappés à la porte, des bruits de pas, un chien qui aboie, puis, le matin, plus rien : les logements étaient vides. Les gens, des familles entières, disparus. Où les emmenaient-ils, personne ne le savait.

— On ferait mieux de répondre, dit Genek, tentant de se convaincre qu'il n'a rien à craindre.

Qu'est-ce que la police secrète pourrait bien avoir sur lui ? Il n'a rien fait de mal. Il s'éclaircit la gorge.

— J'arrive ! crie-t-il.

Il attrape un peignoir et, à la dernière minute, son portefeuille sur la commode. Il le glisse dans sa poche. Herta enfile son propre peignoir par-dessus sa chemise de nuit et le suit dans le couloir.

À l'instant où Genek déverrouille la porte, un groupe de soldats brandissant des fusils fait irruption dans l'appartement et forme un demi-cercle autour d'eux. Genek sent le bras d'Herta s'enrouler autour du sien tandis qu'il compte les écussons à faucille et marteau, les képis bleu et bordeaux. Il y a huit hommes au total. Pourquoi sont-ils si nombreux ? Il fixe durement les intrus, les poings serrés, les cheveux hérissés sur la tête. Les soldats le dévisagent, mâchoire tendue, jusqu'à ce que l'un d'eux s'avance. Genek le jauge. Il est petit, avec une carrure de lutteur et une arrogance évidente. C'est lui le chef. Une petite étoile rouge sur la visière de son képi monte et descend tandis qu'il hoche la tête à l'attention de ses hommes, qui tournent docilement les talons et passent à côté d'eux pour aller dans le couloir.

— Attendez ! proteste Genek en fixant le dos de leur uniforme d'un regard noir. De quel droit fouillez-vous ma maison ?

Il est sur le point de les traiter d'*espèces de cafards,* mais se retient. Il sent son sang pulser dans ses tempes.

L'officier à la tête du groupe extrait un morceau de papier de sa poche de poitrine. Il le déplie soigneusement et commence à lire.

— Gerszon Kurc ?

Dans sa bouche, son nom résonne comme *Gairzon Koork.*

— Oui, c'est moi, Gerszon.

— Nous avoir mandat pour perquisitionner appartement.

L'officier parle en polonais et écorche les mots, avec un accent aussi prononcé que sa ligne médiane. L'espace d'un instant, il agite le papier devant le visage de Genek, comme pour prouver son authenticité, puis le replie et le remet dans sa poche. Genek entend les ravages que font les soldats dans les pièces voisines. Les tiroirs de la commode qu'on ouvre violemment, les meubles qu'on déplace sur le plancher, les papiers qu'on éparpille sur le sol.

Genek plisse les yeux.

— Un mandat ? Pour quel motif ?

Il regarde le fusil du soldat, qui pend contre son flanc. On lui a montré des photos des carabines soviétiques dans l'armée, mais c'est la première fois qu'il en voit une d'aussi près. Celle-ci ressemble à un M38. Ou peut-être un M91/30. Il sait où se trouve le cran de sûreté. Un coup d'œil lui indique qu'il est désamorcé.

— Qu'est-ce qui se passe, bon sang ?

L'officier ignore sa question.

— Attendre ici, ordonne-t-il en glissant ses doigts sous sa ceinture Sam Browne.

Il emprunte le couloir d'un pas nonchalant, comme s'il était le propriétaire des lieux.

Seuls dans l'entrée, Herta lâche Genek et serre ses bras autour de sa poitrine. Elle sursaute au bruit de quelque chose de lourd qui tombe à terre.

— Enfoirés, dit Genek à voix basse. Pour qui ils se…

Herta relève la tête vers lui.

— Attention, ils vont t'entendre, murmure-t-elle.

Genek se mord la langue et respire bruyamment à travers ses narines dilatées. Il est presque impossible pour lui de se taire. Il fait les cent pas, les mains sur les hanches. L'avocat en lui lui hurle d'exiger de voir le mandat (le papier ne peut pas être authentique), mais quelque chose lui dit que ça n'amènera rien de bon.

Après quelques minutes, la nuée d'hommes en uniforme se rassemble à nouveau près de la porte. Ils se tiennent les pieds écartés à la largeur des épaules, la poitrine gonflée comme des coqs, leur fusil toujours à la main. Le chef montre Genek du doigt.

— Nous emmener vous pour interrogatoire, *Koork.*

— Pourquoi ? demande Genek entre ses dents. Je n'ai rien fait de mal.

— Juste quelques questions.

Genek toise le Russe de toute sa hauteur, ravi de constater qu'il fait une bonne tête de plus que lui et que l'officier doit lever la tête pour soutenir son regard.

— Et ensuite, je serai libre de rentrer chez moi ?

— Oui.

Herta avance d'un pas.

— Je viens avec toi, dit-elle.

C'est une affirmation. Son ton est déterminé. Genek la regarde et envisage de protester, mais elle a raison. Il vaut mieux qu'elle vienne. Et si le NKVD revient et qu'elle est seule à la maison ?

— Elle vient avec moi, déclare Genek.

— Très bien.

— Nous devons nous changer, dit Herta.

L'officier consulte sa montre puis lève l'index, le majeur et l'annulaire.

— Vous avez trois minutes.

Dans la chambre, Genek revêt un pantalon et une chemise. Herta passe une jupe, puis attrape sa valise sous le lit.

— Juste au cas où, explique-t-elle. On ne sait pas quand on pourra rentrer.

Genek hoche la tête et prend sa propre valise. Même s'il répugne à l'admettre, Herta a raison d'envisager le pire. Il entasse quelques sous-vêtements, ses bottes presque neuves fournies par l'armée, une photo de ses parents, un canif, son peigne en écaille, un jeu de cartes, son carnet d'adresses. Il s'empare de son portefeuille dans son peignoir et le met dans la poche de son pantalon. Herta rassemble des bas, des sous-vêtements, une brosse à cheveux, deux pantalons, un pull en laine. Au dernier moment, ils décident d'emporter leurs manteaux d'hiver, puis se rendent précipitamment dans la cuisine pour prendre les restes d'une miche de pain, une pomme et du poisson salé dans le garde-manger.

— Mon portefeuille, chuchote Herta. J'ai failli l'oublier.

Elle retourne ventre à terre dans la chambre. Genek la suit, les sourcils froncés alors qu'il se rappelle que son propre portefeuille est presque vide.

— On y va ! aboie l'officier depuis l'entrée.

— Tu l'as ? demande Genek.

Mais Herta ne répond pas. Elle se tient près de la porte du placard, la tête entre les mains, ses doigts enfoncés dans ses cheveux auburn.

— Il n'est plus là, chuchote-t-elle.

Genek plaque son poing devant sa bouche pour ne pas jurer.

— Qu'est-ce qu'il y avait à l'intérieur ?

— Mes papiers, de l'argent… Beaucoup d'argent.

Herta touche son poignet gauche.

— Ma montre aussi a disparu. Je crois qu'elle était… sur ma table de nuit.

— Pourritures, murmure Genek.

L'officier crie à nouveau et Genek et Berta se dirigent silencieusement vers l'entrée.

Vingt minutes plus tard, ils sont assis autour d'un petit bureau, face à un officier portant le même képi bleu roi et bordeaux que les officiers qui les ont amenés ici. La pièce est dépouillée, à l'exception d'un portrait de Joseph Staline accroché au mur derrière le bureau ; Genek sent les yeux aux sourcils épais du secrétaire général fondre sur lui tel un vautour. Il doit résister à l'envie d'arracher la photo du mur et de la déchirer.

— Vous dites que vous êtes *polonais*.

Face à eux, l'officier ne fait pas le moindre effort pour masquer le dégoût dans sa voix. Il examine le morceau de papier dans sa main, les yeux plissés. Genek se demande s'il s'agit du soi-disant mandat.

— Oui. Je suis polonais.

— Où êtes-vous né ?

— Je suis né à Radom, à trois cent cinquante kilomètres d'ici.

L'officier pose le papier sur la table et Genek reconnaît immédiatement sa propre écriture. Il se rend compte qu'il s'agit d'un formulaire, un questionnaire qu'il a dû remplir lorsqu'il a signé le contrat de location avec le gérant de son appartement rue Zielona, peu après la prise de contrôle de Lviv par les Soviétiques en septembre. Le contrat était rédigé sur un papier à en-tête soviétique ; Genek n'y avait pas prêté grande attention à l'époque.

— Votre famille est toujours à Radom ?

— Oui.

— Les Polonais ont capitulé il y a neuf mois. Pourquoi n'êtes-vous pas rentré ?

— J'ai trouvé un emploi ici, explique Genek, même si ce n'est qu'à moitié vrai.

La description que faisait sa mère de Radom dans ses lettres était horrible. Les brassards que les juifs étaient obligés de porter en permanence, le couvre-feu dans toute la ville, les journées de travail de douze heures, les lois qui lui interdisaient d'utiliser les trottoirs, d'aller au cinéma, de se rendre au bureau de poste sans autorisation. Nechuma lui avait raconté comment, à l'instar de milliers d'autres vivant dans le centre, ils avaient été expulsés de leur maison et forcés à payer un loyer pour un appartement dans la vieille ville dont la surface ne faisait qu'une partie de l'ancien. *Comment pouvons-nous avoir les moyens de payer un loyer alors qu'ils nous ont confisqué notre activité, nos économies, et qu'ils nous forcent à travailler comme des esclaves pour presque rien ?* fulminait-elle. Elle lui avait intimé de rester. *Tu es bien mieux à Lviv,* écrivait-elle.

— Quel genre d'emploi ?

— Je travaille dans un cabinet d'avocats.

L'officier le couve d'un regard soupçonneux.

— Vous êtes juif. Les juifs ne sont pas compétents pour être avocats.

Les mots grésillent comme des gouttes d'eau sur une poêle chaude.

— Je suis assistant dans le cabinet, dit Genek.

Assis sur sa chaise en bois, l'officier se penche en avant et pose les avant-bras sur le bureau.

— Vous comprenez bien, Kurc, que vous êtes à présent en territoire *soviétique* ?

Genek ouvre la bouche, tenté de répliquer « Non, monsieur, vous vous trompez. C'est vous qui êtes en territoire polonais », mais il réfléchit, et c'est alors qu'il comprend pourquoi il a été arrêté.

Le questionnaire, se souvient-il, comprenait une case qu'il devait cocher afin d'accepter de devenir un citoyen soviétique. Il ne l'avait pas remplie. Se définir autrement que comme polonais lui semblait un mensonge. Comment aurait-il pu ? L'Union soviétique est (et a toujours été) une ennemie de sa patrie. De plus, il avait passé toute sa vie en Pologne, il s'était battu sous le drapeau polonais, alors il n'allait certainement pas renoncer à sa nationalité juste parce qu'une frontière avait été modifiée. Genek sent sa température corporelle augmenter lorsqu'il se rend compte que le questionnaire n'était pas une simple formalité : c'était une sorte de test. Un moyen pour les Soviétiques d'éradiquer l'orgueil des plus faibles. Mais, en refusant la nationalité, il s'était lui-même étiqueté comme résistant, comme quelqu'un qui pouvait être dangereux. Pourquoi seraient-ils venus le chercher, sinon ? Il referme la bouche, refusant d'admettre que l'affirmation de l'officier contient un fond de vérité. Au lieu de cela, il plante son regard froid et têtu dans celui de l'homme.

— Et, pourtant, continue l'officier en posant son index sur le questionnaire, vous *continuez* à dire que vous êtes polonais.

— Je vous l'ai dit. Je suis de *Pologne.*

La veine dans le cou de l'officier se teinte d'une couleur plus foncée, assortie au violet du passepoil de son col.

— Sauf que la *Pologne* n'existe *plus* ! hurle-t-il, des postillons s'échappant de sa bouche.

Deux jeunes soldats apparaissent. Genek les reconnaît : ils faisaient partie du groupe qui a perquisitionné son appartement. Genek les fusille du regard et se demande si c'est l'un d'entre eux qui a volé le portefeuille d'Herta. *Malfrats.* Puis c'est terminé. L'officier les congédie d'un hochement de menton, et Genek et Herta sont escortés à l'extérieur du poste de police, en direction de la gare.

Il fait noir à l'intérieur du wagon à bestiaux. Il y règne une odeur de moisi et une autre, pestilentielle, d'excréments. Il doit y avoir trois douzaines de corps entassés à l'intérieur, mais ils n'en sont pas sûrs (c'est difficile à dire), sans compter ceux qui sont morts. Les prisonniers sont assis épaule contre épaule, leur tête se balançant à l'unisson d'avant en arrière tandis que le train avance sur une voie ferrée tortueuse. Genek ferme les yeux, mais impossible de dormir dans cette position, et il va encore devoir attendre plusieurs heures avant que ne vienne son tour de s'étirer. Un homme s'accroupit au-dessus d'un trou découpé dans le sol au milieu du wagon et Herta a un haut-le-cœur. La puanteur est insupportable.

On est le 23 juillet. Voilà vingt-cinq jours qu'ils sont enfermés dans le wagon à bestiaux ; Genek le sait, car il a fait une entaille dans le sol avec son canif pour chaque jour qui passait. Certains jours, le train roule sans s'arrêter jusqu'au soir, sans jamais ralentir. D'autres, il s'arrête et les portes s'ouvrent sur une petite gare où un panneau mentionne un nom inconnu. Parfois, une bonne âme d'un village voisin s'approche des rails, compatissante. *Pauvres gens... Où les emmènent-ils ?* Certains ont avec eux une miche de pain, une bouteille d'eau, une pomme, mais les gardes russes sont prompts à les chasser en les insultant et en brandissant leurs M38. À la plupart des arrêts, quelques wagons sont détachés et envoyés vers le nord ou le sud. Mais celui de Genek et Berta continue à avancer dans la même direction. Naturellement, on ne leur a pas dit où ni quand ils en descendraient, mais en pressant leur visage contre les fentes des parois du wagon ils comprennent qu'ils vont vers l'est.

Lorsqu'ils sont montés dans le train à Lviv, Genek et Berta ont tenu à faire la connaissance de tous les autres. Tous Polonais, catholiques et juifs de la même manière. La plupart, comme eux, ont été séquestrés en pleine nuit. Leur histoire ressemble à la leur : arrêtés pour avoir refusé la nationalité soviétique comme Genek, ou pour un crime inventé dont ils ne peuvent prouver qu'ils ne l'ont pas commis. Certains sont seuls, d'autres accompagnés d'un frère ou de leur femme. Il y a plusieurs enfants à bord. Pendant un temps, Genek et Herta ont trouvé réconfortant de parler avec les autres prisonniers, de partager les histoires de vies et de familles laissées derrière eux. Mais, au bout de quelques jours, ils se sont rendu compte qu'ils n'avaient plus grand-chose à se raconter. Les bavardages ont cessé et un silence de mort s'est abattu sur le wagon, telles des cendres sur un feu sur le point de s'éteindre. Certains pleuraient, mais la plupart d'entre eux dormaient ou restaient simplement assis sans rien dire, se renfermant de plus en plus sur eux-mêmes, étouffés par la peur de l'inconnu et un constat : l'endroit où on les envoyait était loin, très loin de chez eux.

Le ventre de Genek gargouille alors que le train s'arrête dans un vacarme assourdissant. Il ne se souvient pas de ce que ça fait de ne pas avoir faim. Après quelques minutes, un loquet en métal est soulevé et les lourdes portes du wagon s'ouvrent, baignant les prisonniers dans la lumière du jour. Ils se frottent les yeux et les plissent pour regarder dehors. Le paysage qu'ils aperçoivent dans l'encadrement de la porte est désolé : plat, une toundra qui s'étend à perte de vue, et au loin la forêt. Ils sont les seuls humains en vie. Personne ne se lève. Ils savent qu'il vaut mieux ne pas tenter de descendre du train avant d'en avoir reçu l'ordre.

Un garde avec un képi rehaussé d'une étoile grimpe dans le wagon. Il marche sur des jambes et slalome entre les corps criblés de poux. Il va jusqu'au fond du wagon, s'accroupit et donne un petit coup dans l'épaule d'un prisonnier adossé contre la paroi, le menton sur sa poitrine. Le vieil homme ne réagit pas. Le garde le pousse à nouveau et, cette fois, le torse de l'homme bascule vers la gauche et son front atterrit lourdement sur l'épaule de la femme à côté de lui, qui pousse un cri.

Le garde semble ennuyé.

— Stepan ! crie-t-il.

Bientôt, un collègue portant un képi identique au sien apparaît dans l'encadrement de la porte.

— Encore un.

Le nouveau garde monte à bord.

— Bougez ! aboie-t-il.

Les Polonais dans le coin se hâtent de se mettre debout avec raideur. Herta détourne le regard tandis que les Soviétiques se penchent en avant pour soulever le corps mou et le traînent jusqu'à la porte ouverte. Genek lève les yeux quand ils passent devant lui, mais le visage de l'homme est caché. Tout ce qu'il voit, c'est un bras qui pend à un angle étrange, la peau d'un jaune maladif, couleur glaire. Sur le pas de la porte, les gardes comptent jusqu'à trois et grognent lorsqu'ils jettent le corps à l'extérieur du train.

Herta se bouche les oreilles par peur de crier si elle entend encore une fois le bruit d'un cadavre heurter le sol. C'est le troisième dont ils se débarrassent de cette façon. Jeté comme un déchet, laissé là à pourrir près de la voie ferrée.

Pendant un moment, elle a réussi à ne plus y faire attention, à oublier toute cette horreur. Elle a laissé son corps et son esprit s'ankyloser. Parfois, elle a fait comme si tout cela n'était qu'une farce, une scène de film d'horreur, laissant son esprit flotter hors de son enveloppe physique tandis qu'elle se regardait d'en haut. À d'autres moments, son esprit parvenait carrément à l'emporter à l'extérieur du train, faisant apparaître l'image d'un univers parallèle, souvent issu de son passé, pendant son enfance à Bielsko ; l'opulente synagogue sur la rue Maja, avec sa façade néo-romane sculptée et ses deux tourelles jumelles de style mauresque ; la vue de la vallée et du superbe château de Bielsko depuis le haut de la montagne Szyndzielnia ; son parc ombragé préféré, à deux pâtés de maisons de la rivière Biała, où elle allait pique-niquer avec sa famille quand elle était petite. Elle restait là aussi longtemps qu'elle le pouvait, réconfortée par ses souvenirs. Mais, la semaine dernière, quand le bébé est mort, une petite fille pas plus âgée que la nièce de Genek, elle n'a pas pu supporter ça plus longtemps. La petite était morte de faim. La mère n'avait plus de lait. Elle n'avait rien dit pendant des jours. Elle était restée assise en silence, gardant dans ses bras le petit corps sans vie. Un après-midi, les gardes l'ont remarqué. Et, lorsqu'ils ont arraché l'enfant à sa mère, les autres se sont mis à crier. « S'il vous plaît ! C'est injuste ! Laissez-la, s'il vous plaît ! » Mais les gardes leur ont tourné le dos et ont jeté le petit corps comme ils l'avaient fait des autres. Bientôt, les supplications des prisonniers ont été noyées par les hurlements de désespoir d'une femme dont le cœur venait d'être arraché, une femme qui refuserait ensuite de manger, sa douleur étant trop accablante pour être supportable, et son corps sans vie serait jeté du train quatre jours plus tard.

C'est le bruit sourd qu'a fait le corps du bébé en heurtant le sol qui a brisé Herta. La paralysie a laissé la place à une haine qui la consumait si profondément de l'intérieur qu'elle s'est parfois demandé si ses organes n'allaient pas prendre feu.

Un troisième képi bleu passe à côté d'eux, avec un seau d'eau et une corbeille de pain (les miches font la taille d'un paquet de cigarettes et sont dures comme du bois). Genek en prend une, en coupe un morceau et tend le pain à Herta. Elle secoue la tête, trop nauséeuse pour manger.

La porte se referme et il fait de nouveau noir à l'intérieur du wagon. Genek se gratte la tête et Herta attrape sa main.

— Tu ne vas faire qu'empirer les choses, murmure-t-elle.

Genek s'avachit, sans trop savoir ce qui le dégoûte le plus : le fait d'être coincé dans un monde de putréfaction inéluctable, ou l'armée de poux qui a proliféré sur son cuir chevelu sale. Il ajuste sa valise sous ses genoux pliés et respire par la bouche pour éviter l'odeur fétide de la mort et de la décomposition. Au bout d'un moment, on lui tape sur l'épaule. Le seau d'eau commun est arrivé à son niveau. Il soupire, trempe son pain dans le liquide putride et passe le seau à Herta. Elle boit une petite gorgée et la fait passer à la personne à sa droite.

— C'est dégoûtant, souffle-t-elle en essuyant sa bouche.

— C'est tout ce qu'on a. Sans ça, on mourra.

— Je ne parle pas de l'eau. Je parle du reste. Tout le reste.

Genek prend la main d'Herta dans la sienne.

— Je sais. Il faut juste qu'on tienne jusqu'à ce qu'on descende du train, après ça ira. Tout s'arrangera.

Dans l'obscurité, il sent les yeux d'Herta sur lui.

— Tu crois ?

Une vague de culpabilité, désormais familière, le submerge lorsque Genek considère qu'il est le responsable de leur présence ici. S'il avait pu imaginer, ne serait-ce qu'un instant, les conséquences de son refus de la nationalité soviétique, s'il avait coché de son plein gré cette case du questionnaire en ce jour fatidique, tout aurait été différent. Ils seraient très certainement encore à Lviv. Il appuie sa tête contre la paroi du wagon. Cela semblait si évident sur le moment. Renoncer à sa nationalité polonaise lui aurait donné l'impression d'être un traître. Herta jure qu'elle non plus n'aurait pas déclaré allégeance aux Soviétiques, qu'elle aurait fait la même chose si elle avait été à sa place, mais *mon Dieu*, si seulement il pouvait revenir en arrière.

— Bien sûr, acquiesce Genek en ravalant ses remords.

Qu'importe où ils vont, ce sera forcément mieux que le train.

— Bien sûr, répète-t-il.

Il rêve d'air frais. De lumière. Il ferme les yeux, tourmenté par le sentiment d'impuissance qui s'est emparé de lui et pèse comme une pierre sur son estomac depuis qu'ils sont montés dans le train. Il déteste ça. Mais que faire ? Son humour, son charme, son apparence physique, toutes les choses sur lesquelles il a toujours compté au cours de sa vie pour se sortir des mauvais pas, à quoi lui serviront-elles à présent ? La seule fois où il a souri à un garde en croyant que cela lui attirerait sa sympathie, le salopard l'avait menacé de coller son poing sur sa tronche de minet.

Il doit y avoir un moyen de sortir d'ici. L'estomac de Genek se serre, et il ressent soudain l'impulsion de prier. Il n'est pas pieux, en tout cas il n'a jamais consacré beaucoup de temps à la prière. Il n'en voyait pas vraiment l'intérêt. Mais il n'a pas non plus l'habitude de se sentir si vulnérable. S'il y a bien un moment où demander de l'aide, décide-t-il, c'est maintenant. Ça ne peut pas faire de mal.

Alors Genek prie. Il prie pour que leur exode d'un mois touche à sa fin ; pour trouver une situation vivable une fois qu'on les aura laissés descendre du train ; pour qu'Herta et lui soient en bonne santé ; pour la sécurité de ses parents, celle de ses frères, et particulièrement de son frère Addy, qu'il n'a pas vu depuis plus d'un an. Il prie pour le jour où sa famille et lui seront de nouveau réunis. Si la guerre se termine bientôt, rêve-t-il, peut-être qu'il les verra en octobre, pour Roch Hachana. Ce serait tellement merveilleux de commencer la nouvelle année juive ensemble.

Genek répète silencieusement ses prières, encore et encore, jusqu'à ce que quelqu'un dans le wagon se mette à chanter. Un hymne : *Boże, coś Polskę*. Que Dieu sauve la Pologne. D'autres voix se joignent à la première, et la chanson s'intensifie. Alors que les mots résonnent dans le wagon sombre et froid, Genek chante en chœur tout bas. *Je vous en prie, mon Dieu, protégez la Pologne. Protégez-nous. Protégez nos familles. Je vous en prie.*

NOVEMBRE 1939 – JUIN 1941 : *Plus d'un million d'hommes, de femmes et d'enfants polonais sont déportés par l'armée rouge vers la Sibérie, le Kazakhstan et l'Asie soviétique, où ils sont confrontés à un dur travail physique, des conditions de vie sordides, des conditions climatiques extrêmes, la maladie et la famine. Ils meurent par milliers.*

7 SEPTEMBRE 1940 : *Le blitz de Londres. Pendant cinquante-sept nuits consécutives, les avions allemands larguent des bombes sur la capitale britannique. Les attaques aériennes de la Luftwaffe s'étendent à quinze autres villes britanniques sur une période de trente-sept semaines. Refusant de capituler, Churchill donne l'ordre à la Royal Air Force d'opposer une contre-attaque incessante.*

27 SEPTEMBRE 1940 : *L'Allemagne, l'Italie et le Japon signent le pacte tripartite et forment ainsi l'alliance de l'Axe Rome-Berlin-Tokyo.*

3 OCTOBRE 1940 : *Le gouvernement de Vichy en France fait passer une loi : la loi portant statut des juifs, qui abolit les droits civiques des juifs vivant en France.*

13

Addy

Vichy, France – décembre 1940

ADDY FAIT LES CENT PAS sur le trottoir, devant les marches qui mènent à l'entrée de l'Hôtel du Parc. Il n'est pas encore 8 heures du matin, mais il est électrique. Chaque fibre de son être est vivante, débordante d'une énergie nerveuse. Il aurait dû manger quelque chose, songe-t-il tandis qu'il tente de se réchauffer en marchant. L'hiver semble déjà être l'un des plus froids que la France ait jamais connus.

Un homme en costume avec des cheveux blonds coupés ras sort de l'hôtel et Addy s'arrête un instant. Il se rappelle la photo la plus récente de Souza Dantas qu'il a vue dans le journal. Ce n'est pas lui. Luiz Martins de Souza Dantas, l'ambassadeur du Brésil en France, a les cheveux sombres et des traits prononcés, et il est plus costaud. Addy a passé le dernier mois à apprendre tout ce qu'il y avait à savoir à son sujet. D'après les informations qu'il a glanées, l'ambassadeur est un homme populaire. Il est particulièrement aimé à Paris, où son nom lui confère en quelque sorte un statut de célébrité parmi l'élite sociale et les cercles politiques de la ville. Souza Douglas a été transféré de Paris à Vichy quand la France est tombée aux mains des Allemands en juin, ainsi qu'une poignée d'autres ambassadeurs des puissances qui entretiennent des relations amicales avec l'Axe : l'Union soviétique, l'Italie, le Japon, la Hongrie, la Roumanie, la Slovaquie. Son nouveau bureau se trouve sur le boulevard des États-Unis, mais Addy a eu vent de rumeurs disant qu'il dort à l'Hôtel du Parc. Et qu'il fournit, aussi discrètement qu'illégalement, des visas à des juifs pour le Brésil.

Addy consulte sa montre : il est presque 8 heures. L'ambassade ouvrira bientôt. Il expire à travers les coins de sa bouche tandis qu'il songe aux conséquences de son plan s'il échoue. Que fera-t-il alors ? Aussi douloureux que ce soit de l'admettre, retourner en Pologne est hors de question. Avec la France aux mains des nazis, non seulement un visa de transit est impossible à obtenir, mais l'idée de ne pas bouger semble, elle aussi, inenvisageable. Il ne peut avoir un avenir sûr dans une Europe contrôlée par l'Axe.

Addy a beaucoup réfléchi à la possibilité de faire une demande de visa brésilien, car on raconte que le dictateur quasi fasciste brésilien, Getúlio Vargas, était un sympathisant du régime nazi. Mais on lui a déjà refusé un visa pour le Venezuela, l'Argentine et les États-Unis (et ce après avoir attendu deux jours durant dans une file qui faisait tout le tour du pâté de maisons accueillant l'ambassade américaine). Il est à court d'alternatives.

Bien sûr, fuir au Brésil impliquerait qu'un océan le sépare de sa famille, une pensée qui le tourmente à n'en plus finir. Voilà treize mois qu'il n'a pas eu de nouvelles de sa mère depuis Radom. Il se demande si ses lettres à lui lui sont parvenues, si elle se sentirait blessée ou trahie d'apprendre son projet de quitter l'Europe. *Non. Bien sûr que non,* se rassure-t-il. Sa mère voudrait qu'il parte tant qu'il le peut encore. Et, dans tous les cas, il ne sera pas moins joignable au Brésil qu'il ne l'a été au cours des derniers mois passés en France. Et, pourtant, il déteste l'idée de partir sans avoir la tranquillité d'esprit de savoir que ses parents et ses frères et sœurs sont en sécurité, sans qu'ils aient connaissance de son projet et sans qu'ils aient un moyen de le contacter. Pour faire taire sa conscience, Addy se répète que s'il est en mesure d'obtenir un visa (et, grâce à cela, une adresse plus permanente), il pourra mettre toute son énergie dans la recherche de ses parents lorsqu'il sera installé dans un endroit sûr.

Si seulement il était plus facile de se procurer un visa brésilien… Sa première tentative a été un échec. Il a attendu dix heures à l'ambassade brésilienne sous une pluie glacée, en compagnie de dizaines d'autres qui attendaient désespérément la permission d'embarquer sur un bateau pour Rio, pour s'entendre dire d'un air désolé par l'un des membres du personnel de Souza Dantas qu'il n'y avait plus de visas disponibles. Il est retourné à son auberge et a passé les nuits suivantes sans dormir, à réfléchir à la manière de convaincre la jeune femme de faire une exception, mais il l'avait vu dans ses yeux : rien ne lui ferait transgresser les règles. Il devrait s'en référer à son supérieur hiérarchique. Autrement dit, l'ambassadeur lui-même.

Addy répète son plaidoyer tout en vérifiant que son papier (un certificat de l'ambassade polonaise à Toulouse lui donnant l'autorisation d'émigrer au Brésil, si le Brésil le juge éligible pour un visa) est bien dans sa poche. « *Monsieur Souza Dantas, je m'appelle Addy Kurc** », récite-t-il tout bas en regrettant de ne pas pouvoir s'adresser à l'ambassadeur en portugais. « *C'est un plaisir de vous rencontrer**. Je sais que vous êtes un homme extrêmement occupé, mais si vous voulez bien m'accorder un peu de votre temps j'aimerais vous expliquer pourquoi il serait dans votre intérêt de m'accorder un visa pour votre beau pays. »

Trop direct ? Non. Il doit être direct. Autrement, pourquoi Souza Dantas perdrait-il son temps à l'écouter ? S'il parvient à lui parler de son diplôme et de son expérience dans le domaine de l'électrotechnique, l'ambassadeur le prendra au sérieux. Le Brésil est un pays en développement. Ils doivent avoir besoin d'ingénieurs.

Tandis qu'il ajuste son écharpe sous le revers de son manteau, Addy aperçoit son reflet dans l'une des fenêtres du rez-de-chaussée de l'hôtel. Il oublie un instant son impatience pour s'observer comme s'il se voyait à travers les yeux de l'ambassadeur. Son apparence est soignée, sérieuse, professionnelle. Il décide qu'il a bien fait de mettre un costume. Il a d'abord envisagé de porter son uniforme militaire, qu'il emporte avec lui partout où il va. Avec le respectable insigne à trois bandes de *sergent-chef**, une promotion qu'il a obtenue peu après son arrivée à Colombey-les-Belles, sa tenue militaire lui rend souvent service. Parfois, il la porte sous sa tenue civile, au cas où il aurait besoin de se changer rapidement. Mais, dans son costume, il se sent davantage lui-même, plus assuré. En outre, s'il avait mis son uniforme, il aurait couru le risque que Souza Dantas lui demande quand et comment il avait été démobilisé. Et, techniquement, il ne l'est pas.

Pour Addy, quitter l'armée s'est fait de manière rapide et peu conventionnelle. Il est parti peu après la capitulation de la France, lorsque l'Allemagne a renvoyé à la vie civile toutes les unités de l'armée française, à l'exception de quelques-unes. Ceux qui sont restés sont tombés sous le joug des Allemands. Il aurait pu attendre d'avoir reçu les documents attestant officiellement de sa démobilisation, mais il a découvert qu'avec la récente mise en application par Hitler de la *loi portant statut des juifs*, les juifs de France avaient été dépossédés de leurs droits, arrêtés et déportés par milliers. Alors, plutôt que d'attendre son arrestation, Addy a emprunté une machine à écrire et la lettre de démobilisation d'un ami en guise de modèle, et il a contrefait lui-même le document. C'était dangereux, mais il sentait qu'il n'avait plus beaucoup de temps. Par chance, jusqu'à présent, le stratagème a fonctionné. Personne n'a vraiment pris la peine d'examiner le papier avec attention, ni son chef de peloton, ni l'employé du bureau polonais de Toulouse, auprès duquel il avait demandé la permission d'émigrer depuis la Pologne, ni le chauffeur du camion militaire français qui l'avait pris en stop et conduit à Vichy. Mais qu'importe. Il n'a aucun intérêt à tenter le diable avec Souza Dantas.

Un bruit de pas sur les marches un peu plus haut attire son attention. Addy pivote sur lui-même et voit s'approcher un monsieur au visage large et aux épaules encore plus larges. Il ne lui faut qu'un instant pour le reconnaître. C'est *lui.* Souza Dantas. Tout chez cet homme semble simple et sans prétention : son pantalon de ville bleu marine et son manteau en laine, sa mallette en cuir, même sa démarche est efficace et sérieuse. Addy est submergé par une montée d'adrénaline. Il s'éclaircit la gorge.

— *Senhor Souza Dantas,* le hèle-t-il.

Il salue l'ambassadeur au bas des marches avec une poignée de main forte et fait taire la voix qui dans sa tête lui répète que sa demande de visa brésilien a déjà été rejetée. Que personne d'autre ne voudra de lui. Que ce plan *doit* fonctionner, c'est sa seule option. Reste calme, se dit Addy. Cet homme a beau être potentiellement la personne la plus importante de ta vie en ce moment, tu ne dois pas avoir l'air désespéré. Sois toi-même, tout simplement.

jamais présenté [illegible] à [illegible]. Personne n'a vraiment pris la peine d'examiner [illegible] avec attention [illegible] l'emploi du [illegible] politique de Toulouse, auprès [illegible] [illegible] Vichy. Mais qu'importe. Il n'a [illegible] Dachau.

[illegible] et toutes appro- [illegible] encore plus longue. Il [illegible] pour le recon- [illegible] semble simple [illegible] de ville [illegible]

— [illegible]

[illegible] avec une pro- [illegible]. Quatre plan de [illegible] la [illegible] pas [illegible] tout simplement.

14

Halina

Rivière Boug, entre la Pologne sous occupation allemande et celle sous occupation soviétique – janvier 1941

HALINA REMONTE SON MANTEAU en laine et plonge un bâton dans l'eau, avançant doucement vers l'autre rive de la rivière Boug. L'eau glacée s'enroule autour de ses genoux et tire sur son pantalon. Elle marque une pause et regarde par-dessus son épaule. Il est minuit passé, mais la lune, aussi ronde et pleine qu'une *szarlotka*[15], ressemble à un projecteur dans le ciel nocturne sans nuages. Elle parvient parfaitement à voir sa cousine Franka.

— Tu es sûre que ça va ? demande-t-elle en tremblant.

Les traits de Franka, parsemés de taches de rousseur, sont tirés par la concentration. Elle bouge lentement, un

15. Tarte polonaise aux pommes (N.d.T.).

bras tendu afin de ne pas perdre l'équilibre. De son autre bras, elle porte un panier en osier serré tout contre elle, l'anse coincée dans le creux de son coude.

— Oui.

Halina lui a proposé de porter le panier, mais Franka a insisté pour s'en charger.

— Passe en premier, a-t-elle dit. Cherche les trous.

Ce n'est pas le panier en tant que tel qui inquiète Halina. C'est l'argent qu'il contient. Elles ont enveloppé leurs cinquante złote dans un morceau de toile cirée qu'elles ont glissé dans la doublure du panier à travers un petit trou, en espérant que l'argent passe inaperçu si jamais elles se faisaient fouiller. Penchée dans le sens du courant, Halina songe au fait que cinquante złote n'étaient rien avant la guerre. Un nouveau foulard en soie, peut-être. Une soirée au Grand Théâtre de Varsovie. À présent, cela représente une semaine de repas, un billet de train, un ticket de sortie en prison. À présent, c'est une planche de salut. Halina enfonce son bâton dans le lit de la rivière et fait un autre pas hésitant vers l'avant, avec le reflet blanc bleuté de la lune qui danse autour d'elle.

Dans ses lettres, Adam continuait à lui promettre qu'elle serait mieux à Lviv, que la vie sous le régime soviétique était loin d'être aussi terrible que ce qu'elle lui avait décrit de la vie à Radom sous occupation allemande. Halina sait qu'il a raison. Elle déteste vivre dans le petit appartement exigu de la vieille ville, où Mila et Felicia dorment dans une chambre, ses parents dans une autre, et elle sur un canapé trop petit dans le salon. Elle déteste qu'il n'y ait pas de garde-manger et qu'ils restent parfois plusieurs jours sans eau. Ils se marchent sans arrêt sur les pieds. Et, pour ne rien arranger, la Wehrmacht a commencé à interdire l'accès à certaines zones du quartier. Ils ne l'ont pas encore vraiment dit, mais ils sont en train de construire un ghetto. Une prison. Bientôt, les juifs de la ville seront complètement ségrégués des non-juifs. D'après Isaac, un ami qui travaille dans la police juive, ils ont déjà fait la même chose à Lublin, Cracovie et Łódź. Les juifs de Radom ont encore le droit d'aller et venir dans la vieille ville, mais tout le monde sait que ce n'est plus qu'une question de temps avant que les cordes soient remplacées par des murs et que le quartier soit sous scellés.

— Viens à Lviv et prenons un nouveau départ, écrivait Adam. Bella a réussi. Tu y parviendras aussi. Et, ensuite, nous ferons venir tes parents et Mila.

Un nouveau départ. Cela semblait prometteur, romantique même, en dépit des circonstances. Halina est désormais certaine qu'Adam et elle se marieront bientôt. Néanmoins, elle est aussi certaine que sa conscience ne la laissera pas abandonner ses parents et sa sœur à Radom, peu importe à quel point les conditions de vie deviendraient inconfortables.

Pendant des semaines, Halina s'est répété que Lviv était hors de question. Mais tout a changé lorsqu'elle a reçu une lettre d'Adam lui demandant de retrouver un collègue à lui sur les marches du mausolée Czachowski de Radom, un certain jour à une certaine heure. Elle est allée au rendez-vous la peur au ventre. C'est là qu'elle a appris qu'Adam avait été recruté par la résistance.

— Il a déjà acquis la réputation de meilleur faussaire de Lviv, a dit son collègue.

Il n'a pas donné son nom, et jamais elle ne lui a posé la question.

— Il voulait que vous le sachiez, et il vous demande de venir à Lviv. Je crois que le voyage en vaut la peine, a-t-il ajouté avant de disparaître dans la rue Kościelna.

C'était sans doute la fameuse « nouvelle » qu'Adam avait évoquée, et qu'il ne pouvait pas lui annoncer dans une lettre, bien sûr. Halina n'était pas surprise. Adam était la personne la plus méticuleuse qu'elle ait jamais rencontrée. *Parfait*, se rappelle-t-elle avoir pensé la première fois qu'il lui avait montré ses plans d'architecte, qui représentaient la salle d'attente d'une gare. Les lignes étaient nettes et modernes, son esthétique à la fois impeccable et pratique.

— J'essaie de dessiner « sans mensonges », avait-il dit, citant le célèbre moderniste et son idole, Walter Gropius.

Ayant appris cela, Halina a décidé de partir pour Lviv. Elle aurait très bien pu faire le voyage seule, mais sa cousine Franka s'y est refusée catégoriquement.

— Je viens avec toi, a-t-elle déclaré, que tu le veuilles ou non.

Ses parents redoutaient le voyage, ce qui se comprenait aisément. D'après ce que Jakob disait dans ses lettres, son frère Genek avait disparu de Lviv une nuit à la fin du mois de juin. Selim demeurait introuvable lui aussi. Radom était misérable, ses parents voulaient bien l'admettre, mais au moins ils étaient ensemble, et aucun ne manquait à l'appel. Et, de toute façon, les déplacements civils étant illégaux pour les juifs (et punissables de la peine de mort, d'après le décret), cela semblait bien trop risqué. Mais Halina avait fait le serment de trouver un moyen de gagner Lviv en toute sécurité, et promis qu'elle ne resterait pas longtemps.

— Adam dit qu'il peut me trouver un travail. Je reviendrai à Radom dans quelques mois avec des cartes d'identité et assez d'argent liquide pour nous permettre de respirer un peu mieux. Et, avec l'aide d'Adam, avait-elle ajouté, je parviendrai peut-être à découvrir ce qui est arrivé à Genek et Herta, et à Selim.

Une fois qu'Halina avait décidé de partir, Sol et Nechuma avaient acquiescé, sachant pertinemment qu'il était inutile d'essayer de la faire changer d'avis.

L'eau lui arrive jusqu'aux cuisses. Halina jure et maudit sa petite taille. Si seulement elle pouvait être aussi grande que Franka. *Bon sang*, qu'il fait froid. Si cela devient plus profond, elle sera obligée de nager. Franka et elle sont de bonnes nageuses (elles avaient appris ensemble au lac un été, avec leurs pères), mais cette eau ne ressemble en rien à la belle eau du lac Garbatka. On est en janvier. Celle-ci est froide, d'un noir d'encre, et le courant est fort. Il serait dangereux de traverser à la nage. Elles risquent l'hypothermie. Et le panier, resterait-il sec ? Halina repense à l'argent, à toute la peine que s'est donnée sa mère pour réussir à réunir cinquante złote. *Raison de plus pour aller à*

Lviv, pour renflouer nos économies. Le froid n'a aucune importance, se dit-elle. Ça fait partie du plan.

Elles ont passé la nuit précédente dans la ville de Liski avec les Salinger, des amis de la famille qu'Halina avait rencontrés pour la première fois dix ans plus tôt, au magasin de tissus. Mme Salinger était la seule personne qu'Halina connaissait qui soit capable de parler soie pendant des heures. Nechuma l'adorait et attendait toujours ses visites avec impatience. Mme Salinger venait deux fois par an avant que le magasin ne soit fermé.

La petite ville de Liski se trouve à quinze kilomètres de la rivière Boug, la frontière naturelle entre la Pologne sous occupation allemande et la Pologne sous occupation soviétique. Mme Salinger a expliqué à Halina et Franka que les ponts qui traversent la rivière sont gardés de chaque côté par des soldats, et que la façon la plus sûre de passer de l'autre côté est de traverser à gué.

— La rivière est étroite, et nous avons entendu dire que c'est à Sozin qu'elle est le moins profonde, a indiqué Mme Salinger. Mais Sozin grouille de nazis, et le courant est rapide. Vous devez faire attention à ne pas tomber. L'eau est glacée.

Le neveu de Mme Salinger avait fait le même trajet en sens inverse une semaine plus tôt.

— D'après Jurek, une fois que vous aurez traversé, vous pourrez suivre la rivière en direction du sud vers Ustylluh et faire du stop jusqu'à Lviv.

Ce matin, Mme Salinger a mis dans le panier d'Halina et Franka une petite miche de pain, deux pommes et un œuf dur.

— Un festin ! s'est exclamée Halina.

— Bonne chance, a murmuré Mme Salinger en embrassant les filles sur les joues avant leur départ.

Halina et Franka ont emprunté des ruelles pour aller à Zosin afin d'éviter de se faire repérer et questionner par des soldats allemands, en tentant de ne pas trop penser à ce qui se passerait si elles se faisaient surprendre sans un *Ausweis,* l'autorisation requise lorsqu'une personne souhaitait sortir de l'enceinte de son village. Le voyage leur a pris trois heures. Elles sont arrivées à Zosin au crépuscule et ont longé la berge à la recherche du passage le plus étroit possible. Puis elles ont attendu qu'il fasse nuit pour commencer la traversée.

La portion de la rivière qu'elles ont choisie ne fait pas plus de dix mètres de large. Halina pense qu'elles sont presque à mi-chemin de la rive opposée.

— Ça va toujours ? demande-t-elle en s'appuyant sur le bâton pour se tourner et regarder par-dessus son épaule.

Franka est à la traîne. Elle relève la tête et acquiesce, le blanc de ses yeux montant et descendant dans la lumière de la lune. Alors qu'Halina reporte son attention sur l'abysse liquide, elle perçoit un flash en périphérie de son champ de vision. Un petit éclat lumineux. Elle se fige et observe. Le flash disparaît un moment, puis elle le voit à nouveau. Un flash. Deux. Trois ! Des lampes de poche. Dans les arbres à l'est, qui bordent le champ de l'autre côté de la rivière. Sans doute des soldats soviétiques. Qui d'autre pourrait être là dans le froid à une heure pareille ? Halina se tourne vers Franka pour voir si elle s'est rendu compte de quelque chose, mais le menton de sa cousine est collé à sa poitrine tandis qu'elle lutte pour traverser la rivière. Halina tend l'oreille à la recherche d'éclats de voix, mais elle n'entend que le bruit de l'eau. Elle attend encore une minute et finit par décider de ne rien dire. *Il n'y a aucune raison de paniquer*, se dit-elle. Autant ne pas distraire Franka. Elles seront bientôt de l'autre côté, et une fois sur la terre ferme elles pourront faire profil bas et attendre que les propriétaires des lampes s'éloignent.

Sous ses pieds, la boue du lit de la rivière laisse place à des cailloux et, après quelques pas, Halina a l'impression de marcher sur des billes. Elle envisage de faire demi-tour afin de trouver un endroit moins profond et moins laborieux pour traverser. Peut-être peuvent-elles revenir demain, ou un jour de pluie, lorsque les nuages seront plus épais, afin d'être mieux cachées. Mais à quoi bon ? Peu importe où elles traverseront, elles n'ont aucun moyen de connaître la profondeur de l'eau. De plus, elles ne connaissent personne à Zosin. Où séjourneraient-elles ? Elles mourront de froid si elles tentent de passer la nuit dehors. Halina inspecte la limite des arbres. Par chance, les ronds de lumière ont disparu. Elles n'ont plus que quatre mètres à parcourir, cinq tout au plus. *On aura davantage de chance du côté russe,* se rassure-t-elle en poursuivant sa progression.

— On est à la moit…

Halina est interrompue par un cri perçant et le son caractéristique d'un corps qui tombe dans l'eau derrière elle. Halina tourne la tête juste à temps pour voir Franka, la bouche formant un *o* parfait, disparaître, son cri englouti par l'eau.

— Franka ! crie Halina avant de retenir son souffle.

Une seconde passe, puis deux. Rien.

Rien d'autre que le bruit de l'eau qui coule, le reflet ondulé de la lune à la surface et quelques bulles là où se tenait sa cousine.

Enfin, plusieurs mètres en aval, Franka émerge en crachant, à bout de souffle, des boucles de cheveux plaquées sur les yeux.

— Le panier ! hurle Franka en tendant le bras vers un globe beige qui vient de remonter à la surface devant elle.

Elle se jette sur l'anse, mais le courant est trop rapide. Le panier s'enfonce et disparaît dans l'eau.

— Noooooon !

La voix paniquée d'Halina résonne dans l'air. Sans réfléchir, elle lâche son bâton, retient sa respiration et se jette dans l'eau, les bras écartés. Le froid est saisissant. Il lui coupe les joues, s'enroule autour d'elle comme une armure, et l'espace d'un instant elle est paralysée, le corps gelé, telle une bûche emportée par le courant. Elle relève la tête, aspire une bouffée d'air et se met à nager avec acharnement, le cou tendu pour maintenir son menton à la surface. Elle distingue à peine le panier, dont l'anse flotte comme une bouée dans une mer agitée, plusieurs mètres plus bas.

— Arrête ! crie Franka derrière elle. Laisse-le !

Mais Halina nage plus fort et les supplications de sa cousine deviennent de plus en plus lointaines, jusqu'à ce qu'elle n'entende plus rien que le son de sa respiration et l'eau qui gifle ses oreilles. Elle nage désespérément et s'égratigne le genou contre le lit de la rivière. Elle pourrait se lever, mais elle sait que si elle le fait le panier lui échappera. Elle bat des jambes à la manière d'une grenouille et fixe l'eau en aval en se débattant contre l'engourdissement qui envahit son corps et l'envie d'abandonner, de nager jusqu'à la rive et de se reposer.

Alors qu'elle arrive au détour d'un léger virage, la rivière s'élargit et, pendant un bref instant, l'intensité du courant diminue. Le panier ralentit, glissant paisiblement dans les remous. La surface de l'eau est désormais aussi lisse et brillante que le couvercle laqué du vieux Steinway de ses parents. Halina commence à réduire l'écart. Lorsque la rivière devient plus étroite et que le courant redevient plus fort, le panier est à sa portée. Elle rassemble les dernières forces contenues dans ses muscles douloureux, propulse son torse hors de l'eau et se jette en avant, le bras tendu, les doigts écartés.

Lorsqu'elle ouvre les yeux, elle est surprise de voir le panier dans sa main. Elle pourrait tout aussi bien être amputée des mains et des pieds : elle ne sent plus rien. Elle laisse ses pieds s'enfoncer dans le lit de la rivière pour reprendre appui. Elle se redresse lentement tout en restant suffisamment baissée pour lutter contre le courant et se débat sur les cailloux glissants qui bordent l'autre rive. Elle agrippe l'anse du panier si fort que des crampes envahissent ses doigts. Une fois qu'elle est en sécurité sur la berge, elle doit se servir de sa main libre pour les desserrer.

Sur la terre ferme, Halina se laisse tomber sur la rive boueuse. Ses épaules se soulèvent au rythme de sa respiration, son cœur cogne furieusement dans sa poitrine. Elle s'accroupit et regarde dans le panier. La nourriture a disparu. Elle glisse les doigts dans la fente de la doublure, à la recherche de la toile cirée. Les złote !

— Ils sont là ! murmure-t-elle, oubliant un bref instant combien elle a froid.

Elle retire son manteau et le tape contre un rocher avant de l'enrouler autour de ses épaules. Ses tremblements l'agitent comme des spasmes. Elle doit trouver un abri au plus vite.

Elle remonte précipitamment le long de la rive. Au bout de quelques minutes elle entend les cris de Franka.

— Je suis là ! crie Halina en agitant la main, le corps encore sous le coup de l'adrénaline.

Franka a réussi elle aussi à traverser la rivière et court dans sa direction le long de la rive. Halina soulève le panier par-dessus sa tête en un geste triomphal.

— Nous avons perdu la nourriture, mais les złote sont toujours là ! annonce-t-elle, rayonnante.

— Merci mon Dieu ! s'émerveille Franka, le souffle court.

Elle enroule ses bras autour d'Halina.

— Mon pied a glissé sur un rocher. Je suis désolée !

Elle serre Halina contre elle.

— Regarde-toi, on dirait un chat qui vient de réchapper à la noyade !

— Toi aussi ! s'amuse Halina.

Sous la lumière d'acier de la lune, engourdies par le froid, dégoulinantes et tremblantes de la tête aux pieds, elles rient, sans bruit d'abord, puis plus fort, jusqu'à ce que des larmes roulent sur leurs joues, chaudes et salées, et qu'elles n'arrivent plus à respirer.

— Et maintenant ? finit par demander Franka une fois qu'elles ont recouvré leur calme.

— Maintenant, on marche.

Halina glisse un bras sous celui de Franka et souffle de l'air chaud dans sa main libre tandis qu'elles se dirigent vers l'est en direction de la limite des arbres.

Soudain, Franka se fige.

— Regarde ! s'exclame-t-elle dans un souffle.

Elle ne sourit plus.

— Des lampes !

Il y en a au moins une demi-douzaine.

— L'armée rouge, chuchote Halina. C'est sûr. *Kurwa.* J'espérais qu'ils seraient repartis. Ils ont dû nous entendre.

Franka écarquille grand les yeux.

— Tu savais qu'ils étaient là ?

— Je n'ai pas voulu te faire peur.

— Qu'est-ce qu'on fait ? On court ?

Halina se mord l'intérieur des joues pour empêcher ses dents de s'entrechoquer. Elle aussi a pensé à courir. Mais ensuite ? Non, pas après être arrivées jusque-là. Elle redresse les épaules, déterminée à rester forte, du moins en apparence, aussi bien pour Franka que pour elle.

— On va leur parler. Viens, il faut qu'on se réchauffe. Peut-être qu'ils nous aideront.

Halina resserre son étreinte autour du bras de Franka pour lui donner du courage.

— Nous aider ? Et s'ils ne nous aident pas ? S'ils nous tirent dessus ? On ferait mieux de nager un peu en aval et de nous cacher.

— Pour mourir gelées ? Regarde-nous : dans ce froid, on ne tiendra pas une heure. Ils nous ont déjà vues. Tout ira bien, reste calme.

Elles continuent à avancer à pas hésitants, dans la constellation de lumières vacillantes.

Lorsqu'elles sont à dix mètres des soldats, une silhouette derrière l'une des lampes crie.

— *Ostanovka!*

Halina pose lentement son panier à ses pieds et Franka et elle lèvent les mains au-dessus de leurs têtes.

— Nous sommes des alliées ! crie Halina en polonais. Nous n'avons pas d'armes !

Elle compte les corps en uniforme qui avancent vers elles et sa bouche s'assèche. Dix. Chacun tient une longue lampe en métal dans une main et un fusil dans l'autre, le tout braqué sur Halina et Franka. Halina tourne la tête pour éviter d'être aveuglée par la lumière blanche.

— Je suis venue retrouver mon fiancé et mon frère à Lviv, explique-t-elle en tentant de parler d'une voix ferme.

Les soldats se rapprochent. Halina regarde ses vêtements humides, puis elle regarde Franka, qui tremble de froid.

— S'il vous plaît, dit-elle en plissant les yeux dans la direction des soldats. Nous avons faim et nous sommes gelées. Est-ce que vous pouvez nous aider à trouver quelque chose à manger, un abri pour la nuit ?

Dans le faisceau des lampes, elle voit son souffle former de fines volutes grises.

Les soldats constituent un cercle autour des jeunes femmes. L'un d'eux ramasse le panier et regarde à l'intérieur. Halina retient sa respiration. *Distrais-le,* songe-t-elle. *Avant qu'il ne trouve les złote.*

— J'aimerais bien *vous* offrir quelque chose à manger, continue Halina, mais à présent, notre seul œuf doit être arrivé à Ustylluh.

Elle frissonne de façon théâtrale et laisse ses dents claquer comme des castagnettes. Le soldat relève la tête et elle sourit tandis qu'il scrute son visage et celui de Franka, examinant leurs vêtements trempés et leurs chaussures couvertes de boue. *Il n'est pas plus âgé que moi,* réalise Halina. Peut-être même plus jeune encore. Dix-neuf, vingt ans.

— Vous venir visiter famille. Et elle ? demande le jeune soldat dans un polonais rudimentaire en brandissant sa lampe sur Franka.

— Elle…

— Ma mère est à Lviv, intervient Franka avant qu'Halina ait eu une chance de répondre. Elle est très malade et n'a personne pour s'occuper d'elle.

Son ton est si clair et détaché qu'Halina doit faire un effort pour ne pas avoir l'air surprise. Franka est comme un livre ouvert ; elle n'a jamais excellé dans l'art de la tromperie. Jusqu'à maintenant, du moins.

Le soldat garde le silence un moment. L'eau de la rivière goutte depuis les coudes des jeunes femmes et atterrit dans la terre, à leurs pieds, dans un petit clapotement. Finalement, il secoue la tête, et Halina décèle dans son expression un soupçon de sympathie, ou peut-être est-ce de l'amusement. Elle sent la tension se dissiper dans son cou tandis que ses joues reprennent des couleurs.

— Venir avec nous, ordonne le soldat. Vous peler pommes de terre, passer nuit dans notre camp. Demain matin, nous discuter si vous libres de partir.

Il tend le panier à Halina. Elle s'en empare nonchalamment, le passe à son bras, puis prend la main de Franka dans la sienne tandis qu'elles se mettent en route vers le nord, flanquées de part et d'autre d'hommes en uniforme. Personne ne parle. Dans l'air, rien d'autre ne résonne que le bruit de pas des lourdes bottes militaires, et le bruit de succion des semelles mouillées d'Halina et Franka sur l'herbe. Au bout de quelques minutes, Halina risque un regard vers sa cousine, mais celle-ci fixe un point droit devant elle tandis qu'elle marche, le visage dénué d'expression. C'est seulement parce qu'elle la connaît par cœur qu'Halina décèle le léger frémissement de sa mâchoire. Franka est terrifiée. Halina lui serre la main pour lui assurer que tout va bien se passer. C'est ce qu'elle espère, tout au moins.

Elles marchent pendant près d'une heure. Tandis que l'adrénaline se dissipe, Halina ne parvient plus à penser à rien d'autre qu'au froid. À la douleur dans ses articulations, dans ses mains et ses pieds, et au bout de son nez, qui n'est plus engourdi, mais brûlant. Est-ce possible, s'inquiète-t-elle, d'attraper des engelures en étant en mouvement ? Devra-t-on lui amputer le nez si elle constate une fois arrivée au camp qu'il est devenu noir ? Ça suffit, s'invective-t-elle en s'efforçant de penser à autre chose.

Adam. Pense à Adam. Elle s'imagine à la porte de son appartement à Lviv, les bras enroulés autour de son cou tandis qu'elle lui raconte la chute de Franka, puis sa propre débâcle dans la Boug glacée. Alors qu'elle se repasse la scène, cela lui semble dément. Qu'est-ce qui lui a pris de sauter ainsi dans l'eau ? Est-ce qu'Adam comprendrait ? Ses parents, non, elle en est certaine. Mais lui, oui. Peut-être même qu'il l'admirerait d'avoir fait une chose pareille.

Elle examine le soldat qui se trouve à sa droite. Il est jeune, lui aussi. Il a à peine plus de vingt ans. Et lui aussi a froid. Il tremble sous son manteau fourni par l'armée et affiche un air triste, à croire qu'il aimerait mieux être n'importe où qu'ici. Halina songe que, derrière les gros pistolets et sous les uniformes à l'air important, ces jeunes hommes sont peut-être inoffensifs. Peut-être ont-ils aussi hâte qu'elle que la guerre se termine. Elle pourrait jurer qu'elle a surpris l'un d'entre eux, le plus grand du groupe, observer Franka à la dérobée. Elle connaît ce regard : en partie curieux, en partie nostalgique. En général, c'est à elle qu'il s'adresse. Elle va jouer de son charme, décide-t-elle. Complimenter les soldats sur leur patriotisme. Les convaincre avec un sourire qu'ils feraient tout aussi bien de les laisser continuer leur route. Peut-être que Franka peut flirter un peu avec le grand, lui promettre de lui écrire, lui donner un baiser d'adieu. Un baiser ! Depuis combien de temps n'a-t-elle pas senti les lèvres d'Adam sur les siennes ? Halina sent sa température corporelle augmenter légèrement tandis qu'elle se convainc que son plan va fonctionner. Elles devront rester méfiantes, bien sûr, mais elle obtiendra ce qu'elle veut. Elle a toujours réussi. C'est son plus grand talent.

C'est leur troisième nuit au camp de fortune. Depuis sa tente, sous sa couverture en laine, Halina écoute Franka et Yulian chuchoter près du feu. Elle les a laissés quelques minutes plus tôt près des flammes mourantes, le manteau d'hiver de Yulian enroulé autour des épaules de Franka.

Cette dernière a à nouveau surpris Halina avec ses talents en matière de flirt. Halina sait comment elle est d'ordinaire avec les garçons. En présence de quelqu'un qui lui plaît ou qu'elle souhaite impressionner, Franka a souvent tendance à perdre ses moyens. Mais, apparemment, s'émerveille Halina, elle n'a aucun problème pour séduire un garçon dès lors qu'elle le mène en bateau. Halina se demande si Yulian finira par se rendre compte qu'il n'est rien d'autre qu'un grand obstacle sur la route qui, elle l'espère, les mènera à Lviv.

Elle espérait être en route et plus près du but à ce stade. Les derniers jours ont été éprouvants. Les soldats les traitent avec une courtoisie bourrue, mais Halina est bien trop consciente du fait que Franka et elle sont deux jolies filles loin de chez elles, entourées d'hommes qui souffrent de la solitude. Elle redoute ce qui arriverait si les soldats décidaient de ne plus être polis. Même si, jusqu'à présent, Yulian semble parfaitement se contenter de simples discussions.

Elle souffle dans ses mains et fléchit les orteils pour se réchauffer. La couverture aide un peu, mais il fait tout de même un froid de canard. Ses vêtements sont enfin secs et elle n'ose pas les retirer pour dormir ; chaque couche compte. Elle ferme les yeux et glisse, tremblante, dans un demi-sommeil. Elle est réveillée quelques minutes plus tard par le bruit de quelqu'un qui se faufile dans la tente. Elle se redresse rapidement et serre les poings par réflexe, s'attendant à reconnaître la silhouette d'un Soviétique venu s'en prendre à elle. Mais c'est juste Franka. Elle soupire et se rallonge.

— Tu m'as fait peur, murmure-t-elle, le cœur battant.

— Désolée.

Franka se blottit sous la couverture et la remonte au-dessus de leurs têtes de façon à ce qu'elles puissent discuter sans être entendues.

— Yulian m'a dit qu'il allait nous sortir de là, chuchote-t-elle. Demain. Il dit qu'il a déjà parlé à son capitaine pour nous laisser partir.

Halina perçoit le soulagement dans la voix de Franka.

— Il a dit qu'il nous conduirait en voiture à la gare la plus proche dans la matinée.

— Bien joué, répond Halina à voix basse.

— Je lui ai promis que je resterais en contact.

Halina sourit.

— Tu m'en diras tant.

— Il n'est pas si mauvais, tu sais, dit Franka.

Pendant un instant, Halina se demande si elle plaisante ou si elle s'est vraiment prise d'affection pour lui.

— Tu imagines, Yulian et moi ? ajoute-t-elle. Nos enfants seraient de vrais géants.

Cette idée leur arrache à toutes deux des rires étouffés.

— Je préfère *ne pas* imaginer, non, finit par dire Halina avant de rabaisser la couverture sous leurs mentons.

Elle roule sur le côté et presse son corps contre celui de Franka.

— Je plaisante, murmure Franka.

— Je sais.

Halina ferme les yeux et laisse son esprit vagabonder. Comme souvent lorsqu'elle est dans le noir, elle pense à Adam. À quoi ressembleraient *leurs* enfants, se demande-t-elle ? Il est prématuré d'envisager des choses aussi lointaines, mais elle ne peut pas s'en empêcher. Avec un peu de chance, Franka et elle seront en route demain. Enfin. Encore une nuit, Adam. J'arrive.

DEUXIÈME PARTIE

15

Addy

La Méditerranée – 15 janvier 1941

La jetée est une véritable marée humaine. Certains crient, en proie à la panique tandis qu'ils se fraient un chemin à coups de coude vers la passerelle ; d'autres parlent en chuchotant, comme si élever la voix risquait de les priver du privilège de monter à bord du bateau (un des derniers bâtiments de passagers, leur a-t-on dit, autorisés à quitter Marseille avec des réfugiés à bord). Addy avance au rythme de la foule, une sacoche en cuir marron agrippée dans une main et son aller simple en deuxième classe dans l'autre. Le froid est mordant par ce mois de janvier, mais il le remarque à peine. À intervalles réguliers, il tend le cou et observe la foule en espérant apercevoir un visage familier. Un vœu impossible, mais il ne peut s'empêcher d'espérer que sa mère ait reçu sa dernière lettre et soit venue en France avec toute la famille à la dernière minute.

Quoi qu'il en coûte, lui a-t-il écrit, *je vous en supplie, venez à Vichy. Il y a un homme ici qui s'appelle Souza Dantas. C'est à lui que vous devez parler pour les visas.* Il a inclus les coordonnées de Souza Dantas, son adresse à l'hôtel et à l'ambassade. Addy soupire. Il se rend compte à présent à quel point sa proposition était absurde. Voilà quinze mois qu'il n'a pas eu de nouvelles de sa mère. Même si elle *a* reçu la lettre, quelles sont les probabilités qu'une famille tout entière parvienne à quitter la Pologne ? En supposant que sa mère ait trouvé un moyen de sortir du pays, elle n'aurait jamais abandonné les autres, il le sait.

À chaque pas en direction du bateau, la poitrine d'Addy se serre un peu plus. Il porte une main au niveau de ses côtes, à gauche, là où il a mal. Sous ses doigts, il sent les battements de son cœur, son pouls telle une montre, qui marque le tic-tac des secondes jusqu'à ce qu'il abandonne le continent. Jusqu'à ce qu'un océan le sépare des personnes qu'il aime le plus. Et il n'est pas aidé par le fait que la poignée de Polonais qu'il a rencontrés sur la jetée (ceux qui ont eu la chance d'être en contact avec leurs familles restées en Pologne) lui ont décrit ce qu'ils savaient de l'état de leur pays en des termes qui l'abasourdissent complètement : des ghettos surpeuplés, des passages à tabac publics, des juifs qui meurent de froid, de faim et de maladie par milliers. Une jeune femme de Cracovie a raconté à Addy que son mari, un professeur de poésie, avait été emmené, à l'instar de dizaines d'autres intellectuels de la ville, jusqu'à la muraille du château du Wavel, où on les avait fait s'aligner avant de les tuer par balle. Après ça, a-t-elle ajouté les joues baignées de larmes, ils ont fait rouler les corps en bas de la colline pour les jeter dans le fleuve de la Vistule. Addy l'a serrée dans ses bras tandis qu'elle pleurait sur son épaule, puis il a essayé de toutes ses forces d'effacer l'image de son esprit. C'était plus qu'il n'en pouvait supporter.

Alors qu'il avance vers le bateau, il fait l'inventaire des langues que l'on parle autour de lui : français, espagnol, allemand, polonais, néerlandais, tchèque. La plupart de ses compagnons de voyage ont de petits bagages semblables au sien, contenant quelques possessions avec lesquelles ils espérent commencer une nouvelle vie. Celui d'Addy renferme un pull à col roulé, une chemise, un maillot de corps, une paire de chaussettes de rechange, un peigne fin, un petit morceau de savon fourni par l'armée, de la ficelle, un rasoir, une brosse à dents, un agenda, trois carnets en cuir (aux pages déjà noircies), son disque 78 tours préféré de la *Polonaise, opus 40, no. 1* de Chopin, et une photographie de ses parents. Dans la poche de sa chemise, il transporte un carnet à moitié plein, dans la poche de son pantalon quelques pièces et le mouchoir en lin de sa mère. Il a 1 500 złote et 2 000 francs (les économies de toute une vie) cachés dans son portefeuille en peau de serpent, ainsi que les seize documents qu'il a dû rassembler afin d'échapper aux griffes de l'armée et d'obtenir un visa brésilien.

La rencontre entre Addy et l'ambassadeur Souza Dantas à Vichy a été brève.

— Laissez votre passeport à ma secrétaire, lui a dit Souza Dantas une fois qu'ils ont été assez loin de l'hôtel pour que personne ne les entende. Dites-lui que c'est moi qui vous envoie et revenez demain. Votre visa vous attendra à Marseille. Il sera valide pour une période de quatre-vingt-dix jours. Un bateau part pour Rio aux alentours du 20 janvier, l'*Alsina*, je crois. Je ne sais pas quand, ni même s'il y en aura un autre. Vous devriez le prendre. Il vous faudra renouveler votre visa une fois arrivé au Brésil.

— Bien sûr, a répondu Addy avant de remercier profusément l'ambassadeur et de sortir son portefeuille. Combien vous dois-je ?

Mais Souza Dantas s'est contenté de secouer la tête, et Addy a alors compris que ce n'était pas pour l'argent que l'ambassadeur risquait sa place et sa réputation.

Le lendemain, Addy est venu récupérer son passeport. Dessus figurait, écrite à la main par l'ambassadeur, la mention *Valide pour se rendre au Brésil.* Il a embrassé l'inscription, baisé la main de la secrétaire de Souza Dantas, rassemblé quelques affaires et pris la route du sud en stop. Il portait sa tenue militaire, espérant que son uniforme inciterait les automobilistes à s'arrêter. Le train aurait été plus rapide, mais il voulait éviter les postes de contrôle.

À son arrivée à Marseille, Addy s'est directement rendu à l'ambassade. Étrangement, son visa l'y attendait, marqué du n° 52. Après l'avoir longuement observé, il l'a glissé dans son passeport et a pris la direction du port, moitié en marchant, moitié en courant. À la vue de l'énorme coque noire de l'*Alsina* qui dominait le port, il a ri et pleuré en même temps, à la fois submergé par l'espoir et l'impatience de ce que le monde libre aurait à lui offrir, et dévasté à l'idée de laisser l'Europe derrière lui, et avec elle sa famille.

— Savez-vous si d'autres bateaux doivent se rendre au Brésil dans les mois à venir ? a-t-il demandé à l'office maritime.

— Fiston, a dit l'agent derrière la vitre en secouant la tête, estimez-vous chanceux d'avoir une place sur celui-ci.

L'agent avait raison. Il y avait de moins en moins de bateaux de passagers autorisés à partir pour les Amériques. Mais Addy refusait de perdre espoir. Il avait passé l'après-midi recroquevillé dans le coin d'un café près du port, à écrire une lettre à sa mère.

10 janvier 1941

Chère Maman,

Je prie pour que mes lettres vous soient parvenues, et pour que vous et toute la famille alliez bien. J'ai obtenu un passage pour le Brésil à bord d'un bateau appelé Alsina. *Nous partons dans cinq jours, le 15 janvier, pour Rio de Janeiro. Le capitaine estime que nous atteindrons l'Amérique du Sud dans deux semaines. Dès mon arrivée, je vous écrirai à nouveau avec une adresse où me contacter. Souvenez-vous*

de ce que je vous ai dit à propos de l'ambassadeur Souza Dantas à Vichy. Faites attention à vous, s'il vous plaît. Je compte les minutes en attendant d'avoir de vos nouvelles.
Avec tout mon amour, toujours,
Addy

Avant de quitter le café, il s'est rendu aux toilettes, où il a ôté son treillis pour enfiler son costume. Mais, au lieu de plier son uniforme et de le ranger dans sa besace comme il le faisait d'habitude, il l'a roulé en boule et glissé dans la poubelle.

La cabine d'Addy est grande comme un mouchoir de poche. Il retire ses chaussures et entre en crabe, en faisait attention de ne pas effleurer l'étroite couchette branlante, dont la tête en noyer verni et le couvre-lit en chenille jaune ne sont plus de première jeunesse. À l'opposé du matelas affaissé se trouvent un petit banc en acajou et des étagères peu profondes. Il pose ses chaussures sur celle du bas et sa besace sur le banc, suspend son manteau et son Fédora au crochet derrière la porte de la salle de bains, et jette un coup d'œil à l'intérieur. La salle de bains (raison pour laquelle il s'est offert le luxe d'un ticket de deuxième classe) est, elle aussi, incroyablement petite. À l'intérieur, une pomme de douche pend au bout d'un tuyau en métal fixé au mur au-dessus des toilettes, et un petit miroir rond est accroché au-dessus d'un minuscule lavabo en porcelaine. La peau d'Addy le picote à l'idée d'une douche chaude. La dernière remonte à près d'une semaine. Il se déshabille immédiatement.

Après avoir plié sa chemise, son maillot de corps et son pantalon en une pile bien nette sur son lit, il prend son savon, son peigne et son rasoir et entre dans la salle de bains, encore vêtu de ses sous-vêtements et de ses chaussettes. Il glisse la pomme de douche dans son support mural et tourne le levier en métal du côté chaud. La pression est faible, mais l'eau est chaude et, tandis qu'elle ruisselle sur lui, il sent la tension diminuer dans ses épaules. Il fredonne tout en se savonnant énergiquement (même ses sous-vêtements y passent), jusqu'à obtenir une quantité de mousse satisfaisante, puis il pivote lentement sur lui-même pour se rincer. Lorsque ses sous-vêtements sont débarrassés de la mousse, il les retire et les accroche au-dessus du lavabo, puis il se savonne une fois de plus et laisse l'eau couler sur sa peau nue pendant un moment, avant de tourner le levier de la douche. Il attrape l'unique serviette blanche qui pend à une barre derrière la porte et se sèche sans cesser de chantonner. Devant le miroir, il se brosse les dents, se peigne et se rase. Il passe ses doigts le long de sa mâchoire et s'examine de près, à la recherche de poils qu'il aurait oubliés. Enfin, il essore ses vêtements mouillés, installe une corde à linge de fortune avec la ficelle qu'il a apportée, et les accroche pour qu'ils sèchent. En enfilant son costume, il sourit. Il a l'impression d'être un homme nouveau.

Sur le pont, Addy se faufile parmi la foule des réfugiés et saisit des bribes de conversation tandis qu'il se dirige vers la proue du bateau. Il se demande s'il reconnaîtrait Zamora ; l'ex-président d'Espagne a dû acheter un ticket en première, au pont supérieur. La plupart des discussions qu'Addy surprend évoquent la préparation ingénieuse et les efforts incessants requis pour obtenir des visas. *J'ai fait la queue dix-huit jours d'affilée. J'ai acheté l'employé de l'ambassade. C'est horrible de laisser mes sœurs derrière moi.*

Les estimations quant au nombre de réfugiés à bord vont bon train. *J'ai entendu dire six cents… Le bateau est construit pour en accueillir trois cents… Pas étonnant que ce soit aussi bondé… Ça doit être l'horreur pour les pauvres bougres en troisième classe…* Le pont de deuxième classe est noir de monde, mais Addy sait que ce n'est rien comparé aux cabines du niveau inférieur, à l'entrepont.

Environ la moitié des réfugiés qu'Addy rencontre sont juifs et plusieurs mentionnent le nom de Souza Dantas. *Sans l'ambassadeur…* Les autres sont un mélange d'Espagnols qui fuient le régime de Franco, de socialistes français et d'artistes prétendument dégénérés et autres

« indésirables » venus de toute l'Europe et qui espèrent trouver la sécurité au Brésil. La plupart ont laissé leurs familles derrière eux (frères et sœurs, parents, cousins, même de grands enfants) et aucun ne sait exactement ce que l'avenir leur réserve. Mais, en dépit de l'incertitude, l'ambiance a changé maintenant que tout le monde est installé à bord, et une excitation grisante flotte dans l'atmosphère. Avec l'*Alsina* prêt à larguer les amarres à dix-sept heures, l'air embaume subitement l'espoir et la liberté.

Addy parcourt le bateau sur toute sa longueur jusqu'à atteindre la proue. Là, il aperçoit une porte bleu marine avec une plaque en laiton et rit de sa propre chance : SALON DE MUSIQUE, PREMIÈRE CLASSE*. Un salon de musique ! Il retient son souffle en posant la main sur la poignée, mais la tristesse l'envahit lorsqu'il constate que la porte est verrouillée. *Peut-être que quelqu'un va l'ouvrir,* se dit-il en approchant du bastingage pour observer la nuée d'hommes et de femmes qui flânent. Comme il s'y attendait, au bout de quelques minutes, la porte bleue s'ouvre et un jeune membre de l'équipage émerge du salon, vêtu de blanc. Addy attend qu'il disparaisse dans la foule et bloque la porte avec son pied juste avant qu'elle ne se referme. À l'intérieur, il trouve un escalier dont il grimpe les marches deux par deux.

Le salon est vide. Les sols en bois de cerisier brillent là où ils ne sont pas recouverts d'un patchwork de tapis en laine douce dans les tons rouge, doré et indigo. Les fenêtres qui vont du sol au plafond le long du mur face à tribord offrent une vue sur le port, et le mur d'en face est couvert de miroirs qui font paraître la pièce plus grande qu'elle ne l'est en réalité. Les coins sont ornés de colonnes en bois poli et une large embrasure de porte voûtée donne sur ce qu'Addy imagine comme étant les cabines de première classe. Un canapé en cuir, quelques tables rondes et une douzaine de chaises occupent un bout de la pièce. À l'autre bout, isolé dans un coin (son cœur sursaute en le voyant), trône un piano à queue Steinway.

Il jauge l'instrument tout en s'en approchant et devine qu'il a été fabriqué au début des années 1900, avant la Grande Dépression, lorsque les fabricants commençaient à en réduire la taille pour passer au piano quart-de-queue. Addy souffle sur le bois du couvercle et bat des paupières tandis qu'un panache de poussière lévite au-dessus de l'instrument, brillant dans la lumière du soleil. Devant le clavier, un élégant tabouret rond avec des pieds sculptés en noyer aux extrémités en fonte le supplie de s'asseoir. Addy fait lentement tourner le tabouret pour en ajuster la hauteur et s'installe sur la banquette douce et légèrement usée. Il soulève le cylindre et pose les mains sur les touches, soudain submergé par un sentiment de nostalgie. Il fléchit le pied et le laisse en suspens au-dessus de la pédale forte. Voilà des mois qu'il n'a pas pu s'offrir le luxe de jouer, mais il n'a pas le moindre doute quant au morceau qu'il va interpréter en premier.

Alors que les premières notes de la *Valse en* fa *mineur, op. 70 no. 2* remplissent la pièce, Addy penche la tête en avant et ferme les yeux. L'instant d'après, il a douze ans et il est perché sur le banc, au clavier du piano de ses parents à Radom. Halina, Mila et lui se relayaient chacun à leur tour pour répéter une heure par jour après l'école. Quand ils avaient eu un niveau assez bon, ils avaient appris à jouer du Chopin, dont le nom était presque sacré dans la famille Kurc. Addy se rappelle encore le sentiment de réussite qui avait envahi son cœur après avoir terminé sa première Étude sans une seule fausse note.

— Maestro Chopin serait très fier, avait dit sa mère tout bas en lui tapotant l'épaule.

Quand Addy rouvre les yeux, il est surpris de trouver une petite audience rassemblée autour de lui. Les spectateurs sont tous élégamment vêtus. Les femmes portent des chapeaux cloche et des manteaux chic ornés de cols en fourrure, les hommes des Fédora, des chapeaux melon et des costumes trois-pièces taillés sur mesure. Un soupçon de parfum flotte dans l'air, un répit agréable qui le change des odeurs corporelles nauséabondes qui imprègnent les espaces communs un pont plus bas. C'est une autre classe de réfugiés, certes, mais Addy sait que, sous les fourrures délicates et le tweed, tout le monde sur ce bateau fuit le même funeste destin.

— *Bravo! Che bello,* s'extasie un Italien derrière lui alors que la dernière note retentit dans le salon.

— *Encore** ! crie la femme qui se tient auprès de l'Italien.

Addy sourit et lève les mains. Pas besoin de le lui demander deux fois.

— *Pourquoi pas** ? répond-il avec un haussement d'épaules.

Lorsqu'il termine un morceau, on l'encourage à en commencer un autre et, chaque fois, l'audience d'Addy s'agrandit, de même que son enthousiasme. Il joue des classiques : Beethoven, Mozart, Scarlatti... Il transpire. Il retire son manteau et déboutonne son col. Alors que les spectateurs continuent à arriver, il passe à des mélodies populaires de ses compositeurs de jazz américains préférés : Louis Armstrong, George Gershwin, Irving Berlin. Il est au milieu de *Caravan* de Duke Ellington quand la sirène du bateau retentit.

— Nous partons ! crie quelqu'un.

Addy termine rapidement le morceau à une cadence improvisée et se lève. Les bavardages envahissent soudain le salon. Addy s'empare de son manteau et suit la foule qui s'est regroupée à tribord pour voir l'*Alsina* s'éloigner du quai dans un rugissement de moteurs. La sirène sonne à nouveau, dans un long cri d'adieu guttural qui reste suspendu dans les airs plusieurs secondes avant d'être emporté au-dessus de la mer.

Puis ils se mettent à avancer, doucement d'abord, comme s'ils progressaient au ralenti vers le soleil orange qui flotte sur les eaux brillantes de la Méditerranée. Quelques passagers crient, mais la plupart, comme Addy, se contentent de regarder l'horizon tandis qu'ils se dirigent vers l'ouest. Ils dépassent le superbe palais du Pharo, construit par Napoléon III au XIXe siècle, puis les forts en pierre rose et le phare unique à l'entrée du Vieux-Port. Quand l'*Alsina* atteint des eaux plus profondes, le soleil a disparu et la mer est plus noire que bleue. Le bateau décrit un arc vers le sud et le paysage devient une étendue infinie d'eau. Quelque part au-delà de l'horizon, réalise Addy tandis que le bateau augmente son allure, se trouve l'Afrique. Et encore au-delà, les Amériques. Par-dessus son épaule, il regarde la longue traînée d'écume qui s'évanouit dans leur sillage et, derrière elle, une Marseille miniature.

— *Adieu** pour le moment, murmure-t-il alors que la ville disparaît.

Ils ont pris la mer il y a plus d'une semaine et Addy est désormais un habitué du salon de première classe, qui s'est transformé en une sorte de salle de concert, une scène sur laquelle les passagers se rassemblent chaque soir pour chanter, danser, jouer ce qu'ils jouent le mieux, un endroit où ils peuvent se laisser emporter par la musique et les arts et ne plus penser, du moins pour un moment, au monde qu'ils ont laissé derrière eux. Du coin de la pièce, le piano a été déplacé au centre, et quelques chaises forment un demi-cercle autour de lui. D'autres instruments ont fait leur apparition : des percussions africaines, un alto, un saxophone, une flûte. Le talent musical à bord est stupéfiant. Addy a failli tomber de son tabouret un soir, quand il a relevé la tête et reconnu dans la foule non seulement les frères Kranz (il a grandi en écoutant leur récital de piano à la radio), mais aussi à leurs côtés Henryk Szeryng, l'exceptionnel violoniste polonais. Ce soir, Addy estime qu'il doit y avoir plus d'une centaine de personnes rassemblées dans le salon.

Mais il n'en voit qu'une.

Elle est assise à sa droite, à 2 heures, au deuxième rang, près d'une femme qui a les mêmes yeux clairs, la même peau d'albâtre, et se tient bien droite, l'air confiant. Mère et fille, sûrement. Addy se répète de ne pas la fixer. Il s'éclaircit la gorge et décide que son dernier morceau de la soirée sera une de ses compositions, *List.* Il la regarde à la dérobée entre deux strophes. Il y a des dizaines de belles femmes à bord, mais celle-ci est différente. Elle ne doit pas avoir plus de dix-huit ans. Elle porte un chemisier blanc et un collier de perles qui brillent entre les pointes de son col. Ses cheveux blonds cendrés ondulés sont rassemblés en un chignon lâche sur la nuque. Il se demande d'où elle vient, et comment il est possible qu'il ne l'ait pas remarquée plus tôt. C'est décidé, il va se présenter avant la fin de la soirée.

Addy achève sa performance sur une révérence et les applaudissements envahissent la pièce tandis qu'il quitte le tabouret. Il se faufile à travers la foule et regarde à nouveau en direction de la jeune fille. Leurs regards se croisent. Addy sourit, le cœur battant. Elle lui retourne son sourire.

Il est minuit lorsque Ziembiński, acteur et réalisateur que le public adore également, conclut la soirée sur une lecture théâtrale des *Voix intérieures* de Victor Hugo. Alors que la foule commence à se disperser, Addy attend silencieusement près de la porte voûtée qui mène aux cabines de première classe. Il garde la tête baissée de façon à ne pas être abordé par un passant, ce qui est loin d'être chose aisée. Au bout de quelques minutes, la fille et sa mère apparaissent. Addy se redresse et tend la main à la mère lorsqu'elles approchent de lui. « C'est ce qui distingue les hommes des garçons », lui a dit Nechuma un jour. « Quand la mère t'approuve, *là*, tu peux te présenter à sa fille. »

— *Bonsoir, madame**..., se hasarde Addy, le bras tendu.

La mère s'arrête abruptement, de toute évidence agacée d'être dérangée. La façon dont elle se tient, avec les épaules en arrière et les lèvres pincées, rappelle à Addy son ancienne professeure de piano à Radom. Une femme formidable avec des principes stricts qui l'avait poussé à devenir le musicien qu'il est aujourd'hui, mais avec qui il n'aurait pas la moindre envie de boire un verre. Elle lui serre la main à contrecœur.

— Lowbeer, dit-elle avec un léger accent tandis que ses yeux d'un bleu métallique descendent au niveau de son torse. *De Prague**, ajoute-t-elle lorsque son regard croise enfin le sien.

Elle a un visage allongé, les lèvres peintes en mauve. Elles sont tchécoslovaques.

— Addy Kurc. *Enchanté de vous rencontrer**.

Addy se demande dans quelle mesure elles comprennent le français.

— *Moi de même**, répond Mme Lowbeer.

Après un moment de silence, elle se tourne vers sa fille.

— *Puis-je vous présenter ma fille, Eliska* ?*

Eliska. Il voit désormais que son chemisier est en lin fin et sa jupe aux genoux bleu marine fabriquée dans un cachemire somptueux. Sa mère serait impressionnée, songe-t-il avant de ravaler la boule familière dans sa gorge, de repousser l'inquiétude qui étreint son cœur chaque fois qu'il pense à elle. *Tu ne peux rien faire de plus,* se dit-il. *Tu lui enverras une autre lettre une fois à Rio.*

Eliska lui tend la main. Ses yeux, du même bleu que ceux de sa mère, rencontrent à nouveau ceux d'Addy.

— *Votre musique est très belle**, dit-elle en soutenant son regard.

Sa poignée de main est ferme, son français impeccable. Addy trouve son assurance à la fois charmante et surprenante. Il comprend que cette jeune femme est bien plus qu'un joli visage. Il lui lâche la main et le regrette aussitôt. Voilà un an qu'il n'a pas été au contact d'une femme, et il ne s'était pas rendu compte à quel point cela lui manquait. Le bout de ses doigts est électrique. Tout son corps est électrique.

— Savez-vous qu'on vous surnomme le Maître de cérémonie sur le bateau ?

Alors qu'Eliska sourit, deux petites fossettes se forment aux coins de sa bouche. Elle porte une main aux perles qui ornent son cou.

— C'est ce que j'ai entendu, répond Addy en tentant désespérément de ne pas avoir l'air troublé. Je suis ravi que vous aimiez le piano. La musique a toujours été ma passion.

Eliska hoche la tête sans cesser de sourire. Ses joues sont roses, mais elle semble ne pas porter de maquillage.

— Prague est une ville charmante. Vous êtes tchécoslovaque, donc, dit Addy en s'efforçant de détacher son regard d'Eliska pour s'adresser à sa mère.

— Oui, et vous ?

— Je suis de Pologne.

Sa propre réponse lui fait l'effet d'un coup de couteau dans le ventre. Addy ne sait même pas si son pays existe encore. Une fois de plus, il repousse ses inquiétudes, refusant de les laisser gâcher cet instant.

Mme Lowbeer plisse le nez, comme si elle était sur le point d'éternuer. *Pologne* n'est clairement pas la réponse qu'elle attendait, ou celle qu'elle espérait. Mais Addy s'en fiche. Son regard passe de la mère à la fille, et un déluge de questions lui traverse l'esprit. *Comment vous êtes-vous retrouvées sur l'*Alsina *? Où est votre famille ? Où est M. Lowbeer ? Quelle est votre chanson préférée ? Je peux l'apprendre et la jouer cent fois si cela veut dire que vous reviendrez me voir jouer demain !*

— Il se fait tard, dit Mme Lowbeer avec un sourire pincé. Nous devons aller dormir. Merci pour le concert, c'était charmant.

Avec un petit hochement de tête en direction d'Addy, elle passe son bras sous celui de sa fille et elles se dirigent vers la porte qui mène à leur cabine. Les semelles de leurs chaussures à talons cirées avec des lanières aux chevilles résonnent doucement sur le plancher.

— *Bonne nuit**, Addy Kurc, lance Eliska par-dessus son épaule.

— *Bonne nuit** *!* répond Addy un peu trop fort.

Tout son être aimerait qu'Eliska reste. Devrait-il le lui demander ? Il a trouvé si *bon* de flirter avec elle. Cela lui a paru si… naturel. Non, il attendra. *Sois patient,* se dit-il. *Un autre soir.*

16

Genek et Herta

Altynay, Sibérie – février 1941

RIEN N'AURAIT PU PRÉPARER Genek et Herta à l'hiver sibérien. Tout est gelé. Le sol en terre battue des baraquements. La paille épandue sur leur lit de rondins. Les poils à l'intérieur de leur nez. Même leurs crachats, bien avant qu'ils touchent le sol. C'est un miracle qu'il y ait encore de l'eau dans le puits.

Genek dort tout habillé. Ce soir, il porte ses bottes, son bonnet, une paire de gants qu'il a achetés quand la neige a commencé à tomber en octobre, et son manteau d'hiver (une chance qu'il ait pensé à l'emporter à la dernière minute). Et même comme ça, tout son corps est endolori par le froid. La sensation est intense. Ça n'a rien à voir avec la douleur sourde entre ses omoplates après des heures passées à soulever sa hache. C'est plutôt une douleur lancinante, profonde et incessante, qui part de ses talons et remonte le long de ses jambes, jusqu'à son ventre et ses bras, et déclenche des spasmes involontaires qui agitent tout son corps de frissons.

Genek plie et déplie les doigts et agite les orteils, nauséeux à l'idée d'en perdre un. Presque tous les jours depuis novembre, quelqu'un s'est réveillé dans le camp en trouvant un de ses membres noircis par une gelure. Lorsque cela arrive, il n'y a souvent pas d'autre choix pour un prisonnier que de l'amputer. Une fois, il a vu un homme se tordre de douleur alors qu'un autre lui coupait le petit orteil avec un canif à la lame émoussée. Genek a failli s'évanouir. Il rapproche son corps de celui d'Herta. Les briques qu'ils ont fait chauffer près du feu et enveloppées dans une serviette pour les mettre à leurs pieds sont froides à présent. Il est tenté de refaire brûler du bois, mais ils ont déjà utilisé les deux bûches qui leur sont allouées et il serait imprudent de se faufiler dehors pour en voler une dans le tas de bois alors que Romanov les surveille.

Cette terre perdue leur en veut. Voilà six mois, à leur arrivée, l'air était si chaud qu'ils parvenaient à peine à respirer. Genek n'oubliera jamais le jour où leur train s'est enfin arrêté dans un crissement perçant et où les portes se sont ouvertes pour ne dévoiler rien d'autre qu'une forêt. Il a sauté à bas du wagon, une main agrippée à celle d'Herta et sa valise dans l'autre, son cuir chevelu grouillant de poux, la peau de son dos écorchée à force d'être appuyée contre la paroi de bois pleine d'échardes du wagon quarante-deux jours et quarante-deux nuits durant. D'accord, a-t-il pensé en regardant autour d'eux. Ils étaient seuls dans les bois, incroyablement loin de chez eux, mais au moins ils pouvaient se dégourdir les jambes et uriner en privé.

Ils ont marché pendant deux jours dans la chaleur torride d'août, déshydratés et si affamés qu'ils en avaient le tournis, avant d'arriver à une clairière où s'étalaient de longs baraquements de rondins sur un seul niveau. Ils semblaient avoir été construits à la hâte. Quand ils ont enfin posé leurs valises, leurs corps épuisés qui empestaient et collaient à cause de la sueur, Romanov, un garde aux cheveux noirs et au regard d'acier assigné à leur camp, les a accueillis avec un bref discours :

— La ville la plus proche est à dix kilomètres au sud. Les villageois, là-bas, ont été prévenus de votre arrivée. Ils ne veulent rien avoir à faire avec vous. Votre nouvelle maison, c'est ici, a-t-il aboyé en pointant un doigt vers le sol. Vous travaillerez ici, vous vivrez ici ; vous ne reverrez jamais la Pologne.

Genek a refusé de le croire. Staline ne peut pas s'en tirer comme ça, s'est-il dit. C'était impossible. Mais, à mesure que les jours se sont transformés en semaines, puis en mois, la tension de ne pas savoir ce que l'avenir leur réservait a commencé à le miner. Alors c'était ainsi ? Ils étaient destinés à vivre comme ça, à couper des bûches en Sibérie ? Ils ne rentreraient jamais chez eux, comme Romanov l'avait prédit ? Si tel était le cas, Genek n'était pas sûr de le supporter. Pas un jour ne passait sans qu'il se rappelle que c'était sa fierté qui les avait envoyés dans ce camp horrible. Une vérité qui pesait si lourdement sur lui qu'il craignait de se briser.

Le pire dans tout cela, néanmoins, ce qui tourmente Genek plus que tout, c'est le fait qu'il ne soit plus responsable seulement de sa femme. Elle n'en avait pas conscience sur le moment, mais Herta était enceinte lorsqu'ils ont quitté Lviv. Une surprise, bien sûr, et une surprise qu'ils auraient célébrée s'ils avaient encore été en Pologne. Lorsqu'ils s'en sont rendu compte, il y avait des semaines qu'ils étaient cloîtrés dans le train. Herta avait mentionné juste avant leur arrestation qu'elle avait du retard, mais compte tenu du stress auquel ils étaient soumis cela ne les avait étonnés ni l'un ni l'autre. Un mois plus tard, elle n'avait toujours pas ses règles. Six semaines après et en dépit du manque de nourriture, sa taille avait commencé à s'élargir, annonçant sans doute possible l'arrivée d'un bébé. Désormais, elle n'a plus que quelques semaines à attendre avant de donner naissance à leur enfant. Au cœur de l'hiver sibérien.

Genek frissonne tandis qu'un haut-parleur s'allume, déversant des parasites dans l'air glacial. Il grogne. Toute la journée et pendant la nuit, les haut-parleurs crachent leur propagande, comme si des diatribes incessantes allaient convaincre les prisonniers que le communisme est la solution à tous leurs problèmes. Une idéologie révolutionnaire fanatique remplit leurs oreilles à longueur de journée. Maintenant qu'il parle russe presque couramment, Genek comprend la majorité de ces inepties et est incapable de déconnecter. Il enroule doucement un bras autour de sa femme et pose sa paume sur son ventre rond dans l'espoir de sentir un coup (Herta dit que le bébé est surtout actif la nuit), mais il ne se passe rien. Herta respire profondément. Comment peut-elle dormir en dépit du froid et des cris qui sortent des haut-parleurs ? C'est un mystère qu'il ne s'explique pas. Elle doit être exténuée. Les journées sont éreintantes. Le plus souvent, ils doivent couper des arbres dans le froid glacial, traîner jusqu'à une clairière des troncs depuis la forêt à travers des marécages glissants et gelés et par-dessus des dunes de neige balayées par le vent, et les empiler sur des traîneaux pour que les chevaux les tirent. Genek est si fatigué à la fin de chaque journée de travail de douze heures qu'il délire, et il ne porte pas d'enfant. Au cours des deux dernières semaines, il a commencé à demander à Herta de rester couchée le matin, par peur qu'elle se tue à la tâche ou que le bébé arrive alors qu'elle est coincée au milieu des bois, enfoncée dans la neige jusqu'aux genoux. Mais ils savent tous deux que dès qu'Herta cessera de travailler, leurs rations seront réduites de moitié, et ils ont déjà vendu tous les souvenirs et vêtements dont ils pouvaient se passer pour acheter de la nourriture supplémentaire.

— Vous ne travaillez pas, vous ne mangez pas, leur rappelle souvent Romanov.

Que feraient-ils ensuite ?

Les haut-parleurs se taisent enfin et Genek soupire. Sa mâchoire se détend. Il cligne des yeux dans le noir et se fait une promesse en son for intérieur : c'est le premier et le dernier hiver qu'ils passent dans ce trou gelé. Il n'arrivera pas à en supporter un autre. C'est toi qui nous as amenés ici, alors tu vas trouver un moyen de nous sortir de là. Il trouvera une solution. Peut-être qu'ils peuvent s'échapper. Mais où iront-ils ? Il trouvera *quelque chose.* Une manière de protéger sa famille. Sa femme et leur enfant à naître. C'est tout ce qui importe. Et dire qu'il aurait suffi qu'il coche une case, qu'il affiche une volonté feinte d'allégeance envers les Soviétiques jusqu'à la fin de la guerre. Mais non, il a eu trop d'orgueil. Au lieu de ça, il s'est étiqueté tout seul comme résistant. Et merde. Dans quel pétrin les a-t-il fourrés ?

Genek ferme les yeux. Chaque fibre de son être regrette de ne pas pouvoir revenir en arrière. De ne pas pouvoir les transporter vers un endroit plus sûr. Plus chaud. Dans son imagination, il se rend au lac Garbatka, où ses frères et sœurs et lui passaient des après-midi d'été entiers à nager dans les eaux claires et à jouer à cache-cache dans le verger de pommiers voisin. Il se promène le long des côtes ensoleillées de Nice, où Herta et lui s'étaient prélassés durant une semaine sur une plage de galets noirs, à boire du vin pétillant et se repaître de généreuses portions de *moules frites**. Enfin, ses souvenirs le transportent à Radom. Que ne donnerait-il pas pour s'asseoir devant un somptueux dîner chez Wierzbicki, ou pour voir un film après l'autre au cinéma local avec ses amis.

Pendant un moment, Genek s'égare, ses souvenirs enroulés autour de lui comme autant de couvertures qui atténuent le froid. Mais il est brusquement ramené à la réalité de son baraquement glacé quand un loup hurle dans le lointain, un cri triste résonnant à travers les arbres qui entourent le camp. Il ouvre les yeux. La forêt est pleine de loups, il les voit de temps en temps lorsqu'il travaille. Depuis peu, les cris pendant la nuit sont plus forts, plus près. Il se demande jusqu'à quel point une meute peut supporter la faim avant de s'aventurer à l'intérieur du camp. La peur d'être déchiqueté et dévoré par un loup peut sembler puérile, comme quelque chose que son père lui aurait dit en plaisantant lorsque, petit garçon, il ne voulait pas manger son chou. Mais, ici, dans les bois d'une Sibérie recouverte de neige, cela paraît sinistrement possible.

Alors que Genek réfléchit à la manière de s'y prendre pour repousser un loup affamé, son cœur commence à cogner contre ses côtes, et un déluge d'horribles scénarios catastrophe se déverse dans son esprit. Et s'il n'est simplement pas assez fort et que le loup gagne à la fin ? Et s'il y a des complications lors de l'accouchement d'Herta ? Et si le bébé ne survit pas, comme les trois derniers-nés du camp ? Ou, pire, et si le bébé survit, mais qu'Herta ne s'en sort pas ? Il ne reste plus qu'un médecin parmi eux, Dembowski. Il a promis d'aider à mettre leur enfant au monde. Mais Herta… Les chances moyennes de survie pour un prisonnier à Altynay diminuent un peu plus chaque jour. Parmi les trois cents et quelques Polonais qui sont arrivés au camp en août, plus d'un quart sont morts. De faim, de pneumonie, d'hypothermie, et lors d'accouchements (une raison à laquelle il évite de penser). Leurs corps ont été emportés dans la forêt, allongés sur le sol, à la merci de la neige et des loups, la terre étant trop gelée pour un enterrement décent.

Un autre hurlement. Genek lève la tête et regarde vers de la porte. Un éclat de lumière de clair de lune brille dessous. Au-dessus de sa tête, il parvient à distinguer les ombres des stalactites suspendues aux poutres des baraquements, tendues comme des poignards en direction du sol de terre battue. Il laisse retomber sa joue sur le matelas de paille et serre davantage son corps tremblant contre celui de sa femme, espérant réussir à s'endormir.

17

Addy

Dakar, Afrique occidentale – mars 1941

ADDY ET ELISKA SONT ASSIS FACE À LA MER. Ils regardent le soleil disparaître à l'horizon. Une brise fraîche agite derrière eux les feuilles géantes des cocotiers. C'est la troisième fois qu'ils viennent à la Voile d'or, une plage en forme de croissant. Dissimulée entre le parc zoologique et un ancien cimetière chrétien, la plage est à une heure de marche du port de Dakar. À chaque visite, ils ont eu l'endroit rien que pour eux.

Addy brosse quelques grains de sable argentés sur ses avant-bras qui, au cours des dix dernières semaines, ont foncé jusqu'à devenir de la couleur du *baltona*[1] grillé. Quand il est parti de Marseille en janvier, il n'aurait jamais imaginé atterrir en Afrique, et bronzer de surcroît. Mais,

1. Sorte de pain polonais (N.d.T.).

depuis que l'*Alsina* a été retenu au Sénégal par les autorités britanniques (« C'est un bateau français, et la France n'est plus une amie des Alliés », s'est entendu dire le capitaine), la peau d'Addy s'est peu à peu habituée au soleil incessant de l'Afrique occidentale.

L'*Alsina* est ancré depuis deux mois. Les passagers n'ont pas la plus petite idée de quand (ou si) ils seront autorisés à reprendre la mer. La seule date qu'Addy connaisse avec certitude, celle dont il est pleinement conscient, c'est celle de l'expiration de son visa. Dans deux semaines.

— Je donnerais tout pour pouvoir me baigner, dit Eliska.

Son épaule effleure celle d'Addy.

Ils n'y croyaient pas, au début, lorsque les habitants leur disaient que la mer était infestée de grands requins blancs. Mais, ensuite, ils ont vu les gros titres dans le journal (« Attaque de requin, le bilan s'alourdit ») et commencé à repérer les ombres sous la surface de l'eau depuis la proue de l'*Alsina*. Sur la plage, des dents acérées en forme de cœur s'échouent sur le sable par dizaines. Elles leur piqueraient la plante des pieds s'ils ne faisaient pas attention lorsqu'ils marchent.

— Moi aussi. Est-ce qu'on devrait *provoquer le destin*, comme disent les Américains ?

Addy sourit en repensant à la soirée, deux ans et demi plus tôt, où il a appris l'expression. Il était dans un cabaret à Montmartre, et il avait pris un siège à côté d'un saxophoniste qui s'était avéré venir de Harlem. Willie. Addy se souvient parfaitement de la conversation. Il avait expliqué à Willie que son père avait vécu aux États-Unis pendant une courte période (une aventure qui avait toujours infiniment intrigué Addy) et avait mitraillé le pauvre Willie de questions sur la vie à New York. Quelques heures plus tard, au grand amusement d'Addy, Willie lui avait fait part de quelques expressions idiomatiques typiquement américaines, qu'Addy avait griffonnées dans son carnet. *Provoquer le destin, merde* (pour souhaiter bonne chance) et *à un poil près* faisaient partie de ses préférées.

Eliska rit et secoue la tête.

— Provoquer le destin ? Tu es sûr que c'est ça ? demande-t-elle.

Addy est obsédé par les expressions américaines et n'aime pas admettre qu'il lui arrive de les déformer.

— Sans doute pas. Mais qu'est-ce que tu en dis ? On y va ?

— J'y vais si tu y vas, répond Eliska en plissant les yeux, comme pour le mettre au défi d'accepter son offre.

Addy secoue la tête, émerveillé par la facilité avec laquelle Eliska parvient à se rire du danger. À part se plaindre de la chaleur, elle n'a pas semblé perturbée par leur détour de deux mois à Dakar. Il se tourne vers elle et souffle malicieusement dans les cheveux blonds qui recouvrent son oreille pour étudier son cuir chevelu de la même façon que sa mère étudiait la peau des poulets du marché de Radom.

— Tu es parfaite, dit-il en pliant les doigts en forme de *c*. C'est l'heure du dîner. Je parie que les requins ont faim.

— *Netvor!* s'écrie Eliska en lui donnant une tape sur la main pour le repousser.

Addy attrape sa main.

— *Netvor!* C'est nouveau.

— Tu es un *netvor*, insiste-t-elle. *Un monstre ! Tu comprends** ?

Ils se parlent en français, mais Eliska apprend aussi à Addy une douzaine de mots tchèques par jour.

— *Monstre** ? plaisante Addy. Ce n'était rien du tout, *bébête** !

Il l'enlace et lui mord l'oreille tandis qu'ils roulent et que leurs têtes atterrissent doucement sur le sable.

Ils ont découvert la plage deux semaines plus tôt. L'air frais et l'intimité qu'elle offre sont divins. Les autres passagers du bateau ne sont pas assez courageux pour s'aventurer aussi loin tout seuls, et la plage n'a pas l'air d'intéresser beaucoup les locaux.

— Avec leur peau sombre, pourquoi prendraient-ils la peine d'aller à la plage ? a un jour lancé Eliska avec malice.

Addy lui a alors demandé si elle avait déjà vu un Noir auparavant. Comme beaucoup de passagers à bord de l'*Alsina*, elle n'en avait jamais rencontré avant de mettre un pied à Dakar. De fait, la plupart des réfugiés européens de l'*Alsina* refusent de converser avec les Africains, un comportement qu'Addy trouve absurde. Après tout, le racisme (la racine même de l'idéologie nazie) est la raison qui avait poussé la plupart d'entre eux à fuir l'Europe.

— Pourquoi je ne *voudrais pas* connaître les Africains ? a-t-il répondu quand Eliska lui a demandé pourquoi il lui semblait nécessaire de se mêler aux locaux. Nous ne sommes pas mieux qu'eux. De plus, a-t-il ajouté, ce sont les gens le plus important. C'est grâce à eux que tu peux réellement connaître un endroit.

De fait, depuis leur arrivée, il se sont liés d'amitié avec plusieurs commerçants qui tiennent des magasins le long du port, et ont même fait du troc avec l'un d'entre eux : une photo de Judy Garland déchirée dans un magazine qu'un passager avait laissé dans le salon de première classe de l'*Alsina*, en échange d'un bracelet tissé multicolore qu'Addy a attaché au poignet d'Eliska.

Il consulte sa montre, se lève et aide la jeune femme à se mettre debout.

— C'est déjà l'heure ? demande-t-elle en faisant la moue.

— *Oui, ma chérie**.

Ils remontent la plage dans le sens inverse, leurs chaussures à la main.

— Je déteste quitter cet endroit, dit Eliska dans un soupir.

— Je sais. Mais on ne peut pas se permettre d'être en retard.

Ils ont convaincu un garde de leur accorder un permis pour débarquer de l'*Alsina* entre midi et 18 heures. S'ils ne respectent pas le couvre-feu, ils perdront ce privilège.

— Comment se porte Mme Lowbeer aujourd'hui ? s'enquiert Addy tandis qu'ils marchent.

Eliska laisse échapper un rire amusé.

— *La Grande Dame** ! Elle est… comment dit-on, déjà ? *Bourrue**. Grincheuse.

Au cours du dernier mois, la mère d'Eliska a été plutôt claire quant à la cour qu'Addy fait à sa fille, en tout point inacceptable à ses yeux. Cela n'a rien à voir avec le fait qu'il soit juif, lui assure Eliska (les Lowbeer sont juifs aussi, après tout). Le souci est qu'il est polonais, et, dans l'esprit de Magdaléna, sa fille éduquée dans un pensionnat suisse et à l'avenir prometteur est beaucoup trop bien pour un *Polonais.* Néanmoins, Addy est déterminé à rallier Mme Lowbeer à sa cause, et il s'est mis en quatre pour la traiter avec le plus grand respect et la plus grande déférence.

— Ne t'inquiète pas pour ma mère, renifle Eliska. Elle n'aime personne. Elle finira par changer d'avis. Il faut juste lui laisser du temps. Les circonstances sont un peu… *étranges**, tu ne crois pas ?

— Je suppose, dit Addy, bien qu'il n'ait jamais rencontré quelqu'un qui ne l'aime pas.

Ils marchent doucement, profitant du paysage, discutant de musique et de films et de leurs plats préférés. Eliska évoque les souvenirs de son enfance en Tchécoslovaquie, sa meilleure amie Lorena de l'école internationale de Genève, ses étés en Provence ; Addy parle de ses cafés parisiens favoris, de son rêve de visiter New York et les clubs de jazz de Harlem, d'écouter certains des plus grands en personne. Il est agréable de converser de cette façon, de la même manière qu'ils l'auraient fait avant que leurs mondes ne soient mis sens dessus dessous.

— Qu'est-ce qui te manque le plus de ta vie d'avant la guerre ? demande Eliska en tournant la tête vers lui.

Addy répond sans la moindre hésitation :

— Le chocolat ! Le chocolat noir suisse, s'émerveille-t-il.

L'*Alsina* a épuisé ses réserves de chocolat depuis des semaines. Eliska rit.

— Et toi ? demande à son tour Addy. Qu'est-ce qui te manque le plus ?

— Mon amie Lorena. Je pouvais tout lui dire. Je suppose que je continue à le faire dans mes lettres, mais par écrit ce n'est pas pareil.

Addy hoche la tête. *Certaines personnes me manquent, à moi aussi,* a-t-il envie de répondre, mais il se tait. Les parents d'Eliska sont séparés et elle n'est pas proche de son père, qui vit désormais en Angleterre, comme bon nombre de ses amis, y compris Lorena. Elle a un oncle qui vit au Brésil, et c'est tout. C'est là toute l'étendue de sa famille. Addy sait aussi qu'en dépit de ses plaintes quotidiennes Eliska aime profondément sa mère. Elle n'a pas la moindre idée de ce que ce serait de vivre *sans* la Grande Dame. Elle ne passe pas des nuits sans dormir, comme Addy, morte d'inquiétude quant au destin des êtres chers qu'elle a laissés. Il ignore totalement où se trouvent ses parents, ses frères et sœurs, ses cousins, ses oncles et tantes, sa petite nièce... Il ne sait même pas s'ils sont *en vie.* Tout ce qu'il sait, c'est ce que rapportent les journaux, et cela n'a rien de rassurant. Les derniers gros titres confirment ce que les Polonais lui ont dit sur l'*Alsina* : que les nazis ont commencé à circonscrire des communautés entières de juifs, les forçant à vivre à quatre ou cinq dans une pièce dans des quartiers délimités. Des ghettos. La plupart des grandes villes en ont désormais un, parfois deux. Imaginer ses parents se faisant expulser de chez eux, forcés à abandonner l'appartement dans lequel il a passé les dix-neuf premières années de sa vie, l'appartement qu'ils ont travaillé si dur pour s'offrir, lui retourne l'estomac. Mais il ne peut pas parler des gros titres avec Eliska, ni de sa famille. Il a essayé quelquefois, sachant que le simple fait de prononcer leurs noms à voix haute l'aiderait à avoir l'impression qu'ils sont plus présents, plus *vivants,* du moins dans son cœur. Mais chaque fois qu'il aborde le sujet, elle parle d'autre chose.

— Tu as l'air tellement triste quand tu évoques ta famille, dit-elle toujours. Je suis sûre qu'ils vont bien, Addy. Parlons seulement des choses qui nous rendent heureux. Des choses qui nous réjouissent.

Alors il se prête au jeu et, s'il est tout à fait honnête, il se laisse distraire, trouvant dans leurs bavardages frivoles un moment de soulagement qui lui fait oublier le poids écrasant de l'inconnu.

Tandis qu'ils tournent au coin d'une rue, ils aperçoivent la silhouette des cheminées cylindriques de l'*Alsina* qui se détachent à l'horizon. De loin, le paquebot ressemble à un jouet comparé au monstre amarré à côté de lui : un cuirassé de deux cent cinquante mètres de long avec de quadruples tourelles qui s'élèvent dans le ciel. Comme l'*Alsina*, le *Richelieu* a été retenu par les Britanniques. Et, comme l'*Alsina*, personne ne sait quand ni même s'il reprendra la mer.

— Nous devrions être reconnaissants, dit Addy chaque fois que Mme Lowbeer se plaint de leur situation désespérée. Nous avons un toit sur la tête, de la nourriture. Cela pourrait être pire.

Et, en effet, ça pourrait être bien pire. Ils pourraient mourir de faim, être forcés de mendier des restes, de creuser à la recherche de grains de riz pourris dans le caniveau, comme ils ont vu des enfants africains le faire la semaine dernière. Ou ils pourraient être coincés en Europe. Ici, au moins, ils ont un endroit où dormir la nuit, des réserves inépuisables de pois chiches et, le plus important, un visa pour un pays où ils auront droit à une vie libre. Un nouveau départ.

Au port, Addy jette un nouveau coup d'œil à sa montre. Comme ils ont encore quelques minutes devant eux, ils font une pause devant un kiosque à journaux au bord de la route. Son cœur se serre en lisant les gros titres. « Glasgow frappée par la Luftwaffe », dit la première page du *West Africa Journal*. Chaque jour, les nouvelles de la guerre en Europe sont pires. Les pays tombent les uns après les autres. D'abord la Pologne, puis le Danemark et la Norvège, une partie de la Finlande, des Pays-Bas, de la Belgique, de la France et des pays baltes. L'Italie, la Slovaquie, la Roumanie, la Hongrie et la Bulgarie ont rejoint les puissances de l'Axe. Addy se demande où est

Willie, et où sont ses amis de Montmartre qui s'étaient tant moqués de l'idée même de la guerre. Sont-ils restés en France, ou ont-ils fui comme lui ?

Dans quelques semaines, songe Addy, ce sera Pessa'h. Le troisième Pessa'h qu'il sera forcé de passer loin de chez lui. Est-ce que sa famille essaiera de trouver un moyen de le célébrer cette année ? Une boule se forme dans sa gorge et il tourne la tête, espérant qu'Eliska ne remarquera pas la tristesse de son regard. *Eliska.* Il est en train de tomber amoureux. *Amoureux !* Comment peut-il ressentir cela alors qu'une telle inquiétude le consume ? Il n'y a aucune explication : il ne peut pas s'en empêcher. Ce sentiment lui fait du bien. Et, vu tout ce qui se passe autour de lui, rien que ça, c'est un cadeau. Il prend le mouchoir de sa mère dans sa poche et tamponne discrètement les larmes qui se sont formées aux coins de ses yeux.

Eliska passe son bras autour du sien.

— Prêt ? demande-t-elle.

Addy hoche la tête et se force à sourire tandis qu'ils continuent à avancer en direction du bateau.

7 AVRIL 1941 : *Les portes des deux ghettos de Radom sont scellées, confinant 27000 juifs au ghetto principal, rue Wałowa, et 5000 autres au ghetto plus petit de Glinice, à l'extérieur de la ville. Avec seulement 6500 chambres dans les deux ghettos, ils sont totalement surpeuplés. Les conditions de vie et les rations de nourriture se détériorent de jour en jour et les maladies se propagent rapidement.*

18

Mila et Felicia

Radom, Pologne sous occupation allemande – mai 1941

LA RUMEUR CIRCULE RAPIDEMENT entre les travailleurs, comme le ferait une rafale de vent entre de hautes herbes.

— *Schutzstaffel.*

Les soldats de la SS.

— Ils arrivent.

Mila se sent pâlir. Elle lève les yeux de son ouvrage et, dans sa hâte, se pique l'index avec son aiguille.

Voilà plus d'un mois que les portes des deux ghettos de Radom ont été scellées. La plupart des juifs de la ville (ceux qui ne résidaient pas déjà dans le ghetto) ont reçu un préavis de dix jours à la fin du mois de mars pour quitter leur domicile. Quelques chanceux ont réussi à échanger leur appartement avec des Polonais dont les maisons se trouvaient dans l'enceinte du ghetto. Mais la majorité a dû se dépêcher de trouver un endroit où vivre, ce qui était incroyablement difficile puisque les ghettos étaient déjà bondés avant que les réfugiés juifs ne commencent à arriver de Przytyk, un village voisin que les Allemands avaient converti en camp militaire. Bien sûr, les Kurc ont été obligés de quitter leur appartement. Ils avaient emménagé dans la vieille ville depuis un an et demi. Ils avaient eu de la chance, dans un sens, de ne pas se retrouver embarqués dans cette course effrénée au logement. À la place, ils sont restés dans leur appartement à deux chambres rue Lubelska, à regarder depuis leur fenêtre au premier étage le spectacle des autres qui arrivaient par milliers.

Peu après la fermeture du ghetto en avril, néanmoins, les soldats de la Wehrmacht en poste dans la ville ont été remplacés par la *Schutzstaffel*, qui a apporté avec elle une nouvelle ère de méchanceté. Facilement reconnaissables à leurs uniformes d'un noir d'encre et leur insigne en forme d'éclair, les SS s'enorgueillissaient d'être les *plus purs* de tous les Allemands. Parmi les juifs s'est rapidement répandue la rumeur selon laquelle, pour devenir membres de la SS, les officiers devaient fournir des preuves de l'histoire raciale de leur famille en remontant jusqu'aux années 1700.

— Ces types sont de vrais partisans, avait prévenu Isaac, l'ami de Mila. Nous ne sommes rien à leurs yeux. Ne l'oubliez pas. On vaut moins que des chiens.

En tant que membre de la police juive, Isaac a une position peu enviable, car il doit travailler en étroite collaboration avec les SS. Il a vu de près de quoi ils étaient capables.

Des rumeurs circulent régulièrement dans l'atelier à propos d'une rafle. Cela arrive souvent. Une nuée de SS prend d'assaut un des espaces de travail du ghetto et ordonne aux juifs de se mettre en rang pour les compter et vérifier leurs permis. Pour vivre dans le ghetto, les juifs doivent avoir des papiers attestant qu'ils sont dignes de travailler. La plupart de ceux qui n'en ont pas (les personnes âgées, malades ou les enfants en bas âge) ont déjà été déportés. Les rares qui restent se cachent ; ils préfèrent prendre le risque d'être découverts (et exécutés sur-le-champ) plutôt que d'être arrachés à leur famille, d'autant plus que des bruits ont commencé à courir à Wałowa sur les conditions d'esclavage dans les camps où les déportés sont envoyés. Tout en tentant de ne pas penser à ce qui se passerait si Felicia était découverte, Mila a passé les dernières semaines à élaborer un plan, un moyen de cacher sa fille en cas de rafle. Et à prier pour le retour de sa sœur.

Halina a écrit en février. Franka et elle avaient réussi à atteindre Lviv, et elle avait trouvé du travail dans un hôpital. Elle rentrerait dès qu'elle aurait assez d'économies et avec les « dessins » qu'Adam avait promis.

Mila espère que « bientôt » signifiait dans les semaines à venir. Leurs rations mensuelles durent dix jours tout au plus. Chaque jour, la faim se fait davantage ressentir ; tous les jours les os de la colonne de Felicia sont plus prononcés lorsque Mila caresse son dos du bout des doigts pour l'endormir. Parfois, Nechuma parvient à trouver un œuf ou deux au marché noir, mais cela lui coûte toujours cinquante złote, ou une nappe, ou une de ses tasses en porcelaine. Leurs économies fondent comme neige au soleil et ils ont presque épuisé les réserves qu'ils avaient apportées de la maison. Un constat inquiétant, compte tenu du fait qu'aucun signe ne laisse présager la fin de cette vie en captivité.

Le caractère routinier de tout cela est épouvantable : la faim, le travail, la claustrophobie de vivre les uns sur les autres. La notion d'intimité n'existe plus. Il n'y a nulle part où réfléchir. Tous les jours, les rues deviennent plus sales, plus malodorantes. Les seuls êtres qui prospèrent dans le ghetto sont les poux, qui sont devenus absolument énormes. Quand vous en trouvez un, vous le brûlez en espérant qu'il ne soit pas porteur du typhus. Mila et ses parents sont de plus en plus abattus. Ils ont plus que jamais besoin d'Halina. Ils ont besoin d'argent et de cartes d'identité mais, surtout, de sa conviction. De sa volonté. Ils ont besoin de quelqu'un qui puisse leur remonter le moral, les regarder dans les yeux et leur déclarer avec assurance qu'il a un plan. Un plan qui va les faire sortir du ghetto.

Mila pose son ouvrage, une boutonnière de tunique inachevée, et lèche la goutte de sang au bout de son doigt.

— Felicia, murmure-t-elle en écartant sa chaise de son poste de travail et en regardant entre ses jambes.

Sous la table, Felicia lève les yeux de sa bobine de fil (elle joue à essayer de la dérouler d'une main et la réenrouler de l'autre).

— *Tak?*

— Viens.

Felicia tend les bras et Mila la soulève avec soin pour la caler contre sa hanche avant de se rendre dans un coin de l'atelier en courant presque. Le mur est recouvert de longs rouleaux de soie artificielle en viscose et de laine. Derrière elles se trouvent des sacs en papier presque deux fois plus grands que Felicia, remplis de bouts de tissu. Mila pose Felicia et regarde par-dessus son épaule en direction de la porte, dans le coin opposé. Quelques personnes dans la pièce lèvent le nez de leur ouvrage, sans toutefois faire attention à elles.

Mila s'accroupit pour être au même niveau que Felicia et prend les mains de sa fille dans les siennes.

— Tu te souviens de la fois où on a joué à cache-cache ? demande-t-elle.

Elle essaie de réguler sa respiration et de ne pas parler trop vite. Elle n'a pas beaucoup de temps, mais Felicia doit comprendre exactement ce que Mila est sur le point de lui dire.

— Tu te rappelles, tu t'es cachée ici et tu as fait semblant d'être une statue ? continue Mila en regardant les sacs en papier.

Quand elles s'étaient entraînées à l'exercice la première fois, Mila avait dû lui montrer ce que signifiait « être une statue », et Felicia avait ri en regardant sa mère se tenir parfaitement immobile, comme si elle avait été sculptée dans un bloc de marbre.

Felicia hoche la tête, une expression soudain aussi sérieuse que celle d'une enfant qui aurait bien plus de deux ans et demi.

— J'ai besoin que tu te caches pour moi, ma chérie.

Mila ouvre le sac qu'elle a marqué d'une petite croix dans le coin en bas, soulève à nouveau Felicia et la glisse doucement à l'intérieur.

— Assieds-toi, ma chérie, dit-elle.

À l'intérieur du sac, Felicia plie les genoux et les ramène contre sa poitrine. Elle sent le sol bouger sous elle alors que sa mère pousse le sac afin qu'il repose contre le mur.

— Penche-toi en arrière, ordonne Mila.

Avec hésitation, Felicia appuie son dos contre le ciment froid.

— Je vais te border bien serré, dit sa mère. Il va faire noir, mais seulement pendant un moment. Reste parfaitement immobile, comme quand on s'est entraînées. Exactement comme une statue. Ne fais pas un bruit et ne bouge pas d'un cil jusqu'à ce que je vienne te chercher, d'accord ? Tu as compris, ma chérie ?

Sa mère a les yeux écarquillés et elle ne bat pas des paupières. Elle parle trop vite.

— Oui, murmure Felicia même si elle ne comprend pas pourquoi Mila doit la laisser ici, dans le noir, toute seule.

La dernière fois, ça ressemblait à un jeu. Elle se souvient de sa mère imitant une statue, et à quel point ça lui a semblé drôle. Aujourd'hui, l'urgence contenue dans la voix de sa mère ne lui donne absolument pas envie de rire.

— C'est très bien. Comme une statue, chuchote sa mère.

Elle porte un index à ses lèvres et se penche pour embrasser le dessus de sa tête. *Elle tremble,* songe Felicia. *Pourquoi elle tremble ?*

En un instant, le haut du sac en papier est enroulé pour le fermer et un craquement emplit les oreilles de Felicia tandis que tout devient noir autour d'elle. Elle tend l'oreille pour entendre le bruit des talons de sa mère, mais elle ne perçoit rien d'autre que le ronronnement des machines à coudre et le froissement subtil du sac qui bouge en rythme avec sa respiration, à quelques millimètres de sa bouche.

Au bout d'un moment, néanmoins, de nouveaux bruits retentissent. Une porte qui s'ouvre. Une agitation soudaine. Des voix d'hommes qui crient des mots bizarres, des chaises dont les pieds crissent sur le sol. Puis il y a des bruits de pas, beaucoup de pas, qui passent à côté d'elle et se dirigent vers l'autre bout de la pièce. Les gens, les travailleurs, tout le monde s'en va ! Les hommes continuent à crier jusqu'à ce que les derniers bruits de pas se soient dissipés. Une porte claque. Puis c'est le silence.

Felicia attend pendant plusieurs battements de cœur, l'oreille tendue, aux aguets. Des petits morceaux de coton chatouillent ses coudes et ses chevilles et elle a terriblement envie de bouger, de se gratter aux endroits qui la démangent, d'appeler. Mais elle sent encore le tremblement de la main de sa mère et décide qu'il vaut mieux rester assise sagement, comme Mila le lui a ordonné. Elle bat des cils dans l'obscurité. Au bout d'un moment, alors que ses fesses commencent tout juste à la démanger aussi, la porte s'ouvre. Des bruits de pas, encore. Elle se crispe. Elle sent tout de suite que ce ne sont pas ceux de sa mère. Leurs propriétaires flânent dans la pièce et leurs bottes atterrissent lourdement sur le sol.

Bientôt, des voix accompagnent les bruits de pas. Davantage de mots bizarres. Le cœur de Felicia cogne à se rompre dans sa poitrine, si fort qu'elle se demande si les gens dans la pièce l'entendent. Elle ferme les yeux et inspire doucement l'air sombre et confiné, se murmurant silencieusement de rester *immobile comme une statue, immobile comme une statue, immobile comme une statue.* Les bruits de pas se rapprochent. À présent, à chaque pas lourd, le sol semble vibrer sous elle. Les gens qui sont là ne doivent être qu'à quelques *centimètres* d'elle ! Qu'est-ce qu'ils feront s'ils la trouvent ? Puis elle l'entend : un horrible *crac,* quelque chose de lourd, une botte peut-être, qui percute rapidement le sac en papier à côté d'elle. Elle suffoque puis se couvre vite la bouche de ses mains.

Tremblante, elle est frappée par la sensation de quelque chose de chaud et liquide entre ses jambes. Elle comprend un instant trop tard que sa vessie n'a pas tenu.

Les hommes recommencent à crier, d'une voix chantante.

— Sors, sors, où que tu sois ! raillent-ils.

Une larme roule sur la joue de Felicia. Aussi silencieusement que possible, elle cache son visage dans ses mains et se prépare au coup qui va tomber à coup sûr. Quand ce sera le cas, elle sera découverte, et ils la prendront. Où est-ce qu'ils l'emmèneront ? Elle retient son souffle et espère de tout son petit cœur d'enfant de deux ans et demi que les hommes vont s'en aller.

19

Halina et Adam

Lviv, Pologne sous occupation soviétique – mai 1941

DANS SON DEMI-SOMMEIL, Halina voit son frère Genek, qui s'est échappé de l'enfer quelconque qu'il a sans aucun doute dû endurer et qui est rentré à Lviv. Il est devant chez elle et frappe à la porte. Son appartement a été confisqué et il a besoin d'un endroit où vivre. Halina roule sur le côté et sent la chaleur d'Adam près d'elle. Son estomac se serre lorsqu'elle se rend compte qu'elle n'est pas en train de rêver. Les coups à la porte sont bien réels.

Désorientée, elle se redresse dans le lit et attrape le bras d'Adam.

— Quelle heure est-il ? Tu as entendu ? Qui est-ce ? Qui ça peut bien être ?

Une petite partie d'elle croit encore, ou veut croire, qu'il s'agit de Genek.

Adam tend le bras pour allumer la lampe de chevet.

— Franka, peut-être ? suggère-t-il en frottant ses yeux ensommeillés.

Quand Halina et Franka sont arrivées à Lviv en janvier, Franka a trouvé un appartement à deux encablures au sud de celui d'Adam. Elle leur rend souvent visite, mais jamais au milieu de la nuit. Halina se glisse hors du lit et enfile son peignoir. Un coup d'œil à la pendule lui indique qu'il est 1 h 30 du matin. Parfaitement immobile, elle attend que d'autres coups retentissent. Ils viennent un moment plus tard, plus rapides cette fois. Le poing cogne fort et vite contre le bois.

— NKVD ! crie une voix en russe.

Halina écarquille les yeux.

— *Kurwa!* jure-t-elle dans un souffle.

Autant qu'elle sache, voilà des mois que Staline a envoyé son dernier train d'« indésirables » vers l'est. C'est le NKVD qui est venu chercher Genek. Ses voisins l'ont confirmé. Les coups ont été frappés à la porte, comme ceux-ci, après minuit. C'est très probablement eux qui ont aussi emmené Selim. Elle a cherché absolument partout et n'a pas trouvé la moindre trace de lui. Sont-ils là pour elle, à présent ? Pour Adam ?

Halina et Adam ont évoqué la possibilité de vivre séparément au début, justement pour cette raison. Le travail d'Adam dans la résistance est risqué. S'il se faisait prendre, il serait à coup sûr exécuté ou déporté. Mais Halina a été inflexible.

— Je n'ai pas traversé une rivière à pied ni failli mourir d'hypothermie pour que nous soyons obligés de vivre à une rue l'un de l'autre, a-t-elle dit. Tu as une fausse carte d'identité parfaite. S'ils viennent te chercher, sers-t'en.

Adam s'est rangé à son avis et, peu après, ils se sont mariés à l'issue d'une cérémonie discrète de quinze minutes, avec Jakob et Bella pour témoins. À présent, Halina se demande si elle a bien fait d'être aussi têtue et d'insister pour qu'Adam et elle vivent ensemble.

Adam bondit hors du lit et passe une chemise par-dessus sa tête.

— Laisse, je vais voir ce qu'ils…

— Halina Eichenwald ! crie une seconde voix, plus grave et également russe, à travers la porte. Ouvrez *immédiatement* ou vous risquez l'arrestation.

— Moi ? murmure Halina.

Depuis qu'elle a commencé à travailler à l'hôpital, elle a appris le russe. Elle le comprend et le parle à présent.

— Qu'est-ce qu'ils peuvent bien me vouloir ?

Elle ramène ses cheveux derrière ses oreilles, le cœur battant. Ils se sont préparés à la possibilité que des coups soient frappés à la porte pour Adam, mais ils n'ont pas réfléchi à la stratégie à adopter si c'était pour elle.

— Laisse-moi…, tente à nouveau Adam, mais cette fois c'est Halina qui l'interrompt.

— Un instant, j'arrive ! crie-t-elle.

Elle se tourne vers Adam tout en nouant la ceinture en coton de son peignoir autour de sa taille.

— Ils savent que je suis là. Ça ne sert à rien de me cacher.

— Maintenant ils savent, murmure Adam, les joues rouges. On aurait pu utiliser nos cartes d'identité.

Halina prend conscience de son erreur. Trop tard.

— Je suis sûre que ce n'est rien du tout, dit-elle. Allons-y.

Ils traversent tous les deux le couloir au pas de course.

Jusque-là, la vie à Lviv a été relativement facile. Ils utilisent leurs vrais noms car en tant que juifs ils sont globalement traités de la même manière que les Polonais de la ville. Ils ont un emploi, Franka comme domestique, Adam comme ingénieur ferroviaire, et Halina comme technicienne de laboratoire à l'hôpital militaire de la ville. Ils vivent dans des appartements du centre-ville. Contrairement à Radom, Lviv n'a pas encore de ghetto. Les journées sont simples. Ils vont travailler, ils rentrent à la maison, ils gagnent suffisamment d'argent pour s'en sortir. Halina économise autant qu'elle le peut pour son retour à Radom. Et, bien sûr, Adam travaille sur les cartes d'identité pendant son temps libre. La plupart du temps, la vie à Lviv se déroule sans histoires. Ils n'ont jamais eu de souci. Jusqu'à maintenant.

Arrivée à la porte, Halina rassemble son courage. Elle se redresse autant que sa petite stature le lui permet et ouvre le verrou. Sur le palier, deux officiers du NKVD la saluent d'un bref hochement de tête sévère.

— Que puis-je faire pour vous ? s'enquiert Halina en russe, une main toujours agrippée à la poignée de la porte.

— *Pani* Eichenwald, commence un des deux agents. Il faut que vous nous accompagniez immédiatement à l'hôpital.

— Que se passe-t-il ?

— Nous avons besoin de votre sang. Le docteur Levenhed nous attend au laboratoire.

Levenhed est le supérieur d'Halina. Il passe ses journées à réaliser des examens sanguins pour trouver des compatibilités dans le cadre de transfusions, et à tester des échantillons à la recherche de maladies infectieuses. Le travail d'Halina consiste à l'aider à préparer les tests et à écrire les résultats de ses découvertes tandis que Levenhed examine les lames au microscope.

— Comment ça, mon *sang* ? demande Halina, incrédule.

— Un général est là, qui a perdu beaucoup de sang. Levenhed dit que vous êtes compatible.

Tous les membres du personnel de l'hôpital sont dans l'obligation de se soumettre à des examens sanguins lorsqu'ils prennent leurs fonctions. Après ses tests, personne n'a dit à Halina quel était son groupe sanguin, mais apparemment l'information est restée dans son dossier.

— Et personne à l'hôpital ne peut donner son sang ?

— Non. Allons-y.

— Je suis désolée, mais ça tombe assez mal pour moi. Je ne me sens pas très bien, ment Halina.

Elle est sceptique. Et si ce n'était qu'une ruse, une excuse pour l'attirer à l'extérieur de l'appartement, pour que le NKVD puisse l'arrêter et la déporter ?

— J'ai bien peur que cela ne soit pas notre problème. Vous devez venir tout de suite. Dépêchez-vous de vous habiller.

Halina a envie de protester, mais elle sait que ce n'est pas dans son intérêt.

— Très bien, murmure-t-elle.

Elle se dirige vers sa chambre, suivie de près par Adam. *Ce n'est pas un subterfuge,* se dit-elle. Pourquoi le NKVD se donnerait-il la peine de concocter une histoire aussi élaborée alors que, d'après ce qu'elle sait, ils n'ont même pas besoin d'une excuse pour l'arrêter ? Et pourquoi viendraient-ils uniquement pour elle, et pas pour Adam, s'ils devaient être déportés ?

— Je viens avec toi, déclare Adam une fois qu'ils sont dans la chambre.

— Je suis sûre qu'ils ne t'y autoriseront pas, répond Halina. Levenhed sera à l'hôpital. J'ai confiance en lui, Adam. Et s'ils ont uniquement besoin de mon sang, je serai de retour demain matin.

Adam secoue la tête et Halina peut lire la peur dans ses yeux.

— Si tu n'es pas rentrée dans quelques heures, je viens te chercher.

— D'accord.

Halina pense au général russe. Elle se demande de quels crimes il est responsable. Est-ce que lui donner son sang et lui permettre de vivre la rend complice de ses actes ? Elle tente de se sortir cette idée de la tête et se rappelle qu'elle n'a pas le choix. Jusqu'à présent, elle a réussi à éviter les problèmes parce qu'elle a toujours fait ce qu'on lui demandait. Alors s'ils ont besoin de son sang, qu'il en soit ainsi.

À l'hôpital, tout va très vite. Elle est escortée jusqu'au laboratoire. En chemin, elle apprend que le général a été admis en urgence plus tôt dans la soirée pour une opération. Une fois qu'elle est installée, un homme en blouse blanche lui ordonne de remonter ses manches.

— Les deux ? demande Halina.

— *Da.*

Halina remonte les manches de son chemisier jusqu'au-dessus de ses coudes et observe l'homme en blouse (qu'elle suppose être un médecin) tandis qu'il pose deux aiguilles, un garrot en caoutchouc, un tampon en coton, deux bandages, une bouteille d'isopropanol, et une petite armée de tubes de prélèvement (elle en comptabilise douze) sur un plateau en métal à côté d'elle. Une minute plus tard, il approche une aiguille de son bras et l'enfonce à un angle oblique dans une veine. Ça fait mal, davantage que cela ne devrait selon elle, mais elle serre les dents et refuse de grimacer. Elle est une marionnette à leurs yeux, mais ça, au moins, la force contenue dans son expression, c'est quelque chose qu'elle peut contrôler. En quelques secondes, le premier tube est rempli d'un liquide rouge-violet. Le docteur retire d'une main le garrot qui ceint le haut de son bras et remplace le tube plein par un tube vide. L'aiguille est toujours dans son bras. Une infirmière patiente à côté de lui. Dès qu'un tube est rempli, elle l'emporte précipitamment. Au sixième tube, le sang d'Halina s'écoule plus lentement, et le docteur lui demande de serrer et relâcher le poing jusqu'à ce que le tube soit plein. Enfin, il retire l'aiguille et enveloppe le pli de son coude d'un bandage, avant de reporter silencieusement son attention sur son autre bras.

Il est 3 heures du matin lorsque Halina est autorisée à rentrer chez elle. Elle a donné près d'un litre de sang. Elle est étourdie et ignore si le général a passé la nuit et si la transfusion a fonctionné. Mais cela lui est égal. Elle veut juste retrouver Adam. Le médecin a griffonné une note qu'il lui a tendue alors qu'elle était sur le point de partir.

— Au cas où quelqu'un vous demanderait ce que vous faites dehors, explique-t-il.

Le NKVD l'a amenée à l'hôpital en voiture. En voyant le mot, elle en déduit qu'ils ne la raccompagneront pas chez elle. C'est tout aussi bien, songe Halina. Elle est heureuse d'être débarrassée d'eux. Elle prend le papier et s'en va sans un mot.

Sept pâtés de maisons séparent son appartement de l'hôpital. Elle fait la route tous les jours et la connaît par cœur. Mais, au beau milieu de la nuit, la ville lui semble étrangère. Chaque fois que ses talons résonnent sur les pavés, elle a de plus en plus la conviction que quelqu'un la suit ou la guette, tapi dans l'ombre. *Tu es fatiguée, c'est tout,* se raisonne-t-elle. *Arrête d'être paranoïaque.* Mais elle ne peut pas s'en empêcher. Dans son état, faible comme elle l'est, elle n'est plus elle-même. Elle a froid, pour commencer (on est au mois de mai, mais les nuits sont encore fraîches). Elle n'arrive pas à s'arrêter de frissonner. En plus, elle a la tête qui tourne et ses membres lui semblent lourds, comme si elle était ivre. À mi-chemin, terrifiée par la sensation d'être espionnée, elle retire ses chaussures et rassemble le peu de forces qui lui restent pour parcourir en courant les trois derniers pâtés de maisons.

Avant de pouvoir sortir sa clé de sa poche, la porte s'ouvre et Adam apparaît, tout habillé.

— Dieu merci, dit-il. J'étais sur le point de partir. Entre, vite.

Il la prend par le bras et elle fait la grimace lorsque le pouce d'Adam appuie sur l'hématome dans le creux de son coude.

— Halina, tu vas bien ?

— Ça va, répond-elle.

Elle sourit, dans une faible tentative de masquer la douleur qu'elle éprouve et son délire. Si Adam savait la quantité de sang qu'ils lui ont prélevée, il serait furieux, et son incapacité à les en avoir empêchés le mettrait encore plus en colère.

— Je suis fatiguée, c'est tout, ajoute-t-elle.

Adam verrouille la porte derrière elle et l'attire contre lui. Elle sent les battements de son cœur à travers sa chemise.

— J'étais tellement inquiet, murmure-t-il.

La réserve d'énergie à laquelle Halina a eu recours pour courir jusqu'à la maison est épuisée et, soudain, elle a le sentiment d'être sur le point de s'évanouir.

— Ça ira mieux demain matin. J'ai juste besoin de m'allonger.

— Bien sûr.

Adam l'aide à se mettre au lit. Il ajuste les oreillers et remonte une couverture jusqu'à ses épaules avant d'aller lui chercher un verre d'eau et quelques tranches de pomme, qu'il pose sur sa table de chevet.

— Tu t'occupes bien de moi, chuchote Halina, les yeux déjà clos et le souffle lourd. De nous.

Adam écarte ses cheveux et l'embrasse sur le front.

— Je suis content que tu sois rentrée.

Il se déshabille, éteint la lumière et se met au lit.

— J'étais mort d'angoisse.

Halina sent le sommeil l'attirer dans son abysse.

— Adam ? demande-t-elle quelques secondes avant de s'endormir.

— Oui, ma chérie ?

— Merci.

MAI 1941 : *Le dictateur du Brésil, Getúlio Vargas, commence à imposer des restrictions sur le nombre de juifs autorisés à entrer dans le pays, les qualifiant d'« indésirables et non intégrables ». Furieux face au nombre de visas accordés sans autorisation en France par Souza Dantas, Vargas commence à renvoyer les réfugiés qui sont venus chercher la liberté au Brésil, et fait passer la loi 3175, qui oblige l'ambassadeur Souza Dantas à prendre sa retraite.*

20

Addy

Casablanca, Maroc sous occupation française – 20 juin 1941

ADDY SURVEILLE LE PORT DE CASABLANCA, la colonne de bus garés juste au bout du quai, les soldats à la peau sombre qui ont formé un tunnel humain au pied de la passerelle. Le capitaine de l'*Alsina* a annoncé à ses passagers que le navire était envoyé vers le nord, de Dakar à Casablanca, « pour des réparations ». Mais les hommes lourdement armés qui forcent les réfugiés à descendre du bateau ne ressemblent certainement pas à des mécaniciens.

Alors c'est ça, le Maroc, songe Addy.

Au final, l'*Alsina* avait passé près de cinq mois à quai dans la chaleur étouffante de Dakar. Lorsqu'il avait enfin levé l'ancre en juin, la plupart des visas de quatre-vingt-dix jours pour l'Amérique du Sud avaient expiré depuis longtemps. *Que sommes-nous censés faire ? Et si Vargas ne renouvelle pas nos papiers ? Où irons-nous ?* Reprendre la mer vers le nord, en direction de l'Europe, n'avait en rien arrangé l'ambiance à bord. Les passagers étaient chaque jour plus agités. Personne ne croyait que le bateau se rendait à Casablanca pour des raisons techniques. Afin de réprimer l'hystérie des passagers, le capitaine de l'*Alsina* avait promis de contacter les autorités compétentes afin de garantir la traversée jusqu'à Rio. Il enverrait un télégramme à l'ambassade du Brésil à Vichy, avait-il dit, pour demander une extension des visas des passagers afin de compenser les semaines qu'ils avaient passées à l'arrêt. Mais personne ne savait si le télégramme avait été envoyé ni reçu, car le capitaine, ainsi que l'équipage et les réfugiés présents à bord, avaient eu ordre de débarquer peu après avoir amarré à Casablanca. Les rares passagers en mesure de payer un hôtel s'étaient vu offrir la possibilité de rester dans le centre-ville, mais la plupart avaient été escortés jusqu'à un camp de détention à l'extérieur de la ville en attendant la décision du gouvernement du Maroc (par ailleurs sympathisant de l'Axe) déterminant si, oui ou non, l'*Alsina* serait autorisé à reprendre la mer.

Alors qu'Addy descend la passerelle du navire, les soldats agitent leurs fusils en direction des bus, criant à la foule de passagers qui envahissent le quai :

— *Allez ! Allez* !*

Addy grimpe à bord d'un bus et trouve une place à la fenêtre, face au quai. Il cherche les Lowbeer, qui font sans aucun doute partie de la poignée de passagers de première classe rassemblés dans l'ombre de la poupe de l'*Alsina* en attendant qu'on les emmène en ville. Il observe la foule, mais il est impossible de discerner quoi que ce soit à travers la vitre sale. Il s'agenouille sur son siège et parvient à la baisser de quelques centimètres. Il regarde par l'ouverture. Tandis que le bus s'éloigne, il repère Eliska (du moins, il croit reconnaître le dessus de sa tête blonde), sur la pointe des pieds, qui regarde dans sa direction. Il glisse sa main dans l'ouverture et l'agite en se demandant si elle saura que c'est lui. Un instant plus tard, le bus s'éloigne, laissant un nuage de poussière et de fumée dans son sillage.

Ils roulent quarante-cinq minutes avant que le convoi ne s'arrête devant une étendue de désert délimitée par des fils barbelés. En entrant dans l'enceinte, Addy lit la pancarte en bois au-dessus du portail : KASHA TADLA. Le camp est infesté de mouches et enveloppé d'une odeur implacable d'excréments, du fait de plusieurs trous creusés dans la terre qui font office de toilettes. Addy tient deux nuits, à dormir tête-bêche avec deux Espagnols dans une tente prévue pour une seule personne, avant de décider qu'il en a assez de Kasha Tadla. Le matin du troisième jour, il se faufile vers un garde près de l'entrée et lui demande, dans un français parfait, s'il peut se rendre en ville pour faire quelques achats dont le groupe a désespérément besoin.

— Nous n'avons plus de papier hygiénique ni de savon. Nos réserves d'eau sont dangereusement basses. Sans ces choses-là, les gens vont tomber malades. Ils vont mourir.

Il montre la page de son petit carnet sur laquelle il a griffonné *papier hygiénique, savon, eau en bouteille**.

— Je parle votre langue et je sais ce qui nous manque. Emmenez-moi en ville, je ferai quelques provisions.

Addy agite les pièces de monnaie dans sa poche et ajoute :

— J'ai des francs. J'achèterai autant de choses que je peux en mettre dans ma besace et je paierai tout de ma poche.

Il sourit puis hausse les épaules, comme s'il venait d'offrir de rendre un grand service. À prendre ou à laisser. Après un moment de réflexion, le garde acquiesce.

On dépose Addy en haut du boulevard Ziraoui et on lui dit de revenir au même endroit dans une heure, avec les courses.

— Une heure ! crie Addy alors qu'il se met en route.

Il esquive les charrettes tirées par des ânes, se familiarise avec les odeurs nouvelles et âcres du marché aux épices haut en couleurs tandis qu'il zigzague dans le centre de Casablanca. Il ne sera pas de retour dans une heure, bien sûr. Son unique intention est de retrouver la trace des Lowbeer, ce qui, par chance, est loin d'être aussi difficile qu'il l'imaginait. Il les trouve dans un café en plein air, en train de boire des French 75 dans de grandes flûtes. Perchées sur leurs sièges au milieu d'un troupeau d'hommes en robe qui tirent des têtes d'enterrement en buvant leur thé, elles détonnent autant qu'un couple de perruches parmi une nuée de colombes. Eliska saute à bas de sa chaise lorsqu'elle le voit. Après une brève célébration de leurs retrouvailles, Addy suggère de regagner leur hôtel, où il pourra faire profil bas. Demander leur protection lui paraît présomptueux, mais le garde qui l'attend sur le boulevard Ziraoui ne tardera pas à venir le chercher quand il se rendra compte qu'il s'est fait duper. Mme Lowbeer accepte à contrecœur, à condition qu'Addy dorme par terre en attendant d'avoir des nouvelles du destin de l'*Alsina*.

Cinq jours plus tard, les autorités marocaines déclarent que l'*Alsina* est un navire ennemi et proclament qu'elles ont découvert des marchandises de contrebande. Addy et les Lowbeer ont du mal à croire à cette accusation, mais que le bateau transporte ou non des biens illégaux ne change rien au fait que les autorités ont tranché. L'*Alsina* restera à Casablanca. Les détenus de Kasha Tadla sont libérés et l'ensemble des passagers se voit rembourser soixante-quinze pour cent du prix du billet. Addy et les Lowbeer songent à rester à Casablanca, dans l'éventualité où les autorités leur délivreraient des visas marocains, puis renoncent à cette idée. Casablanca a déjà été servie en matière de guerre et le Maroc, sous la gouvernance de Vichy, n'est pas plus sûr que la France.

Ils doivent partir, rapidement. Il y a six cents réfugiés, qui pour la plupart souhaitent à tout prix quitter cet endroit. Il leur faut un plan, et vite. Après plusieurs jours passés à rassembler des informations auprès de toutes les sources possibles (expatriés, agents du gouvernement, dockers, journalistes), ils apprennent que des bateaux font la traversée entre le Brésil et l'Espagne. À en croire les journaux, l'Espagne et le Portugal sont encore neutres. Addy et les Lowbeer décident aussitôt de partir vers le nord pour la péninsule Ibérique, où les seuls bateaux qui prennent la route de l'Amérique du Sud, découvrent-ils après de nouvelles recherches, partent de Cadix, un port du sud-ouest de l'Espagne. Pour y parvenir, cependant, il leur faudra d'abord trouver un moyen de gagner Tanger, une ville sur la côte nord-africaine, à trois cent quarante kilomètres de Casablanca, puis traverser le détroit de Gibraltar, une étroite bande d'eau par laquelle passe tout le trafic depuis l'Atlantique vers la Méditerranée et vice-versa. Un passage que l'armée de l'air de Vichy a lourdement bombardé l'année dernière et qui est désormais étroitement surveillé et gardé par la marine britannique. S'ils parviennent à traverser le détroit jusqu'à Tarifa, ils auront encore cent kilomètres à parcourir vers le nord pour arriver à Cadix. Ce ne sera pas facile. Mais, autant qu'ils sachent, c'est leur seule option. Ils font rapidement leurs valises et Addy se charge d'organiser le transport pour Tanger.

Le port de Tanger déborde de navires qui traversent le détroit, depuis et vers Tarifa. Addy dénombre trois porte-avions britanniques, une poignée de navires de marchandises et une douzaine de bateaux de pêche. Avec les Lowbeer, ils parcourent les quais en se demandant lequel approcher. Il y a une billetterie au bout du port, mais un visa est sans doute nécessaire pour pouvoir faire l'acquisition d'un billet. Ils décident qu'il vaut mieux qu'ils engagent un capitaine eux-mêmes.

— Et lui ? demande Addy.

Il montre du doigt un pêcheur à la peau parcheminée par le soleil et à la barbe hirsute, assis à l'arrière de son bateau, en train de déjeuner. Son skiff est petit, avec un fond plat et une peinture bleue écaillée. Assez discret, espère Addy, pour traverser le détroit sans se faire remarquer et dans un assez bon état de marche pour les amener sains et saufs à Tarifa. Un drapeau espagnol délavé flotte à la proue du bateau. Néanmoins, le pêcheur secoue la tête lorsque Mme Lowbeer lui fait une offre.

— *Peligroso,* dit-il.

Madame Lowbeer retire sa montre.

— *Esto también,* contre-t-elle, surprenant Addy par sa maîtrise de l'espagnol.

Le pêcheur fixe le quai en plissant les yeux, sans doute à la recherche d'un officier quelconque qui pourrait les observer, puis reporte son attention sur le trio, comme s'il examinait les différentes options qui s'offrent à lui. En son for intérieur, Addy se réjouit de leur apparence. Ils sont peut-être réfugiés, mais ils sont suffisamment bien vêtus pour sembler dignes de confiance.

— *El reloj,* finit par dire le pêcheur dans un souffle.

Mme Lowbeer glisse la montre dans son sac.

— *Primero, Tarifa,* répond-elle froidement.

Le pêcheur grogne et leur fait signe de monter à bord.

Addy grimpe en premier pour les aider à charger leurs affaires. Heureusement, lorsqu'ils étaient à Casablanca, Mme Lowbeer avait décidé d'expédier leurs trois énormes valises au Brésil, chez son frère. Elle et sa fille voyagent désormais avec des valises en cuir d'une taille semblable à la sacoche d'Addy. Une fois leurs sacs à bord, Addy tend la main aux deux femmes qui prennent précipitamment place dans l'embarcation, en évitant une petite flaque d'eau graisseuse sur le sol de la poupe.

La traversée est mouvementée. Mme Lowbeer vomit deux fois par-dessus bord. Les joues d'Eliska sont d'une pâleur spectrale. Personne ne parle. Addy retient son souffle à de nombreuses reprises, persuadé que leur petit esquif est sur le point d'être englouti dans le sillage d'un cargo. Il garde les yeux rivés sur la côte rocailleuse de Tarifa, priant pour qu'ils atteignent le sol espagnol sans se faire remarquer. Et à flot.

22-30 JUIN 1941 : *Dans un rebondissement inattendu, Hitler tourne le dos à Staline, brisant le pacte de non-agression germano-soviétique et attaquant l'intégralité du front oriental, y compris la Pologne sous occupation soviétique. D'une immense ampleur, l'invasion se voit assigner le nom de code opération Barbarossa. À Lviv, après une semaine de combats acharnés, les Soviétiques sont vaincus ; néanmoins, avant de se replier, le NKVD massacre des milliers d'intellectuels polonais, juifs et ukrainiens, d'activistes politiques et de criminels détenus dans les prisons de la ville. Les Allemands accusent publiquement les juifs d'être responsables de ces massacres et déclarent que les victimes étaient essentiellement ukrainiennes. Naturellement, la milice ukrainienne proallemande enrage. En partenariat avec les Einsatzgruppen (les brigades d'intervention SS), elle entreprend une action justicière contre les juifs qui habitent la ville. Les hommes et les femmes juifs qui n'ont trouvé nulle part où se cacher sont dépouillés, battus et assassinés dans les rues par milliers.*

21

Jakob et Bella

Lviv, Pologne – 1er juillet 1941

LVIV S'EST EFFONDRÉE. La folie a commencé à la fin du mois de juin, peu après l'attaque surprise d'Hitler contre l'Union soviétique. C'est à ce moment que Jakob, Bella, Halina et Franka ont décidé de se cacher.

Voilà plus d'une semaine qu'ils sont terrés dans le sous-sol de leur immeuble. Un ami polonais, Piotr, leur apporte des nouvelles et de la nourriture dès qu'il le peut. Une aide qui repose sur les épaules d'un seul homme.

— La ville grouille d'Einsatzgruppen, et aussi de ce qui ressemble à une milice ukrainienne, a expliqué Piotr la première fois qu'il est venu s'assurer qu'ils allaient bien. Ils ciblent les juifs.

Lorsque Jakob lui a demandé pourquoi, Piotr a expliqué que le NKVD avait assassiné la majorité des détenus des prisons de la ville avant de fuir. Parmi eux, des milliers étaient ukrainiens, et les juifs avaient été accusés de les avoir tués.

— Cela n'a pas de sens. Des centaines de ces prisonniers étaient juifs, a-t-il fait observer. Mais apparemment ça n'a pas d'importance.

Ils entendent un seul coup frappé au-dessus de leurs têtes. Piotr. Lui aussi serait une cible pour les Allemands s'ils découvraient qu'il aide des juifs, ce n'est pas un secret. Jakob se lève.

— J'y vais, offre-t-il.

Il allume une bougie et monte l'escalier sur la pointe des pieds. En plus de nouvelles concernant le pogrom, Piotr leur apporte souvent à manger. De petits morceaux de pain et de fromage. Il toque généralement une fois par jour, dans la soirée.

— Fais attention, murmure Bella.

Hier, dix jours après le début du pogrom, Piotr leur a dit que le journal estimait que le nombre de juifs décédés atteignait l'horrible total de trois mille cinq cents. Dix, vingt, une centaine, même, Bella pouvait le croire. Mais des milliers ? Les chiffres sont effroyables et elle n'arrête pas de penser au fait qu'elle n'a pas eu de nouvelles de sa sœur depuis l'invasion. Elle ne cesse d'imaginer le corps d'Anna, si jolie, parmi ceux éparpillés dans les rues. Piotr raconte qu'il doit passer par-dessus des cadavres pour atteindre le pas de leur porte. Bella l'a supplié de passer chez Anna. Il s'est rendu deux fois à son appartement et, chaque fois, les coups qu'il a frappés à la porte sont restés sans réponse.

Bella écoute Jakob monter les marches. Bientôt, un autre coup retentit, de la part de Jakob cette fois, suivi de quatre petits coups, le code de Piotr pour indiquer qu'ils peuvent ouvrir la porte sans crainte. Les gonds grincent et, un étage plus bas, Bella souffle en écoutant le murmure étouffé de leur conversation.

— Tout va bien se passer, lui dit Halina, assise à côté d'elle.

Bella hoche la tête, admirative face à la force de caractère de sa belle-sœur. Adam aussi a disparu. Il a insisté pour rester à la surface pendant le pogrom, arguant que la résistance avait plus que jamais besoin de lui. Halina n'a aucune nouvelle de lui et, pourtant, elle est là, à la réconforter.

Les femmes restent assises sans rien dire. Elles écoutent. Au bout d'un moment, la conversation s'interrompt et Bella se crispe. Le silence au-dessus de leurs têtes s'étire pendant deux, trois, quatre secondes. Puis presque trente.

— Quelque chose ne va pas, murmure Bella.

Elle le sent à la boule d'angoisse qui grandit dans sa poitrine. Quoi que ça puisse être, elle ne veut pas le savoir. Finalement, la porte grince à l'étage du dessus, le verrou se referme et des pas lents résonnent dans l'escalier. Lorsque Jakob est de retour au sous-sol, Bella respire à peine.

Jakob tend à Halina la bougie et une miche de pain puis se baisse pour s'asseoir.

— Bella, dit-il doucement.

Bella lève les yeux vers lui et secoue la tête. *Pitié, non.* Mais ce qu'elle lit sur le visage de Jakob lui confirme que son instinct ne l'a pas trahie. *Mon Dieu, non.*

Jakob déglutit, les yeux rivés sur le sol, avant de desserrer le poing. Il a un bout de papier dans sa paume.

— C'est Piotr qui l'a trouvé, il dépassait de sous la porte d'Anna. Je suis vraiment désolé, Bella.

Bella regarde le papier chiffonné comme s'il s'agissait d'une bombe sur le point d'exploser. Elle plaque le bas de son dos contre le mur pour se lever et repousse la main de Jakob lorsqu'il tend le bras vers elle pour l'aider à se mettre debout. Jakob et Halina échangent un regard inquiet, mais Bella ne le remarque pas. Elle est paralysée par l'idée que ce que détient son mari, ce qu'il sait, quoi que cela puisse être, va la détruire. Dans un instant, tout va changer. Jakob attend patiemment, silencieusement, jusqu'à ce que Bella trouve finalement le courage de s'emparer du mot. Elle déplie à deux mains la feuille froissée et reconnaît immédiatement l'écriture de sa sœur.

Ils nous emmènent. Je pense qu'ils vont nous tuer.

Bella se retient au mur, soudain chancelante, comme si le sol se dérobait sous elle. Elle chiffonne le papier dans sa main et, alors que la pièce commence à tourner autour d'elle, son monde plonge dans l'obscurité. Elle porte son poing à son front et pousse un hurlement.

22

Halina

Lviv, Pologne sous occupation allemande – 18 juillet 1941

— Prête ? demande Wolf.

Ils se sont arrêtés à un coin de rue, à un pâté de maisons du camp de travail. Halina hoche la tête tout en surveillant le camp du coin de l'œil. C'est une structure grossière en ciment délimitée par une clôture surmontée de fils barbelés. À l'entrée se tient un garde, avec un berger allemand à ses pieds. Si les choses ne se déroulent pas comme prévu, réalise-t-elle, elle risque bien de passer son temps à regarder cette clôture depuis l'intérieur. Mais quel autre choix s'offre à elle ? Elle ne peut pas rester plus longtemps sans rien faire. Ça va finir par la détruire. Et Adam aussi, si toutefois ce n'est pas déjà fait.

— Tu ferais mieux d'y aller, dit Wolf. Avant qu'ils s'imaginent qu'on manigance quelque chose.

Halina regarde au bout de la rue. Il y a des tables devant un café, à deux encablures vers l'est. C'est le point de rendez-vous.

— D'accord, répond Halina.

Elle inspire profondément et se redresse.

— Tu es sûre de vouloir faire ça toute seule ?

Wolf secoue la tête tout en posant la question, comme s'il espérait qu'elle dise non.

Halina reporte à nouveau son attention vers le camp.

— Certaine.

Wolf, un collègue d'Adam de la résistance, a insisté pour l'accompagner jusqu'au camp dans le centre-ville, mais Halina a été catégorique : une fois arrivés, il devrait rester en retrait. De cette façon, disait-elle, si son plan échouait, il pourrait retourner chercher de l'aide.

Wolf acquiesce. Un couple de Polonais passe près d'eux, bras dessus, bras dessous. Il attend qu'il soit passé, puis se penche vers Halina pour l'embrasser sur la joue.

— Bonne chance, murmure-t-il avant de se redresser et de se diriger vers le café.

Halina avale sa salive. *C'est de la folie.* Elle devrait être en route pour Radom, songe-t-elle tandis que la chaleur de l'été asphyxie ses poumons. Son père a envoyé un camion. *La rumeur évoque un autre pogrom à Lviv*, a écrit Sol après avoir entendu parler du premier. *Rentrez à Radom. Vous serez mieux ici, avec nous.* Jakob, Bella et Franka sont partis dans la matinée. Halina est restée.

Elle était rentrée six semaines plus tôt, au début du mois de juin. Elle avait emporté les cartes d'identité, ainsi qu'une partie des złote qu'elle avait réussi à économiser. Non pas qu'aucune de ces deux choses ne puisse servir à ses parents et à Mila dans le ghetto : le marché noir est complètement tari et des papiers aryens ne sont d'aucune utilité à l'intérieur des murs de Wałowa. Halina avait envisagé la possibilité de rester à Radom, mais son poste à l'hôpital lui procurait un revenu (elle aurait été stupide d'y renoncer) et Adam était bien trop impliqué dans les efforts de la résistance de Lviv pour revenir à Radom. Et, de toute façon, il n'y avait pas assez de place pour eux deux dans le petit appartement du ghetto. Elle n'avait donc fait qu'un bref séjour et était revenue à Lviv avec des papiers de voyage validés par son supérieur à l'hôpital, ainsi qu'avec un des services d'argenterie de sa mère, soigneusement enveloppé dans une serviette de table.

— Prends-le, avait insisté Nechuma avant son départ. Tu peux peut-être t'en servir pour nous aider à sortir d'ici.

Puis Hitler avait brisé son pacte avec Staline et lâché ses Einsatzgruppen sur Lviv. Un massacre s'en était suivi, et son père avait envoyé le camion pour ramener sa famille. Halina éprouve une peine immense de ne pas avoir exaucé le vœu de Sol en ne rentrant pas à la maison, et elle déteste penser à la somme que le camion a dû lui coûter. Elle sait que sa famille a besoin d'elle. Mais elle ne peut pas quitter Lviv sans Adam. Et Adam manque à l'appel.

Il y a plus de deux semaines, les bagarres ont cessé à Lviv, et il était enfin possible de sortir de leur cachette en toute sécurité. Elle a parcouru en courant le demi-kilomètre qui la séparait de son ancien appartement pour le trouver vide. Adam n'y était plus. Il était parti à la hâte, visiblement : il avait emporté sa valise, quelques vêtements et sa fausse carte d'identité qu'il cachait derrière l'aquarelle accrochée dans la cuisine. Halina a fouillé l'appartement à la recherche d'un mot, d'un indice, de n'importe quoi qui puisse révéler où il était parti, mais elle n'a rien trouvé. Les trois jours qui ont suivi, elle s'est rendue une dizaine de fois dans tous les endroits qu'ils avaient listés comme étant des lieux sûrs pour se retrouver en cas d'urgence. L'arche sous les marches menant à la cathédrale Saint-Georges, la fontaine en pierre devant l'université, le bar derrière le café écossais. Mais Adam n'était nulle part.

C'est seulement lorsque Wolf était venu frapper à sa porte qu'Halina avait été en mesure d'assembler les pièces du puzzle. Apparemment, d'après Wolf, les Allemands s'étaient présentés chez Adam une nuit pendant le pogrom et il avait été emmené dans un camp de travail près du centre-ville de Lviv. Wolf le savait uniquement parce que quelqu'un dans la résistance avait réussi à soudoyer un garde dans le camp pour passer des mots à travers le grillage qui entourait la propriété. Le mot d'Adam avait atterri entre les mains de Wolf la semaine précédente. *S'il vous plaît, assurez-vous que ma femme va bien,* disait-il. Il avait signé du nom qu'Halina et lui avaient utilisé pour leurs faux papiers : Brzoza. La résistance avait tenté de trouver un moyen de le faire sortir, mais sans succès. Par conséquent, ces nouvelles étaient un immense soulagement (au moins, Adam était en vie), mais Halina était malade d'inquiétude de ne pas savoir ce que les Allemands lui réservaient. S'ils apprenaient le rôle qu'il jouait dans la résistance, c'était un homme mort.

— J'ai de l'argent, a-t-elle dit à Wolf. Un service d'argenterie.

Wolf a hoché la tête avec hésitation.

— Ça pourrait marcher, a-t-il répondu. Ça vaut le coup d'essayer.

Halina enroule ses doigts autour des anses de cuir du sac qui pend à son épaule. *Tu n'as droit qu'à un seul essai,* se rappelle-t-elle. *Ne rate pas ton coup.* Son cœur bat deux fois plus vite qu'à l'accoutumée tandis qu'elle se dirige vers le garde à l'entrée du camp, avec le sentiment qu'elle est sur le point de monter sur scène pour se produire devant un public impitoyable.

Le berger allemand la remarque le premier et aboie. Il tire sur sa laisse, la fourrure noir et marron de son dos hérissée. Halina ne s'arrête pas, elle ne recule pas. Elle garde la tête haute et fait de son mieux pour que sa démarche respire l'assurance. La laisse du chien fermement enroulée autour de son poignet, le garde se tient droit, les pieds largement écartés. Lorsque Halina parvient à son niveau, le berger allemand frise l'hystérie. Elle offre au garde un petit sourire, puis attend que le chien se taise. Lorsque les aboiements cessent, elle fouille dans son sac à la recherche de ses papiers.

— Je m'appelle Halina Brzoza, dit-elle en allemand.

Comme le russe, elle a appris l'allemand facilement. Elle s'est perfectionnée au début de l'invasion de Radom par les Allemands. Elle le parle rarement et, pourtant, à sa grande surprise, les mots lui viennent tout naturellement.

Le garde ne répond pas.

— Je crains que vous n'ayez confondu mon mari avec un juif, continue Halina en tendant au garde sa fausse carte d'identité. Il est à l'intérieur, et je suis venue le chercher.

Elle serre son sac contre elle et sent la bosse de l'argenterie contre ses côtes. La dernière fois qu'elle a utilisé ces couteaux et ces fourchettes, c'était autour de la table de ses parents. Elle aurait ri si quelqu'un lui avait dit qu'un jour ils pourraient sauver la vie de son mari. Elle dévisage le garde tandis qu'il examine sa carte d'identité. Contrairement à bon nombre d'Allemands en ville, dont le cou est aussi large que la tête, celui-ci est grand et mince. Il a des cernes sous les yeux et ses joues sont creuses. Halina se demande si ses traits ont toujours été marqués de la sorte, ou s'il a aussi faim qu'elle. Aussi faim que le reste de l'Europe.

— Et pourquoi devrais-je vous croire ? finit-il par demander en lui rendant sa carte.

De la sueur commence à perler au-dessus de sa lèvre supérieure. Elle réfléchit à toute vitesse.

— *Je vous en prie,* dit-elle dans un souffle en secouant la tête, comme si le garde l'avait offensée. Est-ce que j'ai l'*air* juive ?

Avec ses grands yeux verts, elle soutient son regard sans ciller, priant pour que son assurance, sur laquelle elle a appris à compter, lui vienne en aide.

— Il s'agit indéniablement d'une erreur, affirme-t-elle. Que ferait un juif avec de l'argenterie d'une telle qualité ?

Elle sort le service de son sac et soulève un coin de la serviette de table qui l'enveloppe pour révéler le manche d'une cuillère. Elle brille sous le soleil.

— Cela appartenait à l'arrière-arrière-grand-mère de mon mari. Qui était allemande, d'ailleurs, ajoute Halina. C'était une Berghorst.

Elle passe son pouce sur le B gravé dans le métal et remercie intérieurement sa mère d'avoir insisté pour qu'elle prenne le service lorsqu'elle est repartie de Radom. Elle demande également pardon à sa grand-mère décédée, qui portait fièrement le nom de Baumblit.

Le garde cligne des yeux à la vue de l'argenterie. Il examine les alentours pour s'assurer qu'aucun curieux n'a vu ce qu'il a vu, puis reporte son attention sur Halina. Il baisse le menton et son regard gris rencontre à nouveau le sien.

— Écoutez, dit-il dans un murmure. Je ne sais pas qui vous êtes et, très franchement, je me fiche que votre mari soit juif ou pas. Mais si vous dites qu'il est de descendance allemande…

Il marque une pause et examine l'argenterie qu'Halina a dans les mains.

— Je suis certain que mon chef peut vous aider.

— Alors, menez-moi à lui, répond Halina sans hésiter.

Le garde secoue la tête.

— Les visites sont interdites. Donnez-moi ce que vous avez et je le lui apporterai.

— Sans vouloir vous offenser, Herr…?

L'Allemand hésite.

— Richter, dit-il enfin.

— … Herr Richter, je ne me séparerai pas de cela avant que vous ne m'ayez rendu mon mari.

Elle glisse le service dans son sac, qu'elle tient fermement. En son for intérieur, elle tremble, mais elle reste campée sur ses jambes, une expression imperturbable sur le visage.

Le garde plisse les yeux, puis bat des paupières. Il semble ne pas avoir l'habitude de recevoir des ordres. Du moins pas de la part d'un civil.

— Il me coupera la tête, déclare froidement Richter.

— Alors gardez votre tête. Et l'argenterie. Pour vous seul, réplique Halina. De toute évidence, elle pourrait vous être utile.

Elle retient son souffle, se demandant si elle n'est pas allée trop loin. Sa dernière phrase n'était en rien une insulte, mais elle pourrait être interprétée comme telle.

Richter l'étudie un instant.

— Son nom, dit-il enfin.

Halina sent diminuer légèrement la tension dans ses épaules.

— Brzoza. Adam Brzoza. Lunettes rondes, teint pâle. Celui parmi tous les prisonniers qui n'a absolument pas l'air d'un juif.

Richter hoche la tête.

— Je ne peux rien vous promettre, prévient-il. Mais revenez dans une heure. Et apportez votre argenterie.

Halina acquiesce.

— Très bien.

Elle tourne les talons et s'éloigne du camp à vive allure.

Au café, elle trouve Wolf assis à une table à l'extérieur, devant une tasse de chicorée. Il feint de lire le journal. Lorsqu'elle prend place en face de lui, le garde n'est plus à son poste.

— Peux-tu m'accorder une heure ? demande Halina en agrippant l'assise de sa chaise pour contrôler le tremblement de ses mains.

Par chance, les tables autour d'eux sont vides.

— Bien sûr, dit Wolf.

Puis, à voix basse :

— Qu'est-ce qui s'est passé ? Je ne voyais rien de là où j'étais.

Halina ferme les yeux l'espace d'un instant, puis expire profondément pour tenter d'apaiser les battements de son cœur. Lorsqu'elle rouvre les yeux, Wolf a pâli. Il est aussi nerveux qu'elle.

— Je lui ai offert l'argenterie, explique-t-elle. Il a essayé de la prendre tout de suite, mais je lui ai dit que je la lui donnerais lorsqu'il m'amènerait mon mari.

— Tu crois qu'il va le faire ?

— C'est difficile à dire.

Wolf secoue la tête.

— Adam a toujours dit que tu avais du cran.

Halina déglutit, épuisée.

— Je n'ai fait que jouer la comédie. Il ne reste qu'à espérer qu'il y ait cru.

Pendant que Wolf hèle la serveuse, Halina songe que, jusque récemment, la guerre lui a paru surréaliste par bien des aspects. Pendant longtemps, sa famille s'en est sortie. Bientôt, se disait-elle alors, la vie reviendrait à la normale. Tout irait bien pour elle. Tout irait bien pour sa famille. Ses parents avaient connu la Grande Guerre et avaient survécu. À l'époque, ils avaient remis dans la pile de cartes l'horrible main qu'ils avaient reçue et étaient repartis de zéro.

Mais, ensuite, tout a commencé à s'effondrer. D'abord, ç'a été Selim, puis Genek et Herta. Partis. Volatilisés. Ensuite, ç'a été Anna, la sœur de Bella. Et, à présent, Adam. Autour d'elle les juifs semblaient *disparaître.* Soudain, les conséquences de la guerre étaient devenues indéniablement réelles. Une prise de conscience qui avait fait tomber Halina dans une spirale infernale, tandis qu'elle se battait contre une réalité qui la terrifiait et lui répugnait à la fois : elle était impuissante. Depuis, elle s'était mise à imaginer le pire, à se représenter Selim et Genek et Berta enfermés dans des prisons soviétiques, morts de faim, et à dresser une liste interminable des atrocités qu'Adam avait sans aucun doute endurées au camp de travail, se disant que, si lui, avec son apparence et sa carte d'identité, n'avait pas encore réussi à se sortir de là, la situation devait vraiment être désespérée.

Et Addy ? Ils n'avaient pas eu de ses nouvelles depuis que la famille avait emménagé dans le ghetto, voilà presque deux ans. Avait-il rejoint l'armée comme il le leur avait dit ? La France avait capitulé. L'armée française existait-elle seulement encore ? Elle fouille souvent dans ses souvenirs à la recherche de la voix d'Addy, puis abandonne, ne la retrouvant pas. Elle espère malgré tout qu'il va bien, ainsi que Genek, Herta et Selim, où qu'ils soient. Qu'ils sentent combien ils manquent à leur famille.

Une serveuse apporte une seconde tasse de café et la pose sur la soucoupe devant Halina, qui la remercie d'un hochement de tête en consultant sa montre. Le découragement s'empare d'elle lorsqu'elle constate que seules cinq minutes ont passé. L'heure à venir va être longue, songe-t-elle en retirant sa montre. Elle la pose sous le rebord de la soucoupe afin de pouvoir regarder l'heure plus discrètement. Puis elle attend.

23

Genek et Herta

Altynay, Sibérie – 19 juillet 1941

HERTA TRAÎNE LA BRANCHE D'UN PETIT PIN vers une clairière dans la forêt. Józef, âgé de quatre mois, est attaché tout contre sa poitrine au moyen d'un drap. Elle avance prudemment, ratissant le sol en quête de vipères endormies et de scorpions à demi enterrés, chantonnant pour oublier les gargouillements de son estomac. Elle ne recevra pas sa tranche de pain (et une petite part de poisson séché, si elle a de la chance) avant plusieurs heures.

Józef se tortille. Herta lâche la branche, s'essuie le front de sa manche en coton tachée de sueur et plisse les yeux vers le ciel. Le soleil est juste au-dessus de sa tête : Ze, comme ils ont pris l'habitude de surnommer le bébé, doit avoir faim. Elle trouve un coin d'ombre sous un grand mélèze au bord de la clairière et se baisse doucement pour s'asseoir, les jambes croisées. Depuis son poste d'observation, elle voit Genek et une poignée d'autres, à environ cinquante mètres de là, empilant des troncs près de la rivière. Leurs silhouettes sont floues dans la chaleur de juillet, comme s'ils étaient en train de fondre.

Herta sort Józef de son harnais avec des gestes précautionneux et le pose délicatement entre ses jambes, sa petite tête appuyée sur ses chevilles. Il ne porte rien d'autre qu'une couche en tissu et sa peau est rose et collante, comme la sienne.

— Tu as chaud, n'est-ce pas, mon chéri, dit-elle doucement.

Elle aimerait que les températures accablantes baissent, mais sait qu'il se passera encore un mois au moins avant que ce soit le cas. De plus, en dépit de son intensité, la chaleur estivale est bien plus supportable que le froid qui les enveloppera dès le mois d'octobre. Józef relève la tête et l'observe comme lui seul sait le faire, de ses yeux bleu ciel identiques à ceux de son père, sans ciller et sans juger. L'espace d'un instant, Herta ne peut que sourire. Elle déboutonne son chemisier et suit son regard tandis qu'il étudie les branches du mélèze au-dessus d'eux.

— Est-ce qu'il y a des oiseaux là-haut ? demande-t-elle en souriant.

Même si Genek ne l'admettra jamais (pour lui, Altynay est un « panorama sibérien de merde qui s'étend à l'infini »), la forêt est magnifique, malgré la chaleur étouffante et leur situation cauchemardesque. Ici, si loin de toute civilisation, entourée par les pins, les épicéas et les mélèzes qui offrent toutes les nuances de vert qu'elle pourrait imaginer, sous le ciel immense et parmi les rivières aux eaux noires qui serpentent à travers les arbres en direction du nord, Herta n'est qu'un petit point sur la toile que forme la nature. Elle se sent en paix. Elle ferme les yeux pendant que Józef tète, se laissant bercer par la douce brise, le gazouillis des hirondelles et des bergeronnettes dans les branches au-dessus de sa tête, reconnaissante de la bénédiction de l'enfant en bonne santé qu'elle tient contre sa poitrine.

Józef est né le 17 mars, juste avant minuit, sur le sol gelé de leur baraquement. Herta a tracté des troncs ce jour-là, respirant profondément pendant les contractions qui allaient et venaient toutes les dix, puis sept, puis cinq minutes, avant de finir par demander à son amie Julia d'aller trouver Genek. Elle n'était pas certaine d'être capable de retourner au camp seule.

— Lorsque vous compterez trois minutes entre les contractions, lui avait dit le Dr Dembowski, cela signifiera que le bébé arrive.

Julia est revenue sans Genek : il avait été envoyé à la ville pour faire des commissions. Son mari, Otto, le remplaçait jusqu'à son retour. Julia a aidé Herta à se lever et marché avec elle, doucement, son bras autour du sien, jusqu'au camp, où elle a appelé Dembowski.

Lorsque Genek est arrivé deux heures plus tard, Herta était presque méconnaissable. En dépit du froid polaire, elle était trempée de sueur, les yeux fermés, allongée en position fœtale, inspirant et expirant rapidement et lourdement par la bouche, comme si elle essayait d'éteindre une flamme tenace. Des mèches de cheveux sombres et humides collaient à son front. Assise à côté d'elle, Julia lui massait le dos entre deux contractions.

— Tu es là, a dit Herta dans un souffle quand elle a roulé sur le côté et aperçu Genek.

Elle a pris ses mains dans les siennes et les a serrées, fort. Julia leur a souhaité bonne chance avant de les laisser seuls. Herta a enduré six heures supplémentaires de douleur déchirante avant que n'arrive enfin le moment de pousser. Il était minuit moins le quart quand, Dembowski accroupi entre les genoux d'Herta et Genek auprès d'elle, Józef a pris son premier souffle. En entendant le cri de leur bébé, et Dembowski déclarer de manière définitive « *To chłopiec* » (« C'est un garçon »), Herta et Genek ont échangé un grand sourire, épuisés, les yeux humides.

Cette nuit-là, entre eux sur leur paillasse, ils ont glissé Józef emmailloté dans l'écharpe en laine d'Herta ainsi que dans deux chemises de Genek et un petit bonnet en tricot qui se transmettait de bébé en bébé dans le camp. Ils ne voyaient que ses yeux, qu'il n'ouvrait que rarement, et ses lèvres roses. Ils avaient eu peur qu'il n'ait pas assez chaud, ou de l'écraser pendant la nuit. Mais une immense fatigue n'avait pas tardé à les submerger et à dissimuler leurs peurs comme les nuages du blizzard cachent le soleil. Quelques minutes plus tard, les trois Kurc dormaient profondément.

Au bout de quelques jours, Józef a commencé à prendre du poids, Herta a repris le travail, et Genek et elle se sont habitués à dormir avec une petite masse entre eux deux. Le seul vrai problème était le matin, lorsque Józef se réveillait en hurlant, les paupières collées par le gel. Herta n'a pas tardé à apprendre à les masser avec des gouttes de lait maternel pour les faire s'ouvrir doucement.

À présent, s'émerveille Herta, elle a du mal à croire que quatre mois se sont écoulés depuis la naissance de son fils. Elle a marqué le passage du temps avec son premier sourire, sa première dent, la première fois qu'il a réussi à rouler du ventre sur le dos. Elle se demande ce qui viendra ensuite. Va-t-il sucer son pouce ? Commencer à marcher à quatre pattes ? Dire ses premiers mots ? Herta a envoyé une lettre à sa famille à chaque étape. Elle désespère d'avoir des nouvelles des siens à Bielsko. Elle n'en a pas eu depuis longtemps, avant que Genek et elle ne quittent Lviv. La dernière lettre qu'elle a reçue venait de son frère Zigmund, et ce qu'il y racontait l'avait totalement démoralisée. *Il reste de moins en moins de juifs à Bielsko*, écrivait-il. Apparemment, certains étaient partis au début de la guerre pour rejoindre l'armée polonaise. D'autres avaient été mis dans des trains et n'étaient jamais revenus. *J'ai imploré la famille*, disait Zigmund, *je les ai suppliés de partir, ou de se cacher, mais la grossesse de Lola est à un stade bien trop avancé pour qu'elle puisse voyager.* Désormais, songe Herta, le bébé de sa sœur doit avoir près d'un an. *Et nos parents sont trop têtus pour partir*, ajoutait Zigmund. *Je leur ai suggéré qu'on te rejoigne à Lviv, mais ils ont refusé.* Herta pense à l'enfant qu'elle n'a pas encore rencontré et se demande si elle est la tante d'une petite fille ou d'un petit garçon, si un jour viendra où Ze rencontrera son cousin ou sa cousine. Pour le moment, cela semble inimaginable, avec cette immense étendue de terre qui les sépare et le monde qui s'écroule autour d'eux.

Herta prie souvent pour sa famille. Bien qu'elle parvienne parfois à profiter de certains moments passés à Altynay, la seule chose qu'elle désire vraiment, plus que toute autre, est de recouvrer sa liberté. Une partie d'elle aimerait pouvoir voyager dans le futur et arriver à la fin de la guerre. Mais une autre partie prie pour que le temps s'arrête. Car qui sait ce que le futur peut apporter ? Et si, à la fin de la guerre, elle retourne en Pologne et découvre que sa famille n'y est plus ? L'idée lui est insupportable. C'est comme regarder directement le soleil : elle ne peut pas. Elle ne veut pas. Et, donc, à la place, elle n'y pense pas et trouve du réconfort dans le fait que, pour le moment, du moins à cet instant précis, Genek et elle sont en bonne santé, et que leur fils est parfait.

Au crépuscule, Herta retrouve Genek dans leur baraquement. Il sourit.

— De bonnes nouvelles ? demande-t-elle.

Elle détache Józef de sa poitrine, étend le drap sur le sol en terre battue et le pose dessus. Debout près de Genek, elle pose une main sur la joue de son mari tout en songeant à quel point elle adore voir ses fossettes.

Les yeux de Genek s'illuminent.

— Je pense que les tables ont enfin tourné, dit-il. Herta, les Soviétiques seront peut-être bientôt de notre côté.

Un mois plus tôt, ils ont appris qu'Hitler avait brisé son pacte avec Staline et envahi l'Union soviétique. Apparemment, cette nouvelle a stupéfié le monde, mais cela n'a en rien changé leur situation à Altynay.

Herta penche la tête sur le côté.

— C'est aussi ce que nous pensions au début de la guerre, pas vrai ?

— En effet. Mais cet après-midi, avec Otto, nous avons entendu les gardes murmurer quelque chose à propos de déplacer des prisonniers au sud pour former une armée.

— Une armée ?

— Ma chérie, je pense que Staline va nous accorder l'amnistie.

— L'*amnistie.*

Le mot émerveille Herta. Un pardon. Mais leur pardonner quoi ? D'être Polonais ? C'est un concept difficile à digérer. Mais si cela implique qu'ils seront libérés, alors elle accueillera cette amnistie avec joie, décide-t-elle.

— Où irons-nous ? se demande-t-elle à voix haute.

D'après ce qu'ils ont entendu, il n'y a plus de Pologne où retourner.

— Peut-être que Staline veut nous envoyer au combat.

Herta regarde son mari, son corps décharné, ses cheveux qui ont récemment commencé à se dégarnir, les creux au-dessus de ses clavicules. Il reste beau malgré tout, mais ils savent tous deux qu'il n'est absolument pas en état de se battre. Elle pense aussi aux autres dans le camp. La plupart sont soit malades, soit affamés, soit les deux. À l'exception d'Otto, né avec une carrure naturelle de boxeur poids lourd, *aucun* des prisonniers n'est apte à se battre. Elle ouvre la bouche pour exprimer son inquiétude, mais, voyant l'espoir qui brille dans les yeux de Genek, elle garde ses considérations pour elle. À la place, elle s'agenouille à côté de Józef, occupé à s'entraîner pour son nouveau tour de passe-passe : rouler du dos sur le ventre. Herta essaie d'imaginer la scène : Genek, en uniforme auprès des Soviétiques, se battant pour Staline, pour l'homme qui les a forcés à l'exil et condamnés à une vie de labeur. Ce serait le monde à l'envers. Elle se demande ce que cela impliquerait pour elle et Józef. Que deviendraient-ils si Genek était envoyé au front ?

— As-tu une idée de quand cette *amnistie* pourrait être accordée ? s'enquiert-elle.

Elle fait doucement rouler Józef sur le dos. Il agite joyeusement les bras et deux répliques miniatures des fossettes de son père apparaissent sur ses joues.

— Non, répond Genek en se baissant pour s'asseoir à côté d'elle.

Il presse le genou de Józef et celui-ci gazouille, ravi. Genek sourit.

— Mais bientôt, je pense. Bientôt.

24

Addy

Ilha das Flores, Brésil – fin juillet 1941

C'EST DEVENU UNE HABITUDE pour Addy de se réveiller tôt, bien avant les autres détenus, et de longer le sentier qui fait le tour de la petite Ilha das Flores. Il a besoin de faire de l'exercice et encore plus de pouvoir être seul pendant une heure. Ensemble, ces deux choses l'aident à ne pas perdre la raison. Le paysage aide, lui aussi. La baie de Guanabara est superbe au point du jour : c'est là qu'elle est le plus calme, un véritable miroir dans lequel se reflète le ciel. À 10 heures du matin, elle grouille déjà de bateaux qui vont et viennent entre l'île et le port de Rio de Janeiro.

Ce matin, Addy s'est réveillé avant l'aube au bruit de la cavatine perçante d'un martin-pêcheur perché sur le rebord de sa fenêtre. Il a été tenté de se rendormir, car il rêvait qu'il était chez lui, à Radom, et que sa famille était exactement comme lorsqu'il l'avait quittée. Son père était assis à table en train de lire l'édition du week-end du *Radomer Leben*, sa mère, en face, chantonnait tout en cousant une coudière en cuir sur la manche d'un pull. Dans le salon, Genek et Jakob jouaient aux cartes, Felicia se promenait en titubant, une poupée de chiffon à la main, et Mila et Halina se partageaient le banc du piano et se relayaient au clavier, la partition de la sonate « Au clair de lune » de Beethoven placée devant elles. La personne qui manquait dans son rêve, c'était lui. Ça ne le dérangeait pas, cependant. Il aurait pu observer la scène pendant des heures, content de simplement y assister, de se baigner dans sa chaleur, de trouver du réconfort dans le simple fait de savoir que tout allait bien. Mais le martin-pêcheur était persistant et, finalement, le rêve d'Addy s'est évanoui et il s'est levé avec le sourire en frottant ses yeux encore pleins de sommeil avant de s'habiller et de partir marcher.

En chemin, il cueille des fleurs. Chacune répond à un nom qui lui est désormais familier, après trois semaines passées ici : amaryllis, hibiscus, azalée, et, sa préférée, l'oiseau de paradis. Avec sa couronne de feuillage en évantail et ses pétales rouge et bleu en Technicolor, elle ressemble à un oiseau qui vole. Il y a sur l'île une espèce de lys à laquelle il semble allergique. Lorsqu'il en croise, il passe les quinze minutes suivantes à éternuer dans le mouchoir de sa mère, qu'il emporte partout avec lui, tel un talisman.

Une fois revenu à la cafétéria, Addy arrange son bouquet dans un verre d'eau qu'il pose sur la table autour de laquelle les Lowbeer et lui ont l'habitude de se retrouver pour le petit déjeuner. Un employé apparaît et Addy le salue avec un sourire.

— *Bom dia, tudo bem?* demande-t-il.

Ce sont les premiers mots de portugais qu'il a appris en arrivant.

— *Estou bem, sim, senhor,* répond l'employé tout en tendant à Addy une tasse de maté.

Addy emporte son thé sur la véranda et tourne sa chaise en direction de l'ouest, vers le littoral de Rio. Depuis que leur bateau est arrivé en Amérique du Sud, il a appris à apprécier le goût amer du maté. Tandis qu'il porte la tasse à ses lèvres, il savoure cette belle matinée, le parfum des tropiques, le ramage omniprésent. En temps normal, il fermerait les yeux et se délecterait de toute cette beauté. Mais sa situation n'a absolument rien de normal. Il y a beaucoup trop en jeu pour qu'il puisse réellement se détendre. Alors, à la place, il fixe le littoral en réfléchissant aux mois qui viennent de s'écouler, à tout ce qu'il a dû entreprendre pour arriver jusqu'à cette île de la côte brésilienne.

Le pêcheur sur lequel il avait jeté son dévolu à Tanger a réussi, en dépit du piètre état de son bateau, à conduire Addy et les Lowbeer jusqu'à Tarifa. De là, ils ont pris un bus en direction du nord jusqu'au port de Cadix, où on leur a annoncé qu'un bateau appelé *Cabo de Hornos* prendrait le départ pour Rio dans une semaine.

— Je peux vous vendre des billets, a dit l'agent à Cadix, mais je ne peux pas vous promettre qu'ils vous laisseront descendre du bateau avec des visas expirés.

Ce n'était pas ce qu'ils voulaient entendre, mais à leur connaissance l'*Hornos* était leur seul espoir. Une spéculation qui s'est confirmée lorsqu'ils ont commencé à reconnaître dans le port le visage d'autres passagers de l'*Alsina*, qui avaient aussi eu la chance de réussir à traverser le détroit jusqu'à Cadix. Addy et les Lowbeer n'ont pas perdu de temps : ils ont aussitôt acheté des allers simples pour embarquer sur l'*Hornos.* S'ils parvenaient à atteindre l'Amérique du Sud, ils ne s'y feraient pas refouler, tentaient-ils de se rassurer.

Quand ils ont fini par embarquer sur le bateau, Addy a dû se rendre à l'évidence : il ne lui restait plus qu'une poignée de francs. Il allait devoir prendre un nouveau départ au Brésil avec presque rien en poche, une vérité à laquelle il s'est heurté alors que l'*Hornos* voguait vers le sud-ouest en direction de Rio. Le voyage a pris une dizaine de jours.

Aucun des réfugiés à bord n'a beaucoup dormi, car on les avait prévenus lors de l'embarquement qu'au moins une demi-douzaine de bateaux avant le leur avaient été renvoyés en Espagne. Une annonce qui en avait amené certains à menacer de se suicider. « Je préfère me tuer plutôt que de laisser Franco s'en charger. »

Addy, Eliska et Mme Lowbeer s'étaient raccrochés à leurs visas expirés, et à l'espoir inébranlable que le capitaine de l'*Alsina* ait réussi à envoyer un télégramme à l'ambassade brésilienne à Vichy, comme il l'avait promis. Peut-être que si la demande était parvenue jusqu'à Souza Dantas l'ambassadeur les aiderait. Et, même si ce n'était pas le cas, il existait toujours la possibilité que le président du Brésil, Getúlio Vargas, comprenne leur situation et prolonge leurs visas à leur arrivée. Après tout, ce n'était pas leur faute si le voyage avait pris si longtemps.

Le *Cabo de Hornos* a finalement amarré dans le port de Rio le 17 juillet et, par un coup de chance inexpliqué, ses passagers ont été autorisés à débarquer. Addy était fou de joie. Mais la liberté a été de courte durée. Trois jours plus tard, Addy, les Lowbeer et les trente-sept autres passagers de l'*Alsina* arrivés sur l'*Hornos* avec des visas expirés se sont fait cueillir sur le pas de leur porte par la police brésilienne et ramener au port, où on les a fait monter à bord d'un bateau de marchandises qui les a transportés à sept kilomètres au large, à l'Ilha das Flores, où ils sont désormais retenus.

— Nous sommes pris en otage, a lâché avec colère Mme Lowbeer après leur première journée sur l'île. *C'est absurde**.

Personne ne leur expliquait pourquoi on les maintenait parqués de la sorte. Ils pouvaient seulement supposer que c'était à cause de leurs visas expirés, un pressentiment confirmé lorsqu'un des passagers parlant portugais avait aperçu une note manuscrite disant que Vargas comptait renvoyer les réfugiés en Espagne.

Addy boit une autre gorgée de thé. Il refuse de croire qu'après six mois il va revenir à son point de départ, dans une Europe déchirée par la guerre. Les passagers de l'*Alsina* ne peuvent pas avoir fait tout ce chemin pour rien. Quelqu'un va bien réussir à convaincre le président de les laisser rester. L'oncle d'Eliska, peut-être. Il les a accueillis les premiers jours à Rio. Il semblait être quelqu'un de bien. Il avait de l'argent. Cela dit, en tant que civil, quels moyens avait-il de contacter le président ? Il leur faut une personnalité influente. Comme Mme Lowbeer le dit souvent : « Dès que les bonnes pattes seront graissées, nous obtiendrons nos visas. »

Les Lowbeer ont les moyens d'offrir un pot-de-vin, mais à qui ces « bonnes » pattes appartiennent-elles ? Addy n'en sait strictement rien. Ce qu'il *sait*, c'est que sans contacts au Brésil, sans comprendre la langue et sans économies, tout cela ne servira pas à grand-chose. Il a fait tout ce qui était en son pouvoir pour les amener jusqu'ici. Mais le reste échappe à son contrôle, même s'il est difficile de l'admettre.

D'après les Lowbeer, leur seul espoir réside entre les mains d'Haganauer, un passager de l'*Alsina* dont le grand-père, qui vit à Rio, connaît vaguement le ministre des Relations extérieures du Brésil. Voilà une semaine, Haganauer a soudoyé un garde sur l'île pour faire passer à son grand-père une lettre expliquant leur situation, dans l'espoir que le vieil homme adresse au ministre une supplique au nom des otages. L'idée était prometteuse, tout le monde en convenait. Mais jusqu'à ce qu'elle se concrétise il n'y avait rien à faire qu'attendre.

Addy termine son thé, mais garde la tasse en céramique entre ses mains tandis que ses pensées dérivent vers Eliska et l'endroit où, à la base de son cou, elle a déposé un baiser la nuit dernière avant de se retirer pour une nuit de « sommeil réparateur ». Ils ont décidé à Dakar qu'ils étaient destinés à se marier, une idée vertement réprouvée par Mme Lowbeer. Mais sa désapprobation ne perturbe pas Addy outre mesure. Le moment venu, se rassure-t-il, il convaincra la Grande Dame qu'il est digne de la main de sa fille.

Il regarde une barge se diriger vers le port de Rio et se demande, comme souvent, ce que sa famille penserait d'Eliska. Elle est intelligente, et elle est juive. Elle est passionnée et s'exprime bien, elle est douée pour débattre lors d'une discussion. Ses frères et sœurs auraient une haute opinion d'elle. Son père aussi. Mais sa mère ? Il entend parfois la voix de Nechuma lui dire qu'il est dépassé, le prévenir qu'Eliska est trop gâtée pour être le genre d'épouse qu'il mérite. Elle *est* gâtée, il doit bien le reconnaître, mais il sait que là n'est pas la vraie raison qui opposerait sa mère à cette union.

Les relations commencent par l'honnêteté, lui a un jour dit Nechuma. *C'est la base, car être amoureux signifie être en mesure de tout partager : tes rêves, tes défauts, tes plus grandes peurs. Sans ces vérités, une relation ne tiendra pas.* Addy a passé des heures à réfléchir aux paroles de sa mère, et, même s'il a honte de l'admettre, malgré toutes leurs conversations à propos de Prague et Vienne et Paris (ces arrêts sur image glamour de leur vie d'avant la guerre), il ne peut toujours pas lui parler librement de sa famille. Bientôt deux années ont passé depuis les dernières nouvelles qu'il a reçues de ses parents et frères et sœurs. Deux ans ! En apparence, il affiche toujours sa gaieté caractéristique, mais au fond l'incertitude lui arrache les tripes. Il est en train de perdre pied. Eliska, elle, est enjouée et vive d'esprit, et elle semble sûre de son avenir. L'instinct d'Addy lui dit qu'elle ne comprendrait pas pourquoi, la nuit, il rêve de Radom et non de Rio, pourquoi il aimerait souvent se réveiller à la maison, dans sa vieille chambre rue Warszawska, en dépit des circonstances. Il effleure sa tasse du bout de son pouce. Eliska a elle aussi perdu des êtres chers, il le sait. Le départ de son père lorsqu'elle était enfant a été dur pour elle, et c'est peut-être justement pour cette raison qu'elle s'est convaincue qu'il était inutile de vivre dans le passé. Il commence à comprendre que, dans le monde d'Eliska, il n'y a pas de place pour la rétrospection et le chagrin.

Tu n'es pas obligé de choisir entre Radom et Rio, se rappelle-t-il. Pas pour le moment du moins. *Tu es ici à présent sur une île quasi déserte d'Amérique du Sud, avec une femme que tu aimes.* Addy ferme les yeux et tente l'espace d'un instant d'imaginer une vie *sans* Eliska. Une vie sans rien qui le relie aux racines européennes qu'ils ont en commun. Une vie sans son sourire, son toucher, sa capacité inébranlable à envisager de la joie dans l'avenir plutôt que dans le passé. Mais il n'y arrive pas.

25

Jakob et Bella

À l'extérieur de Radom, Pologne sous occupation allemande – fin juillet 1941

JAKOB ET BELLA SONT TAPIS derrière les marchandises empilées au fond du camion de livraison, les genoux repliés contre la poitrine, appuyés l'un contre l'autre pour garder l'équilibre. Franka, ses parents Moshe et Terza, ainsi que son frère Salek sont cachés contre la paroi opposée. À l'avant, leur chauffeur jure. Les freins font un bruit strident tandis qu'ils commencent à ralentir. Depuis leur départ de Lviv, ils ne se sont arrêtés que deux fois pour de l'essence. Sinon, conformément aux instructions de Sol, ils ont foncé en direction du nord-ouest, vers Radom.

Le camion roule au pas à présent. À travers les parois, des voix se font entendre. Des Allemands.

— *Anhalten!* Arrêtez le véhicule !

— Ne vous arrêtez pas, supplie Jakob tout bas. Pitié, ne vous arrêtez pas.

Qu'arrivera-t-il s'ils sont découverts ? Ils ont leurs faux papiers, mais il est évident qu'ils sont transportés illégalement. Autrement, pourquoi seraient-ils cachés ?

À côté de Jakob, Bella garde le silence, imperturbable. Comme si, depuis qu'elle a perdu Anna, elle était devenue insensible à la peur. Jakob ne l'a jamais vue dans un tel état. Elle est inconsolable. Il ferait n'importe quoi pour l'aider. Si seulement elle lui parlait. Mais il le voit dans ses yeux : c'est trop douloureux, trop frais. Elle a besoin de temps.

Il passe un bras autour de ses épaules et la serre contre lui tandis que le camion s'arrête, tout en concoctant un discours dans sa tête. S'ils acceptent de les laisser continuer, il offrira son appareil photo aux Allemands, décide-t-il. Mais, à peine se sont-ils arrêtés que le camion bondit en avant dans un rugissement de moteur. Ils font une embardée et, l'espace d'un instant, c'est comme s'ils n'étaient en équilibre que sur deux roues. Succombant à la loi de la gravité, les cartons commencent à se renverser. Dehors, les voix des Allemands s'amplifient, hargneuses, menaçantes. Alors que le camion prend de la vitesse, une salve de coups de feu est tirée et une balle traverse la paroi de bois quelques centimètres au-dessus de la tête de Jakob, laissant deux petits trous sur son passage. Dans ce chaos, Bella et lui rentrent la tête entre les genoux. Jakob protège l'arrière de son crâne d'une main et celui de Bella de l'autre, priant pendant que le moteur hurle sous le coup de l'effort. *Plus vite. Va plus vite.* Le bruit des coups de feu les poursuit longtemps après que les cris se sont tus.

Au début, Bella s'est opposée à l'idée de retourner à Radom, cramponnée à l'espoir qu'Anna puisse être encore en vie.

— Il faut que je retrouve ma sœur, a-t-elle asséné.

La colère contenue dans sa voix a surpris Jakob. Lorsque la ville est redevenue suffisamment sûre pour qu'ils puissent sortir de leur cachette, ils ont découvert que les Allemands avaient mis en place des camps de détention autour de Lviv, dans lesquels toute personne « suspicieuse » était emprisonnée jusqu'à nouvel ordre. Bella a commencé à faire une fixation sur ces camps : elle voulait s'y rendre au cas où sa sœur serait retenue dans l'un d'eux. Jakob n'aimait pas l'idée qu'elle s'approche d'un camp de détention allemand, mais il savait qu'il valait mieux garder ses objections pour lui. Alors, pendant une semaine, Bella a effectué des rondes, risquant elle-même d'être incarcérée. Au final, elle n'a pas trouvé la moindre trace d'Anna ni de son mari, Daniel. Bella a fini par apprendre par le biais d'une voisine ce qui s'était passé : Anna et Daniel étaient cachés eux aussi, ainsi que Simon, le frère de Daniel, lorsque les Allemands avaient envahi Lviv. Durant la deuxième nuit du pogrom, un groupe de soldats de la Wehrmacht avait fait irruption dans leur appartement avec un mandat d'arrêt pour Simon, qui le qualifiait d'« activiste ». Simon n'était pas là à ce moment-là, il s'était aventuré dehors en quête de nourriture.

— Alors on vous emmène vous, avaient décrété les soldats en attrapant Daniel par le bras.

Il n'avait pas eu d'autre choix que de les suivre, et Anna avait insisté pour l'accompagner. La voisine avait expliqué qu'ils en avaient aussi embarqué des dizaines d'autres, qu'une amie à elle vivant dans une ferme voisine les avait vus se faire débarquer d'un convoi de camions en bordure d'une forêt tard dans la nuit, puis qu'elle avait entendu une série de détonations, comme des feux d'artifice.

À contrecœur, Bella avait abandonné ses recherches et avait finalement accepté l'offre de Sol d'envoyer un camion. Depuis, elle avait à peine ouvert la bouche.

Le camion ralentit légèrement et Jakob relève la tête. *Pitié, pas encore.* Il tend l'oreille, à l'affût de bruits de tirs, de cris, mais tout ce qu'il entend est le grondement du moteur. Il ferme les yeux et prie pour qu'ils soient hors de danger. Il prie pour que la vie dans le ghetto soit meilleure que celle qu'ils ont laissée derrière eux à Lviv. Il est difficile d'imaginer pire. Au moins, ils seront près de leur famille. Enfin, ce qu'il en reste.

Près de lui, Bella se demande s'ils arriveront en vie à Radom. Si c'est le cas, elle devra faire face à ses parents. Henry et Gustava ont été assignés au plus petit ghetto de Radom, Glinice, à plusieurs kilomètres hors de la ville. Elle devra leur dire ce qui est arrivé à leur fille cadette.

Voilà près de trois semaines qu'Anna a disparu. Bella ferme les yeux en sentant la douleur familière envahir sa poitrine, profonde et creuse, comme si une partie de son corps manquait. *Anna.* Aussi loin qu'elle se souvienne, Bella a toujours imaginé que ses enfants grandiraient avec ceux d'Anna, un rêve qui avait paru réalisable quand, juste avant le pogrom, Anna lui avait laissé entendre que Daniel et elle avaient une grande nouvelle à leur annoncer. Brièvement, Bella avait oublié la guerre et laissé ses rêves d'enfants et de cousins grandissant côte à côte prendre le dessus. Mais sa sœur n'aura jamais d'enfants et ne connaîtra jamais les siens. Des larmes roulent le long des joues de Bella tandis qu'elle accepte cette vérité froide et incompréhensible.

25-29 JUILLET 1941 : *Un second pogrom s'abat sur Lviv. Prétendument organisé par des nationalistes ukrainiens et encouragé par les Allemands, ce pogrom, connu sous le nom de Jours Petlura, cible les juifs accusés de collaborer avec les Soviétiques. Environ deux milliers de juifs sont assassinés.*

26

Addy

Ilha das Flores, Brésil – 12 août 1941

— DE QUEL GENRE DE BATEAU S'AGIT-IL ? demande Eliska.

Addy a remarqué le petit vaisseau gris pendant sa promenade matinale quotidienne autour de l'île. Dès qu'Eliska s'est réveillée, il l'a entraînée jusqu'au quai où il est amarré, pour qu'elle le voie de ses yeux.

— On dirait un bateau de la marine.

— Tu crois que c'est pour nous ?

— Je ne vois pas pour qui d'autre cela pourrait être.

Addy et Eliska élaborent des scénarios sans fin quant à l'endroit où le bateau est susceptible de les emmener. Les fera-t-il débarquer à Rio, le « point d'arrivée » tamponné sur leurs billets de l'*Alsina* accompagné d'une date pour début février, six mois plus tôt ? Ou le bateau doit-il simplement les conduire à un plus grand navire à destination de l'Europe ? Dans ce cas, seront-ils renvoyés à Marseille ? Ou débarqués ailleurs ? Seront-ils en mesure de faire une nouvelle demande de visa ? Et, s'ils en font la demande, y aura-t-il encore des paquebots autorisés à traverser l'Atlantique depuis l'Europe ?

À midi, les détenus de l'*Alsina* sont appelés à se rendre à la cafétéria, et Addy et Eliska obtiennent enfin les réponses à leurs questions.

— C'est votre jour de chance aujourd'hui, annonce un officier vêtu de blanc.

Est-ce qu'il plaisante ? Difficile à dire, à en juger par le ton de sa voix. Haganauer traduit.

— Le Président Vargas vous a accordé la permission de prolonger vos visas, continue l'officier.

Les réfugiés soupirent tous de concert. Quelqu'un pousse un cri de joie.

— Faites vos valises, ordonne l'officier. Vous partez dans une heure.

Addy sourit. Il prend Eliska dans ses bras et la soulève.

L'officier lève une main en l'air comme pour saper les célébrations quelconques qui risquent de s'ensuivre.

— Que les choses soient claires : naturellement, le Président peut révoquer ce privilège à *n'importe quel moment* et pour *n'importe quelle raison.*

— Il y a toujours une clause, peste Mme Lowbeer.

Mais les autres réfugiés s'en fichent. Ils sont autorisés à rester. La cafétéria résonne du bruit des tapes dans le dos empathiques et des joues qu'on embrasse tandis que les hommes et les femmes se prennent dans les bras en riant et pleurant.

Deux heures plus tard, Addy et les Lowbeer font la queue dans une file qui serpente tout le long du quai de l'île. Les rumeurs sur qui a finalement persuadé Vergas de laisser le groupe de réfugiés vagabonds et sans visa entrer dans le pays passent subrepticement d'une oreille à l'autre, mais personne n'a le courage de poser ouvertement la question. Mieux vaut ne pas en parler.

Une fois à bord, Addy et Eliska rangent leurs valises, aident Mme Lowbeer à trouver une place à l'intérieur, puis se dirigent vers l'avant de l'embarcation. Là, agrippés au bastingage en métal de la proue, ils regardent un des membres de l'équipage détacher une corde d'un taquet sur le quai. Un moteur vrombit. Alors qu'ils s'éloignent, Addy couve une dernière fois du regard la petite île qui a été sa maison au cours des vingt-sept derniers jours. Elle lui manquera, réalise-t-il alors que le navire progresse lentement en marche arrière, agitant l'eau qui l'entoure et la faisant passer de l'indigo au blanc. L'île, avec ses fleurs sauvages odorantes et ses symphonies interminables de chants d'oiseaux, s'accompagnait d'un sentiment de facilité. Sur l'Ilha das Flores, Addy ne pouvait rien faire à part marcher, boire du maté et attendre. Dès le moment où il arrivera à Rio en tant qu'homme libre, son destin sera une fois de plus entre ses mains. Il devra apprendre la langue, demander un permis de travail, trouver un endroit où vivre, un emploi, un moyen de subvenir à ses besoins. Ce ne sera pas facile.

Le bateau fait demi-tour et prend la direction de l'ouest, vers le continent. Addy et Eliska inspirent profondément l'air iodé et se penchent par-dessus la mer chatoyante. Ils plissent les yeux pour mieux voir les dômes de granit du Pain de sucre qui domine la baie de Guanabara. La traversée est brève, quinze minutes tout au plus, mais les secondes s'étirent lentement.

— Nous y sommes enfin, déclare Eliska, ébahie, tandis que le bateau amarre. Toute cette attente, cette impatience… c'est là que le voyage se termine. Je n'arrive pas à croire que sept mois se sont écoulés depuis que nous avons quitté Marseille.

— Nous y sommes enfin, lui fait écho Addy.

Il attire Eliska à lui et se penche pour l'embrasser. Ses lèvres sont chaudes et, quand elle lève les yeux vers lui, ils sont d'un bleu brillant et cristallin.

Après avoir débarqué, les réfugiés sont conduits à un poste de douane blanc en brique et reçoivent l'ordre d'attendre, une tâche presque impossible. Trois heures plus tard, leurs papiers enfin en règle, Addy, Eliska et Mme Lowbeer sortent précipitamment du bâtiment et empruntent l'avenue Rodrigues-Alves. Addy hèle un taxi et, en moins de temps qu'il n'en faut pour le dire, ils roulent en direction du sud, vers l'appartement de l'oncle d'Eliska, dans le quartier d'Ipanema.

Le lendemain matin, Addy est réveillé par le tapotement d'une main sur son épaule. Il est courbatu d'avoir dormi par terre.

— Allons explorer ! murmure Eliska avant de bondir sur ses pieds pour préparer du café.

Addy s'habille et observe par la fenêtre les pavés de la rue Redentor et le ciel du matin, en faisant tinter quelques pièces dans sa poche. Il est presque fauché et il refuse de vivre aux crochets des Lowbeer. Mais le soleil brille et il est plus que temps de célébrer leur bonne fortune.

— *Vamos*, dit-il.

Eliska écrit un mot à l'attention de sa mère, lui promettant d'être de retour au coucher du soleil.

— Où allons-nous ? demande-t-elle alors qu'ils sortent du bâtiment de son oncle.

À la façon dont elle sautille à côté de lui, Addy voit qu'elle est folle de joie à l'idée de découvrir son nouveau chez-elle.

— Que dirais-tu de Copacabana ? suggère-t-il.

Il se dit qu'il a le droit de prendre part à l'excitation d'Eliska, de partager l'enthousiasme qu'elle ressent vis-à-vis de ce nouveau départ. *Allez, profites-en. Pour elle, au moins.* Demain, il aura bien le temps de se faire du souci quant à son travail, son logement, sa famille, et comment s'y prendre pour retrouver sa trace maintenant qu'il vit enfin dans une ville avec un bureau de poste. Une ville où, il l'espère, il aura le droit de rester indéfiniment.

— Copacabana. *Parfait* !*

Ils marchent vers le sud en direction du front de mer, puis vers l'est le long du littoral dentelé d'Ipanema. Au bout de quelques minutes, ils arrivent au niveau d'un énorme rocher et à la conclusion qu'aucun des deux ne sait où se trouve Copacabana. Eliska suggère d'acheter un plan, mais Addy désigne une femme sur la plage qui porte ce qui semble être une tenue typique de Rio : un maillot de bain, une tunique en coton et des sandales en cuir.

— Demandons-lui, dit-il.

La femme sourit à leur question, lève deux doigts et montre son index.

— *Aqui estamos em Ipanema,* explique-t-elle. *A próxima praia é Copacabana.*

Ce disant, elle pointe du doigt un énorme rocher au bout de la plage.

— *Obrigado,* répond Addy en hochant la tête pour indiquer qu'il a bien compris. *Muito bonito,* ajoute-t-il en désignant la côte d'un geste circulaire.

La femme sourit.

Addy et Eliska longent le rocher appelé Arpoador et, après quelques minutes, ils atteignent l'extrémité sud d'une longue crique en forme de demi-lune, une confluence parfaite de sable doré et de vagues bleu cobalt.

— Je pense que nous sommes arrivés, déclare Addy à voix basse.

— *Ces montagnes* !* chuchote Eliska.

Ils marquent une pause pour admirer l'horizon, dominé par une série de sommets vallonnés aux crêtes verdoyantes.

— Regarde, tu peux prendre un ascenseur jusqu'en haut, dit Addy en montrant le dôme le plus élevé, où un téléphérique monte lentement vers le sommet.

À mesure qu'ils avancent, la promenade, une mosaïque de pierres noires et blanches, paraît onduler sous leurs pieds dans un motif qui ressemble à une vague géante. Addy observe la mosaïque, émerveillé par le travail qu'a dû exiger l'assemblement de tant de pierres qui, de près, sont étonnamment irrégulières aussi bien dans leur forme que dans leur orientation. En réalité, ce sont les endroits où le noir rencontre le blanc, les bords parfaits qui font naître un sentiment d'harmonie. *Nous marchons sur de l'art,* songe Addy. Il regarde la côte et imagine à quoi ressemblerait la scène à travers les yeux de sa mère, de son père, de ses frères et sœurs. *Ils adoreraient cet endroit,* songe-t-il. À peine cette pensée a-t-elle traversé son esprit qu'il est submergé par une vague de culpabilité. Comment est-il possible qu'il soit ici (au paradis !) tandis que sa famille est soumise à Dieu sait quelles horreurs ? Un voile de mélancolie recouvre son visage mais, avant qu'il puisse se fixer sur ses traits, Eliska montre la plage du doigt.

— Apparemment, nous devons travailler notre bronzage, fait-elle remarquer en riant.

Leur teint, bronzé pour leurs critères européens, est blafard en comparaison de celui des silhouettes brunes qui s'amusent avec des ballons de football dans le sable.

Addy déglutit et profite du spectacle, tout en savourant la joie de la voix d'Eliska.

— Copacabana, murmure-t-il.

— Copacabana, fredonne Eliska.

Elle tourne la tête vers lui, prend son visage dans ses mains et l'embrasse.

Addy se radoucit. Les baisers d'Eliska ont le don d'arrêter le temps. Quand ses lèvres l'effleurent, il cesse de réfléchir et s'évade.

— Tu as soif ? demande Eliska.

Il hoche la tête.

— Toujours.

— Moi aussi. Allons boire quelque chose.

Ils s'arrêtent sur la promenade près d'un petit wagon bleu qui vend des rafraîchissements sous un parasol rouge portant l'inscription *Bem vindo ao Brasil!*

— Des noix de coco ! s'écrie Eliska. À manger ou à boire ?

Elle mime la différence dans l'espoir de se faire comprendre par le vendeur.

Le jeune Brésilien qui se tient sous le parasol rit, amusé par l'enthousiasme d'Eliska.

— *Para beber,* explique-t-il.

— Vous acceptez les francs ? s'enquiert Addy en lui montrant une pièce.

Le vendeur hausse les épaules.

— Formidable. On en prend une, dit Addy.

Eliska et lui observent le vendeur tandis qu'il choisit une noix de coco, en tranche le sommet d'un rapide coup de machette, et glisse deux pailles dans l'ouverture avant de leur tendre le fruit.

— *Água de coco,* annonce-t-il d'un air triomphant.

Addy sourit.

— *Primeira vez que visita o Brasil?* demande le vendeur.

Pour n'importe quel passant, ils peuvent donner l'impression d'être en vacances.

— *Sim, primeira visita,* dit Addy en imitant l'accent du vendeur.

— *Bem vindos,* répond celui-ci avec un grand sourire.

— *Obrigado.*

Eliska tient la noix de coco pendant qu'Addy paie. Ils remercient une dernière fois le vendeur avant de reprendre leur promenade le long de la mosaïque. Eliska boit la première.

— C'est différent, déclare-t-elle au bout d'un moment avant de passer la noix de coco à Addy.

Il l'attrape à deux mains : c'est duveteux et plus lourd que ce à quoi il s'attendait. Il la porte à son nez en hésitant et respire l'odeur délicate au parfum de noisette, les yeux rivés sur l'horizon. Vous adoreriez cet endroit, songe-t-il en tentant de transmettre son sentiment à travers l'Atlantique. C'est totalement différent de la maison, mais vous aimeriez beaucoup. Il boit une gorgée et savoure le goût complètement nouveau, subtilement sucré et étrangement laiteux de l'*água de coco* sur sa langue.

30 JUILLET 1941 : *Les accords Sikorski-Maïsky, un traité entre l'Union soviétique et la Pologne, sont signés à Londres.*

12 AOÛT 1941 : *Les Soviétiques accordent l'amnistie aux citoyens polonais survivants détenus dans des camps de travail en Sibérie, au Kazakhstan et en Asie soviétique, à condition qu'ils acceptent de se battre avec les Soviétiques, désormais rangés du côté des Alliés. Des milliers de Polonais entament un exode en direction de l'Ouzbékistan, où on leur a dit qu'une armée était en cours de constitution sous les ordres d'un nouveau commandant en chef de l'armée polonaise réformée (également connue sous le nom de 2e corps polonais), le général Władysław Anders. Anders lui-même a récemment été libéré après deux années passées en détention à la prison Lubianka de Moscou.*

27

Genek et Herta

Aqtöbe, Kazakhstan – septembre 1941

Ils ont quitté le camp il y a trois semaines, en août, presque un an jour pour jour après leur arrivée. Le voyage depuis Altynay rappelle en de nombreux aspects à Genek et Herta celui qui les y a conduits, sauf que, cette fois, les panneaux au-dessus des portes sont ouverts, et les malades plus nombreux que les personnes en bonne santé. Deux des wagons en bout de train ont été assignés au transport de ceux qui sont rongés par la malaria et le typhus. En vingt et un jours, plus d'une dizaine d'entre eux sont morts. Genek, Herta et Józef ont réussi à éviter la maladie. Ils couvrent leur bouche et leur nez au moyen de mouchoirs et Józef, désormais âgé de six mois, passe autant d'heures qu'il peut en supporter dans son harnais, collé à la poitrine d'Herta. Affamés et manquant cruellement de sommeil, ils font néanmoins de leur mieux pour rester optimistes. Ils ne sont plus prisonniers, après tout.

— Où sommes-nous ? s'interroge tout haut l'un des exilés alors que le train ralentit.

— La pancarte dit Aktobe, répond quelqu'un.

— Et où diable se trouve Aktobe ?

— Au Kazakhstan, je crois.

— Le Kazakhstan, murmure Genek tout en se levant pour regarder aux alentours.

Le pays lui est aussi étranger que le luxe de toilettes, d'une chemise propre, d'un repas décent, d'une bonne nuit de sommeil. La gare ressemble aux autres : quelconque, avec un long quai en bois parsemé de rares lanternes au gaz en fer forgé.

— Il y a quelque chose à voir ? demande Herta.

Elle est assise à terre et, avec Józef endormi dans ses bras, elle est réticente à bouger.

— Pas grand-chose, non.

Genek est sur le point de regagner sa place auprès d'Herta quand quelque chose attire son regard. Il passe la tête par l'ouverture de la porte, bat des paupières, puis bat des paupières à nouveau. *Je ne le crois pas.* Quelques mètres plus loin, sur le quai, deux hommes en uniforme poussent un chariot débordant de ce qui ressemble à du pain frais. Néanmoins, ce n'est pas la vue du pain qui l'excite. Ce sont les emblèmes à aigle blanc cousus sur les képis à quatre coins des officiers. Ce sont des soldats polonais. Des Polonais !

— Herta ! Il faut que tu voies ça !

Il aide Herta à se lever et elle se presse contre lui à la porte où une demi-douzaine d'autres se sont rassemblés pour apercevoir ce que Genek vient de voir. Aucun doute possible : il y a bien des soldats polonais ici, à Aktobe. Un fol espoir naît dans la poitrine de Genek. Quelqu'un applaudit derrière lui et, en un instant, l'atmosphère dans le wagon est électrique. La porte s'ouvre et les exilés s'amassent sur le quai, plus énergiques qu'ils ne l'ont été depuis des mois.

— Un pain par personne, lancent les deux lieutenants dans un polonais caractéristique alors qu'une nuée de corps osseux s'entassent autour du chariot.

Deux autres officiers les suivent, qui poussent une grande bouilloire argentée et brillante portant une inscription en lettres cyrilliques grossières : KOFE. Deux ans plus tôt, Genek aurait plissé le nez à l'idée de boire du café en grains. Mais, aujourd'hui, il ne peut imaginer plus beau cadeau. Le liquide est chaud et sucré. Herta et lui le boivent avec enthousiasme, accompagné du pain encore tiède.

Les exilés assaillent les soldats de questions. « Que faites-vous ici ? Y a-t-il un camp militaire ? Devons-nous nous enrôler tout de suite ? »

Les lieutenants derrière les chariots secouent la tête.

— Pas ici, expliquent-ils. Il y a des camps à Wrewskoje et Tachkent. Notre rôle consiste seulement à vous donner à manger et nous assurer que vous continuez votre route vers le sud. Toute l'armée polonaise en URSS est en route. Nous nous réorganiserons une fois en Asie centrale.

Les exilés acquiescent. Leur mine s'attriste quand le sifflement du train retentit. Ils ne veulent pas partir. Ils remontent dans le wagon à contrecœur et se penchent au-dessus des rails tandis que le train s'éloigne, agitant furieusement la main. Un des lieutenants lève deux doigts pour effectuer le salut polonais. Son geste suscite la clameur des exilés, qui lui rendent son salut en masse, le cœur battant au rythme du claquement des roues du train tandis qu'il prend de la vitesse. Genek passe un bras autour des épaules d'Herta, embrasse la tête de Józef, le moral remonté par la vision de ses compatriotes si bien vêtus, le *kofe* qui réchauffe son sang dans ses veines, le pain dans son estomac, le souffle du vent sur son visage.

Ils ne vont pas tarder à découvrir que le pain et le café reçus à la gare d'Aktobe seront ce qui se rapproche le plus d'un repas au cours de leur voyage. Alors qu'ils progressent vers l'Ouzbékistan, les exilés passent des jours sans manger. Genek et Herta n'ont pas la moindre idée de quand ni où le train est susceptible de s'arrêter. Lorsqu'il stoppe, ceux qui ont quelque chose à échanger ou quelques pièces dans leurs poches font du troc avec les locaux, qui envahissent les rails les bras remplis de paniers de mets délicats : des miches rondes de pain *lepyoshka*[2], du *katik*[3], des graines de citrouille, des oignons rouges et, plus au sud, des melons sucrés, des pastèques et des abricots secs. Néanmoins, la plupart des exilés, Genek et Herta inclus, savent qu'il vaut mieux éviter de perdre leur temps à dévorer des yeux une nourriture qu'ils ne peuvent pas s'offrir. À la place, lorsque le train s'arrête, ils sautent du wagon et font la queue pour les toilettes ou le robinet (ou un *kipyatok*, comme les Ouzbeks appellent ça), à l'affût, tandis que les coquilles sèches de graines de tournesol tournoient autour de leurs pieds, d'un sifflement de vapeur, du premier bruit du moteur indiquant que le train part, comme souvent, sans avertissement préalable. Dès qu'ils entendent le train bouger, c'est la course pour regagner leur wagon, qu'ils aient eu ou non la chance d'utiliser les toilettes ou de remplir leurs seaux d'eau. Personne ne veut être oublié.

Après trois semaines supplémentaires de voyage, Genek se retrouve enfin dans la file d'attente d'un centre de recrutement de fortune à Wrewskoje. Un jeune officier polonais assure la permanence.

— Suivant ! lance-t-il.

Genek fait un pas en avant. Seules deux personnes le séparent de son avenir dans le 2e corps polonais. La queue faisait deux fois le tour du petit pâté de maisons à son arrivée ce matin, mais ça ne l'a pas dérangé. Pour la première fois depuis très longtemps, il a le sentiment d'avoir un but. Il se dit que c'était peut-être son destin depuis le début que de se battre pour la Pologne. C'est même une chance

2. Sorte de pain plat typique de la cuisine ouzbek (N.d.T.).
3. Sorte de yaourt liquide (N.d.T.).

de se racheter après la mauvaise décision qui leur a coûté un an de vie à Herta et lui.

Genek ne sait rien de l'endroit ni du moment où les recrues doivent prendre leur service. Il espère qu'ils ne resteront pas trop longtemps en Ouzbékistan. L'appartement avec une chambre qu'on leur a octroyé est mieux que le baraquement d'Altynay, mais il est suffocant, sale et infesté de rongeurs. Avec Herta, ils ont passé leurs premières nuits à se réveiller en sursaut, en proie à l'impression que des pieds minuscules couraient sur leur poitrine.

— Il doit y avoir une erreur, dit la recrue en tête de file.

— Je suis désolé, répond l'officier derrière le bureau.

Genek se penche en avant pour épier leur conversation.

— Non, c'est forcément une erreur.

— Non, monsieur, je crains que non.

L'officier secoue la tête d'un air d'excuse.

— L'armée d'Anders n'accepte pas les juifs.

Genek sent son estomac se nouer. *Quoi ?*

— Mais..., bégaie l'homme. Vous êtes en train de me dire que j'ai fait tout ce chemin... mais *pourquoi* ?

Genek voit l'officier s'emparer d'un papier et lire à voix haute :

— « Conformément à la loi polonaise, une personne d'héritage juif n'appartient pas à la Pologne, mais à une nation *juive.* » Je suis désolé, monsieur.

Il l'a dit sans méchanceté, mais avec une fermeté qui indique qu'il a hâte de se remettre au travail.

— Mais qu'est-ce que je suis supposé...

— Je suis désolé, monsieur, ce n'est pas moi qui décide. Suivant, s'il vous plaît.

Le sujet est clos. L'homme s'éclipse de la file en marmonnant dans sa barbe.

Pas de juifs dans l'armée polonaise. Genek secoue la tête. Que des Allemands ôtent à un juif le droit de se battre pour son pays ne l'aurait pas étonné, mais des Polonais ? S'il n'est pas en mesure de s'engager, comment vont-ils s'en sortir ? Ils seront très vraisemblablement jetés en pâture aux lions, enchaînés de nouveau à une vie de travail forcé. Ras le bol, peste Genek.

— Suivant, s'il vous plaît.

Seul un corps le sépare de l'officier chargé des recrutements et du document qu'on va lui demander de remplir. Il serre les poings. Il sent des gouttes de sueur se former sur son front. *Ce formulaire peut ruiner toutes tes chances,* lui souffle une voix en son for intérieur. *C'est une question de vie ou de mort. Tu as déjà été dans cette situation auparavant. Réfléchis. Tu n'as pas fait tout ce chemin pour te faire refouler.*

— Suivant, s'il vous plaît.

Avant que l'homme devant lui n'ait le temps de s'écarter du bureau, Genek baisse sa casquette plus bas sur les yeux et sort silencieusement de la file.

Il parcourt les rues de la ville désolée et croulante. Tout se bouscule dans sa tête. Il est surtout en colère. Il est là, à offrir sa main-d'œuvre, peut-être même sa vie, pour se battre pour la Pologne. Comment son pays ose-t-il le priver de ce droit à cause de sa religion ? Il ne serait pas dans cette situation impossible s'il ne s'était pas étiqueté lui-même comme étant polonais au départ. Il veut crier, cogner dans un mur. Mais, soudain, son esprit le ramène à l'année passée à Altynay, et il s'efforce de réfléchir posément. J'ai besoin de l'armée, se souvient-il. C'est la seule issue.

Il marque une pause à un coin de rue, devant l'entrée d'une petite mosquée. En fixant son imposant dôme doré, il a une illumination. Andreski.

Sur le papier, Genek et Otto Andreski n'ont pas grand-chose en commun. Otto est un fervent catholique, un ancien ouvrier d'usine qui affiche des sourcils froncés en permanence et dont le torse est aussi large qu'une grosse caisse. Genek est juif, agile, avec des fossettes, et a jusque récemment passé toute sa carrière derrière un bureau dans un cabinet d'avocats. Otto est une brute, Genek est un charmeur. Mais, en dépit de leurs différences, l'amitié qui s'est tissée entre les deux hommes dans les forêts de Sibérie est solide. Dernièrement, lors de leurs rares moments libres, ils ont commencé à jouer avec des dés sculptés à la main, ou à jouer à la dame de Pique avec le jeu de cartes de Genek, qui est désormais dans un bien triste état à force d'avoir été tant utilisé, mais qui, par miracle, est encore complet. Herta et Julia Andreski se sont rapprochées elles aussi. Elles ont même découvert qu'elles s'étaient affrontées dans des équipes de ski rivales à l'université.

— Il faut que tu m'apprennes à être catholique, dit Genek à Otto plus tard dans la soirée.

Il vient de lui expliquer, ainsi qu'à Julia, ce qui s'est passé au centre de recrutement.

— À partir de maintenant, annonce-t-il, si quelqu'un pose la question, Herta et moi sommes catholiques.

Genek est un élève studieux. En quelques jours, Otto lui a déjà appris à réciter le *Notre Père* et le *Je vous salue Marie*, à faire le signe de croix de la main droite au lieu de la gauche, et Genek connaît aussi le nom du pape régnant, Pie XII, né Eugenio Maria Giuseppe Giovanni Pacelli. Une semaine plus tard, quand Genek trouve enfin le courage de retourner au centre de recrutement, il salue le jeune officier derrière le bureau avec une poignée de main assurée et un sourire confiant. Son regard bleu est imperturbable et sa main ne tremble pas lorsqu'il inscrit le mot *catholique* dans la case *Religion* du formulaire. Et, quand son nom (ainsi que celui d'Herta et de Józef en tant que membres de sa famille) est ajouté au tableau de service des membres officiels du 2e corps polonais d'Anders, il remercie l'officier d'un salut militaire et d'un « Dieu vous bénisse ».

La veille de leur première journée officielle en tant que nouvelles recrues, Otto invite Genek et Herta à son appartement pour fêter l'événement. Genek amène son jeu de cartes. Ils se servent dans la réserve secrète de vodka d'Otto et boivent à la petite flasque en étain cabossée entre deux mains de black-jack.

— À nos nouveaux amis catholiques, lance Otto en portant un toast.

Il boit une gorgée de vodka et passe la flasque à Genek.

— Au pape, ajoute Genek.

Il boit à son tour et tend la flasque à Herta.

— À un nouveau départ, dit Herta en regardant Józef, endormi dans un petit panier près d'elle.

L'espace d'un instant, leur petit groupe se tait. Chacun se demande ce que les mois à venir leur réservent.

— À Anders, dit gaiement Julia pour détendre l'atmosphère.

Elle s'empare de la flasque et la brandit victorieusement au-dessus de sa tête.

— À cette putain de guerre que nous allons gagner ! crie Otto.

Genek rit, comme si la perspective de gagner une guerre qui fait rage à mille lieues de Wrewskoje (une ville poussiéreuse d'Asie centrale dont il peut à peine prononcer le nom) lui semblait aussi improbable qu'absurde.

La vodka atterrit à nouveau entre les mains de Genek.

— *Niech szczęście wam sprzyja*, déclare-t-il, la flasque levée.

Que la chance soit avec nous. Ils semblent à court de chance. Et quelque chose lui dit qu'ils vont en avoir besoin.

7 DÉCEMBRE 1941 : *Le Japon bombarde Pearl Harbor.*

11 DÉCEMBRE 1941 : *Adolf Hitler déclare la guerre aux États-Unis ; le même jour, les États-Unis déclarent la guerre à l'Allemagne et à l'Italie. Un mois plus tard, les premières forces américaines arrivent en Europe, atterrissant en Irlande du Nord.*

20 JANVIER 1942 : *Lors de la conférence de Wannsee à Berlin, le directeur du RSHA Reinhard Heydrich expose les grandes lignes d'un plan de « solution finale » pour déporter les millions de juifs restants dans les territoires conquis par les Allemands dans des camps d'extermination dans l'est.*

28

Mila et Felicia

À l'extérieur de Radom, Pologne sous occupation allemande – mars 1942

Il fait chaud à l'intérieur du wagon, en dépit de l'air froid de mars qui leur gifle les joues à travers la fenêtre ouverte. Mila et Felicia sont debout depuis plus d'une heure. On est trop serrés pour s'asseoir, mais l'humeur est joyeuse, presque festive et excitée. Des murmures de liberté, de ce que ça fait, du goût que ça a, circulent dans le wagon. Ils sont les rares chanceux, la quarantaine de juifs du ghetto de Wałowa qui figurent sur la liste (docteurs, dentistes, avocats, *les professionnels les plus progressistes et instruits de Radom*) des personnes sélectionnées pour émigrer en Amérique.

Mila était sceptique au début. Tout le monde l'était. L'Amérique avait déclaré la guerre aux puissances de l'Axe en décembre. Elle avait envoyé des troupes en Irlande en janvier. Pourquoi Hitler aurait-il offert un groupe de juifs à un pays qui s'était autodésigné comme un ennemi ? Mais il avait envoyé un groupe en Palestine le mois précédent et, contrairement à ce que tout le monde croyait (à savoir que les juifs n'avaient pas été envoyés en Palestine, mais à une mort certaine), des rumeurs avaient commencé à circuler dans le ghetto selon lesquelles ils étaient arrivés sains et saufs à Tel-Aviv. Alors, quand l'opportunité s'était présentée, Mila n'avait pas perdu de temps à inscrire son nom sur la liste. Elle en était convaincue : c'était sa chance.

Felicia est debout, les bras autour de la cuisse de Mila, appuyée contre sa mère pour garder l'équilibre.

— À quoi ça ressemble maintenant, *Mamusiu* ? demande-t-elle.

C'est toujours la même question qui revient régulièrement, à quelques minutes d'intervalle. Elle est trop petite pour voir par la fenêtre.

— Il n'y a que des arbres, ma chérie. Des pommiers. Des pâturages.

De temps en temps, Mila la cale sur sa hanche pour qu'elle puisse regarder dehors. Mila lui a expliqué où elles vont, mais le mot *Amérique* ne signifie pas grand-chose dans son esprit d'enfant de trois ans et demi.

— Et Papa ? a-t-elle demandé la première fois que Mila lui a parlé de ce projet.

L'émotion lui a presque brisé le cœur. Quoique n'ayant aucun souvenir de lui, Felicia craignait que Selim revienne à Radom et découvre que sa mère et elle avaient disparu. Mila lui a assuré qu'elle enverrait une adresse dès qu'elles arriveraient en Amérique, que Selim pourrait les retrouver là-bas, ou qu'elles pourraient revenir en Pologne une fois que la guerre serait finie.

— C'est juste que maintenant ce n'est pas sûr de rester ici, a dit Mila.

Felicia a hoché la tête, mais Mila savait qu'il était difficile pour sa fille de comprendre la situation. Mila elle-même ne savait pas vraiment à quoi s'attendre.

Une chose, en revanche, était claire comme de l'eau de roche : la vie dans le ghetto était devenue très dangereuse pour Felicia. La cacher dans ce sac de chutes de tissu puis l'y laisser avait été l'une des choses les plus difficiles qu'elle avait eu à faire dans sa vie. Elle n'oublierait jamais l'attente à l'extérieur de l'atelier tandis que les SS faisaient leur descente, priant pour que Felicia reste immobile comme elle le lui avait ordonné, priant pour que les Allemands passent à côté d'elle sans se rendre compte de sa présence, priant d'avoir pris la bonne décision en laissant sa petite fille là-bas, toute seule dans l'atelier. Quand les SS étaient repartis et que Mila et les autres avaient enfin été autorisés à regagner leur poste de travail, Mila avait couru jusqu'à la cachette, hystérique, versant des larmes de reconnaissance en sortant sa fille, tremblante et trempée, du sac où elle l'avait cachée. Ce jour-là, Mila avait décidé de trouver un endroit plus sûr où dissimuler Felicia, quelque part à l'extérieur du ghetto, là où les SS ne penseraient pas à la chercher.

Quelques mois plus tôt, en décembre, elle avait glissé sa fille dans un matelas rempli de paille et retenu son souffle en laissant tomber le matelas depuis la fenêtre de l'appartement, au premier étage. Leur immeuble se trouvait pile à la limite du ghetto. Isaac attendait en contrebas. En tant que membre de la police juive, il avait le droit de sortir de l'enceinte du ghetto. Le plan était qu'il conduise Felicia chez une famille catholique qui s'occuperait d'elle. Elle vivrait avec eux en prétendant être aryenne. Heureusement, le largage terrifiant depuis le premier étage avait été un succès. Le matelas avait amorti la chute de Felicia, comme prévu. Mila avait pleuré derrière son poing serré en voyant Isaac prendre la main de Felicia et l'emmener, aussi soulagée que sa fille ait survécu à la chute que pétrifiée à l'idée de la laisser aux soins de quelqu'un d'autre. Néanmoins, n'importe où serait plus sûr que le ghetto : la maladie s'y propageait comme une traînée de poudre et il ne se passait pas une journée sans qu'un juif n'ayant pas les bons papiers, ou trop âgé, ou trop malade soit découvert et exécuté d'une balle dans la tête ou battu à mort et laissé en pleine rue pour que tout le monde puisse le voir. Elle avait pris la bonne décision, s'était répété cette nuit-là Mila, incapable de trouver le sommeil.

Néanmoins, le lendemain, elle avait trouvé un mot d'Isaac glissé sous la porte de l'appartement. *Offre retirée,* disait-il. *Retour du colis à 22 heures.* Mila ne saurait jamais ce qui s'était passé, si la famille avait changé d'avis ou si l'apparence de Felicia avait été jugée trop juive pour qu'elle puisse passer pour un de leurs enfants. À 22 heures ce soir-là, elle avait réintégré le ghetto, agrippée à une corde de draps qui pendait de la même fenêtre au premier étage. Pour ne rien arranger, une semaine plus tard, fiévreuse et essoufflée, Felicia avait été diagnostiquée comme souffrant d'un sévère cas de pneumonie. Jamais Mila n'avait autant prié pour le retour de Selim. Il se serait mieux occupé de leur fille que n'importe lequel des médecins de la clinique de Wałowa. Le rétablissement de Felicia avait été long ; Mila avait cru la perdre à deux reprises. Finalement, c'est avec la vapeur d'une branche d'eucalyptus bouillie qu'Isaac avait fait entrer clandestinement qu'ils avaient réussi à ouvrir sa trachée, lui permettant de respirer à nouveau et finalement de guérir.

Quelques jours après que Felicia était de nouveau sur pied, les SS avaient annoncé qu'ils allaient envoyer en Amérique un groupe de juifs de Wałowa triés sur le volet. Et, maintenant, elles sont là. Mila essaie d'imaginer ce que cela signifie d'être *américain*. Elle imagine des maisons accueillantes, avec des placards bien remplis et des enfants heureux et en bonne santé et des rues où, juif ou non, vous êtes libre de marcher et travailler et vivre comme n'importe qui d'autre. Une main posée sur la tête de Felicia, elle regarde les dômes sans feuilles des hêtres qui défilent par la fenêtre du wagon. La possibilité d'une nouvelle vie aux États-Unis est une perspective excitante. Mais c'est aussi un crève-cœur, car cela signifie laisser sa famille derrière elle. Mila sent sa gorge se nouer. Dire au revoir à ses parents dans le ghetto a failli avoir raison de sa détermination. Elle porte une main à son ventre. La douleur est encore vive, comme si elle venait de recevoir un coup de couteau.

Elle a essayé de convaincre ses parents d'inscrire leurs noms sur la liste, mais ils ont refusé.

— Non, ont-ils dit. Ils n'accepteront pas un couple de vieux commerçants. Vas-y, toi, ont-ils insisté. Felicia mérite une vie meilleure.

Mentalement, Mila fait l'inventaire des objets de valeur de ses parents. Ils n'ont plus que vingt złote, et ils ont vendu presque toute leur porcelaine, leur soie et leur argenterie. Ils ont encore un rouleau de dentelle qu'ils pourraient troquer si besoin est. Et, bien sûr, il reste l'améthyste. Par chance, Nechuma n'a pas encore eu à s'en séparer. Et, désormais, elle a quelque chose qui vaut toutes les richesses du monde : Halina.

Halina et Adam sont revenus à Radom peu après le retour de Jakob et Bella. Grâce à leurs fausses cartes d'identité, ils vivent à l'extérieur du ghetto et, avec l'aide d'Isaac, ils arrivent à faire entrer de temps en temps un œuf ou quelques złote dans le ghetto. Ses parents ont également Jakob auprès d'eux. Son plan, a-t-il expliqué à Mila avant son départ, est de faire une demande d'emploi à l'usine à l'extérieur de la ville où travaille Bella. De cette façon, il sera à moins de vingt kilomètres et il a promis qu'il prendrait souvent des nouvelles de Sol et Nechuma. Ses parents ne sont pas seuls, se répète Mila, et cela la réconforte un peu.

À l'extérieur, des sifflements se font entendre. Les freins. Le train ralentit. Mila regarde par la fenêtre, surprise de ne voir rien d'autre que des champs de part et d'autre de la voie ferrée. *Drôle d'endroit pour s'arrêter.* Peut-être doivent-ils prendre un autre train à partir d'ici pour le reste du trajet jusqu'à Cracovie. Là, on leur a dit qu'un groupe d'Américains de la Croix-Rouge les escorterait jusqu'à Naples. Les portes s'ouvrent et on leur ordonne de descendre. À l'extérieur du wagon, Mila suit du regard les rails. Il n'y a pas d'autre train. Son ventre se noue. Et, pile au moment où elle se rend compte que quelque chose ne va pas, leur groupe se retrouve encerclé par une nuée d'hommes. Elle voit tout de suite qu'ils sont ukrainiens. Costauds, les cheveux sombres, torse musclé, ils ne ressemblent en rien aux Allemands à la peau pâle et aux traits fins qui les ont entassés dans ce train quelques heures plus tôt, à la gare de Radom. Les Ukrainiens crient des ordres et Mila resserre son étreinte autour de la main de Felicia. Sa situation lui apparaît aussitôt horriblement claire. *Bien sûr.* Comment a-t-elle pu être aussi naïve ? Ils se sont portés *volontaires*, pensant que c'était leur billet pour la liberté. Felicia lève la tête vers elle, les yeux écarquillés, et tout ce que Mila peut faire, c'est empêcher ses genoux de trembler. C'était sa décision. C'est elle la responsable de ce qui est en train de leur arriver.

Le groupe est séparé en deux rangées. On les fait avancer de vingt mètres dans le champ et on leur tend des pelles.

— Creusez ! crie un des Ukrainiens en russe, les mains en porte-voix autour de la bouche, le canon de son fusil reflétant les rayons du soleil qui décline en cette fin d'après-midi.

Alors que les juifs commencent à creuser, les Ukrainiens décrivent des cercles autour d'eux. Ils montrent les dents comme des chiens enragés, leur aboient des ordres ou des insultes.

— Vous, avec les enfants ! crie un autre.

Mila et les trois autres personnes accompagnées d'enfants lèvent la tête.

— Plus vite. Vous avez deux trous à creuser.

Mila ordonne à Felicia de s'asseoir à ses pieds. Elle garde la tête baissée, sans jamais quitter sa fille des yeux. De temps en temps, elle glisse un regard en direction des autres. Certains sanglotent, des larmes silencieuses roulant sur leurs joues avant de tomber à leurs pieds sur la terre froide. D'autres, les yeux vitreux, semblent abasourdis, vaincus. Personne ne lève la tête. Personne ne parle. Le seul bruit qui résonne dans l'air de mars est celui de l'acier contre la terre dure et glacée. Rapidement, les mains de Mila sont gercées et saignent, le bas de son dos est couvert de sueur. Elle retire son manteau en laine et le pose à terre, à côté d'elle. En quelques secondes, un des hommes s'en empare pour l'ajouter à la montagne de vêtements déjà empilés à côté du train.

Les Ukrainiens continuent à les surveiller de près, pour s'assurer que les mains s'affairent et que les corps sont occupés. Un officier en uniforme de capitaine observe la scène de sa place, à côté du train. Il semble allemand, un Obersturmführer de la SS, peut-être. Mila commence à reconnaître les différents grades nazis grâce à leurs insignes, mais elle est trop loin pour identifier avec certitude le rang que cet homme occupe. En tout cas, qui qu'il puisse être, il est évident que c'est lui qui commande. Qu'est-ce qui lui est passé par la tête, se demande Mila, lorsqu'il a été assigné à ce poste ? Elle grimace tandis que son poids sur la poignée en bois de la pelle arrache un autre morceau de peau de la taille d'une pièce dans sa paume. N'y fais pas attention, s'ordonne-t-elle. Elle refuse de sentir la douleur. Elle refuse de s'apitoyer sur son sort. La terre étant presque gelée, elle progresse lentement. *Très bien.* Ça lui fera gagner du temps. Quelques minutes en plus sur Terre à passer avec sa fille.

— *Mamusiu,* murmure Felicia en tirant sur son pantalon.

Elle est assise en tailleur aux pieds de sa mère.

— *Mamusiu,* regarde.

Mila suit le regard de Felicia. Un des juifs dans le champ a laissé tomber sa pelle et se dirige vers l'Allemand près du train. Mila le reconnaît : c'est le Dr Frydman. Avant la guerre, c'était un dentiste reconnu à Radom. Selim le voyait souvent. Deux Ukrainiens le remarquent, eux aussi, et brandissent leurs fusils dans sa direction. Mila retient son souffle. Il va se faire tuer ! Mais, d'un geste, le capitaine indique à ses subordonnés de baisser leurs armes.

Mila souffle.

— Qu'est-ce qui s'est passé ? murmure Felicia.

— Chut, *chérie**. Tout va bien, dit Mila en appuyant sur la pelle avec son pied. Ne bouge pas, d'accord ? Reste ici, là où je peux te voir. Je t'aime, ma puce. Reste à côté de moi.

Mila observe le Dr Frydman qui discute avec l'Allemand. Il parle vite et touche sa joue. Au bout d'une minute, le capitaine hoche la tête et fait un geste par-dessus son épaule. Le Dr Frydman baisse le menton et marche rapidement vers un wagon vide, puis grimpe à l'intérieur. *Il a été épargné.* Mais pourquoi ? À Radom, les juifs du ghetto étaient toujours sollicités pour aider les Allemands. Le Dr Frydman a peut-être soigné le capitaine dans le passé, et l'Allemand s'est rendu compte qu'il aurait encore besoin de ses services à l'avenir.

Mila a un haut-le-cœur. Elle n'a jamais aidé personne. Elle ferait mieux d'attraper sa fille et de se sauver en courant. Elle regarde la limite des arbres, mais ils sont à deux cents mètres des rails. Non. Elles ne peuvent pas courir. Elles se feraient aussitôt tirer dessus.

Une bourrasque de vent mordant soulève un nuage de poussière à travers le champ et Mila se penche sur sa pelle, les yeux brûlants, battant des paupières tandis qu'elle contemple sa réalité : pas de services pour lesquels on pourrait lui rendre la pareille. Nulle part où se sauver. Elles sont coincées.

Alors qu'elle se prépare à l'inévitable, un coup de feu résonne dans l'air. Elle tourne la tête juste à temps pour apercevoir un homme s'effondrer, une rangée plus loin. *A-t-il essayé de s'enfuir ?* Mila plaque une main sur sa bouche et se tourne aussitôt vers Felicia.

— Felicia !

Mais sa fille est paralysée, les yeux rivés sur le corps allongé face contre terre dans la poussière, rivés sur le sang qui s'écoule à l'arrière de son crâne.

Enfin, Felicia pivote vers elle. Les yeux écarquillés, elle demande d'une toute petite voix :

— *Mamusiu* ? Pourquoi est-ce qu'ils…

— Ma chérie, regarde-moi, la supplie Mila. Ne regarde que moi, et rien d'autre. Ça va aller.

Felicia tremble.

— Mais pourquoi…

— Je ne sais pas, ma puce. Viens. Assieds-toi plus près. Là, juste à côté de ma jambe, et ne me quitte pas des yeux. D'accord ?

Felicia se rapproche de la jambe de sa mère et Felicia lui tend brièvement la main. Felicia la prend dans la sienne et Mila se penche rapidement pour l'embrasser.

— Tout va bien, murmure-t-elle.

Lorsqu'elle se redresse, un cri retentit.

— Qui sera le prochain à courir ? raille la voix. Vous voyez ? Vous voyez ce qui se passe ? Qui est le suivant ?

Felicia regarde sa mère, les yeux pleins de larmes, et Mila mord l'intérieur de ses joues pour ne pas s'effondrer. Elle ne doit pas pleurer, pas maintenant, pas devant sa fille.

29

Jakob et Bella

Usine des rations de l'armée, extérieur de Radom, Pologne sous occupation allemande – mars 1942

JAKOB AGITE UN MOUCHOIR tandis qu'il s'approche de l'entrée de l'usine.

— *Schießen Sie nicht!* Ne tirez pas ! dit-il d'une voix haletante.

Sa respiration est une série de souffles courts, saccadés et superficiels. Il a couru près de dix-huit kilomètres avec sa valise et son appareil photo pour arriver jusqu'ici, et sa condition physique est pire que mauvaise. Les muscles de son bras droit seront douloureux pendant une semaine et ses plantes de pied sont gonflées et pleines d'abcès, mais il ne l'a pas encore remarqué.

Un SS, une main posée sur son pistolet, plisse les yeux dans sa direction.

— Ne tirez pas, supplie à nouveau Jakob lorsqu'il est assez près pour tendre ses papiers au garde. S'il vous plaît, je suis ici pour voir ma femme. Elle…

Il aperçoit le poignard qui pend à une chaîne attachée à la ceinture du garde et, soudain, il est comme paralysé.

— Elleattendmavisite.

Sa phrase sort d'un coup, comme un seul long mot.

Le garde examine les papiers de Jakob. Ce sont ses vrais papiers : dans le ghetto et ici, à l'usine, inutile de faire semblant d'être quelqu'un d'autre.

— Vous venez de, demande le garde, les yeux toujours fixés sur la carte d'identité de Jakob.

C'est plus une affirmation qu'une question.

— Radom.

— Âge.

— Vingt-six.

— Date de naissance.

— 1er février. 1916.

Le garde interroge Jakob jusqu'à être certain qu'il est bien le jeune homme correspondant aux papiers qu'il a à la main.

— Où est votre *Ausweis* ?

Jakob avale sa salive. Il n'en a pas.

— J'ai fait une demande, mais… s'il vous plaît, je suis là pour ma femme. Ses parents sont très malades. Il faut que je la prévienne.

Jakob se demande si son mensonge résonne aussi grossièrement aux oreilles du garde qu'aux siennes. Il va voir clair dans son jeu, c'est sûr.

— Je vous en prie, supplie Jakob. C'est urgent.

Une pellicule de sueur s'est formée sur son front. Il la sent briller sous le soleil éblouissant de midi.

Le garde le fixe longuement.

— Restez ici, grogne-t-il finalement en désignant le sol avant de disparaître derrière une porte vierge de toute inscription.

Jakob obéit. Il pose sa valise à ses pieds et attend, tordant sa casquette en feutre dans ses mains. La dernière fois qu'il a vu Bella, c'était il y a cinq mois, en octobre, juste avant qu'elle ne soit affectée à l'usine des rations de l'armée, que tout le monde appelait AVL[4]. À l'époque, ils vivaient dans le ghetto de Glinice avec les parents de Bella, au bas de la rue de l'usine. Bella était encore une loque humaine. Les journées étaient tristes et interminables, et il ne pouvait pas faire grand-chose pour la réconforter tandis qu'elle s'enfonçait dans le désespoir suite à la perte de sa sœur. Jakob n'oubliera jamais le jour où elle est partie. Il se tenait à l'entrée du ghetto. Les doigts enroulés autour des barres en acier de la grille, il l'a regardée se faire escorter jusqu'à un camion. Bella a tourné la tête juste avant de grimper à l'intérieur. Une profonde tristesse se lisait sur son visage. Il lui a envoyé un baiser et l'a vue, à travers ses larmes, porter la main à ses lèvres, sans savoir si c'était pour lui rendre son baiser ou pour s'empêcher de pleurer.

Peu après le départ de Bella pour l'usine, Jakob a demandé à être transféré au ghetto de Wałowa, afin de vivre avec ses parents. Avec Bella, ils s'écrivaient des lettres. Lire ses mots apaisait Jakob. Elle n'avait presque pas ouvert la bouche depuis qu'Anna avait disparu, mais apparemment coucher les mots sur le papier semblait plus facile pour elle. À AVL, disait-elle, elle était chargée de réparer les bottes en cuir et les holsters qui leur parvenaient du front allemand.

Tu devrais me rejoindre, tentait-elle de le convaincre dans sa dernière lettre. *Le contremaître est supportable. Et il y a bien plus de place dans les baraquements de l'usine que dans le ghetto. Tu me manques. Tellement. Viens. S'il te plaît.*

Quand il a lu ces mots (*tu me manques*), Jakob a su qu'il trouverait un moyen d'être avec elle. Cela impliquait de laisser ses parents, mais ils avaient Halina pour veiller sur eux. Des faux papiers s'ils en avaient besoin. Une petite réserve de pommes de terre, de farine et de chou que sa mère avait stockée avant l'hiver. L'améthyste. Il ne serait

4. Armee-Verpflegungs-Lager, qui signifie en allemand « usine des rations de l'armée » (N.d.T.).

pas loin. Dix-huit kilomètres. Il pourrait leur écrire, leur rendre visite si nécessaire, se raisonnait-il.

Néanmoins, il y avait aussi son travail, et la perspective de le quitter lui faisait peur. Dans le ghetto, un emploi était une planche de salut. Si on vous estimait suffisamment qualifié pour travailler, alors vous étiez plus ou moins digne de rester en vie. Quand les Allemands avaient découvert que Jakob savait utiliser un appareil photo, ils lui avaient assigné un poste de photographe. Tous les matins, il était autorisé à franchir les portes arquées de Wałowa pour prendre des photos de tout ce que son supérieur lui demandait. Des armes, des armureries, des uniformes, parfois même des femmes. Régulièrement, son supérieur recrutait de jeunes Polonaises blondes qui, en échange de quelques złote ou d'un repas, étaient plus qu'enchantées de poser pour Jakob, ne portant rien d'autre qu'une fourrure en piteux état conservée dans ce seul but. Lorsqu'il revenait à la fin de la journée, il remettait sa pellicule, sans avoir la moindre idée de qui regarderait ses clichés ni pourquoi.

Aujourd'hui, néanmoins, ce ne sera pas comme les autres jours. Il a reçu ses instructions comme d'habitude, mais il a quitté le bureau de son supérieur avec des cigarettes Yunak plein la poche et chargé d'une mission qu'il ne remplira pas. S'il est forcé de retourner à Wałowa et que sa pellicule est vierge, son plan risque bien de lui coûter la vie.

Jakob consulte sa montre. Il est 2 heures de l'après-midi. Dans trois heures, son patron se rendra compte de son absence.

La porte de l'usine s'ouvre en grand et Bella apparaît, vêtue du même pantalon bleu marine et du même chemisier blanc qu'elle portait le jour de son départ. Un foulard jaune couvre une petite partie de ses cheveux. Elle sourit lorsqu'elle l'aperçoit, et cette vision lui réchauffe le cœur. Un sourire.

— Bonjour, mon rayon de soleil, dit-il.

Ils se serrent brièvement dans les bras.

— Jakob ! Je ne savais pas que tu venais, s'étonne Bella.

— Je sais, je suis désolé, je ne voulais pas…

Jakob marque une pause et Bella hoche la tête pour lui montrer qu'elle a compris. Leurs lettres sont censurées depuis des mois. Il eût été stupide de lui écrire et de lui parler de ses projets.

— Je vais parler au contremaître, dit Bella en regardant derrière elle.

Le garde se tient à quelques mètres.

— Est-ce que ta sœur est partie ?

Dans sa dernière missive, Jakob a fait part à Bella du projet de Mila de partir aux États-Unis.

— Oui, ce matin. Avec Felicia.

— Tant mieux. Quel soulagement. Je suis contente que tu sois là, Kuba, dit Bella. Attends-moi.

Le garde la suit à l'intérieur, et Jakob pense une seconde trop tard aux cigarettes. Il voulait les glisser dans la paume de Bella pour qu'elle puisse s'en servir comme d'un pot-de-vin. Il se maudit tout bas alors qu'il est de nouveau en train d'attendre dehors, sa casquette à la main.

À l'intérieur, Bella se dirige vers le bureau du contremaître, l'officier Meier, un Allemand bien charpenté avec un large front et une moustache épaisse et bien entretenue.

— Mon mari est venu du ghetto, commence-t-elle.

Autant aller droit au but. Elle parle désormais allemand couramment.

— Il attend dehors. C'est un excellent travailleur, Herr Meier. Il est en bonne santé et très responsable.

Bella marque une pause. Les juifs ne demandent jamais de faveurs aux Allemands, mais elle n'a pas le choix.

— S'il vous plaît, je vous en supplie, pouvez-vous lui trouver un travail ici, à l'usine ?

Meier est un homme respectable. Il a été bon avec Bella au cours des trois derniers mois. Il l'a autorisée à manger son repas après la tombée de la nuit pour Yom Kippour, à rendre visite à ses parents de temps en temps (le ghetto de Glinice se trouvant à une courte distance à pied de l'usine). Bella est une travailleuse efficace, presque deux fois plus productive que les autres employés de l'usine. Peut-être est-ce pour cette raison qu'il la traite si bien.

Meier caresse sa moustache entre son pouce et son index. Il jauge Bella, les yeux plissés comme s'il cherchait une raison cachée à sa requête.

Bella retire de la chaîne accrochée autour de son cou la broche en or que Jakob lui a offerte il y a si longtemps.

— S'il vous plaît, dit-elle en déposant la petite rose incrustée d'une perle dans sa paume avant de l'offrir à Meier. C'est tout ce que j'ai. Prenez-la.

Bella attend, le bras tendu.

— S'il vous plaît. Vous ne le regretterez pas.

Enfin, Meier se penche en avant. Il pose les avant-bras sur son bureau et son regard rencontre celui de Bella.

— *Kurch,* dit-il avec son accent allemand prononcé. Gardez-la, *Kurch.*

Il soupire et secoue la tête.

— Je veux bien faire ça pour vous, mais je ne le ferai pour personne d'autre.

Il se tourne vers le soldat qui se tient au garde-à-vous près de la porte de son bureau.

— Allez-y. Laissez-le entrer.

30

Mila et Felicia

À l'extérieur de Radom, Pologne sous occupation allemande – mars 1942

LE MONTICULE DE TERRE à côté du trou dont Mila sait qu'il sera sa tombe mesure désormais cinquante centimètres de haut.

— Plus profond ! crie un Ukrainien qui effectue ses rondes autour d'eux en se pavanant.

Les paumes de Mila sont désormais couvertes de sang, le haut de son corps trempé de sueur en dépit du froid de mars. Elle retire son pull, l'attache autour des épaules de Felicia et noue fermement son écharpe autour de sa main droite, celle qui la fait le plus souffrir. Elle presse la semelle de sa chaussure contre la tête de sa pelle, ignorant la douleur, et jette un énième coup d'œil vers les rails pour observer la scène.

Le capitaine se tient debout à l'avant du train, les bras croisés sur sa poitrine. Quelques wagons plus loin, une dizaine d'Ukrainiens semblent s'ennuyer ferme : ils jouent avec leurs képis, les font tourner au bout de leurs doigts, leur fusil en écharpe dans le dos. Certains donnent des coups de pied dans la terre. D'autres discutent, leurs épaules s'agitant lorsque l'un d'eux émet un commentaire. *Barbares.* Deux autres juifs ont rejoint le Dr Frydman. Apparemment, eux aussi ont rendu des services particuliers qui leur ont permis d'être épargnés. Les dents serrées, Mila soulève une nouvelle pelletée de terre du trou et la dépose sur le tas.

— Regardez, murmure une voix derrière elle.

Une jeune femme blonde a laissé tomber sa pelle et avance rapidement vers les rails en ondulant des hanches. Elle s'approche de l'Allemand, les épaules droites, son manteau noir bien serré à la taille, l'arrière du vêtement ondulant derrière elle. Mila a le sentiment que son cœur va s'arrêter de battre : elle lui rappelle sa sœur Halina, la seule autre femme qu'elle sache capable de ce genre de bravade. Alors que d'autres commencent à chuchoter et à la montrer du doigt, un des Ukrainiens près du train lève son arme et la met en joue. Les autres l'imitent. La jeune fugitive lève les mains en l'air.

— Ne tirez pas ! crie-t-elle en russe.

Elle presse le pas et se met à trottiner pour rejoindre les hommes. Les Ukrainiens arment leurs fusils et Mila retient son souffle. Felicia regarde la scène elle aussi. Les tireurs scrutent le visage de l'Allemand, dans l'attente d'un ordre de sa part, mais le capitaine hoche le menton et fixe son regard sur la juive menue et sans peur qui s'approche de lui. Il secoue la tête et dit quelque chose que Mila ne parvient pas à déchiffrer, et les Ukrainiens baissent lentement leurs armes.

Mila aperçoit le profil de la jeune femme lorsqu'elle arrive au niveau des rails. Elle est jolie, avec des traits fins et une peau de porcelaine. Même de loin il est facile de voir que ses cheveux sont d'un blond vénitien qui ne peut être que naturel. Les cheveux peroxydés, désormais communs dans le ghetto (toutes les méthodes sont bonnes pour avoir l'air moins juive) sont facilement repérables. Mila regarde la jeune femme agiter nonchalamment une main, l'autre posée sur sa hanche, et dire quelque chose qui fait rire l'Allemand. Mila écarquille les yeux. Elle vient de le rallier à sa cause. *Comme ça.* Que lui a-t-elle offert ? Du sexe ? De l'argent ? Mila se hérisse, partagée entre le dégoût que lui inspire le capitaine et la jalousie que lui inspire la belle blonde déterminée.

Un garde crie et les juifs se remettent à creuser en silence. Mila tente de s'imaginer adoptant un air effronté et provocateur et traversant fièrement la prairie. Mais elle est maman, pour l'amour du Ciel, et même lorsqu'elle était jeune elle n'avait pas le talent d'Halina lorsqu'il s'agissait de flirter. Elle se ferait tirer dessus avant même d'arriver au train. Et, quand bien même elle réussirait à être à portée de voix de l'Allemand, que pourrait-elle lui dire qui le séduirait au point de la sauver ? *Je n'ai rien à...*

Soudain, elle a une idée. Elle se redresse d'un coup.

— Felicia ! dit-elle dans un souffle.

Felicia lève les yeux sur elle, surprise par l'intensité de son intonation. Mila parle doucement, afin que les autres ne l'entendent pas.

— Suis mon regard, ma chérie. Tu voix la dame, là-bas, près du train ?

Mila regarde dans la direction du wagon, et Felicia l'imite. Elle hoche la tête. Mila respire mal. Elle tremble. *Tu n'as pas le temps de réfléchir : tu as entraîné ta fille là-dedans. Tu peux au moins* essayer *de la sortir de là.* Mila s'agenouille un instant, sous prétexte de retirer un caillou de sa chaussure, afin d'être à la même hauteur que Felicia. Elle parle doucement.

— Je veux que tu coures vers elle et que tu fasses comme si c'était ta maman.

Felicia fronce les sourcils, confuse.

— Quand tu arrives à son niveau, accroche-toi à elle et ne la lâche pas.

— Non, *Mamusiu*…

Mila presse son index contre les lèvres de sa fille.

— Tout va bien, il ne va rien t'arriver, fais ce que je te dis.

Les yeux de Felicia se remplissent de larmes.

— *Mamusiu*, tu vas venir, toi aussi ? demande-t-elle d'une voix à peine audible.

— Non, ma chérie, pas tout de suite. Il faut que tu fasses ça toute seule. Tu comprends ?

Felicia acquiesce, la tête basse. Mila l'attrape par le menton pour planter ses yeux dans les siens.

— *Tak?*

— *Tak*, murmure Felicia.

Mila respire à peine, les poumons asphyxiés par la tristesse contenue dans les yeux de sa fille, par le projet qu'elle est sur le point de mettre à exécution. Elle hoche la tête aussi bravement qu'elle en est capable.

— Si les messieurs te posent la question, cette dame est *twoja Mamusia*. D'accord ?

— *Moja Mamusia*, répète Felicia.

Mais les mots sonnent faux et ont un goût étrange dans sa bouche, comme s'ils étaient empoisonnés.

Mila se relève et lance un nouveau coup d'œil en direction de la femme près du train. Elle semble être en train de raconter une histoire, à présent ; l'Allemand est captivé. Mila retire son pull des épaules de Felicia.

— Vas-y, ma chérie, chuchote-t-elle en hochant la tête vers le train.

Felicia se met debout et la regarde, une expression suppliante dans les yeux. *Ne m'oblige pas à faire ça !* Mila s'accroupit et presse rapidement ses lèvres contre le front de Felicia. En se redressant, elle se retient à sa pelle. Elle ne sent plus ses jambes et, soudain, absolument plus rien ne va dans ce moment. Elle ouvre la bouche, toutes les fibres maternelles de son être lui nouant la gorge, la suppliant de changer d'avis. Mais elle ne peut pas. Il n'y a pas d'autre solution. C'est tout ce qu'elle a.

— Vas-y ! ordonne Mila. Dépêche-toi !

Felicia pivote pour faire face au train et regarde par-dessus son épaule. Mila hoche à nouveau la tête.

— Maintenant ! murmure Mila.

Tandis que Felicia se met à courir, Mila tente de recommencer à creuser, mais elle est paralysée. Tout ce qu'elle parvient à faire, c'est regarder la scène qu'elle a orchestrée se dérouler au ralenti devant ses yeux, le souffle coupé. Pendant quelques secondes interminables, personne ne semble remarquer la petite silhouette qui traverse la prairie comme une flèche. Felicia a parcouru un tiers de la distance qui la sépare du train quand un des Ukrainiens la repère enfin et la montre du doigt. Les autres lèvent la tête. L'un d'eux crie un ordre que Mila ne comprend pas et lève son fusil. Soudain, tous les regards dans la clairière sont rivés sur le petit corps de sa fille. Tous la fixent tandis qu'elle court, les genoux hauts, les bras écartés, l'air désarticulé, comme si elle risquait de tomber à tout moment.

— *Mamusiu!*

Le cri de Felicia résonne dans l'air, aigu, perçant, désespéré. En dépit du fait qu'elle s'y attendait, Mila sent son cœur se briser en entendant sa fille appeler la femme blonde *Maman.* Ses yeux alternent entre Felicia, l'Allemand et l'Ukrainien qui brandit son fusil en attendant l'approbation de son supérieur.

— *Mamo! Mamo!* braille Felicia encore et encore tandis qu'elle se rapproche des rails.

L'Allemand observe Felicia en secouant la tête, visiblement confus. La jeune femme regarde Felicia, puis regarde derrière elle. Elle est confuse, elle aussi. Les Ukrainiens qui délimitent le périmètre tournent la tête en tous sens et inspectent la prairie, tentant de déterminer d'où la petite est arrivée. Qu'aucun de vous ne s'avise de la mettre en joue, ordonne silencieusement Mila, reconnaissante de n'avoir pas encore commencé à creuser le second trou pour Felicia. Personne ne bouge. Après plusieurs secondes interminables, Felicia arrive au niveau du train et ses cris s'atténuent alors qu'elle enroule les bras autour des jambes de la jolie blonde, son visage enfoui dans son manteau.

Mila sait qu'elle devrait recommencer à creuser, mais elle ne peut pas s'empêcher de dévisager la jeune femme, qui baisse les yeux sur la fillette accrochée à elle. Lorsque la femme relève la tête, elle regarde vers la prairie, vers Mila. *Pitié, pitié, pitié,* articule Mila sans bruit. *Prenez-la. Prenez-la dans vos bras. S'il vous plaît.* Une autre seconde s'écoule, puis deux. Enfin, la femme se penche en avant et attrape Felicia pour la caler sur sa hanche. Elle dit quelque chose d'inaudible et caresse la tête de Felicia avant de l'embrasser sur la joue. Les Ukrainiens se regardent, puis aboient aux juifs qui assistent à la scène de se remettre au travail. Mila souffle, baisse les yeux, se recompose. *Tout va bien. Tu peux respirer, maintenant,* se dit-elle. Lorsqu'elle relève la tête, Felicia a les bras autour du cou de la jeune femme et la tête appuyée sur son épaule. Sa poitrine monte et descend encore rapidement, après l'effort physique de la course.

— Déshabillez-vous ! Entièrement ! Tout de suite !

Les juifs regardent autour d'eux, en proie à la panique. À contrecœur, ils posent leurs pelles et commencent à défaire leurs lacets, retirer leurs ceintures, baisser les fermetures de leurs jupes et pantalons. Mila porte ses mains tremblantes au premier bouton de son chemisier. Quelques autres sont déjà à moitié nus, tremblants de froid, la pâleur de leur peau contrastant avec la terre brune à leurs pieds.

— Dépêchez-vous !

Debout, les juifs tentent faiblement de couvrir leur nudité de leurs mains tandis que les Ukrainiens se baissent pour ramasser leurs vêtements. Mila refuse de se déshabiller. Elle sait que quelques secondes à peine la séparent du moment où quelqu'un s'en rendra compte et la forcera à se dévêtir, mais elle sait aussi que dès qu'elle aura ôté son chemisier ce sera fini. Sa fille verra sa mère se faire exécuter sous ses yeux. Elle fait tourner son alliance autour de son doigt, et l'espace d'un instant elle s'accorde le plaisir de se souvenir du moment où Selim a glissé l'épaisse bague en or à son annulaire. Ils étaient si pleins d'espoir. Puis elle écarquille brusquement les yeux.

Sans hésiter, elle se précipite vers le train, parcourant la clairière criblée de trous, marchant dans les pas de sa fille. Elle avance aussi vite que ses jambes le lui permettent. Des pyramides de terre fraîche, des tombes aux contours imprécis, et des corps blafards deviennent flous en périphérie de son champ de vision tandis qu'elle court, ses yeux fixés non pas sur sa fille, mais sur la seule personne en mesure de l'aider : l'Allemand. Elle prend conscience qu'à tout moment un coup de fusil peut retentir, une balle peut la faire s'écrouler au sol. Comme si elle portait des œillères, elle compte les secondes qui passent pour garder son calme. *Arrive jusqu'au train*, s'ordonne-t-elle. L'air froid brûle ses poumons, l'effort embrase ses mollets. La jeune femme, qui tient toujours Felicia, s'est tournée, de telle façon que Felicia ne peut pas voir Mila qui s'approche.

Et, soudain, sans savoir comment, par miracle, les vingt mètres sont derrière elle. Mila est au train, indemne. Elle est à côté de l'Allemand, haletante, les jambes tremblantes tandis qu'elle presse son alliance dans la paume du capitaine.

— Très cher, dit-elle tout en tentant de reprendre son souffle.

Elle se force à ne pas croiser le regard de Felicia, qui a tourné la tête au son de sa voix.

L'officier examine Mila, tourne la bague entre ses doigts, la mord. D'après les bandes argentées qu'elle peut à présent apercevoir sur ses épaules, elle en déduit qu'il est *Hauptsturmführer*[5]. Elle aimerait être plus pulpeuse, avoir des lèvres plus charnues, ou quelque chose de drôle ou d'aguicheur à dire qui pourrait le persuader de l'épargner. Mais elle n'a rien de tout ça. Tout ce qu'elle a, c'est son alliance.

5. Grade paramilitaire de niveau intermédiaire utilisé dans plusieurs organisations du parti nazi, et très répandu chez les SS (N.d.T).

Un coup de fusil résonne. Les genoux de Mila se dérobent et, d'instinct, elle protège sa tête de ses mains. Accroupie, elle risque un coup d'œil entre ses coudes. Elle se rend compte que le tir n'était pas pour elle, mais pour quelqu'un dans la clairière. Une femme, cette fois. Comme Mila, elle a essayé de courir. Mila se relève lentement et regarde immédiatement Felicia. La femme que sa fille a appelée maman quelques instants plus tôt a couvert les yeux de Felicia de sa main libre et est en train de lui murmurer quelque chose à l'oreille, et Mila sent son cœur se gonfler de gratitude. Les Ukrainiens qui encerclent le périmètre crient alors qu'ils se ruent sur leur toute dernière victime, dont le corps disparaît quand un des soldats le pousse du pied dans un trou.

— Quel vacarme, bon sang ! dit l'Allemand en empochant la bague de Mila. Attendez ici, dit-il dans un souffle.

Il laisse les deux femmes seules, près du train. Mila, encore essoufflée, se tourne vers la jeune femme blonde.

— Merci, murmure-t-elle.

La jeune femme hoche la tête. Felicia tourne la tête et rive son regard à celui de sa mère.

— *Mamusiu*, murmure-t-elle alors qu'une larme roule le long de l'aile de son nez.

— Chut, chut, tout va bien, chuchote Mila.

Elle doit se retenir de toutes ses forces pour ne pas attraper sa fille et la serrer contre elle.

— Je suis là, ma chérie. Tout va bien.

Felicia dissimule à nouveau son visage dans le col du manteau de l'inconnue.

Dans la clairière, les soldats continuent à crier.

— Mettez-vous en rang ! ordonnent-ils.

Leurs voix sont froides, détachées. Alors que les juifs sont debout près de leurs tombes, tremblants, le *Hauptsturmführer* ordonne aux Ukrainiens de se mettre en rang, eux aussi.

— Venez, dit Mila en passant un bras autour de la taille de la femme.

Elles se dépêchent de rejoindre le wagon presque vide où se trouvent les autres qui ont été épargnés. Dès qu'elles sont hors de la vue des soldats, Mila prend Felicia dans ses bras et la serre contre elle. Elle se perd dans sa chaleur, l'odeur de ses cheveux, le contact de sa joue contre la sienne. Le groupe se réfugie dans un coin et ils se serrent les uns contre les autres, le dos tourné à la prairie. Dehors, on entend des sanglots. Mila presse sa paume contre l'oreille de Felicia et sa petite tête contre sa poitrine dans une tentative pour empêcher les sons de lui parvenir.

Felicia ferme les yeux, mais elle a compris. Elle sait ce qui est sur le point de se passer. Et, au son du premier coup étouffé, quelque chose dans son esprit d'enfant de trois ans et demi comprend qu'elle n'oubliera jamais cette journée : l'odeur de la terre froide et impitoyable ; la façon dont le sol a tremblé sous elle quand l'homme un rang plus loin a essayé de courir ; la manière dont le sang a coulé du trou dans sa tête comme d'un pichet renversé ; la douleur dans sa poitrine quand elle a couru comme elle n'avait jamais couru auparavant, vers une femme qu'elle n'avait jamais vue auparavant ; et à présent le bruit des coups de feu, l'un après l'autre, encore et encore.

31

Addy

Rio de Janeiro, Brésil – mars 1942

Depuis son arrivée au Brésil en août, Addy a découvert que le meilleur moyen d'éviter de trop s'appesantir sur l'inconnu, dans l'univers parallèle qu'il a laissé derrière lui, est de s'activer sans cesse. S'il est suffisamment occupé, il arrive à voir Rio pour tout ce qu'elle est. Il parvient à apprécier les montagnes de calcaire bordées d'arbres, rejetons de la Serra do Mar qui se dresse derrière le magnifique littoral ; l'odeur omniprésente de la morue grillée et salée ; les ruelles pavées étroites et bondées du centro, où les façades colorées datant de l'ère coloniale portugaise cohabitent avec les tours commerciales modernes ; les jacarandas violets qui fleurissent quand le calendrier dit que c'est l'automne, alors que c'est en réalité le printemps au Brésil.

Depuis qu'ils sont arrivés, Addy et Eliska ont passé presque chaque week-end à explorer les rues d'Ipanema, Leme, Copacabana et Urca, en se laissant guider par les odeurs des stands des différents vendeurs qui vendent de tout, des *pamonhas* au maïs sucré aux brochettes de crevettes épicées, en passant par le *queijo coalho* grillé. Quand ils passent devant un club de samba, Addy gribouille l'adresse dans son carnet, et ils y retournent plus tard dans la soirée pour boire des *caïpirinhas* avec les habitants du quartier qui s'avèrent plutôt amicaux, et écouter de la musique qui paraît neuve et vivante et ne ressemble en rien à ce qu'ils ont entendu avant. La plupart du temps, c'est Eliska qui paie.

Quand Addy est seul, sa vie est consumée par des préoccupations d'ordre plus pratique : pourra-t-il ou non payer le loyer du mois prochain ? Il lui a fallu près de sept mois pour obtenir un permis de travail. Pendant tout ce temps, il a lutté, subsisté avec de petits boulots payés sous la table, d'abord dans un atelier de reliure, puis dans une agence de publicité où il a été engagé comme dessinateur. Les salaires étaient misérables mais, sans permis, il ne pouvait pas faire grand-chose à part attendre. Il a dormi à même le sol de son studio de vingt-cinq mètres carrés à Copacabana, allongé sur un tapis en coton (un cadeau reçu après s'être chargé de l'installation électrique chez un nouvel ami), jusqu'à ce qu'il soit enfin en mesure d'économiser assez pour s'acheter un matelas. Il s'est lavé au robinet d'une douche publique de la plage de Copacabana jusqu'à ce qu'il puisse se permettre de payer sa facture d'eau. Il a découvert une scierie au nord de la ville où il a acheté du bois de rebut pour presque rien, et il a pu fabriquer un lit, une table, deux chaises et des étagères. Sur un marché aux puces à São Cristóvão, il a convaincu un vendeur de lui laisser un service de vaisselle et des couverts à un prix dans ses moyens. Le mois dernier, tandis qu'Eliska l'incitait vivement à faire une folie sous la forme d'un festin dans une churrascaria, il a acheté quelque chose de plus précieux à ses yeux, quelque chose qu'il gardera longtemps : une radio Super Six Crosley. Il l'a trouvée d'occasion. Elle était cassée et, pour le plus grand plaisir d'Addy, sous-évaluée. Il lui a fallu vingt minutes pour la démonter et identifier le problème. Rien de bien compliqué : c'est simplement le charbon qui s'était un peu accumulé sur la résistance. Une réparation facile.

Depuis, il écoute la radio religieusement. Il écoute les nouvelles en provenance d'Europe. Et, lorsque les informations deviennent trop déprimantes, il change de fréquence jusqu'à ce qu'il trouve de la musique classique. Cela l'apaise.

Comme lorsqu'il était sur l'Ilha das Flores, Addy se lève tôt à Rio, et commence sa journée par des exercices qu'il fait sur le tapis à côté de son lit. Aujourd'hui, il n'est pas encore 7 heures et il transpire déjà. C'est la fin de l'été à Rio et la chaleur est intense, mais il a appris à l'apprécier. Allongé sur le dos, les jambes en l'air comme s'il faisait du vélo, il entend se lever les rideaux de fer des cafés et des kiosques à journaux, deux étages plus bas, sur l'avenue Atlantica. Un pâté de maisons plus loin vers l'est, un soleil éclatant se lève au-dessus de l'Atlantique et cogne sur la plage de sable blanc de Copacabana. Dans quelques heures, la baie en forme de croissant grouillera de sa foule habituelle du samedi : des femmes bronzées étendues sous des parasols rouges dans leurs maillots de bain moulants, et des hommes en shorts de bain courts qui jouent au football à n'en plus finir.

— *Eins, zwei, drei…*, compte Addy, les mains derrière la tête tandis qu'il penche le torse de la gauche vers la droite, amenant ses genoux à ses coudes.

Un jour, Eliska lui a demandé pourquoi il comptait toujours en allemand.

— Avec tout ce qui se passe en Europe…, a-t-elle fait remarquer, penchée au-dessus du lit pour l'observer, l'air interrogateur.

C'est la seule fois où ils ont, de près ou de loin, évoqué la guerre. Addy n'a pas vraiment d'explication, si ce n'est que chaque fois qu'il imagine un sergent instructeur le poussant à terminer ses exercices, il se représente toujours un Allemand à la mâchoire de granit.

Une fois sa série d'abdominaux terminée, Addy se lève et enroule ses doigts autour de la barre en bois qu'il a accrochée dans l'encadrement de la porte. Il compte dix tractions puis se laisse pendre, son corps aussi mou qu'une poupée de chiffon, savourant la sensation de sa colonne qui s'allonge. Satisfait, il prend une douche rapide, enfile un short en lin, un tee-shirt en coton blanc avec un col en V, des tennis en toile. Il met son panama en paille, glisse sa nouvelle paire de lunettes de soleil à monture métallique dans le col de son tee-shirt, puis s'empare d'une enveloppe posée sur son lit. Il la met dans sa poche arrière et quitte l'appartement en prenant bien soin de verrouiller la porte derrière lui.

— *Bom dia!* lance gaiement Addy en arrivant sous l'auvent de son stand préféré de jus en plein air, rue Santa Clara.

Son tee-shirt colle déjà à la sueur de son dos. Derrière le comptoir, Raoul rayonne. Addy l'a rencontré au cours d'un match de football.

— Tu n'es pas du coin, pas vrai ? s'est amusé Raoul lorsqu'il a aperçu le torse pâle d'Addy.

Plus tard, lorsqu'il a découvert qu'Addy n'avait jamais mangé de goyave, il a insisté pour qu'il passe à son bar à jus le lendemain. Depuis, Addy s'efforce de lui rendre visite aussi souvent qu'il le peut. Il n'en revient toujours pas de toutes les saveurs que Raoul propose. Mangue. Papaye. Ananas. Fruit de la passion. Rio n'a pas du tout le même goût que Paris.

— *Bom dia! Tudo bem?*

— *Tudo bem,* répond Addy.

Il parle couramment portugais maintenant.

— *Você?*

— Je ne peux pas me plaindre, mon ami. Le soleil brille et il fait une chaleur du diable, ce qui veut dire que la journée va être chargée. On verra, dit Raoul, presque pour lui-même.

Il regarde les produits disposés sur le comptoir devant lui.

— Ah ! Aujourd'hui, j'ai un cadeau pour toi. Ça vient d'arriver : de la baie d'açaï. Très bon pour toi. C'est une spécialité brésilienne. Ne te laisse pas rebuter par la couleur.

Addy et Raoul parlent de la pluie et du beau temps pendant que Raoul prépare le jus d'Addy.

— Alors, où vas-tu aujourd'hui ? demande Raoul.

— Aujourd'hui, je fais la fête, dit Addy d'un air triomphant.

Raoul met une orange dans son pressoir pour en extraire le jus, qu'il mélange avec la purée de baie d'açaï d'un violet sombre dans le verre d'Addy.

— *Sim?* Tu fêtes quoi ?

— Je t'ai dit que mon permis de travail était enfin arrivé, non ? Eh bien, j'ai trouvé un emploi. Un vrai travail.

Raoul hausse les sourcils et lève le verre qu'il tient à la main.

— *Parabéns!*

— Merci. Dans une semaine, je commence à travailler dans le Minas Gerais. Ils veulent que j'aille y vivre quelques mois. Alors ce week-end je vous dis au revoir pour un temps, à toi, mon ami, et à Rio.

Addy a entendu parler de ce travail dans les terres voilà plusieurs mois. Le projet, dénommé le Rio Doce, consiste à construire un hôpital pour un petit village. Il s'est aussitôt présenté au poste d'électrotechnicien en chef. Mais, lorsqu'il a rencontré les chefs de projet, ils ont secoué la tête et affirmé que, sans les bons papiers, ils étaient pieds et poings liés.

— Perfectionnez votre portugais et revenez quand vous aurez un permis de travail, lui ont-ils dit.

La semaine dernière, le jour où il a reçu son permis, Addy a contacté les chefs. Ils l'ont engagé sur-le-champ.

— Tu vas nous manquer à Copacabana, dit Raoul.

Il attrape une banane derrière lui, qu'il lance à Addy.

— Cadeau, annonce-t-il avec un clin d'œil.

Addy attrape la banane et pose une pièce sur le comptoir. Il prend une gorgée de sa boisson.

— Ahh, dit-il en léchant le jus violet sur sa lèvre supérieure. C'est délicieux.

Une file a commencé à se former derrière lui.

— Tu es populaire, ajoute Addy, sur le point de partir. Je te revois dans quelques mois, *amigo*.

— *Tchau, amigo!* crie Raoul derrière lui alors qu'il tourne les talons.

Addy glisse la banane dans sa poche arrière, avec l'enveloppe, et consulte sa montre avant de remonter la rue Santa Clara. La journée lui appartient jusqu'à 15 heures, heure à laquelle il doit retrouver Eliska sur la plage d'Ipanema pour se baigner. De là, ils iront dîner chez un expatrié qu'ils ont rencontré il y a quelques semaines dans un bar à samba à Lapa. Mais, d'abord, il doit envoyer sa lettre.

Il est connu au bureau de poste de Copacabana. Il s'y rend tous les lundis, avec une enveloppe qui porte l'adresse de ses parents rue Warszawska, et pour demander si quelque chose est arrivé pour lui. Jusqu'à maintenant, la réponse est toujours la même : un *non* constant et compatissant. Deux ans et demi sont passés depuis qu'il n'a pas eu de nouvelles de Radom. Il a beau tenter de ne pas s'appesantir là-dessus, l'angoisse de ne pas savoir ce que sa famille devient. Parfois, elle lui coupe totalement l'appétit et fait naître dans ses tripes une douleur lancinante qui ne le lâche pas de la nuit. D'autres jours, elle s'enroule autour de sa poitrine tel un fil barbelé prêt à déchirer sa chair et déchiqueter son cœur en menus morceaux. Les gros titres du *Rio Times* ne font qu'exacerber son anxiété : 34 000 juifs tués à l'extérieur de Kiev, 5 000 morts en Biélorussie, et des milliers d'autres en Lituanie. Ces massacres sont massifs, bien plus importants que tout autre pogrom, les chiffres si énormes qu'ils sont inconcevables. Si Addy y réfléchit trop, il finit par imaginer que ses parents et frères et sœurs font partie des statistiques.

Le Brésil se prépare à la guerre, lui aussi. Vargas, qui, à l'instar de Staline, a retourné sa veste et pris le parti des

Alliés, a combattu des U-boats allemands au large de la côte sud-Atlantique et envoyé des réserves de fer et de caoutchouc aux États-Unis. En janvier, il a autorisé la construction de bases militaires aériennes américaines sur les côtes du nord du pays. L'implication du Brésil dans le conflit est réelle, mais Addy s'émerveille souvent lorsqu'il constate à quel point c'est imperceptible à Rio. Exactement comme à Paris quelques jours avant la guerre, ici, il y a de la vie et de la musique. Les restaurants sont pleins, les plages bondées, les clubs de samba animés. Addy aimerait réussir à déconnecter parfois, comme les locaux semblent y parvenir : s'immerger dans ce qui l'entoure et oublier complètement la guerre, le monde intangible de mort et de destruction qui tombe en ruine à neuf mille kilomètres de là. Mais, dès que la pensée naît dans son esprit, il se réprimande, submergé par la honte. Comment ose-t-il cesser d'y prêter attention ? Le jour où il déconnectera, le jour où il lâchera prise sera le jour où il se résignera à vivre sans sa famille. Lâcher prise signifierait les tenir pour morts. Alors il s'occupe. Il se distrait avec le travail et avec Eliska, mais il n'oublie jamais.

Addy sort la lettre de sa poche et effleure du bout des doigts son ancienne adresse à Radom en pensant à sa mère. Plutôt qu'imaginer le pire, il s'est mis à recréer son monde perdu dans sa tête. Il pense aux dimanches, jour de congé de la cuisinière, quand Nechuma prépare le dîner avec soin, émiettant des graines de cumin entre ses doigts par-dessus un hachis aux pommes et au chou rouge. Il repense à la façon dont, quand il était petit, elle le prenait dans ses bras chaque fois qu'ils entraient et sortaient de l'appartement pour qu'il puisse passer ses doigts sur la mezouzah[6] accrochée au chambranle de la porte de leur bâtiment. À la manière qu'elle avait de se pencher sur son lit et de l'embrasser sur le front pour le réveiller le matin, les joues encore légèrement imprégnées du parfum de la

6. Objet de culte juif en forme de petite boîte qui renferme un parchemin sur lequel sont inscrites les paroles de la Torah (N.d.T.).

crème au lilas qu'elle avait appliquée la veille avant de dormir. Addy se demande si les genoux de sa mère la tourmentent encore lorsqu'il fait froid, s'il a fait suffisamment doux pour qu'elle plante ses crocus dans la jardinière du balcon. Si elle a encore un balcon. *Où êtes-vous, Maman ? Où êtes-vous ?*

Il est fort possible qu'au cœur de la guerre ses lettres ne parviennent pas à sa mère, Addy en est conscient. Ou qu'elle les reçoive, mais que ses lettres à elle ne lui parviennent pas. Addy regrette de ne pas avoir un ami dans un pays neutre d'Europe qui pourrait faire suivre sa correspondance. Bien sûr, il y a aussi la possibilité que ses lettres arrivent à son ancienne adresse, mais que sa famille n'y soit plus. Il est insupportable d'imaginer ses parents confinés dans un ghetto, ou pire.

Il a commencé à écrire à son médecin de famille, à son ancienne professeure de piano et au concierge de l'immeuble de ses parents, pour leur demander de lui donner des nouvelles, de leur faire parvenir ses lettres si jamais ils savaient où se trouvaient ses parents et frères et sœurs. Il n'a reçu de réponse de personne pour le moment, mais il refuse d'arrêter d'écrire. Coucher des mots sur le papier, engager une sorte de conversation, voir le mot *Radom* inscrit sur une enveloppe sont autant de choses qui lui permettent de tenir.

Addy pousse la porte du bureau de poste de Copacabana et l'odeur familière du papier et de l'encre envahit ses narines.

— *Bom dia, senhor Kurc,* lance son amie Gabriela, perchée derrière le comptoir comme à son habitude.

— Bonjour, Gabi, répond Addy.

Il lui tend sa lettre, déjà affranchie. Gabriela s'en empare en secouant la tête. Il n'a plus besoin de poser la question.

— Rien aujourd'hui, annonce-t-elle.

Addy hoche la tête.

— Gabi, je pars vivre vers l'intérieur des terres pendant quelques mois à partir de la semaine prochaine, pour le travail. Serait-il possible de conserver mon courrier, au cas où quelque chose arriverait pour moi pendant mon absence ?

— Bien sûr.

Gabriela lui sourit avec gentillesse, d'une manière qui lui indique qu'il n'est pas le seul à attendre des nouvelles de l'étranger.

Quand il quitte le bureau de poste, Addy a le cœur lourd. Ce n'est pas seulement le destin de sa famille qui lui pèse. Il y a autre chose. À deux reprises au cours de la dernière semaine, Eliska a évoqué le sujet du mariage. Elle lui a demandé de réfléchir au genre de nourriture qu'ils pourraient servir, puis a suggéré un peu plus tard qu'ils parlent de leur lune de miel. Chaque fois, il a changé de sujet, conscient qu'il est impossible pour lui d'envisager un mariage quand sa famille est encore portée disparue.

Addy laisse vagabonder son esprit dans le passé, jusqu'à la plage de Dakar, où Eliska et lui se sont raccrochés l'un à l'autre avec la même force qu'ils se sont raccrochés à l'idée d'une vie de liberté, dans leur amour malmené par un courant de danger et d'incertitude... Parviendraient-ils à gagner Rio ? Seraient-ils renvoyés en Europe ? Peu importe ce qui arrivera, se sont-ils dit, ils seraient ensemble !

À présent, enfin, ils sont en sécurité. Il n'y a plus de pêcheurs à soudoyer, plus de visas expirés à propos desquels se tourmenter, plus de promenades à pied d'une heure jusqu'à une île déserte pour pouvoir faire l'amour dans l'intimité. Mais, à présent, pour la première fois depuis le début de leur relation, ils se disputent. Ils se disputent à propos des personnes avec qui aller dîner (les amis d'Eliska sont plus amusants, dit-elle, tandis que les siens sont trop intellectuels. « Personne n'a envie de parler de Nietzsche toute une soirée », s'est-elle plainte une fois). Ils se chamaillent pour des choses sans importance, l'itinéraire le plus rapide jusqu'au marché, ou le prix des espadrilles dans une vitrine (« Ce n'est pas raisonnable », dit Addy tout en sachant qu'immanquablement Eliska arrivera à leur prochain rendez-vous avec les espadrilles aux pieds). Ils se disputent quant aux stations de radio à écouter. « Oublie les informations, Addy, a-t-elle dit une fois, exaspérée. C'est trop déprimant. Peut-on écouter de la musique ? »

Addy soupire. Il donnerait tout pour passer une heure avec sa mère et lui demander son avis sur la femme qu'il envisage d'épouser. *Parle-lui,* lui dirait Nechuma. *Si tu l'aimes, tu dois être honnête avec elle. Pas de secrets.* Mais ils *ont* parlé. Ils *sont* honnêtes l'un envers l'autre. Ils ont évoqué le fait qu'entre eux les choses semblaient différentes sur le sol sud-américain. Une fois, ils ont même discuté de la possibilité de rompre leurs fiançailles. Mais aucun des deux n'est prêt à jeter l'éponge. Addy est l'ancre d'Eliska, et Eliska le fil qui relie Addy au monde qu'il a laissé derrière lui. Dans ses yeux, il voit l'Europe. Ses yeux lui rappellent son ancienne vie.

Alors qu'il se dirige instinctivement vers le Teatro Municipal, Addy se rappelle les mots d'Eliska la semaine dernière, lorsqu'il lui a confié, une fois de plus, à quel point il était inquiet de perdre le contact avec sa famille.

— Tu te fais trop de souci, a-t-elle répondu. Je déteste ça, Addy. Je déteste lire la tristesse dans tes yeux. Nous sommes libres comme l'air, ici. Détendons-nous et amusons-nous un peu.

Libres comme l'air. Mais il ne peut pas se sentir libre alors qu'un tel vide règne en lui.

32

Mila et Felicia

Radom, Pologne sous occupation allemande – avril 1942

DEPUIS LE MASSACRE, comme tout le monde a commencé à l'appeler lorsque Mila, Felicia et les quatre autres ont été renvoyés dans le ghetto, c'est comme si les SS avaient lâché un monstre. Peut-être se sont-ils rendu compte de ce dont ils étaient capables, ou combien ils s'étaient retenus auparavant. En tout cas, maintenant, ils ne se retiennent plus. Chaque jour, la violence à Wałowa monte d'un cran. Il y a eu quatre autres rafles au cours des semaines qui ont suivi le retour de Mila. Lors de l'une d'elles, les juifs ont été escortés jusqu'à la gare et entassés dans des wagons à bestiaux ; lors d'une autre, ils ont simplement été amenés jusqu'à un mur d'enceinte et exécutés. Il n'y a plus de listes, plus de fausses promesses d'une vie libre en Palestine ou aux États-Unis. À la place, ce sont des descentes, des fouilles dans les usines, des juifs qu'on met en rang pour les compter. Les Allemands sont toujours en train de compter. Et, chaque jour, un juif caché ou sans permis de travail est assassiné. Certains sont même abattus au hasard.

La semaine dernière, alors que Mila et son amie Antonia rentraient de leur journée de travail à l'usine, deux soldats SS sont arrivés dans la rue. Nonchalamment, ils ont sorti leurs armes de leurs étuis, mis un genou à terre et commencé à tirer, comme s'il s'agissait d'un exercice. Mila s'est faufilée sans bruit dans une ruelle, remerciant le ciel que Felicia ne soit pas avec elle, mais Antonia a paniqué et couru droit sur eux. Mila s'est laissée tomber à genoux et a prié au milieu des bruits de balles qui ricochaient contre les murs en brique des maisons à un étage qui bordaient la rue. Lorsque le piétinement des bottes allemandes a fini par s'éloigner, elle s'est aventurée hors de sa cachette et a trouvé Antonia à quelques mètres de là, immobile, allongée face contre terre sur les pavés, un impact de balle entre les omoplates. Ça aurait pu être moi, a-t-elle songé, écœurée de constater que le peu d'ordre qui avait existé lors de la création du ghetto avait depuis longtemps disparu. Les Allemands tuaient désormais pour *s'amuser*. Elle sait que chaque jour peut être le dernier.

— Rappelle-toi, marche uniquement en chaussettes et joue sans faire de bruit, ordonne Mila.

Elle consulte sa montre. Elle ne doit pas être en retard. Paniquée à l'idée de ce qui pourrait arriver à Felicia si on la découvrait à l'usine, Mila a commencé à la laisser seule à l'appartement pendant qu'elle va travailler.

— S'il te plaît, *Mamusiu,* est-ce que je peux venir avec toi ? supplie Felicia.

Elle n'a pas la moindre envie de rester seule à la maison. Mais Mila est inflexible.

— Je suis désolée, ma chérie. Tu es bien mieux ici, la raisonne-t-elle. Je te l'ai dit : tu es une grande fille maintenant, et tu tiens à peine sous mon plan de travail à l'atelier.

— Je peux me faire toute petite ! implore Felicia.

Mila sent ses yeux s'emplir de larmes. C'est la même épreuve tous les matins et il est horrible d'entendre le désespoir dans la voix de sa fille, horrible de la décevoir. Mais elle ne doit pas céder. Ce serait bien trop risqué.

— C'est dangereux, explique Mila. Et ça ne sera pas pour longtemps. J'ai trouvé un autre moyen de nous sortir d'ici. Toutes les deux. Il faut juste être patientes. Il va falloir du temps pour nous organiser.

— Est-ce qu'on sera avec Papa ? demande Felicia.

Mila écarquille les yeux. C'est la troisième fois en une semaine que Felicia évoque Selim. Mila ne peut pas lui en vouloir. Pendant la période où elle a été très déprimée, elle a passé des heures à parler de Selim à Felicia. C'était une façon de se mentir en se convainquant qu'à force de parler de lui il reviendrait, lui donnerait des réponses, des conseils pour survivre, lui expliquerait comment assurer la sécurité de leur fille. Elle a raconté à Felicia d'innombrables histoires sur ce médecin si beau qu'était son père : la manière dont il repoussait ses lunettes sur son nez, celle dont les coins de sa bouche s'étaient relevés quand Mila lui avait annoncé qu'elle était enceinte après quelques mois de mariage, comme si la force de leur amour avait besoin d'une manifestation physique. Et, plus tard, après la naissance de Felicia, la façon dont il la faisait rire en comptant ses orteils, en soufflant des baisers sur son ventre, en jouant à des parties sans fin de cache-cache. Felicia peut réciter ces histoires, de même qu'elle peut décrire le visage de son père dans les détails, comme si elle s'en souvenait elle-même.

Mila a placé tant d'espoir dans le retour de son mari qu'il est compréhensible que sa fille parte du principe que tout projet ayant pour but de les mettre en sécurité implique Selim. Mais les probabilités qu'il soit vivant commencent à sembler minuscules, et Mila sait que, plus elle continuera à se raccrocher à ce fantasme, plus cela deviendra dangereux. Voilà deux ans qu'elle s'inquiète constamment. Qu'elle redoute constamment le pire. Mila en a assez. Elle n'en peut plus de vivre ainsi. Elle doit lâcher prise, se prendre en charge, ainsi que Felicia. Il sera moins douloureux de porter le deuil de son mari que de s'inquiéter sans cesse à son sujet. C'est décidé, jusqu'à ce qu'elles soient en sécurité, elle doit croire qu'il est mort. C'est le seul moyen de garder son sang-froid.

Mais comment peut-elle dire cela à Felicia ? Comment expliquer à sa fille de presque quatre ans qu'elle ne connaîtra peut-être jamais son père ?

— Tu dois la préparer, lui répète sans arrêt Nechuma. Tu ne peux pas continuer à la bercer d'illusions. Elle t'en voudra un jour.

Sa mère a raison. Mais Mila n'est pas encore prête pour cette conversation, elle n'est pas prête pour le déchirement qui s'ensuivra. À la place, elle se résout donc à adopter une nouvelle approche : elle va lui dire une partie de la vérité. Elle prend la main de Felicia et la serre dans les siennes.

— J'ai tellement envie de croire que ton père va nous revenir. Mais je... je ne sais pas où il est, ma chérie.

Felicia secoue la tête.

— Il lui est arrivé quelque chose ?

— Non. Je ne sais pas. Mais ce que je sais, c'est que s'il va bien, où qu'il soit, il pense à toi. À nous.

Mila parvient à sourire. Sa voix est douce.

— On va essayer de le retrouver, je te le promets. Ce sera beaucoup plus facile d'obtenir des renseignements une fois qu'on sera à l'extérieur du ghetto. Mais, jusque-là, nous devons penser à ce qui est le mieux pour nous. Toi et moi. D'accord ?

Felicia regarde par terre.

Mila soupire. Elle s'accroupit devant sa fille, enroule délicatement ses doigts autour de ses bras et attend qu'elle lève les yeux. Quand elle le fait, ils sont pleins de larmes.

— Je sais que c'est horrible de passer toute la journée toute seule, dit Mila à voix basse. Mais il faut que tu comprennes que c'est pour ton bien. Tu es en sécurité, ici. Dehors...

Mila regarde la porte et secoue la tête.

— Tu comprends ?

Felicia acquiesce.

Mila consulte à nouveau sa montre. Elle est en retard. Elle va devoir courir jusqu'à l'atelier. Elle rappelle à sa fille qu'il y a du pain dans le garde-manger, lui répète de marcher en chaussettes, mentionne à nouveau la cachette secrète dans le placard, où elle est censée se dissimuler et rester parfaitement immobile, comme une statue, si quelqu'un frappait à la porte pendant que sa mère est au travail.

— Au revoir, ma chérie, dit Mila en embrassant Felicia sur la joue.

— Au revoir, murmure Felicia.

Dehors, Mila verrouille la porte de l'appartement et ferme les yeux un instant, priant comme elle le fait chaque matin pour que les Allemands n'effectuent pas une descente dans l'appartement pendant son absence, priant pour être de retour dans neuf heures et retrouver sa fille là où elle l'a laissée.

Felicia fronce les sourcils. Tout se bouscule dans sa tête. Son père est là, quelque part, elle en est sûre. Il va revenir. Sa mère n'y croit peut-être pas, mais elle si. Elle se demande pour la millionième fois ce que ça fera de le rencontrer. Elle l'imagine la soulevant, apaisant sa faim comme par magie, l'emplissant de bonheur. Sa mère a parlé d'un moyen de les faire sortir du ghetto. Peut-être que sa nouvelle idée les mènera à son père. Les épaules de Felicia s'affaissent lorsqu'elle repense aux deux plans précédents. Le matelas. La liste. Les deux étaient terrifiants. Chaque fois, elles ont fini par revenir au point de départ, et tout a été encore pire qu'avant. Sa mère parle souvent d'attendre. D'être *patiente.* Felicia déteste ce mot.

Il faut plusieurs semaines à Mila pour réunir tout ce dont elle a besoin pour que son plan fonctionne : une paire de gants, une vieille couverture, des ciseaux, deux aiguilles, plusieurs bouts de fil noir, deux boutons, des chutes de tissu et un journal. Tout ce qu'elle prend à l'usine, elle le dissimule discrètement dans son soutien-gorge ou sous sa ceinture, profondément consciente que le dernier travailleur qui a été fouillé et s'est fait prendre avec une bobine de fil dans la poche de son manteau a été exécuté sur-le-champ.

Tous les soirs, elle presse le nez contre sa fenêtre au premier étage et parcourt du regard la rangée d'appartements en brique qui longe le périmètre du ghetto, étudiant chacune des trois portes de l'entrée principale, au coin des rues Wałowa et Lubelska : une arche suffisamment grande pour laisser passer des véhicules, flanquée de deux ouvertures plus étroites pour les piétons. Et, tous les soirs, c'est le même rituel : les femmes des Allemands arrivent juste avant 18 heures, vêtues de leurs manteaux élégants et de leurs chapeaux en feutre. Elles franchissent la porte destinée aux véhicules et se rassemblent au niveau de l'entrée pavée, attendant que leurs maris, les gardes du ghetto, terminent leur service. Certaines tiennent des bébés dans leurs bras, d'autres de jeunes enfants par la main. Pendant que les femmes discutent, les trois cents juifs de retour des camps de travail à l'extérieur du ghetto se déversent par les deux petites portes pour piétons, comme du bétail. À 18 heures pile, les gardes, de même que leurs femmes et leurs enfants, disparaissent de l'entrée réservée aux véhicules, et les trois accès sont fermés. Ils ne seront rouverts qu'au matin.

Mila consulte sa montre : 17 h 50. À l'entrée du ghetto, un petit garçon s'éloigne de sa mère en courant pour aller s'accrocher à la jambe d'un des gardes. Qui, parmi ces étrangers, se demande-t-elle, vit dans l'ancien appartement de ses parents ? Qui parmi ces femmes se baigne dans la baignoire en porcelaine de sa mère ? Qui parmi ces enfants fait ses gammes sur leur Steinway adoré ? L'idée d'une famille nazie vivant confortablement au 14 rue Warszawska la rend malade.

Elle regarde les portes du ghetto se fermer : 18 heures tapantes.

Cette fois, décide Mila, son plan fonctionnera. Il le faut. Felicia et elle vont s'échapper. Et elles le feront en plein jour, au nez et à la barbe de tous ces maudits gardes.

Le couvre-feu est en place et le silence règne dans le ghetto. Mila et sa mère sont installées à leur petite table de cuisine, leurs fournitures soigneusement étalées devant elle.

— Dommage que j'aie laissé mes patrons au magasin, dit Nechuma à voix basse tandis qu'elle découpe dans une page de journal le dos d'un manteau. Il faudra t'habiller chaudement, ajoute-t-elle. Nous n'avons rien pour la doublure.

Mila hoche la tête et s'agenouille pour épingler le patron de fortune de sa mère à la couverture qu'elle a étalée sur le sol. Elle découpe méticuleusement la laine le long des bords du papier. Nechuma et elle se passent les ciseaux et répètent l'opération pour les manches, le revers, le col et les poches. Puis, assises chacune à un bout de la table, elles commencent à coudre.

Les heures filent pendant qu'elles s'affairent. De temps en temps, elles échangent un regard, les yeux vitreux, et se sourient. Il y a longtemps qu'elles n'avaient pas cousu ensemble et cela leur fait du bien, comme un rappel des après-midi, bien avant la naissance de Felicia, où elles s'asseyaient côte à côte pour réparer un ourlet ou reprendre un surjet. C'était souvent au cours de ces après-midi passés à deux que se déroulaient leurs conversations les plus importantes.

À 3 heures du matin environ, Nechuma s'approche du garde-manger sur la pointe des pieds et ouvre un tiroir qui en dessous révèle une cachette. Elle revient avec quatre billets de cinquante złote.

— Tiens, dit-elle. Tu en auras besoin.

Mila prend deux billets et fait glisser les deux autres sur la table.

— Garde ceux-là. Ça va aller. Je serai bientôt avec Halina.

Halina a quitté Radom trois semaines plus tôt, lorsque Adam a été assigné à un poste aux chemins de fer de Varsovie. Il devait réparer les voies ferrées détruites par la Luftwaffe avant la chute de la ville. Franka est partie avec elle, ainsi que son frère et ses parents. Halina a écrit dès qu'elle a été installée, et exhorté Mila à venir à Varsovie. *Nous avons trouvé un appartement en plein centre de la ville,* écrivait-elle (ce qui, Mila le savait, signifiait qu'ils vivaient à l'extérieur du ghetto, comme des Aryens). *Je suis en train de chercher un travail pour nos parents dans l'usine d'armement de Pionki. Pour toi, les emplois abondent à Varsovie. Franka travaille près d'ici. Nous avons tout ce qu'il te faut. S'il te plaît, trouve un moyen de venir !*

Nechuma refait glisser les billets dans le sens inverse.

— Ici, nous avons du travail et nos cartes de rationnement. Tu vas être seule pendant un moment, dit-elle en hochant la tête en direction de la fenêtre. Tu en auras plus besoin que nous.

— Maman, c'est tout ce qui reste de…

— Non, ce n'est pas tout.

Nechuma tapote doucement son sternum du bout de son index. Mila avait presque oublié. L'or. Deux pièces, couvertes de coton. Sa mère les a camouflées sous la forme de boutons.

— Et il y a l'améthyste, ajoute Nechuma. S'il le faut, nous nous en servirons.

Ce qui restait d'argenterie a permis d'acheter la vie d'Adam. Tout le reste, ils l'ont vendu ou échangé contre des rations de nourriture supplémentaires, des couvertures et des médicaments. Heureusement, ils n'ont pas encore été forcés de se séparer de la pierre violette de Nechuma.

— D'accord.

Mila glisse deux billets de chaque côté du col du manteau avant de le coudre.

Lorsqu'elle a commencé à échafauder son plan, Mila a demandé à ses parents de s'enfuir à Varsovie avec elle, mais ils ont refusé, insistant sur le fait que c'était trop dangereux.

— Va retrouver ta sœur et Franka, emmène Felicia en lieu sûr, lui ont-ils dit. Nous ne ferions que te gêner.

Il était déchirant pour Mila de l'admettre, mais ils avaient raison. Ses chances d'une évasion réussie seraient plus grandes sans eux. Ses parents se déplaçaient lentement à présent, et avaient encore le léger accent yiddish de leur enfance. Il serait plus difficile pour eux de se faire passer pour des Aryens. Halina avait mentionné dans sa lettre une usine à Pionki, un plan pour y transférer Sol et Nechuma. Mais, en attendant, ici, ils avaient un travail, et tout le monde savait qu'un travail était la seule chose qui importait dans le ghetto.

Alors qu'une faible lumière argentée envahit la pièce, Nechuma pose son aiguille. Mila ramasse dans la paume de sa main les petits morceaux de tissu qui parsèment la table et les cache sous l'évier. Leur travail est terminé. Mila enroule une écharpe autour de son cou, un patchwork de lambeaux d'uniformes SS, puis glisse ses bras dans les manches de son nouveau manteau. Nechuma se lève et lisse les coutures du bout des doigts à la recherche de fils lâches au niveau de la boutonnière, avant d'examiner l'ourlet qui pend à un centimètre du sol. Elle lisse un revers et tire sur une manche pour qu'elle soit parfaitement plate. Enfin, elle recule d'un pas et hoche la tête.

— Oui, murmure-t-elle. C'est bien. Ça va marcher.

Elle essuie une larme au coin de son œil.

— Merci, dit Mila dans un souffle.

Elle prend sa mère dans ses bras et la serre tout contre elle.

Le lendemain, Mila quitte l'atelier à 17 h 30 et se dépêche de rentrer. Elle est en train d'habiller Felicia dans l'entrée lorsque Nechuma rentre de la cantine.

— Où est Papa ? l'interroge Mila tout en glissant un troisième chemisier par-dessus la tête de Felicia.

Elle s'inquiète dès que ses parents ont quelques minutes de retard après le travail.

— Il était de corvée de vaisselle aujourd'hui, explique Nechuma. Il a dû rester pour nettoyer. Il ne va pas tarder à arriver.

— Pourquoi ai-je besoin d'autant de vêtements, *Mamusiu ?* demande Felicia en posant un regard curieux sur sa mère.

— Parce que, murmure Mila.

Elle s'accroupit afin que son visage soit au même niveau que celui de sa fille et ramène quelques fines mèches de cheveux cannelle derrière l'oreille de Felicia.

— Nous partons ce soir, *chérie**.

Elle a préféré attendre pour annoncer la nouvelle à Felicia. Mila était déjà assez nerveuse, inutile que Felicia le soit elle aussi.

Un flash d'excitation passe sur le visage de Felicia.

— Nous partons du ghetto ?

— *Tak.*

Mila sourit. Puis elle pince les lèvres.

— Mais tu dois faire exactement ce que je te dis. C'est très important, ajoute-t-elle, même si elle sait très bien que Felicia lui obéira.

Mila attache un deuxième pantalon à la taille fine de sa fille, l'aide à enfiler son manteau d'hiver et lui met une paire de chaussettes sur les mains en guise de moufles. Enfin, elle lui enfonce sur la tête un petit bonnet en laine et rentre ses cheveux qui dépassent dessous.

Nechuma tend un mouchoir contenant sa ration journalière de pain à Mila, qui le glisse sous son chemisier.

— Merci, murmure-t-elle.

Dans la cuisine, elle récupère dans le tiroir dissimulant le faux compartiment la carte d'identité qu'Adam a fabriquée pour elle et la glisse dans son sac à main. De retour dans l'entrée, elle revêt son nouveau manteau, son écharpe, son chapeau, ses gants. Enfin, au lieu d'attacher son brassard autour de sa manche comme elle le ferait en temps normal, elle l'attrape entre ses dents et ses index et en arrache la couture. Felicia pousse une exclamation de surprise.

— Ne t'en fais pas, dit Mila.

Si elle est trop jeune pour en porter un, Felicia sait ce qui arrive aux juifs du ghetto s'ils se font attraper sans leur brassard. Mila plaque la bande de coton contre son bras de façon que l'étoile de David bleue soit tournée vers l'extérieur et lève le coude. Nechuma recoud les extrémités de seulement deux petits points et coupe le fil sans faire de nœud d'arrêt. Alors que Mila ajuste son brassard, elle entend son père dans la cage d'escalier.

— Te voilà ! s'exclame-t-il.

Sol rayonne, les bras tendus tandis qu'il passe la porte d'un pas lourd. Il se penche pour prendre Felicia dans ses bras et la fait tourner dans les airs en l'embrassant sur la joue.

— Bonté divine, on dirait un éléphant avec tous ces vêtements !

Felicia rit joyeusement. Elle adore son *dziadek*, elle adore quand il la serre si fort qu'elle peut à peine respirer, quand il lui chante la berceuse sur le chaton qui fait des clins d'œil (celle que sa mère lui chantait quand il était petit garçon, lui a-t-il expliqué une fois), quand il la soulève et la fait tourner jusqu'à ce qu'elle ait le tournis, et qu'il la lance en l'air et la rattrape, pour qu'elle ait l'impression de voler.

— Tu n'auras pas besoin de ça, si ? demande Sol en posant Felicia, les yeux soudain sérieux tandis qu'il montre du doigt le bras de Mila.

— Juste le temps d'arriver à la porte, répond Mila.

Elle avale difficilement sa salive et il hoche la tête.

— Ah oui. Bien sûr.

Mila consulte sa montre. Il est 17 h 45.

— Il faut qu'on y aille. Felicia, fais un câlin à ta *babcia* et à ton *dziadek.*

Felicia lève la tête, soudain déçue. Elle n'avait pas compris que ses grands-parents restaient là. Nechuma s'agenouille et attire Felicia contre elle.

— *Do widzenia,* murmure Felicia en embrassant sa grand-mère sur la joue.

Nechuma ferme les yeux un long moment. Quand elle se redresse, Sol se penche et Felicia enroule ses bras autour de son cou.

— *Do widzenia, dziadku,* dit-elle, le nez enfoui dans le creux de son épaule.

— Au revoir, ma puce, murmure Sol. Je t'aime.

Mila doit se retenir de toutes ses forces pour ne pas éclater en sanglots. Elle prend son père dans ses bras, puis sa mère, les serre contre elle, en espérant, en priant que ce ne soit pas la dernière fois qu'ils sont ensemble.

— Je t'aime, Myriam, chuchote sa mère en l'appelant par son nom hébreu. Que Dieu soit avec vous.

Et, là-dessus, Mila et Felicia s'en vont.

Mila observe la rue à la recherche de SS. Il n'y en a aucun en vue. Elle prend Felicia par la main et elles commencent à se diriger vers les portes du ghetto. Elles marchent vite, le vent leur mord les joues. Il fait presque noir et, tandis qu'elles avancent, leur respiration forme une buée grise translucide qui s'évapore dans la nuit.

Lorsqu'elles sont à un pâté de maisons des portes et que les gardes sont dans leur champ de vision, Mila ouvre son manteau.

— Viens, dit-elle tout bas en montrant sa chaussure. Monte sur mon pied et accroche-toi à ma jambe.

Mila sent Felicia coller son petit corps contre elle et enrouler ses bras autour de sa cuisse.

— Maintenant, tiens-toi bien.

Felicia lève le nez et hoche la tête, les yeux écarquillés tandis que Mila referme son manteau autour d'elle. Elles reprennent leur progression vers les portes, plus lentement à présent. Mila fait de son mieux pour marcher sans boiter en dépit des onze kilos supplémentaires accrochés à sa jambe.

Quinze gardes, vingt peut-être, sont en faction à chacune des deux arches réservées aux piétons à l'entrée du ghetto, chacun un fusil pendant à l'épaule. Plusieurs d'entre eux comptent à voix haute tandis qu'une nuée de juifs s'engouffrent par les portes, aveuglés par la fatigue de leur journée de travail à l'extérieur du ghetto.

— Plus vite ! crie un garde en agitant une matraque au-dessus de sa tête comme s'il s'agissait d'un lasso.

Mila tend le cou, examinant les juifs au regard fatigué qui passent à côté d'elle, comme si elle était là pour retrouver quelqu'un. Son mari, peut-être, ou son père. Personne ne semble la remarquer alors qu'elle se faufile lentement à travers la foule, en direction des portes du ghetto. Bientôt, seuls quelques mètres la séparent de la grande porte du milieu où, comme elle l'avait prévu, une dizaine d'épouses sont rassemblées, emmitouflées dans leur manteau, leurs enfants aux joues rosies sur les talons.

Sa jambe lui fait mal sous le poids de Felicia. Elle s'arrête pour jeter un coup d'œil à sa montre. 17 h 53. Tremblante, elle songe pour la millième fois aux conséquences d'une évasion ratée. *Est-ce que j'ai complètement perdu l'esprit ?* se demande-t-elle. *Le jeu en vaut-il la chandelle ?* Puis tout devient noir et elle est de nouveau dans la rafle, recroquevillée dans un wagon presque vide, les bras autour de la tête de Felicia en une tentative futile de la protéger de la scène atroce, même si elles ont toutes deux entendu les coups de feu, le bruit sourd des corps frêles et dénudés qui s'écroulaient sur la terre gelée à tout juste vingt mètres d'elles.

La lèvre supérieure de Mila est trempée de sueur. *Tu peux le faire,* murmure-t-elle pour chasser ses doutes. *Compte,* se dit-elle. C'est la technique de son père, qu'il a toujours utilisée avec elle depuis qu'elle était enfant.

— À trois, disait-il.

Et, si intimidant que fût le défi (arracher une dent, enlever une écharde de sous un ongle, verser de l'alcool sur un genou ensanglanté), compter rendait les choses plus faciles.

À sa droite, un cheval et un chariot chargé de nourriture en provenance du conseil juif passent la porte. Une demi-douzaine de SS fouillent le contenu du chariot en criant et le vacarme à l'entrée augmente. C'est ça, songe Mila. Voilà la distraction dont elle a besoin.

À trois. Mila retient son souffle et compte. *Un… deux…* À *trois,* elle tourne le dos aux portes, ouvre son manteau et touche la tête de Felicia. En une seconde, Felicia se tient près d'elle, sa main dans la sienne. Mila attrape le brassard blanc de sa main libre et l'arrache de son bras. La sensation des deux points de sa mère qui cèdent lui fait l'effet d'une décharge électrique. Elle le chiffonne dans son poing et le fourre rapidement dans sa poche. Personne n'a rien vu, se dit-elle. À partir de maintenant, tu es une femme au foyer allemande, ici pour retrouver un des gardes. Tu es une femme libre. Pense comme tel. Comporte-toi comme tel.

— Reste bien à côté de moi, ordonne calmement Mila. Regarde droit devant toi, dans le ghetto. Ne regarde pas derrière toi.

En périphérie de son champ de vision, Mila voit que plusieurs épouses allemandes sur sa gauche sont avec leur mari. Ils discutent deux par deux, les bras croisés sur la poitrine pour se réchauffer. Elle serre la main de Felicia.

— Doucement, murmure-t-elle.

Ensemble, elles commencent à marcher à reculons, centimètre par centimètre, en direction de la porte. Elles bougent comme au ralenti afin de ne pas attirer l'attention. Mila tente de détendre les muscles de son cou et de sa mâchoire, contractés à l'extrême. Elle essaie d'imiter les expressions décontractées et les manières des Allemandes qui l'entourent. Mais, alors qu'elles se rapprochent des portes, elle est surprise par la sensation d'un corps trop près du sien. Elle se tourne pile au moment où une jeune femme qui regarde dans la direction opposée lui rentre dedans.

— *Entschuldigen Sie mich*, s'excuse la femme en rajustant son chapeau.

Elle sent le shampoing.

Mila sourit et agite nonchalamment sa main libre.

— *Es ist nichts*, répond-elle doucement en secouant la tête.

La femme regarde un moment Mila de ses yeux d'un bleu cristallin, puis son regard se pose sur Felicia. L'instant d'après, elle n'est plus là, perdue dans la foule. Mila souffle et serre la main de Felicia une fois de plus. Elles se remettent en route, traînant les pieds à reculons en direction de la porte principale. Davantage de femmes arrivent derrière elles. De temps à autre, elles hochent la tête en direction de Mila, mais ne semblent pas vraiment la voir. Tu es l'une d'entre elles, se répète Mila. Tant qu'elles continueront à tourner le dos à l'entrée et à bouger de manière suffisamment discrète, elles passeront inaperçues. À présent, doucement. Pied droit, pied gauche. Pause. Pied droit, pied gauche. Pause. Pas si fort, se dit-elle en relâchant son étreinte sur la main de Felicia. Gauche. Droite. Gauche. Doucement. Tu y es presque.

Le dernier juif est entré dans le ghetto et Mila voit du coin de l'œil les portes pour les piétons se refermer et se faire cadenasser. Quand un garde la frôle soudain et que son coude heurte quelque chose de dur, elle pince les lèvres juste à temps pour retenir un cri qui manque s'échapper de sa gorge.

— Avancez ! crie le garde, mais il continue à marcher sans s'arrêter.

Enfin, Mila sent une structure au-dessus de sa tête. Elles sont sous l'entrée principale ; la porte pour les véhicules. Une rafale de vent leur fouette le dos et Mila attrape son chapeau pour l'empêcher de s'envoler. Elle l'enfonce bas sur ses sourcils et regarde Felicia, qui est pâle, mais dont l'expression est remarquablement calme. Reste concentrée, se rappelle Mila. Tu es si près du but ! Compte tes pas. Un… deux… trois… quatre… Au cinquième, Mila voit le mur d'enceinte de l'entrée et la pancarte mentionnant DANGER DE MALADIES CONTAGIEUSES : ENTRÉE INTERDITE.

Elle n'arrive pas à le croire. Elles sont sorties de l'enceinte du ghetto ! Mais ce sont les pas qu'elle s'apprête à faire maintenant qui sont les plus importants. Il est *là*, le moment qu'elle s'est passé en boucle encore et encore, comme la scène d'un film, jusqu'à se convaincre que son plan pouvait marcher.

Rassemblant sa dernière once de courage, elle inspire profondément. Ça y est.

— Viens ! murmure-t-elle.

Elle pivote à cent quatre-vingts degrés et attire Felicia à sa suite.

Là, le ghetto derrière elles, elles marchent. Gauche, droite. Doucement, pas trop vite, songe Mila en luttant contre une envie instinctive de courir. Droite, gauche, droite, gauche. Elle tente de redresser les épaules et de relever le menton, mais son cœur bat comme un marteau-piqueur et son estomac lui fait l'effet d'une boule de fil de fer barbelé. Elle guette les cris, les coups de feu. Mais, au lieu de cela, tout ce qu'elle entend, c'est le bruit de leurs pas. Felicia en fait trois lorsqu'elle en fait deux, les talons de leurs chaussures claquent légèrement sur les pavés de la rue Lubelska. Elles vont un peu plus vite à présent, loin des gardes et de leurs femmes, loin de l'atelier et des rues sales et des maladies prétendument contagieuses.

Mila tourne à droite sur Romua Traugutta, et elles marchent en silence sur six pâtés de maisons, avant de s'enfoncer dans une ruelle vide. Là, dans l'ombre, le cœur de Mila commence à ralentir. Dans un moment, quand elle aura recouvré son calme, elle ira jusqu'à la rue Warszawska, où se trouve l'ancien immeuble de ses parents. Elle frappera à la porte de leurs voisins et amis, les Sobczak, et passera la nuit chez eux s'ils sont d'accord. Demain, elle utilisera sa fausse carte d'identité pour organiser le voyage jusqu'à Varsovie. Elles sont loin d'être sauves (si elles se font prendre, on les tuera), mais elles se sont échappées de la prison du ghetto. Son plan, ou du moins la première phase de son plan, a fonctionné. *Tu peux le faire*, se répète Mila. Elle regarde derrière elle pour s'assurer qu'elle n'est pas suivie, puis s'arrête et se penche pour poser une main sur la joue de Felicia et presser ses lèvres contre le front de sa fille.

— C'est bien, ma chérie. Très bien.

33

Sol et Nechuma

Radom, Pologne sous occupation allemande – mai 1942

Nechuma et Sol sont allongés sur leur lit, les doigts entrelacés. Ils fixent le plafond, trop bouleversés pour dormir.

Des bruits courent dans le ghetto, selon lesquels Wałowa serait bientôt liquidé. Personne n'est vraiment sûr de ce que cela signifie, mais chaque nouvelle rumeur, plus terrifiante que la précédente, est aggravée par les nouvelles de ce qui s'est passé à Łódź. D'après la résistance, les Allemands ont déporté des milliers de juifs depuis un ghetto bien plus grand que celui de Radom vers un camp de concentration dans le village voisin de Chełmno. Les juifs pensaient qu'on les envoyait dans un camp de travail. Mais, ensuite, il y a quelques jours, des prisonniers qui avaient réussi à s'échapper ont refait surface à Varsovie, avec des histoires si glaçantes que Nechuma n'arrive plus à penser à rien d'autre. Il n'y avait pas de travail à Chełmno, ont-ils expliqué. Les juifs (hommes, femmes, enfants, bébés) ont été empilés, jusqu'à cent cinquante d'un coup, dans des fourgons, et asphyxiés au gaz, tout cela en quelques heures seulement.

Jusque-là, Nechuma avait l'habitude de se rassurer en se disant qu'ils avaient déjà survécu à des pogroms, que les combats et le carnage cesseraient avec le temps. Mais, depuis les nouvelles de Łódź, elle a fini par comprendre que leur situation est tout à fait différente. Il ne s'agit pas seulement d'être soumis à une faim et une pauvreté extrêmes. Il ne s'agit pas de persécution. Il s'agit d'extermination.

— Les nazis n'y arriveront pas, dit-elle. Ils seront stoppés.

Sol ne répond pas.

Nechuma expire lentement et, dans le silence étouffant qui s'ensuit, elle prend conscience que tout lui fait mal. Même ses paupières sont douloureuses, comme si elles suppliaient qu'on leur accorde un peu de repos. Son propre corps la déconcerte. Elle se demande souvent comment Sol et elle ont encore la force de continuer. Ils vivent dans un état de souffrance et d'épuisement et de faim perpétuel, exténués par leurs longues journées à la cantine, par leurs rations pathétiques, par les ruses mentales qu'ils déploient pour ignorer les horreurs quotidiennes qui les entourent. Désormais, ils sont presque insensibles au bruit constant des fusils dans l'enceinte du ghetto, aux cadavres et aux corps à l'agonie qu'ils évitent dans les rues, au fait de devoir baisser les yeux quand ils franchissent l'entrée du ghetto, où les SS se sont mis à attraper des juifs et à les pendre lentement par le cou, prolongeant leur agonie aussi longtemps que possible afin que les autres voient et comprennent : *Voilà ce qui arrive quand vous transgressez les règles. Voilà ce qui arrive à ceux qui sont insolents, rebelles ou simplement malchanceux.* Une fois, Nechuma a vu un garçon de cinq ou six ans tout au plus, pendu de cette façon. Plusieurs minutes semblaient encore le séparer de la mort et, si elle n'a pas pu se résoudre à le regarder dans les yeux, elle a aperçu ses pieds déchaussés, si petits et si pâles, ses chevilles pliées par la douleur. Elle aurait aimé pouvoir tendre le bras et le toucher, pour le réconforter d'une certaine manière, mais faire cela lui aurait valu une balle en pleine tête, ou de finir la corde au cou.

— Au moins, les Américains sont entrés en guerre, dit-elle en répétant les mots teintés d'espoir qui circulent dans le ghetto.

C'est l'étincelle d'une possibilité, quelque chose à quoi se raccrocher.

— Peut-être que les Allemands peuvent être stoppés.

— Peut-être, acquiesce Sol. Mais ce sera trop tard pour nous.

Sa voix se brise et Nechuma sait qu'il se retient de pleurer.

— S'ils commencent dans les ghettos de Radom, nous serons parmi les premiers à partir. Ils épargneront peut-être les jeunes. Et, qui sait, peut-être même pas.

Au fond de son âme, Nechuma sait que son mari a raison, mais elle ne peut se résoudre à l'admettre, du moins pas à haute voix. Elle prend la main de Sol pour l'embrasser et presser sa paume contre sa joue.

— Mon amour. Je ne sais pas ce qui va se passer, mais peu importe ce que l'avenir nous réserve, au moins, nous serons là l'un pour l'autre. Nous serons ensemble.

Il y a un mois encore, un de leurs enfants aurait pu les aider. Mais, désormais, ils sont seuls dans le ghetto. Jakob est avec Bella à l'usine AVL près du ghetto de Glinice, et Nechuma prie pour que Mila soit en route pour retrouver Halina à Varsovie. Elle et Felicia ne sont pas revenues à Wałowa depuis leur tentative d'évasion, mais ça ne veut rien dire. À présent, la situation empirant chaque jour, leur seul véritable espoir est Halina. Mais elle n'a pas encore réussi à leur décrocher un travail à l'usine d'armement de Pionki, et le temps presse.

— Je travaille encore à un transfert, promettait Halina dans sa dernière lettre. Tenez bon, ne perdez pas espoir.

Au moins, ils sont en contact avec elle, en mesure de communiquer via des lettres qu'Isaac parvient à leur glisser et à faire sortir du ghetto. À peine Nechuma peut-elle supporter de penser au destin de ceux, parmi ses enfants, qui ont disparu. Elle n'a eu aucune nouvelle de Genek depuis que lui et Herta ont disparu de Lviv il y a deux ans, et cela fera bientôt quatre ans qu'elle n'a pas vu Addy. Elle donnerait n'importe quoi, sa vie même, pour savoir s'ils sont vivants et indemnes.

Nechuma porte une main à son cœur. Il n'y a rien de pire pour une mère que de vivre avec une telle peur et une telle incertitude quant à ses enfants, pas même l'enfer quotidien du ghetto. À mesure que les semaines et les mois et les années passent, la tourmente grandit en elle et la consume, en un crescendo de détresse qui menace de la faire exploser. Elle commence à se demander combien de temps encore elle réussira à supporter la douleur.

Sous ses doigts, Nechuma sent les battements de son cœur. Elle a envie de pleurer, mais ses yeux sont secs, tout comme sa gorge. Elle bat des paupières dans l'obscurité, les mots de sa fille résonnent dans sa tête. *Tenez bon, ne perdez pas espoir.*

— Halina trouvera un moyen de nous transférer à l'usine, dit-elle après un long moment, presque dans un murmure.

Mais Sol ne répond pas et, à en juger par sa respiration lente, elle comprend qu'il s'est endormi.

Notre destin, songe-t-elle, *est entre les mains d'Halina.* L'esprit de Nechuma vagabonde et elle repense à sa benjamine lorsqu'elle était enfant et que, avant même de pouvoir parler, Halina cherchait à attirer l'attention. Lorsqu'elle n'y arrivait pas, la solution consistait à trouver quelque chose de fragile et à le casser. Ou simplement à crier. Elle faisait souvent croire qu'elle était trop malade pour aller à l'école ; Nechuma portait une main à son front et, de temps à autre, l'autorisait à rester à la maison, pour la voir quelques minutes plus tard trotter dans le couloir menant au salon et passer des heures allongée sur le ventre sur le tapis, à feuilleter un magazine de Mila et arracher les photos des robes qu'elle aimait.

Sa Halina avait tellement grandi depuis le début de tout cela. Peut-être que ce sera vraiment *elle* qui les sortira d'ici. *Halina.* Nechuma ferme les yeux et tente de se reposer. Alors que le sommeil l'emporte, elle s'imagine à la fenêtre de son ancien appartement, regardant par-dessus la cime des châtaigniers qui bordent la rue Warszawska. La rue en contrebas est vide, mais des oiseaux volent dans le ciel. Nechuma les observe alors qu'ils plongent dans les nuages pour mieux en rejaillir. De temps en temps, ils se posent sur une branche et inspectent les alentours avant de décoller à nouveau. Sa respiration ralentit. Elle s'endort bercée par des images d'Halina flottant au-dessus d'elle, les bras écartés comme des ailes, les yeux brillants et alertes tandis qu'elle cherche une issue pour eux tous.

34

Halina et Adam

Varsovie, Pologne sous occupation allemande – mai 1942

— EST-CE QUE TU CROIS que quelqu'un nous a dénoncés ? murmure Halina.

Adam et elle sont assis à une petite table dans la cuisine de l'appartement mansardé qu'ils louent à Varsovie.

Addy retire ses lunettes et se frotte les yeux.

— Nous ne connaissons quasiment personne à Varsovie, fait-il observer.

Ils vivent dans l'appartement depuis un mois. L'endroit leur a semblé sûr au début. Mais, hier, la femme du propriétaire est montée jusque chez eux sans crier gare et a fouiné tel un chien de chasse qui aurait flairé une piste, tout en les bombardant de questions sur leur famille, leur métier, leur éducation.

— Et nos papiers sont absolument impeccables, ajoute Adam.

Il a pris un soin tout particulier à fabriquer leurs cartes d'identité. Le nom qu'ils avaient choisi, Brzoza, ne pourrait pas être plus catholique polonais. Grâce à leur fausse identité et à leur apparence (les cheveux blonds et les yeux verts d'Halina et les pommettes hautes et la peau claire d'Adam), ils passent facilement pour des Aryens. Mais ils ne peuvent rien changer au fait qu'ils viennent d'arriver à Varsovie, sans amis ou famille, et ces simples détails suffisent à éveiller les soupçons.

— Qu'est-ce qu'on fait ? On déménage ?

Adam glisse ses lunettes sur son nez et observe Halina à travers son épaisse monture ronde.

— Ce serait comme admettre qu'on est fautifs. Je pense…

Il marque une pause et tapote du bout de l'index la nappe à carreaux bleus et blancs qui recouvre la table.

— Je pense que j'ai un plan.

Halina hoche la tête et attend. Ils ont désespérément besoin d'un plan. Autrement, ce n'est qu'une question de jours avant que la femme du propriétaire les dénonce à la police.

— Aleksandra nous soupçonne d'être juifs, en dépit de nos papiers… J'ai réfléchi à la façon dont nous pourrions lui expliquer que nous ne le sommes *pas*, et le seul moyen de le lui prouver, je veux dire de *vraiment* le lui prouver, c'est… c'est de lui *montrer* que nous ne le sommes pas. Enfin, que *je* ne le suis pas.

Halina secoue la tête.

— Je ne te suis pas.

Adam soupire et se tortille sur sa chaise.

— J'ai fait des expériences pour trouver un moyen de…

Il baisse les yeux, mal à l'aise, mais un bruit l'interrompt. Quelqu'un monte les marches qui mènent à l'appartement. Il regarde la porte derrière lui.

— C'est elle, murmure-t-il alors que les pas se rapprochent.

Son regard croise celui d'Halina et Adam montre la lampe qui pend au-dessus de l'évier.

— La lumière !

Halina le fixe d'un air interrogateur.

— La lampe de l'évier, éteins-la.

Il défait sa ceinture.

— Pourquoi ? demande Halina en se précipitant vers l'évier.

On frappe à la porte.

— J'arrive, crie Adam.

Halina tire sur la chaînette pour éteindre. Adam a les mains glissées dans son pantalon.

— Au nom du ciel, qu'est-ce que tu…?

— Fais-moi confiance, murmure Adam.

Les coups à la porte se font plus bruyants. Adam se lève, va près de l'évier et remet sa ceinture. Halina hoche la tête et se dirige vers la porte.

— Est-ce que vous êtes là ? Laissez-moi entrer !

La voix de l'autre côté de la porte est perçante, à la limite de l'hystérie. Adam lève un pouce en l'air à l'attention d'Halina. L'instant d'après, Aleksandra fait irruption dans l'appartement en les fusillant du regard.

— Bonjour, Aleksandra, déclare Halina.

Elle jette un coup d'œil en direction d'Adam : il est nonchalamment appuyé contre l'évier en porcelaine derrière lui.

Aleksandra ignore son salut et traverse la pièce pour le rejoindre, laissant derrière elle une traînée de malveillance.

— Je serai brève, dit-elle en s'arrêtant à moins d'un mètre de lui, les yeux plissés. Quelqu'un m'a laissé entendre que vous nous aviez menti. On prétend que vous êtes *juifs* ! Et vous savez quoi ?

Elle pointe sur Adam un long doigt accusateur.

— Je vous ai *défendus*, je leur ai dit comment vous vous appeliez, je leur ai assuré que vous étiez de bons chrétiens comme nous tous. Mais, maintenant, je n'en suis plus si sûre.

Un peu de salive blanche est accrochée à sa lèvre supérieure.

— C'est vrai, n'est-ce pas ? aboie-t-elle. Vous êtes juifs, c'est ça ?

Adam lève les mains en l'air.

— S'il vous plaît, je…

— S'il vous plaît *quoi* ? S'il vous plaît, pardonnez-moi d'avoir mis vos vies en danger ? Vous ne savez donc pas qu'on pourrait être *arrêtés* et pendus pour avoir donné asile à des *juifs* ?

Le dos d'Adam se raidit.

— Quiconque vous a dit cela se trompe, lui assène-t-il d'une voix froide. Et, pour être franc, je suis vexé. Il n'y a pas une goutte de sang juif dans notre famille.

— Pourquoi devrais-je vous croire ? réplique Aleksandra avec méchanceté.

— Êtes-vous en train de me traiter de menteur ?

— J'ai mes sources.

Aleksandra met ses mains sur ses hanches et ses bras forment des triangles de part et d'autre de son buste.

— Vous dites que vous n'êtes pas juif. Mais vous ne pouvez pas le prouver.

Adam pince les lèvres.

— *Très bien.* Vous voulez une preuve ?

Il porte ses mains à sa ceinture. Halina n'a pas bougé et est toujours à la porte. Derrière Aleksandra, elle retient son souffle et couvre sa bouche. Alors qu'Adam se bat contre la boucle de sa ceinture, Aleksandra fait un drôle de bruit, comme si elle avait le hoquet. Mais, avant qu'elle ait le temps de protester, dans un accès de furie, Adam ouvre sa braguette, passe ses pouces entre son ventre et la taille de son pantalon, qu'il baisse, ainsi que ses sous-vêtements, jusqu'à ses genoux. Halina se couvre les yeux, incapable de regarder.

Aleksandra se fige, bouche bée.

Adam soulève sa chemise.

— Ça vous suffit, comme *preuve* ? crie-t-il alors que son pantalon tombe sur ses chevilles.

Il baisse les yeux, s'attendant plus ou moins que son camouflage soit grossièrement visible. Dans la matinée, il a fixé à l'extrémité de son pénis un pansement couleur chair grâce à un mélange de blanc d'œuf et d'eau et s'est examiné dans le miroir. Dans l'ombre, il espérait que ça puisse passer pour un prépuce. Pour son plus grand soulagement, le pansement est resté en place.

Halina se risque à écarter les doigts pour regarder son mari. Dans l'ombre, elle parvient juste à distinguer la forme de son sexe. Elle comprend maintenant pourquoi il lui a demandé d'éteindre la lampe au-dessus de l'évier.

— Dieu tout-puissant, ça suffit ! finit par souffler Aleksandra en tournant la tête d'un air dégoûté.

Elle recule d'un pas. À voir son expression, on pourrait croire qu'elle est sur le point d'être malade.

Halina souffle, stupéfaite que le plan d'Adam ait fonctionné. Elle se demande depuis quand il se balade avec un pansement à l'entrejambe. Elle s'éclaircit la gorge et ouvre la porte, pour faire comprendre à Aleksandra qu'il est temps qu'elle s'en aille.

— Nous traiter de *juifs*, grommelle Adam dans sa barbe alors qu'il se penche pour remonter son pantalon.

La femme du propriétaire tapote nerveusement son chemisier. La peau de son cou est parsemée de taches écarlates. Elle évite le regard d'Halina et sort pour regagner l'escalier sans un mot. Halina verrouille la porte derrière elle et attend que le bruit de ses pas s'éloigne avant de se tourner vers Adam. Elle secoue la tête.

Adam tourne ses paumes vers le ciel et hausse les épaules.

— Je ne savais pas quoi faire d'autre, dit-il.

Halina se couvre la bouche. Adam regarde ses pieds puis lève les yeux sur elle. Quand leurs regards se croisent, les coins de sa bouche forment un sourire et Halina rit sans bruit dans sa main. Il lui faut un moment pour reprendre son calme. Elle sèche les larmes qui perlent au coin de ses yeux et traverse la pièce pour le rejoindre.

— Tu aurais pu me prévenir, dit-elle en se serrant contre le torse d'Adam.

— Je n'en ai pas eu le temps, murmure-t-il en passant ses bras autour de sa taille.

— J'aurais adoré voir la tête d'Aleksandra. Elle n'était pas fière en partant.

— Sa mâchoire a failli toucher le sol.

— Tu es courageux, Adam, dit doucement Halina.

— Je suis surtout chanceux. Je dois dire que je suis surpris que le pansement ait tenu.

— Heureusement qu'il a tenu ! J'étais si nerveuse.

— Je suis désolé.

— Est-ce qu'il est… encore en place ? demande Halina en baissant les yeux.

— Je l'ai enlevé quand Aleksandra est partie. Ça me rendait fou. Je l'avais depuis des heures. Ça m'étonne que tu n'aies pas remarqué que je marchais bizarrement.

Halina rit à nouveau et secoue la tête.

— Ça a fait mal quand tu l'as retiré ? Tout va bien… en bas ?

— Je crois que oui.

Halina plisse les yeux. La montée d'adrénaline la rend électrique au contact d'Adam, dont la chaleur contre sa peau est soudain irrésistible.

— Je ferais mieux de vérifier, dit-elle en défaisant sa ceinture.

Elle l'embrasse et ferme les yeux tandis que son pantalon lui tombe une nouvelle fois sur les chevilles.

4 AOÛT 1942 : *Tard dans la soirée, la police boucle Glinice, le plus petit ghetto de Radom, et des projecteurs sont allumés. Cent à cent cinquante enfants et personnes âgées sont assassinés sur-le-champ. Le lendemain, environ 10 000 autres sont envoyés par voie ferroviaire au camp d'extermination de Treblinka.*

35

Jakob et Bella

Usine AVL, Radom, Pologne sous occupation allemande – 6 août 1942

PERCHÉE EN ÉQUILIBRE PRÉCAIRE sur une lunette de toilettes dans les W.-C. des hommes, Bella guette le signal de Jakob. Elle s'appuie sur le mur d'une main, son manteau d'hiver enroulé autour de son bras, son autre main agrippée à la poignée d'une petite valise en cuir. La porte de la cabine est petite, sa position insoutenable : si elle se redresse, sa tête dépassera du dessus de la porte ; si elle descend de la lunette, ses pieds seront visibles par en dessous ; si elle bouge tout court, d'ailleurs, elle risque de tomber ou, pire, de glisser dans le trou fétide situé entre ses pieds. Heureusement, personne n'est venu inspecter les toilettes au cours de la dernière demi-heure. Mais Bella reste en position, faisant de son mieux pour ignorer la chaleur étouffante, la douleur dans le bas de son dos, la puanteur accablante des excréments et de l'urine. *Dépêche-toi, Jakob. Qu'est-ce qui peut bien prendre autant de temps ?*

Leur plan, s'il fonctionne, consiste à sortir du périmètre d'AVL sans se faire remarquer et de gagner le ghetto voisin de Glinice. Une partie d'elle s'accroche encore à l'espoir infime d'y retrouver ses parents, en vie. Épargnés. Mais elle le sent. Ils ne sont plus là.

Le ghetto a été liquidé. Bella et Jakob ont été prévenus par un ami qui travaille dans les forces de police polonaises. Ils étaient proches de Ruben à l'école et optimistes lorsqu'il a été assigné à la patrouille d'AVL. Ils s'étaient dit qu'il pourrait peut-être les aider. Mais les deux fois où Bella l'avait croisé, il était passé à côté d'elle sans un hochement de tête et sans même jeter un regard dans sa direction. Ce n'était pas une surprise, bien sûr : cette nouvelle dynamique entre d'anciens amis était devenue une habitude, désormais. Bella a donc été étonnée quand, voilà une semaine, Ruben l'a attrapée par le bras, poussée dans un débarras et suivie à l'intérieur. Il a verrouillé la porte. Désormais accoutumée à s'attendre au pire, Bella a prié : peu importait ce qu'il lui réservait pourvu que cela soit rapide. Mais, au lieu de ça, Ruben l'a surprise en se tournant vers elle avec une expression profondément triste sur le visage.

— Je suis désolé de t'avoir ignorée, Bella, a-t-il dit dans un murmure. Ils me feraient la peau si… bref, tu as de la famille dans le ghetto, pas vrai ? a-t-il demandé dans l'obscurité.

Bella a hoché la tête.

— J'ai entendu aujourd'hui que Glinice est censé être liquidé dans la semaine. Il restera quelques emplois et certains seront peut-être épargnés et envoyés à Wałowa, mais les autres…

Il a regardé le sol. Quand Bella a demandé où seraient envoyés les juifs, Ruben a répondu si doucement qu'elle a dû tendre l'oreille pour saisir ce qu'il disait.

— J'ai entendu des officiers SS parler d'un camp à côté de Treblinka, a chuchoté Ruben.

— Un camp de travail ?

Ruben n'a pas répondu mais seulement secoué la tête.

Ayant appris cela, Bella a supplié Meier, le contremaître de l'usine, de l'autoriser à amener ses parents à AVL. Curieusement, il a accepté, et lui a même octroyé un laissez-passer pour qu'elle puisse faire à pied un soir les deux kilomètres qui la séparaient de Glinice. Ruben l'a escortée. Mais ses parents ont refusé de partir.

— Si tu crois qu'on peut sortir d'ici comme ça, tu as perdu la tête, lui a dit son père. Ce Herr Meier dit que nous pouvons travailler pour lui, mais va dire ça aux gardes du ghetto. Va leur dire que nous quittons nos emplois pour aller travailler pour quelqu'un d'autre : ils éclateront de rire et nous tireront une balle dans la tête, à ta mère, à moi, et à toi aussi. Ce ne sera pas la première fois.

Bella a lu la terreur dans les yeux de son père. Mais elle a insisté.

— S'il vous plaît, Papa. Ils ont déjà pris Anna. Ne les laissez pas vous prendre vous aussi. Vous devez essayer, au moins. Ruben peut nous aider, a-t-elle imploré d'une voix trop aiguë, tendue par le désespoir.

— C'est trop dangereux pour nous, a dit sa mère en secouant la tête. Pars, Bella. Va-t'en. Sauve-toi.

Bella a détesté ses parents de refuser son projet, de perdre espoir. Elle leur donnait une chance de s'échapper, de prendre leur destin en main, mais au lieu de s'emparer des rênes ils se dérobaient et s'avachissaient sur la selle, submergés par la peur.

— S'il vous plaît, a fini par supplier Bella en sanglotant dans les bras de sa mère, les joues baignées de larmes.

Mais elle a bien vu, à leurs épaules tombantes, à leurs yeux baissés, qu'ils avaient perdu l'envie de se battre. Le peu de force qui leur restait avait été anéanti lorsque Anna avait disparu. Ils n'étaient plus que l'ombre d'eux-mêmes, des coquilles vides, creuses et effrayées. Quand Bella et Ruben ont fini par repartir de Glinice sans eux, Bella était hors d'elle.

Quelques jours plus tard, le 4 août à minuit, la liquidation du ghetto de Glinice a commencé, comme Ruben l'avait annoncé. Depuis l'usine, à deux kilomètres, Bella a entendu les coups de feu dans le lointain et les cris glaçants qui s'en sont suivis. Désespérée, dans tous ses états, à peine capable de tenir debout après plusieurs nuits sans sommeil, Bella s'est effondrée. Jakob l'a trouvée dans le baraquement de l'usine, en position fœtale, refusant de parler et même de le regarder. Elle ne pouvait rien faire à part sangloter. Sans paroles de réconfort à lui offrir, Jakob s'est allongé près d'elle, l'a prise dans ses bras et serrée contre lui tandis qu'elle pleurait. Il a fallu plusieurs heures pour que le bruit des détonations cesse. À ce moment-là, Bella a cessé de pleurer.

Au lever du jour le lendemain, Jakob a aidé Bella à grimper dans sa couchette et prévenu le garde assigné au baraquement que sa femme était trop malade pour travailler.

— Vous êtes sûr qu'elle est vivante ? a demandé le soldat quand il est allé la voir et l'a trouvée étendue sur le dos, immobile, un linge humide sur les yeux.

Une heure plus tard, la voix de Meier a retenti dans les enceintes, annonçant qu'AVL allait fermer et que les juifs seraient envoyés dans une autre usine et qu'ils devaient réunir leurs affaires et se tenir prêts à partir le lendemain à 9 heures tapantes. Mais Jakob savait pertinemment où on les enverrait. Ils devaient trouver une porte de sortie. Cette nuit-là, Jakob a forcé Bella à manger un quignon de pain et l'a suppliée de rassembler ses forces.

— J'ai besoin de toi. On ne peut pas rester ici, tu comprends ?

Bella a hoché la tête et Jakob a expliqué son plan, qui impliquait une pince coupante. Bella avait du mal à suivre. Avant de partir, Jakob l'a implorée de le retrouver le lendemain matin à 8 h 30 dans les toilettes des hommes.

À présent, il est presque 9 heures. Le soleil estival cogne sur la toiture de tôle ondulée, et l'air dans la cabine est étouffant. Bella redoute de s'évanouir.

Elle a dû déployer un effort surhumain pour se lever ce matin et, quand elle a réussi, elle a eu l'impression de ne plus habiter son propre corps, comme si ses muscles l'avaient abandonnée.

Quand les haut-parleurs grésillent, elle écarquille les yeux, heureuse d'avoir une distraction. La voix de Meier retentit.

— Travailleurs, dirigez-vous vers l'entrée de l'usine avec vos rations. Apportez vos affaires.

Bella ferme les yeux. Une ligne se formera bientôt devant l'usine. Elle imagine les gardes rassemblés pour escorter les juifs à la gare et se demande s'il s'agit des mêmes que ceux qui ont supervisé le voyage de ses parents vers une mort presque certaine. Elle a un haut-le-cœur. *Où est Jakob ?*

Elle a réussi à gagner les toilettes à 8 h 25, avec cinq minutes d'avance. Au moins une demi-heure s'est écoulée depuis. *Il devrait être là. Pitié…*

Bella prie en écoutant le petit bruit des gouttes de sueur qui, à quelques secondes d'intervalle, s'écoulent de son menton et atterrissent sur le sol de ciment. Elle lutte contre son envie de sortir des toilettes et de crier aux gardes de l'emmener elle aussi. *Pitié, Jakob, dépêche-toi.*

Enfin, elle entend de petits coups frappés à la porte. Elle souffle et descend précipitamment de son perchoir. Elle frappe deux coups et quatre autres lui répondent aussitôt. Elle ouvre la porte. À l'extérieur de la cabine, Jakob hoche la tête, soulagé de la trouver là.

— Désolé d'être en retard, murmure-t-il.

Il lui prend sa valise et l'entraîne hors des toilettes en rasant les murs. Bella essuie la sueur sur son visage et inspire de grandes bouffées d'air frais, reconnaissante d'être désormais entre les mains de Jakob et de n'avoir qu'à le suivre.

— Tu vois ce champ, juste derrière le baraquement des hommes ? demande Jakob. C'est là que nous allons. Mais, d'abord, nous devons arriver jusqu'au baraquement.

Bella plisse les yeux. Le long bâtiment bas est à une trentaine de mètres. Derrière, il y a une clôture grillagée, un mur de barbelés qui entoure la propriété, et, de l'autre côté, leur cible : un champ de blé.

— Nous allons devoir courir, murmure Jakob. Et espérer que personne ne nous voie.

Il se penche discrètement pour voir ce qui se passe vers le fond de l'usine et narre ce qu'il aperçoit : le bout d'une file de personnes qui fait le tour du bâtiment ; trois gardes qui ferment la marche et font signe aux derniers travailleurs de rejoindre les autres. Après de longues minutes, Jakob tend le bras derrière lui et prend la main de Bella.

— Ils sont partis. Vite. Allons-y !

Il tire Bella en avant et, bientôt, ils soulèvent des nuages de poussière tandis qu'ils courent vers le champ, le dos tourné à l'usine. Après quelques secondes à peine, les poumons de Bella la brûlent douloureusement, mais elle ne sent que sa main agrippée à celle de Jakob, et la tentation de regarder par-dessus son épaule pendant qu'elle court pour voir si quelqu'un les a repérés. Mais, si elle se retourne, elle a trop peur de paniquer et de s'arrêter net. Les trente mètres se transforment en vingt, puis en dix, puis en cinq, et ils ralentissent en arrivant derrière le baraquement des hommes. Ils plaquent leurs dos contre le bois patiné, inspirant de grandes bouffées d'air dans leurs poumons en feu. Bella se penche en avant, les mains sur les genoux, le cœur tambourinant furieusement dans sa poitrine. La course a failli avoir raison d'elle, mais cela a aussi réveillé quelque chose en elle. Pendant ces quelques secondes, elle a eu le sentiment de reprendre possession de son corps.

Ils respirent aussi silencieusement que possible en dépit de l'effort qu'ils viennent de fournir, à l'affût de bruits de pas, de cris, d'une détonation. Rien. Jakob attend pendant une longue minute, puis se risque à tendre le cou pour regarder au coin du bâtiment. Apparemment, personne ne les a vus.

— Viens, dit-il.

Désormais hors de vue, ils se dirigent vers la clôture. Lorsqu'ils l'atteignent, Jakob s'agenouille et se met rapidement au travail avec la pince coupante. Son front se couvre de sueur à mesure qu'il coupe méthodiquement les fils d'acier jusqu'à obtenir un trou assez large pour qu'ils puissent s'y faufiler.

— Toi d'abord, ma chérie, dit-il en soulevant le bas de la clôture.

Bella rampe sur le ventre par l'ouverture ; Jakob lui passe sa valise puis l'imite, avant de remettre la clôture en place derrière eux du mieux qu'il peut.

— Reste à terre, dit-il.

Ils se dépêchent de gagner le champ. Là, ils se mettent à quatre pattes et rampent, le corps enveloppé de tiges de blé trop mûr qui ondulent derrière eux tandis qu'ils s'éloignent de la clôture fraîchement lacérée, de l'usine et des wagons à bestiaux remplis d'hommes et de femmes qui, la veille encore, ont dormi à leurs côtés. À quatre pattes, Bella repense au matin où elle a traversé une prairie pour atteindre Lviv, au début de la guerre. Il y avait tant de choses en jeu, à l'époque, tant de variables inconnues. Mais, au moins, à ce moment-là, elle avait encore une sœur. Elle avait ses parents.

Après quelques minutes, Jakob et elle marquent une pause et s'agenouillent afin de pouvoir regarder l'usine entre les tiges de blé. Ils ont déjà fait un bon bout de trajet. AVL est toute petite, comme une brique beige à l'horizon.

— Je pense qu'on est en sécurité ici, dit Jakob.

Il aplatit les tiges autour d'eux et crée une sorte d'abri pour qu'ils puissent s'allonger. Les herbes de blé sont hautes : ils peuvent s'asseoir sans que leurs têtes dépassent. Bella, collante de sueur, étale son manteau à terre et s'installe dessus. Jakob jette un nouveau coup d'œil en direction de l'usine.

— Nous ferions mieux d'attendre qu'il fasse nuit pour continuer.

Bella hoche la tête et Jakob se rapproche pour s'asseoir près d'elle. Il met sa main dans sa poche et en ressort son mouchoir.

— Je l'ai gardée hier soir, explique-t-il en dévoilant une pomme de terre bouillie.

Bella n'a pas faim. Elle secoue la tête et ramène ses cuisses contre sa poitrine pour poser son menton sur ses genoux. À côté d'elle, Jakob fronce les sourcils et se mord la lèvre. Ils n'ont pas parlé de ce qui s'est passé la nuit dernière à Glinice. Que dire ? Bella a bien pensé à se confier, à lui expliquer ce que cela fait de perdre une mère, un père, une sœur (sa famille entière), ce que cela fait de se demander ce qu'il en serait si Anna et elle s'étaient cachées ensemble durant les pogroms de Lviv, et si elle avait réussi à convaincre ses parents de venir à AVL. Tout comme le ghetto, l'usine sera bientôt liquidée, mais si ses parents avaient accepté un travail à AVL, ils auraient au moins pu tenter de s'évader ensemble. Sauf que Bella ne peut se résoudre à parler de ces choses-là. Sa peine dépasse les mots.

Autour d'eux, le blé murmure et ondule dans la brise. Jakob passe un bras autour de ses épaules. Elle ferme les yeux et sent des larmes perler à ses paupières. Ils restent assis en silence et les minutes s'étirent pour se transformer en heures, sans rien d'autre à faire qu'attendre que la lumière ambrée de l'après-midi laisse la place à l'obscurité.

36

Halina

Dans la campagne près de Radom, Pologne sous occupation allemande – 15 août

SON PÈRE FREDONNE pendant qu'il conduit, les pouces tapotant le volant en bois de la petite Fiat noire. Derrière lui, Halina et Nechuma sont assises tout près l'une de l'autre, bras dessus, bras dessous.

Par chance, leurs vieux amis et voisins, les Sobczak, les ont épaulés une fois de plus en leur prêtant leur voiture. Halina a bien songé à aller de Radom à Wilanów en train avec ses parents, mais elle craignait de devoir passer de trop nombreux postes de contrôle au niveau des différentes gares. Halina espérait que la voiture serait une option plus sûre, même si cela signifiait acheter de l'essence, une denrée coûteuse et presque impossible à trouver. Halina a promis de faire le plein de la Fiat quand elle la ramènerait aux Sobczak, et insisté pour que Liliana garde le saladier et la louche en argent que Nechuma avait laissés chez eux avant leur expulsion, en échange de l'emprunt.

Depuis la banquette arrière, Halina observe son père tandis qu'il regarde le paysage : le ciel d'un bleu céruléen, la campagne verdoyante, le soleil qui se reflète sur la Vistule. Elle a offert de prendre le volant, mais Sol a insisté.

— Non, non. Je m'en occupe, a-t-il dit dans un hochement de tête, comme si c'était son devoir.

En vérité, elle savait qu'il était fou de joie à l'idée de conduire. Durant quatorze mois, Nechuma et lui ont vécu dans un monde cerné de murs de brique et de fils barbelés, peuplé de brassards à étoile bleue, dans la monotonie et la fatigue du travail forcé. Halina sourit : elle sait à quel point ils doivent se sentir bien ici, dehors, sur une route. Ensemble, ils se délectent de l'odeur de la liberté, douce et sucrée, comme le parfum des tilleuls qui caresse leurs narines à travers la fenêtre ouverte.

Nechuma vient de finir de lui raconter ce qu'ils éprouvaient en vivant et travaillant à l'usine d'armement de Pionki.

— On se sentait si *vieux* là-bas, explique-t-elle. Les autres étaient pratiquement des enfants. Tu aurais dû entendre les ragots… *Je suis tombée amoureuse… Elle n'est même pas jolie… Ça fait des jours qu'il ne m'a pas adressé la parole…* La jalousie, les drames. J'avais oublié combien il était fatigant d'être si jeune. Néanmoins, avoue-t-elle à voix basse en se penchant vers Halina, c'était assez divertissant parfois.

Halina ne peut s'empêcher de rire en imaginant ses parents au milieu de ces conversations frivoles. Elle est heureuse d'apprendre qu'ils étaient mieux à Pionki qu'ils ne l'avaient été dans le ghetto. Elle aurait été à l'aise avec l'idée qu'ils passent le reste du conflit dans les limites de l'usine, si Adam ne l'avait pas prévenue la semaine dernière qu'elle allait être fermée.

— Je suis désolé, je viens seulement de l'apprendre, avait-il dit. Ça peut arriver n'importe quel jour.

Halina avait compris qu'elle devait sortir ses parents de là avant qu'ils finissent dans l'un de ces horribles camps où les juifs étaient envoyés quand leur travail n'était plus requis.

Naturellement, ce n'était même pas la peine de songer à obtenir une autorisation pour sortir ses parents de Pionki. Halina savait qu'elle devrait travailler en dehors du système. Une semaine plus tôt, armée de ses papiers aryens et la poche pleine de złote, elle s'était rendue à l'usine avec l'intention de soudoyer un garde à l'entrée pour laisser ses parents partir discrètement à la fin de leur journée de travail (prétendant que c'étaient de vieux amis, accusés à tort d'être juifs). Mais elle était arrivée un vendredi, et sa mère avait été emmenée aux douches publiques avec le reste des travailleuses. Halina travaillait ce soir-là et elle n'avait pas pu se permettre d'attendre son retour. Ce matin, sentant qu'elle n'avait pas beaucoup de temps et que cent złote risquaient de ne pas suffire, elle a décidé d'apporter le dernier des bijoux de sa mère : l'améthyste. Nechuma avait glissé le collier à Isaac le jour de leur transfert depuis le ghetto vers Pionki en le suppliant de l'apporter à Halina le plus vite possible. Isaac avait immédiatement écrit à Halina à Varsovie pour la prévenir qu'il avait une livraison spéciale violette et qu'elle devait venir récupérer son paquet dans les meilleurs délais.

Hitler avait annoncé que tout Allemand acceptant des pots-de-vin de la part de juifs le paierait de sa vie mais, comme Halina l'avait découvert au camp de travail d'Adam, cela n'empêchait pas de nombreux nazis de les accepter. Et, effectivement, lorsqu'elle avait montré au garde de l'entrée de Pionki la pierre violette et brillante, ses yeux s'étaient illuminés. Il était revenu quinze minutes plus tard, ses parents sur les talons.

— À gauche, indique Halina lorsqu'ils arrivent au niveau d'un panneau en bois indiquant Wilanów, un petit village agricole en périphérie de Varsovie.

Ils quittent l'artère principale, et la route pavée se transforme en chemin de terre. Sol regarde dans le rétroviseur et sourit en voyant Halina et Nechuma côte à côte, heureuses de cette proximité retrouvée.

— Parle-nous de toi, des autres, dit Nechuma.

Halina hésite. Ses parents ne sont pas encore au courant pour Glinice, pour la famille de Bella. Elle n'a pas eu le cœur de le leur dire. La dernière heure a été si agréable… Parler avec sa mère de choses futiles lui a presque donné l'impression que tout était normal. Elle est réticente à l'idée de faire revenir la tristesse si vite dans leur monde. Alors, à la place, elle raconte à ses parents qu'Adam l'a récemment échappé belle avec la femme du propriétaire. Elle fait en sorte de tourner l'histoire de façon à les faire rire, et passe sous silence le fait qu'elle a été pétrifiée par la peur sur le moment. Elle leur parle de son travail à Varsovie (elle cuisine pour un homme d'affaires allemand) et du poste qu'a récemment trouvé Mila chez une riche famille allemande en se faisant également passer pour une aryenne.

— Et Felicia ? s'enquiert Sol par-dessus son épaule. Elle m'a tellement manqué.

— Le propriétaire de Mila a tout de suite eu des soupçons concernant Felicia, explique Halina. Il lui a suffi d'un regard sur ses yeux sombres et tristes pour comprendre qu'elle était juive. Mila a réussi à passer avec ses papiers, mais pour Felicia c'est beaucoup plus difficile. J'ai trouvé un ami qui est d'accord pour la cacher.

Halina tente de conserver un ton léger, même si elle sait à quel point la décision de laisser sa fille aux soins de quelqu'un d'autre a tourmenté Mila.

— Elle est là-bas toute seule, sans Mila ? demande Sol.

Dans le reflet du rétroviseur, Halina voit bien que son père ne sourit plus et qu'il a deviné les détails qu'elle a omis.

— Oui. Ç'a été difficile pour toutes les deux.

— Pauvre chérie, dit doucement Nechuma. Felicia doit être si seule.

— Oui, et elle déteste ça. Mais c'est mieux comme ça.

— Et Jakob ? demande Nechuma. Il est encore à l'usine AVL ?

Halina hésite à nouveau et baisse les yeux.
— Oui, il y est toujours, si j'en crois les dernières nouvelles que j'ai eues. Je lui ai écrit pour lui dire que vous aviez quitté Wałowa, et il a demandé si je pouvais aussi aider les parents de Bella à sortir du ghetto de Glinice, mais…
Halina déglutit péniblement. Le silence règne dans la voiture.
— J'ai essayé, murmure Halina.
Nechuma secoue la tête.
— Que veux-tu dire ?
— C'est… Ils… Glinice a été liquidé.
La voix d'Halina est presque inaudible par-dessus le vrombissement du moteur.
— Isaac dit qu'il reste encore quelques personnes, mais les autres…
Elle n'arrive pas à finir sa phrase. Nechuma porte une main à sa bouche.
— Oh, non. Et Wałowa ?
Halina entend la respiration de son père devenir plus bruyante à l'avant. Une larme coule sur la joue de sa mère. La joie qu'ils ont pu ressentir en se retrouvant au début du voyage a disparu. Personne ne parle pendant plusieurs minutes. Enfin, Halina brise le silence.
— Ralentissez, Papa. C'est la prochaine à gauche.
Elle montre, par-dessus l'épaule de son père, une allée étroite. Ils l'empruntent sur environ deux cents mètres jusqu'à parvenir à une petite ferme avec un toit de chaume.
Nechuma s'essuie les yeux et renifle.
— C'est là ? demande Sol.
— Oui, confirme Halina.
— Comment s'appellent-ils, déjà ? s'enquiert Nechuma. Les propriétaires ?
— Górski.
Adam a trouvé les Górski grâce à la résistance, sur une liste de Polonais qui avaient de la place chez eux et étaient d'accord pour cacher des juifs moyennant finance. Halina ne sait même pas si *Górski* est leur vrai nom. Elle sait juste

qu'ils peuvent accueillir ses parents et que grâce à son emploi stable elle peut se permettre de les payer.

Halina connaît la maison : elle est déjà venue une fois, pour se présenter et inspecter les conditions de vie. La femme n'était pas là, mais Halina et Pan Górski, qui ne lui avait pas encore dit son prénom à ce moment-là, s'étaient bien entendus. C'était un homme d'âge moyen, avec des cheveux poivre et sel, une carrure d'oiseau et un regard gentil.

— Et vous êtes sûr que votre femme est d'accord avec cet arrangement ? avait insisté Halina avant de partir.

— Oh, oui, avait-il répondu. Elle est inquiète, bien sûr, et c'est normal, mais elle est partante.

Sol ralentit et la Fiat avance au pas alors qu'ils approchent de la maison. Il n'y a pas d'autres habitations en vue.

— Tu as bien choisi, dit Nechuma en hochant la tête.

Halina se tourne vers sa mère et, pendant un instant, s'autorise à éprouver une fierté enfantine face à l'approbation de Nechuma. Elle suit son regard et observe la petite maison, avec sa charpente basse et carrée, ses murs recouverts de panneaux en cèdre et ses volets blancs. Elle a choisi les Górski en partie parce qu'ils semblaient sincèrement dignes de confiance, et aussi parce qu'ils vivaient à une heure de Varsovie, à la campagne ; sans voisins à proximité, Halina espérait qu'il y aurait moins de risque que quelqu'un les dénonce.

— Ça n'a rien de sophistiqué, mais c'est à l'abri des regards. Ne vous installez pas trop confortablement, néanmoins. Pan Górski dit que la police bleue est déjà venue frapper deux fois à sa porte pour voir s'il cachait des gens.

Ils ont entendu dire qu'un juif capturé peut valoir un sac de sucre, ou une douzaine d'œufs. Les Polonais prennent la chasse au sérieux. Les Allemands aussi. Ils ont même inventé un nom pour ça : *Jundenjagd*. La chasse aux juifs. Les juifs qui se font prendre peuvent être livrés morts ou vivants, cela ne fait aucune différence. Les Allemands ont aussi imposé la peine de mort à l'encontre de tout Polonais cachant un juif.

— Les Górski ont promis de n'en parler à personne, bien sûr, pas même à leur famille ou à leurs amis les plus proches. Mais gardez vos fausses cartes d'identité sur vous en permanence, continue Halina. Juste au cas où. On ne peut pas s'attendre qu'ils ne reçoivent jamais de visites.

Nechuma serre le bras d'Halina.

— Ne t'en fais pas pour nous, ma chérie. Tout ira bien.

Halina hoche la tête, même si elle ne sait plus comment faire pour ne pas s'inquiéter pour ses parents. C'est devenu une seconde nature de se faire du souci pour eux. Elle ne pense qu'à ça.

Sol coupe le contact. Le moteur hoquette, puis le silence s'abat sur l'habitacle tandis que Nechuma et lui examinent leur nouvelle maison à travers le pare-brise constellé d'insectes. Un chemin en ardoise bleue mène à la porte d'entrée, où un heurtoir en laiton en forme d'étrier brille à la lumière du soleil.

— Ça va marcher, dit Sol.

Il regarde Halina dans le rétroviseur. Ses yeux sont rouges.

— J'espère, dit Halina tout bas. Nous ferions mieux d'entrer.

Sol fait basculer le siège conducteur vers l'avant afin que Nechuma et Halina puissent s'extirper de la voiture, puis il ouvre le coffre pour s'emparer du peu d'affaires qui leur reste : une petite sacoche en toile contenant une tenue de rechange pour chacun, des photos, sa hagada et le sac à main de Nechuma.

— Par ici, indique Halina.

Suivie de ses parents, elle contourne la maison jusqu'à l'arrière, où une demi-douzaine de chemises grises sont accrochées à une ficelle suspendue entre deux érables. Il y a un petit potager avec des petits pois, des choux et des tomates.

Halina frappe deux fois à la porte de derrière. Au bout d'une minute, le visage de Pan Górski apparaît à la fenêtre et, une seconde plus tard, la porte s'ouvre.

— Entrez, les invite-t-il en joignant le geste à la parole.

Ils pénètrent sans un mot dans un salon obscur et Sol referme la porte derrière eux. La pièce est exactement comme dans les souvenirs d'Halina : petite, basse de plafond, avec un fauteuil à motif cachemire, un canapé usé et une bibliothèque contre le mur du fond.

— Vous devez être Pani Górski, dit Halina en souriant à la femme mince qui se tient près de Pan Górski. Je suis Halina et voici ma mère, Nechuma, et mon père, Sol.

La femme hoche brièvement la tête, les mains jointes au niveau de sa taille.

Le regard d'Halina circule des Górski à ses parents. En dépit du temps qu'ils ont passé en captivité, Sol et Nechuma sont encore bien portants. À côté d'eux, les Górski ont l'air de squelettes, avec leur taille fine et leurs épaules saillantes.

Sol pose leur sacoche à terre et avance d'un pas, la main tendue.

— Merci de faire cela pour nous, Pani Górski, dit-il. C'est très généreux et courageux de votre part de nous accueillir. Nous ferons tout notre possible pour ne pas vous déranger pendant notre séjour ici.

Pani Górski dévisage Sol un instant avant de lever une main, que Sol prend dans la sienne. Vas-y doucement, prie Halina, ou tu vas lui briser les os.

— Madame, intervient Nechuma en tendant également la main, n'hésitez pas à nous dire ce que nous pouvons faire pour vous aider dans la maison.

— C'est gentil à vous, répond Pan Górski en jetant un coup d'œil à sa femme. S'il vous plaît, appelez-nous par nos prénoms, Albert et Marta.

Marta acquiesce, mais elle a les dents serrées. Quelque chose dans son attitude déplaît à Halina. Elle se demande quelle a été la teneur des conversations entre les Górski avant leur arrivée.

— Je ferais mieux d'y aller, dit Halina.

Elle montre les étagères du doigt.

— Pourriez-vous expliquer le fonctionnement à mes parents avant que je parte ?

— Bien sûr, répond Albert.

Sol et Nechuma le suivent du regard tandis qu'il presse son torse contre la petite bibliothèque et la fait glisser délicatement contre le mur recouvert de panneaux de cèdre.

— C'est monté sur roues, s'étonne Sol. Je n'avais pas remarqué.

— Oui, on ne les voit pas, mais elles permettent de déplacer le meuble plus facilement… et plus rapidement.

Albert appose une main contre le mur.

— Le mur comprend huit panneaux du sol au plafond. Si vous comptez jusqu'au troisième et que vous appuyez ici, juste au niveau de ces deux clous, explique-t-il en effleurant du bout des doigts deux têtes de clous en acier enfoncés dans le mur, vous entendrez un petit déclic.

Sol observe Albert tandis qu'il appuie fermement à l'endroit indiqué. Effectivement, un déclic se fait entendre, et une petite porte carrée s'ouvre.

— J'ai aligné la charnière avec le bord des planches. À moins de savoir qu'elle est là, la porte est invisible.

— Très méticuleux, murmure Sol, sincèrement impressionné.

Albert sourit, ravi.

— Trois marches mènent au vide sanitaire. Vous ne pourrez pas vous tenir debout, explique Albert alors que Sol et Nechuma tendent le cou pour regarder à l'intérieur du carré noir de l'autre côté du mur. Mais nous avons mis des couvertures et nous vous avons laissé une lampe de poche. L'obscurité est totale.

Sol ouvre et ferme la petite porte à plusieurs reprises.

— Ça, continue Albert en montrant un loquet en métal, vous permet de la verrouiller de l'intérieur.

Il ferme la porte jusqu'à ce que le déclic résonne à nouveau, puis remet la bibliothèque en place.

— Suivez-moi, dit Albert en agitant la main par-dessus son épaule. Je vais vous montrer votre chambre.

Marta fait un pas de côté pour les laisser passer, puis ferme la marche tandis que son mari entraîne les Kurc dans un petit couloir, jusqu'à une chambre juste à côté du salon.

— Lorsqu'il n'y a pas de danger, vous pouvez dormi ici.

Sol et Nechuma inspectent la pièce, avec ses murs en stuc blanc et ses deux lits une place. Un miroir rouillé est accroché au-dessus d'une commode en chêne toute simple.

— Nous vous préviendrons quand nous aurons de la visite. Róża, la sœur de Marta, vient ici deux fois par semaine. Si quelqu'un passe à l'improviste, nous tarderons à les faire entrer pour vous laisser le temps de vous cacher dans le vide sanitaire. Vous devrez prendre toutes vos affaires, bien sûr, alors il vaut peut-être mieux ne pas les déballer.

— Vous avez un fils ? demande Sol, dont des gants de boxe dans un coin de la pièce ont attiré l'attention.

Marta tressaille.

— Oui. Zachariasz, répond Albert. Il a rejoint l'Armée de l'intérieur[7].

— Ça fait des mois que nous n'avons pas eu de ses nouvelles, ajoute Marta tout bas, les yeux fixés au sol.

Ils retournent dans le salon en silence. Nechuma pose une main sur l'épaule de Marta.

— Nous avons trois fils.

Marta lève les yeux sur elle.

— Vraiment ? Et où… où sont-ils ?

— L'un d'eux travaille dans une usine à l'extérieur de Radom, aux dernières nouvelles. Mais nous ne savons rien des deux autres depuis… le début de la guerre, en fait. L'un d'eux a été arrêté par les Russes, et celui du milieu était en France lorsque la guerre a éclaté. Maintenant, nous n'en savons rien…

Marta secoue la tête.

— Je suis désolée, murmure-t-elle. C'est horrible de ne pas savoir où ils sont, ni s'ils vont bien.

---

7. Principal mouvement de résistance en Pologne lors de l'occupation nazie et soviétique (N.d.T.).

Nechuma acquiesce et entre les deux femmes passe un courant qui tranquillise Halina.

Albert rejoint sa femme et pose une main au bas de son dos.

— Bientôt, déclare-t-il d'un air soudain sombre, cette foutue guerre sera finie. Et nous pourrons tous reprendre une vie normale.

Les Kurc hochent la tête, priant pour qu'il dise vrai.

— Je dois vraiment y aller, intervient Halina.

Elle sort de son sac à main une enveloppe contenant deux cents złote et la tend à Albert.

— Je reviendrai dans un mois. Vous avez mon adresse. Je vous en prie, s'il arrive quoi que ce soit, écrivez-moi aussitôt, dit-elle en évitant de croiser le regard de ses parents.

— Bien sûr, répond Albert. À dans un mois. Prenez soin de vous.

Les Górski quittent la pièce pour laisser un peu d'intimité aux Kurc.

Une fois seuls, Sol sourit à Halina et balaie la pièce du regard sans se départir de son sourire, les paumes tournées vers le ciel.

— Tu t'occupes bien de nous.

Il a des pattes-d'oie au coin des yeux et Halina est soudain nostalgique de son père, de son sourire qui lui manquera dès le moment où elle franchira la porte. Elle le prend dans ses bras et presse sa joue contre sa poitrine.

— Au revoir, Papa, murmure-t-elle en chérissant le sentiment d'être enveloppée dans sa chaleur et en priant pour qu'il ne la lâche pas en premier.

— Fais attention à toi, dit Sol en lui tendant les clés de la Fiat.

Le vert de ses iris amplifié par les larmes, Halina se tourne vers sa mère, heureuse qu'il fasse sombre dans la pièce (elle s'était promis de ne pas pleurer). Sois forte, se rappelle-t-elle. Ils sont en sécurité ici. Tu les revois dans un mois.

— Au revoir, Maman.

Elles se serrent dans les bras et s'embrassent sur la joue. À la façon dont la poitrine de sa mère monte et descend, Halina sait que sa mère fait de son mieux pour retenir ses larmes, elle aussi.

Halina laisse ses parents près de la bibliothèque et se dirige vers la porte.

— Je reviens en septembre, dit-elle, une main sur la poignée de la porte. J'essaierai de vous apporter des nouvelles.

— Oui, s'il te plaît, répond Sol en prenant la main de Nechuma dans la sienne.

Si ses parents sont aussi nerveux qu'elle à l'idée qu'elle s'en aille, ils sont doués pour ne pas le montrer. Elle ouvre la porte et plisse les yeux, aveuglés par la lumière de l'après-midi, s'attendant presque à trouver quelqu'un en train de les espionner, caché derrière les chemises propres d'Albert. Elle sort et pivote sur elle-même pour regarder une dernière fois ses parents. Leurs visages sont plongés dans l'ombre.

— Je vous aime, dit-elle à leurs silhouettes, puis elle referme la porte.

17-18 AOÛT 1942 : *Le ghetto de Wałowa à Radom est liquidé : 800 résidents, y compris ceux de l'asile pour les personnes âgées et handicapées, ainsi que des patients de l'hôpital du ghetto sont assassinés pendant deux jours. Environ 18 000 autres sont déportés en train vers Treblinka. Trois mille jeunes travailleurs juifs qualifiés restent à Radom pour le travail forcé.*

37

Genek et Herta

Téhéran, Perse – 20 août 1942

UN ÉCLAIR ORANGE PASSE AU-DESSUS D'EUX. Genek tressaille. Herta couvre instinctivement le visage de Józef de sa main. Ils font partie des vingt recrues polonaises entassées sur le plateau d'un vieux pick-up, assis hanche contre hanche sur le contreplaqué qui recouvre le plateau. Ils viennent tous de camps différents, libérés à la faveur d'une amnistie, comme l'ont été Genek et Herta, pour se battre pour les Alliés. Ils sont dans un piètre état : criblés de furoncles, de teignes, infestés par la gale, les cheveux collés au front, pleins de sueur et de poux. Les vêtements en lambeaux pendent lâchement sur les corps décharnés et une odeur infecte les entoure, qui suit le pick-up comme une ombre répugnante et malodorante. Certains parmi les plus malades sont allongés aux pieds de Genek et Herta, recroquevillés, incapables de se tenir assis. Seules quelques heures semblent les séparer de la fin.

Ils sont sur la route depuis trois jours, longeant la côte de la mer Caspienne sur un chemin de terre flanqué de dunes de sable et de quelques rares palmiers.

— J'imagine que nous sommes presque à Téhéran, dit Genek.

Les yeux écarquillés, ils dévisagent les Perses qu'ils croisent sur leur passage, et qui les dévisagent à leur tour.

— Nous devons avoir l'air pitoyables, murmure Herta.

Téhéran marque la fin (pour le moment) de leur voyage de cinq mille kilomètres. Voilà un an qu'ils ont été libérés de leur camp de travail à Altynay, et neuf mois qu'ils ont quitté Werwskoje, en Ouzbékistan, où ils ont été forcés de passer l'hiver.

Janvier et février ont été difficiles pour eux. Soumis à des rations de quatre-vingts grammes de pain et un bol de soupe par jour, ils ont fondu jusqu'à perdre un quart de leur masse corporelle. Sans les couvertures qu'Anders leur avait fournies, ils seraient morts de froid.

Mais ils ont eu de la chance. Des centaines d'autres qui étaient venus en Ouzbékistan pour rejoindre l'armée, comme eux, avaient fini enterrés à Wrewskoje. Toutes les semaines, un chariot traversait le village pour ramasser les restes squelettiques de ceux qui avaient perdu la bataille contre la malaria, le typhus, la pneumonie, la dysenterie, la famine. Les morts étaient rassemblés avec des fourches et empilés en dehors de la ville. Lorsque les piles devenaient trop hautes, quelqu'un aspergeait les corps de pétrole brut et les brûlait, générant une odeur écœurante qui flottait dans l'air longtemps après que les cadavres avaient été réduits en cendres.

En mars, il était devenu clair que Staline ne pouvait pas ou ne *voulait* pas nourrir ni équiper correctement les exilés qui s'étaient engagés dans l'armée d'Anders. D'après l'officier d'état civil, quarante-quatre mille recrues attendaient des ordres en Ouzbékistan ; les rations fournies par les Soviétiques, néanmoins, étaient maintenues au nombre de vingt-six mille. Furieux, Anders avait poussé Staline à l'autoriser à évacuer ses troupes vers la Perse, où ils pourraient passer sous tutelle britannique. Lorsque Staline avait fini par donner son accord, Genek et Herta avaient pris la route pour un nouvel exode de quatre mois, une traversée de deux mille quatre cents kilomètres de steppe et de désert sans fin, en passant par Samarcande et Chirakchi jusqu'au port de Krasnovodsk, au Turkménistan, sur la côte Est de la mer Caspienne. Là, ils avaient été encerclés par le NKVD muni de grands sacs de toile.

— Laissez les affaires que vous ne pouvez pas transporter, leur avait-on ordonné.

Un ordre plutôt inutile, puisque la plupart ne possédaient plus rien à part les vêtements qu'ils avaient sur le dos.

— Argent et papiers aussi, avait ajouté le NKVD.

Ils seraient fouillés à bord, leur avait-on dit.

— Quiconque tente de faire sortir clandestinement du pays de l'argent ou des papiers sera arrêté.

Genek et Herta avaient utilisé leurs derniers złote des mois plus tôt. Leurs passeports polonais avaient été confisqués à Lviv. Ils avaient dit adieu aux certificats d'amnistie et aux permis de non-résidents qu'on leur avait délivrés à Altynay, ainsi qu'aux passeports étrangers qu'on leur avait délivrés à Wrewskoje. Sans un sou et sans aucune forme d'identification en poche, ils étaient de véritables nomades. Mais cela n'avait pas d'importance : quelles que fussent les conditions pour se soustraire à l'emprise de la main de fer et passer entre les mains des Britanniques et du général Anders, ils étaient plus que ravis de s'y astreindre. C'est seulement lorsqu'ils avaient enfin grimpé sur la passerelle branlante pour embarquer à bord du *Kaganovich*, le cargo rouillé qui devait les transporter jusqu'au port perse de Pahlavi, qu'ils avaient senti pour la première fois l'odeur de la liberté dans l'air chaud et salé.

Néanmoins, après quelques jours en mer, cette odeur avait rapidement été remplacée par celle des vomissures, des matières fécales et de l'urine. Pendant quarante-huit heures infernales, ils étaient restés collés à des milliers d'autres passagers, les chaussures couvertes d'excréments, le cuir chevelu embrasé par le soleil brûlant et implacable, l'estomac retourné par la houle constante. Chaque centimètre carré du bateau était occupé : la cale, le pont, les escaliers, et même les canots de sauvetage. Des dizaines de passagers étaient décédés, leur corps mou soulevé dans les airs par des mains tendues au-dessus des têtes jusqu'à parvenir au bastingage, d'où on les jetait par-dessus bord, avant que la mer ne les engloutisse.

Genek et Herta étaient finalement arrivés en août à Pahlevi, un port perse de la côte Sud de la mer Caspienne. Ankylosés par la fatigue et étourdis par la faim, la soif et le mal de mer, ils avaient appris que le dernier navire à avoir traversé la mer Caspienne avait coulé, avec plus de mille personnes à son bord. Ils avaient passé deux nuits à la belle étoile sur la plage de Pahlevi, jusqu'à ce qu'un convoi de pick-ups arrive pour les emmener à Téhéran, où une division de l'armée polonaise était supposée les attendre.

Une seconde sphère orange les survole et, cette fois, Genek a le réflexe de l'attraper. Pourquoi les locaux s'en prendraient-ils à un groupe de personnes à l'aspect aussi misérable ? Il se le demande. Mais, quand il ouvre le poing, il découvre qu'il s'agit d'une orange. Une belle orange, par-dessus le marché. Fraîche. Charnue. Il regarde par-dessus son épaule pour voir s'il arrive à repérer la personne qui l'a lancée, et croise le regard d'une jeune femme portant un voile bordeaux, debout sur le trottoir, les mains sur les épaules de deux garçonnets. Elle sourit, les yeux marron doux et pleins de pitié, et soudain il comprend : on ne leur a pas jeté l'orange pour les insulter. C'était un cadeau. De la nourriture. Les yeux de Genek se remplissent de larmes tandis qu'il fait rouler le fruit entre ses paumes. Un *cadeau*. Il agite la main à l'attention de la femme perse, qui lui rend son salut et disparaît dans un nuage de fumée. Genek ne se souvient pas de la dernière fois qu'un étranger a eu un geste gentil envers lui sans rien attendre en retour.

Il enfonce un ongle sale dans l'orange, l'épluche et en tend un quartier à Herta. Elle en croque une partie et porte l'autre moitié aux lèvres de Józef, riant doucement en le voyant plisser le nez.

— C'est une *orange*, Ze, explique-t-elle.

Un mot nouveau pour lui.

— *Pomarańcza*. Tu ne vas pas tarder à adorer ça.

Genek épluche un quartier pour lui et ferme les yeux tout en mâchant. La saveur explose sur sa langue. C'est la chose la plus délicieuse qu'il ait jamais goûtée.

Leur camp est orienté au nord, et donne sur la côte de la mer Caspienne, ainsi que sur les montagnes gris-violet de l'Elbourz.

— Est-ce que nous sommes au paradis ? murmure Herta alors qu'ils approchent.

Elle prend la main de Genek dans la sienne. Deux jeunes femmes anglaises portant des képis de l'armée hochent la tête et les orientent vers une série de longues tentes étroites, avec des volets en toile enroulés et attachés pour permettre à l'air de circuler.

— Les hommes à droite, les femmes à gauche, expliquent-elles en montrant deux tentes ornées de la mention STÉRILISATION.

À l'intérieur de la tente des hommes, Genek est plus que disposé à se déshabiller. Il a échangé les vêtements dont il pouvait se passer contre du bois et des rations supplémentaires de nourriture qui les ont aidés à tenir pendant l'hiver sibérien. Depuis, il porte le même pantalon, la même chemise et les mêmes sous-vêtements presque tous les jours. Nu, il se dirige vers un jet diffusant un liquide qui lui brûle les narines lorsqu'il s'approche.

— Je vous conseille de fermer les yeux, lui dit la recrue qui est passée juste avant lui.

La douche désinfectante pique, mais Genek savoure la froideur mordante du liquide qui coule sur ses côtes et le débarrasse de la saleté qui lui colle à la peau, comme s'il le purifiait de tout ce temps passé en exil. Lorsque c'est terminé, il rouvre les yeux et constate avec soulagement que son petit tas de vêtements usés jusqu'à la corde a disparu, sans doute pour être brûlé. Il se secoue pour ôter les dernières gouttes de solution à l'odeur âcre qui lui collent à la peau et rejoint l'autre recrue près d'un seau de ce qui semble être de l'eau de mer pour se rincer avec une éponge (une éponge !). Il sait que d'autres personnes attendent derrière lui, mais il a toutes les peines du monde à ne pas prolonger d'une minute sa première vraie toilette depuis des mois. Il sent à présent un mélange d'eau chlorée et d'eau de mer. On lui tend une serviette et on le conduit jusqu'à une autre tente, remplie celle-ci de piles bien nettes de vêtements neufs. Des sous-vêtements, des maillots de corps et des uniformes de différentes formes et tailles. Il choisit un pantalon léger kaki et passe une chemise à manches courtes par-dessus sa tête. Le coton est d'une douceur délicieuse contre sa poitrine. Dans une troisième tente, on lui tend une paire de chaussures en toile blanche, un casque colonial, un sac de dattes, six cigarettes et une petite somme d'argent.

— Le petit déjeuner est à 7 heures tapantes, lui dit le timonier alors qu'il s'apprête à partir.

— Le petit déjeuner ?

Il est si habitué à se contenter d'un seul repas par jour que le concept de se mettre quelque chose de nourrissant dans l'estomac au lever lui est devenu étranger.

— Vous savez, du pain, du fromage, de la confiture, du thé.

Du fromage et de la confiture et du thé ! Genek hoche la tête, l'eau à la bouche, si fou de joie qu'il n'arrive pas à parler.

Sur la plage, il trouve Herta, Józef sur les genoux et un panier d'oranges à côté d'elle. On lui a donné le même pantalon kaki et la même chemise, mais pour femme. Józef est nu, à l'exception d'un lange et d'un mouchoir qu'Herta a trempé dans l'eau et enroulé autour de sa tête.

Il tape des pieds dans le sable, fasciné par la sensation des petits grains chauds contre sa peau. Un jeune garçon perse passe à côté d'eux, qui vend du raisin. Ils restent assis en silence pendant un moment, à fixer l'horizon, la surface étincelante de la mer Caspienne, surplombée par les montagnes dentelées de l'Elbourz.

— Je pense que nous sommes au bon endroit, dit Genek en souriant.

AOÛT 1942, TÉHÉRAN : *Peu après l'arrivée des hommes d'Anders à Téhéran, Staline fait pression pour envoyer directement les Polonais au combat, mais Anders insiste sur le fait qu'ils ont besoin de davantage pour récupérer. Beaucoup de ses hommes meurent à Téhéran, certains rendus trop faibles et malades par l'exode, certains incapables de supporter la consommation soudaine d'aliments riches. D'autres, grâce aux soins des Perses et aux provisions fournies par la Grande-Bretagne, reprennent des forces. Quand de nouvelles tenues de combat et de vraies bottes en cuir arrivent en octobre, le moral sur le camp de Téhéran n'a jamais été aussi bon.*

23 AOÛT 1942 : *La bataille de Stalingrad commence. L'Allemagne nazie, soutenue par les puissances de l'Axe, repousse les limites de ses territoires européens et se bat pour obtenir le contrôle de Stalingrad, dans le sud-ouest de la Russie, au cours de ce qui deviendra une des batailles les plus sanglantes de l'Histoire.*

38

Felicia

Varsovie, Pologne sous occupation allemande – septembre 1942

FELICIA CHANTONNE TOUT BAS (la chanson sur le chaton que son grand-père lui a apprise), accroupie sur le sol en linoléum de la cuisine tandis qu'elle joue à faire tenir en équilibre les uns sur les autres des bols en métal. À intervalles réguliers, elle regarde l'horloge ronde accrochée au-dessus de la cuisinière (sa mère lui a récemment appris à lire l'heure) et compte les minutes qui la séparent de 17 heures, l'heure à laquelle Mila doit arriver. L'appartement appartient à une amie de sa tante Halina. C'est beaucoup plus agréable que le ghetto mais, au moins, dans le ghetto, elle retrouvait sa mère tous les soirs. Ici, à Varsovie, pour des raisons que Felicia n'arrive pas encore à comprendre, sa mère vit dans un appartement séparé au bout de la rue. Elles passent du temps ensemble le samedi et dimanche, et une fois par semaine

Mila vient à l'appartement apporter de l'argent aux propriétaires. Le couple de propriétaires travaille, Felicia s'est donc habituée à passer ses journées seule. Un autre clandestin, Karl, est arrivé il y a quelques semaines, mais elle n'interagit pas beaucoup avec lui. Il passe la plupart de son temps à lire, ou alors il reste dans sa chambre, ce qui convient très bien à Felicia, car elle est mal à l'aise quand des gens qu'elle ne connaît pas lui posent des questions, surtout des hommes.

Le verrou de la porte fait du bruit et Felicia regarde la grande aiguille de la pendule. Il est trop tôt. Normalement, sa mère arrive ici juste après 17 heures, pas avant, et les propriétaires ne rentrent pas avant 18 heures. Un instant, elle s'imagine que c'est son père.

— Je t'ai retrouvée ! dirait-il en franchissant la porte vêtu de son uniforme militaire.

Mais, ensuite, elle se fige et se demande si elle doit se cacher. On lui a dit de se méfier des étrangers. La porte de l'appartement s'ouvre et se referme et, après un moment, une voix retentit. Felicia se tranquillise lorsqu'elle reconnaît l'intonation de Franka, la cousine de sa mère.

— Felicia, chérie, c'est moi. Franka. Ta maman n'a pas pu venir, annonce-t-elle en se dirigeant vers la cuisine. Ah, tu es là, dit-elle en voyant Felicia assise par terre au milieu de ses bols. Ta maman va bien, elle doit juste travailler tard aujourd'hui.

Franka pose une boîte sur la table de la cuisine et se penche pour serrer Felicia dans ses bras.

— Elle doit travailler tard ? demande Felicia en regardant derrière Franka comme si elle espérait voir apparaître sa mère.

— Elle essaiera de venir te voir demain, explique Franka en se redressant. Tu vas bien ? Tout va bien ici ?

Felicia regarde Franka. Elle semble nerveuse, comme si elle était pressée.

— Je vais bien. Est-ce que tu vas rester avec moi ? demande-t-elle, même si elle connaît déjà la réponse.

— J'aimerais bien, ma chérie, mais je travaille ce soir et Sabine m'attend en bas. Elle est venue avec moi pour faire le guet pendant que j'apportais l'argent. Il ne faut pas qu'on me voie ici.

Felicia soupire et se lève pour regarder de plus près la boîte que Franka a posée sur la table de la cuisine.

— Qu'est-ce que c'est ?

Son quatrième anniversaire approche et elle a supplié sa mère à plusieurs reprises de lui acheter une nouvelle robe. Peut-être que Franka lui en a apporté une ?

— Ce sont des chaussures. J'ai pensé qu'il valait mieux que j'aie l'air de livrer quelque chose, au cas où quelqu'un demanderait pourquoi je suis là, explique Franka.

— Oh.

Les yeux de Felicia sont au niveau de la boîte. Elle se met sur la pointe des pieds et jette un coup d'œil sous le couvercle, curieuse de savoir à quoi ressemble une nouvelle paire de chaussures, et l'odeur qu'elle peut avoir. Mais dans la boîte les richelieus sont éraflés et usés.

— Est-ce que tu as besoin de quelque chose ? demande Franka en sortant une enveloppe de sa jupe.

Felicia regarde par terre. Elle a besoin de tout un tas de choses. Elle ne répond pas.

Franka dissimule l'enveloppe à l'endroit habituel, derrière un cadre au-dessus de la gazinière.

— Où est monsieur… comment s'appelle-t-il, déjà ? demande-t-elle, les yeux tournés vers le bout du couloir.

Felicia est sur le point d'expliquer que Karl n'est pas encore sorti de sa chambre quand des coups violents sont frappés à la porte. La première pensée de Felicia est qu'il doit s'agir de Sabine, l'amie de Franka. Elle regarde sa montre, puis Felicia. Elles se dévisagent, sans trop savoir quoi faire. D'autres coups retentissent. Franka lève alors la nappe qui recouvre la table.

— Cache-toi, vite ! murmure-t-elle.

Felicia se précipite sous la table. On frappe une troisième fois. Cette fois, c'est un bruit de métal qui cogne contre le bois. Ils vont défoncer la porte si personne ne répond, réalise Felicia.

Franka ajuste la nappe de façon à ce qu'elle tombe jusqu'au sol.

— J'arrive, crie-t-elle.

Puis elle s'accroupit et chuchote à travers la nappe :

— S'ils te trouvent, tu es la fille du concierge.

Je suis la fille du concierge. Ce sont les mots qu'elle est censée réciter si quelqu'un la surprend. Depuis qu'elle a commencé à vivre dans l'appartement, il y a plusieurs mois, elle n'a jamais eu à s'en servir. Jusqu'à aujourd'hui, personne n'est jamais passé sans prévenir, à part le propriétaire.

— Je suis la fille du concierge, murmure-t-elle pour tester la façon dont le mensonge résonne dans sa bouche.

Dès que Franka atteint la porte, Felicia entend des voix. Trois, peut-être quatre, qui crient dans une langue qu'elle a appris à reconnaître comme étant de l'allemand. Ce sont des voix d'hommes. D'un pas lourd, ils se dirigent vers la cuisine. Le fracas des bols qui s'éparpillent sur le sol fait sursauter Felicia sous la table.

Au milieu du chaos, la voix de Franka retentit aussi. Elle parle vite. Elle ne vit pas ici, explique-t-elle, puis elle dit quelque chose à propos des chaussures, mais les Allemands ne semblent pas intéressés.

— *Halt die Schnauze!* aboie l'un d'eux.

Felicia retient son souffle tandis qu'ils empruntent le couloir en direction des chambres. Pendant un moment, c'est le silence. Felicia est tentée de courir, ou d'appeler Franka, mais à la place elle décide de compter. *Un, deux, trois.* Avant d'avoir pu compter jusqu'à quatre, de nouveaux cris se font entendre. Quand elle reconnaît la voix de Karl, elle frissonne. Est-ce pour lui qu'ils sont venus ?

Bientôt, des corps s'agitent, des bottes remontent le couloir à grands *boums* dans sa direction, et il y a des gens dans la cuisine, davantage de cris, dont ceux de Karl, qui implore d'une voix pathétique et suppliante :

— S'il vous plaît, ne faites pas ça, je vous en supplie ! J'ai des papiers !

Felicia prie pour lui, prie pour que les Allemands prennent ses papiers et s'en aillent, mais c'est peine perdue. Un coup de feu est tiré. Franka crie et, l'instant d'après, le sol tremble lorsque quelque chose de lourd tombe à terre dans un bruit sourd perturbant.

Felicia plaque une main sur sa bouche, pour tenter d'étouffer le son torturé qui menace de s'échapper de ses lèvres. Son cœur bat si fort et si vite qu'elle a le sentiment qu'il va remonter dans sa gorge et jaillir de sa bouche à tout moment.

Un des intrus rit. Felicia tente de contrôler sa respiration, dans un tel effort qu'elle en tremble. Des bruissements. Encore des rires. Quelque chose à propos de złote.

— Vous voyez ? dit une voix rauque dans un polonais écorché, vraisemblablement à l'attention de Franka. Vous voyez ce qui arrive quand ils essaient de se cacher ? Dites au propriétaire qu'on reviendra.

Quelque chose bouge près de Felicia. Un ruban pourpre serpente dans sa direction sous la nappe. Elle manque vomir lorsqu'elle comprend de quoi il s'agit. Elle se décale sans bruit à l'autre bout de la table, ramène ses genoux contre sa poitrine et ferme les yeux.

— Oui, monsieur, répond Franka d'une voix à peine audible.

Enfin, les voix et les bruits de pas s'éloignent et la porte de l'appartement se referme. Les Allemands sont partis.

L'instinct de Felicia lui dit de bouger, de ramper aussi vite qu'elle le peut de sous la table, loin de cette scène sanglante, mais elle n'y parvient pas. Elle appuie son front contre ses genoux et se met à pleurer. L'instant d'après, Franka est là, sous la table, qui serre le corps recroquevillé de Felicia contre elle.

— Tout va bien, murmure-t-elle, les lèvres pressées contre l'oreille de Felicia tandis qu'elle la berce d'avant en arrière, d'avant en arrière. Tu vas bien. Tout va bien se passer.

39

Addy

Rio de Janeiro, Brésil – janvier 1943

Le premier endroit où s'arrête Addy en revenant à Rio de Janeiro, une fois son contrat à Minas Gerais terminé, est le bureau de poste de Copacabana. Chaque soir, à Minas, il a prié pour qu'une lettre arrive pendant son absence, mais ses espoirs sont anéantis dès qu'il rentre et que son regard croise celui de Gabriela.

— Je suis désolée, Addy, dit-elle derrière le comptoir. J'espérais avoir quelque chose pour toi.

Elle semble sincèrement navrée de lui annoncer cette nouvelle. Addy s'efforce de sourire.

— Ça ne fait rien. C'est l'intention qui compte.

Il passe sa main dans ses cheveux.

— Ravie de te revoir, lance Gabriela alors qu'il tourne les talons.

— À la semaine prochaine, lance-t-il avec un optimisme aussi forcé que son sourire.

Alors qu'il sort du bureau de poste, il baisse la tête et son cœur se serre dans sa poitrine. Il était idiot d'espérer. Il renifle, retient ses larmes et se redresse. Attendre ne t'apportera rien, se dit-il. Tu dois faire plus. Quelque chose. N'importe quoi. Cet après-midi, décide-t-il, il ira à la bibliothèque. Il consultera les journaux étrangers, cherchera des indices. Peut-être qu'il lira un article qui lui remontera le moral.

Ce qu'il a lu à Minas est décourageant, et parfois confus. Un article qualifiait les efforts d'Hitler pour éradiquer les juifs en Europe de « meurtre de masse avec préméditation » et rapportait un nombre impensable de morts. Un autre article disait que la « situation juive » était largement exagérée, que les juifs n'étaient pas exterminés, mais simplement persécutés. Addy ne savait que croire. Et il s'exaspérait de constater que les rares informations qu'il parvenait à trouver étaient généralement glissées au milieu d'un périodique, comme si les rédacteurs en chef eux-mêmes n'étaient pas sûrs de l'exactitude des faits, comme si le gros titre « Plus d'un million de morts depuis le début de la guerre » n'avait pas sa place en une. Le destin des juifs d'Europe, apparemment, attirait peu l'attention du Brésil. Mais Addy, lui, ne pensait qu'à ça.

Il met ses lunettes de soleil et glisse instinctivement sa main dans sa poche pour sentir le mouchoir de sa mère, frottant le lin doux entre ses doigts jusqu'à ce que ses yeux soient secs. Il doit retrouver Eliska pour le déjeuner dans quinze minutes.

Eliska est venue lui rendre visite à Minas une fois qu'il avait été installé, mais la voir n'a en rien aidé à réparer ce qui commençait à lui faire l'effet d'une relation brisée. Eliska est devenue d'humeur chagrine quand Addy lui a confié à quel point il était préoccupé et avoué qu'il n'arrêtait pas de penser à sa famille.

— J'aimerais comprendre ce que tu traverses, a-t-elle dit, et, pour la première fois, Addy l'a vue pleurer. Addy… et si tu ne retrouves jamais ta famille ? Que se passera-t-il ? Comment feras-tu pour supporter ça ?

Addy a détesté entendre ces mots et songer à ce qu'ils impliquaient, il lui en a voulu de les prononcer, même s'ils formulaient les questions qu'il se posait lui aussi.

— Je t'aurai, toi, a-t-il répondu doucement, mais ses mots sonnaient faux.

C'était évident, à présent. Eliska le savait aussi bien que lui : tant que sa famille serait portée disparue, Addy ne serait pas en mesure de s'engager totalement à construire une vie avec elle, de l'aimer de tout son cœur. Il a pris conscience que les larmes d'Eliska n'étaient pas pour lui : elle pleurait sur elle-même. Elle commençait à imaginer un avenir sans lui.

Au bout du pâté de maisons, Addy s'approche de la terrasse du Café Campanha. Il est en avance. Eliska n'est pas encore là. Il s'assoit à une table, se demandant si la conversation qu'ils sont sur le point d'avoir va mener à la rupture de leurs fiançailles et, si oui, ce que cela impliquera pour eux deux. Le cœur lourd, il sort de sa poche de poitrine son carnet de notes à reliure de cuir. Voilà des mois qu'il n'a pas posé de notes sur le papier, mais toutes les pensées liées à sa famille et à Eliska, à ce qu'aimer et être aimé signifie sont en train de se transformer en une mélodie. Il dessine une portée sur la page blanche et ajoute la signature familière de la mesure trois-quatre. Tandis que les premières notes se répandent le papier, il décide que ce nouveau morceau sera une valse lente, en mode mineur.

40

Mila

Varsovie, Pologne sous occupation allemande – janvier 1943

Edgar, qui a fêté ses cinq ans la semaine dernière, sautille à côté de Mila. Il a le nez qui coule, rosi par le froid.

— Ce n'est pas la route du parc, Frau Kremski.

Il parle comme s'il était plus intelligent qu'elle.

— Je sais. Nous faisons un petit détour. Ça ne prendra qu'un moment.

Après avoir passé les quatre derniers mois à Varsovie au service d'une famille de nazis, Mila parle couramment allemand à présent.

Chez les Bäcker (Mila a appris que leur appartement appartenait jadis à une famille juive qui, présumait-elle, vivait maintenant dans le ghetto de Varsovie), Mila est connue sous le nom d'Iza Kremski. Le père d'Egdar est officier de haut rang dans la Gestapo. La mère, Gundula, est paresseuse comme une couleuvre, mais elle compense son manque de productivité par un tempérament explosif et une conviction enragée que tout lui est dû. C'est une Madame-je-sais-tout avec une propension à claquer les portes et à gaspiller l'argent de son mari. Le travail de Mila est loin d'être idéal, mais le salaire est correct et, en dépit du fait que son cœur se brise chaque jour qu'elle passe auprès d'un enfant qui n'est pas le sien, elle aime bien Edgar, si gâté soit-il, et c'est un bien meilleur poste que celui qu'elle occupait à l'atelier à Wałowa. Au moins, ici, à Varsovie, elle a un semblant d'autonomie, ce qui n'était pas le cas dans le ghetto.

Mila passe ses matinées à nettoyer les meubles à l'aide d'un linge humide, à frotter le carrelage en porcelaine de la salle de bains et à préparer les repas. Les après-midi, quel que soit le temps, elle emmène Edgar au parc. Qu'il pleuve ou qu'il gèle, qu'il neige ou qu'il vente, Gundula insiste pour que son fils passe une heure dehors. Alors, chaque jour, Mila et le petit garçon effectuent le même trajet : depuis le pas de porte des Bäcker, ils prennent la rue Stępińska jusqu'à l'entrée sud du parc Łazienki. Mais, aujourd'hui, Mila a fait un détour de plusieurs pâtés de maisons vers l'ouest, jusqu'à la rue Zbierska. Elle prend un risque (elle ne sait pas encore comment elle va s'y prendre pour convaincre Edgar de garder le silence sur leur escapade), mais Edith lui a dit de venir durant la journée, et elle a désespérément besoin de la voir.

Mila a rencontré Edith, une couturière, peu après avoir commencé à travailler chez les Bäcker. Elle passe à l'appartement toutes les semaines, pour coudre une nappe ou confectionner une robe pour Frau Bäcker, une veste pour Herr Bäcker, un pantalon pour Edgar. Hier, pendant que Gundula était sortie, Edith est arrivée alors que Mila était en train de polir un service d'argenterie, et elles ont commencé à discuter. Elles se sont entendues à merveille et ont parlé à mi-voix dans leur polonais natal. Mila soupçonnait Edith d'être juive et de se faire passer pour une Aryenne elle aussi, intuition qui s'est confirmée lorsque

Edith a mentionné, l'air de rien, qu'elle avait grandi à l'est de la rue Okopowa. Mila savait que ce quartier juif faisait désormais partie du ghetto. Lorsque Mila lui a parlé de Felicia, Edith a évoqué un couvent catholique en dehors de la ville susceptible d'accepter des orphelins.

— Je pourrais me renseigner pour savoir s'ils ont une place, a-t-elle proposé.

Mais, au moment où elle disait cela, Gundula est revenue, et les femmes ont passé le reste de l'après-midi à travailler en silence. Avant de partir, Edith a glissé à Mila un coin de page de journal arraché dans un périodique des Bäcker sur lequel elle avait griffonné son adresse.

— Je vis au bout de la rue, a-t-elle murmuré.

Puis elle a ajouté :

— Il faudra que vous veniez tôt dans l'après-midi, quand mes voisins sont au travail. Ils sont… attentifs.

Mila examine le bout de papier triangulaire dans la paume de sa main pour vérifier l'adresse : *4 rue Zbierska.*

— Quel genre de détour ? Je veux aller au parc.

— Ta mère m'a demandé de passer voir Edith, la couturière, ment Mila. Tu la connais, tu l'as vue à la maison. Elle a pris tes mesures pour une chemise la semaine dernière.

— Pourquoi tu dois passer la voir ?

— Rien d'important. Ça ne prendra qu'une seconde.

Mila appuie sur la sonnette portant le nom d'Edith, qui a eu la présence d'esprit de noter son nom de famille avec son adresse. Un instant plus tard, la voix d'Edith retentit à travers un haut-parleur.

— Qui est là ? demande-t-elle en polonais.

Mila s'éclaircit la gorge.

— Edith, c'est… c'est Iza. Je suis avec Edgar. Est-ce que nous pouvons monter un instant, s'il vous plaît ?

Aussitôt, un bourdonnement indique que la porte est ouverte. Mila et Edgar grimpent trois volées de marches d'un escalier étroit jusqu'à une porte marquée 3B.

Edith les accueille avec un sourire.

— Bonjour, Iza. Bonjour, Edgar. Entrez, je vous en prie.

Edgar fronce les sourcils alors qu'ils franchissent le pas de porte.

— Je suis désolée de débarquer ainsi sans prévenir, dit Mila.

Elle jette un regard en coin à Edgar, se demandant dans quelle mesure il comprend le polonais, avant de reporter son attention sur Edith.

— Vous avez parlé d'un couvent hier.

Edith hoche la tête.

— Oui, il se trouve dans une ville qui s'appelle Włocławek, à environ quatre-vingts kilomètres de là. Je leur ai envoyé une lettre aujourd'hui, pour les prévenir que je connaissais un enfant dans le besoin. Je vous préviens dès que j'ai une réponse.

— Merci, dit Mila dans un souffle. Je... je vous remercie beaucoup de votre aide.

— Je vous en prie.

Edgar tire sur la jupe de Mila.

— Est-ce qu'on peut *s'en aller* ? Ça fait une minute.

Elle tourne les talons et tente de maintenir un semblant de légèreté dans sa voix.

— Oui, on peut s'en aller. Nous allons au parc, ajoute Mila en repassant en allemand.

— Merci d'être passée, Iza, répond Edith. Ne prenez pas froid.

— Nous allons essayer.

À la seconde où elle accroche son manteau au portant dans l'entrée des Bäcker le lendemain, Mila sent que quelque chose ne va pas. L'appartement est comme figé, sinistrement silencieux. Herr Bäcker est au travail à cette heure-ci mais, presque tous les jours, lorsque Mila arrive, elle trouve Gundula relativement oisive, ou à écrire une liste de corvées, et Edgar jouant au ballon ou courant dans la maison, engagé dans une de ses batailles imaginaires et criant « Pan ! Pan ! Pan ! », les mains transformées en pistolets imaginaires. Aujourd'hui, le silence qui règne dans l'appartement lui glace le sang.

Elle frissonne tandis qu'elle remonte le couloir menant au salon. Il est vide. Elle continue vers la cuisine, mais s'arrête net en passant devant la salle à manger. Il y a une silhouette au fond de la pièce, assise en bout de table, immobile. Même depuis le couloir, Mila voit que Gundula a les joues rouges et les yeux brillants de colère. En dépit de son envie de repartir aussi vite qu'elle est arrivée, Mila pivote pour lui faire face, sans toutefois entrer dans la pièce.

— Frau Bäcker ? Est-ce que tout va bien ? demande-t-elle, les mains jointes au niveau de sa taille.

Gundula la fusille des yeux. Lorsqu'elle prend la parole, ses lèvres bougent à peine.

— Non, Iza, tout ne va pas *bien.* Edgar m'a dit que vous étiez allés chez la couturière hier, sur la route du parc.

Mila sent sa respiration s'accélérer.

— Oui, c'est exact. Je vous demande pardon, j'aurais dû vous le dire.

— Oui, vous auriez dû me le dire.

Soudain, la voix de Gundula est plus forte et plus sévère qu'elle ne l'a jamais été.

— Mais, je vous en prie, dites-moi ce qui vous a poussée à lui rendre visite.

Mila savait qu'Edgar dirait peut-être quelque chose. Elle avait donc pris soin d'inventer une excuse.

— Je lui ai demandé si elle pourrait passer chez moi dans la semaine, commence Mila. J'ai cruellement besoin d'une nouvelle jupe. J'avais honte de vous le dire.

Mila baisse les yeux.

— Je porte celle-ci depuis des années, car… car je ne peux pas me permettre d'en acheter une autre. Edith a dit un jour qu'elle avait un moreau de tissu, qu'elle pourrait me vendre moins cher qu'en magasin.

Gundula lance un regard noir à Mila et secoue lentement la tête de gauche à droite.

— Une *jupe.*

— Oui, madame.

— Et où *est* cette jupe ?

— Edith est en train de la confectionner en ce moment même. Elle a dit qu'elle l'apporterait la semaine prochaine.

— Je ne vous crois pas.

Gundula commence à perdre le sang-froid qu'elle affichait il y a une minute encore.

— Excusez-moi ?

— Vous mentez ! Je le vois dans vos yeux ! Vous mentez à propos de la jupe, de votre nom, de *tout* !

Le visage d'Edgar apparaît dans l'encadrement de la porte derrière Gundula.

— *Mutter?* Qu'est-ce que…

— Je t'ai dit de rester dans ta chambre, ordonne sèchement Gundula. Allez !

Edgar disparaît et la chaise de Gundula crisse bruyamment contre le plancher quand elle se lève.

— Vous me prenez pour une idiote, Iza, si toutefois c'est bien votre prénom. Est-ce votre prénom ?

Mila laisse pendre ses mains le long de son corps.

— Bien sûr que oui, madame. Et, bien sûr, vous avez raison de vous mettre en colère pour une chose : j'aurais dû vous parler de notre visite à la couturière. Je suis sincèrement navrée. Mais vous avez tort de m'accuser de mentir sur mon identité. Je suis offensée que vous puissiez dire une chose pareille.

Gundula s'approche et Mila remarque dans son cou une veine saillante tel un serpent violet. Elle recule d'un pas. Son instinct la supplie une fois de plus de tourner les talons et de partir en courant. Mais elle ne bouge pas. Fuir reviendrait à admettre la vérité.

Gundula est suffisamment près pour que Mila puisse sentir son haleine tandis que sa patronne serre les poings et souffle, exaspérée. Le bruit ressemble presque à un grognement.

— J'ai prévenu mon mari, éructe-t-elle. Attendez qu'il vous fasse arrêter, attendez un peu !

Mila recule doucement dans le couloir.

— Madame, dit-elle calmement, vous réagissez de manière excessive. Peut-être qu'un verre d'eau vous ferait du bien. Je vais vous en chercher un.

Alors qu'elle se tourne pour gagner la cuisine, du coin de l'œil, Mila a une vision alarmante. L'ombre d'un objet qui bouge près de sa tête. Elle se baisse, mais trop tard. Le vase percute son crâne dans un bruit creux caractéristique des objets lourds qui entrent en collision. Le verre se brise à ses pieds.

Un instant, tout devient noir autour de Mila. La douleur est fulgurante. Les yeux clos, elle tend la main pour se raccrocher à l'encadrement de la porte. Par chance, elle le trouve et parvient à ne pas tomber. Lorsqu'elle rouvre les yeux, elle touche l'arrière de sa tête de sa main libre. Une bosse s'est formée à l'endroit où le vase l'a percutée. Elle inspecte ses doigts. Étrangement, il n'y a pas de sang. C'est juste effroyablement douloureux. *Tu aurais dû te sauver.*

— Mon Dieu. Mon Dieu.

Gundula pleure.

— Est-ce que vous allez bien ? *Ach mein Gott.*

Mila retrouve l'équilibre et s'éloigne rapidement du tas de verre brisé à ses pieds. Elle traverse le couloir jusqu'à un placard pour s'emparer d'un balai. Lorsqu'elle revient, Gundula est assise là où elle l'a laissée. Elle secoue la tête, les yeux hagards, telle une folle.

— Je ne voulais pas… je suis désolée, geint-elle.

Mila ne répond pas. Elle se contente de balayer. Gundula se laisse tomber sur une chaise de salon et marmonne de manière inintelligible.

Quand sa pelle à poussière est pleine, Mila l'emporte à la cuisine, la vide dans la poubelle sous l'évier, puis s'en va la ranger dans le placard. S'emparant de deux pots à lait vides sur le plan de travail, elle revient sur ses pas, un pot dans chaque main, tentant désespérément d'ignorer la pulsation qui irradie de l'arrière de sa tête à ses orbites, et la voix qui en son for intérieur lui intime de sortir d'ici, et vite.

— Je vais chez le crémier, dit-elle sur un ton calme alors qu'elle passe la porte de la salle à manger.

Et, aussi silencieusement qu'elle est arrivée, elle part, sans la moindre intention de revenir.

41

Bella

Varsovie, Pologne sous occupation allemande – janvier 1943

IL S'AGIT D'UNE MÈRE ET DE SA FILLE, réalise Bella derrière la caisse du magasin alors qu'elle observe les deux femmes allemandes qui examinent des robes. Elles ont le même teint d'ivoire et la même mâchoire ciselée, la même façon de se tenir et de pencher la tête tandis qu'elles effleurent du bout des doigts les pièces accrochées dans la boutique. Bella bat des paupières pour chasser les larmes qui lui montent aux yeux.

— Celle-ci t'irait bien, dit la fille en tenant une robe en laine bleue devant sa mère. La couleur est parfaite. Elle met tes yeux en valeur.

Bella et Jakob sont à Varsovie depuis six mois. Pendant un temps, ils ont envisagé de rester à Radom, mais c'est une petite ville comparée à Varsovie. Ils craignaient qu'on les reconnaisse et il n'y avait pas de travail, de toute façon.

Les deux ghettos avaient été liquidés, et il ne restait plus que quelques jeunes travailleurs. Bien sûr, les parents de Bella n'étaient plus là. Ils avaient été déportés avec les autres, comme Ruben l'avait dit, et ce n'était plus un secret : si vous étiez envoyé à Treblinka, vous n'en reveniez pas.

Et, donc, sans gardes pour surveiller les portes du ghetto, Bella et Jakob avaient rassemblé les quelques possessions qu'ils avaient pu récupérer dans leur appartement vide, prié pour que leurs cartes d'identité leur viennent en aide, et grimpé dans un train à destination de Varsovie, en utilisant pour le billet les quelques złote qu'ils avaient réussi à mettre de côté.

Au début, Bella espérait que le changement de décor offert par Varsovie l'aiderait à oublier un peu sa douleur. Mais, partout où elle allait, partout où se posait son regard, quelque chose était là pour la lui rappeler. Trois sœurs qui jouaient dans un parc. Un père qui aidait sa petite fille à monter dans un train. Les mères qui, avec leurs filles, fréquentaient le magasin où elle travaillait. C'était de la torture. Pendant des semaines, Bella n'a pas réussi à dormir. À réfléchir. À manger. Non pas qu'il y ait grand-chose à manger, en premier lieu, mais penser à la nourriture lui répugnait et elle refusait tout ce qu'on lui offrait. Ses pommettes étaient devenues plus prononcées et, sous son chemisier, ses côtes saillaient sous sa peau tel un clavier composé uniquement de dièses et de bémols. C'était comme si elle marchait dans de l'eau avec des poids accrochés aux poignets, comme si elle risquait de couler à tout instant. Elle était démoralisée et détestait que Jakob lui demande sans cesse si elle se sentait bien, détestait la façon qu'il avait de l'amadouer pour la faire manger.

— Reviens-moi, mon amour, la suppliait-il. Tu sembles tellement loin.

Mais elle ne pouvait pas. Le seul moment où elle avait le sentiment d'être à nouveau elle-même, c'est lorsqu'ils faisaient l'amour, mais même dans ce cas la sensation ne durait pas. Le contact de la peau de Jakob contre la sienne lui rappelait qu'elle était vivante, et la culpabilité qui la consumait après était si forte qu'elle la rendait malade.

Au cours de ces premières semaines à Varsovie, Bella a compris qu'elle ne pouvait plus vivre immergée dans un océan de chagrin. Elle voulait à tout prix redevenir elle-même. Être quelqu'un de meilleur, une meilleure épouse. Accepter ce qui s'était passé. Aller de l'avant. Mais avoir perdu sa sœur, puis ses parents... cela la paralysait. Leur mort la rongeait la journée, et la hantait la nuit. Chaque soir, elle imaginait sa sœur se faisant entraîner dans les bois, elle voyait ses parents embarquant dans des trains qui les envoyaient vers la mort. Chaque nuit, elle rêvait de quelles façons elle aurait pu les aider.

En novembre, elle avait dû mettre une épingle à la taille de sa jupe pour qu'elle continue à tenir sur ses hanches. C'est à ce moment-là qu'elle a compris qu'elle avait un problème, que Jakob avait raison. Il fallait qu'elle mange. Qu'elle prenne soin d'elle. Elle avait besoin de *lui*. Mais elle se demandait s'il n'était pas trop tard. Ils ne vivaient plus ensemble depuis des mois (Jakob avait dit qu'ils seraient plus en sécurité séparément et que leurs faux papiers seraient plus crédibles ainsi), mais Bella savait qu'une partie de lui ne supportait plus de rester là sans rien faire, à regarder son état se détériorer. Comment aurait-elle pu lui en vouloir ? Elle avait été si dévastée par le deuil qu'elle en avait oublié ce que signifiait aimer l'homme qui, avant que son monde s'écroule, avait été tout pour elle. Elle s'était promis de se reprendre.

— Nous allons l'acheter, dit la mère en étalant la robe sur le comptoir.

Bella inspire profondément et ravale ses larmes.

— Bien sûr, dit-elle.

Elle parle parfaitement allemand, à présent.

— Excellent choix, ajoute-t-elle en feignant un sourire.

Ne leur montre pas que tu es contrariée.

Alors que les deux femmes s'en vont, Bella ferme les yeux, épuisée par les efforts qu'elle a déployés pour garder son sang-froid.

Il y aura toujours des choses qui te rappelleront le passé, songe-t-elle. Certains jours ne seront pas si terribles, et d'autres seront insupportables. L'important, se dit-elle, c'est qu'elle aille de l'avant les jours les plus difficiles, lorsque la peine est si pesante qu'elle peut à peine respirer. Elle doit se lever, s'habiller et aller au travail. Elle prendra chaque jour comme il vient. Elle continuera à avancer.

42

Mila et Felicia

Varsovie, Pologne sous occupation allemande – février 1942

QUAND SA MÈRE LUI A ANNONCÉ qu'elle avait enfin trouvé un endroit où elle serait en lieu sûr (un *couvent,* a-t-elle dit), Felicia s'est montrée dubitative.

— Tu seras avec d'autres enfants, a précisé Mila pour tenter de lui remonter le moral. Des filles de tous les âges. Et un groupe de gentilles religieuses qui prendront soin de toi. Tu ne seras plus toute seule.

Même si Felicia avait désespérément envie de compagnie, c'est de celle de sa mère qu'elle avait cruellement besoin. Elle détestait l'idée que Mila la laisse, une fois de plus.

— Est-ce que les autres seront comme… comme moi ? a-t-elle demandé, se disant que, de fait, certaines filles en ce lieu accepteraient peut-être de devenir amies avec elle.

Mila avait dit qu'elles étaient catholiques et lui avait expliqué que, tant qu'elle serait là-bas, Felicia serait catholique elle aussi. Les autres filles voudraient certainement être ses amies.

— Fais ce que les religieuses te disent, ma chérie, et je te promets qu'elles s'occuperont bien de toi, a ajouté Mila.

Lors de son premier jour au couvent, on teint en blond les cheveux couleur cannelle de Felicia. Elle n'est plus Felicia Kajler ; elle s'appelle Barbara Cedransk. On lui apprend à se signer, et à communier. Après une semaine, remarquant qu'elle ne dit pas les mots des prières tout haut, une religieuse l'entraîne dans le bureau de la mère supérieure et remet en cause son éducation. Felicia entend avec surprise la conviction avec laquelle la mère supérieure réplique :

— Je connais la famille de cette enfant depuis longtemps. Traitons-la comme les autres.

En réalité, Felicia est même traitée *un peu mieux* que les autres. Comme elle est chétive, la mère supérieure lui glisse souvent dans la main un morceau de gâteau quand les autres ne regardent pas, l'autorise à rester dehors quelques minutes de plus tous les jours pour profiter du soleil, et surveille de près les enfants pendant leur temps libre, intervenant lorsque les filles plus âgées, qui ont fait de la petite nouvelle maigrichonne le bouc émissaire du groupe, lui lancent des insultes ou des bâtons.

Avec son bonnet de laine baissé jusqu'aux sourcils, Mila longe la barrière en bois qui cerne le couvent, essayant de distinguer le visage des enfants qui jouent dans le jardin. Elle a droit à une visite par semaine, mais celle-ci n'est pas prévue. Elle ne peut pas s'en empêcher. Elle déteste être séparée de sa fille. Elle scrute le jardin, tentant de déterminer lequel de ces petits corps est celui de Felicia. Engoncées dans leurs manteaux d'hiver sombres et leurs chapeaux, les fillettes se ressemblent toutes. Elles courent et crient, et de petits nuages de brouillard s'échappent de leur bouche rose cependant qu'elles jouent. Mila sourit.

Quelque chose dans leurs rires l'emplit momentanément d'espoir. Enfin, elle voit une petite fille, plus fine que les autres, immobile, qui regarde dans sa direction.

Mila se dirige nonchalamment vers la clôture, résistant à l'envie d'agiter la main, de sauter par-dessus les poutrelles de bois, de prendre sa fille dans ses bras et de la ramener avec elle à Varsovie. Felicia s'approche de la barrière elle aussi, la tête penchée, curieuse de savoir pourquoi sa mère est venue. Elle doit savoir qu'il est trop tôt pour la prochaine visite. Mila sourit et hoche doucement la tête. Il n'y a aucune raison de s'inquiéter, dit-elle avec les yeux.

Felicia acquiesce à son tour. À un jet de pierre de sa mère, elle s'arrête près d'un banc, pose le pied dessus et se penche comme pour refaire son lacet. La tête en bas, son bonnet glisse et ses cheveux blonds tombent en cascade, tel un halo autour de son petit visage plein de taches de rousseur. Elle regarde sa mère entre ses jambes et lui fait signe, sachant que les autres ne peuvent pas le voir.

Je t'aime, articule silencieusement Mila avant de lui envoyer un baiser.

Felicia sourit et lui envoie un baiser à son tour. *Je t'aime aussi.*

Les yeux pleins de larmes, Mila regarde Felicia se relever, remettre son bonnet et rejoindre les autres enfants en courant.

43

Genek

Tel-Aviv, Palestine – février 1943

LES DOULEURS À L'ESTOMAC DE GENEK sont revenues. Lorsqu'elles arrivent (généralement toutes les trente minutes environ lors des crises les plus fortes), il est plié en deux et grimace de douleur.

— Qu'est-ce que c'est, comme douleur ? a demandé Herta quand les crises ont commencé, l'hiver précédent.

— C'est comme si quelqu'un me tordait les intestins avec une fourche, a-t-il répondu.

Herta l'a supplié de voir un médecin, mais Genek était réticent. Il supposait que son système digestif avait seulement besoin de temps pour se réadapter à un régime alimentaire normal.

— Ça va aller, insistait-il.

Et, de toute façon, tant de gens à Téhéran étaient dans un état plus critique que réquisitionner le temps précieux et les ressources du médecin eût été difficile à justifier.

Mais ça, c'était en Perse. Maintenant, ils sont en Palestine, où, sous la tutelle de l'armée britannique, lui et ses collègues polonais de l'armée d'Anders ont accès à une demi-douzaine de tentes médicales, du matériel en abondance et une équipe de médecins.

Désormais, les douleurs sont constantes, et d'une telle intensité que Genek se demande si un ulcère ne dévore pas peu à peu la paroi de son estomac.

— Ça suffit, lui a dit Herta la veille, sur un ton où perçait davantage la frustration que la pitié. Je t'en prie, Genek, va voir quelqu'un avant qu'il ne soit trop tard. Ne laisse pas une chose qui pourrait être guérie t'abattre, pas après tout ce que nous avons traversé.

Il est assis au bord de son lit de camp, les orteils par terre, nu à l'exception d'une blouse de coton blanc ouverte dans le dos. Derrière lui, un médecin plaque le pavillon froid d'un stéthoscope contre ses côtes, émettant des « hum » par le nez chaque fois que Genek répond à ses questions.

— Allongez-vous, ordonne le médecin.

Genek place ses jambes sur le lit de camp et s'allonge. Il grimace lorsque le médecin palpe son estomac.

— Je pense que vous avez un ulcère, dit-il. Évitez les agrumes et tout ce qui est acide. Pas d'oranges, pas de citrons. Essayez de ne manger que des aliments doux. Je vais aussi vous donner un médicament pour vous aider. Commençons avec ça, et nous verrons comment vous vous sentez dans une semaine.

— Très bien.

Le médecin ajuste son stéthoscope autour de son cou et glisse son stylo dans la poche de poitrine de sa blouse.

— Je reviens. Ne bougez pas.

Genek le regarde s'éloigner. La dernière fois qu'il a dû porter une chemise d'hôpital, il avait quatorze ans, et devait se faire opérer des amygdales. Il ne se rappelle pas grand-chose, si ce n'est le jus de pomme frais qu'on lui apportait après l'opération dès qu'il en exprimait le désir, et que sa mère l'avait chouchouté pendant une semaine. La nostalgie l'envahit. Il donnerait n'importe quoi pour voir sa mère. Voilà trois ans et demi qu'il est parti de chez lui.

Chez lui. Il pense à la distance parcourue pendant les quarante-deux derniers mois. À son appartement à Lviv et à la nuit où le NKVD est venu frapper à sa porte ; il se souvient d'avoir fait sa valise avec la certitude inexplicable qu'ils ne reviendraient pas. Il se rappelle le wagon à bestiaux dans lequel ils ont été confinés pendant des semaines, sombre et froid et humide et infesté de maladies, et à leur baraquement en Sibérie et à la nuit glaciale qui a accueilli la naissance de Józef. Il pense à tous les cadavres qu'il a vus au cours de son exode depuis la Sibérie à travers le Kazakhstan et l'Ouzbékistan, et du Turkménistan à la Perse, au camp militaire qui a été leur maison quatre mois durant à Téhéran, et au voyage vers Tel-Aviv : tandis que leur camion serpentait le long des routes étroites des monts Zagros, il a envisagé qu'il puisse s'écraser dans la vallée, mille cinq cents mètres plus bas. Il pense aux belles plages de Palestine, qui lui manqueront infiniment lorsqu'on l'enverra au combat ; les conversations à ce sujet se sont multipliées dernièrement, puisqu'il est question d'envoyer l'armée d'Anders se battre en Europe sur le front italien.

Son vrai *chez-lui*, bien sûr, sera toujours Radom. Il le sait. Il croise les chevilles et ferme les yeux, en un instant son esprit s'évade de la tente médicale pour l'emmener dans un endroit qu'il connaît bien : rue Warszawska, à une réunion de famille dans l'appartement où il a grandi. Il est dans le salon, assis sur un canapé en velours bleu au-dessous du portrait de son arrière-grand-père Gerszon, de qui il tient son nom. À côté de lui, Herta berce Józef. Addy est assis devant le Steinway et joue une version improvisée d'*Anything Goes* de Cole Porter. Halina et Adam dansent. Mila et Nechuma discutent près de la cheminée et rient en regardant Sol faire tourner Felicia dans les airs. Dans un coin, Jakob est assis sur une chaise et immortalise la scène à travers l'objectif de son Rolleiflex.

Genek ferait n'importe quoi pour revivre un dîner musical chez lui, dans le Radom d'avant-guerre. Mais, dès que cette scène prend vie dans son esprit, une autre apparaît, un souvenir plus récent. Il sent son ventre se tordre et envoyer un éclair de douleur dans son abdomen tandis qu'il se rappelle la conversation qu'il a surprise en passant près des quartiers du capitaine, plus tôt dans la semaine.

— Plus d'un million ?

— Quelqu'un a dit deux, a répondu quelqu'un. Ils ont liquidé des centaines de camps et de ghettos.

— Ils sont vraiment malades, ces enfoirés.

Puis ç'a été le silence, et Genek a éprouvé une envie irrépressible de faire irruption pour demander davantage d'informations. Mais il s'était ravisé. La panique dans son regard aurait pu le trahir, et il était censé être catholique, après tout. Des *millions* ? Ils parlaient des juifs, c'était certain. Sa mère, son père, ses sœurs et sa petite nièce... Aux dernières nouvelles, ils étaient tous dans le ghetto. Ses oncles et tantes et ses cousins aussi. Il avait écrit une dizaine de fois, mais n'avait jamais reçu de réponse. Pitié, prie-t-il, pourvu que les chiffres soient exagérés. Pourvu que ma famille soit en sécurité. S'il vous plaît.

La gorge nouée, Genek se rappelle qu'il devrait être reconnaissant : il est avec Herta et Józef. Ils sont tous les trois et, globalement, ils sont en bonne santé. Qui sait combien de temps ils resteront ici, mais pour l'instant il a la chance de vivre à Tel-Aviv. Perchée sur les plages de sable blanc bordées de palmiers de la Méditerranée bleu-vert, c'est la plus belle ville qu'il ait jamais vue. Même l'*air* est agréable. Il a toujours une odeur mêlée d'oranges douces et de laurier-rose. Herta l'a résumé en un mot le jour de leur arrivée, « paradis ».

Le brouhaha de la tente médicale s'insinue à nouveau dans l'esprit de Genek : les murmures, la toile qui s'étire alors que son voisin roule sur le côté, le bruit métallique d'un pot de chambre qu'on replace sous un lit... Alors qu'il reprend ses esprits, quelque chose attire son attention. Une voix. Une voix qu'il reconnaît. Une voix d'une vie antérieure. Une voix qui lui rappelle la maison. Son vrai chez-lui. Il ouvre les yeux.

Dans la tente, la plupart des patients sont assoupis ou en train de lire. Quelques-uns discutent à voix basse avec des médecins. Genek scrute la pièce et tend l'oreille. La voix a disparu. Il a dû rêver (une partie de lui rêve encore de Radom). Mais il l'entend à nouveau et, cette fois, il se redresse dans son lit. *Là*, prend-il conscience en regardant par-dessus son épaule. Ça vient d'un médecin qui lui tourne le dos, trois lits plus loin. Genek s'assoit, intrigué. L'homme fait une tête de moins que Genek, il se tient droit comme un *i* et ses cheveux sombres sont rasés. Genek le fixe jusqu'à ce qu'il se tourne vers lui et le regarde sans le voir à travers ses lunettes rondes tandis qu'il écrit sur son porte-bloc. Genek le reconnaît immédiatement. Son cœur bondit dans sa poitrine.

— Hé ! crie Genek.

Dans la tente, la vingtaine de patients, la demi-douzaine de médecins et la poignée d'infirmières s'interrompent l'espace d'un instant pour regarder dans sa direction. Il crie à nouveau :

— Hé, Selim !

Le médecin lève les yeux et balaie la pièce du regard avant d'apercevoir Genek. Il bat des paupières et secoue la tête.

— Genek ?

Genek bondit à bas de son lit, oubliant ses fesses à demi exposées, et se précipite vers son beau-frère.

— Selim !

— Qu'est-ce que…, bredouille Selim. Qu'est-ce que tu fais ici ?

Trop bouleversé pour parler, Genek prend Selim dans ses bras et l'étreint si fort qu'il le soulève presque de terre. Les autres observent la scène en souriant. Derrière Genek, quelques infirmières échangent des regards amusés et répriment des rires avant de reprendre le cours de leurs activités.

— Tu n'imagines pas à quel point je suis heureux de te voir, mon frère ! dit Genek en secouant la tête.

Selim sourit.

— C'est vraiment bon de te voir toi aussi.

— Tu as disparu à Lviv. On pensait que tu étais mort. Qu'est-ce qui t'est arrivé ? Attends…

Genek l'attrape par les épaules et scrute son visage.

— Dis-moi, est-ce que tu as des nouvelles de la famille ?

Voir son beau-frère éveille quelque chose en lui : un mélange d'espoir et de nostalgie. Peut-être que c'est un signe. Peut-être que si Selim est en vie les autres le sont aussi.

Les épaules de Selim s'affaissent et les bras de Genek retombent.

— J'allais te poser la même question, répond Selim. On m'a envoyé au Kazakhstan et on ne m'a pas laissé écrire depuis le camp. Les lettres que j'ai envoyées depuis sont restées sans réponse.

Genek baisse la voix de façon à ce que les autres ne puissent pas l'entendre.

— Les miennes aussi, dit-il doucement, découragé. La dernière fois que j'ai eu des nouvelles, c'était juste avant qu'Herta et moi soyons arrêtés à Lviv. C'était il y a presque deux ans. À l'époque, Mila était à Radom et vivait dans le ghetto avec mes parents.

— Le *ghetto*, murmure Selim, soudain blanc comme un linge.

— C'est dur à imaginer, je sais.

— Ils ont… ils ont liquidé les ghettos, tu n'es pas au courant ?

— Si.

Ils gardent le silence un moment.

— Je n'arrête pas de me répéter qu'ils vont bien, ajoute Genek en levant les yeux vers le chevron de la tente, comme s'il y cherchait des réponses. Mais, malheureusement, je n'en suis pas sûr.

Il baisse la tête et son regard rencontre celui de Selim.

— C'est terrible de ne pas savoir.

Selim hoche la tête.

— Je pense souvent à Felicia, dit Genek.

Il se rend soudain compte qu'il n'a pas parlé de Józef à son beau-frère.

— Elle doit avoir quoi… trois ans, maintenant ?

— Quatre, corrige Selim d'une voix distante.

— Selim, commence Genek.

Il marque une pause et s'humecte les lèvres, embarrassé par sa fortune alors que Selim a peut-être perdu tous les êtres qui lui étaient chers.

— Herta et moi avons un fils. Il est né en Sibérie. Il va fêter son deuxième anniversaire en mars.

Selim a l'air heureux. Il sourit.

— *Mazel tov,* mon frère ! Comment s'appelle-t-il ?

— Józef, mais on le surnomme Ze.

Les deux hommes fixent le bout de leurs pieds un instant, ne sachant trop que dire.

— Comment s'appelait ton camp au Kazakhstan ? finit par demander Genek.

— Dolinka. J'y étais médecin sur le camp, ainsi qu'à la ville voisine.

Genek acquiesce, frappé de constater qu'il aura fallu un camp d'internement, une amnistie et une armée pour permettre à Selim de pratiquer la médecine, dont on lui avait interdit l'exercice à Radom.

— J'aurais aimé que nous ayons des médecins comme toi sur notre camp, dit-il en secouant la tête.

— Où étiez-vous ?

— Je n'en ai pas la moindre idée, pour être honnête. La ville la plus proche s'appelait Altynay. Un trou merdique. Józef est la seule bonne chose qui nous soit arrivée là-bas.

Selim examine Genek des pieds à la tête, l'air interrogateur.

— Est-ce que tu te sens bien ?

— Oh oui, très bien. C'est juste mon estomac. Altynay m'a ruiné la santé. Foutus Soviétiques. Le médecin pense que c'est un ulcère.

— J'en ai traité plusieurs. Si ça ne va pas mieux d'ici quelques jours, préviens-moi. Je verrai ce que je peux faire.

— Merci.

Un patient demande de l'aide à l'autre bout de la tente, et Selim hoche la tête dans sa direction.

— Il faut que j'y aille.

— Bien sûr, acquiesce Genek.

Mais, au moment où Selim tourne les talons, Genek repense à quelque chose et attrape son beau-frère par l'épaule.

— Selim, attends, avant que tu t'en ailles… Je me dis que je devrais écrire à la Croix-Rouge, maintenant qu'on peut me localiser par le biais de l'armée.

Otto, l'ami de Genek, vient de réussir à reprendre contact avec son frère de cette façon, et Genek ne peut s'empêcher de penser qu'il pourrait avoir cette chance lui aussi.

— Nous pourrions peut-être y aller ensemble, remplir des formulaires, envoyer des télégrammes.

Selim hoche la tête.

— Cela vaut la peine d'essayer, répond-il.

Ils décident de se retrouver dans quelques jours au bureau de la Croix-Rouge de Tel-Aviv. Selim glisse son porte-bloc sous son bras et s'apprête à partir.

— Selim, lance Genek en s'autorisant à sourire. C'est vraiment bon de te revoir.

Selim lui sourit à son tour.

— Toi aussi, Genek. On se voit dimanche. J'ai hâte de rencontrer ton fils.

Genek secoue la tête tandis qu'il regagne son lit. *Selim. En Palestine. Je n'aurais jamais cru le retrouver ici. C'est bon signe, c'est certain.* Genek décide de ne pas limiter ses recherches à la Pologne. Il enverra des télégrammes aux bureaux de la Croix-Rouge dans toute l'Europe, au Moyen-Orient et aux Amériques. Si les autres sont en vie, eux aussi se sont certainement mis en relation avec les services de localisation.

Il remonte sur son lit et s'allonge, une main sur le cœur, l'autre sur le ventre. Pour l'instant, la douleur s'est calmée.

19 AVRIL-16 MAI 1943 – SOULÈVEMENT DU GHETTO DE VARSOVIE : *En liquidant le ghetto de Varsovie, Hitler déporte et extermine environ 300 000 juifs. Les 50 000 restants organisent en secret des représailles armées. Le soulèvement commence la veille de Pessa'h, alors que démarre l'opération finale de liquidation ; les résidents du ghetto refusent de se laisser déporter et se battent contre les Allemands pendant près d'un mois jusqu'à ce que la destruction systématique et l'incendie du ghetto par les nazis aient raison de leurs efforts. Des milliers de juifs meurent durant les affrontements et sont brûlés vifs ou gazés ; les survivants de la révolte sont envoyés à Treblinka et dans d'autres camps d'extermination.*

SEPTEMBRE 1943 : *Les hommes d'Anders en poste à Tel-Aviv sont mobilisés et envoyés en Europe pour se battre sur le front italien ; les femmes et les enfants restent sur place.*

44

Halina

Varsovie, Pologne sous occupation allemande – octobre 1943

— ASSEYEZ-VOUS, siffle l'officier en désignant du doigt une chaise en métal face à son bureau, dans les locaux exigus de la police ferroviaire.

Halina pince les lèvres, en colère. Elle est plus confiante lorsqu'elle est debout.

— J'ai dit, *asseyez-vous.*

Halina obéit. Assise, son regard est au niveau du barillet du pistolet qui pend à la ceinture de l'Allemand.

Elle songe qu'elle risque d'être bientôt à court de chance.

En quittant son appartement du centre de Varsovie le matin, elle a embrassé Adam et lui a rappelé qu'elle rentrerait tard. Elle avait prévu de prendre le train jusqu'à Wilanów après le travail, puis de parcourir à pied les quatre kilomètres séparant la gare de la maison des Górski, à la campagne, pour leur payer le mois d'octobre et voir ses parents. Elle resterait une heure puis rentrerait à Varsovie. Elle avait déjà effectué le trajet jusqu'à Wilanów trois fois et, jusqu'à présent, ses faux papiers, nécessaires pour acheter des billets ainsi que pour monter à bord du train et en descendre, avaient parfaitement fait illusion.

Aujourd'hui, néanmoins, elle a à peine eu le temps de dépasser la billetterie de la gare de Varsovie. Elle attendait près de la voie ferrée lorsqu'un membre de la Gestapo, la police secrète d'Hitler, s'est approché d'elle pour lui demander ses papiers.

— Pourquoi voulez-vous les voir ? a-t-elle demandé en polonais.

(Elle parle couramment allemand à présent, mais elle a découvert que la Gestapo se méfie des Polonais parlant allemand.)

— Contrôle de routine, a répondu l'homme.

Il a examiné sa carte d'identité et l'a interrogée sur son nom et sa date de naissance.

— Brzoza, a récité Halina sans la moindre hésitation. 17 avril 1917.

Mais, alors que le train approchait, l'officier a secoué la tête.

— Vous venez avec moi, a-t-il dit.

Il a alors attrapé Halina par le bras pour l'entraîner à sa suite à travers la gare.

— Pour qui travaillez-vous ? veut savoir l'officier.

Il reste debout.

Halina a rencontré son nouvel employeur, Herr Den, il y deux semaines. Il était convié à un dîner chez son ancien patron, pour qui elle travaillait comme femme de ménage et aide-cuisinière. Originaire d'Autriche, Den est un banquier accompli âgé d'une soixantaine d'années. Le soir où elle lui a servi à dîner, il l'a observée attentivement cependant qu'elle travaillait. Apparemment, il a été impressionné, ce qui n'a rien de surprenant : Halina a grandi avec une cuisinière et une femme de chambre ; elle apprécie le service de qualité. Plus tard ce soir-là, Den l'a surprise. Elle se tenait près de l'évier lorsqu'il l'a approchée ; elle ne s'était pas aperçue de sa présence avant qu'il soit à côté d'elle.

— Chopin ? a-t-il demandé.

— Je vous demande pardon ?

— La mélodie que vous fredonniez à l'instant, était-ce du Chopin ?

Halina n'avait pas conscience d'avoir chantonné. Elle a hoché la tête.

— Oui, je suppose.

Den a souri.

— Vous avez très bon goût en matière de musique, a-t-il dit avant de quitter la pièce.

Le lendemain, son agence de placement lui a notifié qu'elle commencerait à travailler pour Den la semaine suivante.

La soupçonne-t-il d'être juive ? Halina n'en a pas la moindre idée. Mais, jusqu'à présent, il semble l'apprécier.

— Je travaille pour Herr Gerard Den, dit Halina en grimaçant, comme si la question la dégoûtait.

— Quelle est sa profession ?

— Directeur de la Banque d'Autriche à Varsovie.

— Quel poste occupez-vous pour lui ?

— Je suis sa femme de ménage.

— Quel est son numéro de téléphone ?

Halina récite de mémoire le numéro de téléphone de la banque et attend tandis que l'officier le compose. Fichus contrôles de routine. Fichue Gestapo. Fichus Polonais, qui prennent constamment l'initiative d'informer les Allemands et de dénoncer les juifs. Et tout ça pour quoi ? Un kilo de sucre ? L'amitié ne veut plus rien dire. Elle l'a appris à Radom, le jour où sa camarade d'école Sylvia a refusé de la saluer lorsqu'elle est passée devant elle sur la route de la ferme aux betteraves. Et on le lui rappelle souvent à Varsovie, où elle a été accusée à plusieurs reprises d'être juive.

Ce n'était pas seulement la propriétaire soupçonneuse. C'était l'amie de son ancien patron, une Allemande qui l'avait suivie dans la rue un jour et avait murmuré avec méchanceté « Je connais votre secret ! » en arrivant à son niveau sur le trottoir. Sans réfléchir, Halina l'avait entraînée dans une ruelle, lui avait fourré l'équivalent d'une semaine de salaire dans la main et à travers ses dents serrées lui avait ordonné de la boucler. C'était avant de comprendre que l'option la plus sûre était de ne jamais l'avouer à quiconque. Peu après, inquiète à l'idée que la femme ne révèle son identité à son patron si elle cessait de la soudoyer, elle avait trouvé un nouvel emploi.

Il y avait aussi le soldat de la Wehrmacht qui l'avait reconnue pour l'avoir vue à Lviv, avant qu'elle ne change de nom. Elle avait opté pour une approche plus subtile : elle avait tâté le terrain et l'avait invité à boire un espresso dans un café tenu par les nazis, rue Piękna. Elle avait joué de son charme tandis qu'elle papotait avec lui, une heure entière à l'issue de laquelle le soldat avait paru plus fasciné que curieux de son ancienne vie ; elle l'avait quitté avec un baiser sur la joue et l'intuition que, même s'il se rappelait sa véritable identité, il garderait le secret.

Bien sûr, elle ne pouvait rien faire concernant les Polonais qu'elle avait entendus discuter rue Chłodna au mois de mai, quand les SS avaient finalement rasé le ghetto de la ville et liquidé ses habitants jusqu'au dernier dans un ultime effort de réprimer toute révolte.

— Hé, regarde, les juifs sont en train de brûler, avait lancé un Polonais alors qu'Halina passait à côté d'eux.

— Ça leur pendait au nez, avait répondu un autre.

Halina avait dû se retenir de toutes ses forces pour ne pas les saisir par le col et les secouer dans tous les sens. Elle avait eu envie d'abandonner son identité aryenne ce jour-là, pour se battre auprès des juifs lors du soulèvement. Pour jouer un rôle dans la révolte contre les Allemands, même si elle était vouée à l'échec. Mais à ce moment-là elle s'était souvenue qu'elle devait penser à ses parents. À sa sœur. Elle devait assurer sa propre sécurité pour assurer celle de sa famille. Alors elle avait regardé le ghetto brûler de loin, le cœur déchiré par le chagrin et la haine, mais aussi débordant de fierté : jamais auparavant elle n'avait été le témoin d'un acte d'autodéfense si courageux.

L'officier colle le combiné à son oreille et la fusille du regard. Elle le fixe avec la même animosité, rebelle, outragée. Au bout d'une minute, quelqu'un répond à l'autre bout de la ligne.

— J'aimerais parler à un certain Herr Den, dit l'officier.

Une longue pause s'ensuit, puis une autre voix retentit au bout du fil.

— Herr Den. Excusez-moi de vous déranger. J'ai quelqu'un ici à la gare qui dit travailler pour vous, et j'ai des raisons de croire qu'elle n'est pas la personne qu'elle prétend être.

Silence. Halina retient son souffle. Elle se concentre sur sa posture : épaules détendues, dos droit, genoux et pieds bien serrés.

— Elle prétend s'appeler *Brzoza. B-R-Z-O-Z-A.*

Nouveau silence. Den a-t-il raccroché ? Quel est son plan de secours ? Elle entend un murmure. C'est la voix de son patron. Elle n'arrive pas à comprendre ce qu'il dit, mais dans tous les cas il semble en colère.

La réception doit être mauvaise, car l'officier parle plus lentement pour bien articuler chaque mot.

— Ses-papiers-indiquent-qu'elle-est-*chrétienne.*

Den reprend la parole. Il parle plus fort. L'officier éloigne le combiné de son oreille, les sourcils froncés, jusqu'à ce que les aboiements cessent. Halina parvient à distinguer quelques mots.

— Honte… certain… moi-même.

— Vous êtes *sûr.* D'accord, d'accord, non, ne vous déplacez pas. Ce ne sera pas nécessaire. Je… Oui, je comprends, comptez sur nous, monsieur, tout de suite. Excusez-moi encore de vous avoir dérangé.

L'officier raccroche brutalement.

Halina souffle sans bruit. Elle se lève et tend la main par-dessus le bureau, la paume ouverte.

— Mes papiers, dit-elle avec dégoût.

L'officier fronce les sourcils et fait glisser sa carte d'identité en travers de la table. Halina la saisit avec humeur.

— Scandaleux, lâche-t-elle à voix basse, juste assez fort pour que l'officier puisse l'entendre, avant de tourner les talons.

JANVIER-MARS 1944 : *Les Alliés, dans une tentative d'ouvrir un passage jusqu'à Rome, commencent une série d'attaques infructueuses sur le bastion allemand de Monte Cassino, situé dans la région du Latium, dans le centre de l'Italie.*

45

Genek

Fleuve Sangro, centre de l'Italie – avril 1944

— ÇA A INTÉRÊT À ÊTRE BON, dit Otto en se laissant aller contre le dossier de sa chaise, les bras croisés sur la poitrine.

Genek hoche la tête en réprimant une envie de bâiller. Entre le bruit persistant de la pluie qui le berce et son estomac plein de *grochówka*[8] (cette fournée-ci a été si épaisse que sa cuillère est restée dressée au milieu de son bol, à la manière d'un mât), il frôle le coma. Devant la tente réfectoire, leur commandant, Pawlak, grimpe sur une plateforme en bois d'un mètre de haut, sorte de podium depuis lequel il fait ses discours. Il affiche une expression sérieuse.

8. Soupe aux pois (N.d.T.).

— Il n'est pas là pour plaisanter ce soir, fait remarquer Genek tandis que la conversation sous la tente s'évanouit et que tous les regards se tournent vers l'homme aux épaules carrées qui se tient devant eux.

— Tu as dit ça la dernière fois. Et aussi la fois d'avant, lui fait remarquer Otto dans un souffle en secouant la tête.

À l'instar du reste des quarante mille recrues d'Anders, Genek et Otto ont passé tout le mois d'avril terrés sur les rives du fleuve Sangro, en Italie. Leur position, comme Pawlak le leur a montré sur le plan lorsqu'ils sont arrivés, est stratégique : ils sont à deux jours de marche de Monte Cassino, un bastion allemand à cent vingt kilomètres au sud-est de Rome. Cassino est une abbaye vieille de mille quatre cents ans, construite à flanc de montagne, qui culmine à cinq cent vingt mètres d'altitude. Mais, surtout, c'est la clé de la ligne de défense des nazis. Les Allemands qui l'occupent l'utilisent comme un poste d'observation d'où ils peuvent repérer et exécuter toute personne qui s'en approche. Les forces alliées ont déjà tenté de s'en emparer à trois reprises. Jusqu'à maintenant, l'endroit s'est avéré imprenable.

— Peut-être que les nouvelles de ce soir seront différentes, répond Genek.

Otto lève les yeux au ciel. En dépit de sa tendance à se plaindre, Genek est heureux d'avoir son ami auprès de lui. Il a été la seule constante depuis qu'ils ont laissé Herta, Józef et Julia, la femme d'Otto, à Tel-Aviv. Avec l'armée, ils ont traversé l'Égypte et la Méditerranée par bateau britannique pour gagner l'Italie. Ils n'ont jamais utilisé leurs pistolets automatiques autrement que pour des exercices de tir, mais les deux hommes comprennent sans avoir besoin de le dire que, lorsqu'ils recevront enfin les ordres et se retrouveront à viser de vraies cibles, ils se protégeront l'un l'autre, ainsi que leur famille, s'il leur arrive quoi que ce soit sur le champ de bataille.

— Messieurs ! crie Pawlak.

Les hommes de la première brigade de l'armée polonaise se redressent.

— Écoutez-moi ! J'ai des nouvelles. Des ordres. J'ai enfin ce que nous attendions tous.

Otto hausse les sourcils et regarde Genek. Tu avais raison, articule-t-il tout bas en lui souriant. Genek décroise les jambes et se penche en avant sur sa chaise, tous les sens soudain en alerte.

Pawlak s'éclaircit la gorge.

— Les forces alliées et le Président Roosevelt se sont réunis pour discuter d'une quatrième énorme offensive sur Monte Cassino, commence-t-il. La première phase du plan, dont le nom de code est Opération Diadème, consiste en une imposture à grande échelle, avec pour cible le maréchal de camp Kesselring. Le but : convaincre Kesselring que les Alliés ont *abandonné* tout projet d'attaque sur le monastère, et que notre mission est désormais de débarquer à Civitavecchia.

Genek et Otto ont été briefés en détail quant aux trois attaques précédentes. Chacune s'est avérée un échec sanglant et amer. La première s'est déroulée en janvier, quand les Britanniques et les Français ont respectivement tenté de contourner le monastère par les flancs ouest et est, pendant que le corps expéditionnaire français se battait dans la neige et la glace contre les Allemands de la 5e division de montagne dans le nord. Mais les Britanniques et les Français ont dû faire face à de lourds tirs de mortier, et les combattants pleins de gelures du corps expéditionnaire, bien que tout proches de la victoire, se sont finalement retrouvés en infériorité numérique. Une seconde tentative a eu lieu en février : des centaines d'avions de combat alliés ont lâché des séries de bombes de quatre cent cinquante kilos sur Cassino, transformant l'abbaye en un tas de ruines. Le corps néo-zélandais était supposé occuper les ruines, mais il était impossible de manœuvrer sur les pentes escarpées menant jusqu'à elles, et les parachutistes allemands ont atteint les premiers le monument désormais dépourvu de toit. Un mois plus tard, lors d'un troisième essai de la part des Alliés de s'emparer de Monte Cassino, le corps néo-zélandais a lâché mille deux cent cinquante tonnes d'explosifs, rasant la ville et amenant la défense allemande au point de rupture. Une division de troupes indiennes a presque réussi à prendre possession de l'abbaye, mais après neuf jours à essuyer des attaques au mortier, aux Nebelwerfer et aux obus fumigènes, les Alliés ont été forcés de se replier, une fois de plus.

Genek passe les chiffres en revue. Trois tentatives ratées. Des milliers de morts. Qu'est-ce qui fait croire à leur commandant que la quatrième sera couronnée de succès ?

— Les tactiques de diversion, crie Pawlak, incluent des messages codés destinés à être interceptés par les services secrets allemands, et l'envoi de troupes alliées à Salerne et Naples afin qu'on les voie s'« entraîner » (il mime des guillemets en prononçant le mot) aux débarquements amphibies. Nous prévoyons également de faire effectuer aux forces aériennes alliées des vols de reconnaissance au-dessus des plages de Civitavecchia et de communiquer de fausses informations aux espions allemands. Ces tactiques sont la clé du succès de la mission.

Tous les hommes de Pawlak acquiescent et retiennent leur souffle tandis qu'ils attendent les nouvelles qui leur importent le plus : leurs ordres. Pawlak s'éclaircit la gorge. La pluie crépite sur la toile cirée de la tente.

— Dans le cadre de cette quatrième offensive sur Monte Cassino, reprend Pawlak d'une voix plus basse qu'auparavant, treize divisions se sont vu assigner des ordres, dans le but de sécuriser le périmètre de Cassino. Le 2e corps américain attaquera depuis l'ouest et remontera la côte le long de la route nationale 7 en direction de Rome ; le corps expéditionnaire français tentera d'escalader les monts Aurunces par l'est ; entre les deux, le 13e corps britannique attaquera la vallée du Liri. Cependant, c'est à l'armée d'Anders qu'est confiée ce qui est, à mon sens, la tâche la plus critique de la mission.

Il marque une pause et regarde ses hommes. Ils sont silencieux et l'écoutent attentivement, raides comme des piquets, les dents serrées. Pawlak articule soigneusement chaque mot.

— Messieurs, nous, les hommes du 2e corps polonais, avons été chargés de nous emparer de l'abbaye.

Les mots percutent Genek comme un coup de poing dans le ventre et lui coupent le souffle.

— Nous tenterons de réussir là où la 4e division indienne a échoué en février, en isolant l'abbaye et en nous déployant autour d'elle et derrière vers la vallée du Liri, de façon à rejoindre le 13e corps. Le 1er corps canadien sera gardé en réserve pour exploiter la percée. Si nous réussissons, ajoute Pawlak, nous percerons la ligne Gustave et prendrons la position de la Xe armée allemande. Nous ouvrirons la route vers Rome.

Des murmures emplissent la tente tandis que les recrues intègrent l'importance de leur mission. Genek et Otto se dévisagent.

— J'ai une foi inébranlable en cette armée, continue Pawlak avec un hochement de tête convaincu. C'est le moment où *Anders* rentre dans l'Histoire. C'est le moment de briller pour la *Pologne*. Ensemble, nous ferons la *fierté* de notre pays !

Il lève l'index et le majeur jusqu'à son képi et la tente est comme balayée par un vent d'hystérie tandis que les hommes bondissent de leur chaise en applaudissant, en se tapant dans la main, en se saluant, en criant.

— C'est notre heure ! Notre quart d'heure de gloire ! Dieu sauve la Pologne ! crient-ils.

Genek imite les autres et se lève, incapable de se résoudre à prendre part aux festivités. Ses genoux manquent se dérober sous lui et son estomac se tord, menaçant de rendre son dîner.

Alors que les hommes reprennent leur place, Pawlak explique que le corps expéditionnaire français a commencé à construire en secret des ponts camouflés sur le fleuve Rapido, que l'armée d'Anders devra traverser pour atteindre l'abbaye.

— Jusqu'à maintenant, personne n'a remarqué la présence des ponts, indique-t-il. Dès que le dernier sera terminé, nous quitterons notre emplacement actuel et partirons vers l'est pour un autre emplacement au bord du Rapido. Afin de maintenir le secret, nous voyagerons de nuit, par petites unités, dans un silence absolu. Emballez vos affaires, messieurs, et préparez-vous pour la bataille. L'ordre de nous déplacer arrivera d'un moment à l'autre.

Assis en tailleur dans sa tente canadienne, Genek roule ses chaussettes et son maillot de corps de rechange en petits paquets humides bien serrés et les fourre dans le fond de son sac. Il ajuste sa lampe frontale. Les mots de Pawlak se bousculent dans son esprit. Ça y est : il va se battre. Comment la mission se déroulera-t-elle ? C'est impossible à dire, bien sûr, et l'inconnu l'effraie plus encore que l'idée d'escalader une montagne de cinq cent vingt mètres vers une armée d'Allemands qui braquent leurs armes sur lui, protégés par une forteresse de pierre.

Ce que Genek *sait*, c'est que les Polonais représentent une des *vingt* divisions alliées, dont des Américains, des Canadiens, des Français, des Britanniques, des Néo-Zélandais, des Sud-Africains, des Marocains, des Indiens et des Algériens, positionnés le long des trente kilomètres du détroit qui va de Cassino au golfe de Gaète. Parmi toutes les armées, pourquoi les Alliés choisiraient-ils les Polonais pour ce que certains appelleraient la tâche la plus effrayante de toutes ? Pourquoi choisir les hommes ne venant pas de camps d'entraînement d'élite, mais de camps de travail ? Des hommes auxquels il a fallu près d'un an de repos et de convalescence au Moyen-Orient avant que leur chef ne les déclare en assez bonne santé pour se battre ? Cela n'a pas de sens. C'est une aberration autant qu'un honneur de constater que le monde a une telle foi en l'armée d'Anders. Et, bien sûr, il y a aussi cette notion en laquelle Genek refuse de croire : que le groupe disparate de Polonais est si dépourvu de valeur qu'il vaut mieux s'en servir de chair à canon dans le cadre de ce qui est sûrement une mission suicide. Non, se rappelle Genek, ils ont été choisis pour une raison : ils sont Polonais et leur ferveur compense leur manque de préparation.

Il glisse dans son sac des sous-vêtements en laine et des gants, ainsi qu'un journal et son jeu de cartes. Son regard se pose sur le vieil exemplaire de *Je brûle Paris*, de Jasieński, qui traîne à côté de son matelas. Il tire du rabat une feuille de papier à lettres fourni par l'armée et attrape un stylo dans sa poche poitrine. Il cesse d'emballer ses affaires, s'allonge sur le flanc et pose la feuille blanche sur la couverture du livre.

Ma bien chère Herta, commence-t-il, puis il marque une pause. Il se sentirait mieux s'il pouvait lui parler de sa mission, la première, en plus : la prise du Cassino ! Le pilier de la défense allemande ! Il tente de s'imaginer au combat, mais l'image lui semble surréaliste, une scène de film. Serait-elle impressionnée s'il lui faisait part de ses ordres ? Si elle savait qu'il est sur le point de faire partie d'une entreprise aussi noble ? Aussi monumentale ? Ou seraitelle terrifiée, tout comme lui, par l'énormité de ce qui l'attend, par la probabilité qu'il soit au mauvais endroit au mauvais moment ? Elle serait terrifiée, Genek le sait. Elle le supplierait de faire attention à lui. Mais Herta ne le saura jamais, se souvient Genek. On a interdit aux soldats d'écrire tout ce qui serait susceptible de donner des indices quant à leur plan si jamais leurs lettres étaient interceptées. Alors, à la place, il écrit :

> *Comment vas-tu à Tel-Aviv ? J'espère que tu es sous le soleil. Nous sommes toujours en terre italienne. La pluie est incessante. Ma tente, mes vêtements, tout est humide en permanence. Je ne me rappelle pas ce que cela fait d'enfiler une chemise sèche. À part nous mettre à l'abri et attendre, il n'y a pas grand-chose à faire. J'ai passé des heures à jouer aux cartes, ainsi qu'à lire et relire la poignée de livres qui circulent entre les soldats. Strug, Jasieński, Stern, Wat. Il y a un recueil de poèmes de Leśmian qui te plairait beaucoup,* Araignée de la forêt. *Vois si tu peux te le procurer.*

Genek écoute le tapotement des gouttes de pluie sur sa tente en forme de A en pensant au week-end à la montagne lors duquel il a vu Herta pour la première fois. Il s'imagine avec son pull en laine blanche torsadé et son pantalon de tweed anglais, Herta près de lui dans son élégante veste de ski en plumes d'oie, les joues rosies par le froid, les cheveux parfumés par son shampoing à la lavande : à présent cela semble surréaliste, comme s'il l'avait rêvé.

> *Malgré la pluie,* continue-t-il, *le moral est étonnamment bon. Même Wojtek semble de bonne humeur. Il se traîne d'un pas joyeux à travers le camp à la recherche de restes. Tu n'en reviendrais pas de voir combien il a grandi.*

Le soldat Wojtek, seul membre officiel à quatre pattes de leur armée, est un ours. Ils l'avaient trouvé en Iran alors qu'il n'était encore qu'un ourson et avait perdu ses parents. Wojtek, qui signifie « guerrier souriant » en polonais, est désormais la mascotte officieuse du 2e corps polonais. Il a voyagé avec l'armée depuis l'Iran à travers l'Irak, la Syrie, la Palestine et l'Égypte, et jusqu'en Italie. En chemin, il a appris à porter des munitions et à saluer lorsqu'on lui dit bonjour. Il apprécie un bon combat de boxe et hoche la tête d'un air approbateur lorsqu'on lui offre une bouteille de bière ou une cigarette, qu'il consomme avec enthousiasme. Il est donc tout naturellement devenu le membre le plus populaire du 2e corps polonais.

Genek roule sur le ventre et relit ce qu'il vient d'écrire. Est-ce que sa femme lira entre les lignes ? Herta le connaît suffisamment bien pour sentir lorsqu'il lui cache quelque chose. Il s'empare de la photo glissée dans le rabat arrière de *Je brûle Paris.* Dessus, Herta est perchée sur un muret de pierre à Tel-Aviv, vêtue d'une nouvelle robe grise. Il se tient près d'elle, dans son uniforme de l'armée. Julia avait tenu Józef dans ses bras pendant qu'Otto comptait jusqu'à trois. Juste avant qu'il appuie sur le déclencheur, Herta avait passé ses bras autour du cou de Genek, s'était penchée vers lui et avait plié les orteils comme une écolière à son premier rendez-vous galant.

Elle lui manque. Plus qu'il ne l'aurait cru humainement possible. Józef aussi.

> *Je ne sais pas quand je serai à nouveau en mesure de te donner des nouvelles. Nous changerons bientôt de poste. Je t'écris dès que possible. Je t'en prie, ne t'inquiète pas.*

Bien sûr qu'Herta va s'inquiéter, songe Genek, regrettant aussitôt les mots qu'il a choisis. Lui-même est inquiet. Pétrifié. Il mâchonne l'extrémité de son stylo. Trois échecs. Une armée d'ex-prisonniers. Les chances ne seront pas en faveur du 2e corps polonais.

> *Comment vas-tu ?* conclut-il. *Comment va Ze ? Réponds-moi vite. Je t'aime et tu me manques plus que tu ne peux l'imaginer.*
> *À toi, toujours.*
> *Genek.*

46

Addy

Rio de Janeiro, Brésil – avril 1944

AU RETOUR D'ADDY DE MINAS GERAIS, Eliska et lui avaient mis fin à leurs fiançailles le soir même. Ils s'accordaient à reconnaître qu'ils n'étaient pas destinés à se marier. Cela n'avait pas été facile : aucun des deux n'avait envie d'être seul, ni d'être considéré comme démissionnaire, même s'ils savaient l'un comme l'autre que, dans ce cas précis, abandonner était la meilleure solution. Ils resteraient amis, avaient-ils dit. Et, aussi difficile qu'avait pu être la décision, Addy s'était senti mille fois plus léger après l'avoir prise.

Naturellement, Mme Lowbeer s'était montrée enchantée d'apprendre que les fiançailles avaient été annulées. Peu après, en un rebondissement ironique, elle s'était même mise à apprécier Addy. Depuis que la perspective de l'avoir pour gendre avait été définitivement écartée, la

Grande Dame parvenait beaucoup mieux à fréquenter un Polonais. Elle avait commencé à l'inviter chez elle le week-end pour jouer du piano, et à faire appel à ses talents de bricoleur lorsque son poste de radio faisait des siennes. Elle avait même proposé de le mettre en contact avec General Electric aux États-Unis au cas où il souhaiterait émigrer vers le nord.

Addy a passé les mois suivant la rupture à se concentrer sur ses visites hebdomadaires au bureau de poste et sur les émissions de radio et périodiques qui lui apportaient des nouvelles de la guerre, sans rien d'encourageant. La bataille incessante à Anzio et Monte Cassino en Italie ; les bombes lâchées au-dessus du Pacifique Sud et de l'Allemagne… tout cela le rendait malade. La seule information de bon augure en sa possession était que Franklin Roosevelt avait publié un décret présidentiel pour créer un Office des réfugiés de guerre, dont la mission serait de « porter secours aux victimes de l'oppression ennemie en danger de mort imminent », comme le disait l'article. Au moins, quelqu'un portait secours quelque part, songeait Addy. Mais quelles étaient les probabilités que ses parents et frères et sœur figurent parmi les personnes secourues ?

Son moral était au plus bas quand son ami Jonathan a frappé à sa porte à Copacabana.

— J'organise une fête le week-end prochain, a-t-il annoncé avec son accent anglais raffiné. Tu viens. Si mes souvenirs sont bons, c'est bientôt ton anniversaire. Tu hibernes depuis assez longtemps.

Addy a agité la main en guise de protestation mais, avant qu'il ait pu décliner l'invitation, Jonathan a ajouté :

— J'ai invité les filles de l'ambassade.

Il a accompagné sa phrase d'un sourire qui voulait dire : *Un rencard ne te ferait pas de mal, mon vieux.* Addy avait entendu beaucoup de choses sur les filles de l'ambassade américaine : parmi le petit cercle des expatriés à Rio, elles étaient célèbres pour leur beauté et leur caractère aventureux, mais il n'en avait jamais rencontré.

— Je suis sérieux. Tu devrais venir, a insisté Jonathan. Juste pour un verre. Ce sera amusant.

Ce samedi soir, Addy se tient dans un coin de l'appartement de Jonathan à Ipanema, sirotant une *cachaça* et de l'eau, se mêlant par intermittence à la conversation. Il est distrait. Dans deux jours, il fêtera son trente et unième anniversaire. Halina, où qu'elle soit, fêtera ses vingt-sept ans. Cela fera six ans qu'ils n'ont pas célébré leur anniversaire ensemble. Addy se rappelle que, pour leur dernier anniversaire ensemble, ses vingt-cinq ans à lui, Halina et lui avaient passé la soirée dans l'une des nouvelles boîtes de nuit de Radom, où ils avaient bu trop de champagne et dansé jusqu'à en avoir mal aux pieds. Il s'est repassé les détails de la soirée un millier de fois pour en garder un souvenir précis : le goût acidulé que le gâteau au citron qu'ils avaient partagé avait laissé sur sa langue ; la sensation des mains de sa sœur dans les siennes tandis qu'ils dansaient ; le bruit excitant du bouchon lorsqu'ils avaient ouvert leur deuxième bouteille de Ruinart, la façon dont les bulles lui avaient brûlé la gorge et, après quelques gorgées, anesthésié sa langue. Pessa'h avait eu lieu la veille. La famille avait fêté la Pâque juive dans le chahut habituel, d'abord rassemblée autour de la table puis autour du piano dans le salon de la rue Warszawska.

Addy fait tourner son verre dans sa main et regarde le glaçon tournoyer dedans tout en se demandant si Halina est là, quelque part, à penser à lui elle aussi.

Lorsqu'il relève la tête, une silhouette attire son regard à l'autre bout de la pièce. Une brune. Elle se tient près de la fenêtre, un verre de vin à la main, écoutant une amie. Une bulle de calme au milieu de la cacophonie. Une fille de l'ambassade ? Sûrement. Soudain, tout le monde dans la pièce devient invisible. Addy étudie la silhouette élancée de la jeune femme, la courbe gracieuse de ses pommettes, son sourire communicatif. Elle porte une robe dos nu en coton vert pâle ornée de boutons sur le devant et cintrée à la taille, une montre au bracelet simple, des sandales en cuir marron avec de fines lanières qui épousent lâchement ses chevilles graciles. Elle est belle (d'une beauté remarquable à vrai dire), mais sans prétention. Même de loin, il sent sa modestie.

Et puis zut, décide-t-il. Peut-être que Jonathan avait raison. Avec des papillons déconcertants dans le ventre, Addy pose son verre et traverse la pièce. Alors qu'il s'approche, la fille pivote. Il lui tend la main.

— Addy. Je vous prie d'excuser mon anglais, ajoute-t-il aussitôt.

La brune sourit.

— Enchantée de vous rencontrer, répond-elle en prenant sa main.

Addy avait raison : elle est américaine.

— Je m'appelle Caroline. Et ne vous excusez pas, votre anglais est parfait.

Elle s'exprime lentement, et la façon dont elle prononce les mots, avec une douceur ronde qui empêche Addy de percevoir la différence entre la fin d'un mot et le début du suivant, le fait se sentir comme chez lui avec elle. Cette femme dégage une ouverture et une aisance : elle semble tout à fait heureuse d'être, tout simplement. Quelque chose se serre dans le cœur d'Addy alors qu'il se rappelle avoir été ainsi à une époque.

Caroline est patiente avec l'anglais écorché d'Addy. Lorsqu'il hésite sur un mot, elle attend qu'il réfléchisse et réessaie, et son attitude rappelle à Addy qu'il a le droit d'y aller doucement, de prendre son temps. Lorsqu'il lui demande de quel État elle vient, elle lui parle de la ville où elle est née, en Caroline du Sud.

— J'ai adoré grandir là-bas. Clinton était une petite communauté très unie et nous étions très impliqués dans les écoles et l'église… mais j'ai toujours su que je ne resterais pas. Je… Il fallait que je parte. La ville commençait à me sembler minuscule. Ma pauvre mère.

Caroline soupire et décrit le choc reçu par sa mère lorsque la jeune femme a évoqué son projet de partir pour l'Amérique du Sud avec Virginia, sa meilleure amie.

— Elle nous pensait folles de tout plaquer et de laisser derrière nous notre vie de Caroline du Sud.

Addy hoche la tête en souriant.

— Vous êtes… comment dites-vous ?... Vous n'avez peur de rien.

— Nous avons été courageuses de venir ici, j'imagine. Néanmoins, nous avions seulement soif d'aventure.

— Mon père a quitté sa maison en Pologne, lui aussi, dit-il. Pour l'Amérique. Pour l'aventure. Quand il était jeune homme. Sans enfants. Toujours il me dit que j'adorerais New York.

— Pourquoi est-il revenu ? demande Caroline.

— Pour aider sa mère, explique Addy. Après la mort de son père, elle s'occupe cinq enfants dans la maison, toute seule. Mon père il veut l'aider.

Caroline sourit.

— Votre père semble être un homme bien.

Leur conversation se termine lorsqu'une amie, que Caroline présente comme étant Virginia mais que tout le monde surnomme Ginna, l'entraîne avec elle. Elles partent pour une autre fête, explique Ginna avec un clin d'œil tout en passant son bras sous celui de Caroline. Addy les suit du regard tandis qu'elles se dirigent vers la porte, regrettant que la discussion se soit achevée si vite.

Il s'en va peu après, non sans avoir offert à Jonathan une tape amicale dans le dos avant de partir.

— Merci, *amigo,* lui dit-il. Je suis content d'être venu.

Il pense à Caroline sur le trajet du retour, et presque chaque minute au cours de la semaine suivante. Quelque chose chez elle lui donne envie de mieux la connaître. Très envie. Alors, après avoir obtenu son adresse à Leme, il trouve le courage de laisser un mot sous sa porte, rédigé avec l'aide de son tout nouveau dictionnaire français-anglais.

Chère Caroline,

J'ai beaucoup aimé de parler avec vous le week-end dernier. Si vous voulez bien m'obliger, cela me ferait plaisir de vous emmener à dîner au restaurant Belmond, près de l'hôtel Copacabana Palace. Je vous fais la proposition de nous retrouver au Palace pour un apéritif à 20 heures ce samedi avril 29. J'espère vous voir là-bas.

Bien à vous,
Addy Kurc

Quelques jours plus tard, vêtu d'une chemise fraîchement repassée et tenant à la main une orchidée violette qu'il a achetée en route sur le stand d'un fleuriste, Addy arrive au Copacabana Palace avec dans le ventre les mêmes papillons que la première fois qu'il a rencontré Caroline. Il consulte sa montre (20 heures tapantes) au moment où elle entre par la porte à tambour en verre. Elle agite la main dans sa direction lorsqu'elle le voit et, en un instant, Addy oublie sa nervosité.

Au bar de l'hôtel, ils parlent de leurs journées et des choses qu'ils aiment à Rio. Le niveau d'anglais d'Addy s'est amélioré (il n'a jamais eu autant envie d'apprendre), mais il est encore rudimentaire. Néanmoins, Caroline semble ne pas le remarquer.

— La première fois que j'ai dîné dans une *churrascaria,* raconte-t-elle en rougissant, j'ai mangé jusqu'à m'en rendre malade. Je ne voulais pas laisser de viande dans mon assiette alors je me suis forcée à finir, mais du coup ensuite ils m'en ont apporté *plus* !

Addy plaisante sur la lenteur atroce à laquelle se déplacent les locaux à Rio, faisant avancer son index et son majeur le long du bar pour montrer sa propre cadence comparée à celle d'un Brésilien type.

— Personne n'est pressé, ici, conclut-il en secouant la tête.

Plus tard, au Belmond, Caroline demande à Addy de commander pour eux deux. Tandis qu'ils discutent, cette fois autour de bols de *moqueca de camarão,* des crevettes cuisinées au lait de coco, Addy apprend qu'outre Caroline, la fratrie Martin compte trois autres enfants, et que ses trois frères aînés, dont il lui fait répéter encore et encore les noms (Edward, Taylor et Venable), vivent toujours à Clinton.

— Nous avions une vache dans le jardin quand nous étions enfants, raconte Caroline.

Ses yeux pétillent à mesure qu'elle se souvient. Addy s'étrangle presque lorsqu'elle révèle que la vache s'appelait Sarah, le prénom hébreu de sa petite sœur Halina, explique-t-il.

— Oh, j'espère que je ne vous ai pas offensé, répond-elle. Sarah faisait partie de la famille ! ajoute-t-elle. Nous la trayions et, parfois, nous grimpions même sur son dos pour aller à l'école.

Addy sourit.

— Votre Sarah semble bien moins têtue que la mienne.

Il parle alors d'Halina, racontant comment, après avoir vu le film *New York-Miami*, elle avait insisté pour se couper les cheveux afin de ressembler à Claudette Colbert. Après, elle avait refusé de quitter l'appartement des jours durant, convaincue que la coupe ne lui allait pas. Alors qu'il rit, Addy se rend compte à quel point il est agréable d'évoquer les membres de sa famille, combien dire leurs noms l'aide, d'une certaine façon, à confirmer leur existence.

Caroline lui parle également de sa famille, de son père, professeur de mathématiques au collège presbytérien de Clinton, qui a enseigné jusqu'à sa mort, en 1935.

— Nous n'avons pas grandi dans l'opulence, à l'exception de notre éducation. Vous imaginez combien un père professeur peut prendre à cœur les études de ses enfants.

Addy hoche la tête. Si ses parents n'étaient pas professeurs, donner une bonne éducation était aussi d'une importance capitale dans sa famille.

— Comment appeliez-vous votre père ? demande Adam, curieux. Quel était son nom ?

Caroline sourit.

— Il s'appelait Abram.

Addy la dévisage.

— Abram ? Comme *Abraham* ?

— Oui, c'est un dérivé d'Abraham. Un nom qui vient de mon arrière-grand-père et s'est transmis dans notre famille.

Addy sourit et sort de sa poche le mouchoir de sa mère pour l'étaler sur la table.

— Ma mère, elle…

Il mime le geste de coudre avec une aiguille et du fil.

— Elle coud ?

— Oui, elle coud ça pour moi, avant que je quitte la Pologne. Regardez, montre-t-il. Ce sont mes… comment vous appelez ça ?

— Initiales.

— Ce sont mes initiales. Le A est l'initiale de mon nom hébreu, Abraham.

Caroline se penche sur le mouchoir pour examiner de plus près la broderie.

— Vous êtes un Abraham aussi ?

— *Sim.*

— Nos familles ont très bon goût en matière de noms, dit Caroline en souriant.

Addy plie le mouchoir et le remet dans sa poche. Peut-être ont-ils été taillés dans le même tissu, décide-t-il.

Caroline garde le silence un moment, la tête baissée.

— Ma mère est décédée il y a trois ans, finit-elle par dire. Un de mes plus grands regrets est de ne pas avoir été là quand elle est morte.

La confession surprend Addy. Il vient à peine de la rencontrer. Il a passé des années avec Eliska, et elle avait à peine évoqué son passé, encore moins ses regrets. Il offre à Caroline un hochement de tête compréhensif et pense à sa propre mère. Il aimerait trouver quelque chose à dire pour la réconforter. Peut-être que Caroline se sentirait moins seule si elle savait que sa mère à lui lui manque terriblement aussi. Bien sûr, il ne lui a pas dit qu'il avait perdu le contact avec sa famille. Il s'est tellement habitué à éviter le sujet qu'il n'est même pas sûr de pouvoir se résoudre à en parler. Par où commencerait-il ?

Il lève les yeux et son regard croise celui de Caroline. Il y a quelque chose de si honnête chez elle, de si gentil. *Tu peux lui parler*, comprend-il. *Essaie.*

— Je sais ce que vous ressentez, dit-il.

Caroline le regarde avec surprise.

— Vous avez perdu votre mère également ?

— Pas exactement. Je n'en sais rien, en fait. Ma famille est encore en Pologne, je crois.

— Vous croyez ?

Addy baisse les yeux.

— Je n'en suis pas sûr. Nous sommes juifs.

Caroline attrape sa main par-dessus la table, les yeux pleins de larmes et, soudain, l'histoire qu'il n'a racontée à personne pendant tant d'années jaillit toute seule.

Deux semaines plus tard, Addy et Caroline sont assis dans l'appartement de Caroline, avec vue sur la plage de Leme. Installés devant le bureau accolé à la fenêtre ouvrant sur l'est, ils sont face à une pile de feuilles. Ils se sont vus presque tous les jours depuis leur premier dîner au Belmond. C'est Caroline qui a eu l'idée de contacter la Croix-Rouge pour l'aider à localiser sa famille. Addy dicte, tandis que Caroline écrit. Son optimisme l'a stimulé et les mots sortent de sa bouche trop vite pour qu'elle ait le temps de les noter.

— Attends, attends, ralentis, proteste Caroline en riant. Est-ce que tu peux épeler à nouveau le nom de ta mère ?

Elle lève les yeux et le brun velouté de ses iris capture la lumière. Elle tient son stylo-plume juste au-dessus du papier. Addy s'éclaircit la gorge. La douceur de ses yeux et l'odeur de savon de ses cheveux auburn lui font perdre le fil de ses pensées. Il épelle *Nechuma*, en essayant de ne pas écorcher la prononciation des lettres en anglais, puis le nom de son père, ainsi que ceux de chacun de ses frères et sœur. L'écriture de Caroline est élégante et régulière comparée à la sienne.

Une fois la lettre terminée, Caroline sort un bout de papier de son sac.

— Je me suis renseignée à l'ambassade.

Elle pose le papier devant eux et passe le doigt sur une liste de villes.

— Apparemment, la Croix-Rouge a des bureaux partout. Nous devrions envoyer ta lettre à plusieurs endroits, juste au cas où.

Addy hoche la tête en parcourant la liste des quinze villes que Caroline a compilées, de Marseille à Londres et Genève en passant par Tel-Aviv et Delhi. Elle a noté une adresse à côté de chaque ville.

Ils discutent tout bas tandis que Caroline recopie soigneusement quinze fois la lettre d'Addy. Lorsqu'elle a terminé, elle empile les feuilles et les tapote délicatement contre la table pour que les bords en soient bien alignés, avant de les tendre à Addy.

— Merci, dit-il. C'est tellement important pour moi, ajoute-t-il avec une main sur le cœur.

Il aimerait réussir à exprimer mieux ce que son aide représente pour lui.

Caroline acquiesce.

— Je sais. C'est horrible, ce qui se passe là-bas. J'espère que tu auras une réponse. Au moins, pour le moment, tu sais que tu as fait tout ce qui était en ton pouvoir.

Son expression est sincère, ses mots réconfortants. Addy l'a rencontrée il y a deux semaines seulement, mais il a déjà découvert que, lorsqu'il s'agit de savoir ce que pense Caroline, il n'a pas à deviner. Elle dit ce qu'elle pense, sans enjoliver. Cet aspect de sa personnalité est rafraîchissant.

— Tu as un cœur d'or, dit Addy.

À l'instant où il les prononce, il sait à quel point ces mots font cliché, mais cela lui est égal.

Caroline a de longs doigts, fins aux extrémités. Elle les agite devant son visage et secoue la tête. Addy a aussi découvert qu'accepter des compliments n'était pas son fort.

— Je les porterai au bureau de poste demain.

— Tu me tiens au courant dès que tu as des nouvelles ?

— Oui, bien sûr.

Par la fenêtre, Addy regarde vers l'est, au-delà du rocher de Leme et du bleu de l'Atlantique, en direction de l'Europe.

— Avec le temps, dit-il en essayant d'adopter un ton optimiste, avec le temps, je les trouverai…

11 MAI 1944 : *La quatrième et dernière bataille de Monte Cassino débute. Comme les Alliés l'avaient espéré, ils prennent les forces allemandes par surprise. Pendant que le corps expéditionnaire français détruit la charnière sud des défenses allemandes, le 13*e *corps, une formation de la VIII*e *armée britannique, avance vers l'intérieur des terres, s'emparant de la ville de Cassino et frappant les forces allemandes dans la vallée du Liri. Lors de leur première tentative de capturer l'abbaye, les Polonais se font repousser ; deux bataillons sont entièrement balayés, et le nombre de victimes frôle alors les 4 000 hommes. En dépit des assauts continus, l'abbaye demeure imprenable.*

47

Genek

Monte Cassino, Italie – 17 mai 1944

DES TIRS DE MORTIER SIFFLENT par-dessus sa tête. Genek protège son casque de ses mains, le corps collé contre la paroi de la montagne. Il est habitué à la douleur vive qu'il ressent lorsque ses genoux et ses coudes atterrissent brutalement contre la pierre impitoyable, au goût de la poussière entre ses dents, aux coups et aux vrombissements constants de l'artillerie qui ronronne dans ses oreilles et dont la proximité est extrêmement pesante. Quatre cents mètres plus haut, ce qui reste de l'ennemi (un régiment de ce qu'on estime être huit cents parachutistes allemands) tire des obus encore et encore depuis les ruines de l'abbaye. Genek ne peut pas s'empêcher de se demander d'où viennent toutes leurs munitions. *Ils vont bien finir par être à court.*

Les Polonais ont réussi à prendre les Allemands par surprise mais, quoiqu'ils soient bien plus nombreux que les nazis, l'armée d'Anders reste dans une position désavantageuse. Après des jours de bombardement aérien, le versant de la montagne n'est plus qu'un tas de gravats, ce qui rend l'ascension extrêmement difficile. Ils ne voient pas l'ennemi et, par conséquent, ils doivent atteindre le haut de l'abbaye avant d'avoir un angle de tir ; pendant ce temps, sans lieu sûr où se mettre à couvert, ils sont dans l'ensemble désespérément exposés et vulnérables.

Le corps toujours plaqué contre la roche, Genek jure entre ses dents. L'armée était supposée être le choix de la sécurité. Le moyen de quitter la Sibérie. De garder sa famille réunie. Et ça l'avait été, pendant un temps. Mais, désormais, il est aussi en sécurité qu'une cible dans un champ de tir et sa famille est en Palestine, à quatre mille sept cents kilomètres.

Genek ne peut s'empêcher de songer au fait que la première tentative des Polonais sur Monte Cassino, cinq jours plus tôt, a été un échec cuisant, comme les trois précédentes. Accueillies avec des mortiers, des tirs d'armes de poing et le courroux dévastateur de la mitrailleuse 75 mm d'un char Panzer, les premières divisions d'infanterie d'Anders ont été balayées en quelques heures. Aussi vite que l'opération avait commencé, le 2e corps polonais a dû battre en retraite, et rapporté des pertes de près de quatre mille hommes. Genek et Otto ont remercié le ciel d'avoir été assignés à une division d'infanterie située à l'arrière, et maudit le fait qu'en dépit des pertes subies par l'ennemi l'abbaye était toujours aux mains des Allemands. Jusqu'ici, la seule nouvelle encourageante reçue au cours de la campagne était venue du général Juin, chef du corps expéditionnaire français, qui avait rapporté que ses hommes avaient pris Monte Maio et étaient désormais en position d'assister le 13e corps britannique en poste dans la vallée du Liri. Néanmoins, la prise de l'abbaye restait la responsabilité des Polonais. Ils s'étaient donc mis en route pour une seconde tentative ce matin-là.

Davantage de mortier. Le craquement de l'artillerie au-dessus de leur tête. Le bruit de caisse claire produit par les tirs aériens rencontrant les rochers. Quelqu'un crie en contrebas. Genek reste accroupi. Il pense à Herta, à Józef, songe à trouver un rocher et se cacher dessous jusqu'à ce que le combat cesse. Mais, ensuite, une image se matérialise dans son esprit : sa famille aux mains des nazis, envoyée dans un camp de la mort. Sa famille, parmi les supposés *millions* de morts. Une boule se forme dans sa gorge et ses joues brûlent. Il ne peut pas se cacher. Il est ici. Si cette mission est un succès, il aura aidé à briser les Allemands et à rappeler au monde que la Pologne, quoique vaincue en Europe, est encore une puissance sur laquelle on peut compter. Il ravale le goût métallique de la peur sur sa langue et prend conscience que, mission suicide ou non, s'il existe une chance pour lui de contribuer à mettre fin à cette maudite guerre, il ne la laissera certainement pas passer.

Il attend un semblant de trêve dans les tirs, puis escalade la montagne de quelques mètres en restant penché et en guettant les mines et les fils-pièges. Pour protéger le bastion, les Allemands ont laissé dans leur sillage un barrage de pièges qui a déjà coûté la vie à des dizaines de camarades de Genek. Il a été formé pour désamorcer une mine, mais… S'il se trouvait en présence d'un engin explosif, aurait-il les bons réflexes ? Un autre *boum* tonitruant, une explosion monstrueuse retentit quelque part sur la droite. Son corps est propulsé contre la montagne, si fort qu'il en a le souffle coupé. *Bordel, c'était quoi, ça ?* Ses oreilles bourdonnent. Les conversations sont allées bon train parmi les hommes d'Anders pour déterminer si, oui ou non, les parachutistes ennemis ont accès au canon K5 utilisé à Anzio. Les Allemands ont surnommé le canon Leopold. Les Alliés l'appellent Anzio Annie. Ses obus pèsent un quart de tonne, avec une portée de plus de soixante kilomètres. Impossible qu'ils aient pu apporter ce truc au sommet de la montagne, raisonne Genek tout en tentant de reprendre son souffle. S'ils avaient *pu*, il serait en morceaux à l'heure qu'il est, à coup sûr. L'air est de nouveau empli de tirs de mitraillettes. Il relève la tête, inspire profondément et se hâte de grimper quelques mètres plus haut.

18 MAI 1944 : *Lors de la deuxième attaque sur Monte Cassino, le 2e corps polonais fait face à des tirs incessants d'artillerie et de mortier depuis les positions de surplomb hautement fortifiées des Allemands. Proposant peu d'abris naturels, le combat est féroce et parfois au corps-à-corps. Néanmoins, grâce à l'avancée du corps expéditionnaire français dans la vallée du Liri, les parachutistes allemands se retirent de Cassino pour rejoindre une nouvelle position défensive sur la ligne d'Hitler, au nord. Le 18 mai, tôt le matin, les Polonais s'emparent de l'abbaye. Ils sont si épuisés que seuls quelques-uns ont la force de grimper les cent derniers mètres. Quand ils y parviennent, les hommes plantent un drapeau polonais sur les ruines et chantent un hymne,* Les Coquelicots rouges du Mont Cassin, *pour célébrer la victoire polonaise. La route de Rome est ouverte.*

6 JUIN 1944-JOUR J : *La bataille de Normandie, nom de code opération Overlord, commence avec un énorme assaut militaire amphibie : 156 000 soldats alliés, menés par le général Eisenhower, débarquent sur quatre-vingts kilomètres de littoral normand lourdement fortifié. La marée basse, le mauvais temps et un plan de diversion allié permettent aux Alliés de prendre les nazis par surprise.*

48

Jakob et Bella

Varsovie, Pologne sous occupation allemande – 1er août 1944

AU SON DE LA PREMIÈRE EXPLOSION, le sang de Bella ne fait qu'un tour. Sans réfléchir, elle se laisse tomber à quatre pattes derrière le comptoir, au fond du magasin de robes. La détonation (suffisamment proche pour faire s'entrechoquer les pièces dans le tiroir de la caisse) est suivie d'un cri, et d'une rapide rafale de coups de feu. Bella rampe jusqu'à l'angle du comptoir et jette un coup d'œil vers la vitrine. Dehors, trois hommes en uniforme passent, armés de pistolets-mitrailleurs Błyskawica. Une autre bombe tombe, et Bella se protège instinctivement la tête. Ça y est. L'insurrection de l'Armée de l'intérieur. Il faut qu'elle sorte d'ici. Et vite.

Elle rampe jusqu'à la petite pièce qu'elle loue à l'arrière du magasin, réfléchissant frénétiquement à ce qu'elle devait emporter. Son sac à main, sa brosse à cheveux…

Non, pas sa brosse à cheveux, pas important… Ses clés, même si elle ignore si le bâtiment sera encore debout à la fin de la journée. À la dernière seconde, elle soulève son matelas pour attraper deux photos (une de ses parents et une d'Anna et elle quand elles étaient enfants) qu'elle glisse dans la doublure de son manteau. Elle songe à verrouiller la porte du magasin, mais change d'avis en voyant passer quatre autres hommes qui courent en uniforme. Elle regagne précipitamment le fond de la boutique et sort sans bruit par la porte de derrière.

Dehors, la rue est vide. Elle marque une pause pour reprendre son souffle. Les mots de Jakob résonnent dans sa tête.

— Mon bâtiment a un sous-sol sécurisé, lui a-t-il dit voilà une semaine, quand l'insurrection semblait imminente. S'il y a des affrontements, retrouve-moi là-bas.

Elle va devoir traverser la Vistule pour le rejoindre.

Bella se met à courir vers le nord-est, en direction du pont près du boulevard Wójtowska. Elle vient de prendre une ruelle quand elle entend bourdonner les avions de la Luftwaffe à l'approche. Elle se plaque contre le mur de brique et tend le cou. Elle compte six avions qui volent bas comme des vautours et se demande s'il vaut mieux attendre et se mettre à courir une fois que le ciel sera dégagé, mais décide qu'il vaut mieux ne pas perdre de temps. Elle doit être avec Jakob. Tu as fait ce trajet des dizaines de fois, se raisonne-t-elle. Tu en as pour dix minutes. Allez, vas-y !

Bella presse le pas en faisant de son mieux pour garder un œil sur le ciel pendant qu'elle court, mais les pavés inégaux rendent l'exercice difficile. À deux reprises, elle manque se tordre la cheville et se rattrape à la dernière seconde. Finalement, il est plus sûr de regarder où elle met les pieds et de tendre l'oreille que d'avancer à l'aveuglette, le nez levé vers le ciel. Elle a parcouru six pâtés de maisons lorsque le vrombissement d'un Stuka retentit à nouveau. Elle se glisse dans une autre ruelle pile au moment où une ombre passe à toute vitesse au-dessus de sa tête. *Je vous en prie, mon Dieu, non,* prie-t-elle, les yeux fermés, le dos collé au mur tandis qu'elle attend. Le bruit s'éloigne. Elle rouvre les yeux et se remet en route. Où sont passés les gens ? Les rues sont vides. Tout le monde doit être caché.

L'insurrection n'est pas une surprise. Tout le monde à Varsovie a entendu les rumeurs qui l'annonçaient, et tout le monde avait un plan pour le jour où elle se produirait, même si personne ne savait exactement quand elle aurait lieu. Bella et Jakob ont eu la chance de pouvoir compter sur Adam pour obtenir des informations par le biais de la résistance.

— Ça peut commencer n'importe quand, a-t-il dit le week-end dernier. L'Armée de l'intérieur attend juste que l'armée rouge se rapproche.

D'après le *Biuletyn Informacyjny*, les puissances de l'Axe commençaient enfin à montrer des signes de faiblesse. Les troupes alliées étaient en train de percer les défenses nazies en Normandie, et on parlait d'une énorme campagne alliée en Italie. Selon Adam, l'Armée de l'intérieur polonaise espérait qu'avec l'aide de l'armée rouge elle pourrait expulser les Allemands de la capitale du pays, et ensuite faire pencher la balance en faveur d'une victoire alliée en Europe.

L'idée semblait noble. Jakob et Adam avaient parlé de la possibilité de se mêler aux rangs de l'Armée de l'intérieur. Ils voulaient absolument participer au combat. Mais Bella est désormais reconnaissante qu'Halina les en ait dissuadés. Elle aussi souhaitait plus que tout une Pologne libérée. Mais l'Armée de l'intérieur, leur avait-elle rappelé, ne voyait pas les juifs d'un bon œil. Et, accessoirement, les Polonais étaient en cruelle infériorité numérique. Varsovie était encore envahie d'Allemands. Regardez ce qui est arrivé après la révolte du ghetto, leur avait rappelé Halina. Et si l'armée rouge ne coopère pas ? L'Armée de l'intérieur comptait sur l'aide de Staline, mais il leur avait déjà fait défaut par le passé, avait averti Halina avant de supplier Jakob et Adam de se montrer prudents. S'il vous plaît, avait-elle dit, la résistance a besoin de vous. Il y a d'autres moyens de tenir tête à l'ennemi.

Bella reste bien à droite sur le boulevard Wójtowska tandis qu'elle se dirige vers l'est, soulagée de voir le fleuve apparaître. Mais, alors qu'elle se rapproche, elle ralentit. *Où est le pont ?* Il a disparu. Détruit. À sa place, il n'y a plus qu'un tas de ferraille fumant et de l'eau. Elle accélère et prend la direction du nord, longeant la courbe de la Vistule et priant pour trouver un pont intact.

Dix pâtés de maisons plus loin, les poumons en feu et le chemisier trempé de sueur, elle est soulagée de trouver le pont Toruński encore debout. Néanmoins, le ciel grouille à présent de Junkers. Elle n'y prête pas attention, non plus qu'à la douleur de sa poitrine, la brûlure de ses quadriceps, la voix qui dans sa tête lui crie de trouver un fossé et de se mettre à l'abri, et elle court aussi vite qu'elle le peut.

Arrivée au milieu du pont, une dizaine d'hommes apparaissent. Ils courent vers elle à grandes enjambées frénétiques. Bella sent ses jambes se dérober sous elle, mais se rend compte à leur tenue qu'il s'agit de Polonais. Des civils. Plusieurs d'entre eux ont des fusils accrochés autour du cou. D'autres sont armés de fourches et de pelles. Quelques-uns ont des couteaux de boucher à la main. Ils galopent dans sa direction en criant, mais Bella est trop épuisée et sa respiration est trop bruyante pour qu'elle distingue ce qu'ils disent. Lorsqu'elle parvient à leur niveau, elle prend conscience que c'est sur *elle* qu'ils hurlent.

— Vous courez dans la mauvaise direction ! crient-ils en brandissant leurs armes par-dessus la tête comme des guerriers. Venez vous battre avec nous ! Pour la Pologne et pour la victoire !

Bella les dépasse en secouant la tête, les yeux rivés sur le sol afin de ne pas perdre l'équilibre. Elle ne les relève pas avant d'avoir atteint la porte de Jakob.

Voilà huit jours qu'ils sont cachés ; les bombardements sont incessants. Bella et Jakob sont à l'agonie de ne pas savoir si les autres (Halina, Adam, Mila, Franka et sa famille) ont trouvé un endroit sûr où s'abriter, de ne pas savoir à quoi ressemblera Varsovie une fois que les bombardements cesseront enfin.

Ils partagent le sous-sol avec un couple arrivé avec un bébé de dix-huit mois, un ballot de foin et, au grand étonnement de Jakob et Bella, une vache laitière. Cela n'a pas été chose facile, mais ils ont fini par amadouer l'animal récalcitrant et l'attirer jusqu'au bas de l'escalier menant au sous-sol. La vache empeste (il n'y a rien à y faire, à part empiler le fumier dans un coin), mais ses pis sont toujours pleins. Deux fois par jour, ils montent du lait dans un seau à l'étage pour le faire bouillir « afin que le bébé puisse le boire », comme le dit la mère du bébé, quoique Bella soit convaincue que du lait de vache frais ne lui ferait pas de mal. Elle a songé à protester (s'aventurer à l'étage est dangereux et franchement stupide au regard des circonstances), mais elle s'est mordu la langue afin de ne pas mettre en péril la dynamique amicale du groupe.

Aujourd'hui, c'est Bella qui doit faire bouillir le lait. Presque trente minutes se sont écoulées depuis la dernière explosion. Une trêve. Debout avec elle en bas de l'escalier, Jakob hoche la tête.

— Fais attention, dit-il.

Elle hoche la tête à son tour et gravit les marches, le seau à la main, puis traverse précipitamment le couloir menant à la cuisine. Devant la cuisinière, elle verse le lait dans une casserole, enflamme une allumette et tourne le bouton noir sous le brûleur pour allumer la flamme. Alors que le lait commence à frémir, elle s'approche de la fenêtre sur la pointe des pieds. Dehors, le paysage est surréaliste. Un bâtiment sur trois est rasé sur toute la rue Danusi. Les autres sont encore debout, mais les toits sont effondrés, comme si on les avait décapités. Elle scrute le ciel et jure en voyant surgir une nuée d'avions de la Luftwaffe. Elle s'éloigne de la fenêtre, regrettant de ne pas pouvoir les tenir à l'œil. Elle tend l'oreille, les yeux fixés sur le lait, impatiente de le voir bouillir. Mais le vrombissement des moteurs s'intensifie. Elle entend Jakob donner des coups de manche à balai dans le plafond du sous-sol pour lui indiquer de redescendre. Il doit l'entendre, lui aussi. Soudain, non loin de là, une bombe tombe et la pièce tremble, si fort que les assiettes en porcelaine bougent sur les étagères. Jakob frappe à nouveau, plus fort cette fois. Elle l'entend l'appeler à travers le plancher.

— Bella !

— J'arrive ! crie-t-elle en tournant le bouton de la gazinière pour l'éteindre.

Une autre bombe. Plus proche cette fois. Sur leur pâté de maisons peut-être. Elle devrait tout abandonner et courir, mais elle enveloppe d'abord un torchon autour de sa main, décidée à récupérer le lait. Alors qu'elle attrape la poignée de la casserole, elle perçoit un nouveau bruit. Cela ressemble à un chat, comme un miaulement profond. Oublie le lait, se réprimande-t-elle. Elle lâche le torchon et tourne les talons. Mais trop tard. Elle est à peine arrivée à la porte que la fenêtre explose. La cuisine est envahie par un nuage de suie et Bella sent ses pieds décoller du sol. Elle bat désespérément l'air de ses bras, bougeant au ralenti comme si elle nageait sous l'eau, comme si elle essayait de s'échapper d'un mauvais rêve. Du verre brisé. Des éclats d'obus. De la vaisselle tombe des étagères et vole en mille morceaux. Bella retombe violemment sur le sol et reste allongée sur le ventre, immobile, les mains sur la tête. Elle tente de respirer, mais l'air est chargé de fumée et c'est difficile. Une autre bombe tombe et le sol vibre au-dessous d'elle.

Jakob crie à présent, mais sa voix est comme étouffée, lointaine. Les yeux clos, Bella ausculte mentalement son corps. Elle bouge les doigts, les orteils. Ses extrémités sont là et semblent fonctionner. Mais elle est mouillée. Est-ce qu'elle saigne ? Elle n'a mal nulle part. Qu'est-ce qui la brûle ? Hébétée, en proie à une quinte de toux, elle se hisse en position assise et ouvre les yeux. La pièce est plongée dans le brouillard, comme si elle la regardait à travers une vitre sale. Elle bat des paupières. Alors que sa vision devient plus nette, elle voit ce qui ressemble à une colonne grise montant vers le ciel depuis l'arrière de la gazinière. Bella se fige. A-t-elle éteint le feu ? Elle l'a éteint, non ? *Oui, oui, c'est éteint.* Elle regarde les débris éparpillés sur le sol : les morceaux de verre, la vaisselle cassée, les éclats de bois, une dizaine de gros morceaux d'obus. Au milieu des gravats, la casserole gît dans une mare de lait. Elle inspecte ses vêtements. Elle ne saigne pas : elle est mouillée à cause du lait.

— Bella ! crie Jakob d'une voix déformée par la peur.

Soudain, il est là, accroupi à côté d'elle, les mains sur ses épaules, sur ses joues.

— Bella ! Tu vas bien ?

Bella l'entend à peine. Elle hoche la tête.

— Oui, je... je vais bien, bafouille-t-elle.

Il l'aide à se relever. Il y a une odeur de brûlé.

— La gazinière ? demande Jakob.

Cette dernière a commencé à siffler.

— Elle est éteinte.

— Sortons d'ici.

Les jambes de Bella chancellent comme si elle était montée sur des échasses. Jakob la soutient, la portant presque, jusqu'aux marches du sous-sol.

— Tu es sûre que tu vas bien ? J'ai cru... j'ai cru...

— Tout va bien, mon amour. Je n'ai rien.

17 OCTOBRE 1944 : « *[Varsovie] doit disparaître intégralement de la surface du globe et ne plus servir que de gare pour la Wehrmacht. Plus aucune pierre ne doit tenir debout. Tous les bâtiments doivent être rasés jusqu'à leurs fondations.* »

Heinrich Himmler, Reichsführer SS, conférence des officiers de la SS

49

Mila

À l'extérieur de Varsovie, Pologne sous occupation allemande – fin septembre 1944

PRESQUE HUIT SEMAINES SONT PASSÉES depuis que les bombes ont commencé à pleuvoir sur Varsovie, au début du mois d'août. Lorsque la première a été lâchée, Mila a songé à emprunter une voiture pour aller chercher Felicia au couvent de Włocławek, mais elle savait qu'elle n'arriverait jamais à destination. Pas vivante, du moins. Varsovie était un gigantesque champ de bataille. Tout le monde se cachait. Il y avait des Allemands postés en périphérie de la ville, terrés dans des bunkers, prêts à bondir à la seconde où l'Armée de l'intérieur montrerait le moindre signe de faiblesse. Il était impossible de quitter la ville. À la place, elle a fui jusqu'à l'appartement d'Halina, rue Stawki, en centre-ville. Depuis, elle y passe ses jours et ses nuits, agglutinée avec sa sœur et Adam dans le vide sanitaire du bâtiment, l'oreille tendue dans l'obscurité tandis qu'au-dessus d'eux la ville est décimée.

Une fois par semaine environ, un ami de la résistance leur apporte un peu de nourriture et quelques nouvelles. Aucune n'est encourageante : les Polonais sont en infériorité numérique, et cruellement moins armés ; apparemment, dix mille résidents ont été exécutés dans Wola, sept mille dans la vieille ville ; des dizaines de milliers d'autres ont été envoyés dans des camps de la mort ; même les malades n'ont pas été épargnés : presque tous les patients de l'hôpital Wolski ont été assassinés. Alors que le siège s'éternise, l'Armée de l'intérieur désespère.

— Staline a-t-il envoyé des renforts ? demande Adam chaque fois qu'il reçoit des nouvelles de la résistance.

La réponse est toujours non. Aucun signe d'aide de la part des Russes. Et, donc, les bombardements continuent et, petit à petit, la capitale de la Pologne jadis prospère disparaît lentement. Au bout d'une semaine, un tiers de la ville a été rasé, puis la moitié, puis les deux tiers.

Mila est dans un état désastreux : la distance qui la sépare de Felicia la rend malade. Elle n'a aucun moyen de savoir si les bombes ont atteint Włocławek et n'a jamais songé à demander si le couvent disposait d'un abri. N'ayant presque rien à manger et encore moins d'appétit, elle voit son pantalon devenir lâche autour de sa taille. Elle est coincée. Et, chaque jour (elle a compté : elle se cache depuis cinquante-deux jours), son désespoir augmente. Le sol semble trembler toutes les cinq minutes alors qu'un nouvel engin explosif s'écrase sur le sol, laissant dans son sillage des ruines de maisons, de magasins, d'écoles, d'églises, de ponts, de voitures et de personnes. Et elle ne peut rien faire si ce n'est écouter, et attendre.

50

Halina

Prison de Montelupich, Cracovie, Pologne sous occupation allemande – 7 octobre 1944

Halina est réveillée en sursaut par le cliquetis métallique d'une clé dans un verrou et le crissement du fer contre le ciment alors qu'on ouvre brutalement la porte de sa cellule.

— Brzoza ! lui crie Betz. Debout. *Tout de suite.*

Elle se lève lentement, inspirant profondément pour atténuer la douleur aiguë de son dos. Au cours de ses quatre jours d'emprisonnement, elle a subi plus de dix interrogatoires. Chaque fois, elle a regagné sa cellule avec davantage d'hématomes, d'une nuance de violet toujours plus foncée. Elle est sur le point d'abandonner, mais elle doit ravaler la douleur, l'humiliation, le sang qui coule de son nez, de son front, de sa lèvre supérieure. Elle ne doit pas céder. Elle est assez intelligente pour savoir que ceux qui cèdent ne reviennent pas. Et elle refuse de pousser son dernier soupir dans cette maudite prison. Elle ne peut pas, elle ne laissera pas gagner la Gestapo.

Halina a été incarcérée quelques jours à peine après que le général Bór a agité le drapeau blanc, marquant ainsi la fin de l'insurrection de Varsovie. En fin de compte, les hommes de Staline postés en périphérie de la ville ne sont jamais arrivés ; après soixante-trois jours d'affrontements, l'Armée de l'intérieur a été forcée de capituler. Le 2 octobre, pour la première fois en deux mois, le silence s'est abattu sur la ville. Lorsque Halina s'est aventurée au-dehors, en état de choc, sale et morte de faim, Varsovie, encore en flammes, était méconnaissable. Son bâtiment était un des deux seuls encore intacts rue Stawki. Les autres avaient été anéantis. Certains étaient éventrés et exposaient des intérieurs dans un état alarmant de chaos ; les toilettes, les têtes de lit, la porcelaine, les bouilloires et les canapés étaient encastrés n'importe comment dans des morceaux de métal tordus et des briques. Mais la plupart n'étaient plus que des coquilles vides, les entrailles creuses, vidés comme des poissons. Halina s'est frayé un chemin à travers la ville saccagée pour tenter de retrouver Jakob et Franka, une mission quasi impossible puisque de nombreuses rues étaient devenues impraticables. Arrivée sur le pas de la porte de Franka, elle est tombée à genoux : le bâtiment avait disparu. Aucune trace de Franka, de ses parents ou de son frère. Une heure plus tard, lorsque Halina avait enfin atteint l'appartement de Jakob, elle avait trouvé son bâtiment effondré lui aussi. Elle avait failli s'évanouir quand Jakob avait surgi des ruines, suivi de Bella. Ils étaient *sains et saufs.* Mais ils mouraient de faim.

À ce stade, Halina pouvait à peine réfléchir. Franka et sa famille avaient disparu. Elle savait qu'elle ne pourrait pas quitter Varsovie sans avoir tenté de les retrouver. Mais Adam, Jakob, Bella et elle étaient affamés et sans un sou, et l'hiver serait bientôt là. Avant l'insurrection, l'employeur de Bella, Derr Hen, lui avait dit avoir demandé sa mutation pour Cracovie.

— Si vous avez besoin de quoi que ce soit, vous me trouverez à la banque, dans le centre-ville, place Rynek Kleparski, avait-il précisé.

Halina n'a pas eu d'autre choix que de l'appeler pour lui demander de l'aide. Adam s'est opposé à cette idée, bien sûr, soutenant qu'il était dangereux pour elle de partir seule pour Cracovie. Mais Halina a insisté. Une poche de la résistance était encore en activité à Varsovie et ils avaient plus que jamais besoin d'Adam. Et il y avait aussi Mila, qui paniquait de ne pas pouvoir rejoindre Felicia.

— Si tu restes, tu peux l'aider à trouver un moyen de se rendre à Włocławek, et continuer à chercher Franka, a argumenté Halina. S'il te plaît. Je m'en sortirai très bien toute seule.

Elle irait à Cracovie et reviendrait immédiatement, a-t-elle promis, avec de l'argent. Assez pour les aider à tenir l'hiver. Finalement, Adam a accepté. Et, donc, après être convenue d'un échange avec un autre jeune juif (son manteau contre un sac de pommes de terre pour nourrir les autres pendant son absence), Halina est partie pour Cracovie.

Cependant, son plan si bien organisé s'est enrayé une demi-journée plus tard, à la gare de Cracovie. À sa descente du train, elle a été arrêtée. La Gestapo n'avait que faire de son histoire, et contacter Herr Den pour qu'il confirme ses dires ne l'intéressait pas le moins du monde.

— Dans ce cas, laissez-moi appeler mon mari, a dit Halina sans même tenter de masquer sa colère.

Là encore, la Gestapo l'a ignorée. Dans l'heure qui a suivi, elle s'est retrouvée dans une voiture de police, traversant le centre de Cracovie en direction de Montelupich, la prison tristement célèbre de la ville. En passant l'entrée de brique rouge de la prison, son regard s'est posé sur les fils barbelés et les éclats de verre qui cernaient le bâtiment et elle a su, sans l'ombre d'un doute, qu'elle ne retournerait pas à Varsovie, du moins pas de sitôt. Et qu'Adam en serait dévasté.

— Brzoza !

— J'arrive, grogne Halina.

Elle enjambe des jambes et des bras et claudique vers la porte.

Étrangement, parmi la trentaine de femmes qui partagent sa cellule, très peu sont juives, du moins autant qu'elle le sache. À part elle, il y en a trois, peut-être quatre. La plupart des détenues du quartier pour femmes de Montelupich semblent être des voleuses, des trafiquantes, des espionnes, des membres de diverses organisations de résistance. D'après la Gestapo, l'infraction qu'Halina a commise, c'est sa foi. Mais elle ne l'admettra jamais. Sa religion ne sera jamais un crime.

— Lâchez-moi, grogne-t-elle alors que Betz verrouille la porte de la cellule derrière elle et tord son bras dans son dos pour la pousser devant lui dans le couloir.

— La ferme, Jaunette.

Au début, Halina a cru que ce surnom lui avait été attribué à cause de ses cheveux blonds, mais elle a vite compris qu'il venait de l'étoile jaune que les juifs étaient forcés de porter en Europe.

— Je ne suis pas juive.

— Ce n'est pas ce que ton ami Pinkus a dit.

Le cœur d'Halina s'emballe dans sa cage thoracique. *Pinkus.* Comment connaissent-ils son nom ? Pinkus… le garçon juif avec qui elle a troqué son manteau avant de quitter Varsovie. Pinkus a dû se faire prendre et donner son nom dans l'espoir que cela lui rende service d'une façon ou d'une autre. Elle maudit sa stupidité.

— Je ne connais pas de Pinkus.

— Pinkus, le juif qui a pris ton manteau. Il dit qu'il te connaît. Il dit que tu n'es pas celle que tu prétends.

Pinkus, espèce de couille molle.

— Pourquoi un juif en dénoncerait-il un autre ? s'exclame Halina dans un souffle.

— Ça arrive tout le temps.

— Comme je vous l'ai dit, je ne connais pas cette personne. Elle vous a menti. Elle est prête à vous raconter n'importe quoi pour sauver sa peau.

Dans la cellule sans fenêtre et maculée de sang que la Gestapo utilise pour les interrogatoires, elle offre la même explication, encore et encore. Cette fois, adressée à deux brutes qu'elle reconnaît de précédents interrogatoires, l'un à cause d'une horrible cicatrice au-dessus d'un œil, l'autre parce qu'il boite.

— Tu lui as donné ton manteau ! crie celui qui a la cicatrice. Si tu es polonaise comme tu le prétends, pourquoi as-tu fait affaire avec un juif ?

— Je ne savais pas qu'il était juif ! proteste Halina. Je n'avais pas mangé depuis des semaines. Il m'a proposé des pommes de terre. Qu'est-ce que j'étais censée faire ?

Soudain, elle ne touche plus terre. On la soulève par le col et on la plaque violemment contre le mur de la cellule.

— Je ne savais pas qu'il était juif, dit-elle entre deux respirations sifflantes.

Crac. Son front percute le mur.

— Arrête de mentir !

La douleur est fulgurante. Le corps d'Halina devient mou comme celui d'une poupée de chiffon.

— Vous... vous ne comprenez pas ? crache-t-elle. C'est une vengeance ! Les juifs... essaient de se venger... des Polonais !

Un autre craquement, son nez qui coule, le goût chaud et âcre du sang. *Tu ne dois pas céder.*

— Il a juré sur la tombe de sa mère, siffle un des agents. Qu'est-ce que tu dis de ça ?

— Les juifs... nous *détestent.*

Boum. Elle parle les dents serrées, une joue collée au mur.

— Ils nous ont toujours détestés... C'est une punition !

Clac. Le craquement osseux et étouffé de sa mâchoire qui rencontre le dos d'une main.

— Regarde-toi ! Tu as une *tête* de juive !

La respiration d'Halina est sifflante et bruyante.

— Ne... m'insultez... pas... Regardez-*vous*... regardez *vos* femmes. Blonde... avec... des yeux bleus. Est-ce qu'elles sont juives, *elles* ?

Crac. Une fois de plus, son crâne contre le mur. Du sang dans ses cils, à présent, qui lui brûle les yeux.

— Pourquoi on devrait te croire ?

— Pourquoi ne *pas* me croire ? Mes… mes papiers ne mentent pas ! Et… mon patron non plus… Herr Den. Appelez-le. Il est à la banque sur Rynek Kleparski. Je vous ai expliqué… J'étais en route pour aller le voir quand vous m'avez arrêtée, bande de salauds.

Cette partie de l'histoire est vraie, bien sûr.

— Oublie Den. Il ne nous sert à rien, siffle celui qui boite.

— Alors envoyez un télégramme à mon mari.

— La seule personne qui nous sert à quelque chose, c'est toi, Jaunette, crie celui à la cicatrice. Tu dis que tu es polonaise. Alors récite le Notre Père !

Halina secoue la tête avec un agacement feint et remercie en son for intérieur ses parents de l'avoir envoyée dans un lycée polonais et non dans l'une des écoles juives de Radom.

— « Notre Père, qui es aux cieux, que ton nom soit sanctifié… »

— D'accord, d'accord, ça suffit.

— Appelez mon patron, supplie Halina, épuisée.

Il est sa dernière carte, son dernier espoir. Les Allemands ont-ils seulement essayé de le contacter ? Peut-être Herr Den s'est-il trouvé pris dans l'insurrection de Varsovie et n'est-il jamais arrivé à Cracovie. Ou peut-être l'ont-ils appelé et a-t-il renoncé à se porter garant pour elle ? Il semblait si catégorique. *Venez à Cracovie. Retrouvez-moi, je vous aiderai.*

Elle a essayé. Et, maintenant, elle est là. Cela ne fait pas une semaine et, déjà, son corps est en ruine. Elle ne sait pas combien d'interrogatoires supplémentaires elle pourra supporter. Une des nouvelles venues au quartier des femmes a dit que Varsovie brûlait encore. Elle s'inquiète en permanence pour Adam, qui a dû devenir fou de ne pas la voir rentrer, pour Mila, qui était dans un bien triste état lorsqu'elle est partie, et pour Franka.

Mais, surtout, elle s'inquiète pour ses parents. Les Górski attendent un paiement une fois par mois pour les garder en sécurité, et voilà presque deux mois qu'ils n'ont rien reçu. Peut-elle compter sur leur bonté pour assurer la survie de ses parents ? Leur maison est modeste ; ils subviennent à peine à leurs propres besoins. Halina ne peut pas s'empêcher d'imaginer la scène : Albert escortant ses parents à l'extérieur de la maison, incapable de les regarder dans les yeux. *Je suis désolé, j'aimerais que vous puissiez rester, mais si vous ne partez pas nous mourrons tous de faim.* Les Górski finiront par la croire morte. La famille la croira morte.

Je vais revenir, dit-elle tout bas, en partie pour elle-même, et en partie pour Adam et ses parents au cas où ils écouteraient, tandis qu'on la ramène enfin dans sa cellule.

51

Mila

À l'extérieur de Varsovie, Pologne sous occupation allemande – octobre 1944

Le trajet jusqu'au couvent prend deux fois plus de temps que d'habitude. De nombreuses rues sont impraticables et Mila est forcée de faire de longs détours laborieux. Tout ce qui était familier sur le trajet a disparu : l'usine de tonneaux de Józefina, la tannerie à Mszczonów… le paysage n'est plus qu'un patchwork sans fin de gravats.

Mila se penche en avant et plisse les yeux pour mieux voir à travers le pare-brise de la V6 volée. Adam et elle ont trouvé la voiture renversée sur le côté à un pâté de maisons de l'appartement d'Halina. Ils ont dû s'y mettre à six pour la remettre sur ses roues. Adam l'a aidée à la démarrer avec des câbles. Les quatre vitres étaient cassées, mais cela n'avait pas d'importance. Le réservoir, par chance, était encore rempli au quart. Il restait juste assez d'essence pour aller au couvent et en revenir.

Elle tapote nerveusement sur le volant en scrutant les décombres. Elle ne doit pas être au bon endroit. A-t-elle pris un mauvais virage ? Elle ne dort presque plus depuis des semaines. Il est tout à fait possible qu'elle se soit trompée de route. Le couvent devrait être juste *là*, devant elle, elle pourrait le jurer… Soudain, elle remarque quelque chose de noir, un fragment d'ardoise qui dépasse de la terre. Elle a un haut-le-cœur en reconnaissant les restes du tableau noir. Elle est au bon endroit. Le couvent n'est plus là. Il a disparu. Réduit en miettes.

Sans réfléchir, elle descend de voiture, laissant tourner le moteur, et traverse en courant ce qui reste de la cour où elle a vu sa fille pour la dernière fois. Elle saute par-dessus les briques éparpillées et les piquets de clôture cassés qui jonchent les herbes hautes. À la vue d'une petite chaise retournée, elle tombe à genoux, la bouche grande ouverte mais le souffle coupé. Puis ses cris transpercent le ciel d'octobre, plus acérés et violents à chacune de ses respirations désespérées.

— Mademoiselle. Mademoiselle.

Un jeune homme secoue Mila. Elle l'entend à peine, bien qu'il soit agenouillé à côté d'elle.

— Mademoiselle, répète-t-il.

Elle sent le poids d'une main sur son épaule. Elle a mal à la gorge, les joues baignées de larmes, et la voix dans sa tête, implacable : *Regarde ce que tu as fait ! Tu n'aurais jamais dû la laisser ici !* Son cœur cogne comme si on lui avait planté un javelot dans la poitrine.

Mila lève les yeux et bat des paupières, une main sur le cœur et l'autre sur le front. Quelqu'un a coupé le moteur de la V6.

— Il y a un abri au sous-sol, explique le jeune homme. Voilà des jours que je les cherche. Je m'appelle Tymoteusz. Ma fille Emilia est là-dessous, elle aussi. La vôtre est…?

— Felicia, murmure Mila, trop agitée pour se rappeler qu'au couvent sa fille est connue sous le nom de Barbara.

— Venez, aidez-moi. Il reste peut-être encore un espoir.

Mila et Tymoteusz se relaient pour déblayer les gravats de ce qui était jadis le couvent.

— Vous voyez, explique Tymoteusz en montrant du doigt. On dirait un escalier. Si on arrive à le dégager, peut-être qu'on trouvera la porte qui mène au bunker.

Voilà deux heures qu'ils s'activent quand Tymoteusz s'interrompt. Il se met à genoux et pose son oreille contre la terre.

— J'ai entendu quelque chose ! Vous avez entendu, vous aussi ?

Mila s'agenouille à son tour et retient son souffle tandis qu'elle tend l'oreille. Mais, au bout de quelques instants, elle secoue la tête.

— Je n'entends rien. Quel genre de bruit était-ce ?

— Comme un coup.

Le pouls de Mila s'accélère. Ils se lèvent et recommencent à déblayer, cette fois avec un objectif, un espoir. Alors que Mila se penche en avant pour ramasser un bloc de ciment, elle se fige. *Là. Un bruit.* Oui, un coup, qui vient de sous leurs pieds.

— Je l'entends ! s'écrie-t-elle.

Elle plaque son visage contre les ruines et crie aussi fort qu'elle le peut :

— Nous vous entendons ! Nous sommes là ! Nous allons vous sortir de là !

Un nouveau coup lui répond. Un cri étouffé. Les larmes lui montent immédiatement aux yeux.

— Elles sont là.

Elle sanglote et rit en même temps, puis se rappelle qu'un coup peut vouloir dire tout et n'importe quoi. Cela peut signifier qu'il n'y a plus qu'un seul survivant.

Ils travaillent plus vite à présent. Mila essuie ses joues trempées de larmes et de sueur, Tymoteusz respire bruyamment, les sourcils froncés tandis qu'il se concentre. Leurs mains saignent. Leur dos sont parcourus de spasmes.

Lorsqu'ils font une pause, ils se reposent une minute ou deux, pas plus, et parlent de tout et de rien afin de ne pas imaginer le pire.

— Quel âge a Emilia ? demande Mila.

— Sept ans. Et Felicia ?

— Elle aura six ans en novembre.

Mila demande à Tymoteusz d'où il vient, mais évite de l'interroger sur la mère d'Emilia, espérant qu'ainsi il ne posera pas de questions sur le père de Felicia.

Ils ont dégagé la moitié de l'escalier lorsque le soleil disparaît à l'horizon, ce qui signifie qu'il leur reste une heure tout au plus avant qu'il ne fasse nuit. Néanmoins, ils savent tous deux qu'ils ne partiront pas avant d'avoir tout déblayé.

— J'ai apporté une lampe torche, dit Tymoteusz comme s'il lisait dans les pensées de Mila. On va les sortir d'ici. Ce soir.

Des étoiles brillent dans le ciel lorsqu'ils atteignent enfin la porte du bunker. Mila pensait qu'il y aurait davantage de cris, plus de communication avec la personne qui avait frappé un peu plus tôt mais, depuis le premier contact, elle n'a plus rien entendu. Pas un son. Soudain, ce ne sont plus ni l'effondrement de l'escalier, ni l'obscurité ni le fait de devoir forcer la porte qui la terrifient, mais l'absence de bruit. La personne qui est à l'intérieur doit les attendre, c'est sûr. Alors pourquoi un tel silence ? Elle attrape la lampe en tremblant pour éclairer la poignée, tout en regardant en coin Tymoteusz tandis qu'il force la porte.

— Est-ce que tout va bien ? lui demande Tymoteusz.

Mila n'est pas sûre d'être capable de bouger.

— Je crois que oui, chuchote-t-elle.

Tymoteusz la prend par le bras.

— Venez, dit-il, et ils avancent dans l'ombre tous les deux.

Mila braque le faisceau de lumière à un mètre devant elle tandis qu'ils se glissent silencieusement à l'intérieur. Au début, ils ne voient rien à part le sol en ciment, plein de crevasses et couvert de poussière. Mais, ensuite, la lumière fait apparaître ce qui ressemble à des traces de pas et, une seconde plus tard, Mila sursaute en entendant une voix, non loin. Elle reconnaît la voix de la mère supérieure.

— Nous sommes ici.

Mila braque la lumière en direction de la voix. Là, le long du mur du fond du bunker, elle distingue des corps, grands et petits. Pour la plupart, les plus petits sont allongés, immobiles. Certains se redressent, se frottent les yeux. Cours jusqu'à eux ! crie le cœur de Mila. Trouve-la ! Elle est juste là, c'est certain ! Mais elle n'y arrive pas. Ses pieds sont ancrés dans le sol et ses poumons se vident de leur oxygène. Soudain, une odeur emplit ses narines. Une odeur d'excréments, et de quelque chose d'autre, quelque chose d'horrible. *La mort*, comprend-elle. L'air sent la mort. Ses pensées s'enchaînent à toute vitesse. Et si Felicia n'est pas là ? Si elle était dehors lorsque les bombardements ont commencé ? Et si elle *est* là, mais fait partie de celles qui ne bougent pas ? Trop malade pour s'asseoir, ou pire…

— Venez.

Tymoteusz lui donne un petit coup de coude et elle avance à côté de lui, sans pouvoir respirer. Quelqu'un tousse. Ils approchent de la mère supérieure, qui reste assise, apparemment incapable de se lever. Lorsqu'ils arrivent près d'elle, Mila éclaire les autres. Il y a au moins une douzaine de corps.

— Mère supérieure, murmure Mila. C'est Mila, la mère de Felicia… je veux dire, Barbara. Et… et Tymoteusz…

— Le père d'Emilia, dit celui-ci.

Mila éclaire un instant son visage et celui de Tymoteusz.

— Les enfants. Est-ce que…

— Papa ?

Une voix douce et effrayée retentit dans l'obscurité et Tymoteusz se fige.

— Emilia !

Il tombe à genoux devant sa fille, qui disparaît entre ses bras. Ils pleurent tous les deux.

— Je suis désolée que nous n'ayons pas réussi à vous atteindre plus tôt, chuchote Mila à l'intention de la mère supérieure. Quand… depuis combien de temps êtes-vous…

— *Mamusiu.*

Felicia. Mila fait courir le faisceau rapidement le long de la rangée de corps, jusqu'à ce qu'il arrive enfin sur sa fille. Elle bat des paupières et retient ses larmes. Felicia a du mal à se lever. À la lumière, ses orbites sont bien trop prononcées pour son petit visage, et même de loin, elle voit que son cou et ses joues sont sérieusement boursouflés.

— Felicia !

Mila confie la lampe à la mère supérieure et parcourt précipitamment les quelques mètres qui la séparent de sa fille.

— Ma chérie.

Elle s'agenouille à côté d'elle et la soulève, un bras sous son cou et l'autre sous ses jambes. Elle ne pèse rien. Elle est chaude. Trop chaude, réalise Mila. Felicia marmonne. Elle a mal, dit-elle, mais elle ne trouve ni les mots ni l'énergie pour expliquer où. Mila la berce doucement.

— Je sais. Je suis désolée. Je suis tellement désolée. Mais je suis là, ma chérie. Chuuut. Je suis là, maintenant. Tout va bien. Ça va aller.

Elle récite les mots encore et encore, berçant sa fille fiévreuse dans ses bras comme un bébé.

Quelqu'un lui parle. Tymoteusz. Sa voix est douce, mais pressante.

— Je connais un médecin à Varsovie. Vous devez l'y conduire, dit-il. Tout de suite.

17 JANVIER 1945 : *Les troupes soviétiques s'emparent de Varsovie. Le même jour, les Allemands se retirent de Cracovie.*

18 JANVIER 1945 : *Les forces alliées approchant, l'Allemagne fait une ultime tentative d'évacuer Auschwitz et les camps alentour : environ 60 000 prisonniers sont forcés à prendre la route à pied au cours de ce qui sera plus tard baptisé une « marche de la mort » en direction de la ville de Wodzisław, dans le sud-ouest de la Pologne. Des milliers sont exécutés avant la marche, et plus de 15 000 meurent en route. Ceux qui restent sont placés à bord de trains de marchandises à Wodzisław et envoyés dans des camps de concentration en Allemagne. Au cours des semaines et des mois qui suivront, d'autres marches similaires auront lieu, depuis des camps tels que Stutthof, Buchenwald et Dachau.*

52

Halina

Prison de Montelupich, Cracovie, Pologne sous occupation allemande – 20 janvier 1945

DEPUIS UNE MINUSCULE FENÊTRE À BARREAUX, trois mètres au-dessus de sa tête, un rayon de lumière irisée pénètre dans sa cellule, illuminant un carré de ciment sur le mur qui lui fait face. À sa position, Halina sait qu'il est tard. Il fera bientôt nuit. Elle ferme les yeux, les paupières alourdies par l'épuisement.

Elle n'a pas dormi du tout la nuit précédente. Elle a d'abord cru le froid responsable de son agitation. Sa couverture est élimée et sa paillasse ne la protège en rien du froid glacial de janvier qui monte du sol. Mais, malgré les critères de Montelupich, la nuit a été animée. À intervalles réguliers, elle sursautait au bruit des cris perçants que poussait quelqu'un dans une cellule à l'étage du dessous, ou par les sanglots d'une détenue plus loin dans le couloir. La misère est suffocante : elle risque de l'étouffer à tout moment.

Les compagnes de cellule d'Halina, qui à une époque étaient jusqu'à trente-deux, ont été réduites à douze. Quelques-unes, découvertes comme étant juives, ont été emmenées il y a des mois. D'autres arrivaient puis disparaissaient d'une heure à l'autre. La semaine dernière, une femme polonaise est arrivée, accusée d'espionner pour l'Armée de l'intérieur. Deux jours plus tard, on l'a fait sortir de la cellule avant l'aube ; alors que le soleil commençait à se lever, Halina a entendu un cri puis un coup de feu. La femme n'est jamais revenue.

Roulée en boule sur le côté, les mains entre les genoux, elle oscille entre éveil et sommeil et entend les murmures de deux de ses compagnes de cellule sur les paillasses voisines.

— Il se passe quelque chose, dit l'une d'elles. Ils se comportent bizarrement.

— Je trouve aussi, approuve l'autre. Qu'est-ce que ça veut dire ?

Halina a également remarqué un changement. Les Allemands agissent différemment. Certains, comme Betz, ont disparu, ce qui, pour elle, est une bénédiction (elle n'a pas été appelée en salle d'interrogatoire depuis des semaines). Désormais, les rares fois où elle les aperçoit, les hommes qui viennent à la porte chercher une prisonnière ou déposer une gamelle de bouillon fade semblent pressés. Distraits. Nerveux, même. Ses compagnes de cellule ont raison. Il se passe quelque chose. Des rumeurs rapportent que les Allemands sont en train de perdre la guerre. Que l'armée rouge entre dans Varsovie. Les rumeurs diraient-elles vrai ? Halina pense sans cesse à ses parents cachés, à Adam, Mila, Jakob et Bella, *a priori* encore à Varsovie. Ou à Franka et sa famille. Adam a-t-il réussi à les retrouver ? se demande-t-elle. Varsovie sera-t-elle bientôt libérée ? Est-ce que ce sera ensuite le tour de Cracovie ?

La porte s'ouvre.

— Brzoza !

Halina sursaute. Elle se redresse pour s'asseoir puis se lève lentement, raide tandis qu'elle traverse la cellule. L'Allemand à la porte empeste l'alcool. Il la tient fermement par le coude cependant qu'ils traversent le couloir mais, au lieu de tourner à droite vers la salle d'interrogatoire, il ouvre une porte donnant sur un escalier. Ce même escalier qu'elle a descendu quatre mois plus tôt, en octobre, lorsqu'elle a été escortée pour la première fois à travers les entrailles du quartier des femmes de Montelupich.

— *Herauf!* ordonne l'Allemand en lâchant prise.

En haut. À chaque pas, Halina agrippe bien fort la rambarde en métal, par peur que ses jambes se dérobent sous elle. Au sommet des marches, on la fait passer par une autre porte, puis elle remonte un long couloir jusqu'à un bureau dont la porte de verre opaque affiche en lettres noires le nom HAHN. À l'intérieur, derrière le bureau (Herr Hahn, suppose Halina) l'homme porte un uniforme rehaussé de l'insigne au double éclair de la *Sicherheitspolizei.* Il hoche la tête et, l'instant d'après, Halina se retrouve seule et tremblante sur le pas de la porte.

— Asseyez-vous, lui dit Hahn en allemand, le regard posé sur la chaise de bois qui lui fait face.

Il a le regard fatigué, les cheveux légèrement ébouriffés.

Halina se baisse doucement pour s'asseoir au bord de la chaise. Son esprit tourne à mille à l'heure tandis qu'elle se demande comment la Gestapo prévoit de la tuer, si ce sera rapide, si elle va souffrir. Si sa famille apprendra ce qui lui est arrivé, si toutefois sa famille est encore en vie.

Hahn fait glisser un papier sur le bureau.

— Frau Brzoza. Vos papiers de sortie.

Halina le dévisage un moment. Puis fixe le papier.

— Frau Brzoza, il semble que votre arrestation était erronée.

Elle relève les yeux vers lui.

— Nous avons essayé de contacter votre patron, Herr Den, pendant des mois. Il s'avère que sa banque était fermée. Mais nous l'avons enfin trouvé, et il a déclaré que vous étiez bien la personne que vous prétendez être.

Hahn croise les doigts.

— Il semblerait qu'il y ait eu une erreur.

Halina souffle. Une rage ardente remonte le long de son dos alors qu'elle dévisage l'homme. Pendant près de quatre mois, elle a été enfermée, affamée, battue. Elle s'est constamment inquiétée pour sa famille. Et, maintenant, voilà ce qu'on lui offre, de vagues excuses ? Elle ouvre la bouche, furieuse, mais les mots ne viennent pas. À la place, elle avale sa salive. Et tandis qu'une vague de soulagement la submerge, balayant sa colère, elle est prise d'un vertige. La pièce tourne autour d'elle. Pour la première fois de sa vie elle est sans voix.

— Vous êtes libre de partir, dit Hahn. Vous pouvez récupérer vos affaires en sortant.

Halina bat des paupières.

— Vous avez compris ? Vous êtes libre de partir.

Elle appuie ses mains sur les accoudoirs de la chaise et se lève.

— Merci, murmure Halina une fois qu'elle a retrouvé l'équilibre.

Merci, chuchote-t-elle à voix basse cette fois, à l'attention de Herr Den. Il a recommencé. Il lui a sauvé la vie. Encore. Elle ignore comment elle pourra le remercier. Elle n'a rien à lui donner. Un jour, d'une manière ou d'une autre, elle trouvera un moyen. Mais, d'abord, elle doit contacter Adam. *Pitié, pourvu qu'il soit en vie. Pourvu que ma famille soit en vie.*

Au bureau de l'administration de la prison, Halina récupère son sac à main et les vêtements qu'elle portait à son arrivée et se rend aux toilettes pour se changer. La sensation de son chemisier et de sa jupe contre sa peau est un délice, mais son apparence est effroyable.

— Mon Dieu, murmure-t-elle en apercevant son reflet dans un miroir au-dessus du lavabo.

Elle a les yeux injectés de sang, et des cernes d'un violet sombre. Les hématomes de ses pommettes se sont estompés et sont à présent d'un vert terne, mais la grosse balafre au-dessus de son sourcil droit, couverte d'une croûte noire et entourée d'une vilaine éruption rouge, saute aux yeux. Ses cheveux sont un désastre. Penchée au-dessus du lavabo, elle met ses mains en coupe et s'asperge le visage d'eau. Enfin, elle sort de son sac une pince à cheveux et peigne une mèche blonde de ses doigts avant de la ramener sur son front et de l'attacher sur le côté, dans une tentative de masquer sa cicatrice.

Elle plie sa combinaison en lambeaux, la pose à terre, puis farfouille dans son sac à main. Par miracle, elle y trouve sa montre et son portefeuille. Bien sûr, l'argent destiné aux Górski a disparu. Mais sa fausse carte d'identité est toujours là. Son permis de travail. Une carte avec les coordonnées de Den. Et (son cœur se serre quand elle la retrouve cachée dans la doublure), la carte d'identité d'Adam. Sa *vraie* carte d'identité. Avec son *vrai* nom, Eichenwald.

Halina et Adam avaient échangé leurs anciennes cartes d'identité au début de la guerre, peu après leur mariage. C'était une idée d'Adam.

— On ne sait jamais quand on en aura à nouveau besoin, avait-il dit. D'ici là, mieux vaut ne donner à personne la possibilité de les trouver sur nous.

Halina avait découpé une fente dans la doublure de son sac et y avait cousu la carte d'identité d'Adam. Après son arrestation, elle n'avait pas eu le temps de l'en retirer avant de le remettre à la Gestapo. Les Allemands sont passés à côté. Soulagée, Halina sort de la prison aussi vite que ses articulations enflées le lui permettent.

Dehors, le froid du mois de janvier lui fait l'effet d'une énorme gifle en plein visage. Des plaques de verglas et de neige couvrent la rue pavée. Elle est arrivée début octobre, le temps était encore relativement doux, et elle avait échangé son manteau d'hiver avec Pinkus. Son imperméable léger ne fait pas le poids contre le froid glacial. Elle remonte son col et enfonce ses mains dans ses poches, aveuglée par le soleil éblouissant. Ignorant le vent qui lui lacère les joues et la douleur aiguë de ses genoux, elle marche d'un bon pas, déterminée à mettre autant de distance que possible entre Montelupich et elle, tout en réfléchissant à la suite.

Dans une rue appelée rue Kamienna, elle s'arrête à un kiosque à journaux et se rend compte que, depuis qu'elle a quitté la prison, elle n'a vu aucun Allemand dans la rue. Elle consulte la une des journaux, folle de joie de lire que les Soviétiques ont pris Varsovie voilà trois jours. Que les nazis ont commencé à quitter Cracovie. Qu'en France les Allemands se retirent des Ardennes. C'est bon signe ! Peut-être les rumeurs qui circulaient à Montelupich étaient-elles vraies : peut-être que la guerre sera bientôt finie.

Halina examine le petit groupe de Polonais réunis autour du kiosque, à la recherche de quelqu'un qui pourrait lui indiquer le chemin vers chez Herr Den. Hahn a dit que la banque était fermée, mais peut-être a-t-elle rouvert suite au repli allemand. La prison avait réussi à le contacter, après tout. S'il n'est pas à la banque, elle se procurera l'adresse de son domicile. Elle parviendra à le retrouver. À le remercier. Elle lui promettra de le rembourser, puis lui demandera un prêt. Juste assez pour payer les logeurs de ses parents, acheter de la nourriture, et pour son trajet jusqu'à Varsovie, où elle prie pour retrouver sa famille saine et sauve.

53

Halina et Adam

Wilanów, Pologne sous occupation soviétique – février 1945

— C'EST LÀ, SUR LA GAUCHE, dit Halina.

Au volant de la Volkswagen, Adam emprunte le petit chemin menant à la maison des Górski.

— Merci d'être venu, ajoute-t-elle.

Adam la regarde et hoche la tête.

— C'est normal.

Halina pose une main sur son genou, profondément reconnaissante qu'il soit auprès d'elle. Elle n'oubliera jamais le jour où elle est revenue de Cracovie. Elle l'avait retrouvé à Varsovie, dans son appartement, où il l'attendait. Mila, Felicia, Jakob et Bella étaient là, eux aussi. Ce qu'elle a ressenti en voyant ses frères et sœur ensemble était indescriptible. Néanmoins, son euphorie s'est envolée lorsque Adam lui a annoncé qu'il n'avait pas de nouvelles de Franka ni de sa famille. Ils étaient toujours portés disparus. Ses propres parents, ses deux frères et sa sœur avec sa fille de deux ans avaient disparu également, peu après le départ d'Halina pour Cracovie. Adam avait désespérément tenté de les retrouver mais en vain, et Halina avait senti combien cela le tourmentait.

Au début, elle a hésité à lui demander de l'accompagner à Wilanów. Mais il ne l'aurait jamais laissée prendre la route seule et, si elle trouvait à l'arrivée une maison vide, ou si les Górski l'accueillaient avec de mauvaises nouvelles, elle savait qu'elle n'aurait pas la force de refaire seule le trajet jusqu'à Varsovie.

Adam ralentit et Halina examine la petite maison des Górski à travers le pare-brise poussiéreux. Il semble fatigué, comme si la guerre l'avait passé à tabac. Il manque une dizaine de bardeaux au niveau du toit, la peinture blanche des volets s'écaille comme l'écorce d'un bouleau. Les mauvaises herbes poussent entre les ardoises bleues menant à la porte. Halina a un haut-le-cœur. La maison semble abandonnée. Adam lui a dit avoir écrit aux Górski deux fois au cours de l'hiver pour prendre de leurs nouvelles et leur promettre qu'il leur enverrait de l'argent dès qu'il le pourrait, mais il n'a jamais reçu de réponse.

Halina passe ses doigts le long de sa cicatrice disgracieuse puis glisse la main dans sa poche, où se trouve l'enveloppe contenant les złote (la moitié de la somme qu'Herr Den lui a prêtée quand elle a enfin réussi à le localiser à Cracovie). Il y avait sept mois qu'elle n'avait pu payer les Górski, soit depuis la dernière fois qu'elle avait vu ses parents. Elle essaie d'oublier que ses cauchemars pourraient être devenus réalité.

— Pourvu qu'ils soient là, murmure-t-elle.

Elle tente de chasser de son esprit les horribles scénarios qu'il est devenu habile à concocter : les Górski, sans ressources, forcés d'abandonner ses parents à leur sort, les laissant à la gare avec leurs fausses cartes d'identité ; la sœur de Marta ayant fouiné et découvert le faux mur de la bibliothèque et menacé de dénoncer Albert pour avoir hébergé des juifs à moins qu'il ne se débarrasse d'eux ; un voisin ayant remarqué les vêtements de ses parents, plus grands que ceux des Górski, mis à sécher dans le jardin, et dénoncé les Górski à la police bleue ; la Gestapo leur ayant rendu une visite inattendue et découvert ses parents avant qu'ils n'aient le temps de se glisser dans leur cachette. Les possibilités étaient infinies.

Adam coupe le contact. Halina inspire et expire lentement.

— Prête ? demande-t-il.

Elle hoche la tête, sort de la voiture et ouvre la marche, guidant Adam jusqu'à l'arrière de la maison. À la porte, elle se tourne vers lui et secoue la tête.

— Je ne sais pas si je vais y arriver, dit-elle.

— Bien sûr que si. Tu veux que je frappe ?

— Oui, murmure Halina. Deux fois. Frappe deux fois.

Alors qu'Adam passe devant elle, le regard d'Halina circule de la porte à ses pieds : une ligne de petites fourmis noires avance sur le seuil. Adam frappe deux fois puis lui prend la main. Halina retient son souffle et tend l'oreille. Quelque part, une tourterelle rieuse roucoule. Un chien aboie. Le vent fait frémir les feuilles d'un cyprès. Enfin, elle entend un bruit de pas. S'ils appartiennent aux Górski, alors leur expression parlera pour eux.

C'est Albert qui leur ouvre, plus mince et plus grisonnant que la dernière fois. Il hausse les sourcils en la voyant.

— C'est vous !

Il plaque une main sur sa bouche et secoue la tête, incrédule.

— Halina, dit-il entre ses doigts. Nous pensions que…

Halina s'efforce d'affronter son regard. Elle ouvre la bouche, mais ne peut se résoudre à parler. Elle n'a pas le courage de lui demander ce qu'elle a besoin de savoir. Elle sonde ses yeux en quête d'une réponse, mais tout ce qu'elle peut y lire est la surprise de la trouver là.

— Entrez, je vous en prie, dit Albert en agitant la main pour les inviter à l'intérieur. J'étais tellement inquiet, avec les nouvelles de Varsovie. Une telle dévastation. Comment est-ce possible…

Adam se présente, Albert referme la porte et, l'instant d'après, l'obscurité les enveloppe.

— Voilà, dit Albert en allumant une lampe. Il fait terriblement sombre ici.

Halina bat des paupières et fouille le salon du regard à la recherche du moindre signe qui indiquerait la présence de ses parents, mais la pièce est exactement comme dans ses souvenirs. Le vase en céramique bleue sur le rebord de la fenêtre, le motif vert qui décore le fauteuil dans le coin, la Bible posée sur une petite table basse en chêne près du canapé… rien ne sort de l'ordinaire. Ses yeux courent le long du mur du fond et se posent sur la bibliothèque aux roulettes invisibles.

Albert s'éclaircit la gorge.

— Bien, dit-il en se dirigeant vers la bibliothèque.

Halina déglutit. Un éclair d'espoir.

— Quand j'ai vu arriver votre voiture, je ne l'ai pas reconnue, explique Albert en faisant glisser délicatement les étagères le long du mur recouvert de planches de cèdre. Alors je me suis dit qu'il valait mieux qu'ils se cachent. Juste au cas où.

Il valait mieux qu'ils se cachent.

Albert frappe à l'endroit où se trouvait la bibliothèque un instant plus tôt.

— Pan i Pani Kurc, appelle-t-il tout bas.

Soudain, les joues d'Halina sont brûlantes. Sa peau picote d'impatience. Derrière elle, Adam pose ses mains sur ses épaules et elle sent son menton contre son oreille.

— Ils sont là, murmure-t-il.

Derrière les planches, quelque chose bouge. Halina écoute attentivement : le bruissement de corps qui s'approchent, le bruit étouffé de semelles en cuir sur le plancher, le déclic d'un loquet qu'on fait glisser.

Puis ils sortent. D'abord son père, puis sa mère, les yeux plissés tandis qu'ils émergent, courbés, de la cachette des Górski. Un drôle de bruit s'échappe des lèvres de

Nechuma alors qu'elle se redresse et se retrouve face à Halina. Albert fait un pas de côté et les femmes tombent dans les bras l'une de l'autre.

— Halina, chuchote Sol.

Il prend sa femme et sa fille dans ses bras et ferme les yeux tandis qu'il les serre contre lui, le nez enfoui entre leurs têtes. Ils restent ainsi un long moment, corps mêlés comme s'ils ne faisaient qu'un, pleurant en silence jusqu'à ce que mère, père et fille s'écartent en s'essuyant les yeux. Sol semble surpris de voir Adam.

— Pan Kurc, dit Adam.

Il hoche la tête et sourit. Il n'a pas vu ceux qui sont désormais ses beaux-parents depuis avant son mariage. Sol rit, tend la main vers lui et l'attire à lui pour le serrer dans ses bras.

— Je t'en prie, mon fils, dit-il avec un sourire qui accentue les ridules autour de ses yeux. Appelle-moi Sol.

TROISIÈME PARTIE

8 MAI 1945 : *Jour de la victoire en Europe. L'Allemagne capitule et la victoire des Alliés est proclamée en Europe.*

54

La famille Kurc

Łódź, Pologne – 8 mai 1945

ADAM JOUE AVEC LE BOUTON DE LA RADIO et l'ajuste jusqu'à ce qu'une voix grésille dans les haut-parleurs.

— Dans quelques minutes, annonce en polonais un présentateur, nous vous traduirons un message diffusé en direct depuis la Maison-Blanche, aux États-Unis. Restez avec nous.

Halina ouvre la fenêtre du salon. Deux étages plus bas, le boulevard est vide. Apparemment, tous les gens sont chez eux, rassemblés autour de leur poste de radio pour écouter les nouvelles que Łódź (et toute l'Europe occupée et le monde entier, d'ailleurs) attend depuis plus de cinq ans.

Halina a décidé d'amener les siens à Łódź pour des raisons pratiques. S'ils sont parvenus à s'en sortir un temps à Varsovie, la ville, ou ce qui en restait, était inhabitable. Ils ont d'abord évoqué un retour à Radom et y sont même allés. Ils ont passé la nuit chez les Sobczack, pour découvrir que l'appartement de la rue Warszawska et le magasin étaient désormais occupés par des Polonais. Halina n'était pas préparée à ce qu'elle ressentirait lorsqu'elle serait accueillie chez elle par des étrangers. Des étrangers qui la dévisageraient en fronçant les sourcils de façon obtinée, déclareraient ne pas avoir la moindre intention de quitter les lieux et auraient le culot de croire que ce qui avait un jour appartenu à sa famille était désormais à eux.

La rencontre l'avait excédée à tel point qu'elle avait été prise d'un accès de rage. C'est Adam qui l'avait ramenée à la raison en lui rappelant que la guerre n'était pas encore terminée, qu'ils prétendaient encore être aryens et qu'une explosion de colère ne ferait qu'attirer dangereusement l'attention. Elle avait quitté Radom le cœur brisé, mais déterminée à trouver une ville où ils pourraient s'installer, au moins jusqu'à la fin de la guerre. Une ville suffisamment industrialisée pour qu'ils trouvent du travail, et avec des logements pour héberger ce qui restait de la famille, y compris ses parents, qu'elle avait convaincus de rester à Wilonów jusqu'à ce que la fin du conflit soit officiellement annoncée. Halina avait entendu dire qu'il y avait à Łódź des appartements, des emplois et un bureau de la Croix-Rouge. Et effectivement, il ne lui avait pas fallu longtemps pour leur trouver un endroit où habiter lorsqu'ils étaient arrivés. Le ghetto de la ville avait été liquidé plus tard que la majorité des autres, il y avait donc des centaines de logements vacants dans l'ancien quartier juif et pas assez de Polonais pour les occuper. Penser à ce qu'il était advenu des familles qui avaient vécu là avant eux donnait la nausée, mais Halina savait qu'ils ne pouvaient pas se permettre de louer quelque chose dans le centre-ville. Son choix s'était porté sur deux appartements contigus, les plus spacieux qu'elle avait trouvés. Il manquait la moitié des meubles, mais il y avait tant de maisons vides qu'elle avait réussi à récupérer assez de meubles ici et là pour les rendre habitables.

La famille est silencieuse tandis que Jakob dispose cinq chaises en demi-cercle autour de la cheminée, sur laquelle la radio est perchée telle une pierre tombale.

— Assieds-toi, ma chérie, dit-il en faisant signe à Bella de prendre place.

Bella s'assoit doucement et pose une main sur la courbe subtile de son ventre. Elle est enceinte de six mois. Mila, Halina, Adam et Jakob s'installent à leur tour, tandis que Felicia s'assoit par terre, grimaçant lorsqu'elle ramène ses genoux contre sa poitrine. Mila passe la main dans les cheveux de sa fille. Ils ont recommencé à pousser et leurs racines ont retrouvé leur couleur rousse naturelle. Voir Felicia souffrir lui brise le cœur. Elle est presque complètement guérie du scorbut qu'elle a contracté dans le bunker du couvent, mais elle se plaint encore de douleurs au niveau des articulations. Au moins, elle a recouvré l'appétit. Quand Mila l'a retrouvée, pendant des semaines Felicia a refusé de s'alimenter, affirmant que manger était trop douloureux.

La voix d'Harry Truman, le nouveau Président des États-Unis, retentit enfin dans les haut-parleurs, et toute la famille se penche en avant.

— L'heure est grave, mais c'est également une heure de gloire, déclare Truman dans un océan de parasites. Mon seul regret est que Franklin D. Roosevelt n'ait pas vécu assez longtemps pour assister à ce moment.

L'animateur local traduit. Truman continue :

— Le général Eisenhower m'informe que les forces allemandes ont capitulé face aux Nations Unies.

Il marque une pause théâtrale puis ajoute :

— Les drapeaux de la liberté flottent partout sur l'Europe !

Les mots « liberté » et « flottent » résonnent dans la pièce et volent au-dessus de la famille comme des confettis.

Chacun fixe le poste de radio, puis dévisage les autres tandis que la déclaration du Président vient se déposer avec hésitation autour d'eux. Adam retire ses lunettes, pince l'arête de son nez et tend le menton vers le plafond.

Bella essuie une larme au coin de son œil et Jakob lui prend la main. Mila se mord la lèvre et Felicia regarde tout le monde avant de poser les yeux sur sa mère, une expression inquisitrice sur le visage, ne comprenant pas pourquoi ils pleurent alors qu'ils viennent d'apprendre ce qui lui semble être une bonne nouvelle.

Halina tente de s'imaginer le Président américain assis triomphalement à son bureau, à six mille kilomètres à l'ouest. Le « jour de la victoire en Europe », comme l'avait appelé Truman. Mais, pour Halina, le mot « victoire » sonne creux. Faux, même. Il n'y a pas grand-chose de victorieux dans les ruines de Varsovie qu'ils viennent de quitter, ni dans le fait que tant de membres de leur famille manquent encore à l'appel. Il n'y a rien de victorieux non plus à sentir tout autour d'eux, dans ce qui était autrefois l'immense ghetto de Łódź, la présence fantomatique de deux cent mille juifs dont la plupart, selon la rumeur, ont trouvé la mort dans les camions et les chambres à gaz de Chełmno et d'Auschwitz.

Des cris de joie étouffés leur parviennent depuis l'appartement voisin. À travers la fenêtre, quelques exclamations résonnent dans la rue. Łódź a commencé à célébrer la nouvelle. Le monde a commencé à fêter la nouvelle. Hitler a été vaincu : la guerre est terminée. Ce qui, techniquement, signifie qu'ils sont libres d'être à nouveau des Kurc et des Eichenwald et des Kajler. D'être à nouveau juifs. Mais l'ambiance dans l'appartement n'est pas à la fête. Le reste de la famille est introuvable. Et il y a tant de morts. Tous les jours, le bilan est revu à la hausse. D'abord, c'était un million, puis deux. Des chiffres si colossaux qu'on ne peut en saisir l'énormité.

Le discours de Truman terminé, l'animateur polonais déclare que la Croix-Rouge continuera à ériger dans toute l'Europe des dizaines de bureaux et de camps de déplacés, encourageant les survivants à s'inscrire sur leurs registres. Adam éteint la radio et le silence envahit à nouveau le salon. Que dire ? Finalement, c'est Halina qui prend la parole en premier.

— Demain, commence-t-elle en espérant que sa voix ne se brise pas, je retournerai à la Croix-Rouge pour vérifier que tous nos noms figurent bien sur les registres. Je me renseignerai sur les camps de déplacés et demanderai à partir de quand exactement nous serons en mesure d'accéder à une liste de noms. Et je commencerai aussi à m'organiser pour aller chercher Papa et Maman à la campagne.

Dans la rue en contrebas, les cris se font de plus en plus bruyants. Halina se lève, s'approche de la fenêtre et la ferme doucement.

55

La famille Kurc

Łódź, Pologne – juin 1945

TOUS LES JOURS, Halina effectue le trajet familier depuis l'appartement de Łódź, d'abord jusqu'au siège temporaire de la Croix-Rouge dans le centre-ville, puis jusqu'aux nouveaux bureaux de la Société d'aide aux immigrants juifs, et enfin à l'American Jewish Joint Distribution Committee[1], ou le Joint, comme tout le monde l'appelle, dans l'espoir d'avoir des nouvelles des membres de sa famille manquant encore à l'appel. Lorsqu'elle n'est pas occupée avec ses rondes, elle passe au crible le journal local, qui a commencé à publier des listes de noms et des petites annonces de survivants qui

1. Plus grande organisation humanitaire juive au monde. Fondée en 1914, son but, à l'époque, était de fournir une assistance aux juifs vivant en Palestine sous les Ottomans (N.d.T.).

cherchent leur famille. La radio a, elle aussi, une station qui sert uniquement à aider les survivants à se retrouver, et qu'Halina a déjà appelée deux fois.

La semaine dernière, ses espoirs ont culminé quand elle a découvert le nom de Franka sur une liste publiée par le Comité central des juifs en Pologne, une organisation financée par le Joint. Franka, ainsi que son frère et ses parents, avaient été envoyés dans un camp appelé Majdanek, à l'extérieur de Lublin. Par un coup du sort inexpliqué, elle, Salek et Terza avaient survécu. En revanche, Moshe, son père, n'a pas eu cette chance. Halina avait commencé à prendre des dispositions pour faire venir ses cousins et sa tante à Łódź, mais on lui a fait comprendre que cela pourrait prendre des mois ; ils faisaient partie des milliers de réfugiés qui attendaient de l'aide dans le camp de déplacés auquel on les avait assignés. Au moins, Nechuma et Sol étaient désormais ici, à Łódź ; elle avait enfin réussi à les faire revenir de la campagne.

Ils doivent en avoir marre de moi, imagine Halina en arrivant aux bureaux de la Croix-Rouge. Tous les bénévoles la connaissent. Normalement, ils l'accueillent avec un demi-sourire, un hochement de tête et un « Désolé, pas de nouvelles » plein de tristesse. Aujourd'hui, néanmoins, la porte en aluminium s'est à peine refermée derrière elle qu'une des bénévoles se précipite vers elle.

— C'est pour vous ! crie la femme en agitant un petit papier blanc au-dessus de sa tête.

Une dizaine de personnes se retournent. L'excitation contenue dans la voix de la femme détonne dans ce lieu habituellement habité par la tristesse.

Halina s'arrête, regarde par-dessus son épaule puis se tourne à nouveau vers la bénévole.

— Pour moi ? Qu'est-ce que… qu'est-ce qui est pour moi ?

— Ça !

La bénévole tient un télégramme à bout de bras, entre son pouce et son index, et le lit à voix haute.

— Avec Selim en Italie. Contacte-nous via le 2e corps polonais. Genek Kurc.

En entendant le nom de son frère, Halina perd l'équilibre et écarte les bras par réflexe afin de ne pas tomber.

— *Quoi* ? Où est-il ?

Sa voix tremble.

— Montrez-moi.

Elle s'empare du télégramme, étourdie. Le 2e corps polonais ? N'est-ce pas l'armée d'Anders ? Avec *Selim*, que tout le monde croyait *mort* ? Halina peut à peine respirer. À Łódź, tout le monde ne parle que du général Anders : lui et ses hommes sont des *héros*. Ils se sont emparés de Monte Cassino. Se sont battus sur la rivière Senio, au cours de la prise de Bologne. Halina secoue la tête, tentant d'imaginer Genek et son beau-frère Selim en uniforme, au combat, écrivant l'histoire. Mais elle n'y parvient pas.

— Voyez vous-même.

Halina agrippe le télégramme si fort que les ongles de ses pouces en blanchissent. Pourvu qu'il ne s'agisse pas d'une erreur.

AVEC SELIM EN ITALIE
CONTACTE-NOUS VIA LE 2^{E} CORPS POLONAIS
GENEK KURC

C'est bien le nom de son frère qui figure au bas du mot. Elle relève la tête. Les autres la regardent, à l'affût de sa réaction. Halina ouvre la bouche puis la referme, ravalant un rire ou un sanglot, elle ne saurait dire.

— Merci ! dit-elle enfin d'une voix rauque en serrant le télégramme contre sa poitrine. Merci !

Des cris de joie retentissent dans le bureau tandis qu'Halina porte le télégramme à ses lèvres et l'embrasse encore et encore. Des larmes commencent à rouler sur ses joues, mais elle n'y prête pas attention. Une seule pensée occupe son esprit : il n'y a pas d'erreur. Ils sont en vie. Elle glisse le télégramme dans la poche de son chemisier, sort du bureau en trombe et se met à courir. Douze pâtés de maisons plus loin, elle monte quatre à quatre les marches qui mènent à son appartement et trouve ses parents dans la cuisine, en train de préparer le dîner.

Sa mère tourne la tête vers elle alors qu'Halina passe la porte, haletante, les joues rouges.

— Tu vas bien ? demande Nechuma, inquiète, son couteau suspendu au-dessus d'une carotte. Tu as pleuré ?

Halina ne sait par où commencer.

— Est-ce que Mila est là ? demande-t-elle, à bout de souffle.

— Elle est allée au marché avec Felicia. Elle sera de retour dans une minute. Halina, qu'est-ce qui se passe ?

Nechuma pose le couteau et s'essuie les mains sur un torchon glissé à la taille de sa jupe.

À côté d'elle, Sol se fige.

— Halina, dis-nous… Que s'est-il passé ?

Il scrute le visage de sa fille, les sourcils froncés par l'inquiétude.

— J'ai… j'ai des nouvelles ! s'exclame Halina. Depuis combien de temps Mila…

Elle s'interrompt au bruit d'une porte qui s'ouvre.

— Mila !

Elle court dans l'entrée pour accueillir sa sœur à la porte, et lui prend son cabas des mains.

— Dieu merci, tu es là ! Viens, dépêche-toi.

— Pourquoi es-tu essoufflée comme ça ? s'enquiert Mila. Tu es trempée de sueur !

— Des nouvelles ! J'ai des nouvelles !

Mila écarquille les yeux, ses iris noisette soudain noyés dans un océan de blanc.

— Quoi ? Quel genre de nouvelles ?

Des nouvelles, ça peut vouloir dire tout et n'importe quoi. Felicia et elle suivent Halina dans le couloir.

À la porte de la cuisine, Halina fait signe à ses parents de se joindre à elles dans le salon.

— Venez, crie-t-elle.

Quand toute la famille est réunie, Halina inspire profondément. Elle arrive à peine à se retenir.

— Je reviens de la Croix-Rouge, dit-elle en mettant sa main dans sa poche pour en extraire le télégramme.

Elle s'efforce d'empêcher ses mains de trembler tandis qu'elle brandit le morceau de papier inestimable sous le nez de sa famille.

— C'est arrivé aujourd'hui, d'*Italie.*

Elle lit le télégramme à voix haute, en détachant bien chaque mot.

— Avec. Selim. En Italie. Contacte-nous via le 2e corps polonais.

Elle relève la tête pour regarder sa mère, son père, sa sœur, Felicia, ses yeux à nouveau remplis de larmes dansant de l'un à l'autre.

— Signé « Genek Kurc », ajoute-t-elle, la voix fêlée.

— Quoi ?

Mila attire Felicia contre elle et blottit sa tête contre sa cuisse.

Nechuma attrape le bras de Sol pour ne pas perdre l'équilibre.

— Relis, murmure Sol.

Halina relit le télégramme une fois, puis une autre. À la troisième lecture, Nechuma est en pleurs et le rire profond de Sol emplit le petit appartement.

— C'est la meilleure nouvelle que j'aie entendue depuis… je ne me souviens même pas, dit-il alors que ses épaules s'agitent.

Ils se serrent dans les bras deux par deux, Sol et Nechuma, Mila et Felicia, Mila et Halina, Halina et Nechuma, puis se regroupent tous ensemble, tels une roue géante, les bras autour des tailles et les fronts posés les uns contre les autres, Felicia quelque part au milieu. Le temps s'arrête tandis qu'ils s'étreignent, pleurant et riant, Sol récitant les treize mots parfaits du télégramme encore et encore.

Halina est la première à sortir du cercle.

— Jakob ! crie-t-elle d'une voix aiguë. Je dois prévenir Jakob !

— Oui, vas-y, dit Nechuma en se séchant les yeux. Dis-lui de se joindre à nous ce soir pour le dîner.

— D'accord ! crie Halina en remontant le couloir en courant.

La porte s'ouvre et se referme, puis le silence s'abat sur l'appartement.

— *Mamusiu* ? murmure Felicia en levant les yeux sur sa mère dans l'attente d'une explication.

Mais Mila ne dit rien. Son regard oscille de droite à gauche, comme si elle cherchait dans la pièce quelque chose qu'elle ne peut pas voir. Un fantôme, peut-être.

Nechuma le remarque et pose une main sur l'épaule de Sol.

— Est-ce que tu pourrais préparer du thé avec Felicia ? chuchote-t-elle.

Sol jette un coup d'œil en direction de Mila et hoche la tête avant de faire signe à Felicia de le suivre dans la cuisine.

Une fois seule avec Mila, Nechuma se tourne vers elle et lui prend le bras.

— Mila, que se passe-t-il, ma chérie ?

Mila bat des paupières, secoue la tête.

— Ce n'est rien, Maman… Simplement, je…

— Viens.

Nechuma entraîne Mila jusqu'à la petite table dans le salon où ils prennent leurs repas.

Mila bouge lentement et semble avoir la tête ailleurs quand elle s'assoit. Elle pose ses coudes sur la table, croise les doigts et pose le menton sur ses pouces. Pendant un moment, aucune des deux femmes ne dit mot.

— Tu ne t'y attendais pas… à le retrouver, dit enfin Nechuma en prenant soin de bien choisir ses mots. Tu ne croyais pas qu'il était encore en vie.

— Non.

Une larme perle au coin de l'œil de Mila et roule sur sa joue. Nechuma l'essuie doucement.

— Tu dois être soulagée, néanmoins, non ?

Mila hoche la tête.

— Bien sûr.

Elle se redresse et pivote pour faire face à sa mère.

— C'est juste que… j'ai passé les six dernières années à me dire qu'il était… qu'il était mort. Je m'y étais habituée. Je l'avais même accepté, aussi terrible que cela puisse paraître.

— C'est compréhensible. Tu devais aller de l'avant pour le bien de Felicia. Tu as fait ce que toute mère aurait fait.

— Je n'aurais pas dû abandonner. J'aurais dû garder espoir. Quel genre de femme laisse tomber son mari ?

— Je t'en prie, tempère Nechuma d'une voix douce et compréhensive. Qu'est-ce que tu étais censée croire ? Tu n'avais aucune nouvelle de lui. Nous avons *tous* cru qu'il était mort. De plus, cela n'a plus d'importance à présent.

Mila regarde par-dessus son épaule, en direction de la cuisine.

— Il faut que je parle à Felicia.

Depuis qu'elle avait avoué à sa fille qu'elle ne savait pas ce qu'était devenu Selim, depuis qu'elle avait choisi, pour son bien, de croire qu'il était parti, Mila avait de moins en moins parlé de lui à Felicia. Mais Felicia avait refusé de lâcher prise. Au cours de la dernière année, elle n'a cessé de poser des questions sur lui, de supplier sa mère de lui donner des détails.

— Elle a passé tellement de temps à l'imaginer, ajoute Mila. Et si elle est… déçue ? Quand il est parti, elle n'était qu'un bébé, en bonne santé, avec des joues roses… Et si lui…

Mila se tait, incapable de décrire combien Felicia a changé.

Nechuma prend les mains de Mila et les couvre de ses paumes.

— Mila, ma chérie, je sais que tout cela est soudain, mais tente de voir les choses ainsi : tu as une chance, une chance précieuse et impossible, de recommencer à zéro. Et Selim est le père de Felicia. Elle l'aimera. Et lui l'aimera comme toi tu l'aimes. D'un amour inconditionnel.

Mila hoche la tête.

— Tu as raison, murmure-t-elle. Simplement, je déteste le fait qu'il ne la connaisse pas.

— Laisse-lui du temps, dit Nechuma, et laisse-*toi* du temps pour tout démêler. Pour réapprendre à être une famille. Sois patiente. Tente de ne pas trop t'en faire. Tu t'es assez inquiétée pour une vie entière.

Mila retire ses mains d'entre celles de sa mère pour essuyer une larme sur sa joue. Que signifie passer une journée sans s'inquiéter ? Sans avoir un plan ? Chaque minute de chaque jour a été orchestrée du mieux qu'elle l'a pu depuis le début de la guerre. Est-elle seulement capable de laisser les choses se faire seules ?

Plus tard ce soir-là, une fois que Felicia est endormie, la famille est réunie autour de la table pour étudier une carte. Halina a envoyé un télégramme à Genek pour l'informer que, de manière générale, la famille est en vie et en bonne santé. *Toujours sans aucune nouvelle d'Addy*, a-t-elle écrit. *Quand es-tu réformé ? Où nous retrouverons-nous ?*

L'exercice consistant à décider où aller ensuite est difficile. Parce que *ensuite* signifie probablement un nouveau toujours. Cela signifie chercher où s'installer. Où recommencer à zéro. Durant la guerre, les options étaient moindres, les enjeux plus importants, leur mission bien spécifique. C'était simple, d'une certaine façon. Baisser la tête, ne pas baisser la garde. Avoir toujours un coup d'avance. Rester en vie un jour de plus. Ne pas laisser l'ennemi gagner. Là, réfléchir à un plan sur le long terme semble compliqué et pénible, comme fléchir un muscle atrophié.

— La première question, dit Halina en scrutant les visages autour de la table, c'est : est-ce que nous restons en Pologne ?

Sol secoue la tête, le regard austère. À l'exception des nouvelles envoyées d'Italie par Genek, il a bien peu de raisons de sourire. Il y a deux semaines, peu après avoir appris la mort de son beau-frère Moshe, il a découvert qu'une sœur, deux frères, quatre cousins et une demi-douzaine de neveux et nièces qui vivaient à Cracovie au début du conflit avaient aussi été tués. Sa famille, si nombreuse à une époque, était désormais réduite à quelques membres. La nouvelle l'a dévasté.

— Nous ne sommes pas en sécurité ici, déclare-t-il.

Les autres gardent le silence, réfléchissant à ce qu'ils savent et ignorent. Les Allemands ont capitulé, certes, mais pour les juifs survivants la guerre est loin d'être terminée. Les Kurc ont entendu des histoires de juifs retournant dans leur ville d'origine pour finalement se faire agresser, voler, parfois même tuer. Apparemment, un pogrom a éclaté quand un groupe de locaux a accusé un homme juif récemment revenu d'avoir kidnappé un enfant polonais. On l'a retrouvé pendu à un arbre. Les jours suivants, des dizaines de juifs ont été tués par balle dans la rue. L'affirmation de Sol ne semble pas dénuée de vérité.

Tous les regards se tournent vers Nechuma. Elle hoche la tête en signe d'assentiment et regarde son mari, puis la carte.

— Je suis d'accord. Nous ferions mieux de partir.

Les mots lui pèsent et lui coupent le souffle. Jamais elle n'aurait cru devoir dire une chose pareille. Il y a six ans, lorsque Hitler avait proclamé vouloir éliminer les juifs du continent, cela avait semblé absurde. Personne n'avait cru que des projets si barbares se concrétiseraient. Mais, à présent, ils savent. Ils ont lu les journaux, vu les photos, commencé à assimiler les chiffres. Désormais, ils ne peuvent plus nier de quoi l'ennemi est capable.

— Je pense que ça vaut mieux, ajoute-t-elle.

Elle déglutit péniblement. L'idée de laisser derrière eux tout ce qui leur a appartenu (leur maison, leur rue, leur magasin, leurs amis) est presque inconcevable. Mais Nechuma se rappelle que ces choses appartiennent au passé. À une vie qui n'existe plus. À présent, des étrangers vivent dans son appartement. Sol et elle pourraient-ils le récupérer, quand bien même ils le voudraient ? Et que reste-t-il de leurs amis ? Le ghetto est vide depuis des années. Autant qu'ils sachent, il n'y a plus de juifs à Radom. Sol a raison. Il ne serait pas intelligent de rester en Pologne. L'histoire se répète. Ça, elle en a la certitude.

— Je le crois aussi, dit Mila. Je veux que Felicia grandisse dans un endroit où elle se sente en sécurité, où elle puisse se sentir… *normale.*

En disant cela, Mila fronce les sourcils. « Normal » signifie-t-il seulement quelque chose pour sa fille ? La seule vie que Felicia connaisse est une vie de traque. Forcée à se cacher. À se sauver du ghetto. À vivre avec des inconnus. Elle a presque sept ans et, à l'exception de sa première année, elle a passé le reste de sa vie en guerre, consciente que des gens peuvent souhaiter sa mort uniquement au titre de sa naissance. Au moins, Mila et ses frères et sœurs savent qu'il n'en a pas toujours été ainsi. Mais la guerre, les persécutions, la bataille quotidienne pour survivre… c'est ça, la normalité aux yeux de Felicia. Mila sent venir les larmes.

— Pensez à tout ce que nous avons traversé, dit-elle. À tout ce que Felicia a traversé. Il n'y a aucun moyen d'effacer ce qui s'est passé ici.

Elle secoue la tête.

— Il y a trop de fantômes, trop de souvenirs.

À côté d'elle, Bella hoche la tête et Jakob sent son cœur se serrer. Elle n'a pas besoin de donner son avis : ils savent tous que, pour Bella, revenir à Radom est inenvisageable. Sans ses parents et sa sœur, elle n'a plus rien à faire là-bas. Jakob prend sa main et, tandis qu'il enroule ses doigts autour des siens, il ne peut s'empêcher de se rappeler quand il l'avait perdue, lorsqu'elle traversait ses pires moments de désespoir. La voir dans cet état, la voir disparaître lui avait brisé le cœur. Il ne s'était jamais senti si impuissant. Et il n'avait jamais été aussi soulagé que lorsqu'elle avait enfin fait l'effort, petit à petit, de se remettre debout et d'aller de l'avant. Mais c'est surtout cette grossesse, cette nouvelle vie qu'elle porte qui semble l'aider à retrouver la force dont elle a besoin, ne serait-ce que pour guérir.

Jakob jette un coup d'œil à ses parents. À la façon dont sa mère semble se préparer, il sait qu'elle sait ce qu'il s'apprête à lui dire. Ce n'est pas nouveau : il lui a déjà confié que Bella et lui envisageaient de partir aux États-Unis. Mais les mots ne lui viennent pas facilement.

— L'oncle de Bella, qui vit dans l'Illinois, est d'accord pour nous parrainer, commence-t-il à expliquer tout bas. Cela ne veut pas dire que nous obtiendrons un visa, mais c'est un début. Et je pense que refuser son offre n'aurait pas de sens.

Les autres comprennent sûrement que, au moins, aux États-Unis, Bella serait entourée de la famille qui lui reste.

— Dès que nous arriverons à Chicago, dit Bella en regardant Nechuma et Sol, nous pourrons demander des renseignements sur des visas pour le reste de la famille. Si cela vous intéresse.

— Pour le moment, nous resterons en Pologne, ajoute Jakob. Au moins jusqu'à la naissance du bébé.

Un parrainage pour l'Amérique. L'idée pèse comme une chape de plomb sur le cœur de Nechuma. Si cela ne tenait qu'à elle, elle passerait tout le temps qui lui reste à vivre avec ses enfants autour d'elle. Mais elle ne peut contredire Jakob. Il serait idiot de sa part de ne pas accepter l'aide de l'oncle de Bella. Sans parrainage, un visa américain est presque impossible à obtenir.

Jakob explique que pour le moment, aucun bateau n'est autorisé à naviguer entre l'Europe et les États-Unis, mais que les restrictions devraient bientôt être levées.

— Apparemment, des bateaux de passagers partent de Bremerhaven.

Il se penche sur la carte pour montrer du doigt une ville du nord-ouest de l'Allemagne.

— Notre idée est d'attendre l'arrivée du bébé, puis de nous installer provisoirement dans un camp de déplacés là, à Stuttgart. D'où nous devrions avoir plus de chances d'obtenir des visas.

Halina dévisage Jakob à l'autre extrémité de la table, une grimace de dégoût sur les lèvres. Elle est horrifiée à l'idée que son frère déménage en Allemagne.

— N'y a-t-il pas de camps de déplacés en Pologne ? rétorque-t-elle. Vous ne seriez pas mieux ici ?

Elle secoue la tête avec véhémence, le défiant de ses yeux verts.

— Je préférerais me trancher la gorge plutôt que de mettre les pieds dans l'*antre du diable.*

Le ton d'Halina est virulent. Cela aurait sans doute dérangé Jakob avant la guerre, mais ce n'est plus le cas à présent. Il est conscient que protéger la famille est devenu la mission de sa sœur. Elle ne fait que s'inquiéter pour lui. Il répond aux éclairs que lancent ses yeux d'un regard compréhensif. L'idée de partir vivre en Allemagne est dérangeante, il en est conscient.

— Crois-moi, Halina, je sais que ce ne sera pas facile. Mais si cela signifie nous rapprocher un peu d'une nouvelle vie aux États-Unis, alors nous sommes prêts à faire le nécessaire. À ce stade, je pense pouvoir affirmer qu'on a connu pire.

La pièce est plongée dans le silence pendant un moment, jusqu'à ce qu'Halina reprenne la parole.

— D'accord, déclare-t-elle. Jakob, vous avez une raison de rester, Bella et toi. Mais pas nous. Je pense que nous sommes tous d'accord là-dessus. Je propose que nous partions en Italie. Pour rejoindre Genek et Selim. De là, nous pourrons décider où aller ensuite tous ensemble, en famille.

Elle tourne la tête vers ses parents. Nechuma et Sol échangent un regard.

— Si seulement je savais si Addy…

Nechuma s'interrompt pour reformuler sa phrase.

— Si seulement je savais où est Addy.

Le silence règne à nouveau tandis que tous sont perdus dans leurs propres peurs. Mais Nechuma hoche la tête.

— Italie.

— Mais n'oublions pas que Mussolini était l'allié d'Hitler, fait remarquer Sol. Nous devrons trouver un itinéraire avec le moins de postes de contrôle civils possible.

C'est ainsi que la décision est prise. Dans quelques mois, Jakob et Bella quitteront Łódź pour Stuttgart puis, avec un peu de chance, pour l'Amérique. Quant aux autres, ils partent pour l'Italie.

Toute la famille se penche sur la carte et Adam trace du bout du doigt une ligne qui va de Łódź au sud-est de l'Italie, en énumérant les villes où il est certain de trouver des bureaux de la Croix-Rouge : Katowice, Vienne, Salzbourg, Innsbruck. Il omet Cracovie, car sa femme ne souhaite plus jamais se tenir à moins d'un rayon de cinquante kilomètres de la prison de Montelupich. Ils devront traverser la Tchécoslovaquie et l'Autriche. Ils s'accordent tous à dire que c'est la meilleure solution.

— Je vais écrire à Terza, Franka et Salek pour les informer de nos projets, dit Halina, réfléchissant à voix haute. Je demanderai au Joint s'ils peuvent financer une partie de leur voyage, afin qu'ils puissent nous retrouver en Italie. Et je parlerai aux filles de la Croix-Rouge. Peut-être qu'elles peuvent nous aider à établir un itinéraire, ou nous indiquer sur la route d'autres bureaux de la Croix-Rouge dont nous ne connaissons pas l'existence. Il nous faudra de la vodka et des cigarettes. Pour les points de contrôle.

Nechuma regarde Sol et s'imagine le voyage. Il ne sera pas facile d'atteindre l'Italie. Mais, s'ils y parviennent, elle retrouvera son premier-né. Et Felicia aura un père ! Cette idée l'égaie aussitôt.

Au début de la guerre, elle ignorait si Sol et elle vivraient assez longtemps pour en voir la fin, si ses enfants vivraient assez longtemps pour en voir la fin, s'ils seraient à nouveau réunis un jour, comme une famille unie. Lorsque les Allemands avaient envahi Radom, son monde s'était écroulé. Depuis, elle avait vu s'envoler chacune des certitudes qu'elle avait cru avoir : son foyer, sa famille, sa sécurité… Désormais, ces fragments de son passé lui reviennent peu à peu et, pour la première fois depuis plus de cinq ans, elle s'autorise à croire que, avec du temps et de la patience, elle parviendra peut-être à raccommoder un semblant de ce qu'a été sa vie. Rien ne sera jamais pareil, elle est assez sage pour en être consciente. Mais ils sont ici et, pour la plupart, *ensemble*, ce qui a tout d'un miracle.

Bien sûr, elle est obnubilée par les pièces manquantes du puzzle : Moshe et la famille que Sol a perdue, les parents d'Adam toujours portés disparus et, surtout, le trou béant laissé par l'absence de son fils du milieu. Qu'est-il advenu d'Addy ? L'humeur de Nechuma s'assombrit tandis qu'elle reste aux prises avec ce mystère, la probabilité de ne jamais le percer et la certitude que son monde, sa fresque ne seront jamais complets sans lui.

56

Halina

Alpes autrichiennes – juillet 1945

TOUT CE QU'HALINA VOIT à travers les branches des arbres, c'est le ciel d'un bleu d'acier. Il est 20 heures passées et, pourtant, il ferait encore suffisamment clair pour lire un livre, si toutefois elle en avait un. Ses parents, Mila et Felicia sont endormis, couverts de sueur, éparpillés aux quatre coins de leur petit campement, la tête reposant sur des sacs ou sur les petites besaces en cuir contenant ce qui reste de leurs affaires. Halina soupire tout en écoutant un pic-vert marteler le tronc d'un tremble voisin. Il ne fera noir que dans une heure, et il lui faudra encore deux heures pour enfin trouver le sommeil. Autant tirer profit des dernières minutes de luminosité. Elle sort un mouchoir de la poche intérieure de son sac à main, le déplie et aligne les cigarettes restantes sur le sol pour les compter. Il y en a douze. Assez, espère-t-elle, pour soudoyer les gardes au prochain poste de contrôle.

Rendez-vous à Bari, a écrit Genek dans sa dernière lettre. En dépit des lourdes restrictions sur les déplacements des civils, Halina, Nechuma, Sol, Mila et Felicia n'ont pas perdu de temps : ils ont quitté Łódź aussi vite que possible. Adam est resté sur place.

— Pars, toi, a-t-il dit à Halina. Je vais rester, gagner de quoi avoir quelques économies.

Il a trouvé un emploi fixe dans un cinéma local.

— Je vous retrouverai en Italie une fois que vous serez installés, lui a-t-il assuré.

Halina n'a pas discuté. Quelques semaines plus tôt, Adam avait découvert, par le biais du Service international de recherches, le nom de ses parents, de ses frères et sœurs et de son neveu sur une liste de personnes dont le décès était confirmé. Il n'y avait aucune autre information, juste leurs neuf noms, imprimés sur une page parmi des centaines d'autres. Adam était dévasté, et le fait de n'avoir aucune explication sur les circonstances ni la date de leur mort le rendait fou. Halina savait que ce n'était pas pour le travail qu'il restait. Il restait parce qu'il avait besoin de réponses.

Alors Halina et les autres sont partis, armés d'autant de cigarettes et de bouteilles de vodka qu'ils pouvaient en transporter. Halina avait engagé un chauffeur pour conduire la famille à Katowice, une ville à deux cents kilomètres au sud de Łódź. À Katowice, Halina, qui parlait toujours le russe couramment, a réussi à leur resquiller une place à l'arrière d'un camion qui devait livrer des provisions à l'armée rouge à Vienne. Le voyage a pris des jours. Les Kurc sont restés dissimulés entre des caisses remplies d'uniformes et de viande en conserve, effrayés à l'idée de se faire renvoyer en Pologne ou, pire, d'être incarcérés si jamais ils se faisaient prendre à traverser les frontières de la Tchécoslovaquie ou de l'Autriche sans les papiers requis.

De Vienne, ils ont fait du stop jusqu'à Graz, où on les a déposés au pied des Préalpes orientales méridionales, une chaîne aux sommets couverts de neige qui serpente à travers le sud-ouest de l'Autriche jusqu'à l'Italie. Halina s'est demandé si ses parents et Felicia, encore rachitique, supporteraient le voyage. Les Alpes sont imposantes, plus hautes que toutes les montagnes qu'elle a vues auparavant. Mais, à moins d'être disposés à passer une dizaine de gares et de points de contrôle aux frontières, les traverser à pied était la meilleure solution. Après une semaine de repos à Graz, les Kurc se sont débarrassés de quelques-uns de leurs biens et ont rempli l'espace ainsi libéré dans leurs sacs de pain et d'eau. Avec ce qui restait de leurs économies (Adam avait insisté pour qu'ils emportent le peu d'argent qu'il avait), ils ont engagé un guide, un jeune Autrichien prénommé Wilhelm, pour les accompagner dans les montagnes.

— Vous avez de la chance que l'été soit arrivé plus tôt que prévu, leur a-t-il dit le jour de leur départ. Les Alpes du Sud sont sous la neige dix mois par an. D'habitude, elles sont impraticables à cette période de l'année.

Ils ont marché tous les jours de 7 heures du matin à 7 heures du soir. Wilhelm s'est avéré d'une aide précieuse en tant que guide, jusqu'à ce qu'ils se réveillent un matin pour constater qu'il avait disparu. Par chance, il avait laissé ce qui lui restait de nourriture, ainsi que sa carte. Halina s'est rapidement proclamée guide, non sans avoir maudit la lâcheté du jeune Autrichien.

Elle enveloppe les cigarettes dans son mouchoir et les range dans son sac, puis s'empare de la carte dans sa poche poitrine et l'ouvre délicatement. Ils l'ont tellement utilisée que sa surface est désormais veloutée et ses plis terriblement fragiles. Elle déblaie quelques graviers sur le sol et étale la carte devant elle, suivant du bout de son doigt couvert de saleté le trajet entre leur emplacement approximatif et la ville la plus proche, au pied des Alpes du Sud, Villach, un village juste au nord de la frontière italienne. Elle estime qu'il leur reste encore une quarantaine d'heures de marche vers le sud, ce qui signifie qu'ils pourraient être en Italie dans quatre jours. Ce ne sera pas facile. Leurs poumons se sont acclimatés aux trois mille mètres d'altitude, mais les semelles de leurs chaussures, qui ne sont pas faites pour un usage si rude, ont commencé à se désintégrer. Ils devront faire incroyablement attention, surtout lors de la descente. Halina envisage de diviser le voyage en davantage d'étapes pour épargner leurs jambes. La veille, Sol a trébuché sur une racine le long du chemin et a failli se tordre la cheville. Ils sont tous harassés. Douze heures de randonnée par jour, c'est beaucoup. Mais, dans le même temps, leurs provisions s'amenuisent : il ne leur reste que cinq jours de pain et d'eau, tout au plus. Alors ils continueront, décide Halina. Plus tôt ils arriveront en Italie, mieux ce sera. Les autres seront sûrement de son avis.

Un grand aigle de mer décrit des cercles dans le ciel et Halina est impressionnée par son envergure. Son regard se pose ensuite sur le sac de provisions qu'elle a accroché à une branche voisine, pour s'assurer que le sac est bien fermé. Ferme les yeux, se dit-elle. Elle remet la carte dans sa poche, s'allonge et croise ses doigts derrière sa tête pour la poser sur ses paumes. Son corps est éreinté sous le coup de la fatigue de la journée, mais elle est trop tendue pour dormir. Ses pensées, comme les tambourinements incessants d'un pic-vert dans un arbre, vont et viennent à toute vitesse. Et si elle a choisi le mauvais itinéraire pour descendre ? Ils pourraient se perdre, être à court de nourriture et ne jamais atteindre l'Italie. Et si, à leur arrivée en Italie, les autorités leur font rebrousser chemin ? Il y a encore un mois, le pays était occupé par les nazis. Et s'il arrive quelque chose à Adam à Łódź ? Des semaines, voire des mois s'écouleront avant qu'elle ne soit en mesure de lui écrire.

Halina fixe le ciel qui s'obscurcit. Ce ne sont pas seulement les scénarios catastrophes qui la tiennent éveillée. Une partie d'elle est aussi trop excitée pour trouver le sommeil. Plus que quelques jours avant d'être de nouveau avec son grand frère ! Elle imagine ce qu'elle éprouvera en revoyant Genek après tant d'années. En entendant son rire. En embrassant les fossettes de ses joues. En s'asseyant ensemble, comme une famille, et en établissant un plan, en choisissant l'endroit où aller ensuite. Réfléchir à un avenir après la guerre est palpitant, enivrant. Le cœur d'Halina s'emballe rien que d'y penser. Peut-être Bella a-t-elle raison : peut-être que sa famille pourrait parrainer toute la famille Kurc, et qu'ils pourraient partir aux États-Unis. Ou peut-être iront-ils au nord, au Royaume-Uni, ou au sud, en Palestine, ou de l'autre côté du globe, en Australie. Naturellement, leur décision dépendra du pays disposé à leur ouvrir ses portes.

Arrête de réfléchir et dors, s'ordonne Halina. Elle roule sur le côté, plie le bras pour s'en servir d'oreiller, l'autre main posée sur le ventre. Elle a deux semaines de retard. Elle tente de compter, de déterminer à quand remonte la dernière fois qu'elle a vu Adam, mais c'est impossible. Elle a passé tant d'années à penser à l'avenir que son cerveau a oublié comment remonter dans le temps. Les jours qui précèdent leur départ de Łódź sont flous. Est-ce qu'elle pourrait l'être ? Peut-être. C'est possible. Mais il est également possible qu'elle ait juste du retard. Ce ne serait pas la première fois. Elle n'a pas saigné au cours des mois passés en prison à Cracovie. Trop d'anxiété. Pas assez de nourriture. On ne sait jamais, s'autorise-t-elle à penser en souriant. Tout est possible. *Pour le moment, contente-toi d'emmener la famille jusqu'en Italie. Concentre-toi sur la tâche qui t'attend. Sur les quatre jours à venir.* À cet instant, décide-t-elle pour apaiser son esprit, c'est tout ce qui compte.

57

La famille Kurc

Côte adriatique de l'Italie – juillet 1945

FELICIA DORT EN POSITION FŒTALE sur le siège voisin de celui de Mila, la joue appuyée sur la cuisse de sa mère. Trop nerveuse pour fermer les yeux, Mila pose une main sur l'épaule de sa fille et plaque son front contre la fenêtre. Elle admire l'azur de l'Adriatique tandis que le train longe la botte italienne vers le sud, en direction de Bari. Elle se répète pour la millième fois ce qu'elle va dire à son mari lorsqu'elle le verra. Cela devrait être facile. *Tu m'as manqué. Je t'aime. Il s'est passé tellement de choses… par où commencer ?* Mais, même dans sa tête, les mots semblent forcés.

Nechuma lui a dit d'être patiente. D'essayer de ne pas s'en faire. Mais Mila ne peut pas s'en empêcher. Elle se demande si Selim sera le même homme que celui qu'elle connaissait avant la guerre, elle s'imagine reprenant leur rythme de mari et femme, Selim jouant à nouveau le rôle du patriarche, du gagne-pain, du gardien de leur destinée. Pourra-t-elle s'y réadapter ? Apprendra-t-elle à rester en retrait, à dépendre de lui à nouveau ? Il y a si longtemps qu'elle est seule avec Felicia qu'elle n'est pas sûre de pouvoir laisser quelqu'un d'autre prendre les rênes. Même si ce quelqu'un est le père de sa fille.

De l'autre côté du couloir, Halina s'évente à l'aide d'un journal. Elle a commencé le voyage assise face à Mila, mais discuter avec sa sœur en regardant défiler le paysage dans le sens contraire de la marche lui a donné la nausée, alors elle a changé de place pour un siège dans le bon sens. Elle est enceinte. Elle en est certaine à présent. Elle a des haut-le-cœur dès qu'elle a l'estomac vide, les seins gonflés et sensibles, et son pantalon la serre à la taille. Elle n'a encore rien dit à la famille. Elle prévoit de leur annoncer la nouvelle une fois qu'ils seront arrivés à Bari. Et elle va devoir trouver une astuce pour prévenir Adam. Peut-être qu'elle s'offrira le luxe d'un coup de téléphone. *Je viens juste de traverser les Alpes, et je suis enceinte,* dira-t-elle. Si on lui avait dit avant la guerre qu'à vingt-huit ans elle guiderait sa famille à travers une chaîne de montagnes, enceinte et à pied, elle aurait ri à gorge déployée. Elle n'est pas une fille de la campagne ! Un périple de trois semaines dans les montagnes, à dormir par terre, avec du pain rassis et de l'eau pour seule nourriture ? Alors qu'elle *porte un enfant* ? Impossible.

Halina se repasse les dernières semaines de leur voyage. Elle n'en revient pas qu'en dépit des circonstances personne ne se soit jamais plaint. Ni Mila, qui a marché des heures chaque jour avec Felicia sur le dos ; ni ses parents, dont les boitements se voyaient davantage chaque jour ; ni même Felicia, dont les chaussures sont si petites que ses orteils pleins d'ampoules ont fini par en trouer une et qui, quand sa mère ne la portait pas, devait faire deux pas au lieu d'un pour suivre la cadence des adultes.

Par chance, la traversée de la frontière pour passer en Italie s'est déroulée sans incident.

— *Siamo italiani*, a menti Halina aux autorités britanniques chargées du poste de contrôle de Tarcento.

Quand les gardes ont rechigné, Halina a ouvert son sac à main.

— Nous rentrons à la maison pour retrouver nos familles, a-t-elle dit en leur tendant ses dernières cigarettes.

Ç'a été un drôle de sentiment que de fouler pour la première fois le sol italien. Nechuma était la seule d'entre eux à être déjà allée en Italie : avant, elle se rendait à Milan deux fois par an pour acheter de la soie et du lin pour le magasin. Afin de passer le temps et de tenter d'oublier leurs genoux endoloris par la descente des Alpes, elle leur a raconté des anecdotes sur ses voyages. De quelle façon les vendeurs des marchés milanais l'avaient surnommée *la tigre cieca*, « la tigresse aveugle », alors qu'elle passait d'un étal à l'autre, frottant entre ses doigts des échantillons de tissu, les yeux clos, avant de faire une offre. Il était impossible de la duper quand il s'agissait de qualité.

— J'aurais pu deviner le prix à la lire près, a-t-elle dit fièrement.

Une fois en Italie, Halina a demandé sa route dans le premier village. Ensuite, ils ont marché six heures de plus, presque à court d'eau ; c'était le crépuscule et ils étaient au bord du délire lorsqu'ils ont frappé à la porte d'une petite maison en périphérie de la ville. Halina voyait qu'ils n'étaient pas en état de passer une nuit de plus à la merci des éléments, avec pour seul repas un croûton de pain et rien à boire. Elle a prié pour que quiconque les verrait ainsi regarde leur groupe crasseux et débraillé avec sympathie, et non avec méfiance. Elle a poussé un soupir de soulagement quand un jeune fermier au regard doux et sa femme ont ouvert la porte puis leur ont fait signe d'entrer. Nechuma est parvenue à leur parler en utilisant les quelques mots italiens qu'elle connaissait et, bientôt, ils se sont retrouvés à dévorer des portions fumantes de *pasta aglio e olio* poivrées. Cette nuit-là, les cinq membres de la famille Kurc ont mieux dormi que depuis des mois, sur des couvertures que le couple avait étalées par terre.

Le lendemain matin, après avoir remercié leurs hôtes italiens avec effusion, les Kurc ont repris la route à pied en direction de la gare. En chemin, ils ont croisé un groupe de soldats américains, qui sont descendus de leurs Jeeps vertes après que Halina leur a souri en agitant la main à leur intention. L'un des Américains parlait français, et tous étaient avides de nouvelles quant à la situation en Pologne. Ils ont secoué la tête d'un air incrédule quand Halina leur a brièvement résumé l'insondable état de dévastation de Varsovie et le parcours que sa famille et elle avaient dû emprunter pour fuir leur pays natal et arriver sains et saufs en Italie.

Avant de se séparer, un jeune sergent aux yeux bleus portant sur son treillis un insigne sur lequel figurait le nom de T. O'DRISCOLL a mis une main dans sa poche et s'est accroupi devant Felicia.

— Tiens, ma jolie, a-t-il dit dans une langue différente de toutes celles que Felicia avait entendues auparavant.

Elle a rougi tandis que le bel Américain lui tendait un paquet enveloppé de papier aluminium marron et argenté.

— C'est une barre chocolatée Hershey. J'espère que ça te plaira, a dit le sergent O'Driscoll.

— *Merci**, a dit Mila en serrant la main libre de Felicia dans la sienne.

— *Merci**, l'a imitée Felicia à voix basse.

— Où allez-vous ? a demandé l'Américain en tapotant affectueusement la tête de Felicia alors qu'il se redressait.

Le soldat qui parlait français a traduit.

— À Bari, retrouver de la famille, a expliqué Halina.

— Vous êtes encore loin de Bari.

— Nous sommes devenus doués pour la marche, a répondu Halina en souriant.

— Attendez ici.

Le sergent O'Driscoll est parti, puis revenu quelques minutes plus tard avec un billet de cinq dollars.

— Le train est plus rapide, a-t-il dit à Halina en lui tendant le billet et en lui rendant son sourire.

En face d'Halina, Nechuma et Sol somnolent par intermittence, le menton oscillant tandis que le train cahote sur les rails. Tentant de les regarder à travers les yeux de Genek, Halina voit à quel point la guerre les a changés. Ils paraissent vingt ans de plus qu'avant d'avoir été enfermés dans le ghetto, forcés à se cacher et mourants de faim.

— *Bari, cinque minuti!* crie le contrôleur.

Mila effleure du bout des doigts les cicatrices de scorbut qui parsèment encore le cou et les joues de Felicia. Ses cheveux lui arrivent à présent aux épaules, et ils sont maintenant blonds à mi-longueur. Sous ses paupières, les yeux de sa fille sursautent et elle fronce les sourcils. Même dans son sommeil, Felicia semble avoir peur. Les cinq dernières années lui ont volé son innocence. Une larme perle au coin de l'œil de Mila, roule sur sa joue et s'écrase sur le col du chemisier de sa fille, laissant une petite tache ronde sur le coton.

Mila s'essuie les yeux. Ses pensées la ramènent vers Selim et les questions qu'elle ne peut ignorer. Que pensera-t-il de Felicia, la fille qu'il n'a jamais connue ? Qu'est-ce que Felicia pensera de *lui* ? Hier, elle lui a demandé comment appeler Selim.

— Que penses-tu de père, pour commencer ? lui a-t-elle suggéré.

Alors que le train commence à ralentir, le rythme cardiaque de Mila s'accélère. Elle s'implore d'accueillir à bras ouverts le cadeau qu'elle et Felicia sont sur le point de recevoir, sous la forme d'un mari et d'un père. Dieu sait ce qui est arrivé à *sa* famille : à son père, un horloger d'origine modeste, et à ses huit frères et sœurs. Aux dernières nouvelles, une sœur, Eugenia, a immigré à Paris ; un frère, David, est parti en Palestine ; les autres, à sa connaissance, sont restés à Varsovie. Elle avait tenté de les localiser avant le soulèvement, mais soit ils avaient quitté la ville de leur propre chef, soit on les avait déportés, car elle n'avait trouvé aucune trace d'eux. C'est une bénédiction qu'elle et son mari soient bientôt réunis, au cœur de toutes les tragédies inimaginables que la guerre a laissées dans son sillage. La majorité des gens donneraient tout pour être à sa place.

Les freins grincent. Dehors, le paysage défile de plus en plus lentement par la fenêtre. Une centaine de mètres plus loin, Mila aperçoit la gare de Bari ainsi que des gens qui attendent sur le quai. Alors qu'elle caresse doucement l'épaule de Felicia pour la réveiller, elle se fait une promesse : elle accueillera son mari à bras ouverts et brossera un tableau de stabilité, peu importe à quel point cela pourra lui être difficile. Pour Felicia. Et ce qui se passera ensuite, ce que Selim pensera de la fillette aux cheveux bicolores et aux cicatrices roses et disgracieuses, et la façon dont Felicia apprendra ou non à aimer l'homme dont elle n'a aucun souvenir, ces choses-là sont entre les mains du destin, se dit Mila.

58

La famille Kurc

Bari, Italie – août 1945

Le chaos règne à la gare de Bari. Le quai est envahi par la foule, étirée sur trois rangées : des hommes en uniforme, de jeunes enfants qui agrippent la main de personnes âgées, vraisemblablement leurs grands-parents, des femmes dans leur plus jolie robe et agitant la main, hissées sur la pointe des pieds, des lignes tracées au charbon derrière les mollets pour donner l'illusion qu'elles portent des bas.

Les Kurc se dirigent vers la sortie du wagon. Halina est en tête de cortège ; Nechuma et Sol la suivent de près et Mila ferme la marche, une besace en cuir à l'épaule et la main de Felicia serrée dans la sienne. Ils traînent les pieds afin de ne pas érafler les talons des autres. Cinq personnes qui bougent comme si elles n'en étaient qu'une seule.

— Attendons ici, crie Halina par-dessus son épaule.

Ils traversent la foule jusqu'à un fronton orné d'un panneau portant la mention BARI CENTRALE. À côté, un autre panneau en forme de flèche indique PIAZZA ROMA. Rassemblés sous le fronton, ils restent les uns près des autres, serrés, scrutant le quai à la recherche d'un visage familier. N'étant pas habitués à voir Genek et Selim habillés en soldats, ils cherchent des hommes en uniforme polonais.

— *Kurde!* grommelle Halina. Je suis trop petite, je ne vois rien.

— Écoute si tu entends parler polonais, suggère Nechuma.

Plusieurs langues se mélangent sur le quai : de l'italien, bien sûr, et aussi du russe, du français, du hongrois. Mais, pour l'instant, pas de polonais. Les Italiens sont les plus bruyants. Ils avancent lentement et parlent avec les mains, en gesticulant dans tous les sens.

— Vous voyez quelque chose ? crie Halina par-dessus le vacarme.

Mila secoue la tête.

— Pas encore.

Elle est la plus grande du groupe. Elle pivote sur place et observe l'océan d'étrangers. De temps à autre, ses yeux s'attardent sur un crâne jusqu'à ce que la personne se retourne et dévoile un visage qui ne ressemble en rien à celui de son mari ou de son frère, puis ils passent à la personne suivante dans la foule.

— *Mamusiu,* dit Felicia en serrant la main de Mila.

— Oui, ma chérie.

— Est-ce que tu le vois ?

Mila secoue la tête et tente de sourire.

— Pas encore, ma puce. Mais je suis sûre qu'il est là.

Elle se penche rapidement pour embrasser Felicia sur la joue.

Quand elle se relève, quelque chose attire son regard et son cœur s'arrête. Un profil. Beau. Grand. Cheveux sombres quoique légèrement plus dégarnis que dans son souvenir. Est-ce possible que…

— Genek ! crie-t-elle en agitant un bras au-dessus de sa tête.

Derrière elle, Nechuma pousse une exclamation de surprise. Genek pivote, les yeux brillants, balayant les visages dans leur direction. Enfin, son regard croise celui de Mila.

— Où ? Où est-ce qu'il est ? crie Halina en sautant sur place.

La voix de Genek résonne, miraculeusement audible dans le tapage.

— Mila !

Il lève les bras en l'air, faisant tomber au passage la casquette d'un homme. Il disparaît un instant, le temps de la ramasser. Lorsqu'il refait surface, il avance vers eux.

— Restez là ! crie Genek. Je vous rejoins !

— C'est lui ! C'est lui ! C'est lui !

Les cris euphoriques d'Halina, Sol et Nechuma se font écho. Ils sautillent sur place. Entendre la voix de Genek est une raison suffisante pour laisser exploser leur joie.

Mila laisse tomber son sac et soulève Felicia pour la caler sur sa hanche. Elle n'a pas encore repris le poids qu'elle a perdu dans le bunker du couvent, et Mila peut facilement la porter d'un seul bras. Elle montre Genek du doigt.

— Tu vois ? Juste là ? C'est ton oncle Genek ! Celui qui est beau, avec le grand sourire et les fossettes. Fais-lui signe !

Felicia sourit et lui fait signe, imitant sa mère.

— Et père ? Est-ce qu'il est avec lui ? demande Felicia d'une voix à peine audible dans la cacophonie.

Une pensée frappe Mila avec la vitesse et la violence d'un maillet contre un gong : et si Selim n'était pas là ? S'il lui était arrivé quelque chose depuis leur dernière correspondance ? Et s'il était *parti* ? S'il n'avait pas eu le courage de venir à leur rencontre ? *Où es-tu, Selim ?*

— Je ne le vois pas encore, commence-t-elle.

Mais, alors que son frère s'approche, elle aperçoit quelqu'un qui le suit de près. Les cheveux sombres, une tête de moins que Genek. Elle ne l'avait pas remarqué.

— Attends. Je crois que je le vois ! Il est juste derrière ton oncle.

Felicia tend le cou.

— C'est toi qui dis bonjour en premier, dit-elle, soudain timide.

Mila hoche la tête et repose Felicia avant de lui prendre la main.

— D'accord.

— Genek… il est encore loin ? demande Nechuma. Est-ce que Selim est avec lui ?

Mila pivote sur elle-même pour faire face à sa mère.

— Oui, Selim est avec lui. Viens, dit-elle en attrapant Nechuma et en l'attirant doucement pour qu'elle vienne devant elle. Genek est presque là. Tu devrais lui dire bonjour en premier.

Genek est coincé derrière un groupe de gens du coin. Mila l'observe tandis qu'il perd patience, se met de côté et se faufile entre eux en les poussant. Des hommes lui crient dessus en italien, mais il reste imperturbable.

Lorsqu'elle voit enfin son fils aîné avancer vers elle à grands pas, encore plus élégant que dans ses souvenirs avec son uniforme de l'armée, les larmes débordent des yeux de Nechuma et roulent sur ses joues telles l'eau d'un barrage rompu.

— Genek !

C'est tout ce qu'elle parvient à dire lorsqu'il la voit. Il a les yeux humides, lui aussi. Ils tendent les bras l'un vers l'autre et fusionnent dans une longue étreinte, le corps secoué par les rires et les larmes et une joie pure et désinhibée. Nechuma ferme les yeux et sent la chaleur de son fils irradier à travers elle tandis qu'il la berce doucement.

— Vous m'avez tellement manqué, Maman.

Nechuma est trop émue pour parler. Quand elle s'écarte enfin de Genek, il sèche ses yeux et adresse un grand sourire à sa famille. Avant qu'il ait le temps de dire un mot, Halina lui saute dans les bras.

— Vous avez réussi, dit Genek en riant. Je n'arrive pas à croire que vous veniez de si loin.

— Si tu savais, répond Halina.

— Et toi, s'émerveille Genek en voyant sa nièce. Regarde-toi ! Tu n'étais pas plus grande qu'un chaton la dernière fois que je t'ai vue !

Felicia rougit. Il s'accroupit et la prend dans ses bras, puis en fait autant avec Mila, qui le serre fort contre elle.

— Genek, c'est si bon de te voir, dit Mila.

Quand Genek arrive enfin au niveau de son père, celui-ci l'étreint plus longtemps et plus fort qu'il ne l'a jamais fait.

— Vous m'avez manqué aussi, Papa, dit-il, la gorge nouée.

Alors que père et fils sont cramponnés l'un à l'autre, Mila reporte son attention sur la foule. Selim se tient à un mètre de distance, son képi à la main. Ils se dévisagent un moment et Mila lève la main, maladroitement, comme pour lui dire bonjour, puis fait signe à Felicia de la rejoindre.

— Je ne voulais pas vous interrompre, dit Selim en faisant un pas vers elles.

Mila parvient à peine à respirer tandis qu'elle examine l'homme qui se tient devant elle : ses cheveux bruns coupés court, ses lunettes rondes, sa posture parfaite. Elle s'attendait à le trouver différent, mais en réalité il n'a pratiquement pas changé. Elle ouvre la bouche.

— Je… Selim, je…

Mais après tant de semaines passées à ruminer ce qu'elle allait lui dire à cet instant, elle ne trouve pas ses mots.

— Mila, dit-il en faisant un pas vers elle.

Elle ferme les yeux tandis qu'il l'attire à lui. Il sent le savon. Après une brève étreinte, elle s'écarte et se penche, prenant la main de sa fille dans la sienne.

— Felicia, ma chérie, dit-elle doucement tandis que son regard passe de sa fille à Selim. Je te présente ton père.

Felicia suit le regard de sa mère et pose les yeux sur son père.

Selim s'éclaircit la gorge. Son regard passe de Felicia à Mila. Mila se lève et hoche la tête. *Vas-y.* Selim s'agenouille de façon à ce que Felicia n'ait pas à lever la tête pour le regarder dans les yeux.

— Felicia, commence-t-il.

Il déglutit. Inspire profondément. Reprend la parole.

— Felicia, je t'ai apporté quelque chose.

Il met la main dans sa poche et en sort une pièce argentée, qu'il lui tend. Elle l'observe dans sa paume.

— Une famille de Perses me l'a donnée, lui explique Selim, lorsque je les ai aidés à mettre au monde leur bébé. Tu vois le lion, là ?

Il montre du doigt le relief.

— Il a une épée. Sa crinière est là. Et de l'autre côté…

Il retourne doucement la pièce dans la paume de Felicia.

— Là, c'est le symbole persan pour le chiffre cinq. Mais moi, je trouve que ça ressemble à un cœur.

Felicia touche de son pouce la surface de la pièce.

Selim regarde à nouveau Mila, qui sourit.

— C'est un cadeau très spécial, dit-elle en posant la main sur l'épaule de Felicia, qui regarde sa mère, puis à nouveau son père.

— Merci, Papa, dit-elle.

Selim garde le silence un moment, tandis qu'il examine la petite fille.

— Est-ce que tu serais d'accord pour que je te fasse un câlin, Felicia ? demande-t-il.

Felicia hoche la tête. Alors que Selim enveloppe délicatement le corps frêle de sa fille de ses bras, Felicia tourne la tête pour poser sa joue sur son épaule, et Mila doit se mordre la lèvre pour se retenir de pleurer.

59

Jakob et Bella

Łódź, Pologne – octobre 1945

C'EST UN TRAIN ALLEMAND. Les lettres gribouillées à la peinture blanche sur les wagons à bestiaux abîmés et rouillés disent KOBLENZ. Coblence, la ville dont le train est originaire.

Un soldat en uniforme de l'Armée de l'intérieur marche le long de la voie ferrée et ferme les portes des wagons tandis que les passagers se hâtent de monter à bord. Jakob et Bella sont parmi les tout derniers à embarquer.

— Prête ? demande Jakob.

Près de lui, Bella hoche la tête. Leur fils Victor, âgé de deux mois, est endormi dans ses bras.

— Toi d'abord.

Quelqu'un a posé devant leur wagon une caisse en bois, afin qu'il soit plus facile de grimper. Jakob pousse sa valise dans le wagon. Une odeur rassise de poussière et de pourriture envahit ses narines. Il frissonne tandis qu'il se hisse à bord et tente de repousser l'image des centaines, des milliers de personnes, peut-être davantage, qui ont pris place dans le même wagon avant lui, à destination de lieux comme Treblinka, Chełmno et Auschwitz, des noms désormais synonymes de mort. Son cœur se serre en pensant que les parents de Bella sont sûrement partis à bord d'un train comme celui-ci.

Bella le regarde depuis le quai et sourit, ce qui fait remonter les larmes aux yeux de Jakob. Il est impressionné par sa force. Il y a deux ans, elle avait perdu l'envie de vivre. Elle était méconnaissable. Aujourd'hui, elle lui rappelle la fille dont il est tombé amoureux. Sauf qu'à présent ils ne sont plus seulement deux. À présent, ils sont une famille. Jakob tend les bras.

— C'est parti, murmure Bella. Tu le tiens ? demande-t-elle avant de desserrer son étreinte.

— Je le tiens.

Jakob embrasse Victor sur la joue, puis le cale dans le creux de son coude et tend sa main libre pour aider Bella. Dans le wagon, les autres personnes se rassemblent immédiatement autour d'eux. Il y a quelque chose chez Victor, dans son odeur de lait malté et sa peau satinée, qui insuffle de l'espoir aux survivants angoissés qui l'entourent.

Un coup de sifflet retentit.

— *Dwie minuty!* crie le contrôleur. Deux minutes ! Départ du train prévu dans deux minutes !

Leur wagon est plein, mais pas surpeuplé. Jakob et Bella y connaissent la plupart des visages : plusieurs personnes viennent de Łódź, quelques-unes de Radom. La plupart sont juives. Ils partent pour un camp de déplacés à Stuttgart, en Allemagne. Là, leur a-t-on dit, l'administration des Nations unies pour les secours et la reconstruction, à laquelle tout le monde fait référence par son acronyme, Unrra, et le Joint ont mis en place des structures visant à offrir aux réfugiés des conditions de vie hospitalières et, pour la première fois depuis longtemps, de vastes réserves de nourriture. À Stuttgart,

Jakob et Bella espèrent être en mesure de contacter l'oncle de Bella dans l'Illinois. Et, si tout se passe bien, le moment venu, ils seront autorisés à émigrer aux États-Unis. En *Amérique.* Quand ils le prononcent, le mot a des accents de liberté, d'opportunités, de chance de repartir à zéro. L'*Amérique.* Parfois, le mot semble trop parfait, comme la dernière note d'un nocturne qui plane, suspendue dans le temps, avant de s'estomper pour inévitablement disparaître. Mais ils se rappellent que c'est plausible. Ils espèrent que leur parrainage sera bientôt approuvé. Ensuite, il ne leur faudra plus que trois visas.

Jakob et Bella parlent souvent de leur fils, qui grandira comme un Américain si leur projet se réalise. De ce que cela impliquerait d'introduire Victor dans un style de vie, une langue, une culture totalement étrangers. Ce sera certainement bien mieux pour lui, se disent-ils, même s'ils ne savent pas vraiment ce qu'implique de grandir comme un Américain.

Un second coup de sifflet se fait entendre et Bella sursaute.

— Oh ! s'écrie Jakob. J'allais oublier !

Il place Victor dans les bras de sa femme, attrape son appareil photo et saute rapidement sur le quai.

Bella le regarde depuis la porte en secouant la tête.

— Où est-ce que tu vas ? Le train va partir !

— Je veux prendre une photo, dit Jakob en agitant la main. Allez, tout le monde, vite, regardez par ici.

— *Maintenant ?* demande Bella, sans discuter toutefois.

Elle fait signe aux autres de la rejoindre et ils s'empressent de se rassembler vers la porte. Ensemble, ils se tiennent bien droits et sourient.

À travers l'objectif de son Rolleiflex, Jakob étudie ses sujets. Vêtus d'imperméables, de robes en laine descendant au genou, de chemisiers sur mesure et de chaussures en cuir fermées, les membres du groupe présentent plutôt mieux que prévu, se dit Jakob en faisant la mise au point. Certes, ils ont l'air épuisés. Mais (Jakob lève les yeux et sourit) fiers, aussi. *Clic.* Il prend la photo pile au moment où les roues du train se mettent en mouvement.

— Dépêche-toi, mon chéri ! crie Bella.

Jakob remonte dans le train. Le soldat de l'Armée de l'intérieur arrive et referme la porte du wagon.

— Ouverte ? demande-t-il en montrant la fenêtre sur la porte.

— Ouverte, confirment aussitôt les passagers.

— Comme vous voudrez, dit le soldat.

Le train se met en branle. Jakob et Bella restent debout près de la porte, regardant le monde défiler dehors, doucement d'abord, puis de plus en plus rapidement à mesure qu'ils prennent de la vitesse. Jakob agrippe d'une main la poignée de la porte en bois et passe son bras libre autour de Bella. Elle s'appuie contre lui pour garder l'équilibre et se penche pour déposer un baiser sur la tête de Victor. Il lève les yeux vers elle et soutient son regard, sans ciller.

— À la prochaine, *Polsko,* dit Jakob.

Cependant, Bella et lui savent très bien qu'il n'y aura sans doute pas de prochaine fois.

Alors que le train accélère, Bella contemple le paysage fuyant de la ville, ses façades en pierre du XVIIe siècle, ses toits en tuile rouge, le dôme doré de la cathédrale Saint-Alexandre-Nevski.

— Au revoir, murmure-t-elle.

Mais ses mots sont engloutis par le claquement rythmique du train qui cahote sur les rails en direction de l'ouest, vers l'Allemagne.

Le camp de déplacés de Stuttgart-Ouest n'est pas tant un camp qu'un pâté de maisons. Il n'y a pas de clôtures, pas de limitations, juste une rue à deux voies vallonnée (Bismarckstrasse), bordée par une rangée de bâtiments de deux et trois étages de chaque côté. L'appartement de Jakob et Bella est entièrement meublé, grâce, ont-ils appris, au général Eisenhower, qui s'est rendu au camp de concentration voisin de Vaihingen-sur-l'Enz juste après la victoire. Outré par ce qui s'y était produit, Eisenhower a demandé aux habitants de Stuttgart d'offrir un toit aux juifs ayant vécu pour voir la fin de la guerre ; comme ils ont refusé, Eisenhauer a perdu patience et ordonné leur évacuation.

— Prenez vos effets personnels mais laissez les meubles, la vaisselle, l'argenterie et tout le reste, a-t-il ordonné avant d'ajouter : vous avez vingt-quatre heures.

Même si la plupart des juifs qui ont débarqué à Stuttgart-Ouest n'avaient presque plus rien (pas de maison, de famille, de biens à leurs noms), le camp incarne un renouveau agréable. Le fait que Bismarckstrasse accueille une poignée de survivants de Radom, y compris le Dr Baum, que Bella avait consulté pour une angine lorsqu'elle était enfant et qui effectue désormais les examens mensuels de Victor, aide beaucoup, de même que l'autorisation accordée aux déportés de célébrer et honorer les traditions et les fêtes qu'on leur a interdit de commémorer pendant si longtemps. À la fin du mois de novembre, lorsque les aumôniers juifs de l'armée américaine les ont invités à une fête à l'opéra de Stuttgart en l'honneur de la première nuit d'Hannouka, ils ont été fous de joie. Jakob et Bella, ainsi que des centaines d'autres déportés, ont traversé la ville en tramway jusqu'au centre, pour un office dans un opéra bondé. À la fin de la cérémonie, ils sont repartis avec, pour la première fois depuis une éternité, un sentiment bouleversant d'appartenance.

Personne dans le camp ne parle de la guerre. C'est comme si les déportés étaient pressés d'oublier les années perdues et de prendre un nouveau départ. Et c'est ce qu'ils font. Au printemps, les romances ont commencé à éclore, en même temps que les lys. Il y a eu des mariages les week-ends, et une demi-douzaine de naissances chaque mois. Il y a aussi un véritable désir de créer un système éducatif pour les enfants du camp, autre luxe dont la guerre a privé beaucoup de monde. Des appartements ont été aménagés en salles de classe, où on enseigne aux enfants du sionisme aux mathématiques en passant par la musique, le dessin et la confection. Il y a aussi des cours pour adultes, de mécanique dentaire, de ferronnerie, de maroquinerie, d'orfèvrerie et de couture. Bella dirige un cours de confection de sous-vêtements, de corsages et de chapeaux.

Au cours de ces premiers mois à Stuttgart, Jakob et elle ont passé la plupart de leurs journées entre le bureau de l'Unrra, où un groupe d'Américains distribue de la nourriture, des vêtements et des provisions, et le bureau du consulat général des États-Unis, où ils s'informent chaque jour sur le statut de leurs papiers d'émigration.

— Des nouvelles de mon oncle, Fred Tatar ? demande Bella à chaque visite.

Jusqu'alors, ils n'ont reçu qu'un seul télégramme, peu après leur arrivée au camp : *Je m'occupe du parrainage*, a écrit l'oncle de Bella. Mais ils n'ont rien reçu depuis.

Par un chaud samedi après-midi, Bella et Victor sont assis sur une couverture en bordure d'un terrain de football improvisé, tout près de Bismarckstrasse.

— Tu vois Papa, là-bas ? demande Bella.

Elle approche sa tête de celle de Victor et tend le doigt. Jakob se tient près du but adverse, les mains sur la taille, regardant dans leur direction et leur faisant signe. Il a participé à la création de la division de football du camp. C'est un bon exercice, et la distraction idéale pour oublier un peu l'attente des papiers d'immigration. Lui et ses coéquipiers s'entraînent tous les jours et ont des matches deux fois par semaine, le plus souvent contre des équipes d'autres camps de déplacés juifs, mais aussi parfois contre une des équipes locales de Stuttgart. Les matches qui les opposent aux Allemands se déroulent sur un terrain en bien meilleur état que ceux de la division juive, mais Jakob y est habitué, après les années passées à jouer dans les divisions polonaises de Radom. Il sait aussi qu'un match peut rapidement tourner au vinaigre, et sait repérer à l'instant même où ils entrent sur le terrain les Allemands qui viennent pour s'amuser et ceux qui viennent pour entretenir leur ressentiment à l'encontre des juifs. Face à ces derniers, en général, il faut peu de temps pour que les insultes se mettent à pleuvoir : *sales juifs, voleurs, fourbes, porcs, vous l'avez bien mérité.* Les hommes de l'équipe de Jakob se sont habitués à l'hostilité, et même s'ils sont souvent tout à fait capables de battre leurs adversaires, lorsqu'ils se regroupent à la mi-temps ils décident systématiquement que laisser gagner ces enfoirés est dans leur propre intérêt. Ils savent de quoi une bande d'Allemands enragés est capable, sur un terrain ou ailleurs.

Un coup de sifflet retentit. Le match est terminé. Un genou de Jakob est égratigné et son maillot est taché de boue, mais il rayonne. Il serre la main de ses adversaires (une équipe amicale : Bella assiste uniquement aux matches qui se jouent entre équipes juives) puis se dirige vers la ligne de touche en courant.

— Bonjour, mon rayon de soleil.

Il plante un baiser moite sur la bouche de Bella puis attrape Victor.

— Tu as vu le but que j'ai marqué, mon grand ? Qu'est-ce que tu dirais de faire un tour d'honneur ?

Il s'éloigne au petit trot, Victor dans les bras.

— Attention, mon chéri ! crie Bella derrière lui. Il arrive à peine à tenir sa tête !

— Ne t'en fais pas, lance Jakob en riant. Regarde, il adore !

Bella soupire en voyant dodeliner la tête presque chauve de Victor tandis que Jakob décrit un cercle avant de revenir vers Bella. Victor sourit tellement que sa mère voit ses quatre dents.

Jakob termine son tour d'honneur et pose délicatement Victor sur la couverture à côté de Bella.

— Quand sera-t-il assez grand pour taper dans un ballon, à ton avis ? demande Jakob.

— Bientôt, mon chéri, répond-elle en riant. Bientôt.

60

Addy

Rio de Janeiro, Brésil – février 1946

ADDY SE BALADE LE LONG DE LA PROMENADE à la mosaïque noir et blanc de l'avenue Atlantica de Copacabana tout en discutant avec un Polonais de l'*Alsina* avec qui il est resté en contact (Sebastian, un écrivain originaire de Cracovie). Comme Addy, Sebastian a réussi à traverser le détroit de Gibraltar et à embarquer à bord du *Cabo de Hornos,* « en vendant les boutons de manchette en or de mon grand-père que je portais », a-t-il raconté à Addy. Ils ne se voient pas souvent, mais lorsqu'ils se retrouvent ils apprécient de pouvoir échanger dans leur langue maternelle. D'une certaine manière, parler la langue avec laquelle ils ont grandi est réconfortant comme un clin d'œil à un chapitre de leur vie, à une époque et un lieu n'existant plus que dans leur mémoire désormais. Leurs entrevues les mènent inévitablement à des discussions sur les petites choses de Pologne qui leur manquent le plus : le bonheur de déguster une pâtisserie *pączki z różą* fourrée à la confiture de pétales de rose, l'excitation d'aller assister à Varsovie à un nouvel opéra au théâtre Wielki, et, pour Addy, la joie de se rendre au cinéma par un soir d'été pour voir le dernier film de Charlie Chaplin, après s'être arrêté en route pour écouter les ruptures mélodiques du Stradivarius de Roman Totenberg qui s'envolent par ses fenêtres ouvertes, ou le goût irrésistible des biscuits en forme d'étoile de sa mère trempés dans une tasse d'épais chocolat sucré après une journée à faire du patin à glace sur l'étang du parc Stary Ogród.

Bien sûr, au-delà des *pączki* et du patin à glace sur l'étang, ce qui manque le plus à Addy et Sebastian, c'est leur famille. Pendant un temps, ils avaient passé des heures à évoquer leurs parents et frères et sœurs, à élaborer des scénarios sans fin sur qui pouvait avoir atterri où. Mais, les mois puis les années passant sans nouvelles des proches qu'ils avaient laissés derrière eux, s'interroger quant à leur destinée était devenu trop difficile, aussi parlaient-ils désormais le moins possible de leur famille.

— Des nouvelles de Cracovie ? demande Addy.

Sebastian secoue la tête.

— Et toi ? Des nouvelles de Radom ?

Addy s'éclaircit la gorge et tente de ne pas avoir l'air trop découragé.

— Non, répond-il.

Depuis le jour de la victoire, comme l'appelait le Président américain Harry Truman, Addy a redoublé ses efforts pour communiquer avec la Croix-Rouge, espérant et priant que, la guerre enfin terminée, sa famille referait surface. Mais, jusqu'à présent, les seules nouvelles qu'il a reçues sont celles du nombre ahurissant de camps de concentration découverts à travers l'Europe, particulièrement en Pologne. Tous les jours, les forces alliées tombent sur un nouveau camp, une nouvelle poignée de survivants à l'agonie. Les journaux ont commencé à publier des photos. Les images sont terrifiantes. Sur les clichés, les survivants semblent plus morts que vivants. Leur teint est presque translucide, leurs joues, leurs yeux et leurs clavicules sont creux. La plupart portent des pyjamas rayés de prisonniers qui pendent pitoyablement sur leurs épaules émaciées. Ils sont pieds nus, la tête rasée. Ceux qui n'ont pas de chemise sont si maigres que leurs côtes et les os de leur bassin ressortent avec une grossièreté sordide. Quand Addy tombe sur une photo, il ne peut s'empêcher de la fixer, bouillonnant de colère et de désespoir, terrifié à l'idée d'apercevoir un visage familier.

La possibilité que sa famille ait péri dans un camp d'Hitler est bien trop réelle. Ses frères en pyjama rayé. Ses sœurs, jadis si belles, désormais malades, le crâne tondu. Sa mère et son père poussant leur dernier souffle dans les bras l'un de l'autre, asphyxiés par des fumées toxiques. Quand les images envahissent son esprit, il les rejette. À la place, il imagine ses parents et frères et sœurs tels qu'ils étaient lorsqu'il les a quittés : Genek prenant une cigarette dans son étui argenté ; Jakob souriant, le bras autour des épaules de Bella ; Mila au piano ; Halina rejetant en arrière sa tête blonde dans un éclat de rire ; sa mère, un stylo à la main, assise à son secrétaire ; son père à la fenêtre, regardant les colombes tout en fredonnant un morceau du *Casanova* de Różycki, l'opéra qu'Addy a vu avec lui à Varsovie pour ses vingt ans. Il refuse de se souvenir d'eux autrement qu'ainsi.

Sebastian change de sujet et les hommes continuent à marcher, les yeux fixés sur les vagues écumeuses de Copacabana, où se reflète le soleil.

— Et si on s'asseyait pour grignoter quelque chose ? propose Addy alors qu'ils approchent du rocher de Leme, à l'extrémité nord de la plage.

— Excellente idée. J'ai faim à force de parler de *pączki*.

Au rocher, ils tournent à gauche dans la rue Anchieta, et Addy montre du doigt l'appartement de Caroline, qui donne sur la plage de Leme.

— Comment va-t-elle ? s'enquiert Sebastian.

— Bien. Même si elle parle de plus en plus de rentrer aux États-Unis.

— Elle t'emmènerait avec elle, je suppose ?

Addy sourit, penaud.

— C'est l'idée.

Pendant l'été, Addy avait décidé de cesser de remetre à plus tard sa demande en mariage. Ils s'étaient mariés en juillet, en compagnie de Sebastian et Ginna, l'amie de Caroline. Le sourire d'Addy s'évanouit tandis qu'il imagine ce que Caroline pourra ressentir lorsqu'elle rentrera aux États-Unis sans parents pour l'accueillir. Son père est mort avant la guerre, lui a-t-elle dit. Sa mère est décédée peu après le départ de Caroline pour le Brésil. Qu'est-ce qui est le pire ? se demande Addy : perdre ses parents sans leur avoir dit au revoir ou perdre le contact sans savoir si ou quand on les reverra ? Il songe à ce dilemme tout en marchant. Au moins, Caroline a des réponses. Pas lui. Et s'il n'en avait jamais ? Et s'il passait le reste de sa vie à se demander ce qui est arrivé à sa famille ? Ou, pire, ce qui *aurait pu* arriver s'il était resté en France et avait trouvé un moyen de rentrer en Pologne ?

Sa mémoire le ramène au jour où il a vu sa mère pour la dernière fois, à la gare de Radom. C'était en 1938. Il y aura bientôt une décennie. Il avait vingt-cinq ans. Il était rentré à la maison pour Roch Hachana, et elle l'avait accompagné à la gare le matin de son départ. Il glisse une main dans sa poche et passe ses doigts sur le mouchoir qu'elle lui avait donné pendant ce séjour, se rappelant sa mère blottie contre lui alors qu'ils attendaient le train, bras dessus, bras dessous ; de quelle façon elle lui avait recommandé de prendre soin de lui puis l'avait embrassé sur les joues et serré dans ses bras au moment de lui dire au revoir, avant d'agiter son propre mouchoir par-dessus sa tête alors que le train s'éloignait. Elle l'avait agité encore et encore jusqu'à ne plus être qu'un petit point sur le quai, une minuscule silhouette refusant de partir avant que le train ait disparu de son champ de vision.

— Allons à Porcão, suggère Sebastian.

Addy revient sur Terre et bat des paupières. Il hoche la tête.

Il n'est pas encore 17 heures et, déjà, les tables en plastique éparpillées devant Porcão sont occupées par des Brésiliens qui papotent et fument autour d'assiettes de croquettes de morue frite et de bouteilles de Brahma Chopp. Addy jette un coup d'œil à une table où sont installés trois couples séduisants. Les femmes, rassemblées à une extrémité, semblent absorbées par une conversation fascinante : elles parlent vite, les sourcils montant et descendant au rythme de leur badinage, tandis qu'en face leurs homologues masculins aux cheveux sombres se laissent aller contre le dossier de leur chaise, profitant du paysage, le visage calme, une cigarette entre le pouce et l'index. L'un d'eux semble tellement détendu qu'Addy se demande s'il ne va pas s'endormir et s'écrouler.

Addy et Sebastian font signe à un serveur, qui écarte les doigts pour leur indiquer qu'ils devront patienter cinq minutes pour une table à l'extérieur. Tandis qu'ils attendent, ils évoquent leurs projets pour le week-end. Sebastian part dans la soirée rendre visite à un ami à São Paulo. Le seul projet d'Addy est de passer du temps avec Caroline, qui sera bientôt rentrée de l'ambassade. Addy est sur le point de demander à Sebastian ce qu'il pense de São Paulo (il n'y est jamais allé) lorsque quelqu'un lui tape sur l'épaule. Il se retourne et voit un jeune homme de vingt-cinq ans environ, soigné, dont les yeux vert clair lui rappellent aussitôt ceux de sa sœur Halina.

— Excusez-moi, monsieur ? dit l'étranger.

Addy regarde Sebastian et sourit.

— Un Polonais ! Voyez-vous ça !

Le jeune homme semble gêné.

— Je suis navré de vous déranger. J'ai entendu que vous parliez polonais et je me dois de vous poser la question…

Il regarde d'abord Addy, puis Sebastian.

— Par hasard, l'un d'entre vous connaîtrait-il un certain *Addy Kurc* ?

Addy penche la tête sur le côté et laisse échapper un *Ha !* qui ressemble plus à un cri qu'à un rire, faisant sursauter les personnes assises aux tables voisines. Le jeune homme regarde ses pieds.

— C'est peu probable, je sais, dit-il en secouant la tête. Mais il n'y a pas tant de Polonais à Rio et j'ai toutes les peines du monde à trouver la trace de ce monsieur Kurc. Il semblerait que l'adresse que nous avons dans nos fichiers ne soit pas à jour.

Addy a emménagé dans un nouvel appartement à Carvalho Mendonça il y a trois semaines. Il tend la main.

— Ravi de vous rencontrer.

Le jeune homme bat des paupières.

— Vous… vous êtes Addy ?

— Qu'est-ce que tu as bien pu faire comme bêtise ? demande Sebastian avec une inquiétude feinte.

— Je ne sais pas trop, répond Addy avec malice, des étincelles dans ses yeux noisette.

Il regarde Sebastian, lui fait un clin d'œil, puis reporte son attention sur le jeune Polonais qui se tient devant eux.

— À vous de me le dire.

— Oh, vous n'avez absolument rien fait de mal, monsieur, dit le jeune homme sans cesser de serrer la main d'Addy. Je travaille pour le consulat polonais. Nous avons reçu un télégramme pour vous.

Addy manque défaillir. Le jeune homme agrippe sa main de toutes ses forces pour l'empêcher de tomber.

— Un télégramme de *qui* ?

Addy est soudain sérieux. Ses yeux fouillent le visage de l'étranger comme s'ils tentaient de résoudre un puzzle.

Le jeune Polonais explique qu'il ne peut communiquer aucune information et qu'Addy doit se rendre à l'ambassade, à une demi-heure à pied de Leme.

— Le bureau ferme dans dix minutes, ajoute-t-il. Il vaut mieux que vous passiez…

Mais, avant que le jeune homme ait pu dire « lundi », Addy est parti.

— Merci ! crie-t-il par-dessus son épaule tout en courant. Sebastian, je te dois une bière !

— Vas-y ! répond Sebastian, quoique Addy soit déjà trop loin pour l'entendre, fonçant sur la promenade parmi les corps bronzés qui avancent à une allure bien plus tranquille que la sienne.

Lorsqu'il arrive à l'ambassade, son maillot de corps en coton blanc est trempé de sueur. Il est 17 h 10. La porte du bâtiment est fermée à clé. Il se met à frapper jusqu'à ce que quelqu'un lui réponde enfin.

— S'il vous plaît ! supplie-t-il, essoufflé, lorsqu'il s'entend dire que l'ambassade est fermée. J'ai reçu un télégramme. C'est très important.

L'employé consulte sa montre.

— Je suis désolé, monsieur, mais...

Addy l'interrompt.

— Je... je vous en prie ! bafouille-t-il. Je ferai tout ce que vous voudrez.

Il leur apparaît comme une évidence à tous deux que « l'ambassade est fermée » n'est pas une réponse dont Addy va se contenter. L'homme à la porte finit par hocher la tête et desserrer sa cravate.

— D'accord.

Il soupire et fait signe à Addy de le suivre.

Ils s'arrêtent devant un petit bureau dont la plaque affiche la mention M. SANTOS.

— C'est vous, Santos ? demande Addy.

L'homme secoue la tête tandis qu'Addy le suit à l'intérieur de la pièce.

— Je suis Roberto. Santos est responsable des télégrammes entrants. Il garde ceux qu'il n'a pas classés ici.

Roberto fait le tour du bureau.

— Asseyez-vous, dit-il en désignant une chaise.

Il sort ses lunettes de la poche de sa chemise, les enfile et pose les yeux sur une pile de quinze centimètres de papier fraîchement imprimé.

Addy est trop nerveux pour s'asseoir.

— Je m'appelle Addy, indique-t-il. Addy Kurc.

— Épelez-moi votre nom, dit Roberto. Nom de famille d'abord.

Il lèche son pouce et remonte ses lunettes sur son nez tandis qu'Addy se met à faire les cent pas en se mordant la langue afin de parvenir à se taire. Enfin, Roberto marque une pause et sort un papier de la pile.

— « Addy Kurc », lit-il avant de relever la tête. C'est vous ?

— Oui ! Oui !

Addy attrape son portefeuille dans sa poche.

— Pas la peine de me montrer vos papiers, dit Roberto en agitant la main. Je vous crois.

Il regarde le télégramme puis le tend à Addy au-dessus du bureau.

— Apparemment, c'est arrivé de la Croix-Rouge il y a deux semaines.

Addy prend le papier et retient son souffle. De mauvaises nouvelles viendraient des journaux, des listes des victimes, mais un télégramme… Un télégramme ne peut pas être porteur de mauvaises nouvelles. Les deux mains agrippées au papier fin, il commence à lire.

MON CHER FRÈRE — FOU DE JOIE DE TE TROUVER SUR LISTE CROIX-ROUGE — SUIS AVEC SŒURS ET PARENTS EN ITALIE — JAKOB ATTEND VISA POUR ÉTATS-UNIS — ENVOIE DES NOUVELLES — AVEC TOUT MON AMOUR — GENEK

Addy dévore les mots sur la page. Toutes les lettres que Caroline a envoyées aux bureaux de la Croix-Rouge partout dans le monde, presque deux ans plus tôt… L'une d'elles est arrivée jusqu'à son frère. Il secoue la tête, bat des paupières, et soudain c'est comme s'il flottait dans un royaume qui n'appartient pas à son corps. Depuis le plafond de l'ambassade, il voit la pièce, Roberto, se voit lui-même, le télégramme à la main, les lettres noires éparpillées sur le papier. C'est son propre rire qui finit par le ramener sur Terre.

— Rendez-moi service, monsieur, voulez-vous, dit Addy en tendant le papier à Roberto. Pourriez-vous me lire ce télégramme à haute voix ? Je veux être sûr que je ne rêve pas.

Alors que Roberto s'exécute, le rire d'Addy s'évanouit et il est pris d'un vertige. Il prend appui d'une main contre le bureau et plaque l'autre sur sa bouche.

— Vous allez bien ? lui demande Roberto, soudain inquiet.

— Ils sont vivants, murmure Addy entre ses doigts.

Les mots se nichent dans son cœur et il se redresse d'un coup, portant ses paumes à ses tempes.

— Ils sont *vivants.* Est-ce que… est-ce que je peux revoir le télégramme ?

— Il est à vous, dit Roberto en le lui replaçant dans les mains.

Addy serre le papier contre sa poitrine et ferme les yeux. Lorsqu'il les rouvre, des larmes se mettent à couler le long de ses joues.

— Merci ! dit-il. *Merci !*

29 MARS 1946 : *Un groupe de 250 officiers de police allemands armés de fusils de l'armée américaine pénètrent dans le camp de déplacés de Stuttgart, prétendant qu'ils ont été autorisés à fouiller les bâtiments par l'armée américaine. Des affrontements s'ensuivent et plusieurs juifs sont blessés. Samuel Danziger, de Radom, est assassiné. Sa mort, ainsi que l'attaque, sont amplement relayées dans la presse américaine ; peu après, les États-Unis adoptent une politique plus libérale quant à l'ouverture de leurs portes aux réfugiés juifs.*

61

Jakob et Bella

Mer du Nord – 13 mai 1946

À LA PROUE DU *SS MARINE PERCH,* Jakob lève son Rolleiflex et joue avec l'ouverture tandis qu'il regarde sa femme et son fils à travers l'objectif. Une brise leur parvient depuis la mer, salée et fraîche, qui transporte avec elle des odeurs de printemps. Bella berce Victor dans ses bras et sourit tandis que le *clic* de l'obturateur de Jakob retentit.

Ils ont mis les voiles depuis Bermerhaven dans la matinée, remontant la Weser en direction de la mer du Nord. Le soir venu, le *Perch,* comme tout le monde le surnomme affectueusement, virera vers l'ouest pour se préparer à traverser l'Atlantique.

Voilà trois semaines, le consulat général américain à Stuttgart leur a confirmé que, s'ils passaient avec succès un examen médical (les réfugiés atteints de maladies graves n'étant pas autorisés à entrer aux États-Unis), leur parrainage serait approuvé, et que leurs visas les attendraient à Bermerhaven. Le Dr Braum leur a fait passer l'examen et Jakob, Bella et Victor ont obtenu des résultats parfaits. On les a pris en photo et on leur a fourni des certificats d'identité. Deux semaines plus tard, ils ont dit au revoir à leurs amis à Stuttgart et embarqué à bord d'un train de nuit. À Bermerhaven, ils ont dormi par terre une semaine, sous un panneau portant la mention ZONE DE TRANSIT DES ÉMIGRANTS, jusqu'à ce que le *Marine Perch* entre dans le port et qu'ils soient autorisés à monter à bord.

Le *Perch* est un vieux navire de transport de troupes. Avec une capacité de mille passagers, c'est l'un des premiers bateaux de ce type à transporter des réfugiés depuis l'Europe vers l'Amérique. Un Liberty Ship.

Sans la moindre économie en poche, Jakob et Bella s'en sont remis au Joint pour payer les cent quarante-deux dollars de la traversée ; l'organisation a également distribué cinq dollars d'argent de poche à chaque réfugié embarqué. Avant de quitter Stuttgart, Jakob et Bella avaient conservé leurs rations de café de l'Unrra et échangé leur précieux café moulu contre des vêtements propres (une chemise bleue pour Jakob et un chemisier blanc à col festonné pour Bella, ainsi qu'un nouveau bonnet en coton blanc pour Victor). Ils voulaient être à leur avantage lorsque l'oncle de Bella les accueillerait sur le sol américain.

Une jeune femme s'approche, en extase. Depuis qu'ils ont embarqué, il ne se passe pas une minute sans que quelqu'un s'arrête pour demander l'âge de Victor, où il est né, ou simplement féliciter les parents au sujet du jeune voyageur qui les accompagne dans leur traversée vers les États-Unis.

— *Quel âge a-t-il** ? demande la jeune femme.

— Il aura un an en août, répond Bella en français.

La jeune femme sourit.

— Comment s'appelle-t-il ?

— Nous l'avons appelé Victor.

De son index, Bella caresse la peau douce de la joue de son fils. Il ne leur avait pas fallu longtemps pour choisir le prénom de leur premier-né. *Victor* résumait parfaitement l'exaltation qu'ils avaient ressentie quand la guerre s'était enfin terminée et qu'ils avaient compris que, en dépit des défis en apparence insurmontables qu'ils avaient affrontés sur la route, non seulement ils avaient survécu, mais ils avaient réussi à apporter une nouvelle vie dans ce monde. Jakob et Bella songeaient souvent que, un jour, lorsqu'il serait assez grand, leur fils comprendrait la portée de son nom.

La femme penche la tête et acquiesce, les yeux fixés sur la bouche en forme de cœur de Victor, rose et légèrement entrouverte tandis qu'il dort.

— Il est superbe.

— Merci, répond Bella en le fixant également.

— Il dort si paisiblement.

Bella hocha la tête et sourit.

— Oui. On dirait que rien ne peut l'inquiéter.

62

La famille Kurc

Rio de Janeiro, Brésil – 30 juin 1946

— TU FERAIS MIEUX DE TE DÉPÊCHER, intime Caroline à Addy.

Elle lui sourit depuis son lit du service de maternité de l'hôpital Samaritano.

— Vas-y ! ajoute-t-elle de sa voix de maîtresse d'école qui n'admet pas de réplique. Tout va bien se passer.

Avec son accent américain, les mots s'étirent et s'adoucissent.

Addy la regarde, puis ses yeux se posent sur Kathleen, endormie au bout du lit dans une couveuse. Elle est née voilà deux jours, prématurée de trois semaines, et elle pèse à peine deux kilos. Les médecins assurent qu'elle est en bonne santé. Simplement, elle a besoin de la chaleur et de l'oxygène de la couveuse pendant une semaine au moins avant de pouvoir quitter l'hôpital. Addy embrasse sa femme.

— Caroline, dit-il, les yeux humides. Merci.

Non seulement Caroline l'a aidé à retrouver sa famille par le biais de la Croix-Rouge, mais elle a aussi fait valoir ses obligations de guerre américaines, ses seules économies, pour aider à payer le voyage de sa famille depuis l'Italie. Addy l'a suppliée de n'en rien faire, jurant qu'il trouverait un moyen de payer lui-même leurs billets, mais elle a insisté.

Caroline secoue la tête.

— Je t'en prie, Addy. Je suis tellement heureuse pour toi. Et maintenant, file ! insiste-t-elle en serrant sa main. Autrement tu vas être en retard.

— Je t'aime ! lance Addy avec un grand sourire avant de se précipiter vers la porte.

Le bateau qui transporte ses parents doit arriver à Rio à 11 heures. Outre Nechuma et Sol se trouvent aussi à bord sa sœur Halina et son beau-frère, ainsi qu'Ala, la cousine d'Adam qui avait perdu tout contact avec la famille au début de la guerre mais a survécu en se cachant, lui a écrit Nechuma, et enfin Zigmund, le frère d'Herta, qu'Addy n'a rencontré qu'une fois avant la guerre.

Genek, Herta et leur fils, Józef ; Mila, Selim et Felicia ; de même que les cousins d'Addy, Franka et Salek, et sa tante Terza ont prévu d'embarquer sur le prochain bateau pour Rio au départ de Naples. Quinze membres de sa famille. Addy n'en revient pas. C'était son rêve depuis son arrivée au Brésil : retrouver sa famille, vivante et en bonne santé, la faire venir à Rio, commencer une nouvelle vie ensemble. Il s'est dit mille fois que ce scénario était plausible, mais toujours avec la très forte probabilité qu'il ne le soit pas. Que son rêve ne soit rien d'autre que ça : un rêve qui finirait par se transformer en cauchemar et le hanter jusqu'à la fin de ses jours.

Puis le télégramme est arrivé, et Addy a passé des semaines à rire et pleurer, ne sachant soudain plus comment se comporter à présent que, après une décennie, le poids de la culpabilité et de l'inquiétude ne s'agrippait plus à ses entrailles comme une bernacle. Il se sentait plus léger, et sans entraves.

— Je suis libre, a-t-il dit une fois à Caroline tandis qu'elle lui demandait comment il se sentait.

Libre, enfin, de croire de tout son cœur qu'il n'était pas seul.

Addy a répondu immédiatement au télégramme de Genek, le suppliant de venir à Rio. Vargas ayant rouvert provisoirement les portes du Brésil aux réfugiés, la famille en Italie avait accepté sans hésiter. Ils feraient leurs demandes de visas immédiatement, avait écrit Genek. Le processus pour obtenir papiers et billets pour l'Amérique du Sud serait long, bien sûr, mais cela donnerait aussi à Addy le temps de préparer leur arrivée.

Dès que la décision a été prise, Addy s'est mis au travail pour prendre des dispositions concernant les logements : pour ses parents, un appartement sur l'avenue Atlantica ; pour Halina et Adam, un studio juste au bout de la rue Carvalho Mendonca, où Addy vivait ; pour ses cousins et sa tante Terza, un appartement rue Belfort Boxo. Il a aménagé chaque logement avec le strict nécessaire, des meubles qu'il a fabriqués lui-même : des lits, un bureau, des étagères. Avec l'aide de Caroline, il a récupéré un méli-mélo d'assiettes, de couverts et quelques casseroles, ainsi que, au marché aux puces de São Cristóvão, des tentures et des toiles bon marché à accrocher aux murs. Les logements sont simples : ils font pâle figure en comparaison avec le bel appartement de la rue Warszawska où il a passé sa jeunesse, mais ils ne pouvaient pas faire mieux.

— J'espère que ça ne les dérangera pas de vivre comme des étudiants pendant quelque temps, a dit Addy avant la naissance de Kathleen, soupirant en inspectant l'appartement que ses parents occuperaient bientôt.

Le simple bureau en contreplaqué qu'il avait fabriqué la semaine précédente paraissait soudain risible au regard du luxueux secrétaire en bois de satin qui trônait dans le salon à Radom.

— Oh, Addy, je suis sûre qu'ils te seront très reconnaissants, l'a rassuré Caroline.

Les palmiers qui bordent la rue Bambina forment une traînée verte dans la vision périphérique d'Addy tandis qu'il appuie sur l'accélérateur de la Chevrolet qu'il a empruntée à Sebastian pour l'occasion. Il secoue la tête. Une partie de lui a encore le sentiment de vivre dans un rêve. Voilà deux jours, il a senti s'agripper pour la première fois la petite main de sa première-née autour de son auriculaire. Et, bientôt, il sentira le contact de sa mère, de son père, de ses sœurs, de son frère et de ses cousins, de la nièce qu'il n'a jamais rencontrée, d'un nouveau neveu. Il a imaginé les retrouvailles des dizaines de fois. Mais il réalise que rien, absolument rien au monde ne peut le préparer à ce qu'il va ressentir en voyant sa famille en chair et en os. La chaleur de leurs joues. Le son de leurs voix.

Alors qu'Addy conduit, son esprit le ramène à ce matin de mars 1939, à Toulouse, quand il avait ouvert la lettre dans laquelle sa mère lui expliquait que les choses avaient commencé à changer à Radom. Il repense au temps passé dans l'armée française, à ses faux papiers de démobilisation, qu'il conserve encore dans son portefeuille en peau de serpent. Il se revoit bras dessus, bras dessous avec Eliska à bord de l'*Alsina,* puis faisant du troc avec les locaux à Dakar, puis persuadant le garde du camp de Kasha Tadla à Casablanca de le laisser sortir, embarquant sur le *Cabo de Hornos.* Il se rappelle sa traversée de l'Atlantique, les semaines d'incarcération sur l'Ilha das Flores, son premier emploi dans un atelier de reliure à Rio, ses innombrables visites au bureau de poste de Copacabana et aux bureaux de la Croix-Rouge. Il repense à la fête chez Jonathan, à la façon dont son cœur s'est emballé dans sa poitrine alors qu'il rassemblait son courage pour se présenter à Caroline. Il se rappelle l'employé aux yeux verts du consulat qui l'a abordé à la terrasse du Porcão, aux mots imprimés sur le télégramme fin comme du papier à cigarette. Des mots qui, d'un seul coup, ont tout changé. Voilà près de huit ans qu'il n'a pas vu sa famille. Huit ans ! Ils ont presque une décennie à rattraper. Par où commencer ? Il y a tant de choses à apprendre, et il a tant de choses à leur raconter !

Addy arrive au port à 11 heures tapantes, se gare à la hâte (manquant arracher le frein à main de la Chevrolet) et court vers le bâtiment de brique blanche des douanes qui le sépare de la baie de Guanabara. Il y est déjà venu quatre fois : deux fois lors de son arrivée à Rio, et deux fois ce mois-ci pour confirmer ce qui se passerait lorsque sa famille débarquerait. Ils seront escortés depuis le bateau vers un bureau de contrôle des passeports, lui a-t-on dit, puis vers un autre bureau où on leur poserait une série de questions avant que leurs visas soient validés et tamponnés. Il ne pourra pas les voir tant que toutes les étapes du protocole n'auront pas été complétées.

Trop excité pour attendre à l'intérieur, Addy contourne le bâtiment des douanes et se fige en apercevant la baie. Il y a une dizaine de petits bateaux de pêche dans le port, et deux cargos de marchandises, mais seul un des deux transporte sa famille. À moins de cinq cents mètres de distance, un navire avance dans sa direction, avec ses deux énormes turbines crachant leur vapeur dans le ciel sans nuages. Il est gigantesque. Le *Duque de Caxias.* C'est forcément celui-ci !

Alors que le bateau approche, Addy aperçoit les petites silhouettes de passagers alignés le long de la proue, mais il lui est impossible de distinguer qui que ce soit. Mettant ses mains en visière pour se protéger du soleil, il plisse les yeux vers l'horizon tout en s'approchant du quai, se faufilant parmi les dizaines d'autres personnes qui se sont rassemblées pour accueillir le navire. Le *Duque* bouge à une lenteur insupportable. Addy fait les cent pas au bout du quai puis, n'y tenant plus, agite la main à l'attention d'un pêcheur qui passe par là dans son petit canot.

— Olá! crie-t-il.

Le vieil homme lève les yeux vers lui. Addy sort cinq cruzeiros de sa poche.

— Est-ce que je peux emprunter votre bateau ?

Assis sur le banc en bois du canot, Addy rame en tournant le dos au *Duque.* Les briques blanches du bâtiment des douanes rétrécissent à chaque coup de rame. Il passe à côté d'une bouée marquant la fin de zone limitant la vitesse dans la baie. Un capitaine en route vers le large siffle dans sa direction (*Perigoso!*), mais Addy rame encore plus fort, vers la mer, regardant de temps à autre derrière lui pour mesurer sa progression.

Lorsque les gens sur le quai ne sont plus que des petits points à l'horizon, Addy pose ses rames. Son cœur bat sous sa chemise tel un métronome à cent vingt pulsations par minute. Haletant, il passe les pieds par-dessus le banc et pivote pour faire face au *Duque*. Il se protège à nouveau les yeux du soleil et se lève lentement, les pieds bien écartés afin de ne pas perdre l'équilibre, fouillant du regard la proue du bateau. Il donnerait tout pour apercevoir un visage familier ! Mais il n'a pas cette chance. Il est encore trop loin. Il se baisse pour se rasseoir, tourne à nouveau le dos au bateau, et recommence à ramer pour s'approcher plus près.

Il est à trente mètres du *Duque* quand ses tympans se réveillent, envoyant une décharge électrique dans son corps. Il reconnaît la voix. La voix que, pendant près d'une décennie, il n'a entendue que dans ses rêves.

— Aaaaddy !

Il laisse tomber ses rames dans le bateau et se lève, trop vite. Il manque chavirer avant de retrouver son équilibre. Puis il la voit qui agite un mouchoir par-dessus sa tête, comme elle l'a fait le jour où il l'a laissée à la gare : sa mère. Et, à côté d'elle, son père, remuant une canne dans les airs comme s'il voulait trouer le ciel, et près de lui sa sœur, qui lui fait frénétiquement signe d'un bras, un gros paquet sur l'autre (un bébé, peut-être). Ce serait tout à fait le genre de sa sœur que de vouloir le surprendre avec une nouvelle pareille. Addy tend le cou et regarde sa famille, les bras levés au-dessus de la tête dans un grand V. S'il parvenait à s'étirer encore un peu, il pourrait les toucher. Il crie leurs noms et eux aussi, et il pleure à présent et eux aussi, y compris son père.

63

La famille Kurc

Rio de Janeiro, Brésil – 6 avril 1947

ADDY ET CAROLINE ont entassé dans le salon dix-huit chaises, deux chaises hautes et un couffin autour de trois tables pliantes collées les unes aux autres. Ils ont emprunté la plupart des meubles. Le four a tourné presque toute la journée, produisant une chaleur qui a transformé leur petit appartement en une sorte de sauna, mais personne ne semble le remarquer, ou cela leur est égal. Des bavardages, le tintement de la porcelaine et l'odeur de la matsa qui sort du four remplissent le logement tandis que la famille met les dernières touches à un repas très attendu : le premier Pessa'h qu'ils vont célébrer ensemble depuis avant la guerre.

Voilà six mois, un autre bateau, le *Campana*, a amené le reste de la famille à Rio. Les seuls qui manquaient à l'appel étaient Jakob, Bella et Victor. Jakob écrit souvent.

Il a trouvé un emploi aux États-Unis : il travaille comme photographe, a-t-il dit dans sa dernière lettre. En général, il glisse aussi dans l'enveloppe une ou deux photos, le plus souvent de Victor, qui aura deux ans dans quelques mois. Lors des occasions spéciales, il envoie un télégramme. Ils en ont reçu un plus tôt dans la journée.

JE PENSE À VOUS DEPUIS L'ILLINOIS. L'CHAIM. J

Ils l'appelleront depuis l'appartement d'un voisin après le dîner, a décidé Addy.

Sol met la table. Il chantonne tout en lissant la nappe que Nechuma a cousue à partir d'un petit rouleau de dentelle qu'ils avaient acheté à Naples. Il a posé sa hagada à côté de sa place, à une extrémité de la table, et sur chacune des chaises les livrets de prières qu'ils ont réussi à récupérer.

Dans la cuisine, Nechuma et Mila remplissent des bols d'eau salée, écalent des œufs et surveillent le four à intervalles réguliers afin que la matsa ne soit pas trop cuite. Mila trempe dans une soupière une cuillère en bois et souffle sur le potage avant de tendre la cuillère à sa mère pour qu'elle goûte.

— Qu'est-ce qui manque ?

Nechuma essuie ses mains sur son tablier et porte la cuillère à sa bouche. Elle sourit.

— Juste ce que je viens d'avaler.

Mila rit. Voilà des années qu'elle n'a pas entendu sa mère employer cette expression.

Autour de la table, Genek remplit généreusement les verres de vin en jetant de temps à autre un coup d'œil à Józef, qui vient de fêter son sixième anniversaire. Il joue avec sa cousine Felicia, qui aura neuf ans en novembre. Ils sont assis par terre près de la fenêtre, plongés dans une partie de mikado, et se disputent en portugais pour déterminer si, oui ou non, Józef vient de faire bouger une baguette bleue avec son petit doigt.

— Si, je l'ai vue bouger ! dit Felicia, exaspérée.

— Non, persiste Józef.

Adam est assis par terre lui aussi, près de son fils d'un an, Ricardo, qui semble ravi de regarder sa cousine Kathleen, âgée de dix mois, décrire des cercles autour de lui.

— Elle va courir avant même que tu aies appris à te tenir debout, le taquine Adam en pressant la cuisse potelée de Ricardo.

Ricardo est né le 1er février à l'hôpital Federico II de Naples. Néanmoins, en septembre, peu après l'arrivée de la famille à Rio, Halina a, très à propos, « perdu » son acte de naissance italien et donc déposé une demande pour en obtenir un nouveau. Lorsque les fonctionnaires du bureau brésilien de naturalisation lui ont demandé l'âge de son fils, Halina a menti, prétendant qu'il était né en août, au Brésil. Halina et Adam étaient d'accord : mieux valait pour Ricardo qu'il laisse son identité européenne derrière lui. La famille d'Adam ayant disparu (il avait fini par apprendre que tous avaient péri à Auschwitz), et la famille d'Halina étant désormais installée au Brésil et aux États-Unis, ils n'avaient plus aucune attache avec leur pays d'origine. Si les employés brésiliens avaient observé de plus près les bonnes joues de Ricardo, ils auraient sans aucun doute remarqué qu'il était beaucoup trop grand pour n'être né qu'un mois plus tôt. Mais Ricardo était endormi dans sa poussette, dissimulé sous une montagne de couvertures, et les fonctionnaires ne lui ont pas vraiment prêté attention. Le mois suivant, on lui a délivré son *second* acte de naissance, brésilien celui-ci, et une date de naissance au 15 août 1946. Il a été décidé que le véritable anniversaire de Ricardo serait tenu secret.

Près d'Adam, Caroline s'agenouille pour montrer à Herta comment langer son deuxième enfant, Michel, âgé de deux semaines seulement.

— Nechuma m'a appris à le faire pour Kathleen, dit-elle tout bas en ajustant sous Michel le doux carré de mousseline.

Avant leur arrivée, Caroline s'inquiétait de ce que la famille d'Addy penserait d'elle, l'Américaine que leur fils avait invitée dans sa vie et qui ne savait rien de la douleur ni des épreuves que tous avaient endurées. Addy lui assurait sans cesse qu'ils l'adoreraient.

— Ils t'adorent déjà, d'ailleurs. C'est grâce à toi qu'ils sont ici, tu te souviens ?

Herta hoche la tête avec admiration et Caroline sourit, heureuse de pouvoir se rendre utile en dépit de la barrière de la langue.

— L'astuce, c'est d'immobiliser les bras, ajoute-t-elle en joignant le geste à la parole.

Dans le coin de la pièce où trône la platine d'Addy (une folie de dernière minute avant que sa famille arrive), lui et Halina passent en revue la petite collection de vinyles et choisissent quel disque passer ensuite. Addy suggère Ellington, mais Halina désapprouve.

— Écoutons quelque chose d'ici.

Ils tombent d'accord sur un jeune compositeur et violoniste brésilien, Claúdio Santoro. Addy ajuste le volume alors que les notes du premier morceau retentissent (un solo pour piano avec une mélodie moderne de jazz) et regarde en souriant son père qui, de l'autre côté de la pièce, attire sa mère à lui, pose une main sur sa taille et ondule avec elle au rythme de la musique, les yeux clos.

Il est presque 18 heures lorsque le dîner est prêt. Dehors, le ciel a commencé à s'obscurcir. C'est la fin de l'automne à Rio : les jours raccourcissent et les nuits sont froides. Addy baisse le son de la platine avant de soulever l'aiguille. Le silence s'installe dans la pièce tandis que les autres se dirigent vers leur place. Caroline et Halina assoient Ricardo et Kathleen dans leurs chaises hautes et glissent des serviettes en coton dans leur col. En face d'eux, Genek tapote la chaise près de la sienne et pince doucement les côtes de Józef tandis que son fils aîné se hisse à sa place. Józef repousse la main de Genek en plissant ses yeux bleus, avec un sourire qui fait ressortir ses fossettes. Herta allonge délicatement le petit frère de Józef, Michel, confortablement emmailloté dans son lange, dans l'ancien couffin de Kathleen.

Face à Genek, Mila et Selim s'assoient de part et d'autre de Felicia.

— Tu es très jolie, murmure Selim à sa fille. J'aime beaucoup ton nœud, ajoute-t-il.

Felicia porte sa main au ruban bleu marine (un cadeau de Caroline) qui maintient sa queue-de-cheval. Elle sourit timidement. Elle ne sait pas encore comment accepter les compliments de son père, mais ses mots la ravissent : ils la remplissent de bonheur.

Terza, Franka, Salek, Ala et Zigmund prennent place sur les chaises restantes.

Tandis que Sol s'installe en bout de table, Nechuma offre à Caroline une boîte d'allumettes. Normalement, Nechuma devrait s'occuper des bougies (pour Pessa'h, la tradition veut que la femme la plus âgée de la maison les allume), mais Nechuma a insisté.

— C'est ta maison, a-t-elle dit quand Addy lui a demandé si elle souhaitait officier. Je peux dire la bénédiction, mais cela me ferait plaisir que Caroline allume les bougies.

Caroline a hésité à accepter cette responsabilité. Non seulement c'était sa première fête de Pessa'h, mais c'était aussi la première fête passée avec sa nouvelle famille. Elle voulait tout faire pour aider, mais préférait œuvrer discrètement.

— Il ne s'agit pas de moi, a-t-elle insisté.

Addy a fini par parvenir à l'amadouer, lui expliquant à quel point ce symbole était important pour lui, et pour sa mère.

Caroline frotte l'allumette et porte la flamme aux deux mèches. À côté d'elle, Nechuma récite une prière initiale. Une fois la prière terminée, les femmes s'assoient, Caroline à côté d'Addy et Nechuma en bout de table en face de son mari, puis tous les regards se tournent vers Sol.

Il regarde autour de lui, salue silencieusement chaque personne autour de la table, les yeux brillants à la lumière des bougies. Enfin, il regarde Nechuma, qui inspire profondément, redresse les épaules et baisse le menton pour indiquer qu'il peut commencer. Sol effectue le même mouvement tandis que sa femme regarde ses épaules monter et descendre en se demandant si Sol ne va pas pleurer.

Une boule se forme dans sa gorge cependant qu'elle réalise que, s'il pleure, elle risque d'en faire autant. Mais, au bout d'un moment, Sol sourit. Il ouvre sa hagada et lève son verre.

— *Barukh atah Adonai eloheinu…*, entonne-t-il de sa voix de baryton.

Aussitôt, les bras de tous les adultes réunis dans la petite pièce se couvrent de chair de poule.

La bénédiction de Sol est courte :

— Béni sois-Tu, Éternel, notre Dieu, Roi de l'univers,
qui nous as maintenus en vie et nous as nourris,
et nous as réunis à cette occasion spéciale.

Les mots restent délicatement suspendus dans l'air humide tandis que la famille absorbe la voix profonde de Sol et la signification de sa prière. *Nous as maintenus en vie, nous as nourris, et nous as réunis à cette occasion spéciale.*

— Aujourd'hui, ajoute Sol, nous célébrons Pessa'h, le moment de notre libération. Amen.

— Amen, lui font écho les autres en levant leur verre.

Sol récite la bénédiction du Karpass et la famille trempe des branches de persil dans de petits bols d'eau salée.

À l'autre bout de la table, Nechuma admire les beaux visages qui lui font face : ses enfants, leurs époux et femmes, cinq petits-enfants, ses cousins et leur belle-famille. Un instant, son regard se pose sur la chaise laissée vide pour Jakob. Elle consulte sa montre, un cadeau d'Addy (« Pour tous les anniversaires que j'ai manqués », a-t-il dit) ; Jakob, loin, dans l'Illinois, est sans aucun doute attablé à cet instant devant son propre dîner de Pessa'h, célébrant cette fête avec la famille de Bella.

Quand Nechuma relève les yeux, ils sont emplis de larmes, et les visages qui l'entourent sont flous. Ses enfants. Tous. En bonne santé. En vie. Florissants. Elle a passé tant d'années à redouter le pire, à imaginer l'inimaginable, le cœur brisé par la peur. Y repenser à présent lui paraît incroyable, de même que songer à tous les endroits où ils sont allés, au chaos et à la mort et à la destruction qui ont accompagné tous leurs faits et gestes un demi-pas en arrière, aux décisions qu'ils ont prises et aux plans qu'ils ont orchestrés sans qu'elle sache si elle vivrait assez longtemps pour revoir sa famille, ni si les siens vivraient eux-mêmes assez longtemps pour la revoir. Ils ont fait ce qu'ils ont pu, puis ils ont attendu, prié. Mais, maintenant… maintenant, il n'y a plus à attendre. Elle est là. Sa famille. Enfin, miraculeusement, au complet. Les larmes roulent sur les joues de Nechuma tandis qu'elle remercie silencieusement le ciel.

L'instant d'après, elle sent la chaleur d'une main sur son coude. Addy. Elle sourit et lui indique d'un hochement de tête qu'elle va bien. Il sourit à son tour, les yeux humides, et lui tend son mouchoir. Une fois qu'elle a séché ses larmes, elle l'étale sur sa cuisse et passe le bout de ses doigts sur les initiales blanches, AAIK, se rappelant le soin avec lequel elle les a brodées et le jour où elle l'a donné à Addy.

En face d'elle, avec des gestes mesurés, Sol casse un morceau de matsa pour le mettre de côté pour l'afikane. Mila murmure quelque chose à l'oreille de Felicia. Halina fait sauter Ricardo sur ses genoux et l'amuse en trempant le bout de son doigt dans le bol d'eau salée situé près de son assiette, avant de le lui faire goûter. Genek passe un bras autour de Józef et l'autre autour d'Herta. Herta sourit et tous deux regardent Michel, qui dort paisiblement dans son couffin.

Herta a découvert qu'elle était enceinte peu après avoir appris que ses parents, sa sœur Lola, son beau-frère et sa nièce avaient été tués dans un camp de concentration près de Bielsko. Toute sa famille, à l'exception de son frère Zigmund. La nouvelle l'a dévastée, et elle s'est demandé comment elle pourrait continuer à vivre en sachant qu'elle était la tante d'une petite fille qu'elle ne rencontrerait jamais, en sachant que Józef ne connaîtrait de ses grands-parents maternels que le nom. Pendant des mois, elle a été aveuglée par le chagrin, la colère et les remords tandis qu'elle restait allongée dans son lit, incapable de trouver le sommeil, hantée par une question : aurait-elle pu faire quelque chose pour les aider ? Sa grossesse l'a aidée à reprendre le dessus, à puiser dans la ténacité qui lui avait permis de résister, au fil des années, en tant qu'exilée en Sibérie, puis en Palestine, en tant que jeune maman attendant des nouvelles du front. Et, lorsque son deuxième enfant est né en mars, Genek et elle sont aussitôt tombés d'accord : il s'appellerait Michel, comme le père d'Herta.

Une assiette de matsa circule autour de la table, et Felicia gigote sur sa chaise. Elle est la plus jeune à savoir lire dans la pièce, et son grand-père lui a donc demandé de réciter les quatre questions. Ils se sont entraînés ensemble tous les jours pendant des semaines, Felicia posant les questions et Sol chantant les réponses.

— Est-ce que tu es prête ? s'enquiert Sol d'une voix douce.

Felicia hoche la tête, inspire profondément et commence :

— *Mah nishtanah halaila hazeh…*

Sa voix, cristalline et douce comme du miel, envoûte et captive tout le monde dans la pièce.

À la fin du maggid, Sol récite une bénédiction au-dessus d'un second verre de vin, puis au-dessus de la matsa, dont il casse un coin pour en manger. Les bols de raifort et de harosset circulent pour les bénédictions du maror et du korech.

Lorsque c'est enfin l'heure de manger, les conversations démarrent au quart de tour tandis que les saladiers de soupe aux boulettes de matsa circulent et que les plats de poulet rôti au thym et de carpe farcie salée et de poitrine de bœuf passent de mains en mains.

— *L'Chaim!* s'exclame Addy alors que les assiettes se remplissent.

— *L'Chaim!* lui font écho les autres.

Le ventre plein, la famille débarrasse la table et Sol se lève discrètement. Il a passé des semaines à choisir la meilleure cachette pour l'afikomane, et, comme cette fête traditionnelle de Pessa'h sera la première dont Józef et Felicia se souviendront, il a pris soin plus tôt dans la journée de leur expliquer la signification du rituel. Il glisse la matsa derrière une rangée de livres au bas de la bibliothèque dans la chambre d'Addy et Caroline. Ce ne sera pas trop difficile à trouver pour Józef, ni trop facile pour Felicia. Quand il revient, les enfants se précipitent dans le petit couloir et les adultes sourient en entendant le bruit de leurs pas qui s'éloignent rapidement. Sol rayonne, et Nechuma secoue la tête. Enfin, son vœu est exaucé : célébrer Pessa'h avec des enfants suffisamment grands pour apprécier la chasse. Elle imagine déjà le temps que Sol passera à chercher une nouvelle cachette l'année prochaine, quand Ricardo et Kathleen seront assez grands pour participer.

Felicia revient quelques minutes plus tard, la serviette à la main.

— C'était trop facile ! proteste Sol alors qu'elle lui montre la matsa. Venez, ordonne-t-il à Felicia et Józef en leur faisant signe de le rejoindre en bout de table.

Chacun se place d'un côté de lui et il passe ses bras autour de leurs épaules.

— Dites-moi donc, mademoiselle Kajler, commence-t-il sur un ton soudain sérieux, la voix grave. Combien voulez-vous pour cette afikomane ?

Felicia ne sait que répondre.

— Que diriez-vous d'un cruzeiro ? propose Sol.

Il sort une pièce de sa poche et la pose sur la table. Felicia écarquille les yeux et la fixe, avant de tendre enfin le bras pour s'en emparer.

— C'est tout ? la taquine Sol avant qu'elle ne l'ait atteinte.

Felicia est confuse. Elle regarde son grand-père, les doigts suspendus au-dessus du cruzeiro.

— Tu ne crois pas que tu mérites un peu plus ? demande Sol en faisant un clin d'œil aux autres, qui observent attentivement la scène.

Felicia n'a jamais marchandé. C'est sa première leçon. Elle marque une pause, puis retire sa main en souriant.

— *Mais !* Ça vaut plus, déclare-t-elle.

Toute la tablée éclate de rire et elle rougit.

— Si tu insistes…

Sol soupire et pose un deuxième cruzeiro sur la table.

Instinctivement, Felicia tend à nouveau la main, mais elle se fige et son regard croise celui de Sol. Elle laisse retomber son bras le long de son corps et secoue la tête, fière de résister.

— Tu es dure en affaires, dit Sol.

Il souffle bruyamment en gonflant les joues et fourre une nouvelle fois la main dans sa poche.

— Qu'en dis-tu, jeune homme ? Est-ce qu'on devrait lui offrir plus ? demande-t-il à Józef qui n'en perd pas une miette, fasciné.

— *Sim, dziadek, sim!* s'exclame celui-ci en hochant la tête avec enthousiasme.

Lorsque sa poche est vide, Sol lève les mains au-dessus de sa tête en signe de défaite.

— Tu as pris tout ce que j'avais ! déclare-t-il. Mais tu l'as bien gagné, jeune fille, ajoute-t-il en posant la main sur la tête de Felicia.

Felicia sourit et embrasse son *dziadek* sur la joue.

— Et vous, monsieur, dit Sol en reportant son attention sur Józef. Je suis certain que vous avez travaillé dur, vous aussi. L'an prochain, peut-être que ce sera *vous* qui volerez l'afikomane !

Il sort une dernière pièce de la poche de sa chemise et la glisse dans la paume de Józef.

— Maintenant, retournez vous asseoir tous les deux. Nous avons presque fini notre Pessa'h.

Les enfants regagnent leur place autour de la table. Józef est rayonnant et Felicia serre dans son poing sa collection de cruzeiros. Elle écarte légèrement les doigts pour montrer son butin à son père. Selim ouvre la bouche dans un *ooh* d'admiration silencieux, les yeux grands ouverts.

Les verres de vin sont remplis une troisième, puis une quatrième fois tandis que Sol récite une prière adressée au prophète Elie, pour lequel ils ont laissé la porte de l'appartement ouverte. Ils chantent « Eliyahu HaNavi » et Addy, Genek, Mila et Halina récitent les psaumes chacun leur tour.

Sol pose son verre vide et regarde de nouveau autour de la table en souriant.

— Notre séder est terminé, dit-il d'une voix chargée de fierté et détendue par le vin.

Sans hésiter, il se met à chanter une chanson (*Adir Hu*) et les autres se joignent à lui. Leur voix devient plus puissante et empathique à chaque refrain.

Yivneh veito b'karov,
Bim'heirah, bim'heirah, b'yameinu b'karov.
Ei-l b'neih! Ei-l b'neih!
B'neih veit'kha b'karov!

Qu'Il construise Sa maison
Bientôt et de nos jours.
Dieu, construis ! Dieu, construis !
Construis Ta maison prochainement !

— Ça y est, c'est l'heure ? chantonne Halina. On peut danser ?

Aussitôt, ses frères se lèvent d'un bond. On pousse les tables sur le côté et on ouvre les fenêtres aussi grand que possible. Dehors, la nuit est tombée.

Addy passe la tête par la fenêtre pour inspirer une bouffée d'air nocturne. Au-dessus de lui, la pleine lune brille d'un éclat argenté dans le ciel de velours, éclairant délicatement les pavés en contrebas. Addy fixe le disque en souriant, puis rejoint les autres.

— Mila d'abord, décrète Genek.

— Je suis rouillée, dit-elle en prenant place sur le tabouret du piano. Mais je vais faire de mon mieux.

Elle joue la *Mazurka en si bémol majeur* de Chopin, un morceau populaire et entraînant qui dégage une énergie si intrinsèquement polonaise que les Kurc restent figés l'espace un instant, tandis que les notes emplissent leurs cœurs des souvenirs de la maison. En dépit des années passées loin du clavier, l'interprétation de Mila est parfaite. Halina joue ensuite, puis vient enfin le tour d'Addy. Tout le monde se lève en entendant son interprétation pleine d'entrain de *Strike Up the Band*, de Gershwin. Dans la rue, des passants tendent le cou et sourient au bruit des rires et des mélodies qui s'échappent des fenêtres ouvertes des Kurc, trois étages plus haut.

Il est minuit passé. Ils sont éparpillés dans le salon, affalés sur des chaises, allongés par terre. Les enfants dorment. *Shine*, de Louis Armstrong, flotte dans la pièce.

Addy est assis près de Caroline dans le canapé. Elle a la tête appuyée contre un coussin et les yeux fermés.

— Tu es une sainte, murmure Addy.

Il entrelace leurs doigts et Caroline sourit, les paupières toujours closes. Non seulement elle a tout organisé pour appeler Jakob aux États-Unis (la famille s'était entassée dans le salon du voisin pour dire bonjour), mais elle s'est aussi avérée une hôtesse aimable, patiente, pourvoyant avec son calme et sa discrétion habituels aux besoins des polyglottes pleins d'entrain qui ont envahi son petit chez-elle. Ils ont jonglé entre trois langues toute la soirée (polonais, portugais et yiddish), et aucune n'était l'anglais. Si cela a contrarié Caroline, elle n'en a rien laissé paraître.

Elle ouvre les yeux et tourne la tête pour plonger son regard dans celui d'Addy. Sa voix est douce, sincère.

— Tu as une très belle famille, dit-elle.

Addy serre sa main et laisse lui aussi reposer sa tête contre le coussin, tapant doucement du pied au rythme de la musique.

Just because I always wear a smile
Like to dress up in the latest style
'Cause I'm glad I'm livin'
I take these troubles all with a smile[2]

Addy fredonne la chanson, priant pour que cette soirée dure toujours.

---

2. « Juste parce que j'ai toujours le sourire
Que j'aime m'habiller dernier cri
Parce que je suis heureux d'être en vie
Je prends tous ces problèmes avec le sourire »

NOTE DE L'AUTEURE

À un an, avec mon grand-père.

J'ai grandi avec l'idée que mon grand-père Eddy (l'Addy Kurc de mon histoire) était cent pour cent américain. C'était un homme d'affaires prospère. À mes yeux, son anglais était parfait. Il vivait dans une grande maison moderne en haut de notre rue, avec des baies vitrées allant du sol au plafond, un porche parfait pour accueillir les gens, et une Ford garée dans l'allée. Je ne prêtais pas attention au fait que les seules comptines pour enfant qu'il m'apprenait étaient en français, que le ketchup (un produit chimique*, disait-il) était strictement banni de son garde-manger, ou qu'il avait fabriqué la moitié des objets qui se trouvaient dans sa maison (le truc qui, grâce à un aimant, maintenait au sec son savon au-dessus du lavabo ; les bustes en argile de ses enfants dans la montée d'escalier ; le sauna en cèdre dans le sous-sol ; les rideaux du salon, fabriqués sur son métier à tisser fait main). Je trouvais curieux qu'il dise des choses comme : « Ne saute pas en parachute sur tes petits pois » (est-ce que ça avait seulement une signification ?), et légèrement agaçant qu'il fasse semblant de ne pas m'entendre si je répondais à l'une de ses questions par « ouais » ou « hum hum » : « oui » était la seule réponse affirmative qui respectait ses exigences en matière de langage. Lorsque j'y repense, je me dis que d'autres auraient pu qualifier ces habitudes d'originales. Mais comme j'étais fille unique et que je n'avais qu'un grand-père en vie, je n'en connaissais pas d'autre. Tout comme j'étais sourde à la légère modulation dans sa diction anglaise (même si ma mère affirme qu'il en avait une), j'étais aveugle face à ces manies. J'adorais mon papy. Il était comme il était, tout simplement.

Bien sûr, par certains aspects, mon grand-père m'impressionnait profondément. Ses talents de musicien, pour commencer. Je n'ai jamais rencontré une personne aussi dévouée à son art. Ses étagères débordaient de 33 tours, rangés par ordre alphabétique de compositeurs. Il y avait toujours de la musique chez lui : du jazz, du blues, de la musique classique, parfois ses propres compositions. Souvent, je le trouvais installé au clavier de son Steinway, un crayon à papier calé sur l'oreille tandis qu'il travaillait sur des mélodies pour une nouvelle pièce, qu'il jouait et modifiait et répétait jusqu'à en être satisfait. De temps en temps, il me demandait de m'asseoir à côté de lui pendant qu'il jouait, et mon cœur s'emballait alors que je l'observais attentivement, à l'affût du hochement de tête subtil signifiant qu'il était temps de tourner la page de la partition.

— Merci, Georgie, disait-il quand nous arrivions à la fin du morceau, et je lui souriais, fière de lui avoir été utile.

Tous les jours ou presque, quand mon grand-père avait fini de travailler, il me proposait une leçon, et j'acceptais toujours. Non pas parce que je partageais son goût pour le piano (je n'ai jamais été douée), mais parce que je savais à quel point cela le rendait heureux de m'apprendre à jouer. Il prenait dans la bibliothèque une méthode pour débutant et je posais mes doigts hésitants sur les touches, sentant la chaleur de sa cuisse contre la mienne et faisant tout mon possible pour éviter les fausses notes tandis qu'il me montrait patiemment quelques accords de la symphonie *La Surprise*, de Haydn. Je tenais vraiment à l'impressionner.

Outre les prouesses musicales de mon grand-père, j'admirais sa capacité à parler sept langues. J'attribuais ses dons de polyglotte au fait qu'il avait des bureaux dans le monde entier ainsi que de la famille au Brésil et en France, même si le seul membre de la famille de sa génération dont je connaissais le nom était Halina, une sœur dont il était particulièrement proche. Elle vivait à São Paulo et lui rendait visite de temps en temps, et, parfois, un cousin de mon âge venait de Paris pour passer quelques semaines avec nous pendant l'été afin d'apprendre l'anglais. Apparemment, dans sa famille, tout le monde parlait au minimum deux langues.

Ce que je ne savais pas à propos de mon grand-père quand j'étais enfant, c'est qu'il était né en Pologne, dans une ville qui comptait à une époque plus de 30 000 juifs ; que son prénom de naissance n'était pas Eddy (comme il s'était plus tard rebaptisé), mais Adolf, même si tout le monde l'appelait Addy. J'ignorais totalement qu'il avait été l'enfant du milieu dans une fratrie de cinq, ou qu'il avait passé près d'une décennie sans savoir si sa famille avait survécu à la guerre, ou péri dans les camps de concentration, ou faisait partie des milliers de personnes exécutées dans les ghettos de Pologne.

Mon grand-père ne m'a pas caché ces vérités à dessein : c'étaient simplement des pièces d'une ancienne vie qu'il avait choisi de laisser derrière lui. En Amérique, il s'était réinventé, dédiant entièrement son énergie et sa créativité considérable, au présent et à l'avenir. Il n'était pas du genre à s'appesantir sur le passé, et il ne m'est jamais venu à l'esprit de lui poser des questions.

Il est mort de la maladie de Parkinson en 1993, alors que j'avais quatorze ans. Un an plus tard, au lycée, un professeur d'anglais a assigné à notre classe un projet de recherche personnelle, dans le but de nous apprendre à rechercher des informations en fouillant dans le passé de nos ancêtres. Le souvenir de mon grand-père étant encore vivace, j'ai décidé d'interviewer ma grand-mère Caroline, qui avait été sa femme pendant près de cinquante ans, pour en savoir plus sur son histoire.

C'est au cours de cette interview que j'ai entendu parler de Radom pour la première fois. À ce moment-là, je n'avais pas la moindre idée de l'importance qu'avait eue cet endroit pour mon grand-père à une époque, ni de l'importance qu'il ne tarderait pas à revêtir pour moi. À tel point que, vingt ans plus tard, je me retrouverais à visiter la ville, à parcourir ses rues pavées en essayant d'imaginer comment cela avait dû être de grandir là-bas. Ma grand-mère a montré du doigt Radom sur une carte, et je me suis demandé tout haut si, après la guerre, mon grand-père était retourné dans sa ville natale. Non, a dit ma grand-mère. Eddy n'a jamais eu la moindre envie d'y retourner. Elle m'a expliqué qu'il avait eu la chance de vivre en France quand les nazis avaient envahi la Pologne en 1939 et qu'il était le seul membre de sa famille à avoir pu fuir l'Europe au début de la guerre. Elle m'a raconté qu'il avait été fiancé à une femme tchèque qu'il avait connue à bord d'un bateau nommé l'*Alsina* ; qu'elle-même l'avait rencontré à Rio de Janeiro, lors d'une fête à Ipanema ; que leur premier enfant, Kathleen, était né à Rio quelques jours à peine avant qu'il ne retrouve sa famille ; ses parents et ses frères et sœurs, ses oncles et tantes qu'il n'avait pas vus et dont il n'avait eu aucune nouvelle pendant près d'une décennie. D'une façon ou d'une autre, ils avaient tous miraculeusement survécu à une guerre qui avait annihilé quatre-vingt-dix pour cent des juifs de Pologne et (je l'apprendrais plus tard) à laquelle seuls 300 des 30 000 juifs de Radom avaient réchappé.

Une fois sa famille installée au Brésil, m'a expliqué ma grand-mère, elle et mon grand-père avaient déménagé aux États-Unis, où étaient nés ma mère, Isabelle, et mon oncle, Tim. Dès qu'il l'avait pu, mon grand-père avait changé de nom : d'Adolf Kurc (prononcé « Koortz » en polonais), il était devenu Eddy Courts. Il avait aussi prêté serment d'allégeance et adopté la citoyenneté américaine. C'était un nouveau chapitre pour lui, a dit ma grand-mère. Quand j'ai demandé s'il avait conservé certaines de ses habitudes de l'Ancien Monde, elle a hoché la tête. Il parlait peu de son éducation juive, et personne ne savait qu'il était né en Pologne. Mais il avait des habitudes. Le piano faisant partie intégrale de son éducation, mon grand-père insistait pour que ses enfants jouent d'un instrument et répètent chaque jour. Pendant le dîner, la conversation devait se dérouler en français. Il faisait des expressos bien longtemps avant que ses voisins n'en entendent parler, et il adorait négocier avec les vendeurs en plein air du Haymarket Square de Boston (dont il revenait souvent avec de la langue de bœuf emballée dans du papier journal, insistant sur le fait qu'il s'agissait d'un mets délicat). La seule friandise autorisée dans la maison était le chocolat noir, qu'il rapportait de ses séjours en Suisse.

Après l'interview avec ma grand-mère, j'avais le tournis. C'était comme si un voile se levait : pour la première fois, je voyais mon grand-père tel qu'il était vraiment. Ces étrangetés, ces traits que j'avais mis sur le compte de manies… Je me suis rendu compte que bon nombre d'entre eux pouvaient être attribués à ses racines européennes. L'interview a aussi fait naître une série de questions. Qu'est-ce qui était arrivé à ses parents ? Ses frères et sœurs ? Comment avaient-ils survécu à la guerre ? J'ai pressé ma grand-mère de me donner plus de détails, mais elle n'a pas été en mesure de me fournir autre chose que de rares informations sur ses beaux-parents. J'ai rencontré sa famille après la guerre, a-t-elle dit. Ils parlaient à peine de leur passé. À la maison, j'ai demandé à ma mère de me dire tout ce qu'elle savait. Est-ce que papy t'a déjà parlé de son enfance à Radom ? Est-ce qu'il t'a parlé de la guerre ? La réponse était toujours non.

Puis, l'été de l'année 2000, quelques semaines après la fin de mes études à l'université, ma mère a proposé d'accueillir une réunion de famille dans notre maison à Martha's Vineyard. Ses cousins ont tout de suite accepté :

ils ne se voyaient pas assez souvent, loin de là, et bon nombre de leurs enfants ne s'étaient jamais rencontrés. Ils n'avaient que trop tardé à se réunir. Dès que l'idée a germé, les cousins (ils sont dix en tout) ont commencé à s'organiser, et, quand juillet est arrivé, toute la famille a pris l'avion depuis Miami, Oakland, Seattle et Chicago, et depuis d'autres endroits beaucoup plus lointains comme Rio de Janeiro, Paris et Tel-Aviv. En comptant les enfants et les époux, nous étions trente-deux au total.

Chaque soir, pendant cette réunion, les générations de ma mère et de ma grand-mère se retrouvaient sous le porche à l'arrière de la maison après le dîner, pour discuter. Presque chaque soir, je restais avec mes cousins, allongée sur un des canapés du salon, à comparer nos hobbies et nos goûts musicaux. (Comment était-il possible que mes cousins brésiliens et français connaissent mieux que moi la culture pop américaine ?) Néanmoins, le dernier soir, je me suis aventurée dehors, je me suis assise sur un banc de pique-nique avec ma tante Kath, et j'ai écouté.

Les cousins de ma mère conversaient avec aisance, en dépit d'éducations et de langues maternelles différentes et du fait que nombre d'entre eux ne s'étaient pas vus depuis des décennies. Il y avait des rires, une chanson (une berceuse polonaise dont Ricardo et sa petite sœur Anna se souvenaient, et que leurs grands-parents leur avaient apprise quand ils étaient petits), une blague, encore des rires, un toast porté à ma grand-mère, la seule représentante de la génération de mon grand-père. Les langues changeaient au beau milieu d'une phrase et, entre l'anglais, le français et le portugais, j'avais du mal à suivre. Mais j'y parvenais et quand la conversation s'est orientée vers mon grand-père et la guerre, je me suis penchée pour écouter.

Les yeux de ma grand-mère se sont illuminés tandis qu'elle nous racontait sa première rencontre avec mon grand-père à Rio. Il m'a fallu des années pour apprendre le portugais. Eddy a appris l'anglais en quelques semaines. Elle nous a expliqué que mon grand-père était obsédé par les expressions idiomatiques américaines et qu'elle n'avait pas le cœur à le corriger quand il en massacrait une au cours d'une conversation. Ma tante Kath a secoué la tête en se rappelant l'habitude qu'il avait de se doucher en sous-vêtements : un moyen de se laver et de faire sa lessive en même temps lorsqu'il était sur la route ; tout était bon pour gagner en efficacité, s'est-elle amusée. Mon oncle Tim s'est rappelé à quel point mon grand-père le mettait mal à l'aise lorsqu'il était petit, entamant des conversations avec des étrangers, qu'il s'agisse de serveurs ou de passants. Il pouvait parler à n'importe qui, a-t-il dit, et les autres ont ri et hoché la tête. À la façon dont leurs yeux brillaient, il était évident que ses neveux et nièces adoraient mon grand-père.

J'ai ri avec les autres, regrettant de ne pas avoir connu mon grand-père jeune, puis je me suis tue lorsqu'un cousin brésilien, Józef, a commencé à raconter des histoires sur son père, le frère aîné de mon grand-père. J'ai appris que Genek et sa femme, Herta, avaient été exilés dans un goulag sibérien pendant la guerre. Mes bras se sont couverts de chair de poule tandis que Józef évoquait sa naissance dans un baraquement, au cœur de l'hiver : il faisait si froid que ses paupières gelaient la nuit, et sa mère devait utiliser la chaleur de son lait maternel le matin pour les décoller et les ouvrir doucement.

En entendant cela, j'ai eu toutes les peines du monde à ne pas crier Elle quoi ? Aussi choquante que fût la révélation, d'autres n'ont pas tardé à suivre, chacune plus stupéfiante que la précédente. Il y avait l'histoire de la marche d'Halina à travers les Alpes autrichiennes alors qu'elle était enceinte ; celle d'un mariage interdit dans une maison sans électricité ; celle de fausses cartes d'identité et d'une tentative de la dernière chance pour masquer une circoncision ; celle de la fuite audacieuse d'un ghetto ou d'une évasion angoissante d'un camp de la mort. La première chose que j'ai pensée a été : Pourquoi je n'apprends tout cela que maintenant ? suivie de : Il faut que quelqu'un écrive ces histoires.

À l'époque, je n'imaginais absolument pas que ce quelqu'un serait moi. Je ne suis pas allée me coucher ce soir-là en me disant que je devrais écrire un livre sur l'histoire de ma famille. J'avais vingt et un ans, un diplôme tout frais sous le bras, et j'étais focalisée sur le fait de trouver un travail, un appartement, ma place dans le « vrai monde ». Près d'une décennie s'écoulerait avant que je ne parte pour l'Europe avec un dictaphone numérique et un cahier vierge pour commencer à interroger des parents sur les expériences de la famille pendant la guerre. Ce soir-là, en revanche, je me suis endormie avec un sentiment vibrant dans les tripes. J'étais inspirée. Intriguée. J'avais une cargaison de questions, et je mourais d'envie d'obtenir des réponses.

Je n'ai pas la moindre idée de l'heure qu'il était quand nous avons tous quitté le porche pour aller dans nos chambres. Je me rappelle seulement que Felicia, une des cousines de ma mère, a été la dernière à prendre la parole. J'avais remarqué qu'elle était un peu plus sur la retenue que les autres. Ses cousins étaient sociables et désinhibés, mais Felicia était sérieuse, réservée. Quand elle parlait, il y avait de la tristesse dans ses yeux. J'ai appris ce soir-là qu'elle avait à peine un an au début de la guerre et presque sept à la fin. Sa mémoire était encore précise, apparemment, mais partager ses expériences la gênait. Des années s'écouleraient avant que je mette délicatement au jour son histoire, mais je me rappelle m'être dit que, ses souvenirs, quels qu'ils soient, devaient être douloureux.

— Notre famille n'aurait pas dû survivre, a dit Felicia avec son accent français prononcé, son ton sérieux. Pas tant de membres que ça, du moins.

Elle a marqué une pause pour écouter la brise qui agitait les feuilles des chênes. Nous étions silencieux. J'ai retenu mon souffle en attendant qu'elle continue, qu'elle offre une explication. Felicia a soupiré et porté sa main à son cou, là où sa peau était encore grêlée à cause, je l'apprendrais plus tard, d'un cas de scorbut presque mortel qu'elle avait contracté pendant la guerre.

— C'est un miracle de bien des façons, a-t-elle finalement dit en regardant les arbres. Nous avons eu de la chance.

Ces mots me hanteraient jusqu'à ce que l'envie de comprendre comment, exactement, ma famille avait bravé le destin devienne plus forte que moi et que je ne puisse plus me retenir de creuser en quête de réponses. *Sur les ailes de la chance* est l'histoire de la survie de ma famille.

DEPUIS

À l'époque où j'ai marché dans les rues pendant l'écriture de ce livre, la ville natale des Kurc avait été reconstruite et semblait accueillante, pittoresque ; mais, sachant ce que je savais sur son histoire bouleversante lors de l'Holocauste, je ne trouvais pas surprenant que, à la fin de la guerre, retourner en Pologne n'ait jamais été envisageable pour ma famille. Ci-dessous se trouve une brève explication des lieux où les Kurc ont décidé de s'installer une fois arrivés sains et saufs sur les côtes des Amériques. (Veuillez noter qu'ici j'ai utilisé le vrai nom de Bella, Maryla. Je l'ai changé dans le livre, car j'avais l'impression que Maryla avait une sonorité phonétiquement trop semblable à celle de Mila et que cela risquait d'embrouiller les lecteurs.)

Après la guerre, « la maison », pour les Kurc, est devenue le Brésil, les États-Unis, et plus tard la France. La famille est restée en contact régulier, principalement par lettres, et s'est réunie dès qu'elle le pouvait, souvent à l'occasion de Pessa'h.

Mila et Selim sont restés à Rio de Janeiro, où Felicia a étudié à la faculté de médecine. Après avoir obtenu son diplôme, elle a rencontré un Français et déménagé à Paris quelques années plus tard pour fonder une famille. Aujourd'hui, le petit-fils de Mila occupe son ancienne maison dans le 16ᵉ arrondissement, à quelques pâtés de maisons de chez Felicia et son mari, Louis, dont l'élégant appartement donne sur la tour Eiffel. Mila est restée en contact fréquent avec la religieuse qui avait pris Felicia sous son aile pendant la guerre. En 1985, à la demande de Mila, sœur Zygmunta a été honorée à titre posthume en tant que Juste parmi les nations.

Halina et Adam se sont enracinés à São Paulo, où la sœur de Ricardo, Anna, est née en 1948. Ils ont partagé une maison avec Nechuma et Sol, et Genek et Herta vivaient tout près avec leurs deux fils, Józef et Michel. Pour remercier Herr Den de lui avoir sauvé la vie pendant la guerre, Halina lui a régulièrement envoyé des chèques à Vienne. Elle et Adam n'ont jamais révélé à leur premier-né sa véritable date de naissance ; Ricardo avait une quarantaine d'années et vivait à Miami lorsqu'il a découvert qu'il était né sur le sol italien et non pas au Brésil, comme l'indiquait son acte de naissance brésilien.

Aux États-Unis, Jakob et Maryla ont atterri dans l'Illinois, où Gary, le petit frère de Victor, est né, et où Jakob (Jack, pour ses amis et parents américains) a continué à faire carrière dans la photographie. Ils sont restés proches d'Addy (qui a changé son nom en Eddy) et Caroline, qui se sont installés dans le Massachusetts en 1947, où Kathleen, Isabelle (ma mère) et leur frère Timothy sont nés. Eddy rendait souvent visite à la famille dans l'Illinois, au Brésil et en France, et il a continué à faire de la musique ; il a produit plusieurs enregistrements, populaires et classiques, et a continué à composer jusqu'à sa mort.

En 2017, les petits-enfants de Nechuma et Sol, ainsi que leurs époux et leurs progénitures s'élèvaient à plus d'une centaine de personnes. Nous sommes désormais éparpillés à travers le Brésil, les États-Unis, la France, la Suisse et Israël ; nos réunions de famille sont un véritable événement mondial. Parmi nous se trouvent des pianistes, des violonistes, des violoncellistes et des flûtistes ; des ingénieurs, des architectes, des avocats, des médecins et des banquiers ; des menuisiers, des motards, des réalisateurs et des photographes ; des officiers de la marine, des organisateurs d'événements, des restaurateurs, des DJ, des professeurs, des entrepreneurs et des écrivains. Quand nous nous retrouvons, nos réunions sont bruyantes et chaotiques. Peu d'entre nous se ressemblent ou s'habillent de la même façon ou ont grandi en parlant la même langue. Mais il y a un sentiment partagé de gratitude, pour le simple fait que nous sommes ensemble. Il y a de l'amour. Et il y a toujours de la musique.

REMERCIEMENTS

Ce livre a commencé comme une simple promesse de compiler l'histoire de ma famille, quelque chose dont j'avais besoin pour moi-même, pour les Kurc, pour mon fils et pour ses enfants et pour leurs arrière-petits-enfants et ainsi de suite… Néanmoins, je n'imaginais pas ce que le projet impliquerait exactement, ni à combien de personnes je demanderais de l'aide en cours de route.

Le squelette de *Sur les ailes de la chance* s'est formé avant toute chose avec les histoires que m'a racontées ma famille. J'ai recueilli des heures (et des heures) d'enregistrements vocaux et rempli des dizaines de carnets avec des noms et des dates et des récits personnels, grâce aux histoires et aux souvenirs que ma famille avait si volontiers partagés. Je suis particulièrement redevable à ma défunte grand-mère, Caroline, pour avoir discrètement sauvegardé les graines de l'histoire de mon grand-père jusqu'à ce que le moment soit venu de les transmettre, ainsi qu'à Felicia, Michel, Anna, Ricardo, Victor, Kath et Tim, pour m'avoir accueillie chez eux, m'avoir fait visiter leurs belles villes, et avoir patiemment répondu à mon flot ininterrompu de questions. Merci aussi à Eliska, qui a apporté une lumière sur ce qu'était la vie des réfugiés au cours des premiers mois éprouvants de 1940, et dont les yeux, même à l'âge de quatre-vingt-huit ans, pétillaient encore en décrivant mon jeune grand-père.

Pendant des années, j'ai voyagé dans le monde entier pour rencontrer des parents et des amis proches des Kurc, quiconque pouvait avoir une connexion avec mon histoire. Là où il y avait des trous dans mes recherches, j'ai localisé des survivants ayant eu des expériences similaires et contacté des enseignants spécialisés dans l'Holocauste et la Seconde Guerre mondiale. J'ai lu des livres, vu des films et fouillé les archives, les bibliothèques, les ministères et les archives de tribunaux, suivant absolument toutes les pistes, aussi ténues semblaient-elles, pour obtenir des détails sur le voyage de ma famille. Je ne cessais d'être impressionnée par la quantité d'informations que l'on pouvait trouver en creusant suffisamment, et par la volonté de gens et d'organisations du monde entier à offrir leur aide. Bien que beaucoup trop de sources aient contribué à l'écriture de ce livre pour toutes les citer, j'aimerais exprimer ma gratitude à quelques-unes d'entre elles.

Merci à Jakub Mitek, du centre culturel Resursa Obywatelska de Radom, qui a gracieusement passé une journée entière à me guider à travers les rues de la ville natale de mon grand-père, et dont le savoir encyclopédique sur la ville et son histoire a permis de donner davantage de couleurs et de profondeur à mon histoire ; à Susan Weinberg pour son travail avec les KehilaLinks de Radom, et à Dora Zaidenweber pour avoir partagé avec moi ses souvenirs d'enfance dans le Radom d'avant-guerre ; à Fábio Kaifman, dont le livre sur l'ambassadeur Souza Dantas et l'aide pour consulter des documents auprès des Archives nationales brésiliennes m'ont été des plus précieux ; à Irena Czernichwoska, de l'institution Hoover, qui m'a aidée à découvrir (entre autres choses) le récit de neuf pages écrit à la main par mon grand-oncle Genek sur ses années passées en exil et dans l'armée ; à Barbara Kroll, au ministère britannique de la Défense, qui m'a envoyé des liasses d'archives militaires et aidée à récupérer des médailles d'honneur remises à des parents qui s'étaient battus pour les Alliés et ne les avaient pas réclamées ; à Jan Radke, de la Croix-Rouge internationale, qui m'a remis en main propre des dizaines de documents importants ; aux bibliothécaires et archivistes du musée du mémorial de l'Holocauste des États-Unis, qui ont répondu à mes nombreuses questions ; à l'USC Shoah Foundation pour avoir enregistré les interviews de milliers de survivants à l'Holocauste (ces récits vidéo valent de l'or pour moi) ; aux membres du groupe Yahoo Kresy-Siberia qui ont partagé leurs témoignages personnels et m'ont orientée dans la bonne direction pour que je comprenne la Seconde Guerre mondiale de Staline ; à la Polish Home Association de Seattle, grâce à laquelle j'ai été connectée à une poignée de survivants du goulag et à une traductrice devenue une amie, Aleksandra, avec qui j'ai travaillé en étroite collaboration dans le cadre de mes recherches ; à Hank Greenspan, Carl Shulkin et Boaz Tal, de férus amateurs d'Histoire qui m'ont généreusement offert leur temps et leur expertise hors du commun ; et aux innombrables personnes qui ont aidé à cataloguer et numériser les immenses bases de données d'organisations tels que JewishGen, Yad Vashem, l'American Jewish Joint Distribution Committee, le Service international de recherches, le musée du mémorial de l'Holocauste des États-Unis, l'Institut polonais et le musée Sikorski, le Centre de recherche des victimes de la guerre et de l'Holocauste. La quantité d'informations rendues accessibles aujourd'hui grâce à ces ressources est tout simplement ahurissante.

Bien avant que mon livre ne commence vaguement à ressembler à un livre, Kristina, Alicia, Chad, John et Janet, de mon groupe d'écriture à Seattle, étaient parmi mes premiers supporters ; ils ont offert des critiques prévenantes et, ce qui était peut-être plus important encore, les encouragements dont j'avais besoin pour continuer à écrire mois après mois. Des conversations avec Janna Cawrse Esarey ont inspiré ma propre liste de bons gros objectifs audacieux (y compris celui de terminer ce livre). L'association à but non lucratif 826 Seattle[3] avait suffisamment foi en mon travail pour en inclure un extrait dans son anthologie de 2014, *Que lire sous la pluie* ; être invitée à y contribuer fut un honneur, et la motivation qu'il me fallait pour perfectionner mon travail.

John Sherman, un ami cher et un camarade auteur, a été l'une des premières personnes à lire mon livre du début à la fin ; son soutien indéfectible et ses commentaires assidus au cours des années m'ont aidée à maintenir ma confiance à flot et à améliorer mon travail.

Les prouesses éditoriales de Jane Fransson ont fait des merveilles pour mon livre. Son enthousiasme sincère vis-à-vis de l'histoire de ma famille et sa foi en moi en tant qu'auteure ont allumé une flamme en moi, et aidée à propulser mon projet dans sa phase suivante.

Merci à Sarah Dawkins pour son amitié et ses conseils pour naviguer dans les méandres de la publication, et à mes amies proches et lointaines qui, au cours de la dernière décennie, ont attendu avec impatience et ferveur la sortie de ce livre (je prie pour que cela ait valu la peine d'attendre) et m'ont remonté le moral et soutenue de leur amour aux moments où j'en avais le plus besoin.

Si les livres pouvaient avoir des âmes sœurs, celle de *Sur les ailes de la chance* serait mon agent, Brettne Bloom, de The Book Group. La connexion de Brettne avec mon histoire a été immédiate et sincère. Son esprit brillant et son œil à la fois bienveillant et averti ont guidé mes pensées et ma prose à travers d'innombrables collaborations et révisions. Chaque jour, je lui suis reconnaissante de son amitié, de son talent extraordinaire et de la quantité d'énergie, de soin et d'attention qu'elle a injectée dans le succès de ce projet.

Lorsque mon manuscrit a atterri entre les mains de Sarah Stein, mon éditrice chez Viking, j'ai su que le livre avait trouvé sa maison. Sarah a adopté mon histoire

3. Devenue The Greater Seattle Bureau of Fearless Ideas fin 2014.

et ma vision avec un enthousiasme inentachable et une patience inépuisable, offrant toujours des retours riches et remarquablement judicieux. Notre partenariat a tiré mon histoire vers le haut, de même que mon potentiel en tant qu'écrivain, jusqu'à un niveau que je n'aurais jamais atteint seule.

Un immense merci à toute l'équipe de Viking et aux esprits créatifs dont la participation a été si essentielle à la concrétisation de ce livre pour le transformer en l'ouvrage si soigneusement édité et méticuleusement conçu qu'il est aujourd'hui : Andrea Schulz, Brian Tart, Kate Stark, Lindsay Prevette, Mary Stone, Shannon Twomey, Olivia Taussig, Lydia Hirt, Shannon Kelly, Ryan Boyle, Nayon Cho, et Jason Ramirez. Toute ma gratitude va également à Alyssa Zelman et Ryan Mitchell pour leurs contributions artistiques à la conception.

Lors des journées passées au cours de la dernière décennie à me demander si toutes ces recherches et toute cette écriture en valaient la peine, c'est mon mari qui m'a toujours poussée vers la ligne d'arrivée. Merci de tout cœur à Robert Farinholt pour sa foi inébranlable en moi et en mon projet (il n'y a pas plus grand champion de *Sur les ailes de la chance*), pour son éternel optimisme (c'est Robert qui s'assurait de nous voir célébrer chaque étape importante du livre), et pour son insistance à passer nos dernières vacances d'été non pas à nous prélasser les pieds dans le sable, mais à retracer les pas de la famille Kurc à travers la Pologne, l'Autriche et l'Italie. Je n'aurais voulu parcourir ces presque mille huit cents kilomètres avec personne d'autre au monde.

Je dois aussi dire merci à mes fils. À Wyatt, désormais âgé de six ans, qui a grandi en même temps que ce projet et fait preuve d'une détermination féroce et familière. Une qualité dont j'aime me dire que son grand-père serait fier, et sur laquelle j'espère qu'il continuera à compter, comme je l'ai fait, pour persévérer au cours des hauts et des bas de la vie. Et au plus jeune membre de la famille, Ransom, qui est arrivé quelques semaines seulement après la sortie du livre relié. Merci, les garçons, de m'aider à garder les pieds sur Terre, de me rendre humble, et de m'apporter davantage de joie et de mise en perspective que je ne l'aurais jamais cru possible.

Et, bien sûr, je ne peux pas remercier mes enfants sans remercier également « notre Liz », comme Wyatt la surnomme : notre formidable nounou qui a discrètement maintenu notre famille à flot lorsque je croulais sous le travail.

Enfin, j'aimerais adresser un merci tout particulier à mes parents, en commençant par mon père, Thomas Hunter, qui a écrit son premier roman (après une carrière longue et prospère en tant qu'acteur et scénariste) lorsque j'avais trois ans. Je n'oublierai jamais le bruit des touches de son Olivetti qu'il martelait à l'étage de notre petite maison enfoncée dans les bois du Massachusetts, ni l'excitation de tenir entre mes mains un exemplaire imprimé tout frais de *Softly Walks the Beast.* Dès l'époque où j'ai griffonné ma première œuvre (j'avais quatre ans ; j'avais appelé mon « roman » *Charlie Walks the Beast)*, mon père a été un fervent supporter de mes travaux d'écriture. Il est une source constante et stimulante d'inspiration.

Et, pour finir, à la personne qui a fait germer l'idée de ce projet il y a de très, très nombreuses années et qui m'a accompagnée à chaque étape depuis : ma mère, Isabelle Hunter. Il est impossible de la remercier assez pour ce qu'elle a fait afin de m'aider à donner vie à *Sur les ailes de la chance.* Puisqu'elle a grandi entourée de plusieurs des personnages du livre, ma mère a partagé des anecdotes personnelles inestimables et très éclairantes sur la dynamique familiale unique des Kurc. Elle a lu et relu mon manuscrit et offert des retours éditoriaux méticuleux ; elle a vérifié l'exactitude de faits et enquêté pour moi sur des détails, abandonnant à de multiples occasions tout ce qu'elle était en train de faire pour lire un chapitre, m'envoyant souvent des commentaires à des heures indues pour me permettre de respecter une date butoir. Comme la mienne, la passion de ma mère pour ce projet est profondément ancrée